Commissario Pavarotti trifft keinen Ton

Elisabeth Florin wuchs in Süddeutschland auf und verbrachte als Jugendliche viel Zeit in Meran. Der Zauber dieser Stadt zog die Autorin auch als Erwachsene immer wieder magisch an. Ihre journalistische Laufbahn begann sie im nahen Bozen bei der Radiotelevisione Italiana (RAI). Meran und seine Menschen, ihre Geschichte und ihr Lebensgefühl sind für sie mittlerweile zu einer zweiten Heimat geworden. Elisabeth Florin arbeitet seit zwanzig Jahren als Autorin, Finanzjournalistin und Kommunikationsexpertin für Banken und Fondsgesellschaften in Frankfurt. Sie lebt mit ihrer Familie im Taunus.

Dieses Buch ist ein Roman. Handlungen und Personen sind frei erfunden. Ähnlichkeiten mit lebenden oder toten Personen sind rein zufällig.

ELISABETH FLORIN

Commissario Pavarotti trifft keinen Ton

KRIMINALROMAN

emons:

Bibliografische Information der Deutschen Bibliothek
Die Deutsche Bibliothek verzeichnet diese Publikation
in der Deutschen Nationalbibliografie; detaillierte bibliografische
Daten sind im Internet über http://dnb.d-nb.de abrufbar.

© Hermann-Josef Emons Verlag
Alle Rechte vorbehalten
Umschlagmotiv: Adriano Martini D'Amato
Umschlaggestaltung: Tobias Doetsch
Satz: César Satz & Grafik GmbH, Köln
Druck und Bindung: CPI – Clausen & Bosse, Leck
Printed in Germany 2013
ISBN 978-3-95451-122-8
Originalausgabe

Unser Newsletter informiert Sie
regelmäßig über Neues von emons:
Kostenlos bestellen unter
www.emons-verlag.de

Für Aramis

Der Tod ist groß.
Wir sind die Seinen
lachenden Munds.
Wenn wir uns mitten im Leben meinen,
wagt er zu weinen
mitten in uns.
Rainer Maria Rilke, »Schlussstück«

Prolog

Wie fühlt es sich an, wenn du glaubst, gleich sterben zu müssen?

Meiner persönlichen Statistik zufolge sind es ganz schön viele, die eines Tages völlig überraschend mit diesem Gefühl konfrontiert werden. Für einige bekommt der Moment der Wahrheit eine endgültige Bedeutung. Bei anderen verblasst die Antwort auf diese Frage wie eine alte Narbe, immer mehr, je länger es ihnen gestattet ist, weiterzuatmen.

Natürlich gibt es welche, an die schleicht sich dieses Gefühl immer wieder an, vielleicht im Flugzeug, wenn der Pilot die Passagiere mit betont ruhiger Stimme zum Anschnallen auffordert, weil eine Gewitterfront naht. Andere erwischt es frontal, in einem Auto am Rand einer Landstraße, kurz nach einem Beinahe-Zusammenstoß mit hundertzwanzig Stundenkilometern. Die Hände umklammern das Steuerrad, damit das Zittern aufhört, und man spürt diese eine Sekunde, als der Lkw um die Kurve biegt, noch ganz deutlich auf der Zunge, wie einen metallisch schmeckenden Belag. Und man würgt, kann sich aber keine Erleichterung verschaffen.

Woher ich so etwas weiß? Ich bin ein Nachrichtenjunkie, wenn's um Katastrophen geht. Wenn Menschen am Bildschirm verunglücken oder sterben, bin ich am Start. Erdbeben, Massenkarambolagen auf der Autobahn, Amokläufer in Schulen, Fallschirmspringer, die wie ein Sack voll Knochen auf den Boden plumpsen. Ich bin da nicht wählerisch. Außerdem kriegt man in einem Beruf wie dem meinen viel erzählt und trifft eine Menge Leute. Ich habe es mir zur Gewohnheit gemacht, Menschen zu beobachten. Ich krieche in ihre Köpfe, taste ihre Gesichtszüge ab, lese ihre Gedanken.

Die Ängstlichen, die immer glauben, gleich geht's ab in die Kiste, dünsten so eine Mischung aus Erleichterung und Scham aus, wenn sie das Flugzeug entgegen ihrer Erwartung mal wieder lebend verlassen. Ich sehe, wie sie sich verstohlen umsehen und kann fast hören, wie sie sich »Du Blödmann« zuflüstern, und der Himmel soll verdammt noch mal aufhören, so unverschämt blau zu sein.

Dann gibt es die richtigen Mannsbilder. Die legen schon eine halbe Stunde nach dem Beinahe-Crash eine geradezu lächerlich wirkende Protzerei an den Tag, dass die Sache eh gut ausgegangen wäre. Der neue Porsche beschleunigt und bremst schließlich phänomenal. Außerdem, mit seiner Knautschzone war er letztens Testsieger. Ich nicke dann stets zustimmend. Aber klar doch.

Ob so oder so, wenn es vorbei ist, wollen alle den ekligen Geschmack nach Tod möglichst schnell loswerden. Das eigene Gedächtnis klinisch sauber desinfizieren. Sicher, es gibt unter den ganz knapp Vorbeigeschrammten immer mal wieder welche, die ihr Leben völlig umkrempeln, aussteigen, religiöse Fanatiker werden oder so. Das ist aber die Ausnahme. Die meisten suchen fieberhaft nach der Löschtaste für die körpereigene Festplatte, sobald sie sich einigermaßen berappelt haben.

Sich auf das Gefühl einzulassen, dass die nächste Sekunde die letzte sein kann, ist wie ein gefährlicher Flirt mit dunklen Mächten, eine Art Ehebruch am eigenen piefigen Stück Lebensglück. Anschließend, bei hellem Tageslicht, kriecht man mit eingezogenem Schwanz zurück zum heimischen Herd. Ein Blick zurück, erleichtert, und dann verschämt pfeifend aus der Tür.

Für mich gilt das alles natürlich nicht. Diese eine Frage, wie es so kurz vor dem Sterben wohl ist, rumort unablässig in meinem Kopf. Seit ein paar Monaten ist sie geradezu, nun ja, zu einer fixen Idee geworden. Warum ausgerechnet dieses Thema mich derart beschäftigt, ist mir selbst ein Rätsel. Ich habe sonst wirklich Besseres zu tun, als im Innenleben meiner Mitmenschen herumzuwühlen.

Vor ein paar Wochen musste ich es mir dann eingestehen: Erlebnissen aus zweiter Hand hinterherhecheln, diese ameisenhafte Informationssammelei, das Beobachten und Ausspionieren, alles für die Katz. Auf diese Weise bleibe ich ewig der Gaffer am Rande. Ich recke und strecke mich nach der Wahrheit, doch sie bleibt unerreichbar hinter dem Absperrseil der Polizei und grinst mich an.

Ich brauchte nicht lang, um draufzukommen. Die Lösung liegt ja auf der Hand. Ich werde ein wissenschaftliches Experiment durchführen, eine Art Fallstudie, bei der ich die Versuchsanordnung genau bestimmen kann. Dass im Verlauf dieser Studie jemand zu Tode kommt, lässt sich natürlich nicht vermeiden, aber davon darf ich mich nicht abhalten lassen.

Gestern ist mir eingefallen, dass ich das perfekte Studienobjekt ja schon zur Verfügung habe. Vor Glück musste ich laut lachen. Es wird so einfach werden, weil ich ihn leicht beeinflussen kann. Und ich werde ganz nah dabei sein und in seine Augen sehen können, wenn es zu Ende geht.

Für mich selbst wird es ein Kinderspiel, ich muss praktisch kaum etwas tun. Auf mich wird nicht der geringste Verdacht fallen. Ich merke gerade, dass die Angelegenheit auch einen künstlerischen Aspekt hat. Ich werde den perfekten Mord begehen. Ein angenehmer Gedanke, der seinen Reiz hat, ohne Zweifel. Vor allem wenn ich an all die Stümper denke, die das schon probiert haben. Bloß dass dieser Aspekt für mich eigentlich keine Rolle spielt.

Schließlich bin ich ja kein Mörder. Ich bin der letzten Wahrheit auf der Spur.

EINS

Samstag, 30. April

Nach dem Timmelsjoch begann deutlich erkennbar der italienische Teil der kurvenreichen Strecke. Die Straße wurde schlechter und noch schmaler. Die überhängenden Felswände, die den rechten Straßenrand säumten, kamen Lissies Jaguar häufig bedrohlich nahe und erforderten Konzentration beim Fahren. Links ging es in die Tiefe, die entgegenkommenden Wagen blieben deshalb meistens nicht brav auf ihrer Seite. Der Pass auf zweitausendvierhundert Meter Höhe war erst seit einigen Tagen wieder geöffnet; noch hielten sich hartnäckig Schneereste auf den kargen Bergrücken und zwischen einzelnen Felszacken in unmittelbarer Nähe der Straße.

Lissie bildete sich ein, trotz des diesigen Wetters die Dreitausender der Texelgruppe schemenhaft in der Ferne erkennen zu können. Da oben lag garantiert noch Tiefschnee. Und das würde sich trotz des milden Wetters im Tal, für das die Südtiroler Region Burggrafenamt zu dieser Jahreszeit berühmt war, noch eine ganze Weile nicht ändern.

Lissie bremste und steuerte die nächstgelegene Parkbucht an. Sie saß eine Zeit lang ganz still und starrte in den vom Tal heraufziehenden Nebel hinaus. Dann nahm sie den weiß-roten »Timmelsjoch«-Aufkleber, den sie oben auf der Passhöhe bekommen hatte, aus dem Handschuhfach und presste ihn mit festem Druck gegen die Frontscheibe. Sie war wer, und sie ließ sich nicht so schnell unterkriegen.

Nachdem sie das wieder einmal vor sich selbst klargestellt hatte, startete sie den Wagen, entschlossen, bloß noch an ihren Urlaub zu denken und die letzten Wochen einfach auszublenden. Wie gewöhnlich hatte sie damit aber keinen Erfolg, und ihre Gedanken rutschten sofort wieder in die bereits gut ausgetretene Spur. Die Grübelei war natürlich vollkommen sinnlos, denn es war klar, warum die Bank sie vor die Tür gesetzt hatte. Nach einem ungeschriebenen Gesetz startete ein neuer Vorstandsvorsitzender nun mal nicht mit einer Kommunikationschefin, die sein Vorgänger eingestellt hatte.

Trotzdem, diese Erklärung reichte in ihrem Fall vorne und hinten nicht. »Ich möchte es ja bloß verstehen«, murmelte Lissie wie eine Art Mantra vor sich hin. Wieso war der Neue nicht wenigstens fair gewesen? Stattdessen hatte er sie vor der ganzen Führungsriege beschuldigt, vertrauliche Informationen an die Presse weitergegeben zu haben, obwohl er ganz genau wusste, dass es nicht stimmte.

Ihr Freund Alexander hatte neulich einen ihrer Monologe zu diesem Thema mit einer ungeduldigen Geste unterbrochen: »Nun zieh doch mal einen Schlussstrich. Wieso der Kerl dich so behandelt hat? Das kann ich dir in einem einzigen Satz sagen. Er wollte, dass du von selbst gehst, damit er keine Abfindung zahlen muss. Dem hast du ganz schön die Suppe versalzen. Und jetzt hak das Thema ab. Es nervt langsam.«

Es war Alexanders Idee gewesen, dass sie zwei Wochen wegfahren sollte. »Bring ein paar hundert Kilometer zwischen dich und dieses leidige Thema, und komm wieder, wenn du dich abgeregt hast«, hatte er gesagt. Mitfahren wollte er nicht, angeblich weil er an einer großen Geschichte saß. Quatsch. Alexander wollte bloß seine Ruhe haben.

Lissie zuckte die Schultern. Sie gab der Beziehung ohnehin nicht mehr lange. Bald würde sie zu Hause im Taunus sitzen und vor lauter Langeweile die Blattläuse auf ihren Rosen zählen. Alexander dagegen würde als Finanzjournalist weiterhin mittendrin im Geschehen sein und den neuesten Gerüchten und Skandalen irgendwo zwischen Japan Tower, Skyper und den Zwillingstürmen hinterherhecheln. Sie hatte keine Lust auf sein mitleidiges Lächeln. Dann machte sie lieber gleich Schluss.

Frustriert trommelte Lissie mit den Fingern auf dem Lenkrad herum. Besser informiert zu sein als andere Leute, das war der ultimative Kick. Dafür war sie ja schließlich in die Kommunikationsbranche gegangen. Doch damit ist es jetzt aus und vorbei, weil ich weg vom Fenster bin, nicht mehr relevant, dachte sie. Keiner wird mir mehr irgendwas erzählen. Und, noch schlimmer, bald will mich keiner mehr kennen. Lissie kam sich vor wie eine Schnittblume, die den Kopf hängen ließ, weil irgend so ein Idiot das Wasser aus der Vase ausgegossen hatte.

Vor ihrem inneren Auge tauchten Bilder und Szenen auf. Sie versuchte sie mit Gewalt wegzuschieben, aber es klappte nicht. Lissie sah sich den langen Mittelgang des großen Konferenzraums entlanggehen, ganz nach vorn zum Pult. Sämtliche Bereichsleiter der Bank drehten sich nach ihr um. Jetzt hast du's wirklich geschafft, hatte sie damals triumphiert. Und nicht begriffen, wie abhängig ihre Stellung vom Wohlwollen ihres Chefs war. Ihr Damaliger hatte ihr von der ersten Sitzreihe aus noch zugeflüstert: »Lissie, *go for it! The sky is the limit!*« Dabei hatte er da schon den neuen Job gehabt und gewusst, was auf sie zukam. Verlogenheit, wohin man schaute.

Oben zu sein und runterzublicken, wie hatte sie das genossen. In der einsetzenden Dämmerung hatte sie aus den bodentiefen Fenstern ihres Büros im siebenunddreißigsten Stock auf die Leuchtstreifen der Autos und auf das Meer von Schirmen weit unter ihr geschaut und fasziniert das Gegaukel der Blätter beobachtet, die der Wind bis zu ihr heraufwirbelte und dann mit einem Mal wieder nach unten stieß. Jetzt hat auch mich so eine Böe voll erwischt, dachte sie.

Lissie schloss die Augen eine Sekunde und merkte gerade noch rechtzeitig, dass ein entgegenkommender Wohnwagen um ein Haar den Außenspiegel ihres Wagens abgerissen hätte. Sie musste endlich besser aufpassen. Obwohl das Hochgebirge längst hinter ihr lag, blieb die Straße serpentinenreich, mit vielen Engstellen und überraschenden Kurven. Widerwillig ließ sich Lissie von der Szenerie gefangen nehmen. Den rechten Straßenrand säumten Obstgärten und traumhaft schöne Wiesen, durch die der Wind fuhr und Furchen durch die Gräser und wilden Frühlingsblumen zog. Auf der linken Seite bogen immer wieder steile, unbefahrbar erscheinende Sträßchen zu einzelnen Gehöften weit oben am Hang ab. Lissie hörte Schmelzwasser rauschen, vermutlich auf dem Weg zur Passer, die sich durchs Tal schlängelte.

Wieder umrundete Lissie eine Felsnase. Hinterher hätte sie nicht sagen können, was ihr einen größeren Schrecken versetzte: der zerschrammte rote Alfa, der kaum dreißig Meter vor ihr auf dem Dach am Straßenrand lag, oder das Schleudern ihres eigenen Wagens, als sie die Bremse automatisch voll durchtrat. Ihr Wagen brach mit dem Heck aus und drehte sich um die eigene Achse. Mit Mühe brachte sie ihn ein paar Meter hinter dem Unfallwagen auf der Wiese zum Stehen.

Mit wild klopfendem Herzen stieg Lissie aus und landete mit ihren Wildlederschuhen im Matsch aus Gras und zerdrückten Blumen. Der Wiesenrand war von tiefen Bremsspuren durchpflügt. Auf dem Asphalt lagen Chromteile, Erdbrocken und Glassplitter herum.

Lissie rannte auf den Wagen zu und merkte, dass sie nicht die Erste am Unfallort war. Ein drittes Auto stand am Straßenrand, und ein älterer Mann half dem Fahrer dabei, sich vorsichtig aus dem zerborstenen Fenster herauszuzwängen. Gut, dass der Unglücksrabe ziemlich dünn und nicht allzu groß war, Lissie schätzte ihn als nicht älter als achtzehn. Wahrscheinlich hatte er gerade den Führerschein gemacht. Lissie bückte sich, um ins Wageninnere zu schauen, und atmete erleichtert auf. Es war niemand mehr drin.

»Kann ich helfen?«, rief sie dem Älteren zu. Der nickte aufgeregt und zeichnete die Form eines Dreiecks in die Luft.

»Holen Sie Ihr Warndreieck raus, sofort«, schrie er, »sonst passiert hier noch mehr!«

Lissie schalt sich, dass sie nicht von allein daran gedacht hatte. Schnell holte sie das Dreieck aus dem Kofferraum und drückte es dem Mann in die Hand. Dann zögerte sie kurz, warf dem Fahrer einen prüfenden Blick zu und nahm noch eine Decke aus dem Wagen. Der Junge tapste wie orientierungslos ein paar Schritte hin und her. Schließlich knickte er mit den Knien ein und ließ sich ins Gras sinken.

Lissie beugte sich über ihn. Der Kleine bebte am ganzen Körper, und in seinem dürren Hals zuckte der Adamsapfel auf und ab. Als sie ihm die Decke um die Schultern legte, linste er zu ihr hoch. Das geflüsterte »Danke« war so leise, dass Lissie es kaum hören konnte. Seine Stirn zierten neben eitrigen Mitessern zwei tiefe Kratzer. Sie waren verdreckt und bluteten, und das Blut vermischte sich mit der gelblichen Masse aus ein paar aufgeplatzten Pickeln. Lissie brauchte einen Moment, um sich zu überwinden. Dann betupfte sie vorsichtig mit einem Taschentuch die Wunden, um sie vom schlimmsten Dreck zu befreien, und sprühte mit einem lautlosen Seufzer eine ordentliche Portion Chanel No. 5 aus ihrem Taschenflakon drauf.

Der Junge verzog das Gesicht, hustete und räusperte sich. »Danke«, wiederholte er heiser, aber hörbarer als zuvor.

»Haben Sie schon die Polizei angerufen?«, fragte Lissie den älteren Mann, der neben dem Jungen in die Hocke gegangen war und eine Thermoskanne aufschraubte.

»Nein.« Er schüttelte den Kopf. »Hier ist kein Funkempfang. Und ich wollte unseren Salto-Künstler nicht allein lassen. Deshalb bin ich froh, dass Sie angehalten haben. Das Auto vor Ihnen ist einfach vorbeigefahren, einer hat dabei aus dem Fenster fotografiert, können Sie sich das vorstellen?«

Lissie konnte. Wahrscheinlich war der Typ gerade dabei, sein tollstes Urlaubsfoto bei Facebook hochzuladen. Sie verdrehte die Augen und tauschte mit dem Mann einen Blick. »Dann zieh ich jetzt los. Bestimmt ist der Empfang in ein paar Kilometern besser, und dann rufe ich sofort die Polizei an.« Sie wühlte in ihrer Tasche nach einer Visitenkarte. »Hier, falls noch irgendetwas ist, da steht auch meine Handynummer drauf.« Dann berührte sie die eiskalte Hand des Jungen mit ihren Fingerspitzen. »Alles Gute. Wird schon wieder. Ist ja noch mal gut gegangen.«

Der Kleine grinste tapfer und machte mit zitternden Fingern das V-Zeichen.

So ein junger Kerl in Saft und Kraft, und trotzdem ganz schnell tot, dachte Lissie und fuhr mit deutlich gedrosseltem Tempo weiter. Nach drei oder vier Kilometern kam ein Zwiebelturm in Sicht. Sie hatte St. Martin im Passeiertal erreicht, den letzten größeren Vorposten auf der Strecke nach Meran. Auf dem Platz vor der Tourist Information waren reichlich Parkplätze frei. Lissie stieg aus und atmete tief ein. Die Luft war schwer und mild. Trotzdem war ihr jetzt kalt, der getrocknete Schweiß prickelte unangenehm auf der Haut.

Auf dem Glaskasten, der eine Panoramakarte der Umgebung und allgemeine Informationen enthielt, glänzten die von Hunderten von Touristen hinterlassenen Fingerabdrücke fettig in der Nachmittagssonne. Sie hauchte auf das Glas und wischte mit dem Handrücken drüber, damit sie die Telefonnummer des Notrufs entziffern konnte. Als sie den Unfall gemeldet hatte, blieb sie unschlüssig stehen und lehnte sich an ihren Wagen.

Lissie war auf einmal ganz benommen. Sie gähnte heftig. Aber der Druck in ihren Ohren ging nicht weg. Warum machte ihr der Unfall bloß so zu schaffen? Der Junge war doch mit dem Schrecken davongekommen. Er konnte eigentlich nicht der Grund für ihre zunehmende Niedergeschlagenheit sein.

Lissie starrte den vorbeifahrenden Autos hinterher. Sie schaute auf ihre Uhr. Kurz nach zwölf. Sie hatte es fast geschafft. Es war jetzt nicht mehr weit, höchstens noch eine Stunde zu fahren. Liebend gern hätte sie weitere sechs Stunden gehabt. Noch lieber wäre sie auf der Stelle wieder umgedreht. Ihre Meran-Reise war eine Kurzschlussreaktion gewesen. Was sollte es schon bringen, wenn sie ihre neuesten Probleme verdrängte, indem sie die alten wieder aufwärmte?

Klassischer Fall von Verschlimmbesserung. Aber dann verscheuchte Lissie energisch ihre unguten Ahnungen und den steigenden Druck in ihren Gehörgängen. »Jetzt ist es eh zu spät, jetzt muss ich da durch, also los, auf geht's, du Memme«, murmelte sie, und setzte sich hinter das Steuer. Mit quietschenden Reifen schoss sie vom Parkplatz.

★★★

Elsbeth Hochleitner lehnte sich weit aus dem Küchenfenster, um ihrem Enkel, der auf dem Fahrrad durch das Hoftor kurvte, eine Ermahnung zuzurufen. »Justus, stell dein Rad bitte gleich im Keller ab, wir kriegen heute noch eine Neue aus Deutschland. Die braucht wahrscheinlich den Stellplatz für ihren Wagen!« Für ihren Kleinwagen hoffentlich, setzte sie im Stillen nach. Der Hof ihrer Pension bot gerade mal für drei mittelgroße Autos Platz. Gäste, die mit dem Auto anreisten, waren permanent am Herumjammern, weil sie fürchteten, dass ihr Wagen eine Schramme abkriegen könnte. Die mit dem Zug kamen, waren ihr lieber.

Gut, dass die meisten ihrer Gäste sowieso noch nie hinter dem Steuer eines Autos gesessen hatten. Elsbeth holte die alten Damen vom Bahnhof ab, wenn sie zur Apfelblüte im Frühjahr oder zur Weinlese im Herbst kamen, um das Meraner Klima und den Rotwein zu genießen und um am Lauf der Passer ihrem Leben hinterherzuträumen. Ein oder zwei waren schon mit ihren Ehemännern bei ihr zu Gast gewesen. Die inzwischen tot und begraben waren.

»Omi, ich lass es draußen, ich will nachher noch mal weg!«, rief ihr Enkel, während er sich vom Rad schwang. Elsbeth runzelte die Stirn.

»Wolltest du mir nicht helfen, die Wäsche einzuräumen? Und die Hausaufgaben machen sich vermutlich auch nicht von allein!«

»Bei der Wäsche helf ich jetzt. Die Hausaufgaben mach ich nachher«, erklärte ihr Enkel und flitzte in die Waschküche. Ein Glück, dass der Junge begabt war und leicht lernte. Ihn dazu zu bringen, öfter zu Hause zu bleiben, schaffte sie einfach nicht. Sie hörte, wie Justus die Treppen auf und ab rumpelte, um die gebügelten Laken und Handtücher auf die Wäscheschränke zu verteilen.

Elsbeth machte sich einen gedanklichen Vermerk, dass sie dringend Mottenpulver in den Schränken nachlegen musste, und seufzte. Ich hätt längst modernisieren sollen, dachte sie. Jetzt ist es zu spät. Die meisten Gäste kommen nur noch, weil es billig ist. Aber egal aus welchem Grund sie kamen, Elsbeth hing an ihren Stammgästen. Manager hatte sie nie gewollt, und die verirrten sich auch nicht hierher.

Oder doch? Ganz automatisch war sie in den Hof gegangen, um Justus' Rad, das den freien Stellplatz blockierte, zur Seite zu schieben. Ein schwerer, schlammbespritzter Wagen rollte langsam durch die Toreinfahrt. Elsbeth waren Automarken ziemlich egal, aber die lang gestreckte Figur auf der Kühlerhaube war sogar ihr ein Begriff. Ein Jaguar, noch dazu ein ziemlich großer Haufen Blech, auf dem Hinterhof vom Nikolausstift. Ach du meine Güte.

»Guten Tag, ich bin Lissie von Spiegel und habe bei Ihnen ein Zimmer bestellt. Wo kann ich parken?« Die Dame hatte ihren Kopf aus dem Seitenfenster gestreckt. Sie war sichtlich jenseits der vierzig, hatte schmale Lippen, einen langen Hals und raspelkurze weißblonde Haare. Eine Gefärbte, registrierte Elsbeth automatisch. Sie fand die Neue nicht besonders attraktiv. Aber was wusste sie denn schon. Ihr Sohn hätte vermutlich den Begriff »apart« benutzt. Justus, der gerade eine langmähnige Discomaus mit Piepsstimme anhimmelte, titulierte sowieso jeden über dreißig mit »Opa« oder »Oma«.

Die Frau sah richtig fertig aus. So anstrengend kann die Fahrt in diesem Auto doch nicht gewesen sein, dachte Elsbeth. Für einen gepflegten Kommandoton reichte die Energie aber anscheinend schon noch.

»Einen breiteren Parkplatz hab ich leider nicht.« Elsbeth wies auf den schmalen Stellplatz direkt neben der Toreinfahrt. »Sie werden rangieren müssen, falls es überhaupt klappt. Am besten parken Sie draußen an der Straße. Es müsste etwas frei sein.«

»Ich nehme den«, antwortete die Frau und bugsierte ihren Wagen mit einigen geschickten Manövern in die schmale Lücke, als ob nichts wäre. Gegen ihren Willen war Elsbeth beeindruckt.

»Am besten geben Sie mir den Wagenschlüssel. Mein Enkel bringt Ihnen Ihr Gepäck dann aufs Zimmer. Willkommen im Nikolausstift. Ich bin Elsbeth Hochleitner, mir gehört die Pension.« Noch, dachte sie im Stillen.

»Danke.« Die Frau nickte und zwängte sich aus der Wagentür, die sich nur noch einen Spalt öffnen ließ.

Mager, dachte Elsbeth. Ihrem Sohn hätte die Neue gefallen. »Langbeinig und gazellig«, hätte der bewundernd gesagt. Elsbeth hatte seinen Frauengeschmack nie verstanden und auch nicht gebilligt. Seine Freundinnen waren meistens Italienerinnen gewesen, exaltierte Kleiderständer allesamt. Die Mädchen von hier, die Südtirolerinnen, waren meistens nicht so dürr, aber dafür hatten sie andere Qualitäten.

Die Frau beugte sich zurück in den Wagen, um nach ihrer Handtasche zu angeln. Rippen und Rückgrat zeichneten sich unter ihrem engen, ärmellosen Oberteil ab. Auch die Oberarme waren sehr schlank, aber muskulös. Für Elsbeth machte das die Sache nicht besser. »Die muss aufpassen, nirgendwo hängen zu bleiben«, murmelte sie halblaut, bevor die Frau in Hörweite kam. Wegen der rausstehenden Knochen, aber auch wegen ihres Balkons, der reichlich überladen war. Elsbeth unterdrückte ein Kichern, als sie vor ihrem Gast ins Haus ging.

★★★

Immer zuerst die unangenehmen Dinge erledigen. Gleich auspacken. Lissie, die sich automatisch Richtung Koffer in Marsch gesetzt hatte, hielt inne und stampfte zornig mit dem Fuß auf. Verdammt, sie war im Urlaub, sie hatte keine To-do-Liste abzuarbeiten und Zeitpläne einzuhalten.

Zeitpläne, Termine. Die Krimscheid fiel ihr ein. Wenigstens blieb ihr künftig das Getue ihrer Sekretärin erspart. Lissie war schleierhaft, wie die Frau es immer wieder fertiggebracht hatte, sich mit zwölf Zentimeter hohen Absätzen lautlos durch die Verbindungstür und an sie ranzuschleichen. Dann hatte die Krimscheid ein Blöckchen gezückt und sie genüsslich über den neuesten Klatsch und die aktuellen Streitereien zwischen ihren Mitarbeitern informiert.

Lissie hatte diese Angewohnheit abscheulich gefunden und die Krimscheid jedes Mal aufgefordert, damit aufzuhören. Sinnlos. Ihr war die Frau, die sie von ihrem Vorgänger übernommen hatte, sowieso auf Anhieb unsympathisch gewesen. Lissie hatte gerade beschlossen, sie auszuwechseln, da wurde sie selbst vor die Tür gesetzt. Natürlich hatte sich die Krimscheid ein schmallippiges Lächeln an Lissies letztem Morgen nicht verkneifen können. Das hatte Lissies Demütigung natürlich noch die Krone aufgesetzt.

Als sie dann auch noch feststellte, dass der Rest der Mitarbeiter sich verkrümelt hatte, um der peinlichen Verabschiedung zu entgehen, verließ Lissie mit hoch erhobenem Kopf und festen Schritten ihre Abteilung. Ihre Contenance reichte gerade bis zur Tiefgarage. Gott sei Dank war es mitten am Vormittag, und kein Mensch in Sicht.

Woher kamen eigentlich diese lästigen Emotionen bei Frauen? Warum mussten die für Scham, Selbstzweifel und übersteigertes Pflichtgefühl verantwortlichen chemischen Cocktails immer wieder hochkochen? Jetzt saß sie da und genierte sich wegen der Parkplatz-Show, die sie vor der Pensionsinhaberin abgezogen hatte. Sie hatte ein kleines Erfolgserlebnis gebraucht, na und? Außerdem hatte die Frau sie so abschätzig angestarrt. Sah man ihr vielleicht an der Nasenspitze an, dass sie geschasst worden war?

Oder hat mich die Frau etwa wiedererkannt?, fuhr es Lissie durch den Kopf. Nein, das konnte nicht sein. Es war ja dreißig

Jahre her, sie war damals siebzehn gewesen. Die Hochleitnerin selbst hatte sich praktisch überhaupt nicht verändert. Die gleiche Topffrisur wie damals. Nur dass die Haare jetzt weiß statt graubraun waren. Und diese unförmige Kittelschürze. Als ob die Frau immer noch in denselben Klamotten steckte.

Lissie riss das Fenster auf und schaute vom dritten Stock auf den Parkplatz hinunter. Drei Stockwerke! Die Pension war viel zu groß für die paar Zimmer. Sie beugte sich weit hinaus. Links und rechts Türmchen und Zinnen, ein Hexenhaus mit bizarren Proportionen.

Schwerer als beabsichtigt ließ sich Lissie auf das Bett fallen. Überraschenderweise knarzte es nicht. Die Federung fühlte sich gut an. Waren die Matratzen etwa neu? Vermutlich die einzige Annehmlichkeit in dem alten Kasten hier. Das Zimmer verströmte einen leicht modrigen Geruch, früher war ihr das gar nicht aufgefallen.

Gott, was für eine Sentimentalität von ihr, dieselbe billige Unterkunft auszuwählen, in der sie vor Jahrzehnten mit ihrem Vater gewohnt hatte. Warum hatte sie eigentlich kein Zimmer in einem der Wellness-Hotels gebucht, unten an der Passer? Vom Nikolausstift in die Innenstadt würde sie ordentlich marschieren müssen. Der Ersatz für den nicht existierenden Fitnessraum, dachte Lissie bissig.

Ich passe doch gar nicht mehr hierher, dachte Lissie. Alexander hatte nichts gesagt, als er das Fax mit der Buchungsbestätigung gesehen hatte. Seine verständnislose Miene war Kommentar genug gewesen. Er liebte solche Unterkünfte. Kopfschüttelnd erinnerte sich Lissie, dass sie früher oft in solchen Pensionen übernachtet hatten, im Spessart, manchmal auch im Bayerischen Wald oder im Fichtelgebirge. Irgendwann war halt Schluss damit gewesen, weil Lissie keine Lust mehr auf wacklige Sperrholzbetten und klebrige Duschvorhänge hatte.

Lissie zog die Schuhe aus und schwang auch die Beine aufs Bett. Wie immer, wenn es in ihrem Leben Schwierigkeiten gab, poppten die Erinnerungen an ihren Vater wieder hoch. Auch jetzt spulten ihre Gedanken von selbst im Schnelldurchlauf zurück, zu den letzten, viel zu kurzen zwei Wochen in Meran, als noch alles in

Ordnung gewesen war. Damals war ihr Vater der Nabel ihrer Welt gewesen. Sie hatte zwar nach der Trennung ihrer Eltern bei ihrer Mutter gelebt, aber das hatte daran nicht das Mindeste geändert. Natürlich wäre ihr als Teenager nie über die Lippen gekommen, dass ihr Vater ihr Idol war und Supertramp und Genesis locker in den Schatten stellte. Das wäre ja so was von uncool gewesen.

Ich hab ihn auf einen zu hohen Sockel gehoben, schon klar. Das konnte auf die Dauer nicht gut gehen. Lissie merkte, dass sie Kreuzschmerzen bekam, wie so häufig, wenn sich dieses merkwürdige Unbehagen ankündigte, das sie in letzter Zeit überfiel. Sie stand vom Bett auf, um sich Bewegung zu verschaffen, aber es war zu spät. Eine tintenschwarze Welle brandete in ihrem Kopf in Richtung Stirn und Augen. Sie fühlte wieder das vertraute Gefühl in sich aufsteigen, das früher einmal ihr ständiger Begleiter gewesen war. Die Furcht, dass ihr Vater plötzlich fort sein könnte. Lissie hatte insgeheim immer mit dem Schlimmsten gerechnet. Ein Horrorszenario nach dem anderen hatte sie sich ausgemalt. Nur das eine nicht, nämlich dass sie es sein würde, die am Ende die Schuld an seinem Verschwinden trug.

Lissie zwang ihre Gedanken zurück in die Gegenwart. Sie nahm ihr Zimmer in Augenschein. Spärliche Möblierung, eine Kommode, ein Schrank, ein Bett mit Nachtschränkchen, alles aus Nussbaumholz. Auch die Dielen waren dunkel poliert. Hohe Wände, vermutlich weit über drei Meter, schätzte Lissie. Sie schaute sich suchend um und schauderte. Die hatten hier immer noch keine Zentralheizung. Man konnte Tradition auch übertreiben. Sie zog einen Vorhang beiseite. Und wirklich, ein elektrischer Thermostat auf Rollen tauchte verschämt hinter dem Stoff auf, wie damals, als Notheizung in besonders kalten Nächten. Brrr.

Lissie öffnete die Tür einen Spalt und spähte in den langen, schmalen Flur hinaus. Weiß gekalkte Wände, Kugellampen, die in regelmäßigen Abständen von der Decke hingen. Ein Krankenhausflur. Sie erinnerte sich, dass am anderen Ende Badezimmer und Toiletten untergebracht waren. Die Pensionswirtin hatte ihr offenbar das am weitesten entfernte Zimmer gegeben. Eine erzieherische Maßnahme für die verwöhnte Tussi aus Deutschland, vermutete Lissie, und machte sich murrend auf den Weg zum Bad.

Das Oberlicht stand wie früher weit offen. Es zog. Lissie schaute in den rahmenlosen viereckigen Spiegel. Fast erwartete sie, ein keckes Teenager-Grinsen zu sehen. Ihr heutiges Gesicht kam ihr in dieser Umgebung fremd vor. Sie tastete ihre Wangenpartie ab. Die Haut fühlte sich rau und schuppig an. Genauso wie die Handtücher im Regal, dachte Lissie. Sie nahm eins aus dem nächsten Stapel. Gerippter dünner Stoff und nach dem Bügeln knochenhart. Wahrscheinlich waren es noch dieselben wie damals. Sie zog eine Grimasse und streckte ihrem Spiegelbild die Zunge heraus.

Zurück in ihrem Zimmer, packte Lissie entschlossen ihr Handy, Geld und ein Buch aus ihrer Aigner-Handtasche in einen alten Stadtrucksack. Nachdem die Handtasche ganz hinten im Schrank verstaut war, warf sie noch einen Blick auf einen neuen Meran-Stadtplan, der in ihrem geöffneten Koffer obenauf lag. Ein Urlaubspräsent von Alexander. Was sollte sie damit? In Meran hatte sich bestimmt genauso wenig verändert wie in der Pension.

Den Stadtplan brauchte Lissie dann wirklich nicht. Doch ansonsten war sie im Irrtum.

★★★

Karl Felderer trat aus der Pfarrkirche. Seine Finger krampften sich um den Hut, den er in der Hand hielt. Er war so zornig, dass er den Pfarrer, der am Eingang mit dem Kollektebeutel stand, keines Blickes würdigte. Fast wäre er auf den Steinstufen gestolpert, weil er nicht darauf achtete, was um ihn herum vorging.

Heute war der Todestag eines Schulkameraden, der vor ein paar Jahren gestorben war. Dessen Mutter hatte wie immer eine Messe lesen lassen. Als das erste Kirchenlied gerade vorbei war und alle sich hinsetzten, pingte Karls Blackberry. Eine neue E-Mail. Als er sie gelesen hatte, bekam er kein einziges Wort mehr mit von dem, was sich vorn abspielte.

Wie konnte Niedermeyer es bloß wagen! Aber wieso wunderte er sich darüber, der Scheißkerl versuchte ja schon seit Monaten, den ganzen Handelsverband gegen ihn aufzuhetzen. Ich hätt ihn schon viel früher abservieren müssen, knirschte Felderer. Das ist jetzt das letzte Mal, dass dieser kleine Köter mir ans Bein pinkeln will. Diesmal geb ich ihm einen Tritt, von dem er nicht wieder aufsteht.

Die ganze Zeit während dieser verdammten Messe hatte er das Gefühl gehabt, ihm entgleite die Kontrolle. Aber jetzt, an der frischen Luft, kam ihm eine Idee. Er grinste. Warum eigentlich nicht? Im Gehen lockerte er seine verkrampften Schultern. Auf einmal war er wieder blendender Laune. Auf meinen Instinkt kann ich mich verlassen, dachte er. Ohne ihn stünd ich jetzt mit leeren Händen da. Aber so wird's eine nette kleine Überraschung für Niedermeyer geben, mit der der Klugscheißer garantiert nicht rechnet.

»Grüß Gott, Karl!«

Felderer nickte und erwiderte den Gruß, ohne groß aufzublicken. Es war nichts Besonderes, wenn ihn die Leute ehrerbietig grüßten. Das war immer schon so gewesen, denn alle wussten, dass der Familie Felderer der wertvollste Grund in Meran gehörte, natürlich auch die Filetstücke in der Altstadt Steinach und in den Lauben. Die meisten, die ihn grüßten, waren auf die eine oder andere Art von ihm abhängig, hatten Angst, aus ihren Läden rauszufliegen oder wollten sich bei ihm einschleimen.

Selbstzufrieden musterte er im Vorbeigehen sein Spiegelbild in einem Schaufenster. Sollte er heute Abend wieder im Studio trainieren? Nein, er hatte den Winter über genügend für seine körperliche Leistungsfähigkeit getan, ein Abend pro Woche genügte inzwischen. Er war jetzt so weit. Winterspeck hatte er ohnehin nicht gehabt.

Louisa fand seinen Körper und sein Gesicht inzwischen zu hart. Er selbst mochte sich so. Louisa war mit ihrem ersten Kind schwanger, sie sah mittlerweile aus wie eine mürrische Kuh. Aber das störte ihn nicht; gerade im Frühjahr war die Auswahl unter Touristinnen groß. Im Herbst ging weniger, da kamen die Alten zur Traubenkur. Er kicherte, streckte sich nochmals und flehmte in die Luft, wie ein junger Kater, wenn rollige Kätzinnen in der Nähe waren. Ich lass mich nicht kastrieren, dachte er, nicht durch meine Ehe und auch nicht geschäftlich, von meinen ehrenwerten Verbandskollegen.

Pfeifend passierte er den Laubenwirt, da hörte er es drinnen poltern. Er linste durch die Fensterscheibe und sah, dass eine Kellnerin dabei war, zusätzliche Stühle ins Hinterzimmer zu schleppen. Felderer grinste. Sollten sie sich doch ihre Mäuler über ihn zerreißen, nur zu. Er hatte nicht vor, seine Zeit mit dieser Veranstaltung zu verschwenden. Schnellen Schrittes bog er in die Galileistraße ein, wo sein Wagen parkte. Die Turmuhr der Nikolauskirche, die er vor ein paar Minuten verlassen hatte, schlug. Karl schien es beinahe, als riefe sie ihm etwas hinterher. Er blieb kurz stehen und lauschte. Dann lachte er über sich, schüttelte den Kopf und drückte auf die Fernentriegelung seines BMW. Drei Uhr, er musste sich beeilen, wenn sein Plan klappen sollte.

★★★

Die Rückkehr in das Meran ihrer Jugend hatte nicht funktioniert. Lissies Beklemmung nahm immer mehr zu, je länger sie herumschlenderte. Abrupt blieb sie stehen und schüttelte den Kopf, als ob sie eine angriffslustige Wespe verscheuchen wollte. Es war aber bloß ihre eigene Dusseligkeit. Es ist doch ganz normal, dass sich Geschäfte nicht halten können und verschwinden, dachte sie. Besonders kleine Läden sind eben anfällig, bei schwacher Finanzdecke hilft ihnen auch das schönste Südtiroler Flair nichts. Was hatte sie eigentlich geglaubt, was in den letzten dreißig Jahren hier passiert war – etwa nichts?

Zu ihrer Verblüffung existierte das kleine Elektrogeschäft noch. Einmal, sie wusste nicht mehr, bei welchem ihrer Aufenthalte, hatten sie den Adapter für Vaters Rasierapparat und für ihren Föhn zu Hause vergessen. Das war der Anlass für ihren einzigen Besuch in dem kleinen, dunklen Geschäft in der Galileistraße gewesen, in dem gebrauchte Fernsehgeräte dicht aneinandergedrängt gestanden hatten.

Ob es in dem Laden wohl noch genauso aussah? Jedenfalls wirkten die Elektroteile im Schaufenster nicht so, als ob sie in den letzten dreißig Jahren jemand abgestaubt, geschweige denn umdekoriert hätte. Merkwürdig, dass es gerade dieses Geschäft geschafft hatte. Lissie nahm sich vor, später irgendetwas dort zu kaufen. Vielleicht einen Föhn, sie vergaß immer wieder einmal einen in einem Hotelzimmer. Unwichtig, was sie kaufte, sie hatte einfach das Bedürfnis nach einer symbolischen Geste zugunsten der alteingesessenen Meraner Geschäfte.

Doch das hatte Zeit. Um ihrer Überraschung Herr zu werden, hatte sich Lissie erst einmal ein Viertel Roten bestellen müssen. Sie saß an einem Tisch der Renzinger Weinstube draußen unter einem Torbogen der Lauben. Lissie genehmigte sich einen kräftigen Schluck Wein und biss in ein Stück Speck. Wenigstens waren diese Klassiker noch die Alten geblieben.

Lissie blinzelte gegen die Sonne in die Richtung, aus der sie gekommen war. Oberflächlich und aus der Distanz betrachtet, waren keine weitreichenden Neuerungen im Straßenbild festzustellen.

Das Charakteristische an den Lauben waren die Bogengänge auf beiden Straßenseiten. Ihr Vater hatte ihr bei ihrem ersten gemeinsamen Urlaub in Meran erzählt, dass sie vor etwa tausend Jahren gebaut worden waren, um den Händlern Merans einen Ort für ihre Geschäfte zu schaffen, der wind- und wettergeschützt war und ausreichend Platz bot. Diese Bogengänge gab es noch immer, das natürlich schon.

Doch eine Reihe von Häuserfronten schien erst kürzlich renoviert worden zu sein. Die Fassaden schimmerten in der Sonne wie frisch lackiert. Ein paar Häuser präsentierten sich sogar in gelben, blauen und rosa Bonbonfarben, von denen sich das weiße Stuckwerk eine Spur zu kontrastreich abhob. Nach Lissies Geschmack hatten die Farben in Meran bräunlicher, erdiger zu sein, die Übergänge fließender. Lissie schüttelte den Kopf. Die Häuserfronten sahen klebrig aus. Wenn sie auf dieses Bonbonzeugs scharf gewesen wäre, hätte sie sich ein Flugticket in die Karibik gekauft.

Viele Geschäfte waren neu, bekannte internationale Modefilialisten waren darunter. Einige der Labels waren allerdings italienisch und sagten Lissie nichts. Es war aber offensichtlich, dass es sich um preisgünstige Ketten handelte. Der Laden, in dem Lissie damals ein Paar dieser gestrickten Südtiroler Hausschuhe gekauft hatte, die ihre Eisfüße so schön warm hielten, war weg. Er hatte einem Geschäft weichen müssen, das billige Ledersachen verkaufte. Insgesamt waren die Läden, die Industrieware anboten, in der Innenstadt auf dem Vormarsch.

Früher hatte Lissie die Meraner Lauben charmanter gefunden

als ihr Pendant in der Südtiroler Landeshauptstadt Bozen, auch wenn die Bogengänge dort breiter, die Fassaden reicher verziert und die Geschäfte eleganter waren. Der besondere Reiz der Meraner Lauben war ihre Bodenständigkeit. Jetzt schien die frühere Atmosphäre wohl mehr und mehr dem Kommerz zu weichen. Schade.

Bedrückt schaute sich Lissie um. Die schmalen Gassen, die rechts und links in die Hinterhöfe und Durchgänge in Richtung Küchelberg und zur parallel laufenden Freiheitsstraße entlang der Passer führten, die ausgetretenen Treppen, die hinter den Häuserfassaden zu einem Gewirr von baufälligen Wohnungen und Gängen abzweigten, in dem sich kaum ein Außenstehender zurechtfand, die vielen geheimnisvollen Winkel, die man auch nach zahlreichen Aufenthalten noch nicht erschöpfend erforscht haben konnte – all das war ihr Abenteuerspielplatz in den Ferien ihrer Teenagerzeit gewesen.

Schon damals war sie am liebsten für sich gewesen, ihr hatte die Sonne als Begleiterin genügt, unter der sich der Touristenstrom träge voranschob bis hinunter zur Pfarrkirche St. Nikolaus mit ihrer reich verzierten Turmspitze.

Ihr Vater hatte stets eine Heidenangst ausgestanden, dass eine ihrer Erkundungstouren ein schlimmes Ende nehmen könnte. Es gab genügend steile, ausgetretene Kellertreppen, die sie hätte hinunterstürzen können. Oder Kellerlöcher, in die sie gekrochen war, ohne zu wissen, was sie dort erwartete. Als sie an den Spätnachmittagen die eiserne Gartentür des Nikolausstifts aufstieß und das Geräusch ihn veranlasste, von seinem Buch aufzublicken, hatte sie ihm jedes Mal die Erleichterung angesehen. Gesagt hatte er nichts. Widerwillig musste sie lächeln, als sie daran dachte.

Lissie zahlte und tauchte in den kühlen Halbschatten der Gewölbe ein, die die Straße rechts und links begleiteten. Ursprünglich hatte sie vorgehabt, einem ihrer Lieblingsdurchgänge Richtung Passer zu folgen, doch nach ein paar Schritten entschied sie sich anders. Was sie sah, hätte ihr ganz gut gefallen, wenn sie nicht etwas ganz anderes erwartet hätte. Mit dem Durchgang, den sie aus ihrer Jugend kannte, hatte der helle Lichthof, der vor ihr lag, nichts mehr zu tun. Das früher düstere Gelass war einer breiten, mit Glas überdachten Passage mit Geschäften und einem Café gewichen, ganz in Weiß und Terrakotta. Hier gab es keine Geheimnisse mehr. Sie kehrte um und folgte den Lauben weiter in Richtung Pfarrplatz, auf das Überleben des Buchladens Kirchrather hoffend.

★★★

Die Frau schaute aus dem Fenster in ihren Garten hinaus. Gleichgültig registrierte sie, dass auf ihre Gartenhilfe wie immer kein Verlass war. Nichts war so, wie es in einem Garten Ende April aussehen sollte. Die Steinplatten wurden von feuchten, unansehnlichen Flechten überwuchert, die magere Himalayan-Musk-Rose an der Pergola trug noch die verklebten bräunlichen Blütenreste vom letzten Herbst. Auch die Bank im hinteren Teil des Gartens hätte längst frisch gestrichen sein sollen.

Sie blickte nach oben. Die Weinstöcke steil über ihr auf dem kleinen Teil des Küchelbergs, der noch zu ihrem Grundstück gehörte, befanden sich in einem genauso jämmerlichen Zustand wie alles andere. Sie waren ihr ganzer Stolz gewesen. Heute scherte sie sich nicht mehr darum. Inzwischen waren ihr solche Sachen ziemlich egal.

Ihr Blick wanderte wieder durch ihren Garten. Sein Zustand passt zu allem anderen, dachte sie. Bloß dass das Grünzeug ihr kleinstes Problem war. Sachlich konstatierte sie, dass ihr die Kontrolle immer mehr entglitt. Inzwischen war nicht mehr genug von ihrer Widerstandskraft übrig, um sich dagegen zu wehren, dass ihr Leben jeden Tag ein Stückchen mehr auseinanderbrach.

Während des Winters hatte die Frau ein wenig zur Ruhe kommen können. Aber wie trügerisch war sie gewesen, die Sicherheit, in die sie sich eingelullt hatte. Jetzt ist es wieder so weit, dachte sie. Bald fängt alles wieder von vorne an, und jedes Jahr wird es schlimmer.

Ihr Herz fing an, laut zu klopfen. Ihr kam es so vor, als wollte es mit seinen Schlägen den Rest ihres Lebens anzählen. Plötzlich wurde ihr schwindlig, und sie musste sich am Fensterbrett festhalten. Im Haus war es furchtbar still. Nur die Standuhr tickte. Die Zeit lief ihr davon. Nicht mehr lange, dann würde sie ganz allein sein, das spürte sie. Eine Woge der Hoffnungslosigkeit überrollte sie. Das Schlimmste war, nichts machen zu können. Als ob man das eigene Leben durch eine undurchdringliche Glasscheibe beobachtete, die einen daran hinderte, einzugreifen. Man schrie »Stopp!«, aber keiner hörte einen.

Warum will er bloß nicht wahrhaben, wie groß die Gefahr ist, fragte sie sich wohl zum hundertsten Mal. »Immer diese Weiber, die Panik schieben und einem den Spaß verderben wollen« – diese Sprüche zogen überhaupt nicht mehr bei ihr.

Natürlich musste ihm klar sein, was passieren konnte. Es wäre ja nicht das erste Mal. Aber was bedeutete schon die Vergangenheit, wenn Dummheit, Angeberei und die Lust am Verführen im Spiel waren? Auf einmal beschlich sie ein grauenvoller Verdacht, was hinter dem Ganzen steckte.

Was sollte sie bloß machen? Geistesabwesend blickte sie nach draußen. Die Spätnachmittagssonne lag noch auf dem Rasen. Es roch nach Frühjahr. Mit mehr Kraft als nötig schloss die Frau das Fenster und zog mit einem Ruck die Vorhänge zu. Frühjahrsromantik und Selbstmitleid brachten nichts. Sie spürte, wie ein klein wenig ihrer früheren Kraft zu ihr zurückkehrte.

★★★

Lissie platzierte die elegante Einkaufstüte mit der Aufschrift »La Scala« ehrfürchtig auf dem Stuhl neben sich, als sei der Inhalt ein königliches Wesen, das geruht hatte, sich von ihr auf die Terrasse der Vinoteca Alessandro an der Freiheitsstraße führen zu lassen.

Das Unvermeidliche kündigte sich bereits an. Hinter ihren Schläfen begann das schlechte Gewissen wegen der horrenden Geldausgabe für ein paar Quadratzentimeter Straußenleder zu pochen. Lissie seufzte und grinste zugleich. Obwohl Alexander immer wieder versuchte, sie sparsamer zu programmieren, war Lissie nach wie vor eine Nasenlänge vorn. Sie schaffte es immer noch, den Laden mit ihrem Fang zu verlassen, bevor es mental zu spät war. Außerdem war es schließlich ihr Geld.

»Darf ich mich zu Ihnen setzen? Ich hoffe, Sie halten mich nicht für aufdringlich, aber es gibt leider keinen freien Tisch mehr.«

Lissie, die ihre Umwelt einen Augenblick lang nicht mehr wahrgenommen hatte, kam die Stimme völlig körperlos vor. Ein paar Sekunden lang starrte sie gebannt auf ihre Einkaufstüte, als ob ihr das königliche Wesen aus dem Hause Valentino, von Geburt Strauß, gerade die Ehre erwiesen hätte, das Wort an sie zu richten.

»Fehlt Ihnen etwas?« Die belustigt klingende Stimme war eindeutig menschlich, männlich, und sprach Hochdeutsch mit Südtiroler Klangfärbung. Entschlossen schob Lissie ihre Phantasien beiseite, die nur auf den Genuss des zweiten Roten zurückzuführen sein konnten. Vor ihr stand ein Mann in ihrem Alter, dunkelhaarig, schlank und breitschultrig. Er war teuer gekleidet, auf seinem T-Shirt konnte Lissie in Brusthöhe ein eingesticktes »B« erkennen. Ihre Augen wanderten nach unten – flacher Bauch, schmale Hüften – und blieben am Zippverschluss seiner Sportjacke kleben. Auch dort prangte das Emblem der teuren Marke für Sportmode.

»Nein, mir fehlt nichts. Sie können sich gerne setzen.« So war es richtig: höflich, aber unterkühlt. Der Mann wirkte zwar alles andere als protzig. Aber wer die Zusammenstellung seiner Kleidung einem einzigen Designer überließ, konnte nicht besonders einfallsreich sein. Phantasielose Männer mochte Lissie nicht. Der Mann dünstete trotz seiner formvollendeten Ausdrucksweise und seines gepflegten Aussehens eine latente Dominanz aus, die sie unangenehm fand.

Außerdem stieß sie der unglaubwürdige Vorwand ab, unter dem sie angesprochen worden war. Auf dem »Corso Libertà« war die Auswahl an Restaurants und Weinlokalen groß, auf den Terrassen waren viele Tische frei. Insgeheim ärgerte sich Lissie über die beinahe schon beleidigende Einfallslosigkeit dieses Menschen. Er hatte es offenbar nicht nötig, sich Mühe zu geben.

Vermutlich suchte er Anschluss und war vorzugsweise hinter allein reisenden Touristinnen her. Einige von denen würden sicher einen so kernigen, offensichtlich wohlhabenden Südtiroler nicht von der Bettkante schubsen, spekulierte Lissie amüsiert. Sie war erstaunt, dass er gerade sie als Zielobjekt ausgesucht hatte. Normalerweise passte sie in ihrem Alter und mit ihrem Aussehen nicht in das gängige Beuteschema. Die Zeiten mussten ziemlich schlecht sein.

Lissie entschloss sich zu einer Rosskur, um ihre Ruhe zu haben. »Mein Name ist Lissie von Spiegel«, sagte sie in freundlichem Ton. »Die Art, wie Sie mich anreden, entspricht leider nicht meinem Niveau. Jeder, der Augen im Kopf hat, kann sehen, dass hier überall Plätze frei sind.« Zum Beweis, dass sie recht hatte, machte Lissie eine ausholende Handbewegung in die Runde. »Ich mag keine einfallslosen Männer. Und auch keine, die glauben, sie bräuchten nur mit dem kleinen Finger zu schnippen. Also entweder verabschieden Sie sich jetzt, oder Sie entscheiden sich für ein intelligentes Gespräch ohne den Versuch, mich anzumachen. Sie haben die Wahl.«

Nachdem Lissie das vorgetragen hatte, wartete sie auf den üblichen wütenden Rückzug. Doch ihr Gesprächspartner blieb sitzen und starrte sie an. Seine Miene war auf einmal ausdruckslos. Dann brach der Mensch unvermittelt in schallendes Gelächter aus. Lissie, die eine gute Antenne für falsche Töne hatte, fand die Reaktion gekünstelt und überzogen.

»Himmeldonnerwetter, das ist gut«, prustete er. »Von Spiegel, ja? Ganz was Feines! Und endlich einmal jemand, der nicht kuscht! Sie haben natürlich völlig recht. Ich bin es so gewohnt, dass die Leute vor mir katzbuckeln, dass ich mir mit keinem mehr besondere Mühe gebe.« Er hielt kurz inne, um dem Kellner zu winken, der sofort herbeigeeilt kam und eine Verbeugung machte. »Ich werde versuchen, mich zu benehmen, und vielleicht können wir auf dieser Geschäftsgrundlage ja einen Roten zusammen trinken. Mein Name ist übrigens Karl Felderer, und meiner Familie gehören ein paar Hotels und sonst so einiges in Meran.«

Lissie nickte. Sie hatte sich schon so etwas Ähnliches gedacht. Widerwillig bestellte sie sich einen Cappuccino. Sie hatte nicht vor, in Gesellschaft dieses Burschen einen handfesten Schwips zu riskieren.

Nachdem der Kellner weg war, machte ihr Gegenüber einen neuen Vorstoß: »Sind Sie in festen Händen?«

Lissie wurde zornig: »Geht das schon wieder los? Wenn Sie so dringend Anschluss suchen, dann müssen Sie sich schon anderswo umsehen!«

Karl Felderer hob abwehrend die Hand. »Nein, so war das nicht gemeint. Die Botschaft ist schon angekommen, dass bei

Ihnen Avancen nicht zielführend sind. Die Vinoteca Alessandro ist ein typisches Kontakt-Lokal. Wäre ich nicht gekommen, hätte es ein anderer bei Ihnen probiert. Ich wollte Ihnen einige Lokale nennen, wo Sie garantiert Ihre Ruhe haben, wenn Sie lesen oder einfach nur Ihren Wein trinken wollen. Falls Sie aber mit Ihrem Mann oder Freund in Meran sind, erübrigt sich das.«

»Ach so«, sagte Lissie eine Spur freundlicher. »Ich mache diesmal allein Urlaub und würde mich schon über ein paar gute Tipps freuen. Ich wusste allerdings nicht, dass man als allein reisende Frau in Meran praktisch zum Abschuss freigegeben ist.«

Felderer grinste. »Wir Südtiroler sind schon ziemliche Weiberhelden. Unsere Mädels, ganz besonders die verheirateten, lassen wir schön in Ruhe. Würde sonst großen Ärger geben. Wozu auch, wo wir doch in Meran so hübsche weibliche Gäste haben!«

Lissie musste lächeln, ob sie wollte oder nicht. Seine freche Art war einfach entwaffnend, der Kerl wusste das natürlich ganz genau. Sie gestand sich ein, dass sein Charme seinen Zweck auch bei ihr nicht verfehlte. Er hatte schon wieder angefangen, ihr tief in die Augen zu schauen. Es war höchste Zeit aufzupassen, dass er sie nicht langsam weichkochte.

»Welche Lokale können Sie mir denn nun empfehlen, in denen ich nicht auf Ihresgleichen treffe?«, hakte sie ironisch nach.

Karl Felderer lächelte und zog seine rechte Hand zurück, die bereits merklich in Richtung ihres Ellenbogens gewandert war.

»Beispielsweise die Verdinser Klause. Nach St. Nikolaus, am Ende der Lauben, müssen Sie einfach noch ein Stück geradeaus gehen. Lassen Sie sich davon nicht abschrecken, dass das Restaurant von außen recht unscheinbar aussieht. Es ist eins der besten in Meran.«

Lissie erstarrte, als sie den Namen des Restaurants hörte. Sie erinnerte sich so gut an das Lokal, als ob sie erst vor ein paar Tagen das letzte Mal drin gewesen wäre. Holzgetäfelte Wände, weiße Tischdecken mit kunstvoller Lochstickerei, Kristallleuchter, deren Kristalltropfen im Luftstrom des Ventilators leise aneinanderklickten. Und das Essen war jedes Mal hervorragend und mehr als ausreichend gewesen, auch für einen Teenager wie Lissie, die damals schwer satt zu kriegen war.

Genau ein Mal war Lissie mit ihrem Vater während jedes Aufenthalts da gewesen, immer am Abschiedsabend. Mehr als dieses eine Mal hatte die Urlaubskasse nicht hergegeben. Es war immer das schönste und gleichzeitig traurigste Abendessen gewesen. Der Besuch in der Verdinser Klause hatte bedeutet, dass sie am nächsten Tag abreisen mussten, Lissie heim nach Frankfurt zu ihrer Mutter und ihr Vater nach Berlin.

Der Abschiedsabend in ihrem letzten gemeinsamen Urlaub hatte sich allerdings zum totalen Fiasko entwickelt. Nach viel Herumgedruckse und scheinheiligen Vorreden, die offenbar dazu gedacht waren, sie auf die Neuigkeiten vorzubereiten, war ihr Vater mit der Sprache herausgerückt, dass er kurz vor ihrem Urlaub eine neue Mandantin übernommen hatte.

Lissie war von dem Mandat so geschockt, dass sie minutenlang wortlos auf ihren Teller starrte, ohne das Essen darauf wahrzunehmen. Ihr Schock wurde zu Abscheu und Empörung, als ihr Vater zu schwadronieren begann, welch prominente Rolle er in dem bereits laufenden Prozess spielen werde, der ein großes Medienereignis war. Ekelhaft. Zuvor hätte es Lissie nie für möglich gehalten, dass ihrem Vater das Rampenlicht wichtiger sein könnte als seine Prinzipien als Anwalt, an die Lissie felsenfest geglaubt hatte. Plötzlich knackte es leise in ihrem Kopf, und das Bild, das sie sich von ihrem Vater gemacht hatte, bekam tausend Risse und zerbarst. Wie der Spiegel gegenüber ihrem Tisch, in den sie zum Schrecken ihres Vaters und der übrigen Restaurantgäste einen schweren Salzstreuer aus Sterlingsilber schmiss.

Danach rannte sie fauchend wie eine Katze, deren Schwanz man in Brand gesetzt hatte, aus dem Restaurant. Erst als sie blind vor Zorn in ihr Zimmer in der Pension stolperte, schossen ihr die Tränen in die Augen.

Jetzt war alles wieder da. Lissie konnte die warme Nachtluft spüren, die damals durch das geöffnete Fenster hereingeströmt war, und fühlte, wie der Knall der Scheiben, als sie das Fenster zuschmetterte, in ihren Gehörgängen nachhallte. In diesen Frühlingstagen 1981 war es unnatürlich heiß und drückend gewesen. Komisch, dass sie sich daran noch so gut erinnerte.

»Hallo-ooo! Haal-lo! Was ist mit Ihnen los?«, tönte es von der anderen Tischseite.

»Ich habe nur überlegt, ob ich vielleicht heute an dem Lokal vorbeigelaufen bin. Der Name kommt mir so bekannt vor«, redete sich Lissie heraus. Sie hatte nicht die Absicht, ihre Erinnerungen vor einer Zufallsbekanntschaft auszubreiten. »Nur zu. Ich bin ganz Ohr für Ihre Tipps.«

»Nun, natürlich müssen Sie auch in die Felderer-Stuben kommen. Das ist das Restaurant in meinem Vier-Sterne-Haus in den Lauben, und da kann ich Sie dann vor den anderen bösen Buben beschützen«, lachte Karl Felderer.

»Ich brauche keinen Beschützer«, fuhr Lissie hoch, der es zunehmend schwerer fiel, auf seine lockeren Sprüche einzugehen. »Ich bin zahlender Gast in Meran und kann erwarten, dass man meine Wünsche respektiert und mich in Ruhe lässt. Und das gilt auch für Sie!«

»Ist ja gut, ich wollte Sie nur ein wenig necken«, beschwichtigte Felderer. »Kein Grund, gleich an die Decke zu gehen. Die Felderer-Stuben sind wirklich gut. Nicht so elegant wie die Verdinser Klause, aber dafür günstiger, und hervorragendes Essen, das gibt's bei uns auch. Keine Massenware. Gerne würde ich Ihnen das beweisen und Sie an einem der nächsten Abende dorthin einladen«, setzte er geschliffen nach. »Darf ich auf den morgigen Abend hoffen?«

Lissie seufzte. Der Kerl gab anscheinend nie auf. Lissie hätte außerdem zu gerne gewusst, was mit den alten Geschäften in den Lauben passiert war. Der Mann kam ihr als Informationsquelle wie gerufen. Außerdem, das ließ sich nicht leugnen, interessierte er sie. Entsetzt korrigierte sie sich im Stillen. Himmel, nicht der Typ selbst, sondern die mafiöse Art und Weise, wie Leute wie er vermutlich ihre Geschäfte machten. »Mal sehen, ob es sich ergibt«, gab sie unbestimmt zurück. Bloß nicht zu interessiert wirken. »War's das?«

»Von den meisten Weinstuben muss ich leider abraten, der Wein ist zwar fast überall gut, aber Sie werden garantiert angemacht. Jeder zweite Bergführer kehrt nach der Tour mit seinen Gästen dort ein. Nach einer Stunde sind alle besoffen, und nach einer Bergtour fühlen sich die Touristen sowieso wie die Größten und wollen jedem Mädel unter den Rock fassen.« Felderer grinste.

»Ich finde, nichts ist schlimmer, als im Urlaub von den eigenen Landsleuten angepöbelt zu werden. Da möchte ich mich für die Südtiroler verbürgen. Sie vertragen ihren Roten besser, und sie sind charmanter.«

»Sind Sie sicher?«, meinte Lissie anzüglich. »Außerdem, ich war heute Nachmittag bereits in einer Weinstube in den Lauben. Renzinger hieß die, glaube ich. Kein Mensch hat mich angequatscht.«

Felderer lehnte sich zurück und nickte. »Die Renzinger Weinstube wäre auch meine Empfehlung. Klar, im Hotel Felderer würde Ihnen der Speck noch viel besser schmecken, weil er Ihnen von mir persönlich serviert wird.« Lissie verdrehte die Augen, und Karl Felderer, der diese Reaktion erwartet hatte, feixte. »Warum ich Ihnen die Renzinger Weinstube besonders ans Herz lege, hängt mit der Katie Renzinger zusammen. Wenn Sie von einer Dicken bedient worden sind, dann war sie das.«

Lissie nickte. Sie hatte sich gewundert, dass es die Wirtin angesichts ihrer Leibesfülle überhaupt geschafft hatte, sich durch die Tür zu zwängen, um zu ihr nach draußen zu gelangen. Die Frau war mehr als wortkarg gewesen. Das »Grüß Gott« sowie das »Was darf ich Ihnen bringen?« entfielen ersatzlos. Die Frau baute sich einfach in ihrer ganzen Fülle vor ihr auf und wartete wortlos auf ihre Bestellung. Als Lissie ihre Wünsche geäußert hatte, bewegten sich die Doppelkinne der Frau nach unten, um ein Nicken anzudeuten. Danach war der Fleischberg, dessen Alter unmöglich einzuschätzen war, weggewabbelt. Hinter dem Tresen hatte sich ein älterer Mann an den Gläsern und Flaschen zu schaffen gemacht.

»Das war ihr Bruder, der Ludwig«, erklärte Karl Felderer. »Keiner von beiden war jemals verheiratet. Sie wohnen immer noch zusammen in der Wohnung über der Weinstube. Die Katie verlässt das Haus so gut wie nie. Die Einkäufe und andere Erledigungen, das macht alles der Ludwig. Die Katie mag keine Männer, das ist stadtbekannt. Vermutlich auch ihren Bruder nicht. Der ist halt da, mit seiner Anwesenheit hat sie sich wahrscheinlich abgefunden.«

Felderer deutete eine Kopfbewegung in Lissies Richtung an und setzte ein einschmeichelndes Lächeln auf. »Und über so hübsche weibliche Gäste wie Sie wacht sie. In ihrer Weinstube traut sich keiner, eine Frau anzusprechen, die allein am Tisch sitzt. Wer das probiert, kriegt sofort Lokalverbot für drei Monate. Mich selber hat's auch erwischt, erst gestern hatte ich dort meinen ersten Schoppen nach der Auszeit.« Er grinste etwas schief und lehnte sich zurück.

»Und jetzt noch die kurze Negativliste.« Plötzlich schaute er missmutig drein. »Gehen Sie mir bloß auf keinen Fall ins Malzcafé, das ist eine üble Kaschemme in Steinach, proppenvoll mit Jugendlichen, die keinen Alkohol vertragen. Da müssen Sie Angst haben, dass Ihnen einer von denen auf den Rock speit. Oder im Vollrausch um den Hals fällt.« Felderer feixte, doch dann gewann sein Ärger die Oberhand. »Und der Wirt hat eine Schraube locker, außerdem ist er penetrant. Immer wieder fragt der bei mir an, ob ich ihm einen Kellner ausborge. Wie ein kaputter Plattenspieler. Ich hab ihm schon hundert Mal gesagt, dass ich's nicht tu.« Felderer schüttelte den Kopf und verdrehte die Augen. »Immer kommt der in der Hochsaison, ich bitte Sie. Außerdem, bei dem Laden aus Prinzip nicht. Heute Nachmittag war's schon wieder so weit. Sein eigener Kellner hatte wohl einen kleinen Autounfall.« Felderer kräuselte seine Lippen. »Der Wirt war ganz fertig. Der kaputte Alfa, der einen Purzelbaum geschlagen hat, war wohl sein eigener. Vermutlich hat der Kellner dabei den Löffel abgegeben, was hoffentlich bald für das ganze Bumslokal gilt.«

Lissie schaute ihn fassungslos an. Da fiel ihr ein, dass sie genau diesen Unfall mitbekommen haben musste. »Nee, der Kleine hat überlebt!«

Felderers Augen begannen interessiert zu funkeln, doch bevor er etwas sagen konnte, hörte sie es in seiner Jacketttasche summen.

Er fasste hinein und zog mit einem unwirschen Gesichtsausdruck ein Mobiltelefon hervor. »Ja?«

Lissie runzelte die Stirn. Merkwürdiger Typ.

»Ja, Sie sprechen mit dem Juniorchef. Karl Felderer.« Plötzlich wirkte er genervt. »Wenn es sein muss. Ich komme hin. Es kann aber später werden.« Gußlos drückte er das Gespräch weg und steckte das Telefon wieder ein.

»Betrachten Sie sich als eingeladen«, erklärte er, für Lissies Geschmack zu großspurig, und machte dem Kellner im Aufstehen ein Zeichen. »Ich sehe Sie dann in meinem Restaurant. Genießen Sie derweil Ihre neuen Schuhe«, grinste er mit einer Kopfbewegung in Richtung Einkaufstüte. »Jedenfalls so lange, bis Ihnen klar wird, dass der Gauner Niedermeyer Sie beim Preis über den Tisch gezogen hat«, setzte er boshaft nach und schob ihr seine Visitenkarte über den Tisch. »Ich muss weg, hat mich gefreut.«

Lizzie blickte ihm nach, wie er durch das Bozner Tor in Richtung Lauben verschwand. Sie schaute in ihre Tüte. Es waren überhaupt keine Schuhe, sondern eine elegante Handtasche aus Straußenleder, in Apricot, ihrer Lieblingsfarbe. Mit einem Ruck riss sie das Preisschild vom Henkel ab, schnippte es zusammengeknüllt in den Aschenbecher und stand auf. Der Kellner versuchte vergeblich, eine ausdruckslose Miene aufzusetzen, als sie von der Terrasse hinaus auf die Freiheitsstraße trat. Der Reiz des ersten Urlaubstages war verflogen. Lissie wollte nur noch eine Kleinigkeit essen und danach möglichst schnell zurück in die Pension.

In einem stillen Durchgang zwischen dem Corso Libertà und den Lauben saß eine hellrote Katze auf einem Treppenabsatz und bearbeitete mit ihren Krallen ein Stück Bettwäsche, das zum Auslüften aus dem Souterrainfenster hing. Lizzie blieb stehen und pfiff dem Tier zu. Die Katze würdigte sie keines Blickes. Hier war früher ein verstaubter Trödelladen gewesen, der Bilder mit Meran-Motiven draußen in dem schmalen Durchgang ausgestellt hatte. Lizzie hatte einige Male auf den Laden aufgepasst, als der Besitzer wegmusste. Zum Dank hatte er ihr das letzte Mal ein kleines Ölbild geschenkt, das einen der Spronser Seen darstellte. Lissie versuchte sich zu erinnern, wo das Bild geblieben war, doch es gelang ihr nicht. Wieder ein Stück Erinnerung an früher auf Nimmerwiedersehen verschwunden.

Schnee von gestern. In dem Haus hatte sich inzwischen eine kleine Pizzeria eingenistet. Lizzie bestellte sich eine Pizza funghi zum Mitnehmen. Zurück in ihrem Zimmer, kroch sie mitsamt der Pappschachtel ins Bett, futterte und vertiefte sich in die Lokalseiten der in der Buchhandlung Kirchrather erworbenen »Dolomiten«.

Ein paar Stunden später fuhr sie hoch und merkte, dass sie mit den Resten der Pizza auf ihrer Brust eingeschlafen war. Sie schaute auf ihr Handy. Alexander hatte nicht angerufen und auch keine SMS geschickt. War der jetzt sauer wegen der Pension, die sie sich ausgesucht hatte? Lissie stopfte die Pappschachtel in den Abfalleimer im Bad und schlüpfte wieder ins Bett. Es war kurz vor zwölf.

★★★

Um die gleiche Zeit setzte Katie Renzinger die letzten leeren Gläser und Weinkrüge unsanft auf ein verbeultes Blechtablett und wischte ohne Anspruch auf Perfektion über die mit Weinrändern und Brotkrümeln verunzierten Tische. Ihr Mund verzog sich verächtlich. Sie kapierte nicht, warum die Touristen dieses verdreckte, staubige Loch zünftig fanden. Aber die Leut sind halt verrückt, befand sie und sparte absichtlich einen frischen Wachsfleck aus, der sich leicht hätte abkratzen lassen.

Schließlich brachte sie ihre Leibesfülle mit einer Mischung aus Husten und Grunzen wieder in die Senkrechte und schlurfte nach vorne in den Schankraum zu ihrem Bruder, der den letzten Stammgast vor ein paar Minuten mit sanftem Druck hinauskomplimentiert hatte. Sie schob ihm das Tablett mit dem schmutzigen Geschirr hin. »Da, der Rest.« Ludwig nickte. »Spül ab und geh dann nach oben«, befahl sie ihm. »Ich seh im Keller nach, wie viel Speck noch da ist, und sperr die Toiletten draußen ab. Gut Nacht.«

Katie schaute ihrem Bruder nach, wie er unbeholfen und leicht schwankend in die Spülküche tappte. Ich muss aufpassen, er trinkt mittlerweile fast so viel wie unsere Gäste, dachte sie. Männer, vor allem Betrunkene, konnte sie nicht ertragen, es sei denn, sie zahlten. Auch ihren Bruder duldete sie nur widerstrebend. Wenn er so weitertrinkt und ausfallend wird wie der Vater früher, dann setz ich ihn raus, schwor sie sich.

Ihr Vater ... Sie schaute an ihren Fettmassen herunter. Wenn sie an den Alten dachte, kam es ihr immer noch sauer hoch, so als ob es gestern gewesen wäre. Vor vierzig Jahren hatte ihr Vater mit der Mutter einen Hof unterhalb der Mutspitze bewirtschaftet. Als ihr Vater vom Grundbesitzer rausgeworfen worden war, weil der Hof wegen seiner zunehmenden Sauferei immer mehr verwahrloste, zogen sie runter nach Meran. »Unten im Tal gibt's immer Arbeit, auch für so eine Null wie deinen Vater«, hatte ihre Mutter gesagt.

»Außerdem hast du's dann mit der Schule leichter und kommst mehr aus dem Haus.« Dabei hatte ihre Mutter sie mit einem Seitenblick gestreift, und dann schnell wieder weggeguckt. Die Schlampe hatte ganz genau gewusst, was die zweite Lieblingsbeschäftigung ihres Vaters war, die gleich nach dem Saufen kam.

In Meran hatte der Vater die Familie mit Gelegenheitsarbeiten einigermaßen durchgebracht, seine Trinkerei wurde aber immer schlimmer. Katie hatte daran nichts auszusetzen gehabt, sondern gehofft, dass der Alkohol ihn schnell erledigen würde. Leider war das nicht passiert. Sie hatte volle drei Jahre durchhalten müssen. Gottlob kriegte er in den letzten Jahren keinen mehr hoch, sodass ihr wenigstens das volle Programm erspart blieb.

Das Einzige, was noch zählte, war das Geld. Ihre Mutter hatte ein paar Kröten zur Seite gelegt, von denen ihr Vater zum Glück nichts gewusst hatte. Vermutlich sollte es eine Art Wiedergutmachung sein. Von dem Geld hatte sie sich schließlich dieses Kellerloch hier leisten können.

Katie stützte sich schwer auf eine Stuhllehne und funkelte den großen Porzellanjesus an, der an dem Kruzifix in der Ecke hing. Was hatte sie früher geheult und gebettelt, dass er den Vater verschwinden ließ oder sie zumindest beschützte, irgendwie. Passiert war nichts. Seither war Katie klar, dass die ganze Beterei bloß Brimborium war. Sie hatte das Kruzifix nur deshalb behalten, weil es sich in ihrem Lokal gut machte. Es passte halt zu dem Klischee, das sich die Fremden von Südtirol zurechtgezimmert hatten. Wenigstens geschäftlich hatte der Porzellanjesus in letzter Zeit einen guten Job gemacht.

Entschlossen packte sie ihren Schlüsselbund und steuerte auf die Tür zum Hinterhof zu. Draußen war es stockdunkel. Sie drückte den Schalter neben der Tür, der an die Glühbirne über den Außentoiletten angeschlossen war. Trotzdem wäre sie beinahe über den leblosen Körper auf dem Boden gestolpert. Ihr entfuhr nur ein helles »Uihh«. Geschrien hatte sie das letzte Mal, als sie vierzehn Jahre alt gewesen war.

ZWEI

Sonntag, 1. Mai

Commissario Luciano Pavarotti, Ermittlungsleiter der Polizia di Stato in der Quästur Bozen, zwängte sich aus der Tür seines Dienstwagens. Trotz der relativ kurzen Fahrt von Bozen nach Meran hatte die Fahrt eine gefühlte Ewigkeit gedauert. Eine halbe Stunde lang war er nur mit Schrittgeschwindigkeit vorwärtsgekommen. Jetzt fühlte er sich vollkommen steif, und sein Kreuz tat ihm weh.

Zwei Uniformierte vertraten sich neben der Weinstube Renzinger die Beine und rauchten. »He, Commissario, heute schon gesungen?«, schallte es ihm von dem Empfangskomitee entgegen.

Prompt stieß sich Pavarotti den Kopf an der Türkante an und fluchte laut. Er fragte sich, warum er sich nach so vielen Jahren immer noch nicht an die Kalauer gewöhnt hatte, die auf seine Namensgleichheit mit dem verstorbenen Tenor anspielten. Zu seinem Überdruss hatte er inzwischen auch die körperlichen Proportionen mit seinem Namensvetter gemeinsam.

Er rieb sich den schmerzenden Kopf. »Aha, ein Teil der örtlichen Staatsmacht«, knurrte er. »Kann ich darauf hoffen, dass ihr irgendwann mal etwas allein zustande bringt, oder sollte ich mir vielleicht doch langsam eine Zweitwohnung in Meran suchen?«

Schweigen. Der jüngere, Brunthaler hieß er, schaute betreten auf seine Schuhspitzen und trat in vorauseilendem Gehorsam seine Zigarette auf dem Trottoir aus. Der andere, Emmenegger, der den Witz gerissen hatte, grinste noch und balancierte seinen Glimmstängel provozierend im Mundwinkel.

»Hopp, hopp, Emmenegger, weg mit dem Stinkrohr«, befahl Pavarotti. Die beiden Figuren wussten von früheren Ermittlungen ganz genau, dass Pavarotti den Qualm nicht leiden konnte, noch nicht mal im Freien. Aber Emmenegger war immer schon ein wenig renitent gewesen.

Pavarotti strich sein volles schwarzes Haar glatt, durch das sich bereits Silberfäden zogen, und bewegte seine Massen zum ein paar Schritte entfernten Laubendurchgang, der notdürftig mit einem rot-weißen Absperrband gesichert war. Ein Pulk Schaulustiger hatte sich angesammelt und gaffte ihn an.

Pavarotti war im vergangenen Vierteljahr bereits zwei Mal zu Ermittlungen der Meraner Polizei hinzugezogen worden. Beim ersten Fall war er formal gar nicht zuständig gewesen, denn Hoteldiebstähle waren eigentlich Sache der Ortspolizei, auch wenn es sich um Einbrüche in großem Stil handelte. Beim zweiten Mal hatte man ihn aus Bozen herbeizitiert, nachdem ein häusliches Eifersuchtsdrama in Dorf Tirol eskaliert war. Der Ehemann hatte seine Frau mit einem Golfschläger niedergestreckt und war anschließend verschwunden. Pavarotti grinste, als er daran dachte, wie er ihn im Golfclub in Lana aufgespürt hatte. Der Mann war gerade dabei gewesen, sich völlig ungerührt in die Teilnehmerliste für das nächste Wettspiel einzutragen. Nachdem er das zu Ende gebracht hatte, ließ er sich widerstandslos abführen. Total übergeschnappt, natürlich. Es war kein großes Kunststück gewesen, die beiden Fälle aufzuklären.

Aber das waren Ausnahmen. Bei komplizierter gelagerten Schwerverbrechen in Meran hatte Pavarotti eine geringe Aufklärungsquote, die ihn wurmte. Ohne Opfer und Umstände zu kennen, beschlich ihn schon jetzt die Angst, auch bei diesem Fall wieder zu versagen, und er konnte fühlen, wie ihn die Frustration nach unten zog und seine Motivation unterminierte.

Normalerweise konnte man zu Beginn einer Mordermittlung an ein paar Punkten ansetzen. Es gab erste Spuren aus dem Hintergrund des Opfers, oder es meldete sich ein Zeuge. Eins kam zum anderen, und im Laufe der Zeit wuchs der Fall zu einem wabenartigen Gebilde heran, mit verzweigten, sich aber manchmal berührenden Ermittlungssträngen und einer ganzen Reihe möglicher Motive. Die Schwierigkeit bestand darin, die Fäden zu entwirren und das Grundmuster des Falles zu entschlüsseln. Ohne besonders stolz darauf zu sein, wusste Pavarotti, dass er diesen letzten, entscheidenden Ermittlungsschritt so gut beherrschte wie kaum ein zweiter Commissario in Südtirol. Doch was nutzte ihm das hier schon?

Das Problem war, dass in Meran seine Fähigkeiten zum Entschlüsseln eines Falles erst gar nicht zum Einsatz kamen. Von viel-

versprechenden Hinweisen und Spuren konnte hier keine Rede
sein. Die Meraner klappten der italienischen Polizei gegenüber
aus Prinzip den Mund zu, Ende der Ermittlungen. Wenn es um
einen der Ihren ging, hielten die Hiesigen eisern zusammen. Dass
Pavarotti den Grund für dieses Verhalten kannte, machte die Sache auch nicht einfacher. Meran war vor fünfzig Jahren eine der
Hochburgen des Widerstands gegen den italienischen Einfluss
in Südtirol gewesen. Die Meraner hatten auch heute noch nicht
allzu viel für den italienischen Staat übrig, auch nach vierzig Jahren
Südtiroler Autonomie nicht.

Pavarotti gestand sich ein, dass es ihm von jeher schwerfiel, Südtirolern gegenüber einen unbefangenen Ton anzuschlagen. Deshalb
fühlte er sich außerhalb der vier Wände seines Bozner Büros oft
unbehaglich. Die Repressalien, die sich seine Landsleute hier vor
der Autonomie geleistet hatten, bedrückten ihn und standen ihm
bei seinen Ermittlungen im Weg.

Auf der anderen Seite stieg die kalte Wut in ihm hoch, wenn
er an die Gleichgültigkeit dachte, mit der es die Meraner mit
ihrem Mangel an Kooperationsbereitschaft in Kauf nahmen, dass
Schwerverbrecher durch das Netz schlüpfen konnten. Pavarotti
wurde das Gefühl nicht los, dass ein Krimineller in ihren Augen
auch nicht viel schlimmer war als der italienische Ermittler, mit
dem sie es zu tun bekamen. Er reckte sein Kinn vor. Diesmal
würde er die ganze Mischpoke, egal wer es war, hart anpacken und
gnadenlos in die Zange nehmen. Die Kripo war schließlich Sache
des italienischen Staates, und das war, verdammt noch mal, auch
gut so. Da konnten sich die Südtiroler mitsamt ihrer Autonomie
auf den Kopf stellen und mit den Beinen wackeln.

Pavarotti streckte die Hand nach dem Absperrband aus und
seufzte. In englischen und amerikanischen Kriminalromanen
stemmten sich die lokalen Kriminaler mit aller Kraft gegen eine
Einmischung von weiter oben, weil sie ihre Fälle selbst lösen wollten. Wenn in Meran hingegen ein Fall hochkochte, dann konnte
man darauf wetten, dass der Meraner Kripokollege Filseder, der
hier stationiert war, entweder im Urlaub, auf einer Schulung oder
krank war. Diesmal war es offenbar eine Schulung bei den österreichischen Kollegen, in Salzburg. Salzburg war nett, zweifellos,

aber dass sich jemand freiwillig ein Seminar mit irgendwelchen Besserwissern antat, war Pavarotti ein Rätsel. Urlaub nahm er auch selten, weil er mit Freizeit nichts anzufangen wusste, und krank war er so gut wie nie. Mit dem Effekt, dass er praktisch immer verfügbar war.

Pavarotti vermutete, dass der Meraner Polizeichef Alberti bei Notfällen gar nicht mehr nach Filseder fragte, sondern reflexartig einen telefonischen Hilferuf nach Bozen losließ. Wie auch an diesem Morgen. Pavarottis Boss, der Polizeichef der Quästur Bozen, Vice Questore Briboni, hatte dem Amtshilfeersuchen wie üblich zugestimmt, ohne dem Lamento Pavarottis Beachtung zu schenken. Pavarotti seufzte erneut. Grundsätzlich hatte er nichts gegen eine Chance, sich aus dem unmittelbaren Bannkreis seines Vorgesetzten zu entfernen. Aber Meran war eben keine Lustreise, sondern kam einer temporären Strafversetzung gleich.

Vorsichtig hob er das linke Bein, grunzte und hievte sich über die Absperrung. Es fiel ihm schwer, sich auf den Tatort zu konzentrieren, den er gleich zu Gesicht bekommen würde, weil er innerlich immer noch mit seinem Schicksal haderte. Aber gegen den Umstand, dass die Schwester seines Vorgesetzten die Ehefrau des Meraner Polizeichefs war, ließ sich nun einmal nichts machen.

Pavarotti verdrehte die Augen, als er an die zähen Befragungen dachte, die ihm bevorstanden, und nahm widerstrebend die vor ihm liegende Szenerie in Augenschein. Normalerweise war es in den Meraner Laubendurchgängen auch am helllichten Tag dämmerig. Im Moment allerdings verwandelte das gleißende Licht von Hochleistungsstrahlern, die das Team der Spurensicherung aufgestellt hatte, den Laubendurchgang in eine Art Filmset. Wie für Dreharbeiten ausgeleuchtet lag der Körper da, zusammengekrümmt und nur ein paar Meter vom Eingang des Gangs entfernt.

Pavarotti streifte Schutzüberzüge über seine Schuhe und ging neben der Leiche in die Hocke. Er verzog das Gesicht, als ihm ein beißender Gestank in die Nase stieg. Der Tote lag in einer Urinlache. Pavarotti schätzte ihn auf Anfang vierzig, der Körper machte einen kräftigen, muskulösen Eindruck. Er hatte eine ausgeprägte Kieferpartie und war auf eine markige Art gut aussehend. Soweit man das in dem Zustand, in dem sich das Gesicht befand, überhaupt erkennen konnte. Sowohl der Hinterkopf als auch die linke Kopfseite waren eingedrückt und mit verkrustetem Blut verschmiert. In den Wunden waren Knochenteilchen zu sehen und Gehirnmasse, die in dem hellen Licht weißlich schimmerte.

»Brunthaler, Emmenegger, kommt mal her!«

Widerstrebend rückten die beiden Uniformierten näher. Als die angestrahlte Leiche mit ihren dramatischen Farbeffekten in sein Blickfeld kam, kehrte Brunthaler auf dem Absatz um und übergab sich geräuschvoll auf die Laubengasse direkt neben dem Haupteingang der Weinstube Renzinger.

Ein sicher denkwürdiges Fotomotiv für die sensationslüsternen Touristen, schoss es Pavarotti durch den Kopf. Er sah, dass die Gaffer ein paar Meter zurückwichen, um sich vor dem Sturzbach aus Brunthalers Mund in Sicherheit zu bringen, und grinste. »Was ist mit Ihrem Kollegen los, Emmenegger? Hat der noch nie einen Toten gesehen, der nicht in seinem eigenen Bett gestorben ist?«

»Doch, schon«, versetzte Emmenegger mit leichtem Achselzucken. »Aber es wird trotzdem nicht besser mit ihm.«

Pavarotti ging darauf nicht ein. »Wer hat den Toten gefunden?«

»Das war die Renzingerin selbst, als sie heute Morgen in ihrer Weinstube aufräumen und putzen wollte.«

»Wann war das?«

Emmenegger zückte ein Blöckchen und konsultierte seine Notizen. »Nach ihrer Aussage war's kurz vor sieben.« Er deutete mit seinem Kinn auf den ersten Stock im Nachbarhaus. »Sie ist jetzt oben in ihrer Wohnung, hat sich hingelegt. War wohl der Schock.«

»Haben wir eine Vermutung, wer der Tote ist?«

Emmenegger nickte leicht betreten. Die Richtung, in die die Unterhaltung sich entwickelte, war ihm sichtlich unangenehm. »Das ist Karl Felderer, Sie wissen schon, der Juniorchef der Felderer-Gruppe«, berichtete er stockend. »Den Felderers gehören neben dem Hotel Felderer in den Lauben —«

Pavarotti unterbrach ihn. »Ich kenne die Felderer-Gruppe. Die Details klären wir ab, wenn wir sicher sein können, dass er es wirklich ist. Ich kümmere mich um die Angehörigen und veranlasse die Identifizierung, sobald der Tote in der Gerichtsmedizin liegt.«

Emmenegger verzog das Gesicht, als ob er auf einen schmerzenden Zahn gebissen hätte. »Je nun, Commissario, ah, es ist so, der Tote ist schon offiziell identifiziert worden«, brachte er widerstrebend heraus.

Pavarotti schaute abrupt auf. »Wie bitte? Was soll das heißen?«

»Na ja, es ist so«, erklärte Emmenegger. »Die Renzingerin hat gemeint, sie erkennt ihn. Als den Felderer-Buben. Ich musste ja heute Morgen beim Chef Meldung machen. Als ich ihm den Namen gesagt hab, ist er sofort hier erschienen.« Der Sergente kratzte sich verlegen an der Brust und mied Pavarottis fassungslosen Blick. »Anscheinend kennt, ähem, kannte er den Verstorbenen gut und hat ihn, ehm, gleich am Tatort identifiziert, um die Familie zu schonen. Er ist jetzt zu denen hin, um ihnen die Nachricht beizubringen.« Emmenegger atmete tief durch. Er hatte die Beichte hinter sich gebracht und war sichtlich erleichtert.

Pavarotti starrte ihn an. »Habe ich das jetzt richtig verstanden? Signore Alberti ist hier am Tatort wie ein Elefant im Porzellanladen herumgelatscht und hat Spuren kaputt gemacht, ohne dass ihn jemand daran gehindert hätte?«

Emmenegger erwiderte nichts, sondern unterzog seine Schuhspitzen einer gründlichen Musterung.

Plötzlich schwante dem Commissario etwas. »Emmenegger! Hat Alberti die Leiche etwa auch bewegt?«

Emmenegger nickte unglücklich, den Blick weiter auf den Boden gerichtet. »Je nun, schon. Der Tote lag auf der Seite. Er hat ihn auf den Rücken gedreht, sonst hätte er ja nicht zweifelsfrei identifizieren können.«

Pavarotti stöhnte laut auf. »Emmenegger, wann war die Spurensicherung vor Ort?«

Der Sergente wirkte noch betretener als ein paar Minuten zuvor. »Erst nach Signore Alberti«, bekannte er. »Sie haben ihn sofort rausgescheucht. Aber da war's schon zu spät.«

»Und warum in aller Welt haben Sie Ihrem Chef keinen zarten Hinweis gegeben, dass er mit seiner Aktion mindestens zwanzig Vorschriften verletzt?«, brüllte Pavarotti, dem seine professionelle Distanz mehr und mehr abhandenkam. Der Tatort war mit Sicherheit verhunzt, die Stellung der Leiche nach dem Mord wahrscheinlich nicht mehr zu rekonstruieren.

Emmenegger antwortete nur mit einem waidwunden Blick.

Pavarotti schwante, dass dieser Fall seine schlimmsten Befürchtungen übertreffen würde. Jetzt hatte auch noch der Meraner Polizeichef, ob mit Absicht oder unbewusst, das Seinige dazu getan, die Ermittlungen zu erschweren.

Pavarotti schüttelte den Kopf, konzentrierte sich dann aber wieder auf die zerschundene Gestalt am Boden. Er betrachtete die Kopfwunde, dann schaute er hoch, und sein Blick fiel auf die Hintertür der Weinstube Renzinger. Der Schlag war vermutlich geführt worden, als der Mann dicht an der Mauer gestanden hatte, dem Hinterausgang direkt gegenüber. Vermutlich war er gerade dabei gewesen, an die Wand zu pinkeln, als ihn der tödliche Schlag getroffen hatte. Pavarotti vermutete, dass Felderers Körper durch die Wucht der Attacke gegen die Wand geschleudert wurde und an ihr heruntergerutscht war. Aber das waren alles Spekulationen, da sich der Tathergang nun nicht mehr rekonstruieren ließ.

Blieb die Waffe. Nach den Wunden zu urteilen eine eher runde Form, aber da gab es vom Sandsack bis zum Golfdriver ein weites Feld von Möglichkeiten. Ein paar vorläufige Ergebnisse aus der Gerichtsmedizin, schon vor dem offiziellen Abschluss der Sektion, wären jetzt hilfreich. Aber das war natürlich illusorisch. Die Gerichtsmedizinerin war dafür bekannt, dass sie prinzipiell diejenigen Ermittlungsbeamten am längsten warten ließ, die ihre Fälle am dringendsten machten. Pavarotti merkte, wie ihn der Frust wieder überkam. Denn in seinem Fall ging sowieso nichts. Die Dame konnte ihn nicht ausstehen. Die Leiterin der Meraner Gerichtsmedizin war seine jüngere Schwester.

Pavarotti drehte sich nach den beiden Ortspolizisten um. Brunthaler war mittlerweile wieder in den Durchgang getreten, hielt aber den Blick starr waagrecht. »Also gut. Wenn anscheinend klar ist, wer der Tote ist – was wisst ihr über ihn?«

Die beiden tauschten einen kurzen Blick aus. Offenbar passierte gerade wieder das Übliche – bloß kein Insiderwissen gegenüber italienischen Behördenvertretern preisgeben.

»Raus mit der Sprache. Was war Karl Felderer für einer?«, insistierte Pavarotti.

Brunthaler schnaufte. »Na ja, Commissario, dass die Felderers schwerreich sind, das wissen Sie ja selbst. Ihre Privatvilla haben die in den Lauben, liegt hinter einem ihrer Hotels, direkt am Küchelberg. Da ist der Chef ja vorhin hin.« Er grinste verschmitzt. »Ich soll Ihnen übrigens von ihm ausrichten, Sie sollen ausnahmsweise diplomatisch sein, die Leute vorsichtig behandeln. So wie rohe Eier, hat er gemeint.« Brunthaler schniefte, als er den wütenden Blick Pavarottis auffing. »Weil die eben in ganz Südtirol enorm viel Einfluss haben, bis hoch zum Landeshauptmann. Übrigens soll er ein ziemlicher Weiberheld sein, äh, gewesen sein, das hört man jedenfalls immer mal wieder. Was Genaues weiß ich aber nicht. Scherschee la Famm, so heißt es doch bei Maigret, oder so ähnlich, Commissario?«

Pavarotti ersparte sich einen Kommentar und wandte sich an Emmenegger. »Und was ist Ihre Theorie zu dem Fall?«

Der Sergente blinzelte. »Vielleicht wollte er gerade auf die Toilette.« Er zeigte auf einen Holzverschlag ein paar Meter weiter in Richtung Durchgang. »Die Renzingerin hat ja nur außen welche. Im Gastraum ist keine.«

Pavarotti überlegte. Natürlich konnte es auch sein, dass sich die Blase im Moment des Todes entleert hatte und dass das die Ursache für die Urinlache unter der Leiche war.

»Den muss jemand abgrundtief gehasst haben«, gab Brunthaler plötzlich ungefragt seinen Senf dazu. »Deswegen ist mir ja gleich so furchtbar schlecht geworden.«

Pavarotti verdrehte die Augen. »Wie kommen Sie auf die Idee?«

»Ich mein ja nur«, sagte der Angesprochene eingeschüchtert. »Von seinem Kopf ist ja kaum noch was übrig. Der Mörder hat bestimmt noch mal zugeschlagen, als der Felderer schon halb tot am Boden lag.«

»Ja«, nickte Pavarotti. »Das ist eine Möglichkeit. Die andere ist, dass der Mörder einfach auf Nummer sicher gehen wollte.« Dass es auch eine dritte Variante gab, behielt er erst einmal für sich. Angesichts der Brutalität war auch ein Mafiamord denkbar, bei dem ein Exempel statuiert werden sollte. Vor der Aussicht, in diesem Milieu ermitteln zu müssen, graute ihm, deshalb blendete er die Möglichkeit erst einmal aus. Er war froh, dass solche Fälle in Südtirol eher selten vorkamen. Aber man konnte natürlich nie wissen.

Nachdenklich betrachtete Pavarotti die aus morschen Holzbohlen bestehenden Türen der zwei Toiletten. »Emmenegger! Fragen Sie mal nach, ob sich die Spurensicherung die Häuschen vorgenommen hat!« Die Chancen dafür standen ziemlich schlecht. Zwar hielt Pavarotti rein fachlich ziemlich viel von Arnold Kohlgruber, dem Leiter der Spurensicherung. Das Problem mit Kohlgruber war aber, dass der sich schon nach ein paar Minuten am Tatort auf ein Tatszenario festlegte, obwohl das ganz und gar nicht sein Job war. Kohlgruber hielt sich für einen verkappten Ermittler mit den grauen Zellen eines Hercule Poirot, dessen Genie bisher verkannt worden war. Man musste dem Kerl permanent auf die Finger schauen, dass er auch wirklich alle Spuren untersuchen ließ, ganz besonders diejenigen, die in seine spezielle Theorie nicht hineinpassten.

Pavarotti streifte sich Latexhandschuhe über und drückte vorsichtig auf das äußerste Ende der Klinke. Abgeschlossen. Er hörte Emmenegger unterdrückt kichern und das Gespräch beenden.

»Nein, die haben die Klos ausgelassen«, erklärte Emmenegger feixend. »Kohlgruber meinte, das sei bloß Verschwendung von Steuergeldern. Die Spusi hätte keine Zeit, die Hinterlassenschaften von ganz Meran inklusive Touristen mit Fingerabdruckpulver zu bestäuben. Kohlgruber weiß eh schon, wie es gelaufen ist, sagt er.«

Pavarotti hatte keine Lust, den Köder zu schlucken. Bewusst förmlich gab er zurück: »Ordnen Sie an, das Versäumte sofort nachzuholen. Verstanden?«

»Ich?« Das Grinsen auf Emmeneggers Gesicht gefror.

»Ja, Sie!«

Der Sergente nickte wortlos.

Zu Brunthaler sagte Pavarotti: »Schaffen Sie bitte die Katie Renzinger auf die Polizeiwache, sagen wir, in zwei Stunden. Bis dahin bin ich mit der Befragung der Familie durch.« Wieder kroch der Zorn in ihm hoch. Die Befragung war bloß noch Formsache, denn einen unverfälschten Eindruck davon, wie die Familie die Nachricht aufnahm, würde er nicht mehr kriegen. Die hatten inzwischen genügend Zeit gehabt, sich zu beruhigen und ihre

Geschichten aufeinander abzustimmen. Dafür hatte Signore Alberti mit seinem Vorpreschen gesorgt, *molte grazie*.

Er wandte sich zu Emmenegger um. »Sie warten hier, bis die Spurensicherung im zweiten Anlauf ihren Job erledigt hat. Vielleicht hat sich ja bis dahin auch mal unsere geschätzte Gerichtsmedizinerin hierherbemüht, um den Tatzeitpunkt näher einzugrenzen.« Pavarotti ging erneut in die Hocke und bewegte vorsichtig einen Arm und ein Bein der Leiche. Als er sich schließlich wieder aufrichtete, protestierten seine Knie, und er stöhnte unterdrückt.

»Ich glaube, wir können auch ohne die Dame schon mal davon ausgehen, dass der Tod nicht erst heute am Morgen eingetreten ist. Die Leichenstarre ist ja bereits wieder vollständig abgeklungen. Vielleicht hat jemand etwas gehört oder gesehen. Emmenegger, Sie lassen unsere liebe Kollegin erst wieder entschwinden, wenn sie Ihnen einen Anhaltspunkt zur Mordzeit gegeben hat. Notfalls nehmen Sie sie fest, verstanden? Und dann klappert ihr beiden die Nachbarschaft in den Lauben ab. Alles klar?«

Die beiden Polizisten nickten schicksalsergeben.

★★★

Mit schwerem Kopf fuhr Lissie hoch. Sie fühlte sich, als ob sie überhaupt nicht geschlafen hätte. Aber das konnte nicht stimmen, denn sonst hätte sie ja wohl kaum einen Alptraum haben können. Die Traumfetzen entglitten ihr zwar schon, aber sie wusste noch, dass dieser schmallippige Kellner, der sie und diesen Weiberhelden am Vorabend bedient hatte, die Hauptrolle darin gespielt hatte. In ihrem Traum war er mit einer Geldbörse, die die Farbe von frisch geschlachtetem Fleisch hatte, auf sie zugekommen. Aus seinem Lächeln war im Traum ein wölfisches Grinsen geworden. Als sich die Börse mit einem schmatzenden Geräusch öffnete, waren die Banknoten darin mit lautem Rascheln davongeflattert.

Lissie fröstelte. Es war kalt im Zimmer. Ihr fiel ein, dass sie gestern Abend vergessen hatte, das gekippte Fenster zu schließen. Ein Windstoß bauschte die Vorhänge.

Unwirsch zerrte sie an ihrer Bettdecke, die klamm von ihrem

Schweiß war. Trotz des unangenehmen Gefühls konnte sie sich nicht überwinden, die Füße aus dem Bett zu schwingen. Sie wendete die Decke, zog sie hoch bis ans Kinn und linste aus dem Spalt zwischen den Vorhängen nach draußen. Es nieselte. Was sollte sie in einem verregneten Südtiroler Kaff, in dem sie keine Menschenseele kannte außer einem Geldsack mit schlechtem Benehmen, der hinter Weibern her war? Dazu hätte sie nicht wegzufahren brauchen.

Ihr Mobiltelefon meldete sich. Alexander. Ach nee.

»Na, gut gelandet?«

»Sonst würde ich jetzt ja wohl kaum rangehen«, erwiderte Lissie spitz. »Gestern Abend hat dich das anscheinend weniger interessiert.«

Schweigen am anderen Ende der Leitung. »Ich hatte noch spät Betriebsratssitzung im Verlag, und das habe ich dir auch gesagt«, versetzte Alexander frostig. »Aber du hörst ja nie zu, weil du bloß mit dir selbst beschäftigt bist. Ich bin's bald leid. Mach's gut.« Freizeichen. Alexander hatte das Gespräch weggedrückt.

Lissie presste ihre Lippen zusammen, und ihre Mundwinkel zogen sich nach unten. Der Vorwurf war nicht neu. Es stimmte schon, dass sie oft nicht zuhörte. Gegen das leise Störgeräusch in ihrem Kopf, das ihr vorkam wie das Surren eines überlasteten Generators, kamen in letzter Zeit viele andere Dinge einfach nicht an.

★★★

Zwei Stockwerke weiter unten warf Elsbeth Hochleitner ihrem Enkel, der gerade eine weitere Nachricht auf einer Mailbox hinterließ und ruhelos durch die riesige Küche tigerte, einen liebevollen Blick über ihre Schulter zu. Sie stand vor der Spüle und schrubbte sich die Hände mit einer Wurzelbürste. Vor einer Viertelstunde hatte sie die Restaurierungsarbeit an einer kleinen Sankt-Christophorus-Kirchenfigur abgeschlossen. Mit der Pfarrei war der heutige Tag als Abgabetermin vereinbart. Elsbeth hatte die ganze Nacht gebraucht, um fertig zu werden, obwohl die Arbeit eigentlich nicht so schwierig gewesen war.

Inzwischen reichte ihr Können gerade noch für kleine, zweitrangige Auftragsarbeiten, wenn die Pfarrei in Meran niemand anderen fand. In seltenen Fällen war es auch die Meraner Denkmalpflege, die ihr einen Auftrag erteilte. Sie wusste natürlich ganz genau, dass es sich um ein Almosen handelte, um eine Art posthumen Freundschaftsdienst für ihren Vater.

Elsbeth zuckte die Schultern. Nach dem Tod ihrer Eltern hatte sie geglaubt, die Pension weiterführen zu müssen, und ihren Beruf als Restauratorin an den Nagel gehängt. Inzwischen war der Ärger über ihre Dummheit verflogen. Er hatte einem flüchtigen Bedauern Platz gemacht, das sich einstellte, wenn sie an früher dachte.

Elsbeth drehte ihre Hände ein letztes Mal unter dem Wasserstrahl hin und her und begutachtete ihre Finger. Tadellos. Heute war sie besonders gründlich gewesen. Aber dafür brannten ihre Nagelhäute jetzt höllisch. So sehr sie die Arbeit selbst liebte – die Aufräumarbeiten, das Reinigen der Pinsel und Spatel, das Abkratzen von Lehm und Spezialfarbe von den Händen, das hasste sie wie die Pest.

Ihr Blick fiel auf die Delfter Fliesen über der Spüle, die ihr Vater unbedingt hatte einbauen müssen. Damals hatten die Hochleitners noch Geld gehabt. Und das galt noch mehr für die Familiengeneration davor, die am Anfang des letzten Jahrhunderts das Haus übernommen hatte. Elsbeth musste grinsen, als sie an den ursprünglichen Zweck des Nikolausstifts dachte, der überhaupt nicht zu einem männlichen Heiligen als Namensgeber passte. Das Stift hatte vor allem als Unterkunft für vornehme, unverheiratete Damen gedient, die – wie es damals üblich war – von ihren Familien abgeschoben worden waren.

Der Schmierfilm auf der wertvollen Keramik holte Elsbeth in die Gegenwart zurück. Ihre Zugehfrau taugte nichts, aber nicht mal die würde sie sich in Kürze mehr leisten können. Sie drehte die Wasserhähne zu. Am besten verkaufte sie die Fliesen so schnell wie möglich, das würde mit Sicherheit mehr Geld auf einmal einbringen als ihre Gelegenheitsarbeiten.

Lange würde sie die Pension sowieso nicht mehr halten können. Das Haus war zu groß für die wenigen Gäste und verschlang viel zu viel Geld für den Unterhalt. Wie so oft ging Elsbeth in Gedanken die einzige Option durch, die ihr mittelfristig neben der Geschäftsaufgabe noch blieb. Sie blickte sich um. Das Haus müsste von Grund auf renoviert werden. Sie müsste den Wellness-Trend mitmachen, eine Saunalandschaft, vielleicht sogar ein Schwimmbad einbauen. Platz genug böte das Areal schon, das Grundstück und die Gebäude wären sogar ideal für ein Beauty-Hotel. Aber wozu? Auch wenn Justus erst dreizehn war, hatte er schon einen halbwegs konkreten Plan für später: Sportmedizin studieren. Er wird genauso stur wie sein Vater, dachte sie. Deshalb würde Justus am Ende seinen Kopf durchsetzen, obwohl ein gut gehendes Hotel in Meran viel Geld abwerfen konnte.

Im Augenwinkel sah sie, dass das Marmeladenbrot in der rechten Hand ihres Enkels gefährlich kippte, als er mit seinem Telefon herumhantierte. Ein dicker roter Tropfen suppte auf den Boden, aber Justus schenkte dem keine Aufmerksamkeit. Elsbeth seufzte, als sie nach dem Küchenpapier griff. Im Unterschied zu ihr waren Justus pflichtbezogene Überlegungen fremd. Vielleicht hatte er ja recht.

»Bitte, Justus, setz dich endlich hin oder mach dich irgendwie nützlich. Hier sind die Semmeln und die Marmelade für unsere Dame aus Frankfurt.« Entschlossen drückte Elsbeth Hochleitner ihrem Enkel ein nicht gerade üppig bestücktes Frühstückstablett in die Hand. Mehr als Semmeln, Butter und Erdbeermarmelade gab die Kalkulation nicht mehr her.

★★★

Justus stellte das Tablett schwungvoll vor dem einzigen Gast im Frühstückszimmer ab und streifte die Frau mit einem neugierigen Blick, bevor er wieder in Richtung Küche abdrehte. Wie kam so eine wie die bloß auf die Idee, ihren Urlaub in der heruntergewirtschafteten Pension seiner Oma zu verbringen?

Doch dann ließ er den Gedanken fallen, weil ihn wieder die Unruhe überkam. Warum meldete sich Karl nicht? Er hätte längst hier sein sollen. Sie hatten abgemacht, die nächste Tour zu besprechen. Als Karl den Plan zur Sprache brachte, war Justus anfangs ein bisschen ängstlich gewesen, denn von der Sarner Scharte hieß es, sie sei ziemlich anspruchsvoll. Doch Karl hatte ihn beruhigt und gesagt, er brauche sich keine Sorgen zu machen, denn er sei jetzt so weit für eine solche Tour.

Wo blieb Karl nur? Wahrscheinlich war der Big Boss schon unterwegs zu ihm und merkte nicht, dass sein Handy keinen Saft mehr hatte. Justus beschloss, Karl entgegenzulaufen.

Als Justus in die Lauben einbog und das Hotel Felderer in sein Sichtfeld rückte, hielt er abrupt an. Direkt vor ihm blockierten zwei Polizeiwagen den Weg. Weiter vorn, ungefähr auf halbem Weg zum Pfarrplatz, sah er noch einmal blinkendes Blaulicht. Die Bullen scherte es offenbar keinen Deut, dass die Lauben Fußgängerzone waren. Irgendwie beunruhigte dieser Umstand Justus am allermeisten.

★★★

Ohne seine Außenwelt wahrzunehmen, stapfte Pavarotti die Gasse entlang. Die Lauben waren von Touristen verstopft, die ständig zwischen den beiden Straßenseiten hin und her kreuzten, um möglichst keine der Auslagen zu verpassen. Ganz automatisch setzte Pavarotti seine Körperfülle ein, um sich einen Weg zu bahnen, hin und wieder sogar ziemlich grob.

In Gedanken war er immer noch mit der unfassbar dummen Aktion von Signore Alberti beschäftigt. Bisher war Alberti das einzig Gute an seinen Einsätzen in Meran gewesen, weil er sich nie in die Ermittlungen eingemischt hatte. Ganz anders als Pavarottis kontrollsüchtiger Vorgesetzter in Bozen, der andauernd schriftliche Berichte über den Ermittlungsstand von ihm haben wollte. Und der die ganze Behörde mit seinen Rundschreiben nervte, mit denen er seinen Beamten immer noch mehr bürokratischen Ballast aufbürdete.

Alberti dagegen war vollauf damit ausgelastet, sich auf den Empfängen der Meraner Sparkasse und den Vernissagen des Kunstvereins zu produzieren und sich dabei von Reportern ablichten zu lassen. Wenn er nicht gerade damit beschäftigt war, mit der Kurverwaltung zu kungeln und Ausnahmegenehmigungen für Veranstaltungen zu erteilen, die von Rechts wegen an den Sicherheitsvorschriften gescheitert wären. Natürlich wussten alle, dass er die Hand aufhielt, aber wenigstens störte er nicht. Signore Alberti war kein großes Licht, jedoch schlau genug, sich aus der Polizeiarbeit herauszuhalten, bei der man ganz schnell einen publicitywirksamen Fehler machen konnte. Pavarotti stieß einen Seufzer aus, der in einem leisen Knurren ausklang. Wenn Alberti bloß auch diesmal seiner bisherigen Maxime treu geblieben wäre.

Vor dem Hotel Felderer passierte Pavarotti eine Lancia-Limousine mit Fahrer, in deren Fond er Alberti sitzen sah. Offenbar war der mit seinem Beileidsbesuch bei der Familie Felderer gerade fertig. Als Pavarotti einen Schritt zur Seite machen musste, um dem plötzlich mit Blaulicht und quietschenden Reifen startenden Wagen auszuweichen, wallte sein Zorn erneut auf. Da spürte er, dass ihn jemand von hinten am Ärmel zupfte. Er fuhr herum. Ein Junge an der Schwelle zum Teenageralter stand vor ihm.

»Herr Kommissar, grüß Gott, kennen S' mich? Sie übernachten immer bei uns, in der Pension meiner Oma. Wissen S' noch? Ich bin der Justus Hochleitner.«

Pavarotti hätte ihn auch ohne diese Ansage erkannt. Ihm fiel wieder einmal auf, dass der Bub zu klein war für seine dreizehn Jahre.

Pavarotti nickte und zwang sich zu einem Lächeln. Elsbeth Hochleitner war eine alte Bekannte, seit seiner Kindheit. Aber trotzdem würde er, wenn er ein dickeres Spesenkonto zur Verfügung hätte, lieber woanders als bei ihr im Nikolausstift übernachten. Sie erinnerte ihn an eine Zeit, die er lieber vergessen wollte. Außerdem waren die Zimmer in ihrer Pension nicht richtig geheizt, die Betten klamm, und das Frühstück war mehr als dürftig. Sogar für italienische Verhältnisse.

Der Junge schielte dem Polizeiwagen hinterher, der gerade von den Lauben in den Rennweg einbog und aus dem Sichtfeld verschwand. »Was ist denn passiert?« Seine Stimme klang ängstlich.

Pavarotti räusperte sich. Das Gespräch war ihm unangenehm. Er erinnerte sich, dass der Vater des Jungen und Karl Felderer gut befreundet gewesen waren. Wie sollte er mit dieser Situation umgehen? Sollte er den Kleinen abwimmeln?

»Ist irgendetwas mit Karl?«, drängte Justus mit hoher Stimme. »Er wollte mich heute Morgen in der Pension abholen. Er ist aber nicht gekommen. Und an sein Handy geht er auch nicht.«

Pavarotti traf eine Entscheidung. »So, so. Na, du musst es ja irgendwann doch erfahren, Justus. Der Karl Felderer, der ist tot. Mehr kann ich dir leider im Moment auch nicht sagen. Jetzt gehst du am besten wieder heim zu deiner Oma. Okay?« Pavarotti war sich nicht sicher, ob der junge Hochleitner überhaupt begriffen hatte, denn er stand einfach nur stocksteif da, starrte an ihm vorbei, die Hände in seinen ausgebeulten Jeanstaschen vergraben. »Hast du verstanden?«, wiederholte Pavarotti.

Da kam auf einmal Bewegung in den Jungen. Er drehte sich um und rannte die Laubengasse hinunter, als ob der Leibhaftige hinter ihm her wäre, boxte sich mitten durch die Menschenmenge. Pavarotti sah, dass ihm ein Tourist, den er angerempelt hatte, mit der Faust hinterherdrohte. Er konnte nicht anders, er musste grinsen. Die Fremden brauchten sich nicht zu beschweren. Ihnen wurde für ihre Kurtaxe heute wirklich etwas geboten.

Er blickte dem Jungen noch ein paar Sekunden hinterher, dann marschierte er auf die schwere, mit Holzintarsien überladene Eingangstür des Hotels Felderer zu. Kurz vor den Treppenstufen, die zum Eingang hinaufführten, blieb er stehen. Auf einmal war seine Wut über Alberti verraucht. Stattdessen fühlte er sich erleichtert. Dank Alberti blieb es ihm diesmal erspart, die schlechten Nachrichten zu überbringen. Pavarotti hasste diese Pflicht. Er hatte einfach keinen Schimmer, wie er mit Angehörigen umgehen sollte, die einen schweren Schock abbekamen und nicht begreifen konnten, dass ein Mensch nicht mehr da war.

Nach Pavarottis Geschmack hatten Morde abstrakte Rätsel zu sein, die sich mit Hilfe von purer Logik entschlüsseln ließen. Leichen machten ihm nichts aus, auch dann nicht, wenn sie in schlechtem Zustand waren. Umso mehr aber die Beteiligten, die noch lebten. Sie störten seine Ermittlungen, weil sie ihn mit ihren unberechenbaren Gefühlsausbrüchen in Verwirrung stürzten und ablenkten. Oft kam ihm ihr ganzes Verhalten vollkommen unbegreiflich vor. Am allerschlimmsten für ihn war, dass seine Mitmenschen von ihm erwarteten, dass er auf dieses ganze Gefühlschaos Rücksicht nahm. Wenn er bloß gewusst hätte, wie er das anstellen sollte.

Pavarotti verscheuchte den Gedanken und reckte sich, um sein Kreuz etwas zu entlasten, das nach dem Stop-and-go auf der Autobahn immer noch wehtat. Dann stieß er die Tür auf und betrat die Hotelhalle. Drinnen herrschte Halbdunkel, obwohl es erst Vormittag war. Die Vorhänge waren zugezogen. Pavarotti sah sich um. Es war niemand zu sehen. Ihm wurde bewusst, dass er trotz seiner vielen Einsätze in Meran noch nie hier gewesen war. Bis auf das leise Knacken in dem voluminösen Kaminofen, der wie ein schwarzes Ungetüm in der Mitte des Raumes hockte, war es still. Die Schatten, die das Kaminfeuer warf, zuckten auf den großen Fauteuils und auf den Terrakottafliesen im Dämmerlicht hin und her.

Dann hörte er ein Poltern. Eine Tür hinter der Rezeption wurde aufgestoßen, und ein junges Mädchen im Dirndl eilte auf ihn zu.

»Grüß Gott!« Automatisch knipste sie ihr eingelerntes Begrüßungslächeln an, das unterhalb ihrer hellgrauen Kieselaugen aufhörte. Doch plötzlich verrutschte das Lächeln, und sie fragte unfreundlich: »Haben Sie eine Zimmerreservierung?«

Pavarotti schüttelte den Kopf.

»Entschuldigung, dann müssen Sie's woanders probieren. Wir nehmen nämlich heut keine neuen Gäste. Es hat einen Todesfall in der Familie gegeben.« Und schon hatte sie den Türgriff in der Hand, um ihn zurück auf die Straße zu scheuchen.

Pavarotti seufzte. »Ich weiß, deshalb bin ich ja hier. Ich bin Commissario Pavarotti von der Quästur Bozen. Ich bin der zuständige Ermittlungsleiter.«

Die junge Frau führte ihre Hand zum Mund und wurde rot. »Es … Entschuldigung«, brachte sie heraus.

Pavarotti lächelte kühl. »Würden Sie mich jetzt bitte zur Familie Felderer führen?«

Die Frau warf ihm einen beleidigten Blick zu. Wortlos strebte sie auf eine massiv aussehende Tür an der Schmalseite der Halle zu und öffnete sie mit einem Plastikkärtchen, das sie an ein Lesegerät hielt. Sie betraten einen mit Glas überdachten Verbindungsweg, der zu einem Nebengebäude führte. Pavarotti warf einen Blick nach draußen. Sie befanden sich direkt vor den Weinbergen des Küchelbergs. Die Villa der Felderers lag, wie Brunthaler gesagt hatte, von der Straße aus nicht einsehbar unmittelbar hinter dem Hotel. Anscheinend war sie in die Abhänge der Weinberge hineingebaut worden.

Die Frau klopfte an eine weitere Tür, öffnete sie einen Spalt und nickte ihm wortlos zu. Pavarotti zögerte kurz. Er wartete darauf, angemeldet zu werden. Doch die Empfangsdame hatte bereits den Rückzug angetreten. Pavarotti straffte die Schultern und ging hinein. Er fand sich in einem riesigen Zimmer wieder, das zur Hälfte als Bibliothek, zur anderen Hälfte als Wohnzimmer mit einer mehrteiligen Sitzlandschaft eingerichtet war. Die Bücherregale reichten an zwei aneinandergrenzenden Wänden bis an die Decke und waren derart vollgestopft, als ob es bloß darauf angekommen wäre, so viel wie möglich unterzubringen.

In einer Ecke der riesigen Couchgarnitur saß eine junge Frau. Pavarotti vermutete, dass es sich um die Ehefrau des Opfers handelte. Sie hielt den Kopf gesenkt, deshalb konnte Pavarotti ihr Alter nur grob schätzen. Sie musste um die dreißig sein. Ihre Wangenpartie war mit hellroten Flecken übersät, dort, wo ihre Tränen getrocknet waren und die Haut angegriffen hatten. Im Moment heulte sie aber nicht. Pavarotti war dankbar dafür. Vielleicht hatte die Frau einfach nicht mehr genügend Tränenflüssigkeit übrig. Vielleicht hatte sie aber auch ein anderes Ventil gefunden. Sie hielt ein riesiges, potthässliches Goldbrokat-Kissen mit ihren Fingern gepackt, drückte es gegen ihren hochschwangeren Bauch und zupfte die Fransen aus den Troddeln heraus. Sie war schon ganz schön weit damit. Pavarotti fand, dass sie damit ein gutes Werk tat.

Im Zimmer war es kalt. Eins der großen Panoramafenster war weit offen. Davor stand sehr aufrecht ein hagerer alter Mann mit verschränkten Armen, die Beine gespreizt. Auf Pavarotti wirkte er ausgesprochen wachsam. Pavarotti beschloss, mit der Frau anzufangen.

»Frau Felderer? Darf ich Ihnen mein Beileid aussprechen?« Er räusperte sich. »Mein Name ist Luciano Pavarotti, ich leite die Ermittlungen zum Tod Ihres Mannes.«

Die junge Frau nickte nur, ohne aufzusehen. Pavarotti wartete, aber sie antwortete nicht. Sie zupfte einfach weiter, riss an der Wolle.

»Entschuldigen Sie das Benehmen meiner Schwiegertochter. Louisa steht unter Schock, das arme Mädchen.« Der Hagere ging auf Pavarotti zu und reichte ihm die Hand. »Ich bin Emil Felderer, der Vater von Karl.«

Die gönnerhafte Art, wie der Mann seine Schwiegertochter behandelte, war Pavarotti augenblicklich unsympathisch. »Na, dafür sind ja wenigstens Sie vom Schock verschont geblieben«, gab er zurück. Danach hätte er sich am liebsten auf die Zunge gebissen. »Auch Ihnen mein Beileid«, setzte er in einem linkischen Versuch hinzu, die Wogen wieder zu glätten.

Felderer erwiderte nichts, machte auch keine Anstalten, ihm einen Platz anzubieten.

Pavarotti beschloss, die Dinge selbst in die Hand zu nehmen, und steuerte auf ein weißgoldenes Sitzmöbel zu, das ihm einen guten Blick auf beide Felderers bot. Der Sessel sah einigermaßen stabil aus. Er setzte sich und lehnte sich vorsichtig zurück.

Die Einrichtung machte einen zusammengewürfelten, ungemütlichen Eindruck, obwohl die meisten Möbel teuer aussahen. Die Bücherregale aus rötlichem Kirschholz waren prächtig und sicher maßgefertigt. Die Sitzlandschaft war mit hochwertigem Leinen und Brokat überzogen. Der Couchtisch und eine kleine Anrichte an der Stirnseite stammten dagegen sichtlich aus der Bauernmöbelabteilung eines Kaufhauses. Sie wirkten rührend fehl am Platz. Genauso wie die junge Frau, die sich in die Sofaecke drückte. Vielleicht hatte die Frau diese Weichholzkollektion mit in die Ehe gebracht und sich trotzig geweigert, sie auszumustern.

Pavarotti lächelte schief. Eigentlich konnte einem die Kleine leidtun. Aber die Atmosphäre, die in dem Zimmer herrschte, machte es ihm unmöglich, Mitleid zu empfinden. In der Stille hallte noch das Gespräch nach, das vor seinem Eintreffen hier stattgefunden haben musste. Pavarotti hätte nur zu gern gewusst, was dabei zur Sprache gekommen war. Harmonisch war es bestimmt nicht gewesen. Laute Stimmen und Vorwürfe lagen noch in der Luft.

Er sah, dass der Alte wieder vor der großen Fensterfront Aufstellung genommen hatte. Mit dem kalten Wind strömte der modrige Geruch von nassem Moos herein. Draußen hatte der vom Wetterdienst angesagte Regen eingesetzt, und das Licht war bereits schwach, obwohl es noch nicht einmal Mittagszeit war. Der Garten war nur schemenhaft zu erkennen. Pavarotti sah ungepflegte Beete, auf die der Regen prasselte. Als einzige Farbtupfer sprossen prächtige Kaiserkronen mitten aus dem Unkraut. Über den Obstbäumen auf der Rückseite des Gartens zeichneten sich die Umrisse eines Weinbergs ab.

»Haben Sie ein Problem mit Wühlmäusen?«

»Wie bitte?« Konsterniert blickte Louisa von ihrer zerstörerischen Handarbeit auf.

Pavarotti war begeistert. Mit einer völlig nebensächlichen Bemerkung hatte er sie zum Reden gebracht! Den Trick musste er sich merken.

Die Frau starrte ihn an. Ihr Gesicht war nichts Besonderes. Blonde, farblos wirkende Haare, helle Haut mit ein paar Sommersprossen. Außerdem war sie etwas pausbackig, wie eine Zehnjährige. Aber die Augen waren eine Wucht: rehbraun, mit leicht goldenem Schimmer. Pavarotti liebte rehbraune Augen.

»Wegen der Kaiserkronen. Die halten Wühlmäuse ab. Vergessen Sie's«, murmelte er und beugte sich vor. »Ich muss Ihnen jetzt ein paar Fragen stellen, Frau Felderer.«

Ihr Gesichtsausdruck wurde wieder unbeteiligt. Sie nickte.

»Wann haben Sie Ihren Mann zum letzten Mal gesehen?«

»Gestern morgen, beim Frühstück. Er hat eine Semmel gegessen, Kaffee getrunken und ist aus der Tür.«

»Wohin?«

Sie zuckte die Schultern. »Was weiß ich. Irgendwelche Geschäfte halt. Er war mir keine Rechenschaft über sein Tun und Lassen schuldig.«

Pavarotti atmete tief ein. Das Phlegma der Frau machte ihn ungeduldig und ärgerlich. »Frau Felderer, unter Eheleuten ist es doch wohl üblich, dass man sich hin und wieder mitteilt, wohin man geht und was man macht. Zumindest stelle ich mir die Ehe so vor. Aber vielleicht irre ich mich auch, ich bin ja nicht verheiratet. Also noch mal: Welchen Geschäften ist Ihr Mann nachgegangen?«

Felderer senior schaltete sich ein. »Bitte nehmen Sie doch Rücksicht auf die Trauer meiner Schwiegertochter. Über unsere geschäftlichen Aktivitäten kann ich Ihnen ohnehin besser Auskunft geben als Louisa. Mein Sohn ist vor einem Jahr in die Geschäftsführung unseres Familienbetriebes eingetreten, ich bin aber ebenfalls Geschäftsführer geblieben und habe ihn beraten.«

»Ihre Familie betreibt Hotel- und Restaurantbetriebe. Außerdem vermieten und verpachten Sie Gewerbeflächen in Meran, so viel weiß ich bereits«, fuhr Pavarotti ungerührt fort. »Könnte sich Ihr Sohn bei der Vielzahl dieser geschäftlichen Aktivitäten Feinde gemacht haben?«

Emil Felderer lächelte verkniffen. »Kann schon sein. Mein Sohn war in letzter Zeit mit dem VEMEL, das ist der Verband des Meraner Laubeneinzelhandels, ziemlich über Kreuz. Denen hat nicht gepasst, dass er verstärkt an italienische Lederketten vermietet hat. Die hat Karl zu Recht als ertragskräftigere und für uns wesentlich risikoärmere Mieter eingeschätzt als den Meraner Facheinzelhandel. Er hatte gerade wieder einen neuen Interessenten aus Mailand für eine große Verkaufsfläche in den Lauben an der Hand. Karl legte recht wenig Wert auf die Meinung anderer und besaß kein diplomatisches Geschick, dadurch hat sich der Streit mit dem Verband natürlich verschärft.«

»Was hatte dieser Verband gegen die Geschäftsstrategie Ihrer Familie denn einzuwenden? Ihr Sohn war doch sicherlich auch selbst Mitglied in dem Verband«, fragte Pavarotti interessiert nach. Gleichzeitig versuchte er seinen aufkeimenden Enthusiasmus zu zügeln. Es wäre zu schön, gleich bei der ersten Befragung auf ein mögliches Motiv zu stoßen.

»Ja klar, wir sind Mitglied. Karl hatte sogar den Vorsitz«, gab der Alte zurück und zuckte dabei die Schultern. »Das hat seine Verbandskollegen nicht gehindert, unsere Vermietungspolitik zu kritisieren. Angeblich würden wir die Lauben damit kaputt machen. Es stimmt schon, das Erscheinungsbild der Innenstadt hat sich in den vergangenen Jahren etwas verändert.« Felderer pausierte kurz, um die Wollweste, die er trug, zuzuknöpfen.

»Aber die Weltuntergangsszenarien, mit denen der VEMEL auf die Vermietungspläne meines Sohnes reagiert hat, halte ich für reichlich übertrieben. Pure Wichtigtuerei.« Felderers Stimme klang abschätzig, darüber hinaus schwang keine Gefühlsregung mit.

Pavarotti ging durch den Kopf, dass der Alte hier ungerührt über Verbandspolitik palaverte, während ein paar hundert Meter entfernt sein toter Sohn mit eingeschlagenem Schädel in seinem eigenen Urin lag. Dieses Verhalten musste nichts bedeuten, so viel war Pavarotti klar. Menschen reagierten auf eine schreckliche Nachricht eben ganz verschieden. Eigentlich konnte ihm ein Zeuge wie der Alte, der sich an die Fakten hielt und nicht herumlamentierte, nur recht sein. Trotzdem fühlte sich Pavarotti von dem emotionslosen Gehabe des Menschen abgestoßen.

Mehr als der Verlust, den er gerade erlitten hatte, schien die Uneinsichtigkeit irgendwelcher Vereinsmeier an Felderer zu nagen. »Die Touristen bleiben nicht weg, weil sich ein oder zwei weitere große Ledergeschäfte und Textilfilialisten in den Lauben ansiedeln!«, versetzte der Alte in scharfem Ton. »Viele kleine Geschäfte haben einfach auf Dauer keine Überlebenschance. Sollen die Läden dann leer stehen? Ist das besser? Ein gut gehendes Geschäft, dessen Waren sich der Durchschnittstourist leisten kann, ist ja wohl immer noch attraktiver als heruntergelassene Rollos und ausgestorbene Laubenabschnitte, die dann zwangsläufig verkommen!«

»Lässt sich so ein Streit denn nicht beilegen, indem man vernünftig miteinander spricht und einen Kompromiss findet?«, fragte Pavarotti. »Die Meinung Ihres Sohnes hatte doch mit Sicherheit Gewicht im Verband. Er war ja schließlich der Vorsitzende.«

»Das stimmt schon. Aber mein Sohn war ein ziemlicher Sturschädel. Außerdem hat er gerne Machtspielchen gespielt. Es hat ihm gefallen, wenn er seine Verbandskollegen vorführen und seine finanzielle Überlegenheit demonstrieren konnte. Auf der anderen Seite haben ihm die anderen seinen Erfolg geneidet.« Felderer grinste humorlos. »Da war denen natürlich jedes Mittel recht, ihm Steine in den Weg zu legen.«

Pavarotti gewann langsam den Eindruck, dass Emil Felderer seinen Sohn nicht besonders gemocht hatte. Außerdem passte da etwas nicht so ganz zusammen. »Wenn Ihr Sohn so geschäftstüchtig war, wie Sie sagen«, hakte er ein, »wieso haben Sie sich in Ihrem Alter dann nicht längst aus dem Geschäft zurückgezogen?«

Felderer antwortete nicht gleich, sondern begann, sich an einer chromglänzenden Espressomaschine zu schaffen zu machen, die auf der Anrichte stand. Geschickt eingefädelt, dachte Pavarotti mit widerwilligem Respekt. Seine Frage hatte den Alten offenbar überrascht, und der hatte sich mit dem Manöver ein bisschen Zeit erkauft.

Als der alte Mann neben ihn trat, um eine dampfende Tasse aus hauchdünnem Porzellan auf den kleinen Couchtisch zu stellen, stieg Pavarotti neben dem Kaffeedunst noch etwas anderes in die Nase. Schwacher Pfefferminzgeruch. Er schaute hoch in das gerötete, hagere Gesicht. Hatte der Alte getrunken? Deswegen das offene Fenster, um Alkoholschwaden aus dem Zimmer zu lassen?

»Ich hatte Ihnen eine Frage gestellt«, sagte Pavarotti, obwohl er wusste, dass Felderer die Antwort inzwischen längst parat hatte.

»Ich verfüge über ein exzellentes Netzwerk in der Südtiroler Medienszene sowie in den politischen Gremien«, lächelte Felderer. »Diese Kontakte habe ich bei Bedarf für unsere Familie genutzt.«

»Und warum haben Sie dann nicht an Ihren Strippen gezogen, um Ihren Sohn im Streit mit den Einzelhändlern zu unterstützen?«

Emil Felderer verzog das Gesicht. »Man darf das Netzwerk nicht überstrapazieren. So wichtig war die Sache auch wieder nicht. Karl wäre allein damit fertig geworden. Er hatte schon einen Plan parat. Jedenfalls hat er so eine Andeutung gemacht.« Der Alte strich sich mit der Hand über die Stirn, auf der trotz der Kälte ein paar Schweißtropfen aufgetaucht waren, und wandte sich wieder dem Fenster zu.

»Und wie sah dieser Plan aus?«

Felderer senior zuckte mit den Schultern und drehte sein Gesicht dem Fenster zu. »Ich weiß es nicht. Wir hatten keine Gelegenheit mehr, darüber zu sprechen.«

Für wie blöd hält der mich eigentlich, dachte Pavarotti. »Mit welchen Verbandsmitgliedern war Ihr Sohn denn ganz besonders über Kreuz?«

Felderer zog eine abschätzige Grimasse. »Mit diesem alten Schatzmeister, Kirchrather heißt der. Der hat Karl nie leiden können. Hält sich für den Königsmacher im Verband, obwohl er bloß eine verstaubte Buchhandlung und ein paar Kontakte zur hiesigen Finanzprominenz hat. Mit den paar Kröten von lokalen Banken kommt Meran aber ganz bestimmt nicht weit! Und dann natürlich der Niedermeyer, der eitle Wichtigtuer ist schon eine ganze Weile hinter Karls Posten im Verband her. Mein Gott, ein Schuster als Verbandschef, völlig absurd! Und ein Schuster ist und bleibt er, auch wenn sein Laden ganz gut läuft zurzeit.«

Pavarotti nickte nachdenklich und notierte sich die beiden Namen auf der Papierserviette, die ihm der Alte mit dem Kaffee gebracht hatte. »Letzte Frage, Herr Felderer, dann lasse ich Sie und Ihre Schwiegertochter für heute in Ruhe. Wo finde ich die italienischen Geschäftspartner, mit denen Ihr Sohn verhandelt hat?«

Felderer legte seine Stirn in Falten, als ob er kurz überlegen würde. »Ich merke gerade, dass Karl mir gar nicht gesagt hat, um wen es dabei geht. In das Miet- und Pachtgeschäft war ich in letzter Zeit sowieso nicht mehr involviert. Ich habe mich nur noch um die Hotels gekümmert.«

Und schon wieder eiskalt gelogen, dachte Pavarotti. Die Geschichte passte hinten und vorne nicht zusammen. Was verschwieg der Alte?

Im Moment würde er hier nicht weiterkommen. Er verabschiedete sich mit dem Hinweis, er werde sich höchstwahrscheinlich noch einmal mit weiteren Fragen melden. Im Hinausgehen beschloss er, sich die Kleine mit den rehbraunen Augen möglichst bald noch einmal ohne ihren Schwiegervater vorzunehmen. Brunthaler hatte angedeutet, Karl Felderer sei ein Weiberheld gewesen. Betrogene Ehefrauen fand Pavarotti grundsätzlich verdächtig.

★★★

Lissie lümmelte sich, so gut es eben ging, auf die harte Eckbank des Gastraums im Nikolausstift und pichelte im Halbdunkel vor sich hin. Die Butzenscheiben ließen kaum Licht ins Zimmer. Und die mit dunklem Holz verkleidete Decke und die dicken schwarzen Balken, die sie abstützten, schluckten das bisschen Helligkeit, das von draußen hereinkam.

Sie hatte den ganzen Tag in verschiedenen Cafés herumgesessen, ihr Profil auf einer Headhunter-Website aktualisiert und verschiedene Stellenanzeigen heruntergeladen. Etwas Vielversprechendes war nicht dabei gewesen, bloß subalterne Positionen weit unterhalb ihrer eigenen Gehaltsklasse. Am frühen Nachmittag war sie dann frustriert vom Cappuccino zum Rotwein übergegangen.

Lissie spürte, wie der Wein auf ihren halb leeren Magen sie immer schläfriger machte und das Zwielicht und der trommelnde Regen die Wirkung noch verstärkten.

Ihren Blackberry hatte sie in unmittelbarer Reichweite neben sich auf die Bank gelegt. Zwar war sie mittlerweile schon zu benebelt, um sich noch auf irgendeine Datei konzentrieren zu können. Aber ihr Smartphone hatte sich immer als ziemlich praktisch erwiesen, wenn sie etwas brauchte, um mit einem Handgriff irgendeine Beschäftigung vorzutäuschen. Sie glaubte zwar nicht, dass sich ein anderer Gast in ihr Refugium verirren würde. Doch man konnte ja nie wissen.

Lissie nahm noch einen Schluck und merkte, wie der Raum leichte Schlagseite bekam. Sie blinzelte und riss ihre Augen auf, um die bleierne Müdigkeit auf ihren Lidern loszuwerden. Ihr war klar, dass sie in Kürze hinüber sein würde, wenn sie nichts unternahm.

Als sie sich gerade aufrappeln wollte, um einen Speckteller zu bestellen, wurde die Tür zur Stube mit viel Getöse aufgerissen und sofort wieder zugeknallt. Die beiden Neonröhren an der Decke flammten auf. Vor lauter Schreck fiel Lissie fast vom Sitz. Sie schaffte es nicht mehr, zu ihrem Blackberry zu greifen, und ihr wurde heiß. Von der plötzlichen Helligkeit geblendet, sah sie den Mann erst, als er direkt vor ihr stand. Ihre Empörung über seine Rücksichtslosigkeit siegte über das peinliche Gefühl, ertappt worden zu sein.

»Was fällt Ihnen eigentlich ein«, schimpfte sie und linste zu dem Störenfried hoch. Der Mann, der vor ihr stand, war unglaublich fett. Sein Bauch wölbte sich ihr über dem Tisch entgegen. Als ihr Blick nach oben wanderte, sah sie überrascht, dass der Dicke ein auffallend hageres Gesicht hatte, das überhaupt nicht zu seiner Figur passte.

Plötzlich öffnete der Mensch den Mund und feuerte, ohne sich vorzustellen oder zumindest zu grüßen, eine Frage auf Lissie ab: »Stimmt es, dass Sie Karl Felderer kennen?«

Lissie war aufgebracht. Was für ein unhöflicher Flegel! Patzig schoss sie zurück: »Wer sind Sie überhaupt?« Sein Deutsch hörte sich nicht nach Südtiroler Mundart an. Mehr nach italienischem Akzent.

»Mein Name ist Pavarotti, und ich bin Kriminalkommissar.«

»Ja, und ich bin die Anna Netrebko«, erwiderte Lissie. »Gibt es jetzt bei der Hochleitnerin auch schon Fun Acts, oder gehört die Vorstellung hier zu den Meraner Festwochen?«

Eine in Plastik eingeschweißte Karte wurde vor ihr auf den Tisch gepfeffert und verpasste knapp ihr volles Weinglas. Bevor sie danach greifen konnte, hatte der Fettsack den Ausweis schon wieder an sich genommen. »Und das war jetzt wohl Ihr Mitgliedsausweis fürs Fitnessstudio?«

»Kaum, oder seh ich vielleicht so aus?«, grinste der Mensch.

Wohl oder übel musste Lissie auch grinsen. »Pavarotti, das ist doch nicht Ihr wirklicher Name, oder? Sie machen sich über mich lustig, stimmt's?«

»Nein. Und mit Vornamen heiße ich übrigens Luciano, ob Sie's glauben oder nicht. Wenn Sie mich jetzt fragen, ob ich bei dem Namen wenigstens im Kirchenchor mitsinge, dann lautet die Antwort ebenfalls nein.«

Lissie verengte die Augen und starrte ihn an. Sie hatte keine Ahnung, was sie von ihm halten sollte.

»Schluss jetzt mit dem sinnlosen Geplänkel«, kam es von der anderen Tischseite. »Nun erzählen Sie mir schon von Ihrem Tête-à-Tête mit Karl Felderer! Sind Sie mit ihm ins Bett gegangen?«

Lissie fuhr hoch wie von einer Hornisse gestochen. Plötzlich war sie nüchtern und hellwach. »Wie bitte? Was geht Sie das überhaupt an? Und warum interessiert sich die Kripo, falls Sie diesem Verein wirklich angehören sollten, für den Herrn?«

»Antwort auf Frage zwei: Karl Felderer wurde ermordet«, versetzte Pavarotti. »Antwort auf Frage eins ergibt sich aus Antwort zwei. Und jetzt bitte ein paar Informationen!«

Schockiert zuckte Lissie zusammen. Sie war überrascht, wie betroffen sie die Nachricht machte, obwohl sie den Mann nicht sehr gemocht hatte. Wahrscheinlich war es einfach die Tatsache, dass Karl Felderer mit seinem übertrieben selbstbewussten, arroganten Gehabe so voller Saft und Kraft gewirkt hatte, und sein Geflirte und Geplauder am Ende doch unterhaltsam gewesen war.

Pavarotti beäugte sie kritisch. »Hat Felderer Sie etwa abblitzen lassen, und Sie ertränken gerade Ihre Abfuhr in einem schlechten Roten?« Er stupste mit einem Finger gegen ihr Weinglas und schwang sich dann elegant, als seien seine Pfunde nur eine optische Täuschung, auf die Bank ihr gegenüber. Sein schmales Gesicht mit den etwas unregelmäßig geformten Lippen wirkte auf Lissie, als würde es über den Fettmassen schweben und ein Eigenleben führen.

Lissie wurde immer saurer auf diesen unförmigen Provinzbullen, dem es egal zu sein schien, ob er auf ihren Gefühlen herumtrampelte oder nicht. Gerade wollte sie den Mund zu einer wütenden Replik öffnen, da sah sie, wie sich seine Lippen zu einem ironischen Lächeln verzogen. Er hatte sie ganz bewusst in Harnisch bringen wollen, um sie aus der Reserve zu locken.

»Ziehen Sie doch jetzt bitte Ihre Stacheln wieder ein und erzählen mir einfach, wie das mit Felderer gewesen ist. Die Hochleitnerin hat mir gesagt, dass Sie gestern Nachmittag mit ihm herumgeflirtet haben«, sagte Pavarotti, diesmal in sachlichem Ton.

Lissie verfluchte ihr permanentes Mitteilungsbedürfnis. Warum war sie bloß heute Morgen beim Frühstück so redselig gewesen? Es war unnötig gewesen, ihrer Wirtin von dem Zusammentreffen mit Karl Felderer zu erzählen. Aber als sie mitbekommen hatte, dass ihr Enkel auf diesen Felderer wartete, war es ihr einfach so herausgerutscht. Lissie seufzte lautlos. Warum ließ sie sich immer so leicht provozieren? Na warte. Der Spieß ließ sich ja auch umdrehen.

»Wenn Karl Felderer wirklich ermordet worden ist, warum kommen Sie da als Erstes zu mir? Ich habe ihn ja praktisch überhaupt nicht gekannt! Wenn das Ihre Ermittlungsstrategie sein soll, dann haben Sie sicher eine tolle Aufklärungsrate«, schoss Lissie.

Zu ihrem Missvergnügen gelang es Pavarotti, ihren Giftpfeil abzufangen. »Wir müssen rekonstruieren, was Karl Felderer gestern Nachmittag gemacht hat und mit wem er sich getroffen hat.

Außerdem ist es wichtig zu wissen, in welcher Stimmung er war. Und das erfährt man am besten von einer objektiven Person, die mit den Hiesigen nichts zu tun hat. Außerdem schweigt man sich hier Italienern gegenüber grundsätzlich aus. Nicht besser wird's dadurch, dass ich für eine Südtiroler Behörde arbeite. Eher schlimmer.« Pavarotti begann, den Rücken seiner klassisch geformten Nase zu massieren. In Lissie keimte der Verdacht auf, dass der Mann ganz gewaltig unter Stress stand.

»Ich bin in Bozen stationiert. Und Bozen ist für die Meraner schon fast so italienisch wie Mailand.« Er seufzte und guckte sie aus seinen dunklen Augen verständnisheischend an. »Die würden wahrscheinlich sogar einer Touristin mehr erzählen als mir.«

Einer Touristin mehr erzählen? Die Worte schwebten durch Lissies Kopf wie Seifenblasen, zitterten leicht und setzten beim Zerplatzen einen Gedanken frei. Während sie den Kommissar beobachtete, der immer noch an seinem Nasenrücken herumrieb, nahm die Idee Gestalt an. Lissie wurde ganz aufgeregt und fühlte sich auf einmal seltsam beschwingt. Der Dicke hatte recht, es könnte funktionieren. Lissie erinnerte sich, wie sie sich in diesen magischen Sommern damals wie selbstverständlich unter die Einheimischen gemischt hatte. Eigenartigerweise war sie in Meran nie als Fremde behandelt worden. Die meisten hatten bloß gegrinst, wenn sie auftauchte, und sich von ihr ausfragen lassen. Nach allem Möglichen, Widerstand zwecklos. Es waren Wochen voller geheimnisvoller Entdeckungen gewesen. Natürlich ging es nie um richtig große Geheimnisse, nach den Maßstäben der Erwachsenen. Traurige, unerfüllte Liebeshistörchen, alte Fotos von in Ungnade gefallenen Familienmitgliedern, Zeitungsausschnitte mit ungeklärten Unfällen am Berg, so etwas halt. Lissies Ohren waren permanent auf Mithören geschaltet gewesen. Sie merkte, dass sie Gänsehaut bekam. Wieder einmal in Meran auf Spurensuche, das wäre was!

Bevor sie sich die Sache genauer überlegen konnte, hörte sie sich schon sagen: »Na ja, wenn Sie dermaßen in Schwierigkeiten stecken, helfe ich natürlich gerne aus. Also gut. Ich übernehme die Ermittlungen bei den Einheimischen, an die Sie nicht rankommen. Lassen Sie uns gleich mal besprechen, wen ich befragen soll und wie wir den Fall koordinieren.«

Im Nachhinein musste sich Lissie eingestehen, dass sie mit der Idee vielleicht doch ein wenig zu unvermittelt vorgeprescht war. Aber das rechtfertigte nicht das infernalische Gelächter des Dicken, das auf ihren Vorschlag folgte. Zuerst hatte dieser Pavarotti sie ein paar Sekunden schweigend angestarrt, danach begann er keuchend zu lachen und konnte sich gar nicht wieder einkriegen.

Irgendwann hatte der Mensch seinen wackelnden Bauch und seine Gesichtsmuskeln wieder einigermaßen unter Kontrolle und konnte halbwegs sprechen.

»Sie wollen mir helfen?«, gluckste er. »Sie sind doch völlig unbedarft! Keinen Schimmer von kriminalistischer Arbeit, geschweige denn von Interviewtechnik haben Sie!«

Wütend verzog Lissie ihren Mund zu einem Strich. Unbedarft! Ha! Plötzlich fühlte sich in die Defensive gedrängt, ihr Vorstoß war ihr auf einmal peinlich. Aber jetzt war es zu spät, zurück konnte sie nicht mehr. Lissie holte Luft. Trotzig brachte sie vor, dass sie durchaus mit ein paar einschlägigen Erfahrungen mit den hiesigen Einheimischen aufwarten konnte.

Doch Pavarotti grinste bloß, anscheinend gänzlich unbeeindruckt von ihrer Geschichte, und musterte sie außerdem noch richtig unverschämt von oben bis unten. »Und wann war das, vor dreißig Jahren, oder so? Haben Sie sich mal in letzter Zeit im Spiegel angeschaut? Glauben Sie im Ernst, dass Sie heute noch irgendjemand hier ins Vertrauen zieht?«, fragte er kopfschüttelnd. »Mit diesen Haaren, Ihrem Gehabe und den Klamotten? Die feine Großstadttussi dringt Ihnen doch aus jeder Pore!«

Unwillkürlich zupfte Lissie an ihrem neuen Kurzhaarschnitt, den sie sich vor ein paar Tagen hatte machen lassen, und schaute an sich herunter. Was hatte der Kerl bloß, sie trug doch nur eine einfache Armani-Jeans und ein weißes Oberteil von Jil Sander, ganz schlicht, ohne Firlefanz.

»Na und, das ist doch wurscht!«, konterte sie. »Darauf kommt es gar nicht an. Hauptsache, ich weiß, wie man mit den Leuten umgeht! Und außerdem, hier in Meran gibt's auch genügend reiche Kaufleute, oder vielleicht nicht?« Lissie reckte ihr Kinn, aber der Dicke griente schon wieder.

»Stimmt. Die sind aber eher bodenständig und riechen nicht Meilen gegen den Wind nach Geld, so wie Sie. Eine Schickeria gibt's hier nicht. Sie hätten halt durchfahren sollen bis nach Mailand!«

»Stimmt nicht! Der Tote, also der Karl Felderer, der war ganz bestimmt nicht bodenständig und bescheiden. Wenn einer nach Geld gestunken hat, dann der!«, wehrte sich Lissie.

»Kann schon sein«, gab Pavarotti zurück. »Aber der war eine Ausnahme in Meran, und diese Ausnahme ist jetzt tot. Der Rest tickt anders. Die Einzigen, die Ihnen hier etwas stecken, sind entweder blind oder taub oder beides. Und die wissen dann eh nichts. Also Schluss jetzt mit dem Unfug. Die einzige Möglichkeit, mir zu helfen, haben Sie als Zeugin! Und dementsprechend verhalten Sie sich bitte.«

Arroganter Blödmann. Lissie zuckte die Schultern und versuchte angestrengt, ihre Enttäuschung zu überspielen. »Dann halt nicht. Dann stellen Sie jetzt Ihre Fragen, damit wir es hinter uns bringen und ich meine Ruhe vor Ihnen habe.«

Sie lehnte sich zurück und setzte eine abweisende Miene auf. Pavarotti hob die Augenbrauen, als sie seine Fragen zu ihrer Begegnung mit Karl Felderer bloß mit dem Nötigsten beantwortete, sagte aber nichts. Genüsslich ließ Lissie ihre schlechte Laune an ihm aus und begann, den Dicken einer unverhohlenen Musterung zu unterziehen. Wie du mir, so ich dir, dachte sie.

Pavarottis fetter Körper steckte in einem Anzug, der erstklassig saß und zweifellos maßgefertigt war. Vermutlich gab es für den sowieso nichts mehr von der Stange. Die Kombination aus asketisch geformtem Gesicht und aufgeschwemmtem Körper war grotesk. Der Mann machte beinahe den Eindruck, als habe er sich verkleidet und trüge unter dem Anzug Dutzende von Schaumstoffpölsterchen. Fast erwartete Lissie, dass Pavarotti sich der Maskerade im nächsten Moment mit einem sardonischen Grinsen entledigen würde. Wie grazil sich der Mensch trotz seiner Leibesfülle bewegt hatte! Er musste früher einmal schlank gewesen sein.

Plötzlich packte Lissie die Neugier. Hinter seiner komischen Erscheinung steckte eine Geschichte, und die würde sie herausbekommen. Auch wenn er ihr das nicht abnahm – Lissie wusste, dass sie etwas auf dem Kasten hatte, wenn es um eine gute Fragetechnik und ein paar gemeine Überrumpelungsmanöver ging. Sie würde es diesem Provinzbullen schon zeigen.

★★★

Pavarotti stapelte frische Unterwäsche in die mit Krepppapier ausgeschlagene Kommodenschublade in seinem Hotelzimmer im Nikolausstift. Mehr als diese billige Pension gab das Budget der Quästur Bozen leider nicht her. Vor dem Einsortieren hatte er seine voluminösen Unterhosen fein säuberlich längs am Zwickel gefaltet und dann noch zweimal zusammengelegt, damit sie in die Schublade passten.

Aus dem Möbel stieg ihm ein durchdringender Geruch nach Mottenkugeln und Politur in die Nase. Der Geruch erinnerte ihn an die Wohnung seiner Großmutter in Perugia, die er als Kind oft mit seiner Schwester in den Sommerferien besucht hatte.

Seine Schwester hatte natürlich andauernd die Nase gerümpft, anstatt froh zu sein, von zu Hause wegzukommen. Großmutter war unter ihrer Würde gewesen, weil die aus Deutschland stammte und Italienisch immer noch mit starkem Akzent sprach. Für Pavarotti war Perugia das Paradies gewesen.

Als er das Auspacken und Einsortieren erledigt hatte, zog er seinen Anzug aus, hängte ihn akkurat auf einen Bügel und setzte sich im Schneidersitz nackt aufs Bett. Er wusste, dass er mit der Deutschen nicht richtig umgegangen war, und fühlte sich ausgelaugt. Frauen waren ganz allgemein anstrengend, weil sie dazu neigten, mit ihren Gefühlen überall hausieren zu gehen. Eine von den Obergefühlsmeisterinnen hatte ihn nach einem Lehrgang der Polizeiakademie, den sie leitete, als Mensch mit mangelhafter Sozialkompetenz beurteilt. Er grinste breit, als er daran dachte. Fast wäre seine Beförderung zum Kommissar an ihr gescheitert, aber eben nur fast. Bei einigen Jungs ganz oben war die Dame ebenfalls nicht besonders beliebt gewesen. Leider galt das nicht für seinen unmittelbaren Vorgesetzten, der bis zum Schluss gegen seine Ernennung intrigiert hatte.

So hintenherum wie diese Polizeipsychologin war die Deutsche nicht. Aber anstrengend war sie auch, und wie. Giftig und zickig ohne Ende. Trotzdem musste Pavarotti zugeben, dass er von der Frau beeindruckt war. Sie zog sich nicht beleidigt in ihr Schneckenhaus zurück und machte einen Schmollmund, wenn ihr etwas nicht passte, sondern schlug zurück.

Er dachte an ihren Einfall, bei seinen Ermittlungen mitzumischen, und seine Laune hob sich. Wie beleidigt sie dreingeschaut hatte! Das war wirklich saukomisch gewesen. Pavarotti ließ sich aufs Bett zurücksinken und schloss die Augen. Diese Frau glaubte wirklich, ein paar Teenager-Erfahrungen würden reichen, um in die Meraner Schweigemauer ein Loch zu sprengen! Damals war sie noch ein Kind gewesen, und in dem Alter hatte man ganz andere Möglichkeiten. Kein Mensch hier käme auf die Idee, einer Fremden wie ihr etwas anzuvertrauen.

Er setzte sich auf. Wieso hatte er dann überhaupt diese Bemerkung fallen lassen, dass man einer Touristin mehr erzählen würde als ihm? Er kratzte sich, seine Kopfhaut juckte ekelhaft. Es half nichts, er musste mitten am Tag unter die Dusche.

Auf dem Weg ins Bad fiel ihm plötzlich ein, dass die Deutsche eigentlich recht klar und strukturiert Bericht erstattet hatte. Sie war zwar mächtig eingeschnappt gewesen, das hatte ihren Verstand aber offenbar nicht an der Arbeit gehindert. Auffallend war vor allem, dass sie bei den Fakten blieb, obwohl sie nicht viel zu berichten hatte. Die meisten Zeugen neigten in diesem Fall dazu, ihre Beobachtungen auszuschmücken, um sich wichtig zu machen. Lissie von Spiegel gehörte nicht zu diesen Nervtötern und war damit die absolute Ausnahme.

Wenn die Hochleitnerin ihm keinen Blödsinn erzählt hatte, dann war diese Lissie von Spiegel aus Frankfurt am Main irgendwas Tolles in der PR-Branche. Dass die reden konnte, hätte er aber auch so gemerkt. Ob sie es vielleicht doch drauf hatte, die Leute auszuhorchen, bevor die es richtig mitkriegten?

Einen Augenblick spielte er mit dem Gedanken, ob er sich ihre Fähigkeiten vielleicht doch zunutze machen sollte, ließ ihn aber gleich wieder fallen. Abgesehen davon, dass Laien in einer Mordermittlung nichts zu suchen hatten, würde sich der Kontakt zu der Frau zu einem permanenten Spießrutenlauf für ihn auswachsen. Es war nicht zu übersehen gewesen, dass die Dame beschlossen hatte, ihm seine Al-Pacino-Maske mit einer gründlichen Musterung seiner Figur heimzuzahlen. Vermutlich hatte sie im Stillen jedes Gramm von ihm einzeln abgewogen und analysiert. Er dachte doch wohl nicht ernsthaft daran, sich diesen boshaften Blicken freiwillig auszusetzen?

Mit einem Ruck stieß Pavarotti die Duschtür auf, zog den Bauch ein, so gut es ging, und schob sich seitlich in die Kabine. Er drehte das Wasser auf und beobachtete, wie die Rinnsale über seine Brust liefen, den Bauch erklommen und dann aus seinem Gesichtsfeld verschwanden. Ich muss endlich abnehmen, dachte er. Wieder einmal versuchte er sich klarzumachen, dass sein Vater seit knapp zehn Jahren tot und aus seinem Leben verschwunden war. Es war höchste Zeit, die alten Geschichten und den Schmerz zu begraben und das eigene Leben zu leben. Aber so einfach war das nicht. Sehr oft hatte er das Gefühl, dass sein Vater noch aus dem Grab versuchte, ihn zu kontrollieren. Pavarotti schnaubte, bekam Wasser in die Nase und musste niesen. Auf einmal fühlte er sich im Kopf freier. Er würde seinem Erzeuger nicht die Genugtuung gönnen, recht behalten zu haben. Nämlich dass er ein Schwächling war. Dafür wollte Pavarotti schon sorgen, koste es, was es wolle.

★★★

Katie Renzinger schlug die Beine übereinander. Um das tun zu können, musste sie erst ihre gewaltigen Oberschenkel, die im Schritt wund waren und bis zum Knie hinunter schweißig aneinanderklebten, mit der Hand voneinander trennen. Unter ihrem riesigen Hintern lugte ein zierliches Stuhlbein hervor. Pavarotti fand, dass die Renzingerin einem gigantischen Bratfisch am Spieß ähnelte.

»Ich hab's jetzt schon drei Mal erzählt, mehr gibt's nicht zu erzählen. Ich bin über ihn gestolpert, und das war's«, knurrte sie.

Pavarotti wollte schon aufbrausen, doch dann seufzte er nur. »Dann hören wir uns die gleiche Geschichte halt ein viertes Mal an«, sagte er gottergeben. Die Katie Renzinger war dafür bekannt, dass sie sich nicht einschüchtern ließ, und schon gar nicht von

Männern. Er würde kein Wort mehr aus ihr herausbekommen, wenn er sich nicht an die Kandare nahm.

»Manchmal muss man dem Gedächtnis ein wenig Zeit lassen, Frau Renzinger«, flötete er. »Dann fördert es vielleicht doch noch ein paar Einzelheiten zutage.«

Was unwahrscheinlich ist bei der Frau, da auch ihr Hirn vermutlich bloß aus Fettzellen besteht, dachte er grimmig. Er nahm einen großen Schluck von dem Latte macchiato mit viel Zucker, den er sich von Emmenegger aus der Eisdiele nebenan hatte bringen lassen, und übte sich in Geduld.

Geräuschvoll schichtete Katie ihre Massen um. »Eure Hauptkommissarin, die hat mich das vor einer Stunde doch alles auch schon gefragt«, sonderte der fleischige Mund schließlich ab.

Pavarotti fuhr ein furchtbarer Schreck in die Glieder. »Was? Welche Hauptkommissarin, woher kam die? Wie hieß die?« Das Herz setzte ihm aus. Hatte sein Vorgesetzter, ohne ihn zu informieren, eine der Karrieristinnen aus Mailand in Marsch gesetzt, weil er ihn nicht für fähig hielt, die Ermittlungen in diesem Fall zu leiten? Wild stierte er die Renzingerin an, doch die zuckte nur mit den Schultern.

»Weiß nicht mehr, wie die hieß. Schnüffelt ihr euch jetzt gegenseitig hinterher, oder was? Muss ja eine vertrauensvolle Zusammenarbeit sein in eurem Verein«, sagte sie genüsslich. Als sie Pavarottis wütenden Blick sah, verzog sie den Mund. »Dünn, schicke Klamotten, das Mundwerk lief wie geschmiert. Die war fix, in fünf Minuten war die mit ihren Fragen durch!« Die Renzingerin wackelte anerkennend mit ihrem Kopf. »Die hat nicht permanent dieselbe Platt'n aufgelegt wie du, sondern hat ihren Job verstanden! Na klar, deswegen ist die ja was Höheres g'worden und du nicht.«

Pavarotti bemerkte aus den Augenwinkeln, dass Emmenegger, der auf der Fensterbank schräg hinter ihm saß und Protokoll führte, beim Grinsen seine widerlichen Pferdezähne bleckte. In Pavarotti kochte der Zorn hoch, nur mit Mühe beherrschte er sich. Welche war es? Dünn? Also entweder diese intrigante Banarisi, die sich nach oben schlief, obwohl sie es eigentlich gar nicht nötig hatte, nur damit sie noch schneller vorankam? Oder die superschlaue Petrucci, die sich immer vordrängelte, nach dem Motto »Herr Lehrer, ich weiß was«?

Beide Damen hatte er schon mehrfach auf Lehrgängen getroffen. Die Petrucci und er waren sich gleich von Herzen unsympathisch gewesen, und die Banarisi hatte ihm auch recht schnell, nachdem sie ihn als unwichtig eingestuft hatte, die kalte Schulter gezeigt. Egal welche es war, die Ermittlungsleitung hatte sich damit für ihn erledigt. Und seine Karriere wahrscheinlich auch.

Plötzlich hörte er die Renzingerin murmeln. »Merkwürdig war bloß, ich hab die Frau schon vorher gesehen. Am Nachmittag, bevor ich den toten Felderer überhaupt gefunden hab. Die war bei mir auf der Terrasse, hat einfach dagesessen. Die muss einen Wahnsinnsriecher haben, Pavarotti. So eine wie die, die weiß schon vorher, dass was passieren wird. Die ist bestimmt von einer Spezialeinheit, wie im Fernsehen, mit übersinnlichen Fähigkeiten, weißt. Dagegen kommt so ein kleiner Commissario wie du natürlich nicht an.«

Pavarotti stutzte, dann durchfuhr es ihn heiß. »Wie sah sie denn aus? Herrgott, jetzt beschreiben Sie die Frau doch endlich gescheit!«

»Na ja, wie ich gesagt hab. Dünn, und ganz kurze blonde Haare hatte die. Sprach viel besser Deutsch als die meisten Italiener und hat sich richtig fein ausgedrückt. Ausgesucht höflich war sie, auch bei unsereinem, obwohl sie so was Hohes is!«

Pavarotti hätte seinen Gefühlszustand kaum in Worte fassen können. In ihm kämpfte unsägliche Erleichterung mit einer sich sekündlich steigernden Empörung über so viel Unverschämtheit und Kaltblütigkeit. Wie konnte es diese Lissie von Spiegel wagen, sich ohne Erlaubnis in seine Ermittlungen einzumischen und ihm seine Zeugin, noch bevor er sie selbst in die Mangel nehmen konnte, einfach vor der Nase wegzuschnappen! Dass sie sich dazu noch als hochgestellte Amtsperson ausgegeben hatte, setzte dieser Frechheit die Krone auf! Allein schon wegen der Amtsanmaßung könnte er sie festnehmen lassen!

Nur mit Mühe heftete er seinen Blick wieder auf die Renzingerin, die sein Mienenspiel mit sichtlichem Erstaunen verfolgt hatte. Ihr Mund stand leicht offen, und ihr Gesicht war gerötet. Pavarotti konnte nicht anders, er musste feixen.

»Renzingerin, bevor Sie übersinnliche Kräfte der Dame bemühen, hätten Sie vielleicht mal nachdenken sollen. Die Frau war alles andere als eine Hauptkommissarin, sondern eine ganz gewöhnliche Touristin aus Deutschland, die sich einen kleinen Scherz mit Ihnen erlaubt hat!«

»Das glaub ich nicht«, fuhr die Renzingerin auf.

»Sie können es schon glauben. Ich kenne die Dame nämlich. Die hat's auch schon bei mir versucht. Eine Hochstaplerin. So einer sind Sie auf den Leim gegangen.« Die Miene der Renzingerin fiel in sich zusammen und machte einer harten Maske Platz. »Sie müssen also schon wieder mit mir vorliebnehmen, gute Frau«, setzte er boshaft nach. »Also, nachdem wir jetzt mit diesem Intermezzo genügend Zeit verloren haben, noch mal von vorn, aber pronto.«

Betont entspannt lehnte er sich zurück, obwohl es in ihm brodelte. Wenn diese Befragung vorbei war, würde er sich besagte Hochstaplerin vornehmen, sodass sie am Ende wirklich nicht mehr wusste, wie sie hieß.

»Also, Renzingerin. Sie haben den Toten ja ganz gut gekannt«, fragte er. »Was war das für einer? Was hielten Sie von ihm?«

»Nichts«, antwortete die Renzingerin einsilbig.

»Warum das?« Pavarotti konnte sich zunehmend weniger beherrschen. »Können Sie das vielleicht noch ein klitzekleines bisschen näher erklären?«

»Er war halt ein geiler Bock, sind sie doch alle, die Männer. Nur hinter den Röcken her.«

»Na, das gilt ja wohl nicht für Ihren Rock, Renzingerin, oder?«, konterte Pavarotti. So. Jetzt würde sie einschnappen, und damit war die Befragung dann wohl beendet.

Doch die Renzingerin brummte nur: »Das will ich auch niemandem geraten haben, auch nicht denen in meiner Gewichtsklasse!«

Sieg Katie Renzinger durch K. o. in der zweiten Runde, dachte Pavarotti. Aus dem Augenwinkel sah er, dass Emmenegger seine Pferdezähne bleckte. Mit Mühe brachte der Commissario die Gesprächsführung wieder an sich. »Also. Wie war das heute Morgen, als Sie den Toten gefunden haben?«

»Na ja. So um sieben, als ich bei der Hintertür raus wollte, die Klos absperren, bin ich über die Bescherung gestolpert«, sagte die Renzingerin schließlich. Als ob es sich bei dem toten Karl Felderer um einen Hundehaufen gehandelt hatte.

»Kommen Sie, Frau Renzinger. Wann war Karl gestern Abend bei Ihnen im Lokal, und wann ist er gegangen? Welche Gäste waren da? Ich finde es ja ohnehin heraus.«

»Es war ruhig. Der Felderer war überhaupt nicht im Lokal. Der Niedermeyer war da. Der hatte einen bei sich, den hab ich nicht gekannt.«

»Klaus Niedermeyer, der Inhaber vom La Scala in den Lauben«, soufflierte Emmenegger.

»La Scala, dass ich nicht lache«, grunzte die Frau. »Früher, unter seinem Vater, hat der Laden noch Niedermeyer Lederwaren geheißen. Sein Alter dreht sich wahrscheinlich im Grab um, so wie der Klaus den Welschen in den Hintern kriecht, damit die bloß bei ihm kaufen.« Die Renzingerin schnäuzte sich. »Geld, Geld, immer bloß italienisches Geld.«

Pavarotti beschloss, das Thema sicherheitshalber nicht zu vertiefen. »Wie sah der Begleiter vom Niedermeyer denn aus?«

»Wie ein Mann eben. Dünn. Sah nach einem Italiener aus. Wie nicht anders zu erwarten, oder?«

»Hat der Italiener das Lokal zwischendurch einmal verlassen?«

»Kann ich nicht sagen. Oder glauben Sie, ich hab Zeit, Wache zu stehen? Den Niedermeyer hab ich zufällig gesehen, wie er gegen Schluss, so um elf, mal auf den Abort hinaus ist. Mehr weiß ich nicht. Und jetzt muss ich in meine Küche, die Knödel vorbereiten. Pfiat di, Herr Tenor.«

Pavarotti war verblüfft wegen des unverhofften Informationsschnipsels am Schluss. Er blickte der Renzingerin hinterher, die sich wogend und bebend ihren Weg zwischen den Schreibtischen des Bereitschaftsraums hindurch bahnte, hinaus in den gerade wieder einsetzenden Regen.

Irgendwas hatte sie gesagt, was ihm komisch vorgekommen war, aber ihm wollte partout nicht einfallen, was es war. Sein Verstand war immer noch vollkommen blockiert wegen der unglaublichen Frechheit dieser Touristin.

Pavarotti stand auf und ballte die Fäuste. Die Dame konnte jetzt was erleben.

★★★

Ein regnerischer Nachmittag in Meran hat immer was. Das fand jedenfalls Pavarotti. Die Fremden freute der Regen natürlich nicht, denn ihre Urlaubs- und Wanderpläne kamen total durcheinander. Gezwungenermaßen schoben sie sich, in feuchte, dampfende Regenkleidung gehüllt, in den engen Laubengängen aneinander vorbei. Zumindest diejenigen, die sich noch nicht in eine der Weinstuben verzogen hatten und dem Abend entgegensüffelten. Pavarotti schnappte sich einen altersschwachen Schirm aus dem Fundus der Polizeiwache und grinste. Irgendwann würde sich heute auch der letzte Feriengast mit dem Regenwetter draußen versöhnen. Das lag in der Natur der Sache.

Pavarotti hielt es eher mit den Einheimischen, die an einem regnerischen Tag über ihre Zeit verfügen konnten. Er übersprang das Flanieren in den Lauben und kam gleich zum Wesentlichen. In Meran war der Regen traditionell ein Anlass, das Tempo des Alltags zu drosseln. Regen war eine wunderbare Ausrede, Lästiges aufzuschieben, um auf einer überdachten Veranda oder unter einer Pergola endlich einmal in Ruhe die »Dolomiten« zu lesen, über Belanglosigkeiten zu schwatzen oder einfach ins Leere zu starren. Eben etwas ganz Besonderes. Das war die einzige Gewohnheit, die Pavarotti an den Hiesigen sympathisch fand. Nachdem er das von Emmenegger getippte Vernehmungsprotokoll der Renzingerin durchgesehen und mit einer Vielzahl von Korrekturen versehen hatte, trat er auf das nasse, im bläulichen Spätnachmittagslicht glänzende Trottoir hinaus. Kalt war es nicht.

Schräg gegenüber der Weinstube Hans, aus deren halb geöffneter Tür bereits ein Höllenlärm auf die Straße drang, bog Pavarotti in eine Querung in Richtung Passer ab. Er musste in Ruhe nachdenken. Mittlerweile wurde seine Wut zunehmend durch ein unangenehmes Bohren im Magen verdrängt. Er bekam das Gefühl, dass er sich gegen die bevorstehende Auseinandersetzung mit dieser unverschämten Weibsperson wappnen musste. Es würde nicht einfach sein, sie zur Vernunft zu bringen. Schuldgefühle plagten die Frau bestimmt nicht.

Das kleine Café Hilti befand sich an der Spitze des schmalen Durchgangs – dort, wo er steil in Richtung Via Veneta abknickte, direkt neben einem winzigen Geschäft für Bernsteinschmuck und einem altmodischen Wäschegeschäft mit riesigen Körbchengrößen im Schaufenster. Läden für ältere Kunden, die von älteren Leuten geführt wurden. Waren die erst einmal weggestorben, dann würden diese Geschäfte auch verschwinden. Pavarotti überlegte, ob »tempus fugit« grammatikalisch korrekt war. Er musste an seine Schwester denken. Das Einbimsen von Lateinvokabeln und lateinischer Grammatik war ein beliebtes Züchtigungsmittel seines Vaters gewesen. Editha hatte sich willig vom Vater dressieren lassen, Pavarotti hatte sich widersetzt und Prügel kassiert. Er hatte viel lieber mit seiner Großmutter Deutsch gesprochen.

Pavarotti nahm unter der Markise des Hilti Platz, möglichst weit weg von einem langen Riss, der bereits Regensturzbäche hindurchließ. Ihm war klar, dass es ihm darum ging, den Termin in der Gerichtsmedizin so weit wie möglich hinauszuzögern. Pavarotti schloss die Augen, um die Vorstellung einer Sektion zu verdrängen. Da fiel ihm ein, dass es eine gute Idee wäre, seine Schwester nach der Bedeutung einer lateinischen Vokabel zu fragen. Die Möglichkeit, ihn belehren oder korrigieren zu können, stimmte sie in der Regel gnädig. Vielleicht würde sie sich dann hinreißen lassen, die Autopsie an Karl Felderer vorzuziehen und schon mal mit ein paar Einschätzungen herauszurücken. Man würde sehen. Pavarotti streckte seine Beine aus und machte der Bedienung ein Zeichen, um einen Cappuccino zu bestellen.

»Grüß dich, Luciano, nimmst dir eine Auszeit?« In der offenen Tür zum Innenraum des Hilti stand Elsbeth Hochleitner. Pavarottis Miene bewölkte sich. Er verspürte keine Lust auf ein Gespräch, und mit der Hochleitnerin schon gar nicht. Aber dagegen war jetzt nichts mehr zu machen. »Hast du was dagegen, wenn ich mich zu dir setze?«

Verkniffen lächelnd schüttelte Pavarotti den Kopf. »Ich hab gerade meinen Nebenjob beim Pfarrer abgeliefert. Jetzt hab ich erst mal nicht viel zu tun«, erklärte sie. Pavarotti nickte. Er wusste, dass sich Elsbeth mit kleinen Restaurierungsarbeiten über Wasser hielt. »In der Pension ist es auch ruhig, ich hab ja außer dir nur ein paar Gäste im Moment. Eine davon kennst du ja schon.«

Unwillkürlich verzog Pavarotti das Gesicht. Elsbeth musste lachen. »Ihr hattet einen schlechten Start, stimmt's?«

»Kann man so sagen.« Die Untertreibung des Jahres, dachte Pavarotti.

Die Hochleitnerin schüttelte den Kopf. »Komisch ist die. Heut Abend will sie ins Kurkonzert, hat sie gesagt. Was die wohl denkt, wer da auftritt? Vielleicht ein Gaststar von der Mailänder Scala, oder was?«

Pavarotti antwortete nicht. Die kulturellen Vorlieben dieser Frau waren ihm herzlich egal. Er merkte, dass ihn die Hochleitnerin scharf fixierte.

»Willst du darüber reden? So wie früher, als Bub?«, fragte sie.

Pavarottis Laune sank noch weiter. Die Erinnerung an das, worauf die Hochleitnerin anspielte, stieß ihm sauer auf.

»So wie damals, als du immer zu mir in die Werkstatt gekommen bist?«, fügte sie hinzu. Als ob er für diese Erinnerung noch eine extra Einladung brauchte! Er hatte nicht mehr aus noch ein gewusst, damals, mit vierzehn. Sie hatte ihm immer sofort einen Klumpen Lehm gegeben. Er hatte geknetet und geknetet, und seine Finger hatten sich in die weiche, gefügige Masse gebohrt. Und am Ende war ein wenig von dem Druck, der auf ihm lastete, und dem Schmerz, den er spürte, in den unförmigen Gebilden, die er produzierte, kleben geblieben.

»Worüber soll ich reden? Über diese dusslige Deutsche oder den Fall?«, gab er trotzig zurück.

Elsbeth lächelte. »Über den Fall natürlich. Ich spüre ja, dass er dir zu schaffen macht.«

Pavarotti nickte langsam. »Ich fürchte, dass wieder mal nicht viel rauszukriegen sein wird. Obwohl der Mann anscheinend nicht besonders beliebt war. Wir sind aber noch mittendrin in den Vernehmungen. Bis wir das alles durchleuchtet haben, das dauert und wird mühsam.«

»Die Mutter von Karl ist ja schon vor Jahren gestorben. Den Vater kenne ich aber ganz gut von früher«, sagte Elsbeth vorsichtig. »Wenn ich dir da helfen kann …«

Pavarottis Kopf ruckte hoch. »Meinst du, der Alte hat was damit zu tun? Ich war heute Morgen natürlich als Erstes dort. Irgendetwas war da wirklich seltsam. Ich hab mir schon vorgenommen, dieser jungen Witwe mal ordentlich auf den Zahn zu fühlen.«

»Die Louisa? Die kenn ich nur vom Sehen. Aber der Emil …«
Elsbeth Hochleitner schaute auf ihre leere Kaffeetasse hinunter,
die sie mit beiden Händen umfasst hielt. Sie zögerte. »Also, er
säuft. Und zwar in letzter Zeit immer mehr. Angefangen hat das
aber wohl schon vor vielen Jahren.« Schnell blickte sie zu Pavarotti
hinüber, dann starrte sie wieder an ihm vorbei.

»Außerdem hab ich munkeln hören, dass die Felderers gar nicht
mehr so reich sein sollen, wie man immer meint. In letzter Zeit sind
wohl ein paar Rechnungen ein bissel spät bezahlt worden. Da fangen
die Leut gleich boshaft an zu reden. Aber das muss nichts heißen.
Vielleicht war das mit den Rechnungen auch Absicht.« Sie hob die
schmalen Schultern. »Die Reichsten sind ja immer die Geizigsten
und zahlen nur, wenn's nimmer anders geht, weißt du ja selbst.«

Pavarotti war blass geworden. Familiengeheimnisse. Wie er die
hasste.

Elsbeth musterte ihn scharf. »Es ist ja nicht gesagt, dass die Sach
was mit seinem Sohn zu tun hat. Aber man kann ja nie wissen.
Deshalb erzähl ich es dir.« Sie stand auf. »Ich geh dann mal zurück
in die Pension. Fehlt dir noch was auf dem Zimmer?«

Pavarotti schüttelte bloß den Kopf.

Er sah ihr nach. Das Gespräch mit Elsbeth Hochleitner hatte
seine Niedergeschlagenheit und das Gefühl der Unzulänglichkeit
noch verstärkt. Wie sollte er in dem Fall bloß vorwärtskommen?

Er stemmte sich mühsam hoch, um zum Bezahlen nach drinnen
zu gehen, da klingelte sein Mobiltelefon. Als er die Nummer
auf dem Display sah, verdrehte er die Augen. Mit wachsendem
Unbehagen drückte er auf die Empfangstaste.

»Ich hätte mir eigentlich denken können, dass ich wieder hinter
Ihnen hertelefonieren muss, Pavarotti!«, tönte es ungnädig an sein
Ohr. »Habe ich nicht angeordnet, dass Sie mir sofort Bericht
erstatten sollen, sobald Sie sich einen ersten Überblick verschafft
haben? Oder muss ich Ihre Funkstille so interpretieren, dass Sie
nach …«, die Stimme machte eine wirkungsvolle Kunstpause,
»hrrrm, jetzt ist es kurz nach fünf Uhr nachmittags, dass Sie also
nach einem vollen Tag vor Ort immer noch keinen Überblick
über die Situation haben?«

»Vice Questore Briboni, ich —«

»Unterbrechen Sie mich gefälligst nicht! Mein Schwager hat mich eben angerufen und sich bei mir beschwert, dass er in die unmittelbaren Ermittlungen eingreifen musste, damit es vorangeht! Er hat sogar selbst die Leiche identifizieren und die Familie informieren müssen, weil Sie offenkundig nicht in der Lage waren, die notwendigen Schritte zu unternehmen!«

Pavarotti brachte vor Zorn kein Wort heraus. Sein Atem ging hart und stoßweise; kleine Fünkchen begannen vor seinen Augen hin und her zu tanzen. Ihm war plötzlich übel. Der Kaffee, den er eben noch mit Genuss getrunken hatte, stieß ihm sauer auf. Mit Müh und Not tastete er sich zurück zu dem Gartentisch, an dem er mit der Hochleitnerin gesessen hatte, und ließ sich auf den Stuhl zurücksinken.

Einen Moment war Pavarotti versucht, das Telefon gegen die Hauswand zu schleudern, damit das blecherne Gequake, das aus dem Hörer drang, endlich aufhörte, aber er konnte sich gerade noch beherrschen. Er begann, tief und gleichmäßig zu atmen, um seinen Magen wieder unter Kontrolle zu bringen. Währenddessen meckerte die Stimme in einem fort weiter.

»... und dann hat er sich ganz generell über Ihre beinahe schon chronische Erfolglosigkeit in Meran beklagt. Lieber Kollege, so kann das mit Ihnen nicht weitergehen!«

Pavarotti atmete noch einmal tief ein, damit ihm seine Stimme wieder gehorchte. Schon im Reden merkte er, wie ungeschickt und hilflos sein Versuch klang, sich gegen die Vorwürfe zur Wehr zu setzen. »Vice Questore, Sie wissen doch genau, wie die Leute sich hier gegenüber einem Fremden wie mir verhalten. Entweder sie lügen oder sie schweigen!« Er beschloss, einen Vorstoß zu wagen. »Wenn ich bei allem Respekt einen Vorschlag machen dürfte: Bitten Sie doch Ihren Schwager, meinen Meraner Kollegen aus seiner Schulung zurückzurufen. Er hat als Einheimischer ganz andere Möglichkeiten, zu den Leuten hier vorzudringen!«

Verblüfftes Schweigen. Einen Moment war Pavarotti fast geneigt, zu glauben, der Vice Questore würde ernsthaft über seine Idee nachdenken. Aber der brauchte bloß einen kurzen Anlauf, um seine Empörung über diesen renitenten Vorschlag so richtig hochzuschrauben.

»Was fällt Ihnen ein, das ist ja wohl die Höhe! Wenn ich Sie richtig verstehe, soll jetzt sogar noch ein Kollege mit beruflichem Potenzial, der sich weiterbilden will, Ihre Unfähigkeit ausbaden und für Sie einspringen! Kommt ja gar nicht in Frage, schlagen Sie sich das aus dem Kopf! Schluss jetzt mit dem Unfug. Also, was haben Sie bisher eigentlich überhaupt unternommen? Kurz und knapp, wenn ich bitten darf! Letzteres dürfte ja angesichts Ihrer überschaubaren Aktivitäten wohl kein Problem sein.«

»Ich habe angefangen, im Umfeld des Toten zu recherchieren«, sagte Pavarotti frostig.

»Im Umfeld, so, so. Das sieht Ihnen ähnlich, reine Zeitverschwendung! Dabei ist doch sonnenklar, Sie müssen ins Zentrum des Falls! Mein Schwager hat mir erzählt, dass es da eine junge, hübsche Witwe gibt, die womöglich so einiges erbt! Da müssen Sie ansetzen!«

»Und wie stellen Sie sich das konkret vor, Vice Questore?« Doch Pavarottis Versuch, seinen Vorgesetzten mit dessen eigener Idee in die Enge zu treiben, scheiterte kläglich. Er hätte wissen müssen, dass der Vice Questore verbal nicht zu packen war.

»Woher soll ich das wissen? Freunden Sie sich mit ihr an, oder versuchen Sie es auf die harte Tour! Wie auch immer, bleiben Sie an der Frau dran, bis Sie sie weichgekocht haben, verstanden! Oder schleusen Sie halt irgendeinen Ihrer Mitarbeiter, den keiner kennt, als Hausgast ein, wenn's nicht anders geht!«

Pavarotti hörte ein zischendes Geräusch aus dem Hörer. Briboni hatte sich offenbar gerade eine seiner teuren Zigarren angezündet und feierte den anstehenden Niedergang seines meistgehassten Mitarbeiters. Wenn sein Hirn mit Nikotin versorgt war, lief der Vice Questore meistens zur Hochform auf.

»So, das müssten doch fürs Erste genügend Ideen für Sie sein. Eine davon umzusetzen müssten sogar Sie schaffen. Und das sollten Sie auch, weil Sie sonst die längste Zeit Commissario gewesen sind. Sie haben genügend schlechte Beurteilungen in Ihrer Akte. Insbesondere die letzte, die psychologische, ist äußerst aufschlussreich«, sagte Briboni genüsslich. »Dass Sie mit ganz normalen Leuten in einer durchschnittlichen Südtiroler Gemeinde nicht zurechtkommen, ist das beste Beispiel für Ihre mangelhafte Sozialkompetenz.

Dass Sie als Commissario eine Fehlbesetzung sind, können dann auch Ihre bisherigen Förderer nicht mehr leugnen. Also, Pavarotti, schauen wir mal!«

Pavarotti hörte noch ein leises Kichern, dann war die Leitung tot. Er fühlte sich schwach, und seine Hand zitterte leicht. Vorsichtig legte er das Mobiltelefon vor sich auf den Tisch und wischte sich die Hände an der Hose ab. Dann stützte er den Kopf in die Hände. Es gab nur eine Möglichkeit, und die bedeutete, den Teufel mit dem Beelzebub auszutreiben. Aber was sollte er machen, es ging nicht anders.

★★★

Das abendliche Kurkonzert war ein voller Erfolg, zumindest gemessen am Andrang. Der Musikpavillon des Kurparks war bis auf den letzten Platz besetzt. Trotz der flachbrüstigen Mittvierziger-Sopranistin, deren stimmliche Qualitäten nur mit viel Wohlwollen als durchschnittlich durchgehen konnten. Lissie fand, dass der an die Scheiben trommelnde Regen, der melodisch im Wechsel an- und wieder abschwoll, völlig zu Unrecht durch die schrill vorgetragenen Mozart-Arien zur Begleitmusik degradiert wurde.

Wo blieben eigentlich die angekündigten Verdi-Stücke? »Così fan tutte« und »Die Zauberflöte« waren nun wirklich nicht ihr Fall. Schmierenkomödiantentum und endlose Manieriertheiten ohne echte Leidenschaft. Punkt. Jetzt hatte sie es Mozart aber gegeben.

Nachdem Lissie, die selbst keinen Ton halten konnte, ihren gedanklichen Kreuzzug gegen das Genie der Musikgeschichte beendet hatte, fielen ihr erschöpft die Augen zu.

»Das soll wohl ein Nickerchen werden«, ertönte es plötzlich dicht an ihrem rechten Ohr. Sie fuhr hoch. »Zum Schlafen haben wir jetzt keine Zeit. Was machen Sie eigentlich bei einem Kurkonzert? Doch wohl nicht ganz Ihr Stil, oder?«

»Wie Sie vielleicht schon bemerkt haben, gießt es. Die Kneipen sind alle voll. Spionieren Sie mir nach, anstatt Ihren Job zu machen?«

Pavarotti seufzte. »Schließen wir einen Waffenstillstand. Wir drehen jetzt mal in Ruhe eine Runde und ich erkläre Ihnen, was ich von Ihnen will. Hinterher können Sie mich ja wieder in die Zange nehmen, wenn Sie sich dann besser fühlen.«

»Eine Runde drehen – bei dem Wetter?«

Als Antwort zerrte Pavarotti mit hörbarem Geraschel einen riesigen Stockschirm nach vorn. Die Sängerin und einige Zuhörer blickten bereits irritiert in seine Richtung. »Nun machen Sie schon!«

Lissie rappelte sich mühsam hoch. »Meinetwegen, hier ist es sowieso kaum zum Aushalten.« An der Tür blickte sie sich nochmals um. Ihr Platz war schon wieder besetzt. Nicht zu fassen. Was fanden die bloß alle an diesem verschwendungssüchtigen Wiener Komponisten? Ein übler Frauenheld und Lebemann war er gewesen. Unwillkürlich musste Lissie an Karl Felderer denken. Offenbar boten die Mozart'schen Charaktereigenschaften auch heute noch beste Voraussetzungen, um jung zu sterben.

Pavarotti wartete bereits mit aufgespanntem Schirm draußen auf dem durchweichten Kiesweg – eine groteske Figur inmitten lädierter Rabatten, deren Frühjahrsbepflanzung den Sturzbächen des heutigen Tages nichts entgegenzusetzen hatte. »Kommen Sie schon unter den Schirm, sonst sind Sie in kürzester Zeit pitschnass. Ich beiße nicht.«

Lissie war von sich selbst überrascht, wie folgsam sie sich bei Pavarotti unterhakte, sich von ihm aus dem menschenleeren Park auf die Straße und in Richtung Bozner Tor führen ließ. Zu ihrer Verwunderung merkte sie, dass sie sich in der Gegenwart dieses unförmigen Chefinspektors, oder wie immer sich die oberen Dienstränge hier nannten, wohlzufühlen begann. Wieso konnte der eigentlich Deutsch?

»Sie sprechen aber wirklich sehr gut Deutsch, wie kommt das denn?«, sagte sie laut.

»Meine Großmutter war aus Deutschland«, lautete die kurze Antwort.

»Und was sind Sie? Chefinspektor?«

»Commissario«, antwortete Pavarotti noch einsilbiger.

Oh, oh, gleich wird er mich herunterputzen, wegen meiner kleinen Komödie bei der Renzingerin, dachte Lissie. Oder schlimmer. Vielleicht ist sein harmloses Getue bloß Theater, und er will mich jetzt unauffällig verhaften, weil ich mich für eine Polizistin ausgegeben hab? Lissie beschloss, den Stier bei den Hörnern zu packen.

»Ich will jetzt wissen, wo Sie bei dem Wetter eigentlich mit mir hinwollen. Am besten gehen wir zurück ins Nikolausstift. Ich hatte Ihnen doch schon gesagt, dass die Kneipen alle voll sind.«

»Spielt keine Rolle.« Pavarotti hielt vor einem geschlossenen Weinladen namens Enoteca Editha, dessen Schaufenster mit einer ansehnlichen Grappa-Kollektion in ausgefallenen Gefäßen auf sich aufmerksam machte, griff in seine Jackentasche und zog einen Schlüsselbund hervor.

Er schloss die Ladentür auf, scheuchte Lissie hinein und verschwand mit ihrer Regenkleidung und dem Schirm nach hinten in geheimnisvolle dunkle Raumfluchten des schmalen Hauses. Ein paar Minuten später tauchte Pavarotti mit einer geöffneten Flasche Grappa und zwei Gläsern wieder auf. Er stellte sie auf einen Stehtisch und schenkte ein.

»Das ist was Feines, nicht der übliche Touristenfusel, den mein Exschwager sonst mit viel Erfolg an Ihresgleichen verkauft.« Er deutete auf das Fenster mit den goldverzierten Karaffen. »Darin ist nur Dreck, und die Karaffen bezieht er billig aus Südkorea. Aber die Touristen denken sofort an echte Südtiroler Handwerkskunst und Murano-Glas, ohne groß nachzufragen. Natürlich würde Albrecht nie etwas Falsches behaupten, dazu ist er viel zu schlau.«

»Exschwager?«

»Albrecht ist auch aus Deutschland, aus Neuss, genau genommen. Wegen meiner Schwester ist er damals nach Meran gezogen, hat sich allerdings schon nach fünf Jahren wieder von ihr scheiden lassen. Ich kann's ihm wirklich nicht verdenken. Aber zwischen uns Männern hat es irgendwie gepasst. Diesen Weinladen hier, den Albrecht nach der Scheidung aufgemacht hat, hat er als alter Zyniker nach meiner Schwester benannt. Sie hat ein kleines Alkoholproblem, das sie aber noch ganz gut überspielt. Editha leitet die hiesige Gerichtsmedizin. Zum Wohl.«

»Wow!« Etwas Passenderes fiel Lissie spontan nicht ein. Warum erzählte er ihr das bloß alles? Wenn das so weiterging, kamen ihre ausgefeilten Fragetechniken ja gar nicht zum Einsatz. Sie nahm einen ordentlichen Schluck – und bekam keine Luft mehr. »Uhrgg, wollen Sie, dass ich mir eine Alkoholvergiftung zuziehe? Das ist doch kein Grappa!«

»Doch, aber ich konnte ja nun wirklich nicht ahnen, dass Sie damit Sturztrinken veranstalten. Das ist ein etwas höherprozentiges feines Tröpfchen, das man in kleinen Schlucken genießt! Oder langen Sie beim Alkohol immer gleich so üppig zu wie mein geliebtes Schwesterherz?«

»Mir reicht's.« Lissie schob ihr Glas beiseite und versuchte das herablassende Grinsen ihres Gegenübers zu ignorieren. »Was wollen Sie eigentlich? Ich dachte, Sie wären mit der Befragung von mir durch?«

Pavarotti holte tief Luft. »Eigentlich hatte ich Sie um Ihre Hilfe im Fall Felderer bitten wollen.« Unwillkürlich trat er ein paar Zentimeter vom Stehtisch zurück.

»Wie – wie bitte?«, stammelte Lissie. Sie war vollkommen baff.

»Noch vor zwei Stunden haben Sie sich vor Lachen gar nicht mehr einkriegen können, als ich Ihnen meine Hilfe angeboten habe! Wie kommt denn dieser Sinneswandel zustande? Sie müssen ja verdammt unter Druck stehen! Anschiss vom Chef eingefangen, weil Sie bisher nichts rausgekriegt haben?«

»Ich entschuldige mich in aller Form, auch für den dummen Spruch von eben. Ich habe heute Nachmittag auf Ihren Vorschlag viel zu schnell reagiert. Er kam einfach zu überraschend für mich.« Pavarotti hob die Schultern, dann schaute er Lissie an. »Also, was halten Sie davon, bei dem Fall Felderer wirklich ein wenig Miss Marple zu spielen? Ich hab mir Ihre Idee noch mal ganz in Ruhe überlegt. Beim zweiten Hinschauen ist sie wirklich gar nicht schlecht«, sagte Pavarotti.

»Ich soll also jetzt tatsächlich bei Ihren Ermittlungen mitmachen? Na, wahrscheinlich haben Sie ja nach meiner kleinen Showeinlage bei der Renzingerin gemerkt, dass die Leute doch mit mir reden!«, sagte Lissie triumphierend und warf Pavarotti einen frechen Blick zu. Zu ihrem Bedauern ging Pavarotti nicht auf ihre gezielte Provokation ein. Lissie war sich sicher, dass er sich die geplante Abreibung mit viel Überwindung verkniff, um sie nicht wieder zu verprellen. Stattdessen nickte er bloß.

»Nach meinem Gefühl sind bei dem Fall mehr Untiefen vorhanden, als man auf den ersten Blick denkt. Weil ich Italiener bin, lügen mich die Hiesigen schon aus Prinzip an. Außerdem, und das ist überhaupt der größte Hemmschuh: Die wollen unter allen Umständen vermeiden, dass wieder mal einer der Ihrigen Jahrzehnte in einem italienischen Gefängnis verbringen muss. Ganz egal, was er verbrochen hat.« Pavarotti hob sein Grappaglas zum Mund und kostete vorsichtig. »Auf die konventionelle Tour werde ich deshalb den Fall wohl nicht aufklären können.« Er hob sein leeres Glas. »Prost.«

»Und deshalb brauchen Sie jemanden wie mich, die für Sie spioniert, die Harmlose mimt und die Leute aushorcht.«

Pavarotti lachte schallend. »Na, die Harmlose mimen dürfte Ihnen kaum gelingen. Aber das andere könnte trotzdem klappen. Wollen Sie's versuchen? Nichtstun ist ja wohl ohnehin nicht Ihr Ding. Ich sehe Ihnen doch an, wie sehr Sie sich jetzt schon langweilen!«

Lissie erschrak über die Mühelosigkeit, mit der er sie durchschaute. Aber dann merkte sie, dass es ihr eigentlich egal war. Sie blickte sich in der halb dunklen Stube um. Im Augenwinkel sah sie eine Sammlung gerahmter Fotografien über einem Waschbecken in der Ecke. Sie ging hinüber. Auf einem Foto schaute ein älteres Ehepaar in Meraner Tracht ernst in die Kamera. Vielleicht die Eltern von Albrecht, dem Exschwager? Andere Schwarz-Weiß-Aufnahmen zeigten Straßenszenen von Meran, wahrscheinlich aus den fünfziger oder sechziger Jahren. Die Lauben, das Bozner Tor, die Nikolauskirche. Eines war ein Schnappschuss, ein Meraner Hinterhof mit einem halbrunden Kellereingang, aus dem eine junge Frau kam. Im Bildvordergrund stand ein Huhn und reckte seinen Hals zur Kamera.

Lissie spürte den halb erwartungsvollen, halb spöttischen Blick Pavarottis im Rücken und drehte sich um.

»Womit fangen wir an?«

DREI

Montag, 2. Mai

Keuchend zerrte Lissie ihren Koffer aus dem engen, muffigen Hotelaufzug auf den Flur hinaus. Saftladen, dachte sie. Ob ich mir das Kreuz verrenke, kümmert hier keinen. Von wegen vier Sterne. Sie blickte sich suchend um. »Felderer Suite«, Pfeil nach rechts. Doch dann war sie schnell besänftigt, als sich die Rollräder des Koffers auf dem flauschigen Teppichboden ganz leicht drehten und er sich fast wie von selbst bewegte. Kein Vergleich mit dem Geholpere und Gezerre auf den aufgeplatzten Linoleumböden des Nikolausstifts.

Ihr Umzug ins Hotel Felderer war am Vorabend in der Vinoteca Editha beschlossen worden. Pavarotti hatte die Idee gehabt und sich vehement dafür eingesetzt. »Wenn in der Familie was nicht stimmt, sind Sie die Einzige, die es rauskriegen kann«, hatte er mit hauchzarter Stimme gemeint. Dieser Schleimer.

Lissie stieß die Tür zu ihrem neuen Domizil auf. Ihre Stimmung hob sich ein weiteres Stück. King-Size-Bett mit Baldachin, an der Wand dem Bett gegenüber stand ein zierlicher Rokokoschreibtisch. Weiter hinten im Wohnbereich eine mehrteilige, mit Satin bezogene Sitzecke, die vor dem Terrassenfenster platziert war. Flatscreen-Fernseher auf einem undefinierbaren Möbel, das nach Minibar aussah. Lissie ließ den Koffergriff los und schaute erwartungsvoll ins Bad. Marmorfliesen in Rosé-Weiß, riesiger Spiegel, vergoldete Armaturen. Die Räume waren für ihren Geschmack zu sehr im alpenländischen Stil eingerichtet. Gnadenlos verkitscht, weniger Schnörkel und mehr Stil wären besser gewesen. Doch dann zügelte sie sich. Nach ihrem Kurzaufenthalt im Nikolausstift war das nun wirklich Meckern auf hohem Niveau.

Mit dem Fuß stieß Lissie ihren ungeöffneten Koffer unter den Schreibtisch und öffnete die Minibar. Alle Achtung, war die bestückt. Sie ging, mit einem Piccolo Moët & Chandon und einem Champagnerglas ausgerüstet, zum gekippten Terrassenfenster hinüber und zog die Vorhänge beiseite. Reglos blieb sie ein paar Minuten dort stehen, hingerissen von dem Anblick, der sich ihr bot. Vor Kurzem hatte der Regen nachgelassen, und jetzt kam unerwartet kräftig die Sonne heraus. Die Sonnenwärme zauberte aus den noch feuchten, tropfenden Weinbergen fedrige Dunstschwaden hervor. Am Rande von Lissies Blickfeld kündigte sich mit einem lauter werdenden Surren die nächste Seilbahnkabine vom Küchelberg in Richtung Talstation an. Die leere Kabine sauste vorbei. Dann war es wieder still. Lissie nippte an ihrem Schampus und hing ihren Gedanken nach.

Sie hatte anfangs wegen des Umzugs Bedenken gehabt. »Aber die haben einen Trauerfall. Sind Sie sicher, dass da geöffnet ist?«

»Das Hotel ab morgen schon«, antwortete der Commissario. »Das Restaurant ist geschlossen, für Auswärtige. Die Hausgäste kriegen Frühstück und abends was Kaltes auf den Tisch, und Ihren geliebten Roten wird man Ihnen auch ausschenken. Also nichts wie hin mit Ihnen. Außerdem gibt es ohnehin nur Gerede, wenn wir zwei im Nikolausstift wohnen und immer wieder zusammenhocken.«

Lissie hatte eine Augenbraue hochgezogen. Sie glaubte keine Sekunde an ein derartiges Gerede. Allein der Gedanke an Zärtlichkeiten mit diesem Koloss war grotesk. Aber dann gewann ihre Gutmütigkeit die Oberhand. Ich will mal nicht so sein, tut ihm sicher auch mal gut, dachte sie und verzog den Mund zu einem anzüglichen Grinsen.

»Pfui, was für eine schmutzige Phantasie! Das, was Sie denken, hab ich nicht gemeint«, griente Pavarotti sichtlich geschmeichelt zurück. »Aber jeder weiß, dass die Elsbeth ihre Gäste ausspioniert. Und da es sich bei den paar Alten, die sie noch kriegt, kaum lohnt, wird sie bei Ihnen nicht mehr zu halten sein.« Unwillkürlich senkte Pavarotti die Stimme und beugte sich vor, obwohl sie mutterseelenallein waren. »Es würde sich überhaupt nicht vermeiden lassen, dass sie ein paar Brocken aufschnappt, wenn wir uns unterhalten. Das posaunt die Hochleitnerin dann in Windeseile in Meran herum. In dem Fall können wir uns Ihre verdeckte Ermittlung abschminken. Sie ziehen aus und Schluss.« Pavarotti hatte mit der flachen Hand auf den Stehtisch geschlagen, dass die Grappaflasche gewackelt hatte.

Lissie nahm einen großen Schluck von ihrem Moët. Inzwischen

war er lauwarm und schmeckte abgestanden. Sie war froh, dass sie das kurze Gespräch mit der Pensionswirtin hinter sich gebracht hatte. Natürlich hatte sie sofort angeboten, für die volle Woche zu bezahlen, was die Hochleitnerin mit einem ungnädigen Nicken zur Kenntnis genommen hatte. Trotzdem war Lissie der überstürzte Auszug mehr als peinlich gewesen. »Ich hatte Ihnen doch aber schon bei der Buchung gesagt, dass wir kein Zimmer mit Bad haben«, hatte die Frau spitz gesagt. Der Satz war am Schluss deutlich spürbar in der Luft hängen geblieben. Die hat genau gewusst, dass das fehlende Bad auf dem Zimmer nicht der wirkliche Grund ist, dachte Lissie und krümmte sich innerlich. Ohne besonderen Anlass unhöflich zu sein war ihr zuwider. Es erinnerte sie unangenehm an die Proleten im Frankfurter Finanzdistrikt, mit denen sie sich keinesfalls in eine Reihe stellen wollte. Die banden sich morgens mit dem Armani-Schlips gleich ihr schlechtes Benehmen für den ganzen Tag um.

Sie fasste sich an den Hals. Auch ohne in den Spiegel zu schauen, wusste sie, dass sie wieder einmal rote Flecken bekam. Es juckte ekelhaft, und sie fing automatisch an, die Haut an ihrem Blusenausschnitt zu kratzen. Zu spät fiel ihr ein, dass sie Schampus nicht gut vertrug, und schon gar nicht auf fast nüchternen Magen. Doch das gute Zeug wegzuschütten, das kam überhaupt nicht in Frage. Lissie stellte den Piccolo in den kleinen Kühlschrank zurück und richtete sich mit einem Ruck wieder auf. Es war ja nichts passiert. Diese Pensionswirtin sollte in ihrem Beruf ja wohl mit Zimmerstornierungen umgehen können. Kein Grund, sich deswegen graue Haare wachsen zu lassen. Sie war doch sonst nicht so überempfindlich und dünnhäutig. Was war in letzter Zeit bloß los mit ihr?

★★★

Pavarotti lief der Schweiß in Strömen von der Stirn. Er wischte in einem fort, aber immer wieder landete einiges davon in seinen Augen und brannte. Weitere Rinnsale waren von der Brust in Richtung Bauch unterwegs. Warum hatte er eigentlich diesen Verbandsmenschen, Kirchrather oder so, nicht auf die Wache bestellt? Alternativ hätte er sich auch von Sergente Brunthaler hier herauffahren lassen können. Zu was anderem als zum Fahrdienst taugte der sowieso nicht.

Im Steigen ruderte Pavarotti mit den Armen, um sein Gleichgewicht zu halten. Er kam sich vor wie einer der Tattergreise im Rollstuhl. Da vorn kreuzten schon wieder zwei dieser Herrschaften den Weg, diesmal mit Gehwagen. Einem gesunden Menschen mittleren Alters war der Tappeiner Weg eigentlich nicht mehr zuzumuten. Das war kein Spazierweg mehr, sondern ein Freiluftsanatorium hundert Höhenmeter über Meran. Pavarotti musste grinsen, als er daran dachte, dass es neulich einer der Opas in den Lokalteil der »Dolomiten« geschafft hatte. An einer der seltenen abschüssigen Stellen des Tappeiner Weges hatte sich die Rollstuhlbremse des Alten gelöst. Es blieb unklar, warum der Mann seinen Rollstuhl nicht mehr unter Kontrolle bekommen hatte. Offenbar war das Ding immer schneller geworden und unaufhaltsam auf den Abhang zugerollt. Gestoppt wurde der Alte in letzter Sekunde durch ein exotisches, besonders struppiges Gebüsch, das sich in der Kurve am Wegrand ausbreitete. Da war dieses Grünzeug aus Südamerika, Mallorca, oder woher auch immer, das hier in Mengen herumstand, auch mal zu etwas gut gewesen. Pavarotti hatte diese unfreiwillige Rollstuhl-Rallye sehr komisch gefunden und so gegluckst, dass die Zeitung auf seinem gewölbten Bauch zitterte.

Zum Lachen fehlte ihm im Moment aber die Luft. Er blieb schnaufend stehen und schaute nach links. Schloss Thurnstein war bereits in Sichtweite, aber weitere fünfzig Höhenmeter waren es schon noch da hoch. Und bestimmt noch weitere zwanzig zu Kirchrathers Villa, die um einiges darüber lag, wenn die Beschreibung Brunthalers stimmte. Warum musste der Kerl so weit oben wohnen? Und warum war er, Pavarotti, auf die Idee gekommen, den Aufstieg zu Fuß zu erledigen, mit seinen hundertdreißig Kilo Lebendgewicht?

Heute Morgen beim Frühstück, als er die gertenschlanke Deutsche bei ihrem Abschiedspalaver mit der Hochleitnerin beobachtet hatte, war ihm die spontane Idee gekommen, dass ein wenig sportliche Betätigung nichts schaden könnte. Das kam jetzt davon, wenn man die Dinge nicht richtig durchdachte. Außerdem hätte es auch noch gereicht, einen Tag später mit dem Abnehmen anzufangen.

Egal. Pavarottis desolater körperlicher Zustand konnte seine aufgeräumte Stimmung nur leicht trüben. Er gratulierte sich zu seinem Schachzug, mit dem er diese Lissie von und zu elegant aus dem Nikolausstift entsorgt hatte. Klar, es gab natürlich die entfernte Chance, dass sie im Hotel Felderer irgendwas Interessantes aufschnappte. Aber der wahre Grund hinter seinem Vorschlag war gewesen, der Deutschen keine Gelegenheit zu geben, mit Elsbeth bei einem Kaffeekränzchen, oder, was viel wahrscheinlicher war, bei einer Flasche Roten ein inniges Frauengespräch zu führen.

Elsbeth war überhaupt nicht besonders neugierig, das war glatt gelogen gewesen. Pavarotti grinste. Wie ertappt die Deutsche ausgesehen hatte, als er diesen Charakterzug ins Spiel brachte! Nein, Elsbeth war leider manchmal viel zu mitteilungsbedürftig, wenn sie jemandem ihr Vertrauen schenkte, darin lag das Problem. Und die Deutsche war ziemlich gut darin, Leute handzahm zu kriegen, das hatte er schnell gemerkt. Pavarotti hatte keine Lust, sich als Gesprächsgegenstand der beiden Frauen wiederzufinden. Die Histörchen zwischen ihm und der Hochleitnerin gingen seine neue Privatschnüfflerin nun wirklich überhaupt nichts an.

Keuchend erreichte Pavarotti die Terrasse der Ausflugsgaststätte Rebland und stützte sich schwer auf die Lehne des ersten greifbaren Gartenstuhls, um zu verschnaufen. Als er wieder einigermaßen zu Atem gekommen war, hob er den Kopf und zwinkerte einen Schweißtropfen weg, um besser sehen zu können, wo er sich befand. Die Weinlaube lag wegen des dichten Weinbewuchses der vielen Pergolen auch tagsüber im leichten Zwielicht. Bis auf zwei stille Esser war die Terrasse menschenleer. Die Weinromantik war an Pavarotti aber komplett verschwendet. Er sank auf einer Bank nieder. Gott, war er fertig.

Diese verrückte Idee mit der Zusammenarbeit würde sowieso nichts bringen, außer Ärger und Verdruss. Jetzt, nachdem er die Sache eine Nacht überschlafen hatte, sah er klarer, was er da angerichtet hatte. Einen Vorgeschmack, was ihm blühte, hatte er ja schon bekommen.

»Wir brauchen einen neutralen Treffpunkt, um uns gegenseitig

auf den neuesten Stand zu bringen«, hatte er leichthin drauflosge-
plappert. Natürlich würde ihm die Deutsche nur ein, zwei Hinweise liefern können, höchstens. Ein bisschen nützliches Getratsche
von den Hiesigen. Dazu brauchte man keinen Geheimtreffpunkt,
ein paar Telefonate oder ein, zwei gemeinsame Cappuccini sollten
ja wohl reichen.

Aber die Augen dieser Lissie von Spiegel hatten auf einmal
angefangen, richtig zu strahlen. Wahrscheinlich hatte sie sich in
dem Moment so gefühlt, als würde sie mit beiden Beinen in einen
Spionagefilm von John le Carré hineinhopsen. Gleichzeitig hatte
sie sich unglaublich angestrengt, nicht zu lächeln. Ihre Mundwinkel hatten wie festgetackert ausgesehen. Genau wie bei seiner
Schwester früher, wenn der Vater sie mal zur Kenntnis nahm. Was
aber selten vorkam.

Pavarotti hatte es nicht über sich gebracht, diese kindliche Vorfreude kaputt zu machen. Außerdem hatte die Deutsche rehbraune
Augen, ganz wunderbar große, alles was recht war. Noch schönere
als die von dieser Louisa, die ein wenig eng zusammenstanden.
Schaden konnte es ja nichts, mit ihr einen festen Treffpunkt auszumachen. Oder?

Hrrrrm. Er räusperte sich und bekam heiße Ohren, als er an
ihren Plan dachte, den er mit seinem Spionagezirkus provoziert
hatte. Madonna, war ihm die Sache peinlich. Zugegeben, ihr Vorschlag war an sich nicht schlecht. Rein theoretisch, versteht sich.
»Haben Sie in Meran bei Ihren Ermittlungen schon mal mit der
Kidszene zu tun gehabt?«, hatte die Deutsche wissen wollen.

Pavarotti hatte nur den Kopf geschüttelt und die Frau angestarrt.
Teenager – was sollte er denn mit denen?

»Ah, gut. Dann werden Sie von denen nicht erkannt. Also,
wir nehmen am besten ein Szenepub oder so was, in dem nur
Jugendliche rumhängen, halten auffällig Händchen und tun so, als
ob wir was miteinander hätten. Ganz bestimmt denken die dann,
dass wir fremdgehen und uns deswegen in einer für unsereins total
abseitigen Kneipe herumdrücken.« Lissie kicherte. »Im Grunde
sind diese Teenies ja voll prüde. Sex jenseits der dreißig finden
die sowieso abartig.« Sie hatte ihre Hand vorgestreckt und ihn mit
einem dürren Finger in den Bauch gepikst. »Dazu kommt, dass

wir überhaupt nicht zusammenpassen. Glauben Sie mir, ich kenn mich aus, meine Mutter war Lehrerin. Wir als Paar haben für die den höchstmöglichen Peinlichkeitsfaktor. Und da sie uns nicht rausschmeißen können, werden sie uns in Ruhe lassen und uns einfach übersehen. Und von ihren Eltern, von denen Sie vielleicht einer erkennen und sich fragen würde, mit wem Sie hier konspirieren, verirrt sich bestimmt niemand in so einen Schuppen.«

Pavarotti stieg die Röte ins Gesicht, als er an den Vorschlag dachte. Wie kam er dazu, mit einer vollkommen Fremden herumzupoussieren, und sei es auch nur zum Schein? Bloß war ihm auf die Schnelle kein stichhaltiges Argument eingefallen, den Vorschlag abzuschmettern. Seine wirklichen Beweggründe konnte er kaum anführen. Denn diese Lissie hätte sich bestimmt ihren flachen Bauch vor Lachen gehalten, wenn sie gewusst hätte, dass er seit zehn Jahren mit keiner Frau mehr herumgeflirtet hatte. Geschweige denn herumgeknutscht. Hatte er die Technik überhaupt noch drauf? Plötzlich fragte sich Pavarotti, wie es sich wohl anfühlen würde, mit der Hand über ihre zarten Wangenknochen zu streichen.

»Die Speisekarte?« Pavarotti brauchte einen Moment, um sich zu erinnern, wo er sich befand. Widerstrebend schüttelte er den Kopf und bestellte nur eine Apfelschorle. Sehnsüchtig linste er zu dem Touristenpärchen hinüber, das sich ein paar Tische weiter schweigend eine riesige Portion Speck in die Figur zwängte. Endlich war der Teller leer, und die Frau legte die Gabel beiseite. Pavarotti hätte nicht mehr lange durchgehalten. Jetzt zeigte die Frau nach unten und zückte ihren Fotoapparat.

Neugierig stemmte er sich hoch und ging zum Geländer hinüber, hinter dem der Weinberg steil abfiel. Er beugte sich vor und konnte ganz unten einen Blick auf den Fluss erhaschen. Nichts Besonderes zu sehen, die übliche Landschaft halt. Die steilen Waldberge der gegenüberliegenden Talseite warfen dunkle Schatten auf den kurvigen Fluss. Meran selbst war hinter einer Biegung verschwunden. Pavarotti kam die Stadt plötzlich viel weiter entfernt vor, als es sich in Kilometern ausdrücken ließ. Ganz und gar entrückt. Er nippte an seiner Apfelschorle und fragte sich, wie in aller Welt er es geschafft hatte, von da unten hier heraufzukommen.

Gar nicht schlecht für den Anfang. Ob er sich in ein paar Wochen schon an die Mutspitze würde wagen können? Es hieß, der Weg sei eigentlich nicht anspruchsvoll.

Sofort ärgerte er sich über diesen absurden Gedanken. Einfach hirnrissig, völlig verblödet war das. Das hatte er nun davon, seinem Gehirn eine derartige Sauerstoffattacke zuzumuten. Die Fakten sprachen eine deutliche Sprache. Er packte es inzwischen nur unter Verrenkungen, sich morgens die Schuhe zuzubinden. Was bedeuteten da schon ein paar Höhenmeter Aufstieg und der Verzicht auf ein Mittagessen – ja was denn? Ein Anfang war es, mehr nicht. Aber immerhin kein schlechter. Seine gute Laune kehrte zurück. Spontan beschloss er, die Deutsche einmal in den Rebland-Garten einzuladen, wenn er den Mord aufgeklärt haben würde. Falls.

Als er sich auf die Socken machte, um das letzte Stück des Weges hinter sich zu bringen, schloss Pavarotti eine Wette mit sich selbst ab. Würde der Vereinsmensch Kirchrather offen über den Streit mit Karl Felderer reden, oder – wie Pavarotti stark annahm – herumlavieren oder sogar frech lügen? Pavarotti brauchte nicht groß nachzudenken. Diese Wette gegen sich selbst würde er locker gewinnen.

★★★

Kirchrather stand an seinem Wohnzimmerfenster, das eine ganze Breitseite des Raumes einnahm, und das ihm eine ebenso gute Sicht auf das rechter Hand liegende Schloss Thurnstein wie auf den letzten Teil des Tappeiner Weges bot. Er beobachtete, wie sich die dicke Gestalt mühsam auf den Serpentinen fortbewegte, die sich hoch zu seiner Villa schlängelten.

Bereits seit dem frühen Morgen dachte er unentwegt darüber nach, wie er sich bei der bevorstehenden Befragung durch den Italiener verhalten sollte. Sollte er sagen, dass Karl Felderer sich mit dem VEMEL überworfen hatte? Wahrscheinlich hatte einer seiner Verbandskollegen sowieso schon alles ausgeplaudert.

Kirchrathers Gedanken irrten hin und her. Der Vater des Toten fiel ihm ein. Beim alten Felderer war die Wahrscheinlichkeit besonders groß, dass er die Schmutzwäsche bereits genüsslich vor dem Commissario ausgebreitet hatte.

Und was in drei Teufels Namen sollte er mit Niedermeyer machen? Kirchrather hatte noch gut dessen vor Aufregung kippende Stimme auf dem letzten VEMEL-Stammtisch im Ohr, als Niedermeyer gegen Felderer, der durch Abwesenheit geglänzt hatte, eine Schmährede vom Stapel gelassen hatte. Die meisten seiner Verbandskollegen hatten ziemlich betreten dreingeschaut, als Niedermeyer ihnen vorhielt, Felderer im Vorjahr sogar noch als Präsidenten im Amt bestätigt zu haben. Anstatt ihn zu wählen! Kirchrather schniefte ungehalten. Jetzt würde dieser Zwerg wahrscheinlich nicht mehr aufzuhalten sein. Objektiv konnte er zwar nichts gegen ihn sagen. Der Mann war schließlich mit seinem Ledergeschäft erfolgreich, trotz der großen Konkurrenz durch Billigware. Trotzdem fand ihn Kirchrather genauso wenig geeignet für das Amt wie den ermordeten Felderer. Der kleine, dürre Kerl war von Ehrgeiz zerfressen und würde so ziemlich alles tun, um sich Anerkennung zu verschaffen. Und das war genau das Problem. Niedermeyer glaubte vermutlich wirklich, mit den Informationen, die er sich kürzlich verschafft hatte, habe er den Freifahrtschein für Karls Nachfolge in der Hand.

Würde Niedermeyer wohl so klug sein, sein Wissen für sich zu behalten? Bestimmt nicht. Kirchrather seufzte. Er wusste, dass ihm nichts anderes übrig blieb, als den Mann geschickt einzubremsen. Am besten jetzt gleich, bevor es zu spät war. Kirchrather schaute erneut aus dem Fenster. Er sah, dass er noch etwa zehn Minuten hatte, bis dieser italienische Commissario bei ihm eintreffen würde, und griff zum Telefon.

★★★

Pavarotti merkte sofort, dass Kirchrather auf ausgesprochen geschickte Art mauerte. Vor lauter Verbindlichkeit hatte der eine ganz weich gespülte Stimme bekommen. Der Alte spielte den Kooperativen und strapazierte dabei seine Rhetorikkünste bis zum Gehtnichtmehr. Es war schon eine echte Begabung notwendig, um eine halbe Stunde lang immer wieder das Gleiche in unterschiedlichsten Variationen zu erzählen, das musste Pavarotti zugeben.

Ohne Zweifel habe der VEMEL mit dem Ermordeten so seine Differenzen gehabt, sagte Kirchrather in sorgenvollem Ton. Aber es sei ja um eine sachorientierte Auseinandersetzung der Verbandsmitglieder mit ihrem Vorsitzenden gegangen. Und ein Verband ermorde doch niemanden, nicht wahr. Persönliche Motive einzelner Verbandsmitglieder habe es nicht gegeben. Zumindest sei ihm, Kirchrather, hiervon nichts bekannt. Nicht das Geringste.

»Wie hätten Sie Felderers Verpachtungspolitik eigentlich stoppen wollen?«, fragte Pavarotti nach.

Hilflos zuckte Kirchrather die Schultern. »Gar nicht. Wie auch? Karl hatte das Recht auf seiner Seite. Es waren schließlich seine Immobilien. Er konnte vermieten, an wen er wollte. Unser Verband ist ja nur ein freiwilliger Zusammenschluss, und die Beschlüsse sind nicht rechtsverbindlich.« Der alte Schatzmeister seufzte und schenkte seinem Gegenüber Kaffee nach.

»Schauen S', Herr Kommissar. Natürlich haben wir als Verband die Pflicht, diese Dinge ernst zu nehmen. Das ist schließlich unsere Aufgabe. Wir wissen aus Erfahrung, dass die Touristen das besondere Flair der Lauben lieben, diese kleinen Läden voller Atmosphäre. Viele kommen ja deswegen her. Aber im Grunde ist uns allen klar, dass die Veränderung nicht mehr aufzuhalten ist. Mit oder ohne Karl Felderer. Immer weniger Touristen kaufen in den alteingesessenen Lauben-Geschäften teure handgefertigte Mitbringsel. Wer Geld hat, will heute italienische Marken, Armani, Versace, Bulgari, Gucci, Miu Miu und wie sie alle heißen. Die alten Meraner Ladenbesitzer sterben aus, die jungen verkaufen und ziehen weg. Glauben Sie wirklich, dass die Lauben da noch einen Mord lohnen? Niemand von uns würde sich die Mühe machen.«

Plötzlich kam sich Pavarotti lächerlich vor.

Auf dem Weg zur Haustür verabschiedete Kirchrather seinen Gast mit den Worten: »Jetzt habt's ihr Welschen ja doch noch geschafft. Was ihr damals mit der Brechstange nicht hingekriegt habt, das habt ihr jetzt durch die Hintertür mit euren Modelabels gepackt. Früher waren wir Südtiroler noch Mannsbilder. Jetzt sind wir weg vom Fenster, Commissario.«

★★★

Der Suitenflügel lag trotz des frühen Nachmittags im Halbdunkel; überall hatte das Personal die dicken eierschalenfarbenen Leinenvorhänge vor die Fenster gezogen. Das Hotel machte einen ausgestorbenen Eindruck, trotzdem beschloss Lissie instinktiv, keinen Lichtschalter zu betätigen. Sie hielt sich am Geländer fest, um auf der spiralförmig nach unten führenden Treppe nicht zu stolpern.

Unten angelangt, stellte sie fest, dass auch an der Rezeption nur drei kleine Deckenstrahler brannten, die kleine Lichtpunkte auf die polierte Kirschholzfläche der Empfangstheke zeichneten. Obwohl sie sich ziemlich benommen fühlte, überlegte sie, ob sie jetzt schon die Gelegenheit nutzen sollte, sich ein wenig umzusehen. Sie war schließlich eine verdeckte Ermittlerin, und als solche war Schnüffelei Teil ihrer Tätigkeitsbeschreibung. Fast hätte sie gekichert. Mannomann, jetzt brauchte sie sich wegen ihrer Neugierde nicht mehr zu genieren, denn die war ja ab jetzt ihre wichtigste Kernkompetenz.

Bloß – wonach sollte sie suchen? Lissie verzog das Gesicht. Es war viel zu riskant, die Fächer hinter der Rezeption zu durchwühlen. Was sollte sie sagen, wenn sich die Tür hinter der Rezeption öffnete? Sie hätte nicht die geringste Chance, ungesehen zu verschwinden. Und für den PC waren bestimmt Passwörter erforderlich. Lissie gestand sich ein, dass sie alles andere als eine IT-Spezialistin war. Sie verspürte keine Lust, eine fette Spur im Hotelcomputer zu hinterlassen, ohne es überhaupt zu merken.

Sie schaute sich um. Wenn man wirklich mal etwas bestellen wollte, wie sie jetzt einen starken Espresso, dann blieb die Bedienung garantiert unauffindbar. Vorsicht, Kundschaft. Sie schnaufte ungnädig und bekam prompt einen Schluckauf. Nach dem Genuss eines Viertelliters Champagner auf nüchternen Magen war einfach nicht damit zu rechnen, dass man in optimaler Verfassung war. Am besten erst mal setzen und Gedanken ordnen. Lissie streckte sich auf einem der Sofas hinter dem Kamin aus, der offenbar am Morgen angefacht worden war und noch ein wenig Wärme abstrahlte. Sie schloss die Augen, um sich besser konzentrieren zu können, und schlief sofort ein.

Lissie träumte, dass sie mit ihrem Vater an einem hohen Verkaufstresen stand. Sofort wusste sie ganz genau, wo sie sich befand, nämlich im Mannhardt in den Lauben, im besten Porzellan- und Glasgeschäft von ganz Meran. Überall standen überlebensgroße blaue Porzellanpferde herum, die zu Lissie herüberschauten und auffordernd mit den Hufen scharrten.

Ermutigend lächelte ihr der Vater zu. Doch als sie nach einem der Pferde greifen wollte, schob sich eine Verkäuferin dazwischen. Sie packte Lissie am Arm und zog sie zu einer Vitrine mit Kristallgläsern und Karaffen, die alle bis zum Rand mit irgendwelchen Flüssigkeiten gefüllt waren. Plötzlich begann sich auch die Vitrine auf Lissie zuzubewegen. Die Gläser fingen an zu klirren, die Flüssigkeiten schwappten über und überfluteten den Boden. »Hör endlich auf zu trinken«, schrie die Verkäuferin. Als ihr Vater der Frau eine Ohrfeige gab, fuhr Lissie aus dem Schlaf hoch.

Sie merkte sofort, dass sie nicht mehr allein in dem großen Raum war. Um Gottes willen, hoffentlich habe ich keinen Mucks von mir gegeben, dachte sie erschrocken und spähte hinter dem Kamin hervor. Als sie sah, was sich hinter ihr abspielte, wurde ihr klar, dass in den letzten Teil ihres Traums Fetzen aus der Realität eingeflossen waren.

Vor dem Rezeptionstresen auf der anderen Seite des Raums stand eine junge Frau um die dreißig, dahinter sah sie einen hageren alten Herrn mit kantigen, scharf geschnittenen Gesichtszügen. Die Iris seiner Augen glänzte im Schein der Deckenspots wässerig hellgrau, fast weißlich. Die Augäpfel hatten rote Ränder und waren von roten Äderchen durchzogen. Der Kontrast zwischen Iris und Augäpfeln war schaurig. Lissie schüttelte sich und ließ ihren Blick nach unten wandern. Der dürre Körper des Alten bebte förmlich vor Erregung. Oder war es Wut?

Mit vorgerecktem Kopf hielt der alte Mann die junge Frau am Arm fest, dann schüttelte er sie. »Ich lass mir von dir in meinem eigenen Haus nichts vorschreiben«, spuckte er. »Geh mir aus den Aug'n, sonst fängst dir noch eine Watsch'n ein!«

Mit Mühe riss sich die junge Frau los und griff sich an die Wange. Dann heulte sie kurz auf und rannte aus dem Zimmer.

Lissie überlegte. Der Alte war ganz bestimmt der Seniorchef. Und das Mädel hatte nicht wie eine Bedienstete ausgesehen. Vermutlich die Schwiegertochter, die Frau des Ermordeten. Lissie gratulierte sich zu ihrem Logenplatz im dunklen Zuschauerraum und wartete gespannt.

Felderer senior griff unter die Abdeckung des Empfangsbereichs und holte eine Flasche mit ockerfarbener Flüssigkeit hervor. Er war gerade im Begriff, sein mit Eiswürfeln gefülltes Glas aufzufüllen, als er innehielt und die Flasche direkt an den Mund setzte.

Hoppla, dachte Lissie. Sie konnte nicht sagen, woher ihr Eindruck kam, aber sie hatte nicht das Gefühl, dass der Alte aus Trauer um seinen Sohn Karl zur Flasche griff.

Plötzlich schrak sie zusammen. Die Hotelklingel am Eingang bimmelte aufdringlich laut in die Stille hinein. Sie beobachtete, wie Felderer einen schlanken Mann mit grauem, militärisch kurz geschnittenem Haar ins Haus ließ. Der Mann war ungefähr im gleichen Alter wie der Hotelier.

Auf einmal brach ihr der Schweiß aus. Felderer würde seinen Gast bestimmt zur Sitzgruppe am Kamin führen. Lissie saß starr da, vollkommen überzeugt, in fünf Sekunden aufzufliegen. Sie zwickte die Augen zu. Nichts geschah. Als sie die Augen öffnete und überrascht ins gedämpfte Licht blinzelte, sah sie die beiden Männer am Rezeptionstisch stehen. Der alte Felderer hatte seine Position von vorhin wieder eingenommen. Anscheinend sein bevorzugter Aufenthaltsort, und mit Höflichkeiten schien sich der alte Mann sowieso nicht aufzuhalten. Fast hätte sie erleichtert aufgeseufzt, konnte sich aber gerade noch beherrschen.

»Mein Beileid, Signore, es tut mir sehr leid um Ihren Sohn. Er war ein ausgezeichneter Geschäftsmann«, hörte sie den Neuankömmling sagen. Exzellentes, praktisch akzentfreies Deutsch. Trotzdem, diese sonore Stimme und dieses scharfe Profil. Garantiert Italiener. »Eigentlich müssten wir die Verhandlungen mit Ihrem Haus sofort abbrechen und nach Mailand abreisen«, fuhr der Mann fort. »Denn das Risiko ist groß, dass wir unsere Transaktion nicht erfolgreich abschließen können, wenn die Polizei überall herumschnüffelt und Fragen stellt.«

Felderer sagte nichts, sondern schaute dem Italiener einfach nur ins Gesicht. Lissie hatte das Gefühl, dass dieser Blick einen stummen Vorwurf enthielt, der den Neuankömmling sichtlich unruhig machte. Als ob er sich über einen wichtigen Punkt unschlüssig sei, blickte der Italiener ein paar Sekunden lang zur Seite. Als er schließlich seinen Blick wieder auf Felderer heftete, schien er einen Entschluss gefasst zu haben.

»Nun, aber in Ihrem Fall …« Er ließ den Satz unvollendet und setzte neu an, um die passenden Worte zu finden. »Aber angesichts Ihrer speziellen Historie habe ich als Seniorchef unserer Gruppe anders entschieden. Ich möchte Ihnen die Möglichkeit geben, das Projekt Ihres Sohnes zum Abschluss zu bringen. Ich habe Ihnen den unterschriebenen Vorvertrag mitgebracht. Über den konkreten Preis werden wir uns sicher einig. Der Preisrahmen ist ja durch die Gespräche mit Ihrem Sohn bereits abgesteckt.«

Lissie beobachtete, wie der Italiener Papiere aus der Aktentasche holte, sie dem Alten zuschob und dann mit einem grußlosen Nicken durch die Eingangstür nach draußen verschwand.

★★★

Immer noch nicht ganz in Topform, saß Lissie eine Stunde später in einem Alkoven im obersten Stock der Meraner Stadtbibliothek, ausgerüstet mit einem brandneuen Leseausweis.

Der körpereigene Akku von Emil Felderer war nach der Auseinandersetzung mit seiner Schwiegertochter und dem Gespräch mit seinem italienischen Geschäftspartner offenbar erst einmal erschöpft gewesen. Nachdem der alte Knacker auf seinem Stuhl hinter dem Empfangstresen eingeschlafen war und, den Kopf im Nacken, in einer wirklich ekelhaften Weise angefangen hatte zu schnarchen, war Lissie zurück auf ihr Zimmer geschlüpft, hatte ihren Rucksack geschultert und das Hotel verlassen.

Lissie schüttelte sich immer noch unwillkürlich, wenn sie an den Alten dachte. Was war das bloß für ein Widerling, trotz seiner ganz gut erhaltenen Figur! Gleichzeitig war ihre Neugier geweckt. Irgendetwas stimmte nicht mit ihm. Auf welche spezielle Historie hatte der Italiener angespielt? Und was war das für eine Transaktion, bei der die Polizei angeblich störte? Lissie war fest entschlossen, Licht in die Angelegenheit zu bringen – und sei es nur, um es diesem skurrilen Macho-Dickerchen aus Spaghetti-Land so richtig zu zeigen.

Prüfend schaute sie sich um. Die Bibliothek war in den obersten beiden Stockwerken eines Stilaltbaus am Rennweg untergebracht. Im Erdgeschoss residierte die Südtiroler Volksbank, deren beleuchteten Namenszug Lissie durch die bis zum Boden reichenden Fenster ausmachen konnte. Sie vermutete, dass der Bank das gesamte Gebäude gehörte und sie die städtische Einrichtung aus ihrem Kulturfonds subventionierte. Im Gegenzug arbeitete die Kommunalverwaltung von Meran sicher gut mit den Volksbankern zusammen. Die Wege zwischen finanziellen und kulturellen Angelegenheiten sind vermutlich auch in Meran extrem kurz, dachte sie ironisch.

Der Rennweg schien sowieso ein Hort kultureller Werte zu sein. Auf dem Weg vom Hotel hierher war Lissie ein Türschild aufgefallen, das auf die Niederlassung der »Bozener Kulturverwaltung, Sektion Meran« hinwies. Als Lissie das Schild passierte, wäre sie fast mit ihrer Exwirtin zusammengestoßen, die dort aus der Tür schoss. Die Hochleitnerin hatte ein ganz fleckiges Gesicht gehabt und war davongehastet. Hatte die etwa geheult? Und was hatte die in der Kulturverwaltung zu suchen?

Lissie zuckte die Achseln. Dieses Geheimnis würde sie bestimmt noch lüften, aber nicht jetzt. Erst einmal hatte sie eine Zeitreise in das Meran zur Mitte des letzten Jahrhunderts vor. Der alte Felderer-Patriarch war schätzungsweise Jahrgang 1930, höchstens 1935. Wenn es irgendwelche Auffälligkeiten in seiner Vita gab, dann hatte sie die besten Chancen, darauf zu stoßen, wenn sie systematisch vorging. Was bedeutete, dass sie bei den Jugendjahren Emil Felderers anfangen musste. Also bei den Fünfzigern und Sechzigern. Wenn sie wusste, was damals in Meran los gewesen war, bekam sie vielleicht eine Idee, was es mit dem Alten auf sich hatte. Eine vage Möglichkeit, mehr nicht. Aber sie war ja schließlich im Urlaub und hatte Zeit. Entschlossenen Schritts steuerte sie auf den Zettelkatalog der Bibliothek zu.

★★★

Eine Stunde später schaute sie von ihrem mit Südtiroler Geschichtsbüchern, Biografien und alten Ausgaben der »Dolomiten«

überladenen Tisch auf und starrte geradeaus, ohne ihre Umgebung wirklich wahrzunehmen. Sie hatte lediglich ein halbes Dutzend Texte quergelesen, aber das hatte gereicht, um sie ziemlich außer Fassung zu bringen. Vor Erregung fing sie an, ihre Leselampe aus- und wieder anzuknipsen. Die meisten Touristen, sie bis eben eingeschlossen, hatten bestimmt keine Ahnung, wie häufig es in dieser Kuhglocken- und Edelweißidylle bis in die siebziger Jahre hinein geknallt hatte.

Und dabei hatte sie immer gedacht, Südtirol sei ein beschauliches Plätzchen. Ganz früher war hier Gewalt an der Tagesordnung gewesen, klar, aber doch nicht mehr im Dunstkreis der eigenen Generation! Terroristen, konspirative Zellen, Bombenattentate inmitten von akkurat gepflegten Weinbergen und saftigen Obstbaumwiesen, über die emsig tagein, tagaus das Wasser aus Hunderten von Bewässerungsschläuchen strich? Unvorstellbar.

Doch diese Südtiroler Bombenjahre waren tatsächlich erst ein paar Jahrzehnte her! Offenbar war sie bloß ein Jahr nach dem Ende der Attentate das erste Mal mit ihrem Vater in Meran gewesen! Ein leichter Anflug von Hysterie stieg in ihr auf, und Lissie war zu perplex, um ihn abwehren zu können. Sie musste giggeln und zog sich einen strafenden Blick der grauhaarigen Bibliothekarin zu, die gerade Bücher einsortierte. Ob die kurenden Omis wohl in Ohnmacht fallen würden, wenn die wüssten, dass in einigen der urgemütlichen Keller, dort, wo sie ihre Traubensäftchen schlürften, Bombenpläne geschmiedet worden waren?

Sie schaute in eine Zeitung von 1953, die ausgebreitet vor ihr lag. Den Südtirolern war es um Autonomie, Selbstbestimmung, so was in der Art, gegangen. Das klassische Umstürzler-Motiv, wenn einem die Verhältnisse nicht passten. Ein paar von den Hiesigen hatten anscheinend keinen Bock mehr gehabt, sich von den Italienern herumkommandieren, schikanieren und durch deren zahlenmäßige Mehrheit erdrücken zu lassen. Was die Bombenleger in Lederhosen da auf die Beine gestellt hatten, war anfangs ziemlich harmlos gewesen. In die Luft geflogen war ja bloß ein Haufen Strommasten, um die Wirtschaft lahmzulegen und die Italiener zur Weißglut zu treiben. »Heut Nacht tuscht's wieder«, hatte man sich damals in Bombenlegerkreisen zugeflüstert, wenn es mal wieder so weit war. Das klang ein wenig wie Strommastensprengen im Takt der Südtiroler Volksmusik. Ganz anders als die deutsche RAF, deren Mitglieder von Anfang an auf das Töten aus waren, hatten die Südtiroler Aktivisten Menschenleben nicht gefährden wollen, auch wenn dieses Prinzip im Laufe der Jahre immer mehr von der zunehmenden Gewalt unterspült wurde. Trotzdem. Die Aktivisten aus Südtirol hatten Mord nicht im Sinn gehabt.

Kaum hatte Lissie diese Gedanken zu Ende gedacht, da schoss ihr das Blut ins Gesicht. Sie schob ihren Stuhl ruckartig zurück, sodass er quietschend über das Linoleum schrammte, und stürmte zum Fenster. Ein weiterer strafender Blick der Bibliothekarin, der an Lissie aber total verschwendet war. Schnaufend blieb sie stehen. Sie hatte das Gefühl, ihr Kopf werde gleich platzen. Fing sie jetzt auch schon an, die Gewalttaten zu verharmlosen, so wie ihr Vater, der solche Schweine hatte vor Gericht verteidigen wollen? Und wie kam es bloß, dass das Thema Terrorismus sie schon wieder am Wickel hatte und sie davon abhielt, endlich einen Strich unter ein quälendes Kapitel ihrer Jugend zu machen?

Apropos Jugend. Lissie kam wieder zu Bewusstsein, was sie ursprünglich vorgehabt hatte. Ihr Ausgangspunkt war gewesen, in der Jugendzeit von Emil Felderer herumzustochern. Lissie holte tief Luft und atmete langsam aus. In den Jugendjahren des Alten war ordentlich etwas los gewesen.

Wieder ruhiger geworden, ging sie zu ihrem Platz zurück. Ich kann verdammt noch mal selbst entscheiden, wie ich was beurteile, und mein Vater kann mich mal, dachte sie. Und um mir eine halbwegs fundierte Meinung über die Südtiroler Terrorszene zu bilden, reicht es nicht, kurz mal eben fünf Texte im Schnelldurchlauf zu sichten. Mit einem Seufzer schmiss sie sich auf ihren Stuhl und starrte missbilligend auf die Bücherberge, die sich auf dem Tisch vor ihr auftürmten. Womit anfangen? Hatte es überhaupt Sinn?

Lissie war klar, dass Tirol früher häufig Schauplatz von Kämpfen gewesen war. Der Freiheitskämpfer Andreas Hofer fiel ihr ein, der stammte ganz aus der Nähe, aus dem Passeiertal, und hatte den Tiroler Landsturm – hieß das so? – gegen die Bayern und Franzosen angeführt. Anfang des 19. Jahrhunderts musste das gewesen sein. Und da waren natürlich die Tiroler Kaiserschützen. Die hatten während des Ersten Weltkriegs nach der Kriegserklärung Italiens an Österreich die Grenze Tirols verteidigt. Damals hatte es in den Bergen erbitterte Stellungskämpfe gegeben, die unglaublich viele Opfer gefordert hatten. Die früheren Verbündeten hatten sich regelrecht abgeschlachtet. Schaudernd erinnerte sich Lissie an einen grässlichen Holzschnitt im Arbeitszimmer ihres Vaters, der eine Schlachtenszene aus dieser Periode darstellte.

Lissie lehnte sich zurück und starrte einen Riss im Deckenputz an. Die Südtiroler Bomben kamen ihr vor wie eine schon vor langer, langer Zeit deponierte Ladung, die erst in den Fünfzigern hochgegangen war. Sie erinnerte sich an die Lektionen ihres Vaters, der ein Geschichtsfanatiker gewesen war. Die schlimmsten Feuer entstehen, wenn irgendwer Öl auf einen schon lange schwelenden Brandherd gießt, hatte ihr Vater immer wieder doziert. Heute erschien ihr der Satz ziemlich banal. Aber die bedeutungsschwere Art, wie ihn ihr Vater ausgesprochen hatte, hielt sich hartnäckig als eine ihrer lebhaftesten Erinnerungen an die unfreiwilligen Geschichtsstunden ihrer Jugend. Lissie erinnerte sich noch gut, wie genervt sie von dem alten Kram gewesen war und dass sie reflexartig die Augen verdreht hatte, wenn es wieder losging. Wen interessiert das denn heute noch? Abwarten, hatte ihr Vater stets lächelnd erwidert. Wenn du älter bist, kommt das Interesse an Geschichte von ganz allein. Tja, mein Lieber, damit hast du wohl falschgelegen, dachte Lissie schadenfroh. Dann verzog sie das Gesicht und linste hoch zu den mit historischen Nachschlagewerken vollgepfropften Regalen. Falschgelegen, aber nur bis jetzt.

War Emil Felderer bei den Bombenlegern mit von der Partie gewesen? Um zu verstehen, was seine Zeitgenossen und vielleicht auch ihn angetrieben hatte, musste sie mindestens bis zum Ersten Weltkrieg zurück, in dem sich Österreicher und Italiener mit Inbrunst gegenseitig eins auf die Mütze gegeben hatten. Lissies Magen meldete sich mit einem vorwurfsvollen Knurren, und sie gähnte. Sie hatte überhaupt keine Lust, sich durch weitschweifige Geschichtswälzer zu fressen. Und von den Weltkriegen bekam sie sowieso immer gleich Kopfweh.

Widerstrebend klemmte sich Lissie ein paar der auf ihrem Tisch ausgebreiteten Bücher unter den Arm und strebte zur Leihstelle der Bücherei im vorderen Teil des Raums. Die Bibliothekarin erwartete sie bereits stirnrunzelnd. »Ich möchte die Sachen ausleihen. Für wie lange kann ich sie haben?«

»Gar nicht! Das sind geschichtliche Nachschlagewerke. Die können Sie nur hier sichten, aber nicht mitnehmen. Ich hatte Ihnen doch schon beim Ausstellen Ihres Leseausweises gesagt, dass Basisliteratur von der Bücherleihe ausgenommen ist!«

Lissie holte schon Luft, um der Frau ordentlich die Meinung zu geigen, hielt aber inne. Das würde nichts bringen. Statt sie anzugiften, konnte sie vielleicht vom Wissen der Frau profitieren. Lissie ließ die Wälzer vorsichtig auf den Bibliothekstresen gleiten und sagte sanft wie ein Kätzchen: »Sie haben recht. Im Grunde ist es sowieso egal. Ich habe keine Zeit, das alles durchzuarbeiten. Mir geht's einfach um eine Einführung in die Südtiroler Geschichte des 20. Jahrhunderts. Gibt es irgendetwas Zusammenfassendes für den interessierten Laien, das Sie mir empfehlen könnten?« Warmer Augenaufschlag, ein wenig bittend.

»Ja, aber kein Buch«, erwiderte die Angestellte, eine Spur weicher. Lissies Charmeoffensive hatte offenbar gewirkt. Die Frau zeigte mit ihrem Daumen nach hinten. Schräg hinter Lissies Tisch saß jetzt ein Mann. Er musste während der vergangenen Minuten hereingekommen sein, als sie am Tresen stand.

»Ich verstehe nicht, was Sie meinen«, sagte Lissie.

»Werden Sie gleich«, gab die Bibliothekarin zurück und lächelte. »Der Peter dahinten«, sie zeigte erneut auf den Mann, »der ist so eine Art freier Mitarbeiter bei uns. Der hilft oft bei uns aus, wenn neue historische Bücher reinkommen und wir sie katalogisieren müssen. Er ist ein komischer Kauz, aber mit Geschichte kennt er sich aus. Ist ein Hobby von ihm.«

Lissie stöhnte innerlich auf. Schon wieder so einer.

»Der Peter hat bestimmt alles gelesen, was wir über Südtirol so dahaben. Wenn Sie eine Kurzfassung wollen, dann ist er der Richtige. Sie müssen ihn bloß zum Reden bringen, und zwar pronto, denn wir schließen in anderthalb Stunden.« Sie drehte sich um und verschwand durch eine Tür mit der Aufschrift »Verwaltung«.

Unschlüssig stand Lissie da. Dann dachte sie, was soll's, der Versuch kostet nichts. Sie durchquerte den Lesesaal. Als sie sich dem einsamen Leser näherte, sah sie, dass es sich um einen dünnen Mann mittleren Alters handelte. Lissie schätzte ihn auf Ende fünfzig. Mit seinen langen, grazilen Fingern ergriff der Mann eine Buchseite und blätterte behutsam um. Dann strich er noch einmal über die umgeblätterte Seite. Nicht nur ein Hobbyhistoriker, sondern auch ein Bücherliebhaber, dachte Lissie. Sie räusperte sich. Der Mann hob den Kopf und schaute sie erwartungsvoll an.

»Äh, hm, entschuldigen Sie«, hob Lissie etwas stotternd an und verfluchte sich wegen ihrer plötzlichen Unbeholfenheit. Sie merkte, dass sie sich mit diesem Mann schwertat, der so sanft und verletzlich aussah.

»Entschuldigen Sie, dass ich Sie einfach anspreche«, sagte sie dann und lächelte den Mann an. »Die Bibliothekarin hat mich auf Sie aufmerksam gemacht. Ich suche jemanden, der mir einen kurzen Abriss über die Südtiroler Geschichte gibt, eine Art Zusammenfassung.« Fast hätte sie *Executive Summary* gesagt, konnte sich aber gerade noch beherrschen. »Weil ich keine Zeit habe, das alles zu lesen«, fügte sie an und machte eine Handbewegung, mit der sie die umstehenden Regale einschloss. Dann biss sie sich auf die Lippen. Das hatte wieder ziemlich arrogant geklungen.

Doch der Mann nickte, als sei ihm das gar nicht aufgefallen. Er schwieg aber weiter beharrlich und schaute wieder auf sein Buch hinunter. Lissie zog sich einen Stuhl heran und beschloss, noch einen Versuch zu starten.

»Was lesen Sie denn da?« Oh Gott, noch platter ging es ja wohl kaum.

Der Mann reagierte nicht, sondern fuhr mit dem Finger über die Seite, als ob er sich erst wieder darüber klar werden müsse, was er da las. »Wissen Sie, was der Brenner ist?«, fragte er plötzlich, ohne aufzusehen.

Lissie war verblüfft. »Was? Ja, der Brenner, da fängt Italien an«, begann sie, wurde aber von dem Mann mit scharfer Stimme unterbrochen.

»Falsch! Der Brenner, das ist die willkürlichste Grenze der Welt!«

»Aber ...«, meinte Lissie, wurde jedoch nicht beachtet.

»Sie fahren nach Südtirol und wissen überhaupt nichts? Die Brennergrenze war ein Preisgeld. Sie wurde nach Ende des Ersten

Weltkriegs 1919 im Friedensvertrag festgelegt. Die Italiener bekamen ihr Blutgeld für ihren Kriegseintritt 1915 an der Seite der Entente ausgezahlt.« Er hielt kurz inne. »Wilson, dieser Heuchler.« Lissie war verblüfft. »Meinen Sie den amerikanischen Präsidenten?«

Ihr Gesprächspartner hob den Kopf und sah sie mit Verachtung an. »Lügner sind sie alle, die Politiker, einer wie der andere. Wilson war einer der schlimmsten. Gepredigt hat er das Recht auf Selbstbestimmung der Völker! Und was macht er? Dafür gesorgt hat er, dass Italien Südtirol bekam, ein Gebiet, das seit mehr als fünf Jahrhunderten zu Österreich gehört hat und zu neunundneunzig Prozent deutschsprachig gewesen ist! Reicht Ihnen das schon als kurze Zusammenfassung?«

Lissie kam sich plötzlich ungebildet und klein vor. Sie hatte den Mann falsch eingeschätzt. So verletzlich klang der nicht mehr. Im Gegenteil, sein Tonfall war beißend sarkastisch gewesen. Als ob der Mann das Ende der Unterhaltung markieren wollte, klappte er sein Buch zu. Es kam mit der Vorderseite auf dem Tisch zu liegen; Lissie konnte nur einen Satz lesen, der auf dem Buchrücken gedruckt war: »Happy End mit Blut und Tränen?«

Lissie beschloss, seine beleidigende Art zu ignorieren und nachzufassen. »Ist denn dieser Friedensvertrag die Ursache für die Südtirolfrage?« Ihr war eingefallen, dass ihr Vater dieses Wort öfter benutzt hatte.

»Südtirolfrage«, schnappte der Mensch, von dem sie nur den Vornamen Peter kannte. »Wie nett und verharmlosend das klingt, Südtirolfrage. Als ob es auf die Frage eine einfache und harmlose Antwort gäbe. Ha!«

Provozieren. Das wirkt immer. »Und wenn schon, dann kam Südtirol nach dem Ersten Weltkrieg eben zu Italien. Damals wurde die Welt neu aufgeteilt. Das ist auch anderen passiert, beispielsweise dem Elsass. Die kamen zurück nach Frankreich, und viele Deutsche haben damals alles verloren. Soweit ich weiß, haben die dann auch nicht mit Bomben um sich geschmissen, oder?«

Der Mann wurde blass, und Lissie erwartete, er würde gleich Gift und Galle spucken. Doch dann verzog er sein Gesicht bloß zu einem humorlosen Grinsen. »Ihr verfluchten Deutschen, ihr mit euren verbalen Tricks. Na gut, ich erzähl Ihnen, wie es damals bei uns war. Dann können Sie selbst beurteilen, ob sich die Hiesigen damals zu Unrecht gewehrt haben.«

Er holte tief Luft. »Den ersten blutigen Vorgeschmack auf das, was auf meine Landsleute zukam, erhielten sie an einem Apriltag im Jahr 1921. Es war Frühjahrsmesse in Bozen, und der Trachtenumzug war in vollem Gange. Ein lustiges Treiben war's. Jedenfalls am Anfang. Ich hab Fotos davon in einer alten ›Dolomiten‹-Ausgabe gesehen. Davor und danach.« Geistesabwesend begann ihr Erzähler damit, sich mit einer kreisförmigen Bewegung die Stirn zu massieren. »Es war ein Sonntag, den Fotos nach muss es ein herrlicher, sonniger Tag gewesen sein. Jedenfalls bis zu dem Zeitpunkt, als die Schlägertrupps auftauchten. Mit Totschlägern, Pistolen und Handgranaten kamen sie und überfielen den Trachtenumzug. Es muss ein grauenvolles Gemetzel gewesen sein. Schwarzhemden waren es, militante Faschisten, denen es darum ging, uns Todesangst einzujagen, damit wir unsere nationale Identität vergessen und uns widerstandslos in ihren gottverdammten Welschenstaat eingliedern lassen.«

Lissie war geschockt. »Die konnten einfach so morden? Und ein solches Blutbad hat die Regierung zugelassen?«

Der Mann nickte. »Die Regierung war schwach, Mussolinis Faschistentrupps haben ungehindert das ganze Land terrorisiert. Die planten schon damals die totale Italianisierung. Um das zu erreichen, war Mussolini jedes Mittel recht. Kennen Sie den Namen Ettore Tolomei?«

Lissie schüttelte den Kopf.

»Tolomei war einer von Mussolinis ideologischen Einpeitschern. Dieser Mensch war von der Idee besessen, dass Italiens Nordgrenze am Brenner verlaufen muss. Da haben wir ihn wieder, den Brenner.« Er lächelte dünn. »Alle Gebiete südlich des Alpenhauptkamms gehörten seiner Meinung nach zu Italien. Egal, welche Leute dort lebten. Für die, die das Pech hatten, gab's nur die Alternativen Vertreibung oder Assimilierung.«

Einen kurzen Moment lang schwiegen beide, dann deutete Peter mit dem Finger vage in Richtung Fenster. »Schauen Sie mal in den nächsten Tagen, wenn Sie Ihre Ferien genießen, auf

Straßen- und Ortsschilder. Viele italienische Bezeichnungen stammen aus dieser Zeit. Ihr Fremden habt natürlich keinen Schimmer, was es damit auf sich hat. Falls ihr überhaupt was dabei denkt, dann ist das für euch bloß die italienische Übersetzung.« Er nahm einen tiefen Atemzug. »Wenn es das bloß wäre. Aber um Übersetzung ging es Mussolini damals nicht. Die wollten uns verhöhnen und uns unsere Identität nehmen. Den deutschsprachigen Ortsnamen haben die oft bloß eine italienische Endung angehängt. Wie zum Beispiel bei Merano. Aus Naturns haben die Naturno gemacht, halt so, wie es ihnen am besten zu ihrer italienischen Endung gepasst hat. Oder Moso, das ist aus unserem schönen Moos im Passeiertal geworden. Klingt doch lächerlich, oder?« Peters Stimme war rau geworden. »Das sollte heißen, mehr Mühe seid ihr uns nicht wert. Wissen Sie, woran mich das erinnert?« Er lachte meckernd. »An den Kapitän Turnerstick in Karl Mays ›Blaurotem Methusalem‹, der glaubt, perfekt Chinesisch zu können, indem er seinem Deutsch ein paar chinesisch klingende Endungen anhängt. Eng, ing, ong, ung. Bloß dass es bei uns nicht so lustig war.«

Lissie fand seine Interpretation ein wenig übertrieben. Langsam schüttelte sie den Kopf. »Und wenn die Italiener es sich halt bloß einfach machen wollten? So sind halt die Schreibtischhengste in jeder Bürokratie, auf der ganzen Welt. Scheuklappen, wenig Grips, wenig Einfühlungsvermögen. Außerdem, wenn wir ehrlich sind – manche Dinge lassen sich nicht gut übersetzen.«

Peter schlug sich mit der Hand gegen die Stirn. »Heilige Mutter Gottes, ich hätte nicht gedacht, dass ihr Deutschen heutzutage so naiv seid. Oder hat Ihre Generation wirklich schon alles vergessen? Ist das so was wie kollektive Demenz? Oder habt ihr vor lauter Geldverdienen wirklich keine Zeit mehr, aus dem, was passiert ist, zu lernen?«

In Lissie sprudelte der Zorn hoch. Wie konnte er es wagen, so mit ihr zu reden? Doch ihr Gesprächspartner achtete nicht mehr auf ihre Reaktion und redete weiter, als ob sie gar nicht da wäre.

»Das Erste, was Tolomei weghaben wollte, war der Name Südtirol. Tirol, das war ja was Österreichisches. Flugs machte er aus Südtirol das Alto Adige, das Oberetsch.«

»Alto Adige, das Wort kenne ich«, sagte Lissie vorlaut, klappte dann aber vorsichtshalber den Mund wieder zu.

»Na klar, das kennen Sie«, gab der Mann scharf zurück. »Für Sie ist der Begriff bloß Lokalkolorit und erinnert Sie daran, dass Sie, unglaublich, aber wahr, in Italien sind, obwohl Ihre Augen Ihnen was anderes sagen. Das ist wie in einer italienischen Oper: Der Gesang ist italienisch, egal wo das Stück spielt. Und am Schluss sind ein paar Figuren tot. Aber für euch Touristen ist das bloß ein nettes Bühnenstück. Nach zwei Wochen fahrt ihr ja wieder heim.« Er schaute wieder auf sein Buch, der Ausdruck seiner Augen war für Lissie nicht mehr zu sehen. »Für uns Südtiroler ist der Name Alto Adige jedenfalls ein Stachel im Fleisch, der nicht aufhört zu eitern.« Sein Gesicht begann zu zucken.

Lissie stand auf. Es hatte keinen Sinn, den Mann weiter aufzuregen. Außerdem wurde er ihr langsam unheimlich. Auf einmal streckte er den Arm nach ihr aus. Lissie fuhr zurück. Aber er versuchte nicht, sie anzufassen, sondern sagte bloß, den Blick wieder niedergeschlagen: »Bleiben Sie. Sie haben damit angefangen, und jetzt bin ich noch nicht fertig.« Wie hypnotisiert sank Lissie auf ihren Stuhl nieder.

»Die waren ziemlich kreativ, die Faschisten, das muss man wirklich sagen«, setzte er nach einer Pause an. »Und schnell. Verordnungen, Erlasse und Gesetze, sie feuerten aus allen verwaltungstechnischen Rohren auf uns. Der Begriff Tirol ging gar nicht mehr, auch wenn er ökonomisch im Ausland eingeführt war, wie beispielsweise die Warenbezeichnung ›Tiroler Loden‹. Saftige Strafen gab's, wenn es jemand nicht kapieren wollte«, sagte er. »Und als dann alle dachten, das war's, dann ging es gegen die Sprache selbst. Deutsch als Unterrichtssprache in den Schulen wurde verboten. Deutsche Schulen und Kindergärten wurden abgeschafft und durch italienische Schulen ersetzt.«

Lissie war gleichzeitig empört und überrascht. »Aber Sie sprechen doch heute praktisch alle noch Deutsch. Wie haben Sie das denn hingekriegt?«

Peter grinste. »Sie kennen uns Südtiroler schlecht. Wir sind Meister der Konspiration. Müssen unsere österreichischen Wurzeln sein. Außerdem hatte das Geheimdienstnetz der Welschen Löcher wie ein Schweizer Käse. Wenn man denen nicht auf die Sprünge half …«, er unterbrach sich, dann sprach er weiter. »Die Südtiroler Eltern haben sich damals organisiert und die Katakombenschule gegründet.«

»Katakombenschule, was ist das denn?«, wollte Lissie wissen. Mittlerweile hatte die Angelegenheit sie in ihren Bann gezogen. Ihr Alter, er sollte verdammt sein, hatte recht behalten.

»Die Südtiroler entwickelten ein weitverzweigtes Geheimschulnetz, in dem sie ihren Kindern auf Dachböden, in Kellern und Scheunen Lesen und Schreiben in deutscher Sprache beibrachten«, erzählte ihr Geschichtslehrer.

Lissie erinnerte das Ganze flüchtig an die verfolgten Christen im alten Rom. Die römischen Kaiser Nero und Caligula waren ein Spezialgebiet ihres Vaters gewesen. Geisteskranke Massenmörder alle beide. Langsam, um die richtigen Worte zu finden, sagte sie: »Wetten, dass die Katakombenschule zum Symbol des Südtiroler Widerstandes gegen den Faschismus wurde?«

Ihr Gegenüber schaute sie erstaunt an, das erste Mal mit echtem Interesse. »Ja, da haben Sie recht. Das trifft es genau.«

»Lassen Sie mich raten«, fuhr Lissie fort. »Keine deutschsprachigen Tageszeitungen mehr. Keine deutschen Vereine. Alle wichtigen Posten in Südtirol durch Italiener besetzt, also von jetzt auf gleich italienische Gemeindevorstände und Bürgermeister. Enteignungen ohne die Möglichkeit, dagegen vorzugehen. Und so weiter und so fort.«

Ihr Gegenüber nickte, dann strich er sich über die Augen. Sein Blick fixierte wieder das Buch, das vor ihm lag. »Richtig, aber das war noch nicht das Schlimmste. Danach ging es um die schiere Existenz. Die Schweine haben die Südtiroler Wirtschaft und das Bauerntum kaputt gemacht. Bauernbund, landwirtschaftliche Zentralkasse, Gewerkschaften, alles zerschlagen. Die Grundstücke und Höfe der Bauern wurden aufgeteilt und an die Welschen verschleudert. Nur wenige bekamen danach Arbeit in den Fabriken der Welschen.«

Peter zögerte kurz, dann stand er auf, ging zu Lissies Lesetisch und griff nach einem der »Dolomiten«-Bände, die Lissie sich hatte bringen lassen. »Schauen Sie, hier ist die ehemalige Industriezone

Bozen.« Sein Finger auf der Karte kam auf einem weitläufigem Gebiet südlich Bozens zu liegen. »Die haben sich die Welschen einfallen lassen, um immer mehr Fabriken in Südtirol zu bauen, Tausende von italienischen Arbeitern hierher umzusiedeln und in Mietskasernen unterzubringen. Die waren natürlich nur Zählvieh, damit die Unsrigen zu einer Minderheit wurden. Außerdem mussten die Welschen den nötigen Platz schaffen. Dazu haben sie kurz vor der Obsternte Tausende von Obstbäumen und Weinstöcken abgeholzt. Die Bauern mussten ohnmächtig zusehen, wie ihr Lebenswerk und ihre Einkommensquelle der Axt zum Opfer fielen.« Irritiert hielt er inne und schaute über ihre Schulter. Bevor Lissie etwas sagen konnte, räusperte sich jemand hinter ihr vernehmlich. Lissie fuhr herum. Dort stand die Bibliotheksangestellte von vorhin.

»Darf ich Sie darauf hinweisen, dass wir in einer Viertelstunde schließen? Wenn Sie also noch etwas ausleihen möchten …«

Peter zuckte die Achseln. »Na dann. Wie es später, nach dem Zweiten Weltkrieg, zum Widerstand und den Bomben gekommen ist, müssen Sie eben selbst nachlesen.«

Er schob ihr sein Buch hinüber. Jetzt konnte sie den Titel sehen: »Südtiroler Bombenjahre – Von Blut und Tränen zum Happy End?« Der Autor hieß Peterlini. Nie gehört. Dem Namen nach Südtiroler, also vermutlich ziemlich fanatisches Geschreibsel. Nun gut.

Lissie stand auf und war gerade dabei, wieder ihren Leseausweis zu zücken, da sah sie, dass die Bibliothekarin den Kopf schüttelte. »Nein, Sie haben aber auch ein Pech heute. Das ist unser einziges Exemplar. Das verleihen wir nicht.« Lissie stieß ein tiefes Knurren aus und strebte eiligst dem Kopierer zu.

★★★

Lissie riss die Augen auf. Was für ein altertümliches Monstrum von einem Kopierer. Herrje, noch mit manuellem Seitenzählwerk! Lissie beobachtete, wie die Bibliotheksangestellte wortlos an das Gerät trat, um das Zählwerk auf null zu drücken. Sie nutzte den Moment, um schnell durch das Buch zu blättern, und seufzte. Es half nichts, sie musste ziemlich weit vorn anfangen. Am besten schon mit dem Kapitel »Das Geheimnis der Werwölfe – Südtirol nach dem Krieg«.

Während Lissie die erste Doppelseite vorsichtig auf der Glasplatte platzierte, um den Buchrücken nicht zu beschädigen, bückte sich die Frau und legte Papier nach. Die ersten kopierten Seiten glitten ins Ausgabefach, die Bibliothekarin nahm sie, drehte sie um und begann mit dem Aufschichten der Blätter.

Minutenlang war nur das Rattern und Schleifen des alten Geräts zu hören. Unvermittelt gab die Frau einen Kommentar ab. »Da haben Sie sich aber nichts Schönes als Ferienlektüre ausg'sucht. Ich glaub, Sie sind die erste Urlauberin, die sich dafür interessiert. Ganz, ganz schlimme Zeit, damals.«

Lissie nickte, und über die Schulter gab sie zurück: »Die Italiener haben viel kaputt gemacht, hat mir der Peter erzählt.«

Kurze Pause. Dann hörte sie, wie die Frau in das Brummen des Kopierers hinein sagte: »Es ist nicht bloß wegen der Italiener. Es heißt, dass sich auch Hiesige die Hände schmutzig gemacht haben sollen.«

Lissie drehte sich um. Die Frau schichtete Blätter auf und drehte ihr den Rücken zu. »Was meinen Sie denn damit?«

Ohne Lissie anzuschauen, sagte die Bibliothekarin: »Da war plötzlich Geld, wo vorher keins war.« Stille. Dann zuckte sie mit den Schultern. »Na ja, da kommen die Leut halt ins Reden. Es gab viele Gerüchte damals, die können stimmen oder auch nicht. Ist lang her, und heut ist es eh nicht mehr wichtig.«

Lissie merkte, dass die Frau schon bereute, das Thema überhaupt angeschnitten zu haben, und setzte schnell nach: »Und wer war das, der da plötzlich Geld hatte?«

Das Gesicht der Frau verschloss sich. »Ich weiß nicht. Hab das alles ja nicht selbst miterlebt. Da müssen Sie schon jemand anders fragen.«

»Wen denn?«

Die Frau schwieg kurz. Anscheinend war sie sich nicht sicher, ob sie den Namen preisgeben sollte. Schließlich sagte sie dann doch etwas zögernd: »Erich Kirchrather, den Inhaber der Buchhandlung bei der Nikolauskirche.«

»Aha, und warum gerade den?«

»Der Erich Kirchrather war was Wichtiges in der Südtiroler Volkspartei damals und ein enger Freund vom SVP-Obmann, dem Silvius Magnago, wissen S'. Es heißt, der Kirchrather hat jeden gekannt, der damals im Widerstand war. Der hat alles gewusst, wer was vorhatte, die ganzen Pläne, alles. Den können S' fragen. Und jetzt bekomm ich von Ihnen vierzehn Euro und zwanzig Cent.«

Während Lissie in ihrer Tasche kramte, schossen ihr die Andeutungen der Frau durch den Kopf. Es lohnte sich ganz entschieden, der Sache nachzugehen. Kirchrather, ich komme, dachte sie.

Ihr fiel ein, dass auch ihr neuer Bekannter Peter etwas über die Gerüchte von früher wissen könnte. Sie beschloss, ihn gleich hier an Ort und Stelle zu befragen. Ein paar Minuten würde die Frau schon noch warten können, bevor sie die Bibliothek für heute dichtmachte.

Doch als Lissie mit einem säuberlich gelochten Packen kopierter Blätter wieder in den Lesesaal zurückkam, hinter ihr die Bibliothekarin schon in Hut und Jacke, den Schlüsselbund auffordernd in der Hand, da war der Mann namens Peter verschwunden. Lissie wurde plötzlich klar, dass sie nicht einmal wusste, wie der Mann mit Nachnamen hieß. Sie fragte die Frau danach, doch die schüttelte bloß den Kopf und scheuchte Lissie auf die Straße hinaus.

★★★

Er war natürlich darauf gefasst gewesen, aber das half ihm trotzdem nicht. Nur mit Mühe kämpfte Pavarotti den Brechreiz nieder, als er mit Hilfe eines Zugangscodes die Eingangstür eines ungepflegten Altbaus in der Lambertistraße öffnete. Es war später Nachmittag. Eine Wandergruppe kam aus der Zufahrt zur Senna-Seilbahn und ging munter plappernd an ihm vorbei. Für die sieht dieser Kasten vermutlich aus wie eine Berufsschule mit Renovierungsstau, dachte Pavarotti. Ein Schild war ja nicht vorhanden.

Pavarotti vermutete stark, dass seine Übelkeit nicht nur vom stechenden antiseptischen Geruch und von der Vorstellung dessen herrührte, was sich hier abspielte. Ein Treffen mit seiner Schwester verursachte ihm mehr als nur starkes Unbehagen. Es machte ihn richtig krank.

Er klopfte und stieß die Tür zum Sektionszimmer auf. Der Raum war leer, zum Glück. Wenigstens blieb es ihm erspart, mit Editha während einer Sektion reden zu müssen. Diesen Umstand würde sie allerdings bedauerlich finden, denn alles, was ihm Pein verursachte, war für sie äußerst genussreich.

Er fand sie in ihrem Büro. Bevor er »Hallo, Editha« zu Ende bringen konnte, scheuchte sie ihn auf den Besucherstuhl und bedeutete ihm mit einer unwirschen Handbewegung, zu schweigen. Es blieb Pavarotti nichts anderes übrig, als zu warten und sich die Einzelheiten der eben durchgeführten Sektion anzuhören, die sie gerade auf Band sprach. Jemand anders hätte das Diktat unterbrochen, dachte er. Nicht so Editha. So kann sie mich doch noch zwingen, die widerlichen Details ihrer letzten Leichenschau zur Kenntnis zu nehmen. Ihr knallrot geschminkter, schmaler Mund bewegte sich kaum, als sie ihre unappetitlichen Ergebnisse herunterratterte. Pavarotti hatte das Gefühl, dass ihre mit viel zu viel Kajal bemalten Augen gierig an seinem Gesicht klebten.

Ohne Vorankündigung revoltierte sein Magen, und er stürzte aus der Tür. Während er sich in die Toilettenschüssel übergab, musste er an seinen Vater denken. »Heul doch«, hatte der immer gesagt. Weinen gab es nicht im Hause Pavarotti. Vater, was hast du bloß aus uns gemacht, fuhr es ihm durch den Kopf. Ich habe mir immer mehr Fettschichten angefressen, und Editha ist zur alkoholkranken Sadistin mutiert. Gott sei Dank sind die Menschen, an denen sie herumschnitzt, schon tot. Wen quäle ich eigentlich, ohne es zu merken?

Als er sich das Gesicht gewaschen hatte, kehrte Pavarotti in das Büro seiner Schwester zurück. Jetzt würde es besonders schwer werden, weil er sich ihr entzogen und sie damit um ihr Vergnügen gebracht hatte.

»Himmel, siehst du grässlich aus«, versetzte seine Schwester, als er wieder auf seinem Stuhl Platz nahm. »Vater hatte ganz recht. Du bist und bleibst ein Schlappschwanz. Wenn du meinen Job hättest, würdest du vermutlich nicht anders können, als abzunehmen. Wie diese Mädels, die Bulimie haben und immer kotzen müssen.

Aber deine Besuche hier sind zu selten. So wirst du es wohl nie schaffen, eine Diät durchzuhalten.«

»Und du kannst die Finger nicht von der Flasche lassen, liebe Editha. Sei froh, dass die Toten es nicht merken, wenn dir nach einer halben Flasche Weißwein in der Mittagspause mal das Messer ausrutscht. Oder ist es jetzt schon eine ganze? Als praktizierende Ärztin säßest du vermutlich schon im Knast oder hättest dich zumindest um deine Approbation gebracht. Bist du dir eigentlich sicher, dass du die Sektionsergebnisse immer korrekt deinen Leichen zuordnest? Im Bozner Magistrat tuschelt man schon hinter vorgehaltener Hand. Ich bin auch schon auf deine Trinkerei angesprochen worden, habe das aber natürlich in deinem Sinne heruntergespielt.« Edithas Gesicht, schon im Normalzustand kantig und maskenhaft, war starr geworden. Pavarotti grinste spöttisch. Er wusste, dass er bei gezielten Schlägen unter die Gürtellinie eine gute Rückhand hatte, bei der seine Schwester nicht mithalten konnte.

»Was willst du?«, knurrte sie schließlich.

Punkt, Satz und Sieg, dachte Pavarotti. »Nachdem wir jetzt unser liebevolles geschwisterliches Geplänkel hinter uns gebracht haben, das einem Tag erst die richtige Würze verleiht, könntest du mir verraten, wie du und dein aktueller Kunde bei eurem ersten Tête-à-Tête harmoniert habt.«

»Ich nehme an, du redest von Karl?«

»Hast du ihn gekannt – ich meine, lebend?«

»Lass deine geschmacklosen Witze. Natürlich hab ich Karl Felderer gekannt. Wie praktisch jede Frau in Meran. Du hast ja wohl schon gehört, dass er kein Kostverächter war.«

»Du willst mir jetzt doch nicht erzählen, dass er es auch bei dir versucht hat?«

»Hat er, aber nicht sehr. Ich habe ihm nämlich ziemlich klar zu verstehen gegeben, dass er nicht meine Kragenweite ist«, versetzte Editha, dünn lächelnd.

Sie hat ihre Fassung wiedergewonnen, dachte Pavarotti. Ich muss mich beeilen, um noch ein paar Informationen aus ihr herauszuholen, oder noch ein wenig Öl ins Feuer gießen. »Aber meine gute Editha, das nehme ich dir nicht ab. Ich glaube, es verhielt sich umgekehrt. Karl stand wohl eher auf was Feminines, und nicht so sehr auf flachbrüstige Frauen, die ihre Kerle dressieren wollen. Ich habe läuten hören, dass du's probiert hast, er aber schleunigst das Weite gesucht hat. Na ja, jetzt hast du ihn ja.«

Editha explodierte erwartungsgemäß. »Wer auch immer dir das gesteckt haben sollte, geh davon aus, dass das eine gemeine Verleumdung ist! Bei mir herrscht kein Sexnotstand wie bei dir, und ich muss nicht Typen wie Karl Felderer anbaggern. Wie ich gehört habe, soll er es im Bett eh nicht gebracht haben. Jetzt sag mir, was du wissen willst, und dann hau endlich ab!«

Na also, die Schleusentore standen weit offen. Pavarotti verkniff sich um der guten Sache willen eine Replik zum Thema »Sexnotstand«. Dazu hätte es einiges zu sagen gegeben. Ein andermal. »Nun denn, meine Liebe, bringen wir es hinter uns: Todesursache, Todeszeitpunkt, besondere Ergebnisse?«

»Keine Sensationen, bis auf zwei kleine Auffälligkeiten, dazu komme ich gleich. Karl war völlig gesund, abgesehen vom Zustand seines Kopfes. Einfach ausgedrückt, sodass auch du mir folgen kannst: Jemand hat ihm mit einem schweren Gegenstand den Schädel eingeschlagen. Es waren insgesamt drei Attacken, so viel lässt sich aus den Kopfwunden ablesen. Da wollte offenbar jemand wirklich auf Nummer sicher gehen, oder es war erhebliche Wut im Spiel. Aber ich will einem in Meran so gut vernetzten Kriminologen wie dir natürlich nicht vorgreifen. Du wirst sicher in null Komma nichts das Motiv herausfinden.« Editha lächelte fast verschmitzt, weil sie diese kleinen Spitzen hatte anbringen können.

»Hat er nach den Hieben noch gelebt?«

»Es ist möglich, dass er noch ein paar Minuten bei Bewusstsein war, allerdings ist mit an Sicherheit grenzender Wahrscheinlichkeit anzunehmen, dass er weder zu Bewegungen noch zu Hilferufen fähig war. Es sieht so aus, als sei er nach den Attacken zusammengesunken und wenig später in dieser Stellung gestorben.«

»Wie gut lässt sich der Todeszeitpunkt eingrenzen?«

»Oh, damit gibt es keinerlei Probleme. Wir kennen ja alle relevanten Faktoren. Ich war heute Morgen noch einmal da, habe mich von der Fetten, der die Weinstube gehört, herumführen lassen und Messungen vorgenommen. In dem Durchgang herrscht eine deutlich kühlere Temperatur als in den Lauben, die durch den angrenzenden Wein- und Speckkeller noch zusätzlich niedrig gehalten wird. Dieses Faktum ist bei der Bestimmung des Todeszeitpunkts natürlich zu berücksichtigen. Vor dem Hintergrund der besonderen Verhältnisse der Meraner Gewölbe …«

Pavarotti feixte innerlich, achtete aber darauf, seine Gesichtszüge zu beherrschen. Wenn seine Schwester die Möglichkeit zum Dozieren erhielt, dann war sie meistens nicht mehr zu stoppen. Als Pavarotti sich nach einer Minute wieder mental in das Gespräch einklinkte, war Editha gerade beim entscheidenden Punkt angelangt.

»Nach Berücksichtigung aller Faktoren, die ich dir ja eben geschildert habe, würde ich den Todeszeitpunkt von Karl Felderer nicht früher als zweiundzwanzig Uhr und nicht später als vierundzwanzig Uhr ansetzen.«

Pavarotti schaute abrupt auf. »Bist du sicher?«

Editha zog als einzige Reaktion die Augenbrauen nach oben. Pavarotti war irritiert. Da stimmte etwas nicht. Die Renzingerin hatte die Leiche angeblich morgens gegen sieben gefunden. Die Wirtin machte abends um zwölf ihre Kneipe dicht. War es im Bereich des Wahrscheinlichen, dass Felderer ganz kurz nach Zapfenstreich ermordet worden war, als die Renzingerin gerade weg war? Oder war es nicht viel plausibler, dass Karl Felderer irgendwann zwischen zehn und zwölf einen Besucher der Weinstube hatte abpassen wollen und dabei umgebracht worden war? In dem Fall hätte die Leiche von Gästen der Weinstube, aber spätestens von der Renzingerin beim Abschließen entdeckt werden müssen. Pavarotti beschloss, sich das Protokoll der Renzingerin baldmöglichst noch einmal vorzunehmen. Außerdem merkte er sich vor, Niedermeyer und seinem italienischen Gesprächspartner, die am Mordabend in der Weinstube gewesen waren, auf den Zahn zu fühlen.

Eigentlich hat der Täter unwahrscheinliches Glück gehabt, überlegte er weiter. Es hätte doch jederzeit jemand aus der Weinstube treten oder den von der Freiheitsstraße zu den Lauben heraufführenden Durchgang heraufkommen können. War es eine spontane Tat gewesen? Und warum hatte sich Karl Felderer überhaupt kurz vor Mitternacht vor dem Hinterausgang der Weinstube eingefunden, um sich anschließend dort ermorden zu lassen?

Pavarotti seufzte ergeben. Bisher hatten sich weder halbwegs vielversprechende Hinweise auf Motive noch auf Verdächtige ergeben. Die Ermittlungen erinnerten ihn schon jetzt an den klebrigen Brei, der ihm heute Morgen von der Hochleitnerin als Birchermüsli vorgesetzt worden war. Es überraschte ihn nicht, dass das »Setting« dieses Mordes genauso vage war wie die anderen Spuren und Ermittlungsansätze, die sich bisher ergeben hatten.

Seine Schwester hatte sich zurückgelehnt und beobachtete ihn mit halb geschlossenen Augen. »Läuft nicht so richtig an, wie?«, fragte sie fast schnurrend. Pavarotti machte sich nicht die Mühe, darauf zu antworten. »Sagtest du nicht vorhin, dir sei etwas aufgefallen?«

»Hab ich das? Stimmt, da sind zwei Kleinigkeiten. Erstens haben wir in einer der Wunden ein paar hauchfeine Spuren goldener Farbpigmente gefunden. Worum es sich genau handelt, wird die Analyse zeigen. Die Probe ist schon auf dem Weg nach Bozen ins Labor. Mach dir aber keine falschen Hoffnungen. Die sind wegen ein paar Grippefällen schwach besetzt. Das kann dauern.«

Pavarotti verzog das Gesicht, als hätte er auf einen eitrigen Zahn gebissen.

Editha lächelte. »Du kannst ja in der Zwischenzeit selbst ein bisserl herumraten. Vielleicht hat Karl ja eine junge knackige Klosterschwester aus Maria Steinach entjungfert, und die Mutter Oberin hat sich den Tabernakel geschnappt, um dem alten Sünder den Schädel einzuschlagen?«

»Dann solltest du froh sein, dass ich dich nicht auch ins Verhör nehme, meine Süße«, brummte Pavarotti. »Mit deinem Job bist du in bester Ausgangsposition, falsche Spuren zu legen oder welche verschwinden zu lassen. Und kannst dich hinterher immer auf ein Versehen unter Alkoholeinfluss herausreden.« Jetzt feixte er. »Das Motiv haben wir auch gleich. Wer weiß, vielleicht hat Karl dich erpresst? Hat er dich mal in einem Sadomasoclub bei gewagten Sexspielchen beobachtet?«

Editha riss die Augen auf, aber dann gähnte sie betont gelangweilt. »Willst du jetzt die andere Sache auch noch wissen oder nicht?«

»Nur immer raus damit. Leichen, Editha, Sensationen!«

»Das ist wirklich komisch«, sagte Editha versonnen, und blätterte mechanisch in ihren Aufzeichnungen, ohne wirklich hinzusehen. »Der erste Schlag kam mit ziemlicher Sicherheit von hinten.«

»Na und?«

»Mensch, Luciano, denk doch mit! Merkst du nicht, dass ich gerade deinen Job mache? Nimm mal an, Karl hat sich in dem Durchgang mit jemandem getroffen. Wie sollte der denn in der Lage sein, ihn von hinten anzugreifen? Warum hätte sich Karl mitten im Gespräch umdrehen sollen?«

»Das beweist gar nichts. Vielleicht war da kein Gespräch, vielleicht stand er an der Wand und hat gepinkelt. Er hat in einer Urinlache gelegen. Dass die von ihm stammte, hat das Labor schon bestätigt. Auch was anderes ist denkbar. Er spricht mit dem Täter, da tritt ein Komplize durch den Durchgang in den Hinterhof. Felderer hört Schritte, dreht sich um, weil er sehen will, wer da kommt, und bietet dem Mörder seinen ungeschützten Hinterkopf.«

»Na wunderbar, Luciano. Wenn es zwei waren, dürfte die Wahrscheinlichkeit, dass es eine private Tat war, eher gering sein. Viel Spaß mit der Mafia. Ich habe ohnehin gehört, dass Karl mit den Italienern dicke Geschäfte gemacht hat. Vermutlich hat er versucht, die schweren Jungs über den Tisch zu ziehen, was bei denen in der Regel nicht so gut ankommt.«

»Liebste Schwester, glaubst du im Ernst, dass sich Profis die Hintertür einer um diese Zeit noch gut besuchten Weinstube aussuchen, zu allem Überfluss noch direkt vor dem Abort? Nein, das schlucke ich nicht.«

Editha zuckte die Achseln.

»Nein«, Pavarotti stand kopfschüttelnd auf. »Die Örtlichkeiten sprechen eher gegen organisierte Kriminalität und für eine private Tat.«

Nachdenklich wandte er sich zum Gehen. »Aber irgendwas hast du vorhin gesagt, bei dem es bei mir geklingelt hat. Ich komme schon noch drauf. Wie immer vielen herzlichen Dank für deine hochinteressanten Ausführungen, liebste Editha.« Die Tür fiel hinter ihm zu.

★★★

Editha saß noch eine Weile reglos an ihrem Schreibtisch und starrte ihren PC an, auf dem sich mittlerweile der Bildschirmschoner aktiviert hatte. Automatisch streckte sie die Hand aus und streichelte die beiden dicklichen Figuren auf dem Foto, das auf ihrem Monitor erschienen war. Normalerweise beruhigte sie der Anblick ihrer Heilige-Birma-Kater ein wenig. Die beiden Schönheiten hatten vormittags immer zusammengerollt und eng aneinandergekuschelt auf Edithas Bettdecke geschlafen. Einmal hatte sie sich auf Zehenspitzen angeschlichen, einen Schnappschuss gemacht und auf ihren PC überspielt. Editha seufzte. Beide Kater waren seit Jahren tot und begraben. Nicht mal auf der Streckbank hätte sie zugegeben, wie sehr sie die beiden vermisste.

Langsam zeichnete sie eines der mit feinen Härchen besetzten Ohren nach. Die beiden kastrierten Herrschaften waren nicht nur sehr attraktiv, sondern in der Regel auch – falls das Futterangebot zu ihrer Zufriedenheit ausgefallen war – ausgesprochen gelassen gewesen. Editha war völlig schleierhaft, wie die das gemacht hatten. Sie selbst konnte sich noch nicht mal erinnern, wann sie sich das letzte Mal so richtig hatte entspannen können. Es musste Ewigkeiten her sein.

Bei Editha waren immer sämtliche Geschütze ausgefahren und einsatzbereit. Dagegen ließ sich einfach nichts machen. Gerade heute kam sie sich wieder vor wie eine Fregatte, die nach vorn feuerte, was das Zeug hielt, und dabei gar nicht merkte, dass ihr angekokeltes Heck schon dabei war, abzusaufen. Wieder einmal hatte sie ihrem Bruder eine offene Flanke geboten. Eine? Die Untertreibung des Jahres. Sie hatte überhaupt nicht aufgepasst. Man sollte doch meinen, dass sie es nach über vierzig Jahren gelernt haben sollte, die Provokationen ihres Bruders lässig abtropfen zu lassen.

Es war manchmal richtig unheimlich, mit welcher Zielsicherheit Luciano bei seinen verbalen Schüssen ins Schwarze traf – oder dem zumindest verdammt nahe kam. Ihre Unruhe wuchs. War es ihm aufgefallen? Sie konnte nur hoffen, dass sich seine Schlussbemerkung auf ihr Geplänkel über den Tathergang bezogen hatte.

Editha stand auf und wischte sich die schwarzen Nagellackkrümel, die sie in der letzten Viertelstunde abgekratzt hatte, von der Plastikschürze. Jetzt konnte sie eh nichts unternehmen. Heute Abend würden sie Kriegsrat halten. Und dann würde man weitersehen.

★★★

Obwohl der Feierabend näher rückte, wurde die Luft im Bereitschaftsraum der Polizeiwache am Kornplatz merklich dicker. Insbesondere um den Kollegen Brunthaler herum, der das aber nicht merkte. Brunthaler telefonierte ausgiebig mit einem seiner Gspusis und tat dies wie immer am liebsten in Anwesenheit von Kollegen, die im Großraumbüro seinem Gegurr und Gebalze nur schwerlich entkommen konnten. Mei, Herzerl, ich freu mi wie wild auf di. Zuerst ins Kino oder gleich zu mir? Was ziehst dir denn an heut Abend? Das enge Violette, gell? Oh, mei.

Emmenegger saß an seinem Bericht, der die nur rudimentär vorhandenen Beobachtungen der Lauben-Anrainer in der Mordnacht auflisten sollte, und wurde immer fahriger. Sein inzwischen was-weiß-ich-wievielter bittender Blick zu Brunthaler hinüber war schon wieder ignoriert worden, was hatte er denn erwartet.

Was sich im Staatsdienst gehörte, wusste Emmenegger. Sinnvoll oder nicht, der Bericht musste heute Abend fertig werden und im Eingangskorb des Welschen landen. Er straffte sich. Auch wenn die Aufgabe ja eigentlich so schwierig nicht war, es gab Grenzen des Zumutbaren. Berichte erforderten Konzentration, und er brauchte seine Ruhe.

Emmenegger sah nur eine Möglichkeit. Er erhob sich, griff in die Ermittlungsakte. Nachdem er die Tatortfotos herausgeholt hatte, fing er an, sie umständlich auf dem Tisch auszubreiten. Brunthaler ließ den Hörer sinken und riss den Mund sperrangelweit auf. »Was machst da?«, kreischte er. Die Dame am anderen Ende der Leitung war offenbar in Sekundenschnelle auf ein extrem niedriges Prioritätsniveau abgeschmiert.

»Das ist doch wohl sonnenklar. Ich pinn die Tatortfotos an die Wand. Der Welsche will eine Mordwand mit allen Fotos, Informationen und Verdächtigen.« Das Letzte verhallte ungehört, weil Brunthaler schon wie der Blitz aus der Tür hinausgerannt war. Die

Geräusche waren eindeutig. Er hatte noch nicht einmal mehr die Zeit gehabt, die Toilettentür hinter sich zu schließen.

Emmenegger grinste ein wenig schuldbewusst, zog kurz seine Notizen zurate und fing wieder an zu tippen. Leider war ihm aber doch nicht vergönnt, seinen Schreibkram zu Ende zu bringen. In die Würgegeräusche hinein läutete das Telefon. Emmenegger schrak zusammen. Das Schrillen kam ihm irgendwie anklagend vor. Reflexartig schaute er sich um. Der Bereitschaftsraum war leer. Widerstrebend hob er ab.

»Emmenegger, ich bin noch mal am Tatort. Liegen jetzt endlich alle Ergebnisse der Spurensicherung vor? Sagen Sie mal, da ist ja ein infernalisches Geräusch bei Ihnen im Hintergrund. Wer stöhnt denn da so? Schauen Sie sich einen Porno an?«

»Nee, Chef. Das ist der Brunthaler. Der kotzt wieder, weil er aus Versehen einen Blick auf die Fotos vom Ermordeten geworfen hat.« Emmenegger spürte förmlich, wie der Kommissar die Augen verdrehte.

»Du lieber Himmel, hat denn niemand Erbarmen und versetzt den Kerl ins Diebstahldezernat! Was in aller Welt hat denn den Brunthaler zur Kripo verschlagen?«

»Wer, nicht was.« Emmenegger musste rülpsen. Mittlerweile war ihm auch blümerant. Kein Wunder, bei der Geräuschkulisse. »Ich glaube, da steckt der Vater dahinter. Landeshauptmann Brunthaler, Sie kennen den Mann ja sicher.«

»Ach du lieber Himmel.« Beide schwiegen ein paar Sekunden. »Also, was ist nun mit der Spurensicherung? Und warum ist da ein Absperrband vor dem Lokus der Renzingerin? Ist das zu Dekorationszwecken, oder haben die dadrin doch was gefunden?«

★★★

Pavarotti lehnte sich an die von der Spätnachmittagssonne beschienene Mauer neben der Renzinger Weinstube, genoss die Wärme an seinem Rücken und wartete geduldig. Rascheln am anderen Ende der Leitung. Er seufzte leise. Der Fall Felderer zirkulierte bei Emmenegger offenbar nur an dessen äußerstem Wahrnehmungsfeld, denn sonst hätte er den Bericht direkt nach Eintreffen durchgesehen und Pavarotti von sich aus angerufen. Er war halt hier unter Meraner Provinzbullen. Hätte er es mit einem Sergenten in seinem Bozener Team zu tun, würde er jetzt einen anständigen Brüller loslassen. Aber in Meran war das vergebene Liebesmüh.

»Also?«

»Einen Moment, ich bin gleich durch, Commissario.« Plötzlich hatte Pavarotti keine Lust mehr, sich zu ärgern. Zu seinem Erstaunen merkte er, dass er sich auf den Abend mit der Deutschen freute. Ihr erster konspirativer Treff. Wie aufgeregt sie auf der Wache angerufen hatte! Sehr konspirativ war das übrigens nicht gewesen. Er grinste.

Auf der anderen Straßenseite räumte der Kellner vom Café Meindl gerade die Tische und Stühle in einen Verschlag. Seinen schnellen Bewegungen nach zu urteilen, wollte der Kellner zügig fertig werden und nach Hause. Er konnte aber nicht. Der letzte Tisch war noch besetzt. Der junge Hochleitner hatte eine Cola vor sich stehen, die er aber nicht anrührte. Er starrte einfach vor sich hin, offenkundig bloß körperlich anwesend. Die scheelen Blicke des Kellners gingen einfach durch ihn durch.

Mensch, den müsste man ja auch noch befragen, kam es Pavarotti. Er drückte Emmenegger weg. Jetzt sollte der auch mal kurz warten. »He, Justus«, rief er hinüber. »Geh heim, deine Oma wartet bestimmt schon. Sagst ihr, dass ich euch zwei morgen mal sprechen will?«

Der Junge schreckte wie von der Tarantel gestochen hoch, glotzte herüber und sprintete die Lauben in Richtung Rennweg hinauf. Vermutlich endlich den Fittichen seiner Großmutter entgegen. Der Kellner vom Meindl schaute dankbar herüber. Wenigstens einen Freund hab ich jetzt in Meran, dachte Pavarotti. Schon hundert Prozent mehr als noch vor einer Stunde.

»Hatte er denn schon bezahlt?«, rief er hinüber.

Der Kellner schüttelte den Kopf. »Lassen S' mal, wir kennen uns ja hier alle.«

Pavarotti hätte sich ohrfeigen können. Mit einem Fußtritt wieder vor die Meraner Tür befördert, na wunderbar.

Aus dem Telefon knisterte und knackte es. Emmenegger hatte offenbar das Telefon wieder aufgenommen. Pavarotti lauschte und wartete. Er war auf alles Mögliche gefasst. Der kuriose Fund der Spusi traf ihn trotzdem unvorbereitet.

★★★

Eine paar Minuten später stieg Pavarotti über die halbherzig angebrachten Absperrbänder vor dem Lokus, die bereits im Dreck schleiften. Er streifte sich Schutzhandschuhe über und probierte die Klinke. Blödsinn, die Spusi würde natürlich abgeschlossen haben. Doch die Tür schwang ihm entgegen. Sollte er jetzt überrascht sein? Eine Absperrung aufstellen und nicht mal die Tür abschließen, das war typisch hiesiger Schlendrian.

Pavarotti seufzte und zwängte sich hinein. Es handelte sich um einen klapprigen Holzverschlag, den vermutlich eher die Jahrzehnte alte Backmischung aus Schmutz, Staub und Pisse zusammenhielt als die roststrotzenden Scharniere und Nägel. Über dem Waschbecken war ein Spiegel angebracht, der seinen Namen aber nicht mehr verdiente. Das Waschbecken selbst hing in einer Art Sperrholzverkleidung, aus ähnlich windigem Material wie die ganze Hütte.

Die Seitenablage dieser Verkleidung zierten deutlich erkennbar Kerzenreste. Der ganze Schrotthaufen von einem Waschtisch war mit roten Wachsflecken übersät. Es musste mindestens ein halbes Dutzend Kerzen gewesen sein. Genaueres konnte er auf den ersten Blick nicht ausmachen, weil die rote Soße beim Herunterbrennen ineinandergeflossen war.

Der Clou des Ganzen war, dass die Kerzenreste gestern Morgen angeblich nur wenige Stunden alt gewesen waren. Das Labor behauptete, die Kerzen seien in der Mordnacht heruntergebrannt. Das hatte anscheinend die von der Spusi gezogene Probe ergeben. Pavarotti hatte gar nicht gewusst, dass sich Wachs so genau analysieren ließ. Zum Teufel mit Kohlgruber und seinem Team, die konnten auch Fehler machen.

Pavarotti hatte das Gefühl, als stülpe sich eine übel riechende Dunstglocke über ihn. Und das lag nicht nur daran, dass der alte Lokus der Renzingerin nun mal kein Hort von Wohlgerüchen war. In was war er da hineingeraten? Kerzen auf dem Klo? Gab es einen Zusammenhang mit dem Mord?

Vielleicht war Karl Felderer einem obskuren Kult zum Opfer gefallen. Eine Art schwarze Messe in einem Meraner Hinterhof? Wahrscheinlich war das Ganze harmlos und nur ein dummer Zufall. Plötzlich kam ihm seine Schwester in den Sinn, die an eine Hinrichtung durch die Mafia glaubte.

Pavarotti klappte den Abortdeckel herunter. Der war aus Holz, woraus sonst, übersät mit hineingeschnitzten Initialen, Herzen und Telefonnummern.

Eine halbe Stunde hatte er noch bis zu seiner Verabredung mit der Deutschen. Was soll's, dachte Pavarotti, die Spuren sind ja gesichert. Er schmiss seine Plastikhandschuhe in den Abfalleimer und nahm die Klobrille in Augenschein. Oh Mann. Er griff nach der Papierrolle und deckte die Brille mit mehreren Lagen ab. Dann ließ er die Hosen fallen und setzte sich vorsichtig, um die Papierschicht nicht ins Rutschen zu bringen. Bei schwierigen Fällen in Meran musste man eben alles versuchen. Vielleicht funktionierte es ja.

Während er so dasaß und versuchte, seinen Gedanken freien Lauf zu lassen, bemerkte er ein Guckloch in der Tür. Nachdenklich blieben seine Augen daran hängen. Eine Idee wollte in seinem Hirn Gestalt annehmen, doch der Vorgang wurde rüde unterbrochen, weil jemand an der Tür rüttelte. Da sollte doch … Pavarotti schoss vom Sitz hoch. Als er durch das Loch blickte, sah er einen Rucksack, der mit seinem Träger im Durchgang verschwand. Ein Tourist, der ein menschliches Bedürfnis verspürt hatte. Pavarotti zog die Hosen hoch. Es hatte keinen Sinn.

★★★

Als Pavarotti die Tür zum Malzcafé in der Verdistraße aufstieß, konnte er von einer Sekunde auf die andere nichts mehr erkennen. Hatte er jetzt auch noch den grauen Star? Er wedelte mit der Hand. Die wabernden Schlieren in seinem Sichtfeld bewegten sich. Gott sei Dank.

Der Zigarettenqualm war unglaublich dicht. Wahrscheinlich hatten die seit Monaten nicht mehr gelüftet. Irgendwo in der Nähe ratterte ein Spielautomat. Komischerweise war ansonsten der Geräuschpegel niedrig, Jugendkneipen-untypisch. Aber was wusste er schon davon. Wahrscheinlich gab es nichts zu bereden, stattdessen betatschte man sich eifrig. Wenn man nicht gerade Kette rauchte. Der Qualm fungierte wohl als eine Art Wandschirm für Diskretionszwecke. Bitte nicht-stören.

Er stutzte. Wieso qualmten die hier eigentlich? Pavarotti wurde klar, dass irgendein Schmu im Spiel sein musste. In sämtlichen Gaststätten Italiens – vom Edelrestaurant bis hinunter zur schmierigsten Kaschemme – herrschte seit Jahren Rauchverbot.

Irgendjemand zupfte ihm mit den Worten »Lasst dicke Männer um mich sein« am Jackett. Er grinste. »Salve, Caesar. Sind Sie das, Imperator?«

»Gleich hier, am ersten Tisch links«, kicherte Lissie.

Pavarotti ließ sich in den nächstgelegenen Sessel fallen. »Hatten wir nicht geplant, auf unzüchtiges Pärchen zu machen? Die begrüßen sich wohl kaum so, oder?«

»Stimmt auffallend«, gab Lissie zu. »Aber ich glaube, unser Inkognito ist heute Abend durch das Kleinklima in dieser Kneipe erst einmal ausreichend gewahrt.«

»Na, dann zur Sache, Schätzchen. Was haben Sie herausgefunden?«

»Pssst«, zischte Lissie. Ein stämmiger Alt-Hippie mit Vollmondgesicht hatte sich vor ihnen aufgebaut, die Arme vor der Brust verschränkt. Pavarotti konnte nicht anders, er musste einfach auf die tätowierten Schlangen in giftgrüner Farbe starren, die von den Handrücken aufwärts die Arme umschlängelten und unter dem T-Shirt verschwanden. Eine hässlichere Tätowierung hatte er noch nie gesehen.

»Was möchten S' denn?«

»Äh«, machte Pavarotti, von dem Anblick immer noch überwältigt, »ein Glas Pinot Grigio.«

»Hammer net. Wir ham nur Roten oder Bier.«

»Ich nehme einen Halben Roten«, kam es schnell von Lissie. Gezwungenermaßen entschied sich Pavarotti, der Rotwein nicht vertrug, für einen halben Liter Forstbräu. Das Tattoo-Faktotum marschierte in Richtung Theke und riss im Vorbeigehen ein großes Fenster zum Innenhof auf. Sofort war unwilliges Murren von der Kneipenbelegschaft zu hören.

126

»Ob der denkt, wir sind vom Ordnungsamt?«, flüsterte Lissie, als die Getränke schließlich auf dem Tisch standen.

Pavarotti grinste. »Vermutlich. Mitleid gegenüber nicht rauchenden Mitmenschen oder Rücksichtnahme gegenüber der älteren Generation war das sicher nicht. Die haben bestimmt keine Lizenz als Raucherkneipe.«

Lissie kippelte mit ihrem Stuhl und wedelte ein paar Schwaden in Richtung des geöffneten Fensters. »Wohl kaum. Aber Herr Kommissar haben doch wohl Besseres zu tun, als die Meraner Bumslokale auszuspionieren, oder?«

Plötzlich fasste sie über den Tisch und packte Pavarotti an der Hand. Auf diesen Angriff war er überhaupt nicht gefasst gewesen. Blut schoss ihm ins Gesicht. »Was soll denn das jetzt wieder?« Schleunigst brachte er seine oberen Extremitäten in Sicherheit.

»Ich versuche, unserer Coverstory wieder etwas aufzuhelfen. Wenn die denken, dass wir irgendwas Amtliches sind, werden die uns nicht aus den Augen lassen, und dann können wir uns gleich einen neuen Treffpunkt suchen.«

Da war was dran. »Na gut, wenn's der Wahrheitsfindung dient«, raunzte Pavarotti schicksalsergeben und legte seine Hand vor sich auf den Tisch. Lissie nahm sie, betrachtete sie kurz, lächelte und begann zu erzählen.

Zwei Rote und ein großes Forstbier später hatte sie den Commissario umfassend auf den neuesten Stand gebracht.

»An dem alten Felderer ist was faul, das spür ich. Ich muss aber erst noch ein bisschen Quellenstudium betreiben. Ich habe mir gedacht, ich geh morgen mal zur Buchhandlung Kirchrather und bohre den Chef an. So ähnlich wie dieser komische Kauz heute Nachmittag soll auch der Kirchrather ein wandelndes Geschichtslexikon sein. Angeblich gibt es keinen, der mehr über die Ereignisse von damals weiß als er.« Lissie überlegte kurz. »Aber wenn dieser Kirchrather fragt, warum ich das alles wissen will, kann ich ja wohl schlecht sagen, dass ich dem Felderer im Auftrag der italienischen Polizei hinterherschnüffle, oder? Ich gebe mich aus als – ja, als was eigentlich? Haben Sie vielleicht einen Vorschlag?«

Pavarotti lehnte sich zurück. Vorsichtig zog er seine Hand aus ihrer. Das müsste ja jetzt eigentlich für ihr Inkognito reichen.

»Ihnen wird schon was einfallen. Mit dem Kirchrather hatte ich schon das Vergnügen. Ein Italienerfresser, wie er im Buche steht. Er war zwar sehr höflich, ich hab aber gemerkt, wie sehr der uns immer noch hasst. Moment, ich hab's. Servieren Sie ihm doch einen gut gemixten Cocktail aus Wahrheit und Schwindel!«

»Und wie soll der aussehen?«

»Erzählen Sie ihm, dass Ihr Großvater mütterlicherseits Österreicher gewesen ist. Und dass er mit den Südtirolern sympathisiert und einen guten Freund aus der Befreiungsbewegung gehabt hat, mit dem er auch nach seiner Übersiedelung nach Deutschland brieflich in Kontakt geblieben ist. Sie als seine Enkelin hätten jetzt seinen Nachlass geordnet und ein paar Briefe gefunden. Leider gibt es aber keinen Hinweis auf die Identität des Brieffreundes.«

»Ja und?«, antwortete Lissie mit plötzlich ganz flacher Stimme. »Dieser Kirchrather wird mich doch sofort fragen, warum sich dieses Geheimnis nicht durch meinen Vater aufklären lässt, oder? Der müsste doch von der Brieffreundschaft gewusst haben. Und außerdem dürfte sich Kirchrather wundern, warum das plötzlich so furchtbar wichtig für mich sein soll.«

»Nichts leichter als das. Sie sagen einfach, dass Sie jetzt endlich Ihre bewegte Familiengeschichte aufarbeiten wollen. Dass Ihr Vater als einer der führenden RAF-Anwälte Mitte der achtziger Jahre im Prozess gegen Brigitte Mohnhaupt gehandelt wurde, bevor er plötzlich verschwand. Eine historische Arbeit, die Sie da vorhaben, mit persönlichem Touch im Grenzbereich von Befreiungsbewegungen und Terrorismus. Die eben auch nach Südtirol hineinspielt.«

Lissie war leichenblass geworden. »Woher wissen Sie das von meinem Vater? Und dass mein Großvater Österreicher war, stimmt auch! Und auch das mit den Südtirolern!« Am ganzen Körper zitternd stand sie auf. »Sie Schwein. Sie haben irgendwelche dreckigen Recherchen über mich angestellt!«

Pavarotti seufzte. Er hatte mit Ärger gerechnet und gehofft, das Kneipenumfeld würde die Frau von einer großen Szene abhalten. Voll danebengehauen. Warum regte sie sich bloß dermaßen auf?

»Setzen Sie sich bitte wieder, da schauen schon ein paar zu uns herüber. Ich erkläre es Ihnen ja.«

Lissie schüttelte nur den Kopf, blieb aber am Tisch stehen. Eine Träne lief ihre Backe herunter. Na wunderbar, dachte Pavarotti. Jetzt kriegen diese Kids auch noch Kino für umsonst. Wenigstens setzte sie sich jetzt wieder hin. Wie von Zauberhand erschien auf einmal ein Taschentuch vor ihrer Nase.

»Net ärgern lassen von dem Deppn«, zischte die giftgrüne Schlange in Lissies Ohr und latschte dann wieder in Richtung Theke. Auf dem Weg wurde das Fenster zugeknallt. Als ob die Privatsphäre der Deutschen vor Außenstehenden geschützt werden sollte. Lissie trompetete ins Taschentuch, und Pavarotti sah erleichtert, dass sie bereits wieder ein Lächeln probierte.

Er beugte sich vor und ergriff ihre Hand. Lissie wollte sie zurückziehen, aber Pavarotti hielt eisern fest. »Lissie. Glauben Sie denn allen Ernstes, ich würde Sie in meine Ermittlungen einbeziehen, ohne vorher genau zu prüfen, mit wem ich da eigentlich zusammenarbeite?«

Als der Commissario am Vorabend das Fax aus Frankfurt erhalten hatte, war er verblüfft gewesen. Er hatte eigentlich mit dem lapidaren »liegt nichts vor« gerechnet. Stattdessen kam ein umfangreiches Dossier vom Verfassungsschutz. Der altgediente Frankfurter Kollege, der die RAF-Zeit noch aktiv mitgemacht hatte, hatte offenbar beim Namen »von Spiegel« gestutzt und weiterrecherchiert. Pavarotti wunderte sich trotzdem, dass die Deutschen ihm die Unterlagen überhaupt zugänglich gemacht hatten. Na ja, zu irgendetwas war Europol offenbar doch gut.

»Sie hätten mich ja auch einfach fragen können!«

Pavarotti seufzte tief. »Kommen Sie schon, Lissie. Sie wissen genau, dass man in meinem Job nicht weit kommt, wenn man grundsätzlich alles, was einem erzählt wird, für bare Münze nimmt. Sie tun das ja auch nicht.«

Lissie starrte bloß vor sich hin. Ihre Augen, die normalerweise vor Schalk und Widerspruchsgeist nur so sprühten, waren dunkel geworden. Sie fuhr sich durchs Haar, dann übers Gesicht und verschmierte einen Tuschefleck unter dem Auge.

»Katastrophal. Geben Sie mal her.« Luciano nahm ihr das Taschentuch ab, das noch feucht genug war, und entfernte vorsichtig das Malheur. »Normalerweise sind Sie doch so schlau und schlagfertig. Was ist los?« Plötzlich begriff er. »Es geht um Ihren Vater, nicht?«, fragte er leise.

Lissie antwortete nicht, sondern blickte nur weiter vor sich hin auf die Tischplatte. Eine weitere Träne rollte nach unten. Pavarotti wollte wieder seine Hand mit dem Taschentuch zum Einsatz bringen, ließ es dann aber doch sein. Sinnlos. »Sie müssen nicht darüber reden. Vielleicht ein andermal, wenn Sie wollen.« Und ohne dass er eigentlich wusste, was er da machte, fuhr er fort: »Sie sollen nur wissen, dass ich Sie gut verstehe. Ich bin mit meinem Erzeuger auch noch lange nicht fertig.« Fast hätte er sich auf die Zunge gebissen. War er jetzt völlig plemplem geworden?

Lissie schaute auf. Pavarotti schwante Fürchterliches. »Stopp!« Er streckte die Hand abwehrend vor. »Erwarten Sie jetzt bloß keine Vertraulichkeiten von mir. Ich wollte nur −«

»Keine Sorge«, unterbrach ihn Lissie und schnäuzte sich wieder lautstark. Würdevoll erhob sie sich. »Sie entschuldigen mich doch kurz? Ich hab einige Reparaturarbeiten zu erledigen.«

Pavarotti grinste und schaute ihr hinterher, als sie durch die Rauchschwaden in Richtung Toilette verschwand. Auf Verdacht, ohne die Bedienung wirklich ausmachen zu können, rief er in Richtung Theke: »Zwei Grappe, bitte!«

Die Grappe mussten bereits fertig eingeschenkt gewesen sein, vermutlich hatten die immer einen Handbestand vorrätig. Nach nur fünf Sekunden knallte das Faktotum die beiden Gläser so heftig auf den Tisch, dass die Flüssigkeit überschwappte, und stierte den Commissario bösartig an. »Nur ein kleiner Streit«, beeilte der sich zu sagen. Jetzt war er offenbar auch hier noch der Buhmann, und die Deutsche hatte schon wieder eine neue Fangemeinde. Es war einfach unfair. »Alles wieder in Ordnung!«

»Des will i o hoffn!«, knurrte der Alt-Hippie und verschwand im Dunst.

VIER

Dienstag, 3. Mai

Am vierten Tag ihres Meran-Urlaubs – wie bitte, Urlaub? – saß Lissie von Spiegel im Frühstücksraum des Hotels Felderer und versuchte verzweifelt, sich nicht mehr zu schämen. Sie blies die Backen auf und probierte noch einmal, die Erinnerung an den gestrigen Abend aus ihrem Kopf herauszupressen, jetzt mit doppelter Kraft. Aber sie war dort fest eingerastet, verflixt und zugenäht. Angeblich war doch Meditation eine Art Allzweck-waffe gegen alle möglichen geistigen Verstopfungen. Sie schloss die Augen und atmete tief. Ein, aus. Ein, aus. Ein, aus. Ihre Augen klappten wieder auf. Null Wirkung. Zero. Tolle Sache, das.

Sie fühlte sich kopflastig, ab der Taille aufwärts wie aufgebläht. Niedergeschlagen beäugte sie ihr Frühstücksei, das in der oberen Hälfte noch fast flüssig, unten dagegen hammerhart gekocht war. Wie kriegten die Küchenfeen vom Felderer solche Granaten hin? Da konnte man ja Zustände bekommen. Der Tag war praktisch schon gelaufen. Am liebsten hätte sie sich wieder ins Bett ge-schleppt. Was aber nicht ging. Gerade war das Zimmermädchen dabei, ihre völlig zerwühlte Schlafstatt wieder herzurichten. Erst gegen fünf Uhr morgens war sie erschöpft weggedämmert.

Wie furchtbar sie sich vor dem Italiener blamiert hatte. Wo war bloß ihre Coolness geblieben? Sie musste an die Bemerkung des Commissario über seinen eigenen Vater denken und lächelte das erste Mal an diesem Morgen. Pavarotti hatte ihr über den Moment hinweghelfen wollen und es gleich danach bereut. Er hatte ausgesehen, als hätte er gerade auf eine Zitrone gebissen. Seine familiären Probleme bloß anzudeuten, war ihm unange-nehm gewesen. Dem Dicken geht's heute Morgen bestimmt auch nicht viel besser als mir, vermutete sie. Leute wie wir kriegen nach einem Seelen-Striptease regelmäßig einen emotionalen Schnupfen. Mit vereinten Kräften hatten sie ihre Unterhaltung schließlich wieder zurück in ein halbwegs neutrales Fahrwasser gelotst. Der Commissario hatte von der Vernehmung Kirchrathers berichtet. Der habe nur das erzählt, was Pavarotti eh schon wusste.

»Seien Sie morgen bloß vorsichtig und halten Sie sich bedeckt!«, warnte er. »Wenn der Kirchrather merkt, dass es Ihnen in Wirklichkeit um den Mord geht, und dass Sie über Informationen aus erster Hand verfügen, ist es mit Ihrer Recherche vorbei. Und ich kann auch gleich mit einpacken!«

Lissie hatte genickt. »Keine Sorge. Ich mime die harmlose, leicht depressive Deutsche mit Vaterkomplex. Da muss ich mich ja nicht mal sonderlich anstrengen.«

Pavarotti hatte schallend gelacht, ihre Hand ergriffen und schwungvoll zu einem Handkuss an die Lippen geführt. Bevor Lissie protestieren konnte, war es vorbei. Sie war so perplex, dass sie noch nicht mal ihre Hand zurückzog. Sie ließ sie schlaff auf dem Tisch liegen, dort, wo Pavarotti sie behutsam deponiert hatte. Der Handkuss hatte dem scheußlichen Abend voller Unterströmungen und Zwischentöne die Krone aufgesetzt. Was sollte das eigentlich mit ihr und diesem dicken Italiener werden?

★★★

Nachdem Lissie das komplette Frühstück inklusive des missglückten Frühstückseis von sich geschoben hatte, schlenderte sie gedankenverloren durch die noch fast menschenleeren Lauben in Richtung Pfarrplatz. Sie hatte sich bei Kirchrather telefonisch für zehn Uhr angemeldet. »Ich interessiere mich für den Befreiungskampf in den Sechzigern«, hatte sie gesagt. »Und die Bibliothek hat mir empfohlen, mich an Sie zu wenden.« Kirchrather war sofort bereit gewesen, sich mit ihr zu treffen. Vielleicht aus Langeweile, vielleicht ist es aber einfach Neugierde, dachte Lissie.

Zu ihrer eigenen Überraschung war Lissie in der Lage, die morgendliche Stille zu genießen. Der Himmel war eine formlose graue Masse, und es roch schon wieder nach Regen. Die meisten Geschäfte hatten noch geschlossen, und die Touristen drehten sich vermutlich nach einem Blick aus dem Fenster noch einmal genüsslich in ihren Betten um. Ihr dagegen war das ja heute nicht vergönnt gewesen. Lissie gähnte und reckte sich im Gehen. Jetzt hätte sie bestimmt die nötige Bettschwere, das spürte sie. Nichts zu machen. Sie hatte eine Verabredung.

Wie es früher ihre Gewohnheit gewesen war, spähte sie nach links in den kleinen Durchgang neben der alteingesessenen Metzgerei Gruber. Am anderen Ende der schmalen Passage stand die Tür zum Café Egger schon offen, eine Frau entfernte gerade die Sicherungsketten von den Tischen und Stühlen, die draußen auf dem kleinen Vorplatz standen. Wunderbar. Lissie ließ alle Vorsätze fahren. Auf zehn Minuten kam es jetzt auch nicht an. Sie musste sowieso noch einmal über alles nachdenken.

Direkt hinter dem Eingang zum Gelass lehnten drei Räder neben der Gruber-Hintertür, vermutlich gehörten die der Belegschaft. Aus undichten Stellen tropfte Wasser von der Decke und verwandelte den am Beginn des Durchgangs noch ungepflasterten Boden in eine matschige, unappetitliche Rutschpartie, wenn man nicht aufpasste. Ein halbes Dutzend prallvoller Müllsäcke standen herum. Lissie warf dem Hinterhof-Stillleben einen scheelen Blick zu und beschloss, als Kundin vorerst einen Bogen um die Metzgerei Gruber zu machen. Sie checkte ihre weißen Armani-Sportschuhe auf eventuelle Spritzer und marschierte nach hinten durch zum Egger. Lissie war der erste Gast. Die Frau, vermutlich war es die Inhaberin selbst, lehnte an der Theke und war in die »Dolomiten« vertieft. Die Bestellung wurde mit einem bloßen Nicken zur Kenntnis genommen. Den Blick weiter fest auf die Zeitung geheftet, setzte die Frau die Espressomaschine in Gang.

Die ist ja genauso gesprächig wie die Renzingerin, dachte Lissie. Könnte glatt ihre Schwester sein. Mit Blick auf die knochige Figur der Frau verwarf sie den Gedanken dann aber wieder.

Bei wortkargen Leuten ließ Lissie erst recht nicht locker. »Steht was Interessantes drin?«

Überrascht schaute die Frau auf. Dass da eine Zugereiste auch noch frech Konversation machen wollte, war offenbar noch nie vorgekommen. »Naaa«, machte sie dann.

»Aber in der Schlagzeile dort ist doch von Mord die Rede. Muss ich mich jetzt fürchten?«

»Naaa«, kam es erneut von der Theke. »Um den war's net schad. Guat, dass wer Mander den verräumt hot.«

»Ver- wie bitte?«

Sie hätte sich ohrfeigen können, aber es war zu spät. Die Frau presste die Lippen zusammen und rauschte an ihr vorbei auf die Terrasse, um zwei Frauen zu bedienen, die gerade gekommen waren. Lissie schaute ihr nach. An dem Tisch draußen wurden eifrig die Zungen in Gang gesetzt.

Früher hatte sie die Meraner Mundart besser verstanden. Lissie seufzte. Früher war sie auch nicht so hochnäsig und außerdem schlau genug gewesen, die Leute, die sie ausfragen wollte, nicht vor den Kopf zu stoßen. Hatte sie sich in der Bank eigentlich genauso verhalten wie gerade eben? Zu spät, hier wie dort war nichts mehr zu machen.

Es wurde langsam Zeit, dass sie sich auf ihre Ermittlungen konzentrierte. Pavarotti war fest davon überzeugt gewesen, dass ihm Kirchrather, den sie gleich treffen würde, wesentliche Informationen vorenthalten hatte. Dass der Buchhändler ein geschickter Stratege war, davon war Lissie nach dem Bericht Pavarottis überzeugt. Ob sie, die große Verhörspezialistin, bei dem Mann einen Punkt finden würde, um den Hebel anzusetzen?

Dass Kirchrather Pavarotti gegenüber zugegeben hatte, dass sein Verband mit dem Toten im Clinch gelegen hatte, zeigte nur, dass der Alte nicht dumm war. »Dieser Kirchrather hat ganz genau gewusst, dass der alte Felderer oder ein anderer aus dem Verband die schmutzige Wäsche schon vor mir ausgebreitet hat«, knurrte Pavarotti.

Lissie konnte nachfühlen, wie sauer die kleineren Händler auf Felderer gewesen sein mussten. Sie hatte ja selbst festgestellt, wie viele Kettenläden sich mittlerweile in den Lauben angesiedelt hatten. Die Atmosphäre war bereits zu einem Teil weg. Diesen Themenkomplex auszusparen, wäre äußerst unklug von Kirchrather gewesen. Danach war der Informationsfluss des Schatzmeisters aber sehr schnell versiegt. »Den Besuch oben in Thurnstein hätte ich mir glatt sparen können. Null Neuigkeitswert!«, hatte der Commissario geknurrt. Außerdem hatte Kirchrather es geschafft, Pavarotti eine ordentliche Injektion mit Schuldgefühlen zu verpassen. Offenbar hatte der Commissario ein latent schlechtes Gewissen den Südtirolern gegenüber, auch wenn er selbst niemandem etwas getan hatte. Das hatte der VEMEL-Obermacker wahrscheinlich gleich erkannt. Lissie sah es buchstäblich vor sich, wie Pavarotti wie ein dicker geprügelter Hund den Tappeiner Weg hinuntergetrottet war. Normalerweise hätte sie gegrinst, aber irgendwie war die Vorstellung doch nicht komisch.

Wenn jemand das Vorhandensein von Schuldgefühlen erkannte, dann war sie das. Die waren ja schließlich ihre ständigen Begleiter, da kriegte man einen Riecher. Sie war permanent in Habachtstellung, dass die kleinen Monster nicht im unpassenden Moment aus der Kiste sprangen. Immer schön Deckel drauf.

★★★

Lissie schaute auf die Uhr. Es war fast zehn. In ein paar Minuten war sie mit Kirchrather verabredet, um ihm ihre zum Teil getürkte Familiengeschichte unterzujubeln. Sie wollte aufstehen, konnte aber nicht. Auf einmal hatte sie keine Kraft dazu. Sie fühlte sich, als hinge sie an einem Tropf, aus dem flüssiges Blei in sie einsickerte und sich breitflächig in ihren Adern verteilte. Tropfen für Tropfen, immer mehr. Bis runter zum kleinen Zeh.

Wie gelähmt saß Lissie da, bloß ihre Augen rollten unkontrolliert von links nach rechts. Gott sei Dank war sie allein im Café, auch die Terrasse war inzwischen leer. Von hinten hörte sie Tassengeklapper und das Brummen der Spülmaschine. Ihr Atem ging stoßweise. Atme ruhig und gleichmäßig. Fixiere etwas, befahl sich Lissie und starrte auf den leeren Durchgang zu den Lauben, den sie vor wenigen Minuten entlanggegangen war. Vor einer Ewigkeit. Eine Träne kullerte ihre Backe hinunter.

Das wurde ja langsam zur Gewohnheit mit der Heulerei.

So schlimm wie heute war es seit Monaten nicht gewesen. Schuld war natürlich dieses verfluchte Meran. Eine Konfrontation mit der Vergangenheit war eben doch keine Rosskur, sondern führte zu gar nichts. Oh doch. Zu so etwas wie jetzt, vielen Dank auch.

Lissie verstand nicht, wieso sie diese komischen Anfälle überhaupt bekam. Hingen sie mit ihrer häufigen Niedergeschlagenheit zusammen? Deswegen zum Arzt zu gehen, kam aber gar nicht in Frage. Sinnlos verplemperte Zeit. Es ging ja gar nicht um irgendwas Verdrängtes, das ein Seelenklempner an die Oberfläche befördern könnte. Ihr war ja bewusst, wo der Kern ihrer Probleme lag. Das alles hatte mit ihrem Vater zu tun. Er hatte sich auf die Seite von gemeinen Killern gestellt. Trotzdem liebte sie ihn immer noch, verdammt sollte er sein. Und warum war sie so unsagbar wütend auf ihn, anstatt ihn einfach nur zu verachten und endlich zu vergessen? War das die Schuld, die sie nicht abtragen konnte und die sie immer wieder quälte: dass sie ihn nicht hassen konnte? Aber Schuldgefühle wem gegenüber eigentlich? Den Baader-Meinhof-Opfern gegenüber, den Angehörigen, alles Menschen, die sie gar nicht gekannt hatte? Sie horchte in sich hinein. Nein, wohl kaum. Bevor ihr Vater hatte verhindern können, dass die Frau ihre gerechte Strafe bekam, war er weg gewesen. Außerdem hätte nicht mal er das geschafft. Was also war es?

»Frau von Spiegel?«

Lissie fuhr hoch und haute dabei ihren Unterarm gegen die Tischkante. »Auhhhh«, stöhnte sie. Endlich. Der Bann war gebrochen. Vor ihr stand ein gut erhaltener Siebziger im Norwegerpullover. Schütteres Haar am Oberkopf, braun gebrannt, ein bartloses Gesicht mit Falten an den richtigen Stellen. Der Mann lächelte zögernd.

»Oje, entschuldigen Sie, ich wollte Sie nicht erschrecken! Darf ich mich vorstellen? Ich bin Erich Kirchrather. Wir waren verabredet, nicht? Als Sie nicht auftauchten, dachte ich mir, ich geh Ihnen mal entgegen. Ich war schon wieder auf dem Rückweg, da wollte ich hier noch schnell einen Kaffee trinken. Die Martha hat mir gesagt, dass Sie sich nach unserem Mordfall erkundigt haben.«

Verdammt, dachte Lissie. Unser Toni-Sailer-Verschnitt hier ist wirklich hochgefährlich. Laut sagte sie: »Ähem, die Inhaberin hier, also die Martha, hat die Zeitung fast verschlungen. Da bin ich neugierig geworden und hab auch einen Blick auf die Schlagzeile riskiert. Aber ich wusste schon, dass was Schlimmes passiert war. Sie wissen ja, ich wohne doch da, im Hotel Felderer.«

»Ach so, stimmt.« Toni Sailer lachte wieder und wurde trotz des Mordfalls immer leutseliger.

Noch einer in tiefer Trauer um den Toten, dachte Lissie. Angesichts der offenkundigen Charmeoffensive wappnete sie sich und strahlte zurück. Na, wollen mal sehen.

»Herr Kirchrather, bitte verzeihen Sie. Ich war ganz versunken und hab die Zeit vergessen. Aber wie haben Sie mich denn überhaupt erkannt?«

Reumütiges Grinsen, sehr jungenhaft. »Ich muss zugeben, ich war neugierig, wer da zu mir will, und habe Ihren Namen gegoogelt. Die Suche ergab in der Tat ein paar Treffer.« Seine Mundwinkel zuckten. »Sie sind ja in der Finanzbranche in Deutschland ganz schön herumgekommen, nicht wahr?«

Lissie kam sich plötzlich vor wie eine Public-Relations-Nutte und hatte schon den Mund zu einer zornigen Entgegnung geöffnet, da setzte Kirchrather nach: »Und da war auch Ihr Foto. Was hat Sie denn heute Morgen gedanklich so in Anspruch genommen, dass Sie mich versetzt haben?«

Nur nicht das Tempo drosseln, lieber Sailer Toni. Weiter mit Höchstgeschwindigkeit die Abfahrt runter. »Ich habe über meinen Vater nachgedacht«, antwortete sie wahrheitsgemäß. Vielleicht entwickelte sich ihre Coverstory ja doch noch nach Programm.

»Ja, das habe ich gleich vermutet«, erwiderte Kirchrather. »Über den steht auch so einiges im Internet.« Lissie merkte, wie ihr die Röte den Hals hochkroch. War ihre Familiengeschichte in diesem grässlichen Kaff Meran denn jetzt endgültig zum öffentlichen Gut mutiert? Wider Willen amüsierte sie sich, dass Pavarotti offenbar eine aufwendige polizeiinterne Anfrage gestartet hatte. Wo er doch alles Wichtige innerhalb weniger Sekunden per Mausklick selbst hätte recherchieren können.

Kokett blinzelte sie ihr Gegenüber an, das sich mittlerweile gesetzt hatte. »Kompliment, dass Sie noch das Internet anzapfen. Meine Mutter ist auch etwa in Ihrem Alter. Aber für einen Internetzugang konnte ich sie nicht mehr erwärmen.« Billig, aber wohltuend.

Damit der Kirchrather jetzt nicht gleich dichtmachte, legte sie schnell nach: »Aber ich hörte, so was wie Datenbanken sind bei Ihnen ohnehin unnötig. Sie sollen ja selbst ein phänomenales Gedächtnis haben. Und genau das muss ich unbedingt anzapfen.«

»So?« Kirchrather setzte seinen Cappuccino ab. »Jetzt bin ich aber gespannt.« Erwartungsvoll lehnte er sich zurück, lächelte falsch und fixierte sie mit seinen glänzenden Toni-Sailer-Augen.

Plötzlich fühlte sich Lissie erneut wie erstarrt, ihre Glieder wurden schon wieder bleischwer. Nichts da, knurrte sie innerlich. Jetzt kommt's drauf an.

Sie zwickte sich unter dem Tisch mit voller Kraft in die Wade und spürte den Schmerz wie einen Adrenalinstoß, der sie mit Schwung in die richtige Spur schob. Die verdammte Blockade löste sich. Jetzt konnte sie endlich in ihre Story einsteigen.

★★★

Pavarotti befand sich im Schatten des Laubendurchgangs auf zufälligem Beobachtungsposten. Durch die Glasscheibe des Cafés konnte er sehen, wie Lissie ein Blatt Papier aus ihrem kleinen Rucksack holte und Kirchrather hinüberreichte. Was für ein halbseidenes Schriftstück hatte sie sich denn da auf die Schnelle zusammengezimmert? Trotz ihrer Schminke und ihrer perfekten Kurzhaarfrisur sah die Deutsche aus wie eine kleine verzweifelte Maus. Pavarotti grinste bewundernd. Was für eine prima Schauspielerin sie doch ist, dachte er. Jede Wette, dass der Kirchrather ihre Story mit Haut und Haaren schlucken wird.

Eigentlich hatte Pavarotti einfach nur ein paar Minuten Pause im Café Egger machen wollen. Ein Glück, dass er die beiden noch rechtzeitig gesehen hatte und nicht mitten ins Gespräch geplatzt war. Unschlüssig wandte er sich zum Gehen. Die Unterhaltung weiter zu beobachten, war sinnlos, er sollte schleunigst seine eigenen Ermittlungen fortsetzen. Aber wie? Bisher gab es kein erkennbares handfestes Motiv. Die Tat hätte jeder, der tollkühn oder verzweifelt genug war, begehen können. Er musste schnellstens die Tatzeit besser eingrenzen und Alibis recherchieren.

Er streifte kurz gedanklich die Renzingerin. Er war davon überzeugt, dass sie den Toten nicht erst am Morgen gefunden hatte. Aber warum hatte sie gelogen? Schräge, für Außenstehende total unverständliche Gründe, warum ihm Lügen aufgetischt wurden, das war typisch für die Hiesigen. Es hatte keinen Sinn, die Frau noch einmal in die Zange zu nehmen.

»In der Früh war's, als ich ihn gefunden hab, ob du's nun glaubst oder nicht, Herr Kommissar!«, würde sie wie eine kaputte Schallplatte immer wieder von sich geben und keinen Zentimeter von ihrer Geschichte abweichen. Fast sah er ihre versteinerte Miene vor sich. Er würde die Renzingerin erst festnageln können, wenn er mehr wusste.

Pavarotti hielt kurz inne, dann überquerte er die Lauben Richtung Sparkassenplatz. Er beschloss, erst einmal mit Niedermeyer zu sprechen. Der Schuhhändler und dieser unbekannte Italiener, die in der Mordnacht in der Renzinger Weinstube zusammen getrunken hatten, waren die einzigen vielversprechenden Anhaltspunkte, die ihm im Moment noch blieben. Gut, da war noch Lissies Spurensuche in der Familiengeschichte der Felderers. Er seufzte. Es konnte nicht mehr viel mit ihm los sein, wenn er darauf hoffen musste, dass eine deutsche Touristin ihn in seinen Ermittlungen weiterbrachte.

Der vergangene Abend kam ihm plötzlich wieder in den Sinn, und der Hall ihrer zornigen Stimme klang leise in seinem Kopf nach. Selbstverständlich hatte er sie überprüfen müssen, und es war allemal ehrlicher gewesen, sie davon in Kenntnis zu setzen, als es stillschweigend zu tun. Aber er brachte auch Verständnis für ihre Reaktion auf. So wie er selbst trug auch Lissie viel Ballast aus ihrer Kindheit mit sich herum. Ihre Augen waren gestern ganz groß gewesen, und er hatte geglaubt, noch etwas anderes in ihnen zu sehen als Zorn, Trauer oder Schmerz. Etwas, das ein Eigenleben führte, wie ein Parasit in einem Körper, und das er nur allzu gut wiedererkannte.

Die Hände tief in den Taschen vergraben, ging er an der Metzgerei Gruber vorbei, ohne die üppige Auslage mit einem Blick zu würdigen. Schöne, fetttriefende Leberkässemmeln übten auf einmal keinen Reiz mehr auf ihn aus.

★★★

Mit banger Erwartung beobachtete Lissie den alten Kirchrather, wie er aufmerksam das kurze Schreiben studierte, das sie ihm im Café gegeben hatte, um ihrer zusammengeschnitzten Story ein bisschen aufzuhelfen. Sie hatte gestern Abend so lange am Telefon genölt, bis sich Alexander, der ganz passabel in altdeutscher Handschrift war, auf seinen Hosenboden gesetzt und während der Nacht einen ziemlich überzeugenden Brief an ihren verstorbenen

Großvater getürkt hatte. Den hatte er ihr dann heute Morgen gerade noch rechtzeitig ins Hotel gefaxt. Der Brief war angeblich von einem Freund ihres Opas in der Südtiroler Untergrundszene. Unter dem Machwerk stand »Dein Andi«. Natürlich gab es diesen Andi überhaupt nicht. Im Brief erging sich der getürkte Andi in Befürchtungen, dass die Gewalt eine neue Dimension erreicht habe, und schrieb, dass er zufällig dabei gewesen sei, wie eine Mine einen Jeep mit Carabinieri in die Luft gejagt hatte. Alexander hatte im Internet offenbar im Schnelldurchlauf Berichte von Zeitzeugen gesichtet und sich schamlos bedient.

Lissie sah sich um. Sie befand sich im ersten Stock der Buchhandlung. Kirchrather hatte den Umzug vom Egger hierher vorgeschlagen, angeblich, um Zugriff auf sein Archiv zu haben. Obwohl das bestimmt bloß ein Schachzug Kirchrathers gewesen war, sie auf sein Terrain zu lotsen, hatte Lissie erleichtert aufgeatmet. Seit dem morgendlichen Vorfall, wie sie ihre Anfälle beschönigend titulierte, spürte sie eine heftige Abneigung gegen das Café Egger.

Sie beobachtete Kirchrather dabei, wie er las. Vorhin hatte ihm sein breites Lächeln etwas Wölfisches verliehen. Hier, in seinem Büro, machte Kirchrather bloß noch den Eindruck eines gut erhaltenen älteren Herrn mit einer betont jovialen Art, die an den Rändern zum Unangenehmen hin ausfranste.

Sie stand auf und trat näher an den offenen Kamin heran, in dem ein gemütliches Holzfeuer prasselte. Als sie die Fotosammlung auf dem Kaminsims betrachtete, entfuhr ihr ein Überraschungslaut.

Kirchrather sah auf. »Was ist denn?«

»Da ist ja mein Opa!«, entfuhr es ihr.

Kirchrather nickte, lächelte. »Ja, das ist Ihr Großvater. Der neben ihm, das ist Jörg Klotz. Die zwei haben sich in den Wirren zum Ende des Zweiten Weltkriegs kennengelernt und sind Freunde geworden.«

»Wer ist denn dieser Klotz?«, fragte sie unvorsichtigerweise.

»Das wissen Sie nicht, obwohl Ihr Großvater Ihnen angeblich so viele Dokumente aus dieser Zeit hinterlassen hat und Sie begonnen haben, sein Leben aufzuarbeiten?«, staunte Kirchrather. Er lächelte nicht mehr, und seine Augen hatten wieder den kalten Glanz von vorhin.

Lissie hätte sich ohrfeigen können. Sie hätte das in der Bibliothek kopierte Buch unbedingt vor diesem Treffen gründlich durcharbeiten müssen, anstatt nur zwanzig Seiten querzulesen. Für diese Einsicht war es nun zu spät. Jetzt half nur noch Pokern. Sie machte ein zerknirschtes Gesicht.

»Nun, ich stehe ja noch ganz am Anfang mit meinen Recherchen und habe mich erst einmal auf die politische Großwetterlage gestürzt, damit ich die Ereignisse in Südtirol richtig einordnen kann. Ansonsten besteht die Gefahr, dass man sich in Details verliert.« Und jetzt Augen zu und durch, Lissie. »Deswegen bin ich ja hier. Damit Sie mir die richtigen Fingerzeige geben können, welche Leute in der Zeit für meinen Opa wichtig waren.«

Kirchrather nickte langsam. »Aha. Nun gut. Was genau wollen Sie denn wissen?«

Lissie holte tief Luft. »Also, dieser Andi, welche Rolle kann der damals gespielt haben? Es gibt ja keine Archive, in denen ich nachschlagen kann. Dieser Befreiungsausschuss, das ist ja wohl kein straff durchorganisiertes Gebilde gewesen. Welcher der Gruppen könnte er denn angehört haben?«

Kirchrather ließ sich hinter dem Schreibtisch in seinen Lehnsessel zurücksinken. »Keine Ahnung, da gab es so viele. Die Pusterer Buben, die Stieler-Gruppe, die von Sepp Mitterhofer in Meran …« Seine Stimme verlor sich. Dann setzte er neu an. »Wissen Sie, der Widerstand hatte eine ganz breite Zustimmung damals. Die Sehnsucht nach Selbstbestimmung ist bei uns immer stärker geworden, besonders während der Nazizeit. Stellen Sie sich das mal vor: Wir hatten nur die Wahl, entweder ins Deutsche Reich auszuwandern und damit die Heimat im Stich zu lassen oder uns total in den italienischen Staat eingliedern zu lassen. Das habt ihr Deutschen uns damals eingebrockt. Damit habt ihr unsere Volksseele tief verwundet, wenn ich das mal so blumig sagen darf.«

In Lissie wallte der Zorn hoch. Sie hatte doch mit den Nazis nichts zu tun! Kirchrather tat es schon wieder. Wie bei Pavarotti versuchte der Alte, sie mit Hilfe ihrer Nationalität ins Unrecht zu setzen, damit er im Gespräch Oberwasser bekam. Na warte.

»Ja, aber nach dem Krieg gab es doch ein Autonomiestatut für die Südtiroler«, sagte sie scheinheilig. »Ihnen und Ihren Landsleuten schmeckte das Statut anscheinend nicht. Vielleicht zu Recht, mag ja sein, aber wäre es nicht besser gewesen, mit den Italienern zu verhandeln, anstatt Bomben zu legen?«

Der Alte fuhr hoch. Kaum verhüllt blitzte in seinen Augen der nackte Hass auf. »Hören Sie auf! Ihr Großvater hätte sich für Sie geschämt. Wir hätten nie etwas erreicht ohne die massive Unterstützung durch den Untergrund!«

Aber Lissie ging auf die Provokation nicht ein. Betont gelassen antwortete sie: »Was wollen Sie, es stimmt doch, was ich sage. Der italienische Ministerpräsident De Gasperi und der österreichische Außenminister Gruber haben nach dem Krieg ein Autonomiestatut für Südtirol unterzeichnet. Die deutschsprachigen Einwohner von Bozen und Trient erhielten volle Gleichberechtigung mit den italienischen Einwohnern. Zum Schutze der Südtiroler Kultur, ihrer Wirtschaft und ihres Volkscharakters. Hört sich doch ganz vielversprechend an, oder?«

Der Alte lachte meckernd. »Ja, ja, und eine autonome, regionale Gesetzgebungs- und Vollzugsgewalt und die Gleichstellung der italienischen mit der deutschen Sprache und die Gleichberechtigung in öffentlichen Ämtern, und, und, und.« Kirchrather schnaubte. »Die reinste Augenwischerei. Das ganze sogenannte Autonomiestatut war noch nicht mal das Papier wert, auf dem es gedruckt war. Die Italiener haben diesen Vertrag, wann immer es ging, zu ihren Gunsten ausgelegt. Und wir Südtiroler mussten machtlos zusehen.«

»Eins müssen Sie zugeben«, versetzte Lissie, um den Alten weiter zu reizen, »findig war De Gasperi schon. Wie schlau er das gedeichselt hat − als autonome Provinz das Trentino−Alto Adige zu nehmen, in dem die Südtiroler gegenüber den Italienern hoffnungslos in der Minderheit waren.«

»Ja, ein typisch welscher Charakter, nichts als Winkelzüge und Gaunereien«, brummte Kirchrather angewidert. »Das Statut war eine Katastrophe. In der Verwaltung änderte sich gar nichts, die alten Faschisten blieben einfach auf ihren Posten sitzen. Und die Industrie in Meran und Bozen wurde massiv ausgebaut, damit die Welschen einen Vorwand hatten, immer noch mehr italienische Arbeiter nach Südtirol zu holen!«

Er stand auf und ging zu einem schweren Sideboard aus Kirschholz hinüber. Er öffnete eine Schublade und griff nach einer dicken Ledermappe. »Hier«, sagte er bloß und legte die Mappe in Lissies Schoß. »Ein Todesmarsch für Südtirol war's, diese Zuwanderung der Italiener! Die ›Dolomiten‹ haben's auf den Punkt gebracht damals.«

Lissie schlug den Ordner auf. Ganz obenauf lag eine mit Klarsichtfolie geschützte Titelseite der »Dolomiten«, Ausgabe vom 15. Januar 1952. Fette Schlagzeilen sprangen Lissie entgegen. Der Herausgeber der Zeitung hatte die Südtiroler aufgefordert, sich jetzt endlich zur Wehr zu setzen.

»Ja, er hat uns mit dem Artikel die Augen geöffnet. Damit fing alles an.«

Schön und gut, dieser allgemeine Geschichtsunterricht. Fieberhaft suchte Lissie einen Ansatzpunkt, um Kirchrather dazu zu bringen, ein paar Namen zu nennen, mit konkreten Informationen herauszurücken. Der Mann musste doch über einen wahren Schatz von Geschichten verfügen! Vielleicht hatte Felderer beim Aufbau der italienischen Industrie in Südtirol mitgeholfen und sich dadurch nach Meinung seiner Landsleute die Hände schmutzig gemacht?

»Diese Fabriken der Italiener«, begann sie. »Da muss es doch auch um Meran herum einige gegeben haben, oder?«

Kirchrather nickte.

»Da haben doch bestimmt auch Südtiroler gearbeitet, wenigstens am Anfang, nicht wahr?«

Der Buchhändler fuhr sich mit der Hand übers Gesicht, um einen Schweißtropfen wegzuwischen, und starrte sie an. Lissie bemerkte ein Netzwerk roter Äderchen auf seinen Wangen, das ihr draußen im Freien gar nicht aufgefallen war. »Nur ganz wenige«, antwortete er schließlich. »Für uns als Südtiroler war es praktisch unmöglich, in den Fabriken der Welschen Arbeit zu bekommen. Wir haben gehungert, obwohl der Krieg längst vorbei und eigentlich genug Arbeit da war.«

»Aber es gab welche, die dort gearbeitet haben?«, insistierte Lissie.

Der Alte zuckte nur mit den Schultern. »Die meisten von uns haben am Anfang probiert, sich mit dem System zu arrangieren.

Aber das hat nicht funktioniert. Ob Sie's nun glauben oder nicht: An Bomben haben wir alle erst viel später gedacht.«

Mittlerweile war Lissie davon überzeugt, dass ihr der Mann ganz bewusst auswich. Auf ihre Fragen servierte er ihr Allgemeinplätze, die sie in jedem Geschichtsbuch nachlesen konnte.

Währenddessen war der Alte aufgestanden und zum Kamin getreten. Unter Schwierigkeiten und mit starrem Rücken beugte er sich hinunter, um die Luftzufuhr etwas zu drosseln. Der leutselige Toni Sailer und der joviale Buchhändler waren verschwunden und hatten einem verbitterten alten Mann Platz gemacht. Lissie fragte sich, welches der echte Kirchrather war oder ob der Buchhändler einfach mehrere Rollen meisterhaft beherrschte. Sie durfte diesem Charakterdarsteller nicht auf den Leim gehen.

Kirchrather stöhnte leise und ließ sich in seinen Sessel sinken. Der Hinweis war eindeutig.

»Sollen wir für heute Schluss machen?«, fragte sie und stand auf.

Dankbar blickte der Buchhändler auf. »Ja, man wird doch schneller erschöpft im Alter«, seufzte er und stemmte sich wieder hoch. »Aber Sie müssen wiederkommen. Über das Vorgeplänkel sind wir beide ja noch nicht hinaus. Der Tusch kommt noch.« Er zwinkerte. Widerwillig musste Lissie lachen. Der Toni Sailer war wieder da.

Als er aufstand, um sie hinauszubegleiten, sagte Kirchrather: »Sie haben mich doch nach Leuten gefragt, die damals eine wichtige Rolle gespielt haben.« Er zeigte auf die Aufnahme über dem Kamin. »Der Jörg Klotz, der war nicht nur ein guter Freund Ihres Opas, sondern er war Gründungsmitglied des Befreiungsausschusses und einer unserer wichtigsten Leute damals. Und Sie wollen von ihm noch nie gehört haben. Wir sprechen uns noch, Frau von Spiegel.«

Als er die Tür schloss, sah sie gerade noch, wie das schelmische Lächeln verschwand. Jetzt spiegelte seine Miene unverhüllt sein Misstrauen wider, das die ganze Zeit da gewesen war. Du raffinierter alter Fuchs, dachte sie. Er hatte ihr keine einzige Sekunde geglaubt.

★★★

Irritiert schaute Pavarotti zurück zur Ladentür des Geschäfts, das er gerade betreten hatte. Die Türglöckchen hatten doch eben die Melodie der italienischen Nationalhymne gebimmelt, oder hatte er sich da verhört? Nein, unverkennbar. Blechern klangen die Töne noch nach, obwohl die Tür inzwischen wieder geschlossen war. Pavarotti vermutete, dass viele seiner Landsleute das kleine Intermezzo als nette Geste an die Adresse der lieben italienischen Kunden einordneten. Vielleicht hatten sie ja recht damit. Pavarotti glaubte eher, dass sich Niedermeyer damit über diese ungeliebte Kundengruppe lustig machte, während er sie schröpfte.

Der Laden war leer, mit Ausnahme einer Verkäuferin, die emsig hin und her huschte und Schuhschachteln schleppte. Pavarotti stapfte nach vorn, stellte sich vor und bat sie, den Chef herbeizuschaffen. Die Frau, die bereits bei seinem Erscheinen sichtlich nervös geworden war, fasste sich an den Hals und legte die andere Hand über den Mund. Einige Sekunden vergingen, Pavarotti wartete.

»Oh, der ist nicht da …«, stammelte sie schließlich.

Aufmerksam betrachtete der Commissario die Frau. Ein verhuschtes Wesen, Mitte dreißig ungefähr. Ihre Lippen zitterten. Die Maus war in Panik, die Nerven lagen blank. Als sie die Hand an den Mund hob, sah er die abgebissenen Nägel und den gesplitterten Lack. Niedermeyer sollte besser auf das Erscheinungsbild seines Personals achten, dachte er. Die Frau ist ja geschäftsschädigend.

Laut sagte er: »Wo ist er denn?«

Die Augen der Verkäuferin irrten im Raum umher und blieben fragend am Glockenspiel über der Tür hängen, als ob von da ein erlösender Einfall zu erwarten sei. Das erste Mal, dass sich ein Südtiroler von der italienischen Nationalhymne einen Ausweg erhofft, dachte Pavarotti sarkastisch.

»Im Forstbräu ist er, zum Mittag«, kam es schließlich kaum hörbar.

»Was, um diese Zeit?« Pavarotti schaute auf die Uhr. Es war kurz nach vier am Nachmittag.

»Ja, wir hatten viel Kundschaft, und dann sind immer wieder Bestellungen per Telefon gekommen, da hat er nicht wegkönnen«, sprudelte die Frau hervor.

Demonstrativ schaute sich Pavarotti im Laden um. Er war neugierig geworden. Was steckte hinter der Abwesenheit von Niedermeyer, die seine Angestellte so ungeschickt rechtfertigte? Er beschloss, den Mann jetzt gleich beim Forstbräu zu stellen. Kurz vor der Tür drehte er sich nochmals um. Fragen kostete nichts. »Ach übrigens, haben Sie den Karl Felderer gekannt?«

Die Durchschlagskraft seiner Frage hätte nicht größer sein können. Die Verkäuferin stieß einen erstickten Schrei aus, schlug wieder die Hand auf den Mund, diesmal mit einem richtigen Klatscher, und rannte durch einen Seiteneingang aus dem Verkaufsraum. Als ob der Leibhaftige hinter ihr her wäre.

★★★

Im Biergarten der Brauereigaststätte Forst war es ruhig. Dies galt nicht nur für kühle Tage wie heute; der Garten bot auch im Sommer, wenn Meran aus allen Nähten platzte, eine ziemlich gute Rückzugsmöglichkeit für die Einheimischen. Kaum ein Tourist verirrte sich hierher, obwohl das Lokal direkt an der Freiheitsstraße lag und meistens gut besucht war.

Man musste nämlich erst einmal wissen, dass es den Biergarten überhaupt gab. Einer der beiden Zugänge zum Garten führte durch einen kleinen Bogengang, der von der Straße aus wie der Einlass in einen unwirtlichen Hinterhof aussah und die Leute abschreckte. Die zweite Möglichkeit, in den Garten zu kommen, führte durch eine unbeschriftete Tür neben dem Abort, die ein Tourist nur durch puren Zufall öffnete.

Im Innenhof, der auf allen vier Seiten von Mauern begrenzt und deswegen besonders windgeschützt war, hatte sich nur eine Handvoll Gäste niedergelassen. Das Forst war keine Gaststätte für den Nachmittag. Erst in zwei Stunden, wenn die Kassierer der nahen Risparmio hier ihr wohlverdientes Bier tranken und auch andere Angestellte ihren Feierabend einläuteten, würden die Eisenstühle an den grünen runden Holztischen schlagartig besetzt werden.

Die Gutsituierten gingen ganz nach hinten durch und nahmen auf eleganteren Flechtstühlen an weiß gedeckten Tischen Platz.

Hier wurden teurere Fisch- und Fleischgerichte serviert, eben nicht nur Schweinsbraten, Geselchtes und Brotzeiten wie vorn.

Pavarotti schaute auf ein Zeitungsfoto, das ihm Emmenegger vorhin in die Hand gedrückt hatte. Ein schmächtiger, zu kurz geratener Kerl stand vor einem Schaufenster mit Schuhen in der Auslage und gestikulierte mit Armen, die viel zu lang für ihn waren. »Niedermeyer im Interview zum 100-jährigen Firmenjubiläum«, hieß es in der Unterzeile. Pavarotti blickte sich suchend um. Unmittelbar ihm gegenüber, an einer der Längsseiten des rechteckigen Gartens, saß der Mann auf dem Foto. Niedermeyer lehnte mit dem Rücken am Flachbau, der die Küche des Forstbräu beherbergte. Die Eingeweihten wussten, dass es dort auch an kühlen Tagen schön warm war.

Der Schuhhändler saß einfach da und starrte in Pavarottis Richtung. Er bemerkte den Commissario sofort. »Polizei? Ich hatte Sie eigentlich schon gestern erwartet«, begrüßte er Pavarotti in einem beinahe vorwurfsvollen Ton.

Pavarotti schwoll der Kamm. Wie kam der Kerl dazu, ihm Schlamperei zu unterstellen? Seiner Verärgerung zum Trotz ließ er sich ruhig auf einen der kleinen Eisenstühle niedersinken, der sein breites Gesäß leider nur unvollständig aufnahm. »Wir verfolgen nun einmal viele Spuren«, antwortete er vage.

Niedermeyer grinste. »Wenn man Kirchrather glauben darf, verfolgt ihr gar keine Spur und tappt vollkommen im Dunkeln. Na egal, ist nicht mein Problem. Womit kann ich dienen?«

Pavarotti spürte, wie die Wut erneut in ihm hochstieg. Wie hatte ihn der Kerl eigentlich erkannt? Waren er und sein Leibesumfang bereits Stadtgespräch, über das sich alle lustig machten?

Nur mit erheblichen Schwierigkeiten kämpfte er den Drang nieder, Niedermeyer einen Kinnhaken zu verpassen. Was sein Exschwager Albrecht, von dem er wusste, dass er mit Niedermeyer befreundet war, bloß an diesem großspurigen Winzling fand?

Mit Mühe fand er in seine Befragung zurück und bemühte sich um einen möglichst emotionsfreien Ton. »Ihre Verkäuferin hat mich darüber informiert, dass ich Sie hier finde, angeblich um Mittagspause zu machen. Reichlich seltsam um diese Zeit, oder nicht?«

Niedermeyer lachte schallend. »Meine Verkäuferin? Ich hab ja gar keine. Sie werden wohl mit meiner Frau gesprochen haben. Die hat einfach keinen Schneid, immer muss sie alles unter den Tisch kehren. Von wegen Mittagspause. Wir haben uns gestritten, und da bin ich einfach abgehauen.«

»Worum ging es denn?«, erkundigte sich Pavarotti.

»Ich wüsste zwar nicht, was Sie das angeht. Aber meinetwegen, wenn Sie unbedingt Ihre Nase in fremde Angelegenheiten stecken wollen. Meine Frau wird mit jedem Tag fahriger und nervöser. Im Geschäft ist mit ihr kaum noch etwas anzufangen. Heute war sie völlig durch den Wind, brachte Kunden ständig falsche Ware. Am Nachmittag ist mir dann der Geduldsfaden gerissen. Ich hab sie angebrüllt, sie hat geheult, und ich bin raus.«

Niedermeyer strich sich die Haare aus dem Gesicht. »Keine Ahnung, was mit der los ist. Weiber. Ich hoffe, sie beruhigt sich wieder, sonst muss ich sie aus dem Laden nehmen und einen Verkäufer anstellen.« Er hob den Kopf. »War's das, oder gibt's neben meinen Eheproblemen sonst noch Fragen?«

Die Frau hatte Pavarottis tiefstes Mitgefühl. Laut sagte er: »Die Renzingerin hat ausgesagt, dass Sie am Abend des Mordes in ihrer Weinstube mit einem anderen Gast getrunken haben. ›Was Italienisches‹, wie sie sich ausgedrückt hat. Wer war das?«

Niedermeyer zuckte mit den Schultern. »Gesprochen hab ich an dem Abend mit vielen. Wir hatten am Nachmittag Verbandstreffen beim Laubenwirt, wegen Karl Felderer und seiner Verpachtungspolitik. Da ging's hoch her. Und am Abend, beim Wein, da hatten sich die meisten von uns noch ganz und gar nicht beruhigt.«

»Wer war denn abends da, so zum Beispiel?«

»Also ich erinnere mich, dass der Laubenwirt selbst, der Achleitner, kurz hereingeschaut hat. Das war früh, so um acht. Und dann kam auch der Aschenbrenner mal kurz zu mir herüber, der den alten Elektroladen hat. Der Aschenbrenner ist dann aber auch schon kurz nach acht wieder raus. Mit dem Advokaten Tscholl hab ich noch gesprochen.« Niedermeyer grinste. »Na ja, gesprochen kann man das nicht nennen. Der Tscholl war schon wieder völlig besoffen. Die Renzingerin musste ihren Bruder holen, der hat ihn dann hinauskomplimentiert. Das war wahrscheinlich gegen neun, genau weiß ich es nicht mehr.«

»Alle aber offensichtlich keine Italiener, oder?«

Das musste Niedermeyer einräumen. Plötzlich schlug er sich an die Stirn. »Bin ich ein Hirsch! Die Renzingerin meint bestimmt den Claudio Topolini. Wir saßen erst ziemlich spät beieinander. Claudio ist der Juniorchef eines italienischen Lederfilialisten aus Mailand. Karl Felderer wollte diese Kette neu in die Lauben hereinnehmen. Darum drehte sich ja der ganze Streit. Claudio und sein Vater wollten in Meran den Vertrag mit Felderer unter Dach und Fach bringen. Ich hab ihn an dem Abend ein bisschen ausgehorcht, auf was für ein Preisniveau wir uns für seinen Lederramsch gefasst machen müssen.«

Pavarotti wartete. Immer eine gute Strategie.

Niedermeyer befeuchtete seine Lippen. »Ich will ja wissen, auf welche Konkurrenz ich mich einstellen muss. Man ist ja schließlich Kaufmann, oder?«

»Ist dieser Topolini vielleicht mal auf den Abort hinaus? Können Sie sich dran erinnern?«

»Keine Ahnung.« Niedermeyer grinste wieder. »Aber vermutlich schon. Wie jeder andere auch. Was oben eingefüllt wird, muss ja irgendwann unten wieder raus.«

Pavarotti zwang sich eisern zur Ruhe. »Sind die beiden Italiener immer noch in Meran?«

»Weiß ich doch nicht. Aber untergebracht waren sie im Hotel Aurora, da hinten in Obermais, im Villenviertel.« Er zeigte mit dem Daumen hinter sich, in Richtung Passer.

»Danke für die Auskünfte. Jedenfalls fürs Erste. Ich komme auf Sie zurück.«

Niedermeyer verzog das Gesicht. »Bittschön, wenn's sich nicht vermeiden lässt. Wiedersehen.«

Im Hinausgehen blickte Pavarotti zurück. Er sah, dass Niedermeyer sein Handy aus der Tasche zog und auf dem Tastenfeld herumdrückte. Ob der jetzt wohl den Italiener vorwarnt? fragte sich der Commissario. Aber zumindest hatte er endlich ein paar interessante Ermittlungsansätze.

Er blickte auf seine Uhr. Fast fünf. Mit Lissie hatte er für den Abend bisher keine Verabredung getroffen. Er merkte, dass sie ihre Mobilnummern überhaupt nicht ausgetauscht hatten. Sehr professionell. Ob sie wohl wieder in dieser verrauchten Jugend-kneipe saß? Er würde jedenfalls keinen Fuß mehr dort hinein-setzen. Vermutlich verspürte aber auch die Deutsche nach dem gestrigen Abend keine besondere Sehnsucht nach dieser Kneipe. Unwillkürlich spitzte er die Lippen und schmunzelte, als er an den Handkuss dachte.

Wahrscheinlich saß sie in irgendeiner Kaschemme und pros-tete sich wegen der Histörchen zu, die sie Kirchrather entlockt hatte. Egal, heute Abend musste Lissie auf jeden Fall ohne ihn auskommen. Er hatte zu arbeiten. Es war höchste Zeit, den PC anzuwerfen und eine Fallakte anzulegen, die alle Vernehmungen, Indizien, Abläufe am Mordabend, eine Zeittafel sowie eine Liste der bisherigen Verdächtigen enthielt. Es würde ein langer Abend werden. Entschlossen lenkte Pavarotti seine Schritte in Richtung Kornplatz.

★★★

Es hatte wieder angefangen zu regnen. Der Himmel war wolken-verhangen, und als Albrecht Klausner den Blick über den Kirch-turm von St. Nikolaus hinaus über die einsam gelegenen Muthöfe bis hoch zur Mutspitze schweifen ließ, kam ihm der Verdacht, dass die Schneegrenze seit gestern wieder etwas tiefer gerutscht war. Meran fühlte sich heute nach Spätherbst an, kühl, fast novem-berlich, und die Fremden schlichen missmutig an seinem Laden vorbei. Er hätte es sich wohl sparen können, heute aufzumachen.

Albrecht rückte seine Grappakollektion in der Auslage zurecht und trat vom Fenster zurück. Sein Blick streifte einen der kleinen Probiertische, auf dem ein Geldschein und ein Zettel lagen. »War mit einer Freundin hier, haben Deine Spätlese probiert. Ich hoffe, Du hast nichts dagegen. Luciano«. Albrecht lächelte. Richtig be-freundet war er mit Pavarotti zwar nicht, dazu sahen sie sich zu selten. Aber Albrecht mochte den Commissario. Wurde ja auch Zeit, dass der sich mal mit dem schönen Geschlecht beschäftigte, dachte Albrecht. Vielleicht entwickelte Luciano dann endlich den entsprechenden Ehrgeiz, ein paar Kilos abzunehmen.

Als er die Nachricht beim Hereinkommen gelesen hatte, war

Albrecht aber erst einmal zusammengezuckt. Dass Luciano gerade jetzt in Meran war, konnte nur bedeuten, dass er die Leitung im Mordfall Felderer übernommen hatte.

Angesichts der Gemengelage hielt es Albrecht im Moment für ratsam, Abstand zu ihm zu halten und sich möglichst unsichtbar zu machen. Er konnte die physische Präsenz seines Exschwagers in der kleinen Vinoteca immer noch spüren. Vielleicht lag es an dem Zettel.

Albrecht knüllte Lucianos Nachricht zusammen und schnippte sie in hohem Bogen in den Papierkorb.

Er überlegte, ob er das Deckenlicht einschalten sollte. Auf der anderen Seite passte das Halbdunkel im Laden zu seiner Stimmung.

Albrecht entschied sich für einen Kompromiss und knipste ein kleines Wandlämpchen unmittelbar neben dem Schaufenster an. Damit die Fremden wenigstens sehen, dass das Geschäft noch geöffnet ist, dachte er.

Ein wenig Licht fiel auf eine kleine Gruppe von Fotografien an der Wand. Albrecht musste lächeln, als er seine Eltern in Südtiroler Tracht begutachtete. Die Mutter stand stocksteif und ohne den Ansatz eines Lächelns da. Renate Klausner war eine harte, prinzipienstrenge Frau gewesen, und Empathie für andere hatte nicht zu ihren Stärken gehört.

Das Bild war Ende der Sechziger in Bozen aufgenommen worden. So lange Albrecht zurückdenken konnte, war sein Vater, der nie ein mehr als rudimentäres Interesse für die deutsche Politik aufbrachte, ein fanatischer Bewunderer der Südtiroler Freiheitsbewegung gewesen. Siegfried Klausner stammte aus einem Dorf in der Nähe von Mittenwald, unmittelbar an der österreichischen Grenze. Das Thema Südtirol hatte wohl einfach zu seiner Kindheit gehört. Albrecht dachte, dass das auch auf ihn zutraf. Seit seiner frühesten Kindheit hatten sich die erbitterten Streitigkeiten seiner Eltern in schöner Regelmäßigkeit an dem Umstand entzündet, dass sich Siegfried Klausner immer stärker in die deutsche Unterstützerszene für die Südtiroler Freiheitskämpfer hineinziehen ließ, obwohl »die depperten Hinterwäldler da unten uns einen Dreck angehen«, wie sich seine Mutter ausgedrückt hatte.

Doch so nachgiebig und schwach sich Siegfried Klausner in

allen anderen Fragen des ehelichen Zusammenlebens verhielt, bei der Südtirolfrage gab er nicht nach.

Siegfried Klausner war Lehrer gewesen, und er hatte seiner Schule regelmäßig nächtliche Besuche abgestattet, um am Schulkopierer Tausende von Flugblättern für den Südtiroler Befreiungskampf zu produzieren. Sein Vater hätte seinen Job und die ganze Familie ihren Unterhalt verloren, wenn seine Aktivitäten aufgeflogen wären. Auch wenn Albrecht die Angst seiner Mutter vor den Folgen, die in ihrem Hass auf das ganze Südtiroler »Geschmeiß« kulminierte, heute zumindest verstehen konnte – die Unnachgiebigkeit seines Vaters respektierte Albrecht bis heute.

Einmal hatte Siegfried Klausner den Transport selbst übernommen, als die nächste Fuhre Flugblätter nach Südtirol anstand. Wie die Familie später erfuhr, wäre er dabei um ein Haar am Brenner geschnappt worden. Die Italiener gingen damals bei sogenannten antinationalen Aktivitäten mit Gefängnisstrafen nicht gerade zimperlich um, auch bei Ausländern nicht.

Albrecht zwinkerte seinem Vater zu und schnitt seiner Mutter eine Grimasse. Er musste lächeln. Alles in allem war seine Kindheit gar nicht schlecht gewesen. Und nun war er in seinen späten Jahren durch die misslungene Ehe mit Editha, ganz ohne Mitwirkung des Vaters, in einer der Hochburgen der Südtiroler Untergrundkämpfer gelandet. Albrecht war sich allerdings nicht sicher, ob Siegfried Klausner begeistert wäre, dass sich sein Sohn in Südtirol als schnöder Schnapsverkäufer betätigte.

Nur die Wahl des Hauses selbst, in dem sich seine Enoteca befand, die hätte der Vater gutgeheißen, trotz des schlechten Allgemeinzustands, der zugigen, nur einfach verglasten Fenster und des deutlich erkennbaren Wasserschadens an der Decke in einem der hinteren Lagerräume. Das Haus war etwas ganz Besonderes, auch nach den hohen Maßstäben, die sein Vater anlegte.

Als das Telefon hinter ihm zu klingeln begann, fuhr Albrecht zusammen. Mühsam fand er in die Gegenwart zurück. Sein Vater konnte ihm nicht mehr helfen. Und Träumereien brachten ihn jetzt auch nicht weiter.

FÜNF

Mittwoch, 4. Mai – Donnerstag, 5. Mai

Als sie endlich die Aussichtsterrasse der Wurzer Alm erreicht hatte, ließ sich Lissie auf die erste verfügbare Holzbank sinken. Erschöpft war sie eigentlich nicht, bloß ziemlich außer Atem. Lissie hielt sich für recht gut in Form, war aber den steilen Weg dermaßen hinaufgestürmt, dass sie zum Schluss doch Seitenstechen gekriegt hatte.

Nach wenigen Minuten atmete sie wieder ruhiger und schaute sich um. Noch war die Terrasse der sonst gut besuchten Alm fast leer, mit Ausnahme von zwei verhutzelten Bauersfrauen, die anscheinend von ihren Höfen ausgebüxt waren und sich eine aushäusige Brotzeit gönnten. Vermutlich war das für die zwei Luxus in Reinformat.

Als Kontrastprogramm standen zwei junge Mädchen im Dirndl in der offenen Tür zum Gastraum und schwatzten. Nicht mehr lange, dachte Lissie. In einer halben Stunde war Mittagszeit. Gegen ein Uhr dürfte der Ansturm der Ausflügler seinen Höhepunkt erreichen. Die zwei Bedienungen würden ein Essen nach dem anderen auf die Terrasse schleppen und auch bei den Getränkebestellungen kaum hinterherkommen.

Das oberhalb von Meran gelegene Bergdorf Hafling und die noch höher liegenden Almen waren bei den Touristen ungemein beliebt. Man konnte mit dem Auto nach Hafling hinauffahren, den Wagen bequem auf einem großen, bewachten Parkplatz abstellen und dann je nach Laune und Fitness verschiedene landschaftlich reizvolle Aufstiege unternehmen.

Lissie pellte sich aus ihrer Wanderjacke und zog einen dicken Wollpulli aus ihrem Rucksack hervor. Sie hatte keine Lust, sich zu erkälten. Der heutige Tag war der erste ihres bisherigen Aufenthalts, dessen Witterung mit viel gutem Willen als Wanderwetter durchgehen konnte. Der Regen hatte aufgehört, jedenfalls für den Moment. Ein paar Sonnenstrahlen kämpften sich hin und wieder durch. Aber es war immer noch kühl und bedeckt.

Nachdem sie sich ein paar Minuten Ruhepause gegönnt hatte,

schulterte Lissie ihren Rucksack und machte sich an den zweiten Teil des Aufstiegs.

Sie wollte zu den »Stoanernen Mandln«, einem knapp über zweitausend Meter hohen Bergrücken. Den Namen trug er wegen der vielen Steinmännchen, die irgendjemand da oben aufgeschichtet hatte. Was es mit diesen »Mandln« auf sich hatte, wusste sie bis heute nicht. Wegmarken konnten es nicht sein, dafür waren es einfach zu viele. Merkwürdig, dachte Lissie. Sie konnte sich nicht erinnern, dass sie die Lösung dieses Rätsel damals, vor vielen Jahren, interessiert hatte. Komisch. Sie war doch schon als junges Mädchen von ihrer Neugier für alles Mögliche praktisch aufgefressen worden.

Lissie schüttelte den Gedanken ab. Wahrscheinlich waren bei ihrer ersten Bergtour hier herauf andere Dinge wichtiger gewesen. Als Lissie mit zwölf begonnen hatte, mit ihrem Vater die Meraner Gegend zu erkunden, waren die Stoanernen Mandln ihr erster Zweitausender gewesen. Ihr Vater war auf ihre »Erstbesteigung« mächtig stolz gewesen, das hatte sie ihm deutlich angesehen. Sie erinnerte sich noch heute an seinen Gesichtsausdruck, obwohl es so lange her war.

Die Trageriemen des Rucksacks fingen an, schmerzhaft in ihre Schultern einzuschneiden und brachten Lissie in die Gegenwart zurück. Sie wand sich beim Gehen und versuchte dabei ihre Rückenmuskeln zu lockern. Sie hätte sich Zeit lassen und in Ruhe ihren Wanderrucksack packen sollen. Stattdessen hatte sie sich nach dem Frühstück im Hotel ihren kleinen Stadtrucksack gegriffen, ihn viel zu vollgestopft und war wie in Panik aus dem Haus gerannt.

Ihr war plötzlich alles zu viel geworden. Bloß raus aus der mit Erinnerungen überfrachteten Meraner Altstadt, weg von diesem mysteriösen Mordfall mit seinen undurchsichtigen Figuren wie diesem Kirchrather, weg von ihren Panikattacken. Und weg von Pavarotti. Ja, ganz besonders und in erster Linie weg von dem.

Nur ihren Vater, den konnte sie bei keiner Bergtour abschütteln. Das zu versuchen, war sinnlos. Sie spürte ihn schon die ganze Zeit hinter sich; ihr Gehör meldete ihr seinen extrem leichten, sicheren Tritt als kaum wahrnehmbaren Nachhall ihrer eigenen Schritte. Lissie stach mit ihrem Wanderstock hinter sich. »Bleib

weg, lass mich in Ruhe!« Sie erinnerte sich, dass ihr Vater einen
Wanderstock auch bei den schwierigsten Touren nicht gebraucht
hatte, geschweige denn bei einem Spaziergang wie diesem hier.
Im Gegensatz zu ihrem Vater hätte sie Pavarotti mühelos schon
während der ersten fünfzig Höhenmeter abhängen können. Um
den Dicken auf Distanz zu halten, brauchte sie nicht wie eine
hysterische Bergziege den Weg hinaufzurennen. Sie zügelte ihr
Tempo etwas, versuchte ihren Rhythmus zu finden und ihren
Atem darauf abzustimmen.

Sie durchquerte mehrere Gatter, lief über nasse Almwiesen, an
Gehöften vorbei. Ein Schäferhund stellte sich ihr in den Weg. Doch
als sie näher kam, begann er ganz freundlich mit dem Schwanz
zu wedeln. Gegen jeden gesunden Menschenverstand beugte sie
sich zu ihm herunter. Das Tier drückte seine feuchte Schnauze
an ihren Ärmel und schnüffelte interessiert an ihrer Hand, dann
an ihrem Rucksack.

Der Wind frischte auf, sonst war es still. Lissie fühlte sich auf
einmal ganz allein auf der Welt. Auch ihr Vater war verschwunden.
Vielleicht hat ihn der Hund verscheucht, dachte sie. Ihr Vater hatte
Tiere generell nicht leiden können, Hunde schon gar nicht.

Lissie begann das Gehen zu genießen und fiel bald in den
gleichmäßigen Tritt, den sie sich damals, als Teenager, angeeignet
hatte.

Auch ohne so zu rennen wie vorhin, legte sie doch ein ziemlich
flottes Tempo hin und erreichte nach zwei Stunden das Vöraner
Joch. Die Sicht war schlecht hier oben. Der Nebel hatte sie bei
ihrem Aufstieg schon eine ganze Weile begleitet, aber jetzt, am
höchsten Punkt der Wanderung, hüllte er sie völlig ein. Lissie fühlte
sich wie in nasskalte Watte gepackt, die über ihre Haut streifte und
sie erschauern ließ.

Sie konnte jetzt nicht mehr als ein paar Meter weit sehen.
Als sie weiterging, tauchte plötzlich ein Steinmann nach dem
anderen aus den Nebelfetzen auf. Mal streckte ihr einer von links,
mal von rechts den steinernen Kopf entgegen, mal kollerten ihr
wie von selbst ein paar Kiesel in den Weg. Diese Steinmänner
waren alle miteinander ziemlich altersschwach und marode. Ihrer
Hinfälligkeit zum Trotz schienen sie Lissie narren zu wollen, fast

meinte sie im Wind ein leises Kichern zu hören: »Bei mir geht's lang!« – »Nein, bei mir, bei mir!« – »Alles falsch, hierher!«

Der Bergrücken, der in hellem Sonnenschein zweifellos einen harmlos-behäbigen Eindruck machte, wirkte auf einmal gespenstisch, eine Art bizarrer Friedhof mit verfallenden Steinhaufen.

Nur gut, dass sie, die furchtlose Lissie, sich nicht durch ein paar Nebelschwaden aus der Fasson bringen ließ. Außerdem war der Weg ja unschwierig. Sie würde schon den Rückweg zum Möltner Kaser finden; die ungefähre Richtung wusste sie noch von damals. Und wenn sie sich trotzdem verlief, na wenn schon. Hier gab's keine Abgründe oder Felsabstürze.

★★★

Drei Stunden später war Lissie völlig erschöpft und bis auf die Knochen durchgefroren. Sie wusste nicht mehr, über wie viele Viehzäune sie geklettert war. Immer wieder war sie unmarkierten Trampelpfaden gefolgt, die aber nur bis zur nächsten Weide oder zu windschiefen, unbewohnten Almhütten geführt hatten. Die boten ihr keinen Unterschlupf, denn die Türen waren mit Schlössern gesichert und die Fenster meistens vernagelt. Die Bauern waren hier oben anscheinend paranoid. »Die tun ja gerade so, als horteten sie die Kronjuwelen und nicht bloß ein paar blöde Strohballen«, giftete Lissie halblaut.

Seit ein paar Minuten versuchte sie sich mental an die Vorstellung heranzutasten, im Freien übernachten zu müssen. Es dämmerte bereits. Ihr blieb ungefähr noch eine halbe, mit viel Glück eine Dreiviertelstunde.

Kein Dach über dem Kopf. Allein bei dem Gedanken schlugen ihre Zähne aufeinander. Ihr war bereits jetzt eiskalt, ihre Zehen spürte sie schon seit einer Stunde nicht mehr. Wie sollte das erst nachts werden? Eins war klar: Sie würde sich schauerlich erkälten. Falls nicht doch noch eine rettende Hütte in Sicht kam, die bewirtschaftet war. Oder zu der sie sich wenigstens irgendwie Zutritt verschaffen konnte.

Den Möltner Kaser hatte Lissie inzwischen verpasst, so viel stand fest. Sie war ziemlich stark abgestiegen, auf jeden Fall mehr als fünfhundert Meter. Wo in aller Welt befand sie sich nur? Ihr ohnehin nicht besonders gut ausgeprägter Orientierungssinn hatte sie heute total im Stich gelassen. Daran war natürlich der verdammte Nebel schuld.

Mittlerweile war es ziemlich dunkel. Ohne groß nachzudenken, bog sie in einen anderen Weg ein, der ihren Trampelpfad querte. Es handelte sich um eine ziemlich breite Schotterpiste. Aber nach diesem fürchterlichen Nachmittag, der ihre Hoffnungen, der nächste Pfad könnte endlich der richtige sein, reihenweise hatte platzen lassen, hatte Lissie keine Kraft mehr für eine neue Portion Optimismus. Sie trottete bloß noch stumpf vor sich hin. Wenn sich der Nebel nicht etwas gelichtet und der Vollmond wie eine riesige Kugellampe direkt über ihr gestanden hätte, wäre sie garantiert an dem verwitterten Holzschild vorbeigelaufen. »Leadner Alm 5 Min.« stand da. Die Spitze des Wegweisers zeigte aber nicht in ihre, sondern in die Gegenrichtung, bergaufwärts.

Dass sie in ihrem erschöpften Zustand noch einmal aufsteigen musste, war Lissie jetzt völlig schnurz. Ihren höllisch brennenden Muskeln zum Trotz schoss sie die Steigung hoch. Bloß nicht wieder verfranzen. Der Weg war aber ausreichend breit und im hellen Mondlicht nicht zu verfehlen. Hoffentlich ist die Alm um diese Zeit überhaupt noch offen, fuhr es Lissie durch den Kopf.

Nach einer weiteren Wegbiegung sah sie das Haus. Gut geschützt lag es da, eingebettet in die letzten Ausläufer des Nadelwalds. Die Alm war nicht mehr die jüngste, aber ihre weiß getünchte Außenmauer, die sich gut sichtbar gegen die dunklen Tannen abhob, erschien Lissie verführerischer als die elegante Front eines Fünf-Sterne-Hotels.

Alle Fenster waren dunkel. Aus dem Schornstein kräuselte sich noch ein wenig Rauch. Lissie fluchte laut. Wahrscheinlich hatte sie den Bauern knapp verpasst. Der saß vermutlich gerade warm und trocken in seinem klapprigen Kombi und tuckerte die letzten Meter nach Hafling hinunter.

Am Haus angekommen, rüttelte sie an der Tür. Abgeschlossen. Diese Enttäuschung war zu viel. Lissie fing laut an zu heulen und schmiss vor lauter Wut einen Stein auf eines der unteren Fenster. Das daraufhin mit Schwung aufgerissen wurde.

»Ja, san S' denn bled? Spinnen S' denn?«, schrie eine Frau und fuchtelte wild mit irgendetwas herum.

Lissie wischte sich die Tränen mit dem Handrücken ab und stolperte Richtung Fenster. Sie hatte keine Ahnung, was sie jetzt sagen sollte. Beim Näherkommen sah sie, dass die Frau alt war, bestimmt schon über siebzig. Sie hatte einen Frotteebademantel an und hielt einen rosa Lockenwickler in der Hand. Lissie wurde klar, dass sie die Frau gerade bei der Abendtoilette aufgescheucht hatte.

»Ent-«, sie musste schniefen. »Entschuldigen Sie vielmals. Bitte entschuldigen Sie. Ich hab oben bei den Mandln im Nebel den Weg verloren und irre schon seit Stunden herum. Dann hab ich die Alm gefunden, aber als dann die Tür zugesperrt war, konnte ich einfach nicht mehr.«

Stille. Das Fenster wurde geschlossen. Wenig später drehte sich der Türschlüssel im Schloss.

»Kommen S' rein. Ja, der Nebel da oben, der kann einen scho ganz narrisch mochn.« Die Frau schob sie in den Hausflur. »Oh mei, Sie sind ja ganz nass und durchg'frorn. Ziehen S' erst einmal Ihre Sach'n aus.« Sie öffnete einen Schrank und drückte Lissie einen verbeulten Jogginganzug in die Hand.

Dankbar nahm Lissie die Kleidungsstücke. Sie wurde in ein gut geheiztes Badezimmer verfrachtet, in dem ihre Gastgeberin offenbar gerade selbst vor dem Spiegel gestanden hatte. Auf der Ablage befand sich ein Stillleben aus Lockenwicklern, die mit grauen Haarbüscheln gespickt waren. Nette Deko.

Die Frau wuselte nach hinten. »Ich mach Ihnen eine Supp'n warm. Dann wird's gleich wieder.«

Lissie rief ihr nach: »Ist die Scheibe kaputt?«

»Naa«, kam es von hinten. »Die hat bloß an kloanen Kratzer. Das Fenster is alt, und es ziagt durch die Ritz'n, aber das Glas selber is dick. Das holt scho was aus. Früher hat man viel g'fensterlt, verstehen S'? Die Bub'n ham o olwei Stoaner g'schmissen.«

Lissie musste grinsen. Offenbar sprach da jemand aus eigener Erfahrung. Sie setzte sich aufs Klo und fing an, ihre Wanderschuhe aufzuschnüren. Als sie endlich die klobigen Dinger von den Füßen hatte, begann sie, ihre Zehen zu massieren. Es kribbelte wie verrückt, als endlich wieder Leben in ihre unteren Extremitäten kam.

Der zweite Abend hintereinander ohne Pavarotti, fiel ihr plötzlich ein. Gestern hatte sie in irgendeiner kleinen Trattoria am Sandplatz allein zu Abend gegessen und sich anschließend in ihrem Hotelzimmer verschanzt. Hoffentlich machte sich der Dicke keine Sorgen, wo sie steckte. Sie holte ihr Handy heraus. Kein Saft mehr. Das Ladekabel war natürlich unten im Hotel in Meran. Dann fiel ihr ein, dass sie seine Nummer ja ohnehin nicht hatte. Auch gut.

Sie zog die viel zu weite Jogginghose hoch, machte oben an der Taille einen Knoten und öffnete die Badezimmertür. Draußen roch es nach Dosensuppe. Qualm zog durch den dunklen Flur, wahrscheinlich war das gerade angezündete Feuerholz ein wenig feucht gewesen.

Ganz hinten in ihrer Kehle fing etwas an zu kitzeln. Das lag aber nur zum Teil am Qualm. Lissie war eingefallen, dass die alte Frau und Felderer senior etwa im gleichen Alter sein mussten.

★★★

Am nächsten Morgen saß Luciano Pavarotti erschöpft in der Bar des Hotels Aurora im noblen Stadtteil Obermais. Den Vortag hatte er damit zugebracht, selbst in den Lauben Klinken zu putzen, nachdem die beiden Dummköpfe bei ihren Befragungen keinerlei Resultate erzielt hatten. Leider waren seine eigenen Ergebnisse ebenfalls null. Hoffentlich förderte das Gespräch mit diesen italienischen Geschäftspartnern der Felderers endlich einen Hinweis zutage, sonst konnte er einpacken.

Mühsam richtete sich Pavarotti auf und versuchte, die zahlreichen Drucke von Gustav Klimt zu ignorieren. Er war kein Kunstkenner und hatte zu den meisten Malern und ihren Werken keinerlei Meinung, aber Klimt hasste er. Dass dieser Gnom aus Wien so viel Erfolg bei Frauen gehabt haben sollte, entzog sich seiner Vorstellungskraft. Man sehe sich doch bloß an, was für obszöne, willenlose Leiber der Mann seinen Modellen, mit denen er vorzugsweise auch noch schlief, angehängt hatte. Pavarotti stellte sich vor, wie Klimt die Frauen beim Beischlaf abtastete, um zu probieren, ob da etwas für sein nächstes Bild dabei war. Pavarotti fand, dass das Ganze an Körperverletzung grenzte.

Verstehe einer die Frauen. Vielleicht hatte Klimt ihnen eingeredet, mit seiner Zurschaustellung ihrer willfährigen Körper helfe er ihnen, ihre Sexualität zu akzeptieren. Damals, zu Zeiten von Freud, hatte sich in Wien in bestimmten Kreisen vermutlich alles um schwüle Sextheorien gedreht. Als ob Sex die einzige menschliche Triebfeder wäre. Lachhaft. Lissie von Spiegel hatte hierzu bestimmt ihre eigene Theorie, vermutlich eine ziemlich bissige. Wo steckte sie eigentlich?

Gestern Abend war sie unauffindbar gewesen. Er hatte ihr schließlich im Hotel eine Nachricht hinterlassen, und heute Morgen dann noch eine. Ihr Zimmerschlüssel war nicht an der Rezeption gewesen. Die Dame am Empfang glaubte sich auf seine hartnäckigen Fragen hin zu erinnern, Lissie im Frühstücksraum gesehen zu haben. So richtig überzeugend hatte sie aber nicht geklungen.

Pavarotti beschlichen Gewissensbisse. Er hätte Lissie nie in die Ermittlung einbeziehen dürfen. Die Deutsche war nun mal keine geschulte Kriminalistin, sondern steckte ihre Nase hemmungslos in alles, was sie interessierte, ohne die erforderlichen Vorsichtsmaßnahmen zu ergreifen. Egal, ob ein Mörder frei herumlief. Er hoffte inständig, dass ihr nichts passiert war.

Direkt über dem Tresen wölbte sich ihm ein grotesk aufgeblähter Leib aus einem der Gemälde entgegen. Klimt hatte die Schwangere im Profil und stehend gemalt. Der Commissario runzelte die Stirn. Bei dem gewaltigen Bauch müsste die Frau eigentlich vornüberkippen, dachte er. Pavarotti blickte an sich herunter. Wäre es um seinen Wanst gegangen, er hätte dem Maler mit Sicherheit einen anständigen Kinnhaken verpasst, statt bloß dazustehen. Vielleicht war Klimt ja aus gutem Grund an einem Gehirnschlag gestorben, sinnierte er. Eine der Damen hatte möglicherweise die Nase voll gehabt und ihm in einem unbeobachteten Moment eins übergebraten.

Er versuchte die rosa-goldene Fleischbeschau abzuschütteln und blickte in Richtung Tür, in der sein Gesprächspartner hoffentlich pronto erscheinen würde.

Schritte erklangen auf dem Flur. Pavarotti stand auf und schaute hinaus, um sich bemerkbar zu machen. Er sah aber nur einen alten Kellner, der an ihm vorbeischlurfte. Pavarotti rief ihm hinterher, um etwas zu bestellen, wurde aber keines Blickes gewürdigt. Der Alte hielt noch nicht einmal inne. Im Gehen produzierte er Geräusche auf dem Parkettboden. Klack, klack-klack, klack, klack-klack. Es klang, als ob sich das Faktotum auf seine alten Tage in Steppschuhe gezwängt hätte, um Reminiszenzen an frühere Heldentaten auf dem Tanzboden heraufzubeschwören. Klack, klack-klack. Als ob sich Fred Astaire den Fuß verstaucht hätte. Wie Fred sah der Alte aber ganz und gar nicht aus. Nicht die geringste Chance bei Ginger Rogers.

Den Cappuccino, den er dringend nötig hatte, konnte er sich wohl abschminken. Pavarotti schnaubte. Wenn er es schaffen würde, die Renitenz der Meraner genauso erfolgreich zu ignorieren wie dieser Typ die Bestellungen seiner Gäste, dann würde aus ihm vermutlich ein glücklicherer Mensch. Diese Geisteshaltung war ihm aber nicht gegeben. Er ging zurück in die Bar und setzte sich wieder hin.

Plötzlich war es vorbei mit der Klackerei. Auf dem Flur ertönte eine herrische Stimme, die unzweifelhaft einem Landsmann Pavarottis gehörte. »*Due cappuccini, per favore.* Ins Schreibzimmer bitte. Ein Signore erwartet uns.«

Pavarotti seufzte. Die Tür wurde ungestüm aufgerissen und knallte gegen die Wand. Zwei hochgewachsene Männer kamen auf ihn zu. Einen davon schätzte Pavarotti auf Anfang siebzig, der andere musste Ende dreißig, Anfang vierzig sein. Der Jüngere war gut aussehend und muskulös. Pavarotti bemerkte eine Anstecknadel mit dem Emblem des Mailänder Golfclubs an seinem Revers. Angeber. Wahrscheinlich tat er den ganzen Tag nichts anderes als Bälle schlagen. Der Commissario erwartete, dass der Alte als Erster das Wort ergreifen würde und behielt recht.

»*Buongiorno. Commissario Pavarotti? Si? Si.* Mein Name ist Salvatore Topolini, und das ist mein Sohn Claudio.«

Pavarotti gab beiden die Hand und wollte wieder Platz nehmen, doch Topolini senior winkte ab. »*No, no.* Hier sind wir nicht ungestört, lassen Sie uns ins Schreibzimmer nebenan gehen.«

»Gern, wenn das bedeutet, dass ich von dem Anblick dieser Klimts verschont bleibe.«

Topolini grinste. »Schlimm, nicht wahr? Aber was wollen Sie schon aus Österreich erwarten. Das ist halt eine lasche Käsnudeln- und Marillenknödel-Kultur. Nicht die richtige Diät für temperamentvolle Schönheiten wie unsere Loren. Aaaahh, unsere Sophia, unsere Göttin …«

Im Gehen zeichnete der Italiener weibliche Kurven in die Luft, die der Klimt'schen Formenvielfalt in nichts nachstanden. Danach ließ sich der Alte schlaff, als hätte er sich nicht bloß in seiner Vorstellung mit einem weiblichen Körper beschäftigt, in einen Sessel sinken. Der Sohn verdrehte die Augen. Interessant.

In der gegenüberliegenden Ecke des Schreibzimmers saß eine blasse junge Frau und haute wie verrückt in die Tasten ihres Laptops. Der alte Topolini schaute misstrauisch zu ihr hinüber, als sei sie eine gefährliche Wirtschaftsspionin, blieb aber dann doch sitzen. Pavarotti wunderte sich, wie die Frau es schaffte, in dieser Umgebung so viel Elan zu entwickeln. Keine Klimts in Sichtweite, *grazie a Dio*. Aber diese Einrichtung im Empirestil war fast genauso schwülstig. Hier konnte doch kein normaler Mensch einen vernünftigen Gedanken fassen. Pavarotti merkte plötzlich, dass die Dame ihm irgendwie bekannt vorkam. Wer war sie bloß?

Er schaute noch einmal hinüber. Neben der Frau, auf einem Bücherbord, in dessen Schnörkel sich dick der Staub abgelagert hatte, stand eine Gipsfigur der Kaiserin Sissi. Es handelte sich um eine kleinere Kopie der Sissi-Statue an der Gilfpromenade.

»Und was halten Sie von dieser hübschen Österreicherin?«, fragte er lächelnd.

Der Alte zuckte die Achseln. »Na ja. *Una ragazza* mit zu viel Herzschmerz, aber zu wenig Temperament.« Er grinste. »Blutarm halt, wie der ganze österreichische Adel.«

»Quatsch mit Soße, Vater.«

Oha. Pavarotti grinste innerlich. Er hatte gleich vermutet, dass der Jüngere nur darauf gewartet hatte, seinem Vater eins draufgeben zu können.

Salvatore Topolini drehte sich zu seinem Sohn um, sein weicher Mund formte sich zu einem O.

»Die Elisabeth war eine ziemlich Mutige, die sich vom österreichischen Hof nicht hat dressieren lassen, und überhaupt keine blasse Landpomeranze«, sagte Claudio Topolini.

Interessant, diese beiden. Pavarotti merkte sich Claudio Topolini für eine spätere Einzelbefragung vor. Es machte keinen Sinn, ihn in Gegenwart seines Vaters auf den Abend in der Renzinger Weinstube anzusprechen.

»Wie du meinst.« Salvatore Topolini schoss einen feindseligen Blick auf seinen Sohn ab und wandte sich achselzuckend dem Commissario zu. »Aber vermutlich verfügt Signore Pavarotti nicht über so viel freie Zeit wie wir, um sich derart müßigen Überlegungen hinzugeben. Commissario, Sie sagten am Telefon, dass Sie Fragen zum Tod von Karl Felderer haben. Wir werden Ihnen wohl kaum helfen können, aber lassen Sie hören.«

»*Mille grazie*. Ich habe gehört, Sie hatten geschäftlich mit den Felderers zu tun. Worum ging es bei diesen Geschäften, Signore Topolini?«

»Ich verstehe nicht. Was haben unsere Geschäftsaktivitäten in Südtirol mit dem bedauerlichen Tod von Signore Felderer zu tun?«

Pavarotti nickte. Einen guten Schmierendarsteller konnte er auch abgeben, wenn's drauf ankam. »Überhaupt nichts, kein Grund zur Sorge, *tutto a posto*«, zirpte er. »Aber bitte verstehen Sie, für mich ist der Tote bisher ein völlig Fremder. Um einen besseren Einblick in sein persönliches und geschäftliches Umfeld zu bekommen, brauche ich Hintergrundinformationen. Und dazu gehört auch der Kontakt des Toten zu Ihnen und Ihrem Unternehmen. Das heißt, ich bitte Sie, mir zu helfen. Ich bin auf Ihre Meinung angewiesen, Signore, glauben Sie mir. Ohne Sie komme ich bei meinen Ermittlungen nicht weiter.« Der Commissario hielt seinen Kopf auf leicht unterwürfige Art geneigt und rang sich ein Lächeln ab. Hoffentlich überzog er die Vorstellung nicht. Er schielte zu dem Alten hinüber. Nein, keine Gefahr.

Wenn Lissie ihn so sehen würde! Pavarotti ging es plötzlich total gegen den Strich, sich für diesen dürren alten Pfau so ins Zeug zu legen. Am liebsten hätte er stattdessen mit der Faust auf den krummbeinigen Empiretisch gehauen, dass es nur so schepperte, und ein paar beinharte Fragetechniken zum Einsatz gebracht. Doch er wollte Topolini senior in Sicherheit wiegen und ihn an seiner Eitelkeit packen. Der Alte musste aus seiner Deckung kommen, und sei es nur für ein paar entscheidende Minuten. Und Pavarotti hatte noch nicht einmal gelogen. Er brauchte dringend mehr Informationen über Karl Felderer und seine Familie. Geschäftliche, aber vor allem persönliche. »Natürlich, natürlich. Wie dumm von mir.« Salvatore Topolini schlug die Beine übereinander und brachte die Bügelfalte seiner Hose in die korrekte Position. Italienischer Stoff. Maßanfertigung. Was sonst. »Ihr Vertrauen ehrt mich. Umso untröstlicher bin ich, dass ich zu Ihrer Ermittlung kaum etwas beitragen kann.« Hilflos wegen seiner eigenen Unwissenheit und so unglücklich, weil er nicht helfen konnte, warf der Italiener die Arme in die Luft. *Io desolanto. Sfortunatamente, purtroppo.*

Derweil rutschte sein Nachkömmling permanent auf seinem Sessel hin und her. Ob Claudio das dramatische Getue seines Vaters gegen den Strich ging oder ob er nicht damit einverstanden war, dass sein Vater das Blaue vom Himmel herunterlog, ließ sich nicht feststellen.

Der Alte fing schließlich an, den Arm seines Sohnes zu tätscheln, als ob er einen kleinen Hengst beruhigen wollte. »Ich habe Karl Felderer nur zwei Mal persönlich getroffen. Das erste Mal war sein Vater mit ihm bei uns in Mailand, um den Kontakt herzustellen. Und danach haben wir eine unserer Fabriken in Mailand besichtigt, ihm unsere Ware gezeigt und die vertraglichen Einzelheiten verhandelt. Das war's auch schon. Heute Morgen sollten die Verträge unterzeichnet werden.« Tätschel.

Pavarotti horchte auf. »Wie kam es, dass Emil Felderer den Kontakt hergestellt hat?«

Salvatore Topolini zauderte, merkte aber schnell, dass er nicht mehr zurückkonnte. »Nun, Emil Felderer ist ein Bekannter aus meiner Sturm-und-Drang-Zeit«, grinste der Italiener. »Damals waren wir jung. Aaaahhh ...« Der Alte wollte offenbar wieder das Frauenthema bemühen, merkte aber nach einem Blick auf Pavarotti, dass die Nummer nicht ziehen würde. Er räusperte sich. »Nun ...«

»Wann genau haben Sie Emil Felderer kennengelernt?«

»Das dürfte Anfang der Sechziger gewesen sein«, antwortete Topolini zögernd.

Pavarotti setzte nach. »Das ist doch sehr ungewöhnlich, oder nicht, Signore Topolini? Da sind wir doch einer Meinung? Südtiroler und Italiener standen in diesen Jahren doch wohl kaum auf gutem Fuß miteinander! Damals waren die Anschläge in Südtirol in vollem Gange. Also noch mal: Wie kam es zu Ihrer Bekanntschaft?«

Salvatore Topolini blickte zur Seite. Pavarotti fluchte innerlich. Mist. Dieser Pfau schickte sich an, den Kopf unter den Flügel zu stecken. Er hätte konsequent bei seiner Komödie bleiben sollen. Es hätte ihm klar sein müssen, dass Topolini nach ein paar harten Fragen wieder misstrauisch werden würde.

»Ich möchte hierzu nichts mehr sagen. Befragen Sie dazu bitte Emil Felderer«, sagte der Alte kalt. »Das ist allein seine Angelegenheit. Ich bin nicht befugt, Details aus seiner Vergangenheit preiszugeben.«

Pavarotti wusste, wann er sich geschlagen geben musste. Er neigte verständnisvoll den Kopf und breitete die Arme mit den Handflächen nach oben aus. »Si, si, naturalmente. Certo che capisco! Kein Problem, ich frage den Signore Felderer direkt. Auf diese Art ist es natürlich viel besser. Aber vielleicht können Sie meine Neugier in einer anderen Sache befriedigen?«

»Und die wäre?« Topolinis Tonfall war jetzt alles andere als freundlich.

»Wie geht es jetzt nach dem Tod Ihres Verhandlungspartners mit Ihren geschäftlichen Interessen in Meran weiter?«

Der Alte blickte Pavarotti mit dem Ausdruck tiefster Verachtung an. »Was für eine Frage, Commissario. Erst einmal muss geklärt sein, wie die Besitzverhältnisse in der Gruppe jetzt aussehen, nachdem Karl tot ist. Ich weiß nicht, wer im Moment Handlungsvollmacht für unsere Geschäftsbeziehung hat. Außerdem werde ich doch nicht weiterverhandeln, während Ihre Ermittlungen noch laufen!«

Mit gespielter Überraschung riss Pavarotti die Augen auf. »Haben Sie vielleicht Angst, dass Sie es mit einem Mörder zu tun haben könnten? Und darf ich aus Ihren Bemerkungen schließen, dass Sie den Vater oder die Witwe verdächtigen?«

Voll auf die Zwölf. Im Gesicht des Alten war wieder das O erschienen. Aus der Öffnung entwich ein undefinierbares Geräusch. Topolini junior, der ein schadenfrohes Grinsen nicht unterdrücken konnte, schob die Hand seines Vaters unsanft von seinem Arm und verschwand Richtung Klo. Pavarotti hätte ihm fast hinterhergerufen, er solle doch dableiben.

»Ich verstehe trotzdem nicht, warum Sie warten wollen! Wie ich höre, ist Emil Felderer nach wie vor Geschäftsführer. Sie können den Pachtvertrag also genauso gut mit ihm abschließen. Oder etwa nicht?«

»*Riguardo* ...«

Aus Rücksichtnahme? Als ob sich Felderer und Topolini senior, diese beiden gefühlskalten Trockenpflaumen, wegen pietätvoller Gefühle von ihren Geschäften abhalten ließen.

Pavarotti stand auf. Für heute hatte er mehr als genug. Er verneigte sich vor der jungen Dame in der Ecke. Der Groschen war bei ihm endlich gefallen; die Dame stand normalerweise hinter dem Rezeptionstresen des Hotels Felderer und hatte ihn am Tag nach dem Mord zu den Privaträumen der Familie geführt. Wohl kaum ein Zufall, dachte Pavarotti und musste lächeln. Vielleicht eine Spionageabordnung von Emil Felderer, um seine Geschäftsfreunde ein wenig zu überwachen. »Grüßen Sie den Emil Felderer ganz herzlich von mir«, sagte er leichthin zu ihr.

Die Kleine lief knallrot an und stand abrupt auf. Der Tisch mit dem Laptop darauf wackelte bedenklich. Pavarotti grinste und verließ das Zimmer.

Beim Hinausgehen traf er auf den Kellner, der die beiden Cappuccini bringen wollte. »Nicht mehr nötig«, sagte er schadenfroh. Er gönnte dem alten Topolini seinen Cappuccino nicht. Der Kellner nickte und drehte um. Klack, klack-klack.

★★★

Emmenegger biss gierig in seine Semmel und verzog gleich darauf das Gesicht. Er hatte nichts gefrühstückt und vor lauter Heißhunger vergessen, sein Mittagsbrötchen auseinanderzuklappen, um nachzusehen, was für ein Belag drin war. Er hätte daran denken müssen, dass diese Vorsichtsmaßnahme in seinem Fall stets klug war. Besonders nach einem Abend wie dem gestrigen.

Ob seine Frau einen Hass auf ihn schob oder gnädig gestimmt war, konnte man stets am Belag seiner Brotzeit ablesen, die sie ihm für seine Mittagspause mitgab. Gestern Abend, als er zwei Stunden zu spät vom Skat aus seiner Stammkneipe nach Hause gekommen war, hatte er seinen Lieblingsbelag − eine dicke Schicht Butter, darüber geräucherter Speck und obendrauf dünn aufgeschnittene Essiggürkchen − quasi selbst vergurkt. Widerwillig grinste er.

Eins musste er seiner Martl lassen, sie keifte nie. Und machte auch nicht so kindische Sachen, wie beispielsweise hinter der Tür mit dem Nudelholz zu lauern. Wie immer, wenn er in Ungnade fiel, hatte sie auch gestern nur genickt, als er die Tür zur Wohnung aufgesperrt hatte. Stand einfach nur in ihrem Flanellnachthemd da und ruckte mehrfach mit ihrem Kopf, beinahe so, als freue sie sich, wieder einmal mit ihm recht gehabt zu haben. Nämlich dass er halt ein Zechbruder war, der das Haushaltsgeld in der Kneipe durchbrachte und der durch sein Verhalten regelmäßig und zuverlässig bewies, wie schlecht sie es mit ihm getroffen hatte. Ihre Rache nahm sie dann beim Essen.

Dabei war Martha Emmenegger eigentlich eine ganz fabelhafte Köchin. Wenn ihr Mann ehrlich zu sich war, hatte dies zu einem beträchtlichen Teil dazu beigetragen, dass er ihr vor fast fünfundzwanzig Jahren einen Heiratsantrag gemacht hatte. Zugegeben, etwas überstürzt, nach einer gemeinsam im Schlafsack verbrachten Nacht auf der Mutspitze. Damals hatte für beide noch ein Schlafsack ausgereicht. Emmenegger schmunzelte. Was sie damals in einem einzigen Schlafsack angestellt hatten, würde heute schon rein figurmäßig nicht mehr gehen.

Wehmütig dachte Emmenegger an das hauchzarte Kaiserfleisch mit goldgelb herausgebackenen Griesnocken von vorgestern Abend und studierte den Belag auf seiner Semmel. Hüttenkäse, den seine Frau scheinheilig mit klein gehacktem Ei aufgemotzt hatte. Der labberige Käse widerte ihn an, und gegen Eier war er allergisch. Als ob die Martl das nicht wüsste. Emmenegger ging in die Teeküche und schmiss die Semmel in den Abfalleimer.

Als er in seiner Schreibtischschublade nach einem möglicherweise vergessenen Schokoriegel oder Chipsresten tastete, läutete sein Telefon.

»Emmenegger, was tun Sie gerade?«

»Äh, hallo, Chef –«

»Also nichts. Punkt eins: Befragen Sie mal den Justus Hochleitner. Der war ja anscheinend mit dem Opfer näher bekannt. Punkt zwei: Vernehmen Sie die Ehefrau von Karl Felderer, die Louisa. Ich will wissen, wo die am Mordabend war.«

»Okay, Chef. Also den kleinen Hochleitner und die Felderer-Witwe vernehmen.«

»Nein, nicht ganz, Emmenegger. Den kleinen Hochleitner freundlich befragen, nicht vernehmen! Das ist doch ganz was anderes!«

Emmenegger war stark verunsichert. »Ja, Commissario, was soll ich den Justus denn eigentlich fragen?«

»*Madre di Dio*, können Sie sich das nicht selbst denken? Muss ich Ihnen denn alles einzeln vorbeten? Wir wissen, dass der Justus am Morgen nach dem Mord auf den Karl gewartet hat. Der Junge hat Karl Felderer anscheinend ziemlich gut gekannt. Wie gut, werden Sie ja wohl eruieren können. Finden Sie raus, wie der Karl Felderer war, so als Mensch, meine ich. Bisher kennen wir ihn ja hauptsächlich als Geschäftsmann.«

Emmenegger nickte ergeben. Seine Mittagspause war sowieso hinüber. Er wollte sich verabschieden, aber der Commissario war noch nicht mit ihm fertig. Aus dem Hörer plärrte es weiter.

»Emmenegger, seien Sie nett zu dem Jungen. Befragung, nicht Vernehmung! Sie wissen doch, wie man mit Kindern umgeht, oder?«

»Nun …«

»Na also. Nehmen Sie aber bloß seine Großmutter mit dazu. Der Junge ist minderjährig. Und im Moment mordsmäßig durcheinander.« Leises Glucksen war zu vernehmen. »Haben Sie verstanden?«

»Jawohl, Commissario. Was machen denn Sie jetzt eigentlich?«

»Werden Sie bloß nicht frech, Emmenegger!«

»Ich meinte bloß, damit ich Sie finden kann, wenn sich etwas ergeben sollte.«

»Sie haben meine Mobilnummer. Das genügt. Und jetzt *avanti*, an die Arbeit.«

Die Leitung war tot.

★★★

Lissie saß im Café Gilf am Ufer der Passer und starrte durch das Geländer hindurch feindselig zum Fluss hinunter. Sie brauchte Ruhe, um den Wirrwarr aus vielen neuen Informationen aufzudröseln und in die richtige Ordnung zu bringen. Aber es gelang ihr nicht. Es lag an dieser verflixten Passer, sie machte einfach viel zu viel Lärm.

Irgendwo hinter ihr stürzte der Fluss mit Wucht hinunter in die Gilfschlucht. Der ohrenbetäubende Lärm, den dieses Schauspiel verursachte, war hier, fünfzig Meter weiter stadteinwärts, immer noch als lautes Grollen zu hören, das Lissie ziemlich nervte.

Aber nicht bloß die Geräuschkulisse störte. Noch schlimmer war die plötzliche Schwüle nach dem Regen. Lissie hechelte, ihre Bluse klebte am Körper.

Sie schaute sich um. Eine der zwei Frauen am Nebentisch hatte gerade ihre Jacke ausgezogen und saß jetzt kurzärmelig da. Ein älterer Tourist schob den Teller mit den Resten seines Vinschgerl-Käse-Toastes von sich und wischte mit einem Taschentuch über die Stirn.

Allen war heiß. Die Winterpromenade war windgeschützt, kein Lüftchen regte sich. Und auf der Terrasse des Gilf staute sich die Luft unter der großen Markise, die in besseren Zeiten weiß-gelb gestreift gewesen war.

Wo war eigentlich die Bedienung? Sie spähte durch die Glastür in das Innere des Lokals, konnte aber nichts erkennen. Ein an der Tür angehefteter Zettel stach ihr ins Auge: »Café Gilf ab sofort zu verpachten. Kleine Miete«. Das wäre doch eine super Perspektive, wenn sie in der Finanzbranche keine Anstellung mehr fand!

Die zwei Frauen am Nachbartisch waren aufgestanden und gingen hinein, um zu zahlen. Bei den zwei kleinen Treppenstufen, die zur Eingangstür hinauf führten, kam die eine leicht ins Stolpern.

Lissie schmunzelte schadenfroh. Vielleicht doch ein wenig zu viel Wein zum Mittagessen?

An der anderen kam ihr irgendetwas bekannt vor, etwas an ihrer Haltung und wie sie die Schultern bewegte. Lissie war neugierig geworden. Sie hatte sie eben zwar nur von hinten gesehen, aber die zwei Süßen würden ja gleich wieder herauskommen.

★★★

Die »freundliche Befragung« im Nikolausstift war gelaufen. Emmenegger hatte es vermasselt. Elsbeth Hochleitner sah aus, als würde sie gleich wieder anfangen zu giften. Ihre Blicke reichten Emmenegger schon. Er konnte spüren, wie es zwischen ihnen knisterte, fühlte sich aber außerstande, die Situation zu entschärfen.

Komischerweise fiel ihm jetzt auf, dass auf dem Tisch noch Brötchenkrümel vom Frühstück lagen. Sein Blick streifte den Stuhl, der umgefallen auf dem Boden lag. Die Sache war von Anfang an holprig verlaufen. Gelinde gesagt.

Bereits als Elsbeth Hochleitner ihm die Tür geöffnet hatte, hatte er gewusst, dass das keine freundliche Unterhaltung werden würde. Als er ihren vor Zorn brettharten Schultern ins Innere des Hauses folgte, fluchte er unterdrückt.

Fünf Minuten später saß er der Alten und ihrem Enkel im Frühstückszimmer gegenüber. Sie fixierte ihn feindselig und hielt Justus' Hand fest umklammert. Emmenegger sah, wie sie sich auf die Lippen biss.

Er beäugte den Jungen. War Justus eigentlich noch ein Kind? Oder sollte er ihn eher wie einen Erwachsenen behandeln?

Befragungen waren sowieso nicht seine Stärke, das wusste er. Und mit Kindern kannte er sich schon gar nicht aus. Martl und er hatten keine.

»Hochleitnerin, wie alt ist Ihr Enkel jetzt?«

»Fragen Sie ihn doch selbst. Er sitzt doch da!«

Emmenegger seufzte und schaute zu Justus hinüber. Der blieb aber stumm. Elsbeth drückte die Hand ihres Enkels fester.

»Er ist dreizehn. Justus, brauchst keine Angst zu haben. Ich bin doch da. Komm, erzähl dem Sergenten, was er über Karl wissen will.«

Aber ihr Enkel schüttelte ihre Hand ab und wand sich, als sie ihn an sich drücken wollte. »Bitte lass mich, Omi. Ich hab keine Angst, ich versteh bloß nicht, wozu das alles gut sein soll! Ich weiß nix zu Karl, lasst mich einfach in Ruh!« Und er riss sich los, rannte raus, ab in die Küche. Wumms, die Tür schlug zu.

Oma Hochleitner zuckte nur ungerührt mit den Schultern und schaute Emmenegger triumphierend an, als geschähe dem Sergente ein solches Verhalten ganz recht. Was hatte er der Alten eigentlich getan?

Der Sergente sah nur eine Möglichkeit, wie er den Jungen zum Reden bringen konnte. Bei seiner Frau klappte es jedenfalls meistens, und das, obwohl sein holdes Eheweib Bockigkeit und Sturheit geradezu erfunden hatte.

Showtime. Er stand auf und ging mit Elsbeth Hochleitner Richtung Haustür. Am Eingang zur Küche blieb er stehen. »Na dann, Wiedersehen, Hochleitnerin. Grüßen S' mir den Justus. Ich kann ihn nicht zwingen, mit mir zu reden. Schad. Dann kommt halt der Commissario doch selbst. Richtig ungnädig und streng kann der sein, besonders wenn der hört, dass der Justus nicht koop-«, er stolperte über das Wort und räusperte sich, »na, halt net mitgezog'n hat.« Er sah, dass sich die Küchentür einen Spalt öffnete und musste sich zusammenreißen, um nicht zu grinsen.

»Vielleicht wird er ihn auch mit auf die Wache nehmen, wenn's hart auf hart kommt. Und für die ganz Widerspenstigen haben wir ja extra Verhörzimmer.«

Die Hochleitnerin fuhr plötzlich derart hoch, als läge ihr Enkel bereits in Ketten.

»Aber das kann er doch meinem Justus nicht antun! Das erlaube ich nicht! Justus ist ja noch ein Kind, der hat keinem was getan!«

»Tja …« Der Sergente hob Schultern und Arme. »Das wird sich ja dann alles rausstellen. Mir sind aber nach heut die Händ' gebunden. Denn der Commissario lässt sich partout nicht dreinreden.« Er machte eine Kunstpause. »Ich dageg'n hätt dem Justus schon ein bissl was über unsere Ermittlung erzählen können, wo der Karl ja sein Freund war. Ich dacht mir, das interessiert ihn vielleicht.

Vom Kommissar wird er natürlich kein Sterbenswört'l erfahren, das steht schon mal fest.«

Emmenegger seufzte schwer und tat so, als wolle er endgültig in Richtung Ausgang. Aber in der halb geöffneten Küchentür stand jetzt der Justus und linste verlegen zu ihm hoch. Emmenegger musste sich zwingen, ernst zu bleiben.

»Justus, da bist ja wieder. Was hältst davon, wenn wir einen Deal unter Mandern machen?«, fragte Emmenegger und setzte eine freundlich-neutrale Miene auf. Hatte er jetzt zu dick aufgetragen?

Aber der Kleine nickte wichtig und strebte Richtung Frühstückszimmer. Er setzte sich wieder auf seinen Stuhl von vorhin und sprudelte hervor: »Ich heiß Justus Hochleitner, ich bin dreizehn, geboren hier im Nikolausstift, Beruf ... ja, also, Schüler.« Der Junge verstummte und schaute sein Gegenüber auffordernd an, als erwarte er, Emmenegger wolle ihn gleich vereidigen. Der Sergente wäre nicht überrascht gewesen, wenn der Junge die Hand gehoben hätte. Er musste lächeln.

»Schaust wohl gern Gerichtsserien im Fernsehen, Justus? Junge, Junge, wird sind doch hier nicht vor Gericht, wir unterhalten uns bloß.«

Der Kleine senkte den Kopf. Emmenegger sah, dass er rote Backen gekriegt hatte. Jetzt geniert er sich, dachte er. »He, Justus, es ist aber gut, dass man weiß, was zu tun ist, falls es mal ernst wird. Vielleicht wirst ja sogar vorgeladen, man kann nie wissen, oder? Aber erst muss die Faktenlage geklärt werden. Auf jeden Fall bist ein wichtiger Zeuge.«

Emmenegger zückte sein Notizbuch und guckte möglichst amtlich. Justus strahlte.

»Erzähl mir einfach mal ein bissl was über den Karl«, forderte Emmenegger den Jungen auf.

»Ooch, der Karl is prima«, erklärte Justus. Dann fiel ihm ein, dass der ja tot war, und ließ den Kopf hängen.

»Komm, sei tapfer«, versuchte Emmenegger ihn aufzumuntern. »Der Karl würde auch wollen, dass man seinen Mörder findet, oder meinst nicht?«

Justus schluckte und nickte schwer.

»Also?«

»Ja mei, wo soll ich denn anfangen? Der Karl war immer nett zu mir, seit ich ihn kenn. Er is wie ein Onkel, als ich klein war, hab ich ihn auch so genannt, Onkel Karl.«

»Wieso Onkel?«

»Er war der beste Freund meines Sohnes«, schaltete sich Elsbeth Hochleitner ein. »Als mein Sohn tödlich verunglückte, hat sich der Karl rührend um den Justus gekümmert. Seine Mutter ist ja schon kurz nach seiner Geburt auf und davon.«

Emmenegger nickte. Der arme Junge. »Und was habt ihr so gemacht, du und der Karl?«

»Er war mit mir oft am Berg, er hat mir's Klettern beigebracht!«

»So, so. Und wo warst schon überall oben?«

»Letztes Jahr, da haben wir die Hohe Weiße und den Lodner gepackt. Die sind ziemlich schwierig«, erklärte der Kleine stolz. »Schwierigkeitsstufe drei. Dieses Jahr wollten wir zur Sarner Scharte oder auf die Säbelspitze, da sind Vierer-Stellen dabei!«

»Na, da hab ich auch noch was mitzureden«, lächelte seine Großmutter.

»Jetzt ist's eh damit aus«, kam es leise von Justus. »Der Karl ist ja tot. Wer nimmt mich denn jetzt mit an den Berg?«

»Wir finden eine Lösung, Justus. Ganz bestimmt«, versprach die Hochleitnerin.

Emmenegger sah, dass ihr Justus einen scheelen Blick zuwarf. »Was hat denn dein Onkel immer so geredet?«, fragte er. »Hat er mal was von seiner Familie erzählt oder geschäftliche Sachen? Denk genau nach, Justus. Es ist wichtig!«

Justus fing an, an seiner Unterlippe zu kauen. »Wir sind mal am Todestag vom Vater an den Berg, nach der Totenmesse. Ich war ziemlich …« Justus hielt inne und schlang die Beine um seinen Stuhl. »Jedenfalls«, erzählte der Kleine tapfer weiter, »hat der Karl dann bei der Gipfelrast gesagt, ich soll froh sein, dass mein Vater schon tot ist. Väter machen ihren Söhnen nur Ärger, das hat er gesagt. Da ist Traurigsein noch das Bessere.«

In Emmenegger wallte Empörung hoch. Wie gefühllos musste einer sein, um so was zu einem kleinen Jungen zu sagen, der seinen Vater vermisste? »Hat dein Onkel gesagt, wieso das besser sein soll?«

»Nee«, schniefte der Kleine. »Ich hab ihn gefragt. Aber er hat mir nur über den Kopf gestreichelt, und dann haben wir zusammengepackt und sind runter.«

»Der Karl hat wohl viel Ärger gehabt mit anderen, die Läden und Wirtschaften in den Lauben haben, oder?«

»Ja, schon. Aber darüber hat er kaum was erzählt. Nur sauer war er oft. Die Neandertaler, so hat er sie dann genannt. An den Tagen bin ich nicht gern mit ihm gestiegen. An denen hat er so ein irres Tempo hingelegt, da konnt ich kaum hinterher. Und er hat den Mund nicht aufg'macht am Berg. Da hat er mir immer einen richtigen Schrecken eingejagt.«

»Scheint wohl doch kein so netter Kerl gewesen zu sein, dein Karl, oder?«, entfuhr es Emmenegger unvorsichtigerweise. Die Strafe folgte auf dem Fuß.

»Das dürfen S' nicht sagen! Sie sind ein ganz gemeiner Kerl! Der Karl war mein Onkel und mein bester Freund und auf den lass ich nichts kommen! Und jetzt sag ich nix mehr und wenn Sie wollen, dann sperren S' mich halt ein!«, schrie Justus mit Tränen in den Augen. Als er vom Tisch wegpolterte, riss er seinen Stuhl um. Der krachte auf den Boden.

Die heftige Reaktion des Jungen hatte Emmenegger kalt erwischt. Es war doch nur eine recht harmlose Bemerkung gewesen, oder? Oh mei, und er hatte sich schon als Fachmann für die Befragung Minderjähriger gefühlt!

Die Hochleitnerin war blass geworden. Ihre schwarzen, trotz ihres Alters klaren Augen sprühten Funken. »Was erlauben Sie sich, den Karl so schlechtzumachen! Sie überschreiten Ihre Kompetenzen, ich werde mich über Sie beschweren!«, zeterte sie. Emmenegger wich erschrocken zurück.

»Der Karl war Justus' Ein und Alles, wie können Sie nur!«, schallte es ihm anklagend entgegen. »Wenn der Karl nicht gewesen wär ...« Die Hochleitnerin schnaufte, anscheinend um ihre Fassung bemüht. »Der Karl hätte sogar für die Ausbildung von Justus sorgen wollen! Wie soll es jetzt weitergehen? Und da kommen Sie und zerreißen sich Ihr Schandmaul über ihn!«

Stille. Die Hochleitnerin starrte ihn wütend an. Offenbar hatte sie ihr Pulver verschossen. Emmenegger stand kopfschüttelnd auf. Dass sich Justus aufregte, konnte er ja noch verstehen. Der

Kleine musste total durcheinander sein. Aber was war denn in die Hochleitnerin gefahren? Ihm reichte es für heute. »Wenn der Karl so ein Heiliger war, wie Sie behaupten, warum vergießt dann keiner in Meran wegen ihm eine Träne – außer der Justus vielleicht?«

Die Frau schaute mit versteinerter Miene an ihm vorbei und antwortete nicht.

»Wiedersehen, Hochleitnerin. Ich find von selbst raus.« Mit wohliger Genugtuung darüber, dass sein Giftpfeil anscheinend irgendwelche empfindlichen Weichteile getroffen hatte, stürmte Emmenegger mit vorgerecktem Kinn zur Haustür. Rums.

★★★

Elsbeth Hochleitner blieb sitzen. Hatte sie eben zu dick aufgetragen? Die Wut, die war aber ganz und gar nicht gespielt gewesen. Der Zorn kochte immer noch in ihr, aber nicht auf diesen subalternen Emmenegger. Wie konnte Pavarotti ihr das antun, einen fremden Polizisten zu schicken, anstatt selbst zu kommen? Wo er doch sowieso hier bei ihr logierte!

Sie hatte schon befürchtet, dass Justus eine Aussage würde machen müssen. Wer kurz nach einem Mord die Lauben rauf- und runterrannte, als sei der Teufel hinter ihm her, der brauchte sich nicht zu wundern, wenn die Polizei auf ihn aufmerksam wurde.

Justus rannte oft, wenn er verunsichert war. Am Montag, als sie auf der Suche nach ihrem Enkel am Kornplatz in die Lauben einbog, war Justus auf sie zugeschossen und hätte sie fast umgerannt. Als sie sich wieder berappelt hatte, sah sie oben, am Café Meindl, den Commissario mitten auf der Straße stehen und in ihre Richtung schauen.

Pavarotti. Elsbeths Wut wallte wieder auf. Für Justus wäre es so viel leichter gewesen, mit ihm zu sprechen. Vor fremden Autoritätspersonen, auch wenn es Dummköpfe wie dieser Emmenegger waren, hatte Justus immer ein wenig Angst, und sie durfte nicht zulassen, dass der Kleine Angst bekam. Warum hatte Pavarotti ihr nicht mal diesen einen Gefallen erweisen können, nachdem sie so viel für ihn getan hatte, damals. Sie hob ihre Hand, um sich eine lästige Haarsträhne aus der Stirn zu streichen. Als Elsbeth spürte, dass ihre Finger dabei ein wenig zitterten, umfasste sie sie mit der anderen Hand. Ganz fest.

★★★

»Eine Dame will zu Ihnen. Ihr ist die Handtasche geklaut worden, im Malzcafé, diesem Jugendschuppen, sagt sie. Das ist da hinten in der Altstadt, in der Hallergasse«, posaunte Brunthaler in die halb geöffnete Tür des Chefbüros hinein. »Elisabeth irgendwas heißt sie, sie hat genuschelt, ich hab's nicht genau mitgekriegt.«

Pavarotti seufzte. Als ob Brunthaler extra erwähnen müsste, das er was nicht mitkriegte.

»Ich hab ihr gesagt, Sie seien für Diebstahl nicht zuständig, aber die ist stur.« Brunthaler zögerte. »Eine Deutsche ist die.«

Anscheinend erklärte das ja alles. Malzcafé? Elisabeth? Abrupt hob Pavarotti den Kopf. »Bitten Sie die Dame zu mir, Brunthaler.« Der zuckte mit den Schultern und verschwand.

Eine Minute später stolzierte Lissie durch die Tür und ließ sich schwer auf den Stuhl vor Pavarottis Schreibtisch fallen. »Puh, das war ja ein hartes Stück Arbeit, zu Ihnen vorzudringen. Sitzen Sie auf der Leitung, oder was? Ich dachte, beim Stichwort ›Malzcafé‹ geht Ihnen gleich ein Licht auf. ›Hallo, Kollege, ich will zu unserem gemeinsamen Chef‹, konnte ich draußen am Tresen ja kaum sagen, oder?«

Pavarotti blieb stumm und starrte sie nur an. Nach einer Weile begann er den Kopf zu schütteln. »Sind Sie eigentlich noch zu retten? Ich war drauf und dran, wegen Ihnen eine Vermisstenmeldung rauszugeben und Sie in ganz Meran polizeilich suchen zu lassen! Sie sind seit zwei Tagen abgängig, niemand in Ihrem Hotel weiß was, ich laufe mir seit Stunden wegen Ihnen die Hacken ab. Und mache mir die größten Vorwürfe, Sie in die Ermittlung mitreingezogen zu haben! Und Sie, Sie spazieren hier einfach rein, und anstatt Zerknirschung zu zeigen, sind Sie noch patziger als sonst und machen sich gleich wieder an Ihre Lieblingsbeschäftigung, nämlich in einem fort zu nörgeln!«

Pavarotti konnte nicht anders, er musste einfach Dampf ablassen.

Stundenlang war er in Meran unterwegs gewesen, hatte kaum eine Bar ausgelassen und vor allem in den teureren Geschäften ihre Beschreibung hinterlegt. Er vermutete, in die Billigläden wäre sie eh nicht reingegangen. Doch weder den Verkäuferinnen noch den Frauen, die an den Tischen unter den Lauben bedienten und einen guten Blick für die Passanten hatten, war Lissie aufgefallen. Und so überfüllt war Meran nach dem Dauerregen noch nicht, dass Lissie von so vielen Leuten hätte übersehen werden können. Schließlich hatte der Commissario aufgegeben. Seine Angst um sie hatte immer mehr zugenommen.

Während Pavarotti seiner Wut freien Lauf ließ, grinste Lissie immer breiter. »Sie haben sich wirklich Sorgen um mich gemacht? Na hören Sie, wir sind doch noch nicht so dicke miteinander, ähm, ich meine das natürlich jetzt nicht wörtlich.« Lissie konnte kaum noch an sich halten und prustete hinter vorgehaltener Hand. »Ich meine, ich konnte doch nicht wissen, dass Sie nach mir suchen, oder?«

»Ach, hören Sie doch auf mit der Flachserei«, grollte der Commissario, der sich ertappt fühlte.

Männer sollten Gefühle zeigen? Von wegen. Blöde Kühe wie die Deutsche trampelten dann gleich darauf herum. »Wir haben es mit einem Mörder zu tun, der da draußen frei herumläuft. Und der vermutlich inzwischen mitgekriegt hat, dass Sie Ihre Nase in seine Angelegenheiten stecken. Er könnte auf die Idee kommen, dass eine lästige Schnüfflerin weniger eine prima Sache wäre. Ab jetzt kommt es nicht mehr in Frage, dass Sie derart unvorsichtig herumstromern!«

Er konnte nicht anders, um seine Mundwinkel herum begann es zu zucken. Pavarotti hätte am liebsten einen ganz unitalienischen Jodler ausgestoßen, um seiner Erleichterung Luft zu machen, dass Lissie heil und gesund wieder da war. Er merkte, dass er sich zusammennehmen musste und probierte einen nüchternen Verhörton, der aber misslang. »Wo waren Sie überhaupt die ganze Zeit?«

Aber Lissie war in die Betrachtung eines eingerissenen Nagels versunken und wühlte in ihrer Handtasche. »Haben Sie eine Schere? Geben Sie her!«

Mit Entsetzen beobachtete Pavarotti, wie Lissie mit der riesenhaften Büroschere an ihrem Zeigefinger herumsäbelte.

»Mist, jetzt hab ich zu weit reingeschnitten. Haben Sie ein Pflaster?«

»Sind wir hier in einer Drogerie?« Pavarotti ging dennoch nach draußen und kam, mit einem Wattetupfer und einem Pflasterstreifen wedelnd, wieder in sein Büro zurück. »Aus den Beständen von Brunthaler, unserer wandelnden Apotheke«, grinste er.

»Schnell, machen Sie's drauf«, befahl Lissie und bereute gleich darauf ihren Kommandoton. »Tut mir leid. Ich bin noch ein bisschen durcheinander wegen meiner vermasselten Bergtour gestern.«

Pavarotti, der gerade die Schutzschicht vom Pflaster abzog, blickte abrupt hoch. »Was haben Sie oben am Berg gemacht? Das Wetter war doch viel zu schlecht!«

»Das hat Zeit«, winkte Lissie ab. »Erst mal hab ich noch eine interessante Kleinigkeit für unseren Fall, gerade eben beobachtet!«

Pavarotti wartete gespannt, was gleich kommen würde. Zu spät merkte er, dass er Lissies Hände immer noch mit seinen massigen Pranken umklammerte. Das wird ja langsam zur Gewohnheit, dachte er und wollte loslassen. Doch dann hielt er ihre schmalen Finger einfach weiter fest, warum, wusste er selbst nicht. Ihre Hände waren kühl, er spürte ihre Fingerknochen und Gelenke unter ihrer etwas rauen Haut. Pavarotti konnte nicht anders, unverwandt musste er in Lissies Gesicht schauen, als ob sie eine geschickte Hypnotiseurin wäre und ihn gerade in Trance versetzte. Vermutlich würde sie ihn in ein paar Sekunden mit einem Fingerschnippen wieder aufwecken.

Sein Herz stolperte und er begann zu schwitzen. Er schickte ein Stoßgebet nach oben, dass Lissie die peinliche Situation nonchalant beenden würde. *Madre di Dio!*

Unglücklicherweise tat Lissie aber nichts dergleichen. Wie dankbar wäre Pavarotti dieses eine Mal gewesen, wenn sie wie sonst unaufhörlich weitergequasselt hätte. Aber sie saß einfach ganz still da und erwiderte seinen Blick. Pavarotti suchte die gewohnte Ironie in ihren Augen, wenigstens das, doch er fand sie nicht. In ihrem Blick spürte er Verletzlichkeit und auch ein wenig Bitterkeit.

Fragend blickten ihn die rehbraunen Augen an, die in dem blassen, von einem hellen Haarschopf umrahmten Gesicht viel zu groß wirkten. Ohne das gewohnte sarkastische Funkeln sahen Lissies Augen seltsam schutzlos aus.

Was sollte er nur tun oder sagen? Ihm fiel partout nichts anderes ein, als auf die ineinanderverschlungenen Hände zu starren. Mechanisch registrierte Pavarotti im Hintergrund aufgebrachte Stimmen, gedämpft, wie aus einem leise gedrehten Radio. Emmenegger und Brunthaler, die sich stritten. Auf einmal wusste er eines ganz genau. Er wollte diese kleinen Hände und die Frau, der sie gehörten, beschützen. Gleichzeitig war ihm klar, dass er dazu kein Recht hatte. Lissie war keine Frau, deren Stolz so etwas zugelassen hätte.

Ein Räuspern. Lissies Stimme klang ein wenig heiser. »Gibst du mir jetzt meine Hände wieder? Damit du es gleich weißt: Ich habe nicht die geringste Lust, mit dir eines dieser beliebten Gesellschaftsspielchen auf Zeit anzufangen.«

Pavarottis Kopf ruckte hoch. Er erwachte aus seiner Starre und gab Lissies Hände frei. Der Bann war gebrochen. Er sah, dass das Glitzern in ihre Augen zurückgekehrt war. Da durchfuhr es ihn, dass sie ihn ja geduzt hatte.

»Ich dachte, wir sind noch nicht so dicke …?«, stammelte er.

»Fürs Du-Sagen reicht's ja wohl inzwischen«, brummte Lissie und zupfte an ihrem verpflasterten Finger herum.

Pavarotti wusste plötzlich, was er sagen wollte. »Du brauchst nicht nervös zu sein wegen mir. Es ist alles in Ordnung. Wir sind Freunde, okay?« Er griff wieder nach ihrer Hand und umschloss ihren verletzten Finger. »Hör damit auf, sonst fängt es wieder an zu bluten. Erzähl mir lieber, was passiert ist.«

Lissie nickte, sichtlich erleichtert.

»Also pass auf. Ich war heute Nachmittag in diesem Restaurant Gilf, hinter der Winterpromenade, bevor man die Klamm erreicht.«

Pavarotti nickte schwer. Kurz vorher, beim Café Wandelhalle, war er auf der Suche nach Lissie umgekehrt. Er hatte nicht damit gerechnet, dass sie sich weiter als hundert Meter von einer Shoppingmeile entfernen würde. Wäre er vom Hotel Aurora über den Steinernen Steg gegangen, statt wie diesmal durch den Park, um der Sissi-Statue seine Referenz zu erweisen, wäre er unweigerlich über Lissie gestolpert.

Pavarotti unterdrückte einen Fluch. Wäre er nicht stundenlang durch Meran geirrt, dann hätte er sich besser im Griff gehabt und diese … nun ja, Gefühlsaufwallungen von eben hätte es nicht gegeben. Fast bereute er es schon wieder, ihr seine Freundschaft angeboten zu haben. Hatte er sich ihr etwa aufgedrängt? Wieder einmal wusste er die Antwort nicht. Waren eigentlich alle Männer in Gefühlssachen so unentschieden und wankelmütig?

Pavarotti merkte plötzlich, dass Lissie schon weiter im Text war.

»… und als die zwei Frauen aus dem Gilf wieder rauskamen, sah ich, dass eine der Tussis die Verkäuferin vom Niedermeyer war. Die hat mir vor ein paar Tagen meine neue Straußenledertasche verkauft.«

Pavarotti, der sich nicht im Geringsten für Straußenleder interessierte, verdrehte die Augen. »Na und? Was soll daran verdächtig sein, wenn die mit einer Freundin zum Mittagessen ins Gilf geht? Übrigens war das keine Verkäuferin, sondern die Ehefrau vom Niedermeyer.«

»Woher willst du das denn wissen?«

»Weil der Geizhals Niedermeyer gar keine Verkäuferin hat, sondern seine Frau hinter den Verkaufstresen stellt. Die ganz schön durch den Wind sein soll derzeit, sagt er. Das stimmt übrigens, ich konnte mich selbst davon überzeugen. Viel Umsatz ist mit der im Moment kaum zu machen.«

Lissie wurde still und dachte nach. Nach einer Weile sprach sie weiter. »Das wird ja immer interessanter. Ich bin nämlich neugierig geworden, weil die Dame einen Zimmerschlüssel bei sich trug. Ich hab ihn auf dem Tisch liegen sehen, so einen mit großem Holzanhänger, damit man ihn nicht verliert. Ich wusste gleich, das kann kein normaler Hausschlüssel sein. Gewundert hab ich mich, was eine Verkäuferin vom Niedermeyer, die ja bestimmt irgendwo in Meran wohnt, mit einem Hotelzimmer will. Mein angeborener Instinkt für Skandälchen hat da sofort Alarm geschlagen.« Lissie grinste. »Und als sie wieder rauskamen, hab ich gesehen, dass sie, also die Frau vom Niedermeyer, geheult hatte.«

»Und weiter?«

»Das war's eigentlich schon. Ich bin dann gleich rein, um zu bezahlen, und hab den Schlüssel neben der Kasse liegen sehen.

Die vermieten da Apartments für einen Monat oder mehr, schau.« Lissie wedelte mit einem billig aufgemachten Flyer, den sie sich im Restaurant geschnappt hatte.

Pavarotti strich sich nachdenklich übers Kinn. Es fühlte sich stachelig an. Er merkte, dass er am Morgen vor lauter Sorge vergessen hatte, sich zu rasieren. Verflixte Weiber. Er korrigierte sich. Singular.

Hm. Die Szene an der Passer brauchte nichts mit dem Tod von Karl Felderer zu tun haben. Vielleicht hatte die Niedermeyer geheult, weil es in ihrer Ehe kriselte, und hatte sich für ein paar Tage ein Zimmer genommen, um der dicken Luft zu Hause auszuweichen. Aber irgendwie glaubte er nicht dran. Seiner Erfahrung nach zogen in solchen Situationen meistens die Männer ins Hotel. Die Frauen neigten nicht dazu, den Streitereien auszuweichen.

»Konntest du mithören, worüber sie sich unterhalten haben?«, fragte er hoffnungsvoll. Mittlerweile wusste er, dass Lissie ganz automatisch ihre Ohren in Richtung Nachbartische ausklappte.

Zu seiner Enttäuschung schüttelte Lissie aber den Kopf. »Nein, leider nicht. Ich hab die zwei erst ganz zum Schluss bemerkt. Eine Minute später standen die schon auf und gingen rein.«

»Wer war die andere Frau?«

Lissie schüttelte den Kopf. »Nie gesehen. Aber irgendwie auffällig war die schon. So schlank wie ich, eher noch dünner. Auch sehr kurze Haare, aber dunkle, ganz eng anliegend am Kopf, wie eine Kappe. Stark geschminktes Gesicht, knallroter Lippenstift, irgendwie Femme-fatale-mäßig. Und da war noch was.« Lissie kicherte. »Sie war ziemlich angeschickert, und das schon um kurz vor drei Uhr nachmittags. Musste sich bei der Heulsuse unterhaken.«

Pavarotti erstarrte.

»Was ist? Ich bin den beiden dann übrigens noch unauffällig gefolgt ...« Sie merkte, dass Pavarotti einhaken wollte, und hob die Hand. »Keine Bange, in weitem Abstand. Die haben mich nicht gesehen. Nachdem sie sich getrennt haben, ist der rote Lippenstift in der Lambertistraße in einen leicht heruntergekommenen Altbau hinein. Definitiv kein Mietshaus, keine Klingelschilder, sondern wohl irgendwas Offizielles. Ein Schild an der Tür gab's nicht. Du wirst ja vermutlich rauskriegen können, um was es sich da handelt. Und wer die Frau war.«

Pavarotti wusste es schon. Die Gerichtsmedizin. Editha. In seine Gesichtszüge kam wieder etwas Leben. Jetzt fiel ihm ein, was die ganze Zeit in seinem Hinterkopf rumort hatte. Er erinnerte sich an die Unterhaltung mit seiner Schwester vor ein paar Tagen. Editha hatte irgendwann mitten im Gespräch die Bemerkung fallen lassen, Karl Felderer sei im Bett ziemlich mau gewesen. Wenn nicht aus eigener Erfahrung – und in dieser Hinsicht glaubte er ihr sogar –, woher hatte sie es dann gewusst?

Pavarotti atmete tief durch und stieß seine Bürotür auf.

»Emmenegger und Brunthaler, marsch, marsch, in mein Büro!«, brüllte er in den Flur. Und prallte dabei fast mit Emmenegger zusammen, der offenbar die ganze Zeit draußen auf Abhörposten gestanden hatte und jetzt knallrot anlief. Doch Pavarotti hatte für solche Sperenzchen keine Zeit.

»Brunthaler, wir haben einen Außeneinsatz. Sie, Emmenegger, Sie checken jetzt endlich das Alibi von der Ehefrau des Toten, dieser Louisa. Damit Sie mal ein bisschen Übung bekommen.« Und zu Lissie gewandt: »Und du gehst jetzt in dein Hotel und rührst dich nicht vom Fleck! Ich will dich nicht noch einmal suchen müssen!«

»Ich will wissen, was du vorhast! Schließlich hab ich die ganze Arbeit gemacht!«, zischte Lissie halblaut, verstummte aber, weil Emmenegger schon wieder sichtlich die Ohren spitzte.

Mit Schwung schlug Pavarotti dem neugierigen Sergente die Tür vor der Nase zu. Er sah, dass Lissie nach ihrer Tasche tastete, und atmete auf. Ein gutes Zeichen.

»Ganz einfach. Ich werde die Niedermeyer jetzt sofort unter irgendeinem harmlosen Vorwand zur Befragung auf die Wache holen. Und dann röste ich die Dame auf kleiner Flamme. Sollte sich die Vermutung bestätigen, dass sie was mit Karl Felderer hatte, werden Brunthaler und ich uns ihren Mann heute noch vorknöpfen.«

Hörbar sog Lissie die Luft ein. »Kann ich beim Verhör dabei sein? Vielleicht hinter so einer Spiegelwand?« Augenaufschlag.

Pavarotti kriegte fast einen Lachkrampf. »Schau bloß, dass du jetzt Land gewinnst, bevor meine beiden Sergenten Verdacht schöpfen. Irgendwann passiert das nämlich, auch wenn die beiden zugegebenermaßen nicht besonders helle sind. Wir sehen uns morgen früh beim Frühstück in der Bar Algund am Sparkassenplatz. Dann erzähle ich dir alles.« Er grinste spöttisch. »Das heißt, wenn du bist dahin nicht vor Neugier geplatzt bist. Und jetzt Abmarsch.«

Eingeschnappt packte Lissie ihre Straußentasche und drückte sich an Brunthaler vorbei, der gerade den Kopf durch die Tür streckte.

★★★

Die Zellentür aus solidem Stahl knirschte noch kurz in den Angeln, dann fiel sie mit einem satten »Plopp« ins Schloss. Klaus Niedermeyer stand in der Mitte der Gefängniszelle und starrte auf die Tür. Auch nach einem zweistündigen Verhör unter Anwesenheit seines Anwalts war er noch nicht in der Lage, die Ereignisse der letzten Stunden zu begreifen.

Es war alles so verdammt schnell gegangen. Er konnte von Glück reden, dass sich so kurz vor Ladenschluss keine Kunden mehr im Geschäft aufgehalten hatten, als die zwei Provinzbullen, einer davon ein Uniformierter, durch die Tür gestürmt waren. War er vielleicht Mitglied bei Al Kaida, oder was? Italiener. Ohne Spektakel ging's bei denen nicht. So wie damals bei seinem Onkel August, als der vor fünfzig Jahren von den Carabinieri verhaftet worden war. Ein Dutzend von denen war damals auf dem Bauernhof, den sein Onkel allein bewirtschaftete, aufgekreuzt und hatte sich hinter dem Schweinestall verschanzt, Gewehr im Anschlag. Klaus, damals ein achtjähriger Knirps, war an dem Tag zufällig auf dem Hof gewesen. August war ganz cool vom Traktor gestiegen, hatte die Hände über den Kopf gehoben und bloß gegrinst. Der John Wayne von Algund.

Gemeinsam mit anderen Mitgliedern des Befreiungsausschusses Südtirol hatte August Niedermeyer zwei Tage davor an dem, wie Klaus fand, äußerst ehrenhaften Vorhaben mitgewirkt, mit Hilfe eines erstklassig angebrachten Sprengsatzes den Aluminium-Duce, dieses grässliche Mussolini-Reiterstandbild in Waidbruck, von seinem Sockel zu holen. Das Lachen war August dann vergangen, als die Italiener ihm bei den Verhören mit Foltermethoden kamen, um die Namen seiner Mitstreiter aus ihm herauszupressen. Sie sahen aber bald ein, dass bei John Wayne auch mit brennenden Zigaretten, die sie auf seinen Oberschenkeln ausdrückten, nichts zu machen war.

Carabinieri, Verhöre, italienischer Knast. Klaus Niedermeyer kam seine eigene desolate Lage wieder in den Sinn. Bleib lässig, würde August jetzt sagen. Steifbeinig stakste Niedermeyer weg von dem Sichtfenster in der Zellentür und setzte sich auf die Pritsche. Er konnte es immer noch nicht fassen. Glaubte dieser italienische Fettsack wirklich, dieses Nichts von einer Ehefrau sei ihm so viel wert, dass er deswegen einen Mord begehen würde? Der Typ hatte keine Ahnung, worum es eigentlich ging. Wie sollte er sich jetzt verhalten? Seinem Anwalt konnte er auch nicht trauen, der nahm Geld von jedem, der ihn bezahlte.

Seine Augen irrten hin und her. Auf einmal wurde Klaus Niedermeyer klar, wie klein seine Zelle war, und sofort fühlte er sich ganz zittrig. Schon fingen die Wände an, sich langsam auf ihn zuzubewegen. Er ließ sich auf die Matratze fallen und schlang die Arme um seine Knie. Kalter Schweiß stand ihm auf der Stirn. Er wusste, wenn er nicht bald hier rauskam, würde er nur noch ein kleines, sabberndes Etwas sein. Und das Schlimmste dabei war, dass sein Onkel August dann nur schweigend an ihm vorbeischauen würde, wenn er ihn so sehen könnte.

★★★

Es war schon nach sieben Uhr abends, aber für Pavarotti war der Tag noch nicht gelaufen. Er ignorierte seinen Magen, der sich vernehmlich meldete. Seit dem Frühstück hatte er nichts mehr gegessen. Der Appetit aufs Mittagessen war ihm durch Angst um Lissie verdorben worden. Es kostete ihn ziemlich viel Anstrengung, den Gedanken an sie zu verscheuchen, aber schließlich gelang es ihm.

Er konnte zufrieden mit dem heutigen Tag sein. Greta Niedermeyer hatte sich tatsächlich in einem der Gilf-Apartments mit

Felderer zu Schäferstündchen getroffen, über einen Monat war das gegangen. Als sie das endlich aus der schluchzenden Frau herausbekommen hatten, waren Brunthaler und er losmarschiert, um ihren Mann zu schnappen. Jetzt kam es darauf an, ihn festzunageln. Pavarotti brauchte entweder ein Geständnis oder weitere Beweise. Ohne die würde der Staatsanwalt keinen Haftbefehl ausstellen, und dann wäre Niedermeyer spätestens Freitagabend wieder draußen.

Pavarotti lehnte sich hinter seinem Schreibtisch zurück. Er ließ seinen Blick in dem dunklen Büro umherschweifen, streifte kurz die einzige Lichtquelle, eine grün beschirmte Kanzleilampe, und blieb schließlich an den nur schemenhaft erkennbaren Aktenmappen hängen, die an drei Wänden hoch aufgestapelt waren.

Es waren viele Fälle, die ihn in den vergangenen zwanzig Jahren immer wieder nach Meran geführt hatten. Meistens waren es ermüdende Bagatellen gewesen, die auch hiesige Beamte hätten lösen können. Aber ein halbes Dutzend Fälle war zwischen den Aktendeckeln vergraben, bei denen er sich bis heute an fast jede Einzelheit erinnern konnte. Er hatte sie nicht lösen können. Diese Fälle spukten in seinem Hinterkopf herum, erhoben Anspruch auf ihn, auch nach so langer Zeit. Sie erinnerten ihn immer wieder daran, dass seine Fähigkeiten begrenzt waren. Mittlerweile zweifelte er sowieso daran, dass die Motive für seine Berufswahl die richtigen gewesen waren.

Geheimnisse aufdecken zu können, ein Gewirr von ineinander verstrickten, rätselhaften Vorfällen zu entschlüsseln, war für ihn das Entscheidende gewesen. Jeder Mord erschien ihm als eine Art Geheimcode, der ihn herausforderte, ihn zu knacken. Damals, beim Militärdienst, war er ein begabter Funker und Entschlüsselungsoffizier gewesen. Auch heute noch fühlte sich Pavarotti als eine Art Nachrichtenmann, der allein in einem dunklen Büro, nachts, beim Schein einer Glühbirne, einen codierten Funkspruch auffing.

Pavarotti ging es eigentlich nicht um Gerechtigkeit für die Opfer. Die hatten nichts mehr davon. Er spürte auch kein Jagdfieber, wie ein Hund, mit der Schnauze im Dreck. Und das Bedürfnis, die Menschheit vor gefährlichen Elementen zu schützen, fand er bei sich ziemlich unterentwickelt. Mit dem Drang, Rache zu üben, wollte er schon gar nichts zu tun haben. Fast alle seiner Kollegen im Polizeidienst hätten bei einem oder mehreren dieser Punkte die Hand gehoben. Das waren die gängigen Motive. Dass er selbst längst einen Ruf als kaltschnäuziger Hund weghatte, war Pavarotti klar. Wenn die wüssten. Pavarotti achtete peinlich darauf, alles, was ihn selbst betraf, unter Verschluss zu halten, und beschränkte sich auf rein sachbezogene Äußerungen zum jeweiligen Fall.

Das Schwierigste für ihn war immer der Kontakt mit den Angehörigen der Opfer, die seine Unfähigkeit, die richtigen Worte zu finden, als Feindseligkeit deuteten. Pavarotti war es mehrfach passiert, dass ihn ein Angehöriger plötzlich attackierte. Er hatte schon ein paarmal blaue Flecken, einmal sogar Kratzer im Gesicht, davongetragen. Aber das war nicht so schlimm wie der waidwunde Blick, mit dem ihn die Leute hinterher anschauten. Das Einzige, was ihm übrig blieb, war, ihnen aus den Augen zu gehen und den Fall zu lösen. Wenn er es bloß immer gekonnt hätte.

Pavarotti knipste das Licht aus, aber es half nichts. Das halbe Dutzend Akten, das ihn umtrieb, war immer noch da. Er wusste, dass er die Chance gehabt hätte, wenigstens einige dieser Fälle zum Abschluss zu bringen, wenn er bei Menschen einen besseren Instinkt hätte. Ganz sicher hätte er ein Unglück verhindern können, das eine Stelle in seinem Inneren seit fast fünfzehn Jahren wund rieb.

Pavarotti linste wieder hinüber zu den Aktenstapeln. Der Katharinaberg-Fall. Er wusste genau, wo die staubige Akte über die Kindesentführung lag. Erst als alles längst vorbei war, hatte Pavarotti verstanden, dass der Verlust eines Kindes seine Eltern innerlich auffraß. Ihre Seelen wurden in ein großes schwarzes Loch gesogen. Zurück blieb kein positives Gefühl mehr. Nichts und niemand anderes als das Kind, das nicht mehr da war, hatte noch eine Bedeutung.

Seither war er nie mehr in Katharinaberg gewesen. Katharinaberg war ein Ort im Nirgendwo. Das Dorf lag mitten in den Bergen der Texelgruppe, am Beginn des langen, schattigen Schnalstals, schon ziemlich weit oben auf dem Weg zum Eisjöchl. Paul hatte der Kleine geheißen. Heute wäre er ein junger Mann. Zweifelsohne war er aber bereits seit fünfzehn Jahren tot.

Die Mutter des Jungen hatte schon beim ersten Besuch der Polizei, ein paar Stunden nachdem ihr Mann den Dreijährigen als vermisst gemeldet hatte, ein auffälliges Verhalten an den Tag gelegt. Das betraf vor allem ihren Ehemann. Der war ein richtiger Hüne, breitschultrig, mit hellen Kräusellocken und Oberarmen, die sein kurzärmliges T-Shirt förmlich sprengten. Der Mann hatte mit mahlendem Kiefer neben der Frau auf der Couch gesessen. Er war am Ende gewesen, nur mit Mühe hatte er sich auf Pavarottis Fragen zum Ablauf des Tages konzentrieren können. Die Frau war so ziemlich das Gegenteil von ihrem Mann, schwarzhaarig, klein und dünn. Sie weinte nicht, sondern starrte geradeaus und machte einen unnatürlich gefassten Eindruck. Pavarotti fand die Aura, die sie ausstrahlte, unheimlich. Eisig, unerbittlich, wie eine Rächerin.

Immer wieder hatte der Ehemann den Blick seiner Frau gesucht. Vergebens. Die Frau schaute über Pavarottis Schulter stur auf die Wand. Es war eindeutig, sie konnte nicht ertragen, dass ihr Mann neben ihr saß, während ihr kleiner Sohn verschwunden war.

Die Frau war bei ihrer Mutter gewesen, und der Mann hatte den Sonntag allein mit seinem Sohn im Garten verbracht. Das Grundstück war auf der dem Haus gegenüberliegenden Schmalseite nicht abgezäunt und ging dort allmählich in Hochwald über. Irgendwann am Nachmittag klingelte das Telefon, und der Vater, der mit einem Bier auf der Terrasse gesessen hatte, ging ins Haus. Mit Tränen in den Augen gab der Hüne zu Protokoll, sich noch in der Tür vergewissert zu haben, dass sich der Kleine in Sichtweite auf dem Rasen befand und mit seinem neuen Plastikauto spielte. Als der Mann nach zehn Minuten wieder herauskam, war der Junge verschwunden.

Die in Marsch gesetzten Suchmannschaften und die Hundestaffel, die schon relativ kurz nach der Vermisstenmeldung den gesamten Wald durchkämmten, kehrten ohne den geringsten Anhaltspunkt zurück. Auch vom Plastikspielzeug fehlte jede Spur.

Es gab keinerlei Hinweise auf einen Fremden. Katharinaberg war eine kleine, sehr abgelegene Gemeinde. Ein Fremder wäre zweifellos aufgefallen. Zumal der Junge an einem Sonntagnachmittag verschwunden war. Die Dorfbewohner waren nach dem

Kirchgang zum Mittagessen zu Hause in den eigenen vier Wänden, saßen in ihren Gartenlauben oder standen am Zaun und tratschten. Trotzdem hatte niemand etwas gesehen oder gehört.

Pavarotti fragte sich zum hundertsten Mal, ob es richtig von ihm gewesen war, sich in den Vater des Jungen zu verbeißen, und ihn immer wieder zum Verhör zu holen. Der Mann hatte verzweifelt abgestritten, etwas mit dem Verschwinden seines Jungen zu tun zu haben. Dann wurde der Anrufer ermittelt. Der Vater hatte zum fraglichen Zeitpunkt wirklich telefoniert. Kurz vorher war der Junge noch von einer Nachbarin gesehen worden. Damit war der Mann weitgehend entlastet.

Und an diesem Punkt machte der Commissario einen riesengroßen Fehler. Pavarotti konnte sich noch gut erinnern, wie frustriert er gewesen war, dass er mit seinen Ermittlungen wieder von vorn beginnen musste. Außerdem hatte er keine Lust auf die frostige Atmosphäre in diesem Wohnzimmer in Katharinaberg gehabt. Deshalb ließ er den Mann einfach heimgehen und setzte die Mutter des Jungen nicht persönlich über die neue Lage in Kenntnis. Der Ehemann konnte ja wohl selbst über seine Entlastung berichten.

Auch heute noch, nach so vielen Jahren, krümmte sich Pavarotti innerlich, wenn er an seine geradezu frivolen Gedankengänge von damals dachte. Schon bei dieser ersten Unterredung, kurz nach dem Verschwinden des Jungen, hätte er die Gefahr wittern müssen, in der sich dieses Ehepaar befand.

Eine Woche nach dem Verschwinden des Jungen, als das Ehepaar nicht auf Anrufe reagierte und niemandem die Tür öffnete, fand eine Streife in dem Haus eine Tragödie vor. Der blonde Hüne lag mit dem Kopf in der Spüle, ein Fleischmesser ragte aus seinem Rücken. Das schmutzige Geschirr unter dem Körper war schwarz vor verkrustetem Blut. Überall krabbelten Fliegen herum. Nach dem Zustand der Leiche zu urteilen, war der Mann seit Tagen tot. Der Dorfpolizist aus dem größeren Nachbarort, der einen solchen Anblick nicht gewohnt war, übergab sich geräuschvoll auf der Terrasse. Direkt in das halb volle Bierglas des toten Vaters, aus dem dieser an dem verhängnisvollen Nachmittag getrunken hatte und das dort immer noch stand.

Als Pavarotti einige Stunden später in Katharinaberg eintraf, ahnte er bereits, was ihn erwartete. Im Kinderzimmer des Jungen fand er sie. Sie baumelte von der Decke. Den Kälberstrick hatte sie durch einen Haken an der Decke geschlungen, an dem vorher eine Lampe mit blauem Schirm und Schäfchenwolken-Aufdruck gehangen hatte. Die Lampe hatte sie sorgfältig auf das Kinderbettchen gelegt. Ihre Augen waren offen und anklagend auf Pavarotti geheftet. »Ich hab dir die Arbeit abnehmen müssen«, sagte dieser Blick.

Einen Abschiedsbrief hatte sie nicht hinterlassen. Das war auch gar nicht nötig. Es war klar, warum sie es getan hatte. In ihren Augen war ihr Mann der Schuldige. Und dadurch, dass er Pavarottis Hauptverdächtiger war, hatte der Commissario ihr eine offizielle Bestätigung für ihren Verdacht geliefert.

Pavarotti war davon überzeugt, dass irgendjemand über kurz oder lang durch Zufall auf ein kleines Skelett stoßen würde, vermutlich gar nicht so weit weg vom Zuhause des Jungen. Es musste ein Einheimischer gewesen sein, der immer noch frei herumlief. Pavarotti hatte auf ganzer Linie versagt, bei dem verschwundenen Kind und bei den Eltern.

Mühsam richtete er sich auf. Er durfte sich nicht so herunterziehen lassen. Es machte keinen Sinn, Dingen hinterherzugrübeln, die er nicht mehr ändern konnte. Er musste sich auf den derzeitigen Fall konzentrieren. Pavarotti packte sein Jackett und trat auf den nur spärlich beleuchteten Flur des Kommissariats hinaus.

SECHS

Freitag, 6. Mai

Pavarotti zückte ein überdimensionales Taschentuch und wischte sich den Schweiß vom Gesicht. An diesem Morgen war es deutlich wärmer als in den vergangenen Tagen, und die Wärme erinnerte ihn bereits unangenehm an die hohen Temperaturen im Sommer, die nicht mehr lange auf sich warten lassen würden. Er hatte schlecht geschlafen. Hoffentlich galt das auch für diesen dürren Schuster. Nach einer Nacht hinter Gittern dürfte diese halbe Portion wohl ausreichend weichgekocht sein, um den Mord zu gestehen.

Als er gerade aufstehen wollte, um Niedermeyer zum Verhör holen zu lassen, fiel ihm ein brandneuer Aktendeckel auf seinem Schreibtisch auf. Er schlug ihn auf – ein Vernehmungsprotokoll. Emmenegger hatte befehlsgemäß Louisa Felderer, die Witwe, befragt, und das Ergebnis bereits zu Papier gebracht.

Pavarotti zog überrascht die Augenbrauen hoch, dann seufzte er. Wenn der Sergente Emmenegger schon einmal so einen Jahrhunderteifer an den Tag legte, dann wäre es wohl nicht richtig von seinem Vorgesetzten, das Resultat einfach links liegen zu lassen. Pavarotti erinnerte sich vage an ein Führungsseminar, das Jahre zurücklag und bei dem er schlecht abgeschnitten hatte. Widerstrebend ließ er sich auf den Stuhl zurücksinken und vertiefte sich in den Text, der in italienischer Sprache verfasst war.

Das Italienisch war grauenvoll. Wahrscheinlich die Rache der gequälten Kreatur Emmenegger. Als dem Commissario das Protokoll der Befragung des kleinen Hochleitner auf den Tisch geflattert war, hatte er sich durch ein kaum verständliches Gemisch aus Deutsch und dem hiesigen Dialekt quälen müssen. Wutentbrannt hatte er Emmenegger in sein Büro zitiert, ihn nach allen Regeln der Kunst heruntergeputzt und die Order ausgegeben, dass zukünftig in Italienisch protokolliert würde. Mir fehlt die Zeit für semantische Ratespielchen, hatte er sarkastisch gesagt. Das hatte er jetzt davon.

Falls Pavarotti den Text richtig verstand, verfügte Louisa Felderer

offenbar über ein solides Alibi. Am Mordabend hatte sie sich in
der Nachtsauna der Therme Meran eine Auszeit von ihrem an-
strengenden Alltag als Frau eines schwerreichen Geschäftsmannes
gegönnt, und zwar in Begleitung einer Freundin. Bei der Freundin
handelte es sich um eine gewisse Viola Matern, die Empfangsdame
des Hotels Felderer. Pavarotti dachte an seine Begegnung mit diesem Mädel im Hotel Aurora und musste grinsen. Gleichzeitig war
seine Aufmerksamkeit geweckt. Das Mädchen war als Angestellte
von der Familie abhängig. Dem Alibi, das sie Louisa gegeben hatte,
war deshalb nicht hundertprozentig zu trauen. Pavarotti griff nach
einem Stift, um einen Vermerk für Emmenegger anzubringen,
damit der das Alibi überprüfte, da merkte er, dass der Sergente das
bereits getan hatte. Pavarotti war perplex. So viel Eigeninitiative
hatte er bei Emmenegger überhaupt noch nicht erlebt. Er beugte
sich noch einmal über den Bericht, um sich zu vergewissern, dass
er keiner Täuschung aufsaß. Doch da stand es schwarz auf weiß:
Der Sergente war am frühen Abend – nach Dienstschluss! – zur
Therme gefahren, um die Angaben zu überprüfen. Der Commissario staunte. Was in aller Welt war mit Emmenegger los, regnete
es bei ihm durchs Dach, oder war er etwa von seiner Gattin vor
die Tür gesetzt worden?

Wie Emmenegger herausgefunden hatte, besaß Louisa als
Stammkundin eine Dauerkarte in Form einer sogenannten
Chipuhr, mit der sie sich ein- und ausloggen konnte, ohne sich an
der Eingangspforte zu melden. Um genau neunzehn Uhr vierundzwanzig hatte ihre Chipuhr die dafür vorgesehene Lesefläche am
Eingangsdrehkreuz passiert. Da war ihr Mann nach Aussage der
Gerichtsmedizin noch am Leben gewesen. Außerdem war das ja
ohnehin durch Lissie bestätigt, die um diese Zeit ihr Geplänkel mit
dem Mordopfer gehabt hatte. Ausgeloggt hatte sich Louisa um null
Uhr siebenunddreißig. Zu diesem Zeitpunkt war Karl Felderer nach
gerichtsmedizinischem Befund bereits tot gewesen. Louisa konnte
den Mord an ihrem Mann also unmöglich begangen haben.

Pavarotti überflog Emmeneggers umständlich formulierte
Niederschrift über die Unterhaltung, die dieser mit der Frau am
Ticketverkauf geführt hatte. Sie konnte sich gut daran erinnern,
dass am fraglichen Tag zwei Frauen das Gebäude als letzte Gäste

verlassen hatten. Die Ticketverkäuferin hatte die zwei ziemlich gut beschrieben. Eine große Blonde, rundes Gesicht mit Sommersprossen, hochschwanger. Das musste Louisa gewesen sein. Und eine jüngere, schmalhüftige. Viola Matern.

Anscheinend kam es nur selten vor, dass jemand bis kurz vor Schluss in der Therme blieb. Die lange Saunanacht ging jeden Samstag bis halb eins. »Meistens sind alle aber bereits um Mitternacht weg«, hatte die Frau gesagt. Sie freute sich offenbar jedes Mal darauf, eine halbe Stunde früher Schluss machen zu können. An dem Tag war sie schwer erkältet gewesen und hatte jede Minute gezählt, bis sie endlich nach Hause und ins Bett gehen konnte. Die beiden Frauen rückten aber erst kurz vor halb eins an. Als die Schwangere vor dem Drehkreuz noch einmal umdrehte, war die Frau am Empfang richtig sauer geworden, wie Emmenegger überflüssigerweise vermerkte. Was hat die Stimmungslage dieser Dame eigentlich in einem offiziellen polizeilichen Protokoll verloren?, fragte sich Pavarotti kopfschüttelnd. Emmeneggers Niederschrift strotzte diesmal sowieso von Details. Schuld an dem Hin und Her waren Badeschuhe gewesen, die Louisa Felderer anscheinend in der Umkleidekabine vergessen hatte.

Anstatt Louisa endgültig von der Verdächtigenliste zu streichen, hatte diese Zeugenaussage bei Pavarotti den gegenteiligen Effekt. »Als ob die es darauf angelegt haben, dass die Frau sich an sie erinnert«, murmelte Pavarotti.

Als Emmenegger überprüfen wollte, ob die beiden Frauen am frühen Abend beim Betreten der Therme gesehen worden waren – guter Mann! –, hatte er kein Glück gehabt. Eine andere Kassiererin hatte zu der Zeit Dienst gehabt, und die hatte Emmenegger nicht angetroffen.

Pavarotti lehnte sich zurück und versank in Überlegungen, wie Louisa es gedeichselt haben könnte, ihr Alibi zu fälschen. War es möglich, sich sozusagen unter dem Radarschirm des Computers Zugang zur Therme zu verschaffen? Normalerweise war das bei solchen Chipsystemen ein Ding der Unmöglichkeit. Aber man konnte nie wissen. Vielleicht hatte sie eine Busenfreundin am Einlass, die wusste, wie man den Zugangscode austrickste.

Um das herauszufinden, musste er genau wissen, wie die Datenerfassung in der Therme funktionierte. Ein Sekunde lang spielte er mit dem Gedanken, die Angelegenheit Emmenegger zu überlassen, der kannte sich ja vor Ort bereits aus. Nein, das ging nicht, von IT verstand der Sergente nichts. Der tippte seine Protokolle immer noch auf einer klapprigen Triumph. Es half nichts, das musste er selbst übernehmen. Beim bloßen Gedanken daran brach Pavarotti der Schweiß aus. Bestimmt waberten die Hitzeschwaden ungehemmt in der ganzen Therme herum und warteten nur darauf, ihm unters Hemd und in den Nacken zu kriechen. Er schüttelte sich angewidert und fahndete in seiner Aktenmappe schon mal nach sauberen Taschentüchern. Sicherheitshalber.

Dabei fiel ihm Lissies Visitenkarte mit ihrer Mobilnummer in die Hände. Beim letzten Treffen hatten sie endlich einmal ihre Nummern ausgetauscht. Ihm kam ein Gedanke. Lissie konnte man bestimmt problemlos auf hundert Grad erhitzen, ohne dass sie dabei irgendwelchen Schaden nahm. Kein Fett auf den Rippen, das verdunsten konnte. Und ihr Mundwerk lief bestimmt auch bei hohen Temperaturen wie geölt. Pavarotti musste unwillkürlich grinsen, als er an Lissie dachte. Gegen sie hatte seine schlechte Laune einfach keine Chance.

★★★

Lissie tigerte vor der Bar Algund auf und ab. Sie war viel zu früh dran, war aber dankbar für die Gelegenheit, ein wenig frische Luft zu schnappen. Ihr Kopf hämmerte, und ihr Magen war auch nicht in bester Verfassung. Sie hatte sich gestern an die Schwiegertochter des Hauses herangepirscht, aber die Durchführung dieses Plans war durch ein beträchtliches Quantum Alkohol ein wenig aus dem Ruder gelaufen.

Lissie konnte sich normalerweise drauf verlassen, dass sie eine ganze Menge vertrug. Aber irgendwann machte auch bei ihr der Körper nicht mehr mit. Das galt vor allem für ihren Denkapparat. An diesem Morgen konnte sie nur mit Mühe die Ereignisse des Vorabends rekapitulieren. Hatte sie eigentlich irgendetwas erfahren? Und falls ja: Hatte ihr benebeltes Gehirn es geschafft, die entscheidenden Informationen zu speichern? Lissie sog ihre Lungen voll Luft, um ihrem Denk- und Gedächtnisorgan mit ein wenig Sauerstoff auf die Sprünge zu helfen.

Also, wie war das gestern gewesen? Gegen sieben Uhr war sie zum Abendessen heruntergekommen. Sie erinnerte sich, eine im Restaurant verloren herumstehende Louisa vorgefunden zu haben, die ein paar missglückte Versuche unternahm, die wenigen Gäste zu begrüßen. Spontan hatte Lissie beschlossen, die Gelegenheit beim Schopf zu packen.

Einige Minuten lang hatte sie die unbeholfenen Gesten der Frau beobachtet, die mit ihrer neuen Rolle im Hotel offensichtlich überfordert war. Es war ganz klar, dass sie das erste Mal Repräsentationsaufgaben übernehmen musste. Ihr Mann machte ja höchstens noch in der Gerichtsmedizin oder beim Bestatter eine gute Figur. Und Felderer senior glänzte an dem Abend durch Abwesenheit.

Ihre Schwangerschaft erleichterte es Louisa natürlich nicht gerade, sich elegant zwischen den Tischen hindurchzubewegen. Als sich die Frau schließlich bis zu ihrem Tisch vorgearbeitet hatte, verwickelte Lissie sie problemlos in ein Gespräch. Sie musste schmunzeln, als sie sich daran erinnerte, wie entspannt Louisa plötzlich ausgesehen hatte. Die junge Witwe war froh gewesen, sich mit jemanden unterhalten zu können, der ihr die Gesprächsführung abnahm. Aus einem Glas Wein, zu dem sich die beiden Frauen nach dem Abendessen an der Hotelbar verabredet hatten, waren dann ein paar mehr geworden, vor allem bei Lissie. Der Mädelsabend endete in den Privaträumen der Felderers im Anbau hinter dem Hotel. Insgesamt hatten sie drei Flaschen eines weißen Châteauneuf-du-Pape, Jahrgang 2001, geleert, ein Juwel des hauseigenen Weinkellers. Es handelte sich um den Lieblingswein des verstorbenen Karl Felderer, wie sie von ihrer neuen Freundin erfuhr. Louisa hatte beim Öffnen der ersten Flasche boshaft gelächelt und Lissie aufgefordert, es sich schmecken zu lassen. »Er trinkt ihn nimmer«, hatte sie gesagt.

»Wenn die Verbandsspießer wüssten, dass der beste Tropfen in unserem Keller kein Südtiroler, sondern ein Franzose ist«, kicherte die junge Witwe, als sie die zweite Flasche öffnete.

»Na, ein Glück, wenigstens ist es kein Italiener«, hatte Lissie trocken angefügt und schallend gelacht. In dem Moment war ihr aufgegangen, dass sie schon mächtig angeschickert sein musste. Denn in nüchternem Zustand fand sie Leute, die über ihre eigenen Witze lachten, komplett niveaulos.

Angeekelt schüttelte Lissie den Kopf. Der Boden unter ihr schwankte leicht, ihr Magen auch. Ihr war übel, auch jetzt noch, am späten Vormittag. Lissie musste rülpsen. Aber es gelang ihr, die Ereignisse des Vorabends Stück für Stück zu rekonstruieren. Dabei wurde ihr klar, dass die Informationen, die sie erhalten hatte, ihren dicken Kopf wert waren. Außerdem hatte sie eine gute Tat vollbracht. Sie hatte es geschafft, die schwangere Louisa weitgehend vom Trinken abzuhalten. Leider hatte sich die Kleine immer wieder großzügig nachgeschenkt, am Schluss immer schneller. Was bedeutete, dass Lissie jedes Mal, wenn Louisa aufs Klo oder zum CD-Player ging, in Windeseile ihr Weinglas schnappen, bis auf einen kleinen Rest austrinken und mit Mineralwasser auffüllen musste.

»Prost – auf den, der's war«, hatte Louisa dann schließlich bei der dritten Flasche gemurmelt und in ihr Glas geheult.

Lissie hatte gar nichts mehr gesagt. Sie war vollauf damit beschäftigt gewesen, ihren Magen in Schach zu halten.

Sie rülpste noch einmal, diesmal laut, und schaute sich erschrocken um. Gott sei Dank, in der Seitengasse, die vom Sparkassenplatz in Richtung Via delle Corse führte, hielt sich außer ihr niemand auf. Lissie blinzelte. Ihre Augen brannten höllisch. Die Augentropfen, die sie für solche Fälle stets bei sich trug, lagen ausgerechnet heute außerhalb ihrer Reichweite im Badezimmer ihrer Suite. Lissie fluchte. Sie war derzeit einfach nicht gut organisiert, das war das Problem. Zufällig warf sie einen Blick ins Schaufenster des Brillengeschäfts neben dem Café Algund, das seinen Umsatz offenbar mit teuren Designer-Sonnenbrillen für Touristen machte, denen das Geld im Urlaub lockersaß. Lissie überlegte kurz, ob sie die Zeit nutzen und hineingehen sollte, verwarf den Gedanken aber wieder. Sie musste völlig degeneriert sein, in ihrem Zustand einen Lustkauf in Erwägung zu ziehen. Außerdem hatte sie Besseres zu tun, als ihre Gedanken an modischen Schnickschnack zu verschwenden.

Was sie jetzt viel dringender brauchte, war ein anständiger Cappuccino. Sie beschloss, die Warterei auf Pavarotti in die Bar zu verlegen und sich schon mal eine Dosis Koffein zuzuführen.

In der Bar Algund war es noch leer. Trotzdem konnte von Ruhe keine Rede sein. Der einzige Mensch im Raum war ein Kellner, der sich mit viel Haargel auf Gigolo gestylt hatte. Er lehnte hinter dem Tresen und brüllte italienische Stakkatosätze in sein Handy, dass die ganze Kneipe wackelte. Die Person am anderen Ende der Leitung war entweder bereits stocktaub oder würde es in Kürze sein, so viel stand fest. Vielleicht versuchten ja beide, sich gegenseitig zu überschreien. Vermutlich eine Frauengeschichte. Plötzlich begann auch noch die Espressomaschine zu dröhnen. Lissie stöhnte. Ihr Kopf war mit solchen Geräuschen an diesem Morgen gar nicht einverstanden.

Ohne sein Telefonat zu unterbrechen, warf der Kellner Lissie einen taxierenden Blick zu, während sie quer durch das Lokal nach hinten stakste. Als Lissie die Espressomaschine passierte, zischte das Gerät feindselig.

Sie zwängte sich in die am weitesten von den großen Fenstern entfernte Sitzgruppe. Erst dort wagte sie es, ihre Sonnenbrille abzusetzen. Ihre Augen waren derzeit nicht tageslichtkompatibel. Der rote Kunstlederbezug quietschte unanständig, als sie es sich bequem machte.

Der Kellner näherte sich und nahm mit einem Nicken ihre Bestellung auf, ohne sein Telefonat zu unterbrechen. Eindeutig multitaskingfähig, der Mann. Ein Ausnahmefall. Sie schaute seinem knackigen Hintern nach, der sich wieder in Richtung Theke bewegte. Gar nicht schlecht, der Knabe, zumindest ab der Taille abwärts. Lissie schloss die schmerzenden Augen.

Dann hörte sie, dass die Tür aufgerissen wurde, und stieß einen Jammerlaut aus. Ohne Zweifel Pavarotti, dazu brauchte sie die Augen gar nicht aufzumachen. Sie wappnete sich gegen eine laute Stimme in unmittelbarer Nähe ihrer Ohren. Es kam aber nur ein leises, erschrockenes »Du lieber Himmel, wie siehst du denn aus?«.

Lissie öffnete die Augen und sah, dass der Commissario auf einem Stuhl gegenüber ihrem Kunstledersofa Platz genommen hatte und sie anstarrte. Anscheinend unterzog er gerade ihre fahlen

Wangen, die Falten um den Mund und ihre blutunterlaufenen Augen einer kritischen Musterung. Sehr peinlich. Lissie schnitt eine Grimasse. Ein Kater ließ sich nun einmal nur begrenzt überschminken. »Grundgütiger, du hast dich gestern ja wohl bis zum Rand volllaufen lassen«, versetzte Pavarotti schließlich.

»Wenn dir mein Anblick so unangenehm ist …«, Lissie kramte in ihrer Handtasche und setzte ihre Sonnenbrille wieder auf. »Jetzt besser?«

Pavarotti nickte stumm.

»Also, erzähl schon! Habt ihr diesen Niedermeyer?«, fragte sie.

Pavarotti bestellte sich erst einmal einen Cappuccino und ein Croissant. Dann warf er dem Kellner, der in Hörweite stehen geblieben war, einen bösen Blick zu und beugte sich über den Tisch. Doch als Pavarotti in den Dunstkreis von Lissies Restalkoholatem geriet, verzog er das Gesicht und lehnte sich wieder zurück. Lissie verdrehte ungeduldig die Augen. Sollte der Kellner doch mithören, na wenn schon.

★★★

Nachdem Pavarotti mit seinem Bericht fertig war, wartete er auf einen anerkennenden Kommentar. Prima Teamarbeit war das gewesen, sie hatten den Täter, und das nach so kurzer Zeit. Aber Lissie blieb still und rührte gedankenverloren in ihrem Cappuccino. »Ich glaube, du liegst falsch mit Niedermeyer«, sagte sie schließlich.

Pavarotti stutzte, dann sagte er ärgerlich: »Wie kommst du eigentlich dazu, so daherzureden? Der Mann hat ein klares, ausgesprochen starkes Mordmotiv. Oder bist du vielleicht enttäuscht, weil dir die Lösung zu simpel ist? Anders als im Krimi ist das Naheliegende meistens auch das Richtige, lass dir das von einem Profi gesagt sein!«

»Darum geht's nicht.« Lissie schüttelte den Kopf und stöhnte. »Mir kommt es einfach nicht plausibel vor, dass Niedermeyer den Mord aus Eifersucht begangen haben soll. Seine Frau ist ihm das gar nicht wert, glaub mir. Ich bin sicher, dass hinter dem Mord etwas anderes steckt.«

»Ach wirklich? Und woher hast du diese bahnbrechende Erkenntnis? Hat dir das etwa dein Flaschengeist gestern Abend zugeflüstert?«

Lissie warf ihm einen scharfen Blick zu und berichtete von ihrem feuchtfröhlichen Gelage mit der Witwe Felderer, dem sie ihren ramponierten Zustand zu verdanken hatte.

»Die Louisa weiß über die Greta Niedermeyer ganz gut Bescheid, so wie man sich halt unter den Frauen der Meraner Geschäftsleute kennt. Die sehen sich ziemlich oft, da gibt es einiges an Marketing-Aktionen, an denen die Frauen teilnehmen. Und dann immer mal wieder Gala-Abende mit dem Bürgermeister«, erzählte Lissie. »Anscheinend war es ein offenes Geheimnis im Verband, dass die Greta von ihrem Mann kaum noch zur Kenntnis genommen wird. Deswegen hat sie auch ständig eine Leidensmiene zur Schau getragen.«

Greta, immer schon eine graue Maus, sei immer verhuschter und fahriger geworden, je weniger ihr Mann sich um sie kümmerte.

»Sie hat sich total vernachlässigt gefühlt. Kein Wunder, dass sie sich von Felderer hat herumkriegen lassen«, sagte Lissie. »Aber aus Felderers Sicht verstehe ich die Sache nicht. Die Greta Niedermeyer ist doch nun wirklich nicht sein Beuteschema.«

Pavarotti grinste. »Das musst du ja am besten wissen«, spöttelte er.

Doch Lissie winkte bloß lässig ab. »Ich konstatiere nur das Offensichtliche. Übrigens sollen die einzigen Eifersuchtsgefühle Niedermeyers mit Felderers geschäftlichem Erfolg in Meran und mit dessen prominenter Stellung im Verband zusammenhängen. Alle wissen, dass den Niedermeyer der Neid auffrisst. Sagt jedenfalls die Louisa.«

Pavarotti wackelte anerkennend mit dem Kopf. »Na wenigstens hast du deine Gesundheit gestern nicht ganz umsonst ruiniert. Was du da erzählst, bedeutet aber überhaupt nicht, dass unser Schuhhändler aus der Sache raus ist. Eher das Gegenteil, finde ich.«

Lissie wiegte langsam ihren Kopf hin und her. »Schon, aber hinter der Angelegenheit steckt noch mehr, als du bis jetzt weißt«, sagte sie und setzte eine geheimnisvolle Miene auf. »Das Beste hab ich dir nämlich noch gar nicht erzählt!«

Pavarotti beugte sich vor und warf dem Kellner einen finsteren Blick zu. Der stand immer noch in Hörweite und tippte irgendwas in sein Handy. Oder tat zumindest so. »Dann schieß los, aber leise, wenn ich bitten darf!«

Genüsslich ließ Lissie die Katze aus dem Sack. Louisa Felderer hatte vor ein paar Tagen obszöne Nacktfotos von Greta Niedermeyer in Karls Schreibtisch gefunden. Auch wenn sich Karl Felderer schon vorher keine sonderliche Mühe gegeben hatte, seiner Ehefrau den treuen Gatten vorzuspielen, war Louisa richtiggehend geschockt gewesen. Diese Aufnahmen hätten das Fass zum Überlaufen gebracht. Erstens wegen Greta. Touristinnen könne sie ja noch einigermaßen wegstecken. Die führen ja am Ende wieder weg. Aber die Frau eines Verbandskollegen, das gehe zu weit.

»Louisa war furchtbar zornig, weil sie wusste, dass alle über sie und Klaus lästern, wenn das rauskommt«, erzählte Lissie. »Und außerdem, die Fotos selbst sind anscheinend ziemlich ekelhaft. Greta hat offenbar nicht so ausgesehen, als würde sie die Sache genießen, sondern furchtbar ängstlich in die Kamera geschaut, wie ein gerupftes Huhn.« Lissie pausierte kurz. »Louisa hat beschlossen, mit Greta zu reden und ihr die Aufnahmen zu geben, damit die nicht in falsche Hände geraten. Und dann wollte sie ihren Mut zusammennehmen und Karl zur Rede stellen.«

Doch an dem Morgen, an dem Louisa ihren Plan in die Tat umsetzen wollte, seien die Fotos auf einmal weg gewesen.

»Das war am Morgen nach dem Mord, kurz bevor du bei den Felderers warst«, konkretisierte Lissie. »Und diese kompromittierenden Fotos, die sind doch Beweis genug, dass es bei dieser netten Dreiecksgeschichte um mehr geht, als wir bisher angenommen haben!«

Pavarotti war nachdenklich geworden. Mit der Wirkung ihres Berichts offenbar hochzufrieden, verschränkte Lissie die Arme und schaute ihn herausfordernd an. Gerade öffnete sie den Mund, vermutlich um ihm weitere bahnbrechende Neuigkeiten mitzuteilen, da läutete sein Handy.

Pavarotti blickte auf das Display. Editha. Er hatte nicht vor, dieses Telefonat in Lissies Anwesenheit zu führen. Ohne sich mit Erklärungen aufzuhalten, stürmte er zur Tür.

199

Als Pavarotti schon die Klinke in der Hand hatte, flog die Tür auf, und eine Gruppe von Touristen strömte in die Bar. Nachdem er es endlich nach draußen geschafft hatte, nahm er das Gespräch an.

»Wird das noch was, Bruderherz? Brauchst du eine Sondereinladung, ranzugehen? Ich hab schließlich nicht den ganzen Tag für ein Palaver mit meinem Lieblingsbullen Zeit!«

Pavarotti seufzte lautlos und bewegte seine massige Gestalt in einen kleinen an den Sparkassenplatz angrenzenden Hinterhof, um ungestört reden zu können. Das Gespräch würde wieder einmal unerfreulich werden, was auch immer es war, das ihm seine Schwester mitzuteilen hatte.

»Was gibt's?«, versetzte er kurz angebunden.

Aus dem Hörer war nur das Rascheln von Papier zu vernehmen.

»Editha, hör auf, es spannend zu machen! Du wirst ja wohl noch wissen, weswegen du mich anrufst!«

Editha kicherte. »Ich habe mir nur gerade überlegt, was mein Bruder, der große Detektiv Poirotti, mit unseren Arbeitsergebnissen anfangen wird.«

Pavarotti wartete schicksalsergeben. Seine Schwester befand sich offensichtlich bereits mitten in ihrer üblichen, ganz speziellen Dramaturgie. Irgendeine Verzögerungstaktik benutzte sie fast immer, bevor sie wichtige Informationsfitzelchen herausrückte. Das Ganze war mittlerweile zwanghaft, geradezu abnorm.

Aus dem Hörer knisterte und knirschte es. Dann gluckerte etwas. Anscheinend wurde Flüssigkeit in ein Glas gegossen. Pavarotti verdrehte die Augen. Er hörte, wie seine Schwester geräuschvoll schlürfte. Dann drang ihre Stimme wieder durchs Telefon, reichlich verschliffen, als ob ihre Zunge plötzlich ein halbes Pfund zugenommen hätte. Was hatte Editha da bloß gerade zu sich genommen – womöglich reinen Alkohol? Oder haschte sie jetzt auch noch?

»Es geht um die Farbspuren. Diese Farbspuren in der Wunde. In der Kopfwunde von Karl Felderer«, mühte Editha sich ab. »Das Labor in Bozen hat mir gerade die Ergebnisse gefaxt. Sehr merkwürdig. Es handelt sich um Blattgold, feine Abreibungen von Blattgold.«

Und plötzlich war sie wieder ganz die Alte. »So! Das Labor

200

hat erstklassige Arbeit geleistet. Leider völlig umsonst, weil du ahnungsloser Watson damit bestimmt nichts anfangen kannst. Deshalb wünsche ich auch nicht viel Erfolg, sondern weiter viel Spaß bei den Ermittlungen.«

Dem Commissario riss die Hutschnur. Sein Geduldspotenzial war aufgebraucht. Er beschloss, dass hier und jetzt die passende Gelegenheit war, dieses überdrehte Weib an die Wand zu nageln.

»Denk gar nicht daran, jetzt aufzulegen, Editha, sonst komm ich zu dir in die Gerichtsmedizin und lasse den Staatsanwalt an unserer Unterhaltung teilhaben. Und hör auf mit deinen Fisimatenten und Ausflüchten. Du hast mir Informationen unterschlagen. Das wiegt bei dir als Beamtin im Staatsdienst besonders schwer. Und damit ist jetzt Schluss! Wenn nicht, dann werde ich das melden. Also entscheide dich!«

»Ich verstehe nicht. Was willst du noch?«, herrschte ihn Editha an. Ihr Ton änderte sich aber ziemlich schnell, als Pavarotti ihr unmissverständlich klarmachte, dass er über ihre Freundschaft mit Greta Niedermeyer genau Bescheid wusste.

»Und jetzt pack endlich aus, meine Liebe! Du dürftest ja wissen, dass der Mann deiner Freundin unter Mordverdacht im Knast sitzt. Wenn du mir weiterhin wichtige Informationen vorenthältst, kannst du die Nacht auf Staatskosten in Beugehaft verbringen. Und da gibt es bestimmt keinen Schlummertrunk für dich, darauf kannst du deinen dürren Arsch verwetten!«

Am Ende wirkten Drohungen bei Editha immer. Vordergründig machte sie einen fast schon übertrieben selbstbewussten Eindruck. Wenn es aber jemand darauf anlegte, sie einzuschüchtern, knickte sie schnell ein. Edithas Selbstwertgefühl hing erheblich von der guten Meinung anderer Leute ab.

Gerade noch rechtzeitig merkte er, dass Editha wieder begonnen hatte zu sprechen. »… ihr schon seit Wochen gesagt, sie soll das beenden. Das war echt krass und hatte mit normalem Sex nicht mehr das Geringste zu tun.«

»Wovon sprichst du?«

Sie zögerte. Offenbar widerstrebte es Editha wirklich, die intimen Angelegenheiten ihrer Freundin vor der Polizei auszubreiten. Pavarotti hatte nicht gedacht, dass seine Schwester überhaupt wusste, was Loyalität bedeutete. Er hatte sie immer für eine ausgemachte Egoistin gehalten. Anscheinend hatte er ihr unrecht getan.

Nach einigen gezielten Nachfragen kam die Wahrheit über die Beziehung zwischen Karl Felderer und Greta Niedermeyer ans Licht. Offenbar hatte Felderer seine Geliebte immer wieder unter Alkohol gesetzt und sie dann mit Schmeicheleien und Einschüchterungen dazu gebracht, sich von ihm in pornografischen Posen fotografieren zu lassen.

»Ich habe sie gewarnt, aber umsonst«, zeterte Editha. »Greta war ja von ihrem Mann eh schon gewohnt, zu parieren. Auf den Zug brauchte Felderer nur aufzuspringen. Außerdem war die Greta zunehmend von ihm abhängig. Sexuell, meine ich. Komisch, eigentlich. Denn sie hat an einem Abend, als sie mal sauer auf ihn war, die Bemerkung fallen lassen, dass er im Bett eine ziemliche Niete sei. Trotz seines Macho-Gehabes.«

»Welche Begründung hat Felderer Greta denn für die Aufnahmen gegeben? Er wird sich ja nicht einfach kommentarlos einen Fotoapparat geschnappt und angefangen haben, Nahaufnahmen von ihrer Bikinizone zu machen, oder etwa doch?«

Es gluckerte amüsiert aus dem Hörer. Seine Schwester hatte die Nase offensichtlich wieder über Wasser. »Greta ist lieb, aber nicht die Schlaueste. Karl hat offenbar gesagt, er wolle die Fotos als Stimulans ständig bei sich tragen.«

»Und das hat sie geglaubt?«

»Beim ersten Mal schon. Aber bei ihrem letzten Schäferstündchen im Gilf, als Karl sich überhaupt nicht mehr so verhielt, als fände er Greta begehrenswert, sind ihr doch Zweifel gekommen. Einen Austausch von Zärtlichkeiten gab es dann gar nicht mehr. Karl schubste sie bloß grob aufs Bett und befahl ihr, sich auszuziehen. Da schwante ihr wohl, dass es ihm gar nicht um sie, sondern eigentlich nur um die Fotos ging. Als ich nach Hause kam, saß sie heulend auf meiner Terrasse.«

Editha hatte an diesem Abend ihrer Freundin geraten, Schluss zu machen. Die Affäre sei dubios und entwickle sich in eine gefährliche Richtung. Es sehe ganz danach aus, als ob Felderer einer dieser Perverslinge sei, die nur unter Gewaltanwendung einen hochkriegten. Vielleicht stecke sogar noch Schlimmeres dahinter. Editha sagte, ihr sei im Laufe dieses Gesprächs sogar der Gedanke gekommen, dass Karl ihre Freundin mit den Fotos erpressen wolle. Aber warum bloß, habe Greta gemeint, und angstvoll den Kopf geschüttelt.

»Gestern haben wir dann den Schlüssel für das Apartment im Gilf zurückgegeben«, sagte Editha. »Greta war so durcheinander, da bin ich mitgegangen.«

Pavarotti atmete tief durch. »Editha, wie es aussieht, hat Karl Felderer Abzüge gemacht. Wo sind diese Fotos, und wo ist die Kamera mit dem Speicherchip?«

»Luciano, glaub mir oder lass es bleiben – ich weiß es nicht. Ich hab Greta nach dem Mord danach gefragt. Sie ist richtig panisch. Offenbar hat sie eine irre Angst, dass irgendjemand diese Aufnahmen in die Hände bekommen hat. Vielleicht glaubt sie ja, ihr Mann hat sie. Jedenfalls ist Greta keine gute Schauspielerin. Ich nehme ihr ab, dass sie nichts weiß. Aber das musst du selbst beurteilen.« Nach einer kurzen Pause fuhr sie fort: »Hast du übrigens überprüft, was der Tote bei sich hatte? Vielleicht waren die Fotos bei der Leiche. Ruf zur Sicherheit lieber noch mal bei Kohlgruber an. Der steht ja manchmal auf dem Standpunkt, wer nicht fragt, kriegt keine Antwort. Du weißt schon.«

Pavarotti durchfuhr es siedend heiß, weil er nicht von selbst draufgekommen war. Er bedankte sich bei Editha. Man verabschiedete sich halbwegs höflich. Eine Premiere.

Nach seinem Anruf bei Kohlgruber, der am Ende des Gesprächs tödlich beleidigt gewirkt hatte, legte Pavarotti seine Stirn in Falten und dachte nach. Bei der Leiche waren keine Fotos gewesen. Er steckte sein Handy zurück in die Jackentasche. Komisch, Felderer hatte auch kein Mobiltelefon dabeigehabt. Wo war es abgeblieben? Ein weiteres Rätsel, dem Pavarotti nachgehen musste. Nur sein Portemonnaie, einen Schlüsselbund und ein benutztes Taschentuch hatte der Tote bei sich getragen.

Pavarotti fuhr sich über den Nasenrücken. Das alles hätte er schon viel früher überprüfen müssen. Er seufzte tief. Ein Handy hätte ihm Aufschluss über die Telefonate von Felderer am Mordtag und in der Mordnacht gegeben. Hatte es der Mörder mitgenommen, weil das Gerät einen Hinweis auf ihn enthielt? Er erinnerte sich, dass Lissie ihm von einem Anruf erzählt hatte, den Karl Felderer in ihrer Gegenwart angenommen hatte. Unfreundlich hatte Felderer dabei gewirkt. War Niedermeyer der Anrufer gewesen?

Er schüttelte die Gedanken ab. Im Moment führten sie zu nichts. Sein wichtigster Anhaltspunkt waren jetzt die Fotos. Pavarotti stieß einen Fluch aus. Vielleicht hatte Greta seine Schwester ja doch belogen. Vielleicht hatte sie selbst ihren Lover ermordet, die Fotos mitgenommen und vernichtet. Sollte sein Verdacht gegen Klaus Niedermeyer stimmen, dann hatte Pavarotti allerdings noch eine klitzekleine Chance, dass die Fotos noch existierten. Niedermeyer hatte nicht ahnen können, dass Pavarotti ihn so rasch kassieren würde. Außerdem waren diese Fotos für Niedermeyer ein viel zu gutes Druckmittel, um seine Frau noch gefügiger als bisher zu machen, um es so mir nichts, dir nichts aus der Hand zu geben. Pavarotti war sich plötzlich sicher, dass Niedermeyer die Aufnahmen noch besaß.

Im Sturmschritt steuerte Pavarotti den Taxistand vor der Cassa di Risparmio an und ließ sich in einen der Wagen fallen. Dass Lissie noch in der Bar saß, hatte er vollkommen vergessen.

★★★

Mit wachsender Ungeduld beobachtete Lissie, wie sich die Bar Algund langsam füllte. Es war mittlerweile später Vormittag, und die Angestellten aus den umliegenden Büros gönnten sich eine Kaffeepause oder trafen sich zu einem frühen Mittagessen.

Sie rieb sich die immer noch pochende Stirn. Den meisten Lärm veranstalteten wieder einmal die Touristen. Eine Gruppe Jugendlicher mit Rucksäcken belagerte die Sitzgruppe unmittelbar neben ihr. Die Kids alberten herum, und als eines der Mädchen mit einer ungestümen Bewegung einen Milchshake vom Tisch fegte, erntete die Aktion grölendes Gelächter. Als der Kellner mit Gewitterblick herbeieilte, um die Schweinerei aufzuwischen, verebbte es aber schnell und machte betretenem Schweigen Platz.

Lissie sah auf die Uhr. Mittlerweile war Pavarotti seit einer halben Stunde abgängig. Was fiel ihm eigentlich ein, sie hier endlos sitzen zu lassen? Nachdem sie gezahlt hatte, beschloss sie, auf die Toilette zu gehen und dann draußen nachzusehen, wo der Kerl abgeblieben war. Die Verfassung ihrer Augen hatte sich spürbar verbessert, sodass Lissie sich jetzt wieder dem grellen Tageslicht gewachsen fühlte. Außerdem ging ihr die Bar mittlerweile gehörig auf die Nerven.

Sie zwängte sich an den Jugendlichen vorbei und stieg vorsichtig eine steile Treppe hinunter, die zu den Waschräumen im Keller führte. Kalt und klamm war es hier unten. Die Wände, an denen sich Lissie mangels Geländer abstützte, fühlten sich feucht an. Ein süßlicher Verwesungsgeruch stieg ihr in die Nase, der den penetranten Uringeruch noch überdeckte. Wahrscheinlich lagen irgendwo ein paar tote Mäuse herum. Lissie öffnete eine Tür mit dem altmodischen Piktogramm einer Dame in langem Kleid und schauderte. Keine zehn Pferde würden sie dazu bringen, diese Örtlichkeit zu benutzen.

Vom Putzen der Aborte hielt man in der Bar Algund offenkundig nicht allzu viel. Außerdem war in diesem Keller seit Jahrzehnten nichts erneuert worden. Vom Zustand der Rohrleitungen und Lüftungsschächte her zu urteilen, war hier unten die Zeit stehen geblieben. So ungefähr in der Mitte des vergangenen Jahrhunderts.

Sie wollte gerade wieder die Treppe hochsteigen, da fiel ihr eine Tür am untersten Treppenabsatz auf, die einen Spalt offen stand. Sie lugte hinein und tastete nach einem Lichtschalter. Als das Licht aufflammte, hätte sie vor Überraschung fast einen Pfiff ausgestoßen. Sie stand im Eingangsbereich einer alten, zerschrammten Kegelbahn aus Holz, die aber offenkundig noch benutzt wurde. Auf den ramponierten Tischen standen halb volle Biergläser und überquellende Aschenbecher. Es roch nach abgestandenem Rauch.

Nach dem letzten geselligen Zusammensein hatte sich niemand die Mühe gemacht, die kleinen Kellerfenster zum Lüften zu öffnen und aufzuräumen. Fast wäre Lissie über eine schwarz glänzende Kugel gestolpert, die ein Mitspieler einfach auf dem Boden hatte liegen lassen. Eine mit Kreidestrichen übersäte Tafel gab Hinweise auf den Ausgang des letzten Spiels.

Was Lissie aber mehr interessierte als die Frage, wer wie hoch gewonnen hatte, war eine Reihe alter Schwarz-Weiß-Fotos in altmodischen Schellack-Rähmchen, die über den Biertischen an der Wand hingen. Neugierig trat sie näher heran. Die Fotos waren ohne Zweifel in dem Raum aufgenommen worden, in dem sie sich gerade befand. Es handelte sich offenbar um den örtlichen Kegelclub. Auf den Bildern waren ausschließlich Männer zu sehen, die sich an den Tischen zuprosteten. Oder die eine Kugel schwangen, umstanden von ihren feixenden oder Beifall klatschenden Kegelkameraden. Kegeln war vor einem halben Jahrhundert definitiv kein Sport für Frauen gewesen.

Plötzlich stutzte sie. Eines der erhitzten Gesichter kam ihr bekannt vor. Natürlich sah der Mann heute, mit über siebzig, ganz anders aus. Aber diese Kopfform, die hohlen Wangen und die vorspringende Nase hatte sie beim alten Felderer gesehen. Lissie hatte einen guten Blick für Gesichter und wusste sofort, dass sie sich nicht täuschte. Aufmerksam betrachtete sie Emil Felderer, wie er als Dreißigjähriger ausgesehen hatte, und da fiel es ihr wie Schuppen von den Augen. Fotos, das war es. Alte Aufnahmen konnten ihr helfen, mehr über Emil Felderer herauszufinden. Mittlerweile war sie sich so gut wie sicher, dass der Mord an seinem Sohn mit Ereignissen zu tun hatte, die vor langer Zeit passiert waren. Das Drama, von dem ihr die alte Bäuerin auf der Leadner Alm erzählt hatte, ging ihr nicht mehr aus dem Kopf. Sollte Pavarotti doch gegen Niedermeyer ermitteln, bis er schwarz wurde. Am Ende würde er eingestehen müssen, dass Lissie das bessere Gespür gehabt hatte.

Lissie nahm die Kugel auf und probierte ihr Gewicht aus. Dann ging sie zur Bahn, lief an und setzte die Kugel zu ihrer eigenen Überraschung weich auf. Donnernd rollte das Ungetüm die Bahn entlang, riss die Kegel um und verschwand mit lautem Kollern in der Fallgrube. Alle Neune. Lissie grinste und verließ die Kegelbahn. Sie wusste noch, wo das Redaktionsbüro der »Dolomiten« lag. Es war nicht weit.

★★★

Im Bereitschaftsraum klingelte das Telefon. Brunthaler beäugte den Apparat und sah sich um. Außer ihm war sonst keiner im Raum, der abheben konnte. Brunthaler wartete, aber es schellte weiter. Schicksalsergeben näherte er sich dem Apparat.

»Polizei Meran, Brunthaler.« Seinen Namen flüsterte Brunthaler fast, als könnte er damit erreichen, unerkannt zu bleiben. Aber das klappte nicht.

»Brunthaler, haben Sie eigentlich nach der Festnahme von Niedermeyer dessen Villa gründlich durchsucht, wie ich es angeordnet hatte?«, bellte Pavarotti grußlos ins Telefon.

Ein Eishauch durchfuhr Brunthaler. Er hatte an dem Nachmittag eine frühe Verabredung gehabt. Betreten wechselte er seine Fußstellung.

»Nun ...« Schuldbewusst ließ er das Wort ausklingen. Stille. Dann hörte er Geräusche aus dem Telefon, bei denen sich ihm die Nackenhaare aufstellten, ein Knurren, anschließend ein Pfeifen, als ob Überdruck aus einem Kessel entwich. Anschließend wurde aufgelegt, erneut grußlos.

Scheiße. Vermutlich würde Pavarotti in wenigen Minuten durch die Tür stürmen. Brunthaler hatte schon lange den Verdacht, dass Pavarotti sich einen Spaß daraus machte, ihn möglichst schon vor seinem Eintreffen im Büro telefonisch zusammenzufalten, um ihn dann als zitterndes Häufchen Elend problemlos vom Boden der Wache kehren zu können.

Das einzig Gute war, dass ihm beim zu erwartenden Anschiss wenigstens die Anwesenheit Emmeneggers erspart blieb, weil der freihatte. Nicht dass Emmenegger ihn richtiggehend gehänselt hätte. Emmenegger hatte es nicht so mit dem Reden, er würde bloß sein Dauergrinsen aufsetzen und Brunthaler mit seinen Glubschaugen durchs ganze Zimmer verfolgen. Brunthaler würde diesen Blick den ganzen Tag im Rücken spüren und sich vorkommen wie ein Schmetterling, der verzweifelt im Käscher herumzappelt und gleich mit einer Stecknadel ans Brett genagelt wird.

Brunthaler wusste, dass sich Emmenegger nicht vor dem Alten, diesem Eisblock, fürchtete. Wie er das anstellte, wusste Brunthaler aber nicht. Er glaubte nicht, dass der Chef von Emmenegger mehr hielt als von ihm.

Brunthaler seufzte und wischte sich über den trotz seiner kaum dreißig Jahre schon stark zurückweichenden Haaransatz. Er setzte sich an seinen Schreibtisch, hängte vorsichtshalber das Telefon aus und starrte aus dem Fenster hinaus auf den Kornplatz. Was für ein Menschengewimmel, lauter fröhliche Fremde, die laut um die Wette schnatterten und die milde Witterung genossen. Mit seinem Schicksal hadernd, wandte sich Brunthaler ab und schickte den unzähligen Flüchen, mit denen er seinen Vater zu verwünschen pflegte, der mit Gewalt einen Mann aus ihm machen wollte, einen besonders saftigen hinterher.

★★★

Brunthaler hätte keine Angst zu haben brauchen. Pavarotti hatte keineswegs die Absicht, einen Zwischenstopp auf der Dienststelle einzulegen. Der Commissario rief Emmenegger zu Hause an, beorderte den Sergente – *pronto!* – zu Niedermeyers Privathaus und bereitete damit dem Urlaubstag seines Untergebenen genüsslich ein abruptes Ende.

Zehn Minuten nach dem Telefonat war Pavarotti als Erster vor Ort, in der guten Stube der Niedermeyer'schen Villa in Dorf Tirol. Sofern man dies überhaupt als gute Stube bezeichnen konnte. Pavarotti schauderte, er musste sich bremsen, um sich nicht permanent die Arme, die in einem kurzärmeligen Hemd steckten, zu reiben. Ihm war kalt, trotz der inzwischen recht frühlingshaften Temperaturen draußen. Versuchsweise stieß er den Atem aus. Pavarotti hätte sich nicht gewundert, wenn der warme Luftschwall kondensiert wäre.

Der Raum, in dem er sich befand, war in strahlendem Weiß gehalten. Und zwar komplett, eine andere Farbe gab es nicht, noch nicht einmal Creme, Eierschale, ein helles Karamell oder irgendein stinknormales Beige. Nichts, was einen etwas wärmeren Ton ausstrahlte als dieses, Pavarotti suchte nach der richtigen Beschreibung, Eisweiß, ja das war es. Die Farbe gleißte richtiggehend, mit einem kleinen bläulichen Schimmer darin, als ob der Innenarchitekt jedem Einrichtungsdetail mit liebevoller Kleinarbeit noch ein paar Eiskristalle extra zugesetzt hätte.

Das Zimmer war riesig und nahm, so wie es aussah, fast die

gesamte Grundfläche der Villa ein. Den gesamten Boden bedeckte ein knallig weißer und, so weit er sehen konnte, völlig fleckenloser Teppichboden. Pavarotti fand, dass der Bodenbelag giftig aussah, so als würde jedes Staubkorn oder jeder Krümel, der auf ihn fiel, sofort von ihm verschluckt und zu eisweißem Staub verarbeitet.

Er setzte sich auf die weiße Ledercouch. Auf sein etwas verspätetes »Sie erlauben doch?« erhielt er keine Antwort. Nicht dass er eine erwartet hätte.

Das einzige nicht weiße Element im Raum war eine vor dem kristallinen Hintergrund geradezu grotesk gekleidete Frau, die ein rosa-beige kariertes Chanel-Kostüm mit Fransen, massive Goldketten um Hals und Handgelenke und eine verschmierte Kriegsbemalung im Gesicht trug. Greta Niedermeyer war vollauf damit beschäftigt, sich mit einem Tempo-Taschentuch die Augen zu reiben und ihren Lidschatten weiträumig zu verteilen, nur um unmittelbar danach erneut den körpereigenen Wasserhahn aufzudrehen. Und zwar volle Pulle.

Pavarotti wandte den Blick von ihr ab. Von der Frau waren keine Erkenntnisse zu erwarten. Mittlerweile war er überzeugt davon, dass Greta keine Ahnung hatte, wo die kompromittierenden Fotos geblieben waren. Dazu hätte sie eine geradezu überragende Schauspielerin sein müssen. In dem Fall hätte sie sich aber in ihrer Ehe definitiv nicht alles gefallen lassen müssen, sondern wäre in der Lage gewesen, ihren Mann geschickt zu manipulieren. Widerwillig nahm er die Frau, die mitten im Zimmer stand und schluchzte, noch einmal in Augenschein. Ihr einziges Aufbäumen gegen ihren Gatten bestand anscheinend in ihrer grellen Takelage, mit der sie die kunstvolle und bestimmt teure Inszenierung dieser Villa Eisweiß störte. Nein, Greta Niedermeyer war das, was sie auf den ersten Blick zu sein schien: eine kleine, zirkushaft bemalte Maus, panisch vor Angst, die schlimmen, schlimmen Fotos könnten an die Öffentlichkeit gelangen. Und verzweifelt darüber, was aus ihr werden würde, jetzt, nachdem ihr Mann von ihrer Affäre mit Karl Felderer wusste und wegen Mordes an dem bösen, bösen Geliebten im Gefängnis saß. Was für ein Kitschroman. Pavarotti konnte nicht anders, er gluckste.

Da drehte Greta Niedermeyer zu seinem Entsetzen den Ton

noch ein wenig lauter und fing zwischen den Heulern auch noch zu stammeln an, dass sie das alles nicht gewollt habe. Immer hektischer holte sie Luft, und ihre rote Gesichtsfarbe bekam einen Stich ins Violette. Pavarotti merkte, dass er etwas unternehmen musste, sonst würde die Frau einen Zusammenbruch erleiden. Widerwillig stand er auf, baute sich vor der Niedermeyer auf und verpasste ihr eine leichte Ohrfeige.

»Waaa…« Gretas Mund ging auf und blieb offen, ihre Augen stierten ihn fassungslos an, die rechte Hand bewegte sich auf ihre Wange zu, blieb jedoch auf halbem Wege hängen. Wenigstens atmete sie wieder etwas langsamer.

»Entschuldigen Sie, Frau Niedermeyer. Aber bitte nehmen Sie sich zusammen. Ich möchte nicht den Krankenwagen rufen müssen, weil Sie mir umkippen. Wir gehen jetzt noch ein paar Punkte durch.«

Die Niedermeyerin nickte brav. Na also.

»Wo waren Sie und Ihr Mann am Tag des Mordes an Karl Felderer, sagen wir vom späten Nachmittag an bis in die frühen Morgenstunden?«

Aus dem wirren Gestammel entnahm Pavarotti das, was er schon vermutet hatte. Greta Niedermeyer war nachmittags in den Lauben gewesen, um das Geld ihres Mannes auszugeben. Für den frühen Abend und danach hatte sie kein Alibi, sie gab an, die ganze Zeit allein zu Hause gewesen zu sein. Als Greta Niedermeyer so gegen fünf Uhr heimgekommen war, sei ihr Mann nicht im Haus gewesen. Das hatte sie nicht überrascht, denn sie habe gewusst, dass ein VEMEL-Stammtisch angesetzt war, an dem ihr Mann unbedingt teilnehmen wollte.

»Er hat ja seit Tagen von nichts anderem mehr geredet«, plärrte sie. »Und hinterher wird er noch mit jemandem etwas trinken gegangen sein, wie immer. Aber ich weiß nicht. Ich bin gegen zehn ins Bett. Und morgens war er dann da.«

Pavarotti nickte. Dass Klaus Niedermeyer nach dem Stammtisch in der Renzinger Weinstube gewesen war und Motiv und Gelegenheit für den Mord gehabt hatte, war ja nun wirklich nichts Neues. Der Einzige, der ihn entlasten konnte, war Topolini junior, mit dem er während der kritischen Zeit gezecht hatte. Sollte

Niedermeyer die Weinstube den ganzen Abend nicht ein einziges
Mal verlassen haben und Topolini das bezeugen können, war Niedermeyer aus der Sache raus. Aber das war sehr unwahrscheinlich.

»Gibt es hier im Haus irgendeinen mit Blattgold verzierten
Gegenstand?«, fragte Pavarotti versuchsweise.

Greta Niedermeyer guckte ihn bloß verständnislos an und
schüttelte schließlich den Kopf. Der Commissario blickte sich
im Raum um und nickte langsam. Er hätte sich die Frage sparen
können. Wieso sollte es hier Blattgold geben? Blattgold war ja
schließlich nicht weiß.

Widerstrebend erhob sich Pavarotti. »Den Durchsuchungsbe-
schluss haben Ihnen meine Kollegen ja bereits bei unserem ersten
Besuch gezeigt. Ich möchte jetzt, bitte schön, noch mal das Arbeitszimmer Ihres Mannes sehen.«

Greta Niedermeyer öffnete den Mund, schloss ihn aber wieder,
als sie Pavarottis abwehrende Handbewegung sah. »Ich weiß, dass
meine Kollegen dort bereits gewesen sind. Trotzdem. Und wenn
Sie schon dabei sind, zeigen Sie mir doch bitte Ihren Safe.«

Die Niedermeyer nickte schwach und erklomm vor ihm eine
schmale Treppe mit einem kunstvoll geschnitzten Holzgeländer,
die vom angrenzenden Flur hinauf in den ersten Stock führte. Die
verspielte Treppenkonstruktion passt so gar nicht zum unterkühlten
Ambiente im übrigen Erdgeschoss, dachte Pavarotti und wunderte
sich.

Oben stieß er einen halb unterdrückten Ruf aus. Den Raum
im ersten Stock der Villa beherrschten bis zur Decke reichende
Bücherregale aus Kirschholz und voluminöse Sessel, die mit
schwarzbraunem abgewetzten Leder bezogen waren. An Wänden
und Decken führten dunkle Holzbalken entlang. In einem offenen
Kamin züngelte ein Feuerchen munter vor sich hin.

Das flirrende Weiß schien plötzlich Lichtjahre entfernt. Unwillkürlich schaute Pavarotti nach unten, um sicherzugehen, dass
sich die Eiskruste nicht durch den Parkettboden drückte.

Hinter ihm schniefte die Niedermeyer. Pavarotti wandte sich
um und sah die Frau abwartend an, doch die Erklärung für die
ungewöhnliche Innenarchitektur des Niedermeyer'schen Domizils
blieb aus.

211

»Sein Schreibtisch ist dahinten.« Greta deutete zur Stirnseite, wo der Raum im Neunzig-Grad-Winkel nach links abknickte. »Der Safe ist gleich hier, hinter einem der Regale.« Die Frau begann, Bildbände zur Seite zu räumen.

»Die Kombination?«

Greta Niedermeyer sagte dumpf: »So was Feines haben wir nicht. Es ist ein einfaches Schlüsselsystem. Klaus hat den Schlüssel. Wo der ist, keine Ahnung.«

Augenblicklich sackte Pavarottis Laune durch. Das hieß, dass er Niedermeyer nach dem Schlüssel fragen musste, und wenn der mauerte, musste ein Techniker kommen, der den Safe öffnete. Wieder Zeitverlust. Als er gerade nach seinem Mobiltelefon griff, verzog die Niedermeyer plötzlich ihr verlaufenes Clownsgesicht und setzte hinzu: »Was Klaus aber nicht weiß: Ich hab mir seinen Schlüssel mal kurz ausgeliehen und eine Kopie machen lassen.«

Ach was. Hatte er die Frau doch unterschätzt? Pavarotti fixierte sie scharf. »Haben Sie nach der Verhaftung Ihres Mannes mal reingeschaut?« Greta Niedermeyer, die so paranoid wegen ihrer Nacktfotos war, hatte den Safe ihres Mannes mit Sicherheit als Erstes kontrolliert. Sollte die Frau das abstreiten, war das mit Sicherheit gelogen, und ihre Glaubwürdigkeit war für ihn auch in allen anderen Punkten erschüttert.

Die Niedermeyer stierte ihn mit großen Augen an und ließ dann den Kopf hängen. Pavarotti wertete das als Ja.

»Und, was war drin? Die Fotos offenbar nicht, sonst wären Sie nicht dermaßen in Panik.«

»Oh Gott, das wissen Sie? Aber woher bloß? Hat Klaus …?«

»Unwichtig.« Es gelang ihm nicht, Mitleid für die Frau aufzubringen, auch wenn sie wieder zu plärren begonnen hatte. Er wartete, bis sich Greta Niedermeyer geräuschvoll die Nase geputzt hatte. »Also. Was war jetzt im Safe?«

»Nur irgendwelche Papiere, ich hab nicht genau hingeschaut, mir ging's ja bloß um die Fotos«, jammerte die Niedermeyer. »Da war irgendein Schriftstück, das mit einem Geschäftshaus in den Lauben zu tun hat, glaub ich. Aufgefallen ist mir nur, dass Karls Unterschrift drunter war.« Sie stutzte plötzlich. »Was macht so was eigentlich in unserem Safe?«

212

Während sie palaverte, hatte sie ein Holzpaneel der Bibliotheksrückwand aus seiner Verankerung genommen und vorsichtig auf den Tisch gelegt. Ein kleiner, in die Wand eingelassener Stahlsafe mit einem primitiven Schlüsselloch kam zum Vorschein. Der Commissario trat neben die Frau und hielt die Hand auf. Nachdem sie umständlich in ihrer Handtasche gefummelt hatte, reichte Greta ihm wortlos einen Schlüssel mit altmodischem Bart. Himmel, was für ein uraltes Modell. Das Schloss krächzte, als er den Schlüssel drehte. Im Erdgeschoss hätte der Safe völlig bizarr gewirkt. Sein Innenleben machte ebenfalls nicht viel her. Auf dem Safeboden lagen lediglich ein paar Blätter, die Pavarotti herauszog. Nicht das, was er erhofft hatte, aber interessant. Überschrieben war das Schriftstück mit »Letter of Intent«. Das sagte Pavarotti nichts, aber als er weiterlas, merkte er, dass es sich um eine Art Vorvertrag zum Kauf einer Lauben-Immobilie handelte. Vertragsparteien waren der bisherige Eigentümer Karl Felderer und die Topolini-Gruppe als Erwerberin. Die Adresse der fraglichen Immobilie, Laubengasse 22, kam Pavarotti vage bekannt vor. Er nahm sich vor, zu überprüfen, um welches Haus es da ging.

Das Papier, das er in der Hand hielt, war bestimmt nicht das Original, sondern sah nach einem Computerausdruck aus. Ihm kam zu Bewusstsein, das Greta Niedermeyer eben die richtige Frage gestellt hatte: Was machte die Kopie eines Vertrags, in den Niedermeyer überhaupt nicht involviert war, in seinem Safe?

Es war wirklich höchste Zeit, Topolini junior auszuhorchen. Der Mann hatte schließlich mit Pavarottis Hauptverdächtigem in der Renzinger Weinstube einen gehoben. Wenn er es geschickt anstellte, konnte er aus dem Jungen bestimmt mehr Informationen als aus dem alten Topolini herausholen. Auf einmal bekam Pavarotti ein flaues Gefühl in der Magengrube.

Wenn er ehrlich mit sich selbst war, hatte er diese Befragung bislang hinausgeschoben. Denn wenn der junge Italiener Klaus Niedermeyer ein hieb- und stichfestes Alibi für den gesamten Abend verschaffte, stand Pavarotti wieder mit leeren Händen da. Er grunzte. Der Freitagabend näherte sich mit Riesenschritten. In ein paar Stunden würde Niedermeyer sowieso putzmunter aus der Zelle herausspazieren, und er konnte nur dann etwas dagegen unternehmen, wenn er in der Lage war, dem Richter handfeste Beweise vorzulegen.

Wenigstens konnte er sich die Befragung von Topolini so angenehm wie möglich machen. Dieser Knabe spielte doch Golf, oder nicht? Pavarotti beschloss, sich mit ihm zu einer Golfrunde im Club Lana zu verabreden. Ein bisschen frische Luft konnte nichts schaden, außerdem traute ihm der junge Italiener wegen seiner Figur bestimmt nicht viel zu. Vorteil für Pavarotti. Er verzog die Lippen zu einem wölfischen Grinsen. Nach den ersten paar Löchern dürfte der junge Mann so aus dem Konzept sein, dass er kaum noch auf das achtete, was er daherplapperte.

Pavarotti schaute aus dem Fenster im ersten Stock und sah, dass Emmenegger eingetroffen war. Widerwillig bewegte sich Pavarotti in die arktische Zone im Erdgeschoss, um den Sergente in Empfang zu nehmen.

»Emmenegger, bitte den Schreibtisch von Klaus Niedermeyer im ersten Stock ausräumen, den Inhalt in Kisten packen und zur Überprüfung zum Kornplatz schaffen«, befahl er. »Ich warte draußen im Wagen auf Sie.«

Emmenegger nickte stumm und machte sich an die Arbeit, nicht ohne Greta Niedermeyer, die empört um ihn herumhühnerte, einen unterkühlten Blick zuzuwerfen. Bewundernd beobachtete der Commissario, wie schnell sich sein Untergebener dem Eisweiß-Klima im Wohnzimmer anpasste. Bei Greta jedenfalls wirkte es, sie schob schleunigst in ihre Privatgemächer ab.

Als Pavarotti im Wagen saß und eben seine Verabredung mit Topolini junior getroffen hatte, kam Emmenegger kistenschleppend aus dem Haus. Pavarotti grinste. Aus Topolinis arroganter Stimme hatte er ganz deutlich herausgehört, wie überlegen der Junge sich fühlte. Pavarottis Augen funkelten. Du wirst dich noch wundern, du junger Schnösel.

Er gab Emmenegger die Anweisung, ihn zurück zum Nikolausstift zu chauffieren. Pavarotti merkte, dass er seit dem Morgen nichts mehr gegessen hat, sein Magen knurrte vernehmlich. Emmenegger griff ins Handschuhfach und reichte ihm wortlos einen leicht verquetschten Mars-Riegel. Als der Wagen kurz darauf vor dem Nikolausstift hielt und Pavarotti ausstieg, musste er seine

Hose ein wenig hochziehen. Sein Hosenbund saß lockerer als
sonst. Er betastete seinen Gürtel. Tatsächlich. Er musste ein wenig
abgenommen haben. Dieser Anfangserfolg durfte auf keinen Fall
ruiniert werden. Pavarotti reichte die Kalorienbombe durchs halb
offene Fenster zurück.

»Danke, Emmenegger, bewahren Sie das doch auf, als Notration
sozusagen!«

Emmenegger zuckte wortlos mit den Schultern und versenkte
den Riegel wieder im Handschuhfach.

Der Commissario stieg die Steinstufen zum Nikolausstift hoch
und strebte Richtung Eingangspforte. Wenn er bei Elsbeth ein
wenig gut Wetter machte, würde sie ihm bestimmt noch ein Schin-
kenbrot richten. Mit ganz, ganz wenig Butter.

Doch als die Tür aufging und er ihr zorniges Gesicht im Licht-
kegel der Haustür sah, wusste er, dass er an diesem Tag noch ein
paar Gramm mehr abnehmen würde. Resigniert drehte er sich
zu Emmenegger und dem Schokoladenriegel um, doch bevor er
etwas sagen konnte, fuhr der Wagen an.

Pavarotti versuchte die saure Miene seiner Wirtin und seinen
knurrenden Magen zu ignorieren und stapfte an ihr vorbei ins
Haus.

★★★

Der Nachtportier drückte auf den Summer. Lissie nickte ihm
zu und trat durch die aufschwingende Tür auf die Straße. Eine
überraschend laue Nacht umfing sie. Lissie hatte Glück gehabt.
Das Archiv der »Dolomiten« war an Freitagen bis zehn Uhr abends
geöffnet.

Lissies Augen brannten schon wieder, diesmal wegen des stun-
denlangen Starrens auf kleine Buchstaben in Zeitungsartikeln,
die auf Mikrofiches oder gelblichen Originalseiten an ihr vorbei-
defilierten, vor ihren Augen tanzten und am Ende immer mehr
verschwammen.

Lissie passierte das Forstbräu. Der Gedanke schoss ihr durch
den Kopf, ob wohl in den Hinterzimmern des altehrwürdigen
Wirtshauses die Pläne für die Feuernacht oder für spätere Anschläge

ausgeheckt worden waren. Wohl kaum, nicht im Zentrum Merans unter dem Auge der allgegenwärtigen italienischen Obrigkeit. Vermutlich eher in Almhütten oben an den Hängen, in versteckten Seitentälern, auf abgelegenen Bauernhöfen.

Ihre Archivrecherche hatte mehr neue Fragen aufgeworfen als Antworten ergeben. Sie fragte sich, wie einsam die Attentäter wohl gewesen waren. Waren sie Outlaws, oder wurden sie von der Bevölkerung unterstützt? Wurden ihre Familien von anderen geschnitten, aus Angst vor Repressalien? Wie war es überhaupt den Frauen und Kindern ergangen?

Speziell die Kinder spukten Lissie im Kopf herum. Bestimmt waren viele von ihnen ganz und gar nicht unbeschwert aufgewachsen. Den größeren Jungs und Mädels, die das meiste schon mitbekamen, war vermutlich jedes Mal angst und bang, wenn sie sich nach der Schule oder nach dem Spielen auf den Heimweg machten. Zu Hause konnte etwas Schlimmes passiert sein. Viele Väter wurden in dieser Zeit von den Carabinieri abgeholt.

In anderen Familien waren die Väter schon seit Monaten untergetaucht, saßen auf abgelegenen Höfen und Hütten in ihren Verstecken. Was diese Kinder wohl von ihren Erzeugern gehalten hatten, die sich zu Hause nicht mehr blicken ließen? Die Touristen von heute haben ja keine Ahnung, dachte Lissie. Sie merkte, dass sie todmüde und aufgekratzt zugleich war. Irgendetwas zupfte an den Rändern ihres Bewusstseins. Wie früher begann sie unwillkürlich, sich treiben zu lassen.

Sie bog in einen dunklen Durchgang ein, der über ein paar Stufen nach unten führte und später, am anderen Ende, in die Lauben einmündete. In diesem Gang erinnerte nichts an helle, moderne Lichthöfe mit Marmor und Terrakotta. Die waren hier hundert Jahre entfernt. Das gemauerte und notdürftig abgestützte Gelass wurde von Glühbirnen erleuchtet, die in regelmäßigen Abständen von der Decke hingen. Zugluft ließ die Lämpchen schwanken und zeichnete zuckende Schattenmuster an die Wände.

Im Zeitungsarchiv war es heiß und stickig gewesen. Sie schrieb es ihrer Übermüdung zu, dass sie jetzt in den Wandschatten Gesichter und Szenen zu erkennen glaubte, die in den letzten Stunden vor ihren Augen vorbeigezogen waren. Einige Eindrücke waren ihr messerscharf, wie überbelichtet, in Erinnerung geblieben. Im Gehen sah Lissie noch immer die drei Freunde vor sich, wie sie posierten und sich gegenseitig feixend die Arme um die Schultern legten. Eigentlich kein tolles Foto. Ein Schnappschuss halt. Wäre da nicht der junge Mann in der Mitte gewesen, zweifellos der Anführer der drei, hätte Lissie das Foto sicher nicht länger als eine Sekunde angeschaut.

Der hoch aufgeschossene Kerl in der Mitte war Emil Felderer. Zur Zeit der Aufnahme war er bestimmt zehn Jahre jünger als auf dem Foto in der Kegelbahn gewesen. Eine Bildunterzeile hatte das Foto nicht, Lissie hatte es in einem Sammelsurium von Fotos entdeckt, in einer Sonderausgabe der »Dolomiten« zur Eröffnung der Meraner Rennwochen. Nur durch Zufall, und weil sich Lissie für Pferde interessierte, hatte sie die Sonderausgabe überhaupt durchgeblättert.

Lissie rief sich das Datum der Zeitungsseite noch einmal in Erinnerung. Die Ausgabe stammte vom 12. September 1962. War das wichtig? Sie wusste es nicht. Wie herausfordernd Emil Felderer damals in die Kamera geblickt hatte! Sein wissender Blick drückte Überlegenheit aus, schien mit dem Betrachter zu spielen. Lissie betrachtete die beiden Kameraden Felderes. Auf einmal hatte sie das Gefühl, den einen, ein auffallend gut aussehender junger Mann, schon einmal gesehen zu haben. Aber das konnte natürlich nicht sein.

Eine andere Aufnahme, die sie beeindruckt hatte, stellte vier Personen dar, die auf einem Dachboden auf Heuballen saßen und in die Kamera grinsten: Vater, Mutter und zwei kleine Jungen. Das Foto war während einer Stippvisite des flüchtigen Vaters bei seiner Familie aufgenommen und ein paar Wochen später bei einer Hausdurchsuchung entdeckt worden. Solche Besuche waren der Irrsinn gewesen, doch einige der Männer hatten wohl nicht anders gekonnt.

Als das Foto von den Carabinieri gefunden wurde, praktischerweise mit der Datumsangabe auf der Rückseite, wussten die Behörden natürlich, dass die Ehefrau gelogen hatte, als sie beteuerte, den Aufenthaltsort ihres Mannes nicht zu kennen. Bei der anschließenden scharfen Vernehmung durch die italienische

Polizei hatte sich der kleine Junge dann verplappert. Wie es im Zeitungsbericht hieß, hatten die Ermittler ihm Angst eingejagt, man würde seinem Vater etwas tun, wenn er nicht die Wahrheit über dessen Aufenthaltsort sagte. Das tat der Kleine in seiner Not dann auch, voller Angst und heftig weinend.

»Carabinieri machen unschuldige Kinder zu ihren Spitzeln!«, hatte die Überschrift des Artikels gelautet. Lissie wurde das Herz schwer, als sie an das Trauma dachte, das der kleine Junge zweifellos davongetragen hatte. Sie fragte sich, ob er wohl irgendwann mit seinen Schuldgefühlen fertig geworden war.

Einige Schnappschüsse von Verhaftungen hatten ebenfalls ihren Weg in die Zeitung gefunden. Lissie war sicher, dass die italienischen Behörden ziemlich scharf darauf gewesen sein mussten, solche Fotos zu verhindern, damit sich die Bevölkerung nicht angesichts der abgelichteten Verzweiflung mit der Familie solidarisierte. Anscheinend hatte es aber immer wieder Augenzeugen gegeben, die im richtigen Augenblick auf den Auslöser drückten.

Eine Gruppenaufnahme war leicht verwackelt, als ob jemand dem Apparat einen Schubs versetzt hätte. Die Aufnahme zeigte einen Mann, der von zwei anderen in ein Auto gezerrt wurde. An seinem Bein hing ein kleines Mädchen, bestimmt nicht älter als drei oder vier Jahre. Verzweifelt klammerte es sich an das Hosenbein des Mannes. Es war ein groteskes Foto, ein Kind, das sich mit seinem ganzen Körper zwei Carabinieri entgegenstemmte.

Neben die Aufnahme hatten die »Dolomiten« eine grobkörnige Vergrößerung des Kindergesichts abgedruckt. Obwohl man nicht viel erkennen konnte, war das Foto gruselig. Ein helles Oval mit schulterlangen Haaren, die wirr vom Kopf abstanden, als ob sie elektrisch aufgeladen wären. Lissie hatte noch nie zuvor jemanden gesehen, auf den die Beschreibung, die Haare stünden zu Berge, dermaßen zutraf wie auf dieses Kind. Aber das Schlimmste war der weit geöffnete Mund, der ein dunkles Loch bildete und eigentlich viel zu groß für den kleinen Kinderkopf war. Lissie musste an Edvard Munchs Bild »Der Schrei« denken, in dem der Maler die totale Verzweiflung eines Menschen auf die Leinwand gebannt hatte. Die Erinnerung daran ließ Lissie erschauern.

Das Foto geriet zum Film. Lissie stellte sich vor, wie die Carabinieri die kleinen Hände, die sich in den Stoff gekrallt hatten, gewaltsam auseinandergebogen hatten. Sie bremste sich. Vielleicht hatte der Vater ja seiner Kleinen beruhigend zugeredet.

»Papi kommt bald wieder«, hörte Lissie es plötzlich flüstern. Sie fuhr zurück. Der Satz schien aus dem Mauerwerk gekommen zu sein. Lissie riss sich zusammen. Sie hatte wirklich eine zu lebhafte Phantasie. Vermutlich hatte sich das stete Tröpfeln des Wassers und der Wind, der die unebenen Mauern entlangzischelte, zu einem Geräusch vermischt, das sich so ähnlich wie ein Flüstern anhörte. Diese Durchgänge hatten eine ganz besondere Akustik, da konnte man schon Halluzinationen kriegen.

Energisch wischte sie einen Wassertropfen von der Stirn, der gerade dabei war, in ihr rechtes Auge zu laufen. Sie war froh, dass das Ende des Gangs in Sicht war und sie auf die Straße hinaustreten konnte. Aber auch die Lauben waren verlassen. Es war unnatürlich ruhig für diesen recht lauen Abend. Wo steckten bloß die Touristen? Lissie hatte das eigenartige Gefühl, in eine andere Zeit geraten zu sein. Das einzige Geräusch stammte von kleinen Rinnsalen, die in Edelstahlkanälen die Lauben entlangplätscherten. Ein wenig Licht fing sich in dem Wasser, und sie streckte probeweise eine nackte Zehe hinein. Sie zuckte zurück, das Wasser war unerwartet kalt. Schmelzwasser vom Berg.

Papi war nicht wiedergekommen.

Die Aufnahmen von dem kleinen Mädchen und seinem Vater ließen sich nicht abschütteln. Die Bildunterzeile in den »Dolomiten« lautete: »Martin Turmoser wird seiner Familie entrissen!« Der Name hatte Lissie keine Ruhe gelassen, und sie hatte das Archiv nach weiteren Zeitungsberichten durchforstet, bis sie fündig wurde. Nach zwei Monaten im Mailänder Gefängnis war Turmoser gestorben, Herzinfarkt. Wie es dazu kam, war offenbar nie geklärt worden.

Vielleicht hat sich der Mann einfach möglichst schnell ins Jenseits verkrümelt, dachte Lissie. Besser von sich aus loslassen, bevor die Folter einen doch noch kleinkriegt. Doch dann erinnerte sie sich an das helle Oval des Kinderkopfs und wusste, dass Martin Turmoser ganz bestimmt hatte durchhalten wollen. Wenn er nur irgendwie gekonnt hätte.

219

Ganz am Schluss hatte Lissie auch den Fall gefunden, bei dem die alte Wirtin der Leadner Alm eine tragende Rolle gespielt hatte. Die damals Zweiundzwanzigjährige hatte ein schwarzes Kleid und einen schwarzen Hut getragen und wurde links und rechts von zwei anderen Frauen gestützt. Der Fotograf hatte die drei vor einer großen Eiche erwischt, durch deren Blattwerk die Sonne schien und helle Flecken auf das schattige Friedhofspflaster malte. Die Augen der jungen Frau waren geschlossen, das Gesicht ganz leer und blank gewischt. Fast wie beim eigenen Tod, dachte Lissie.

Plötzlich fuhr sie zusammen. Sie merkte, dass sie überhaupt nicht mehr aufgepasst hatte. Mittlerweile war sie in einer ganz anderen Richtung als zum Hotel Felderer unterwegs und hatte die Laubengänge längst hinter sich gelassen.

In der Straße, in der sie sich gerade befand, spendeten nur wenige Lampen in großen Abständen Licht. Sie schaute die dunkle Fassade des Hauses hoch, das über ihr aufragte. Erst jetzt merkte sie, dass sie sich vor ihrer alten Pension befand.

Im ersten Stock des Nikolausstifts brannte in einem der Eckzimmer mit großen Fenstern noch Licht. Lissie sah, dass sich eine massige Silhouette hinter den zugezogenen Vorhängen unruhig hin- und herbewegte. Bestimmt Pavarotti, der im Zimmer auf- und abmarschiert.

Die Pforte war geschlossen, der Garten lag im Dunkeln. Trotzdem glaubte sie, zwischen den Bäumen hindurch etwas Helles ausmachen zu können. Die Bank, auf der ihr Vater immer gesessen hatte, war weiß gestrichen gewesen.

Voll innerer Unruhe machte sie schließlich kehrt. Hatte ihr Vater wieder einmal in ihrem Unterbewusstsein Regie geführt?

Das Gefühl, etwas wolle an die Oberfläche, wurde immer stärker, aber die Botschaft war zu diffus, um sie greifen zu können.

Als Lissie schließlich durch die halb dunkle Lobby des Hotels Felderer in Richtung Aufzug strebte, überkam sie eine überwältigende bleierne Niedergeschlagenheit, ohne dass sie die Ursache dafür hätte benennen können.

SIEBEN

Samstag, 7. Mai

Mit bewusst ungelenken Bewegungen beugte sich Pavarotti nach unten, um seinen Ball auf das Tee zu setzen, und gab damit den Blick auf sein voluminöses Hinterteil frei. Er konnte spüren, wie Topolini hinter ihm feixte. Er war schon bei der Begrüßung im Clubhaus sichtlich belustigt gewesen, als er Pavarottis ansichtig wurde.

Der Commissario hatte seine Leibesfülle in eine besonders scheußliche karierte Golfhose gezwängt, die er eine halbe Stunde vor Spielbeginn im Golfshop gekauft hatte. Gottlob war sie stark reduziert gewesen. Kein ernsthafter Spieler, schon gar nicht einer mit seiner Figur, würde sich damit auf dem Platz sehen lassen. So liefen bloß Golftrottel herum.

Pavarotti setzte den Schläger hinter dem Ball auf, holte weit aus und – nichts. Er hatte den Ball beim Durchschwingen mit Absicht nicht getroffen. Luftschlag, ganz schlimmer Anfängerfehler. Er seufzte tief und drehte sich entschuldigend und ein wenig peinlich berührt nach Topolini um, der es gerade noch rechtzeitig schaffte, sein Grinsen zu einem höflichen Pokerface erstarren zu lassen.

»Verzeihung. Bin wohl etwas aus der Übung. Sie müssen Geduld mit mir haben, Signore.«

»Kein Problem, lassen Sie sich Zeit, Commissario«, antwortete sein Golfpartner leichthin.

»Vielen Dank, sehr freundlich«, antwortete Pavarotti, schwang locker durch und schmetterte seinen Ball mit einem bewusst eingesetzten Slice direkt aufs Grün. Nicht unmittelbar neben die Fahne, aber Auftreffpunkt auf dem Grün und Weite waren nicht schlecht. Rund hundertachtzig Meter vom Abschlag bis zum Loch. Mit der notwendigen ruhigen Hand und ein wenig Glück würde er den Ball mit dem nächsten Schlag einlochen können.

»Oh, na das ist doch … Was für ein glücklicher Zufall!«, zirpte Pavarotti scheinheilig und kletterte vom Abschlag.

Topolini stand neben seinem Bag wie erstarrt. Er sah fast selbst so aus wie ein überdimensionales Tee. Das gewinnende Lächeln war auf seinem Gesicht festgefroren.

»Wollen Sie nicht auch abschlagen, Signore?«, forderte ihn Pavarotti freundlich auf. »Ich glaube, der nächste Flight nach uns ist in fünf Minuten dran.«

»Ja, ja sicher, *naturalmente*.« In den Jüngeren kam wieder Bewegung. Er grinste. »Gratulation, Commissario. Ein guter Schlag. Wenn Sie den Fall abgeschlossen haben und wieder mehr Zeit zum Üben haben, werden Sie für diese Entfernung sicher bald keinen Driver mehr benötigen.«

Mit zusammengekniffenen Augen maß Topolini noch einmal die Entfernung zum Grün – als ob er nicht schon vorher lang und breit die Auskunftstafel mit allen Angaben studiert hätte –, packte dann mit großer Geste sein Fünfer-Eisen aus und begab sich mit sportlich-elegantem Hüftschwung auf den Abschlag. Pavarotti seufzte.

Im Unterschied zu dem Italiener kannte er den Golfplatz Lana wie seine Westentasche. Fast so gut wie seinen Heimatclub in Bozen. Auf der Eins kam um diese Uhrzeit meistens ein scharfer Wind von Westen, das hieß aus Richtung des Grün. Der heutige Tag bildete keine Ausnahme, Pavarotti konnte den Wind im Gesicht spüren. Wer sich überschätzte und einen Schläger wählte, mit dem er unter normalen Bedingungen die erforderliche Weite problemlos erzielte, würde bei diesem Gegenwind keine Chance haben, es mit der Kugel bis auf das Grün zu schaffen. Wenn man Glück hatte, landete der Ball auf dem Fairway, dreißig Meter vor dem Loch oder in den von den Konstrukteuren just aus diesem Grund dort platzierten Sandbunkern.

Der Ball eines glückloseren Spielers wurde dagegen vom Wind erfasst und abgetrieben. Das hieß meistens Ball ohne Wiederkehr, denn das Fairway der Eins war lang und schmal und von undurchdringlichem Dornengestrüpp eingezäunt. Dieses Rough verdiente seinen Namen wirklich.

Pavarotti, der das alles natürlich wusste, hatte nicht direkt das verführerisch breite und flache Grün, das einen Unbedarften förmlich zum Anspielen aufforderte, sondern dessen rechten äußersten Rand angepeilt. Als er merkte, das Topolini ausholte, schloss er die Augen, öffnete sie dann aber doch widerwillig, als er das pfeifende Geräusch hörte, mit dem der Schläger seines Mitspielers die Luft durchschnitt. Er wollte zumindest sehen, was mit dem Ball passierte, um pro forma beim Suchen helfen zu können. So wollte es die Golfetikette.

Interessiert beobachtete er, wie der Ball etwa die Hälfte der Strecke zum Grün zurücklegte. Dann knickte die Flugbahn plötzlich nach links ab, als ob irgendwas in der Luft der Kugel einen Schubs versetzt hätte. Es raschelte anklagend, und das Flugobjekt verschwand im Unterholz.

Topolini stierte seinem Ball erstaunt hinterher, der Mund stand leicht offen, und eine rose Zungenspitze guckte heraus. Die blauen Augen des Italieners waren weit aufgerissen. Einen übermäßig intelligenten Eindruck hinterließ er auf diese Weise natürlich nicht. Pavarotti wusste aber ohnehin, dass Claudio nicht gerade helle war. Sonst hätte er bereits spitzgekriegt, dass ihn der Commissario seit einer halben Stunde mächtig an der Nase herumführte.

Pavarotti klopfte dem Jüngeren tröstend auf die Schulter. »Kommen Sie, Signore, ziehen wir los. Wenn wir Ihren Ball nicht finden, können Sie da vorn ja einen anderen droppen. Wir spielen ja kein Turnier.«

Sein Mitspieler nickte nur stumm. Als er sein Schlägerset mit unnötiger Heftigkeit auf seinen Rücken hievte, knallten die teuren Schläger lautstark gegeneinander. Pavarotti zuckte zusammen. Er hasste es, wenn jemand hervorragendes Gerät malträtierte, das keine Schuld an schlechten Schlägen trug. Wie ein tapsiger Bär trabte Claudio Topolini auf das sonnenbeschienene Fairway hinaus.

Pavarotti, der nicht verstehen konnte, wieso jemand, der es sich leisten konnte, auf eine Elektrokarre zum Transport der schweren Schläger verzichtete, eilte leichtfüßig hinter Topolini her. Der dünstete seine schlechte Laune in Schwaden aus. Die einstudierte Nonchalance war einer Sauertöpfigkeit gewichen, die überhaupt nicht zu Topolinis Alter passte.

Golf setzt einem eben verdammt zu, philosophierte Pavarotti im Stillen. Entweder man findet sich mit dem ständigen Auf und Ab im eigenen Spiel einfach ab. Und damit, dass man unvermeidlich von Zeit zu Zeit auf einen trifft, der es besser kann. Oder man kriegt die mentale Kurve beim Golf halt nicht. Dann bekommt man vor lauter Zorn und Frust immer mehr Falten und altert früh.

Pavarotti warf dem Knaben einen verstohlenen Blick zu. Er sah ihn schon vor sich, in zehn Jahren. Oh, oh, kein schöner Anblick.

Ungefähr an der Stelle, an der sich der Ball in die Büsche geschlagen hatte, holte Topolini einen Schläger aus seinem Bag und begann, in den dornigen Sträuchern herumzustochern. Pavarotti, der sich keine Illusionen über den Sinn des Unterfangens machte, stocherte aus Solidarität ebenfalls. Es war natürlich reine Zeitverschwendung.

Da hörte er einen ärgerlichen Ruf seines Golfpartners. Eine Dornenranke hatte sich in seinem Kaschmirpulli verfangen und eine große Masche herausgezogen. Laut fluchend gab Topolini junior die Suche auf. Er nahm einen neuen Ball aus seiner Tasche und ließ ihn auf das raspelkurz geschnittene Gras fallen.

Topolini sparte sich die Mühe, einen Probeschwung zu machen. Er bedachte die fünfzig Meter vor ihnen munter im Wind flatternde Fahne, die den Zielpunkt markierte, mit einem feindseligen Blick.

Pavarotti sah, dass die Handknöchel seines Mitspielers weiß hervortraten, so fest hielt der den Schlägergriff umklammert. Der Commissario öffnete den Mund, schloss ihn dann aber wieder. Es hatte keinen Sinn. Gute Ratschläge würden Topolini nur noch wütender machen, und in seiner aktuellen Gemütsverfassung bekam der einen lockeren, konzentrierten Schwung sowieso nicht hin.

Ein schmatzendes Geräusch ertönte, dann war ein lautes Knacken zu hören. Irgendetwas flog in hohem Bogen durch die Luft. Es handelte sich dabei aber nicht um den Ball. Der war mit Karacho nach rechts weggespritzt und wie sein Vorgänger ins Unterholz geschossen, diesmal am rechten Rand der Spielbahn. Pavarotti drehte sich weg und grinste. Da behaupte niemand, Golf sei kein abwechslungsreiches Spiel. Umständlich bückte er sich nach dem handtellergroßen Rasenstück, das vor seinen Füßen gelandet war, und setzte es wieder an seine ursprüngliche Stelle.

Jetzt kam es darauf an, den Jungen geschickt wieder aufzubauen. Dann würde er ihm aus der Hand fressen.

»Darf ich etwas vorschlagen, Signore? Sie sind verständlicherweise wütend, so viel Pech! Machen wir einen neuen Anfang auf Bahn zwei, Sie werden sehen, dann geht alles wie von selbst. Manchmal ist eine Bahn halt wie verhext, dagegen kommt man nicht an!«

Topolini nickte nur und stapfte am Grün vorbei zur nächsten Spielbahn. Pavarotti, der auf ein Mindestmaß an Höflichkeit bei seinem Flightpartner gehofft hatte, seufzte. Er hob seinen so vielversprechenden Ball auf und spurtete Topolini nach, der bereits den nächsten Abschlag erreicht hatte.

»Sie sind dran, Commissario!«

Jetzt kam es drauf an. Pavarotti setzte den Ball absichtlich zu hoch auf und erwischte ihn an einer Stelle unterhalb des optimalen Auftreffpunktes – mit dem Ergebnis, dass die Kugel hoch in die Luft stieg und bereits nach weniger als hundert Metern auf den Boden ploppte.

»Signore, Sie haben den Ball unterschlagen«, trompetete Topolini unnötigerweise.

Pavarotti nickte schwer und bezog Stellung neben seinem Schlägerset.

Sein Mitspieler hatte Mühe, seine sich rapide verbessernde Laune nicht zu zeigen. Als Topolini am Rand des Abschlags noch schnell ein paar Probeschwünge machte, murmelte Pavarotti bewundernd wie zu sich selbst: »Schöner, eleganter Schwung. Eine wahre Augenweide.« Er sah, dass ihm der Bursche unter langen Wimpern einen schrägen Blick zuwarf. Hatte er zu dick aufgetragen? Aber nein. Die Probeschwünge wurden sichtlich lockerer. Jetzt würde es klappen. Und das tat es auch.

Topolini junior legte einen schnurgeraden Abschlag mit einer einigermaßen zufriedenstellenden Weite hin. Sein rosafarbener Ball landete mitten auf der Spielbahn und leuchtete ihnen aus der Ferne wie eine appetitliche Erdbeere aus dem Grün entgegen.

Pavarotti schüttelte sich angewidert. Was dachte sich der Typ bloß dabei, so einen Tuntenball zu spielen? So etwas ging bei weiblichen Spielern gerade noch so durch. Männer dagegen benutzten weiße Bälle, höchstens mal einen gelben, in Ausnahmefällen. Alles andere war tabu. Pavarotti schaute sich um. Er hatte hier in Lana einen Ruf zu verlieren. Geschmacklose Hosen konnten einen Golfer ins Gerede bringen, bei rosa Bällen hörte der Spaß endgültig auf. Doch glücklicherweise war die nachfolgende Gruppe noch zu weit entfernt, um solche Details registrieren zu können. Nicht mehr lange, bei unserem Schlendrian, dachte er.

Laut sagte er zu Topolini: »Da sieht man mal wieder, dass ein guter Golfer wie Sie sich nicht aus der Ruhe bringen lässt, auch wenn mal das Pech zuschlägt. Ein wunderbarer Abschlag – ich gratuliere!«

Topolini junior strahlte. Mit lockerem Schulterschwung, als ob es sich um ein Federgewicht handelte, schwang er sein Schlägerset auf den Rücken. Als Topolini dann von selbst die Sprache auf den Mordfall brachte, konnte Pavarotti sein Glück kaum fassen.

»Commissario, Sie hatten noch ein paar Fragen an mich. Schießen Sie los!«

»Sie haben recht. Sie sind für mich ein wertvoller Zeuge, Signore. Geradezu unersetzbar, denn Sie waren am entscheidenden Abend vor Ort. Ohne Ihre Beobachtungen muss die Ermittlung zwangsläufig ins Stocken geraten!«

Topolini nickte wichtig.

»Sie haben am fraglichen Abend mit Signore Niedermeyer in der Renzinger Weinstube zusammengesessen. Das ist doch richtig?«

Topolini nickte wieder. »Ja, das ist korrekt, Commissario.«

»Dann schildern Sie mir doch bitte einmal, worum es bei dem Gespräch ging und wie der Abend verlief, Signore.«

Mittlerweile waren die beiden bei Pavarottis Ball angekommen. *»Uno momento«*, unterbrach der Commissario seinen Golfpartner, der gerade den Mund öffnete, um mit seinem Bericht zu beginnen.

Pavarotti überlegte. Jetzt kam es darauf an, einigermaßen ordentlich zu spielen, damit die Befragung zügig voranging, aber schlechter als sein Gesprächspartner, damit der nicht wieder einschnappte. Der Commissario kniff die Augen zusammen, maß die Entfernung zum Ziel, und schlug seinen Ball gezielt in den vor dem Grün liegenden Sandbunker.

Topolini war sichtlich begeistert. »So ein Pech aber auch! Für diejenigen, die noch nicht so präzise spielen, sind die Bunker hier wirklich tückisch platziert. Aber Sie werden sehen, Übung macht den Meister, Commissario.« Gönnerhaft klopfte Claudio seinem wesentlich älteren Flightpartner auf die Schulter.

In Pavarotti regte sich erstmals so etwas wie Zorn. Er hatte nicht übel Lust, diesem aufgeblasenen Bengel einmal ordentlich den Hintern zu versohlen, kämpfte die Regung aber beharrlich nieder.

»Sie wollten von dem Abend mit Signore Niedermeyer berichten«, erinnerte er Topolini.

»Ja, richtig. Signore Niedermeyer und ich saßen ungefähr zwei Stunden zusammen, wenn ich mich richtig erinnere. Miteinander bekannt gemacht haben wir uns dort so gegen halb neun. Der Herr kam an meinen Tisch und fragte, ob er sich zu mir setzen dürfe. Wir haben dann ein paar Gläser Wein getrunken, Kaminwurzen gegessen und sind dabei ins Reden gekommen. Gegen elf hat er sich dann verabschiedet. Ich bin noch ein wenig sitzen geblieben und habe in Ruhe meinen Roten ausgetrunken. Ich glaube, ich war der letzte Gast.«

Topolini pausierte kurz, als wolle er den Abend noch einmal Revue passieren lassen.

»Aber am Schluss hat mir der Wein nicht mehr geschmeckt. Diese, ähem«, er hüstelte und suchte nach einer halbwegs höflichen Bezeichnung, »beleibte Wirtin hat mich mit giftigen Blicken förmlich bombardiert.«

Pavarotti grinste, er konnte sich die Szene sehr gut vorstellen.

»Viel mehr kann ich leider nicht berichten, Commissario.«

»Waren Sie die ganze Zeit über zusammen?«, wollte Pavarotti wissen.

»Ja. Das heißt …« Topolini zögerte.

»Ja?«

»Nun, der Signore war des Öfteren auf der Toilette. Aber in seinem Alter hat man vermutlich bereits Prostatabeschwerden«, tönte Topolini, noch ein halbes Leben von solchen Zipperlein entfernt.

Pavarotti lächelte. Niedermeyer war Mitte vierzig, auch noch nicht unbedingt im Alter für Prostataprobleme. Laut sagte er: »Wann war er denn das letzte Mal draußen?«

Topolini überlegte. »Das muss kurz vor elf gewesen sein. Gleich darauf hat er sich nämlich verabschiedet, und dann habe ich auf die Uhr gesehen. Ein bisschen blass um die Nase war er, als er von der Toilette zurückkam. Ich hab noch gedacht, dass ihm wohl die fetten Wurzen nicht so recht bekommen sind.«

»So, so«, machte Pavarotti. Was Topolini da in seiner Naivität herausplapperte, war ja höchst aufschlussreich. »Sind Sie eigentlich an dem Abend auch einmal ausgetreten?«

»Wegen der paar Gläser?«, winkte Topolini selbstgefällig ab. »Mit meiner Blase ist schon noch alles in Ordnung, Commissario.« Sprach's und beförderte seinen Erdbeerball mit kühnem Schlag aufs Grün. Jedenfalls beinahe. Die Erdbeere landete unglücklich auf einer unebenen Stelle, kollerte zurück und segelte in den gleichen Sandbunker hinunter, in dem auch Pavarottis Kugel gelandet war.

Pavarotti verbiss sich ein Schmunzeln. Ein gelber Ball hätte jetzt besser zu Topolinis Miene gepasst. Der Knabe sah aus, als hätte er in eine Grapefruit gebissen. Pavarottis Gehirn arbeitete auf Hochtouren. Nun kam es darauf an, das richtige Ablenkungsmanöver in Gang zu setzen.

»Signore, mein Ball liegt ein paar Zentimeter hinter Ihrem, ich bin zuerst an der Reihe«, rief er und kletterte seufzend in die mit Sand gefüllte tiefe Senke.

Der Commissario hasste Bunker, aber nicht wegen der golferischen Herausforderung, einen Ball aus der Sandvertiefung zurück auf den Rasen zu bugsieren. Pavarotti war stolz auf seine Bunkertechnik. Ihm war es einfach zuwider, in so ein dämliches Sandloch hinuntersteigen zu müssen. Pavarotti verzog das Gesicht. In manche dieser topfähnlichen Gebilde musste man sich fast schon abseilen. Wenn er klettern statt golfen wollte, würde er sich an die Berge halten. Davon waren ja hier weiß Gott genügend vorhanden.

Außerdem hasste er diese Harkerei im Sand, um den Bunker hinterher wieder in Ordnung zu bringen. Er war ja schließlich keine Frau. Die meisten von denen werkelten schon fast zwanghaft mit den Rechen herum, als ob sie ihre Putzneurosen unbedingt auch auf dem Golfplatz ausleben mussten.

Fast alle Spieler, egal ob weiblich oder männlich, waren sowieso hoffnungslos damit überfordert, die Bälle aus dem Sand zu kriegen. Jedenfalls dann, wenn sie nicht ein wenig mit der Hand nachhelfen konnten. Und so eine kleine Korrektur hatte Pavarotti jetzt auch mit Topolinis Ball vor.

»Signore, ich glaube, Ihr Mobiltelefon klingelt!«

Topolinis Kopf ruckte zu seinem Schlägerset, das er ein paar Meter entfernt abgestellt hatte. »Ich höre nichts!«

»Sehen Sie lieber mal nach, vielleicht ist es ja Ihr Herr Vater!« Wie von einer Schnur gezogen, marschierte der Junge daraufhin schnurstracks zu seinem Caddy und fing an, an den Taschen zu nesteln.

Pavarotti grinste. Er vergewisserte sich, dass Topolini ihm den Rücken zudrehte, griff in den Sand und setzte Topolinis Ball vorsichtig auf die Spitze einer kleinen Sandwelle. So würde der Ball butterweich zu spielen sein.

Pavarotti kam gerade ächzend wieder hoch, als sein Flightpartner rief: »Mein Display zeigt mir keinen Anruf an, Commissario!«

»Dann muss ich mich wohl getäuscht haben«, murmelte Pavarotti und schlug seinen Ball aus dem Bunker aufs Grün, nicht ohne eine gewaltige Sandwolke aufzuwirbeln.

Nach der kleinen Optimierung der Balllage hatte Topolini, wie erwartet, keinerlei Schwierigkeiten, seinen Ball ebenfalls aufs Grün zu bugsieren. Diese vermeintliche golferische Großtat sorgte bei ihm sichtlich für eine weitere Ausschüttung von Glückshormonen.

Zu Pavarottis Überraschung erwies sich Topolini als ordentlicher Putter und konnte das Grün schließlich mit einem Schlag Vorsprung vor dem Commissario verlassen. Jetzt strahlte der Junge über beide Backen und begann, laut und falsch zu pfeifen. Pavarotti stöhnte leise. Er fand, es war Zeit, mit der Befragung weiterzumachen.

»Worüber haben Sie und Signore Niedermeyer denn gesprochen?«

»Der Signore hat sich nach unserer Geschäftsstrategie erkundigt. Er hat selbst ein ganz kleines, unbedeutendes Ledergeschäft in Meran, das sich im Markt schwertut. Deshalb war er daran interessiert zu lernen, mit welcher Produkt- und Preispolitik große, bedeutende Lederkonzerne wie wir in den Märkten Fuß fassen.«

Niedermeyer, du alter Schlawiner, dachte Pavarotti bei sich. Laut sagte er: »Signore, damit ich's nicht vergesse: Warum sind Sie eigentlich nicht auch gegangen, als sich Signore Niedermeyer verabschiedet hatte?«

Verwundert sah ihn Topolini an. »Na, ich wusste doch nicht, ob meine Verabredung nicht doch noch kommt. Er hat ja gesagt, es könne später werden. Deshalb bin ich bis zur Sperrstunde sitzen geblieben.«

Jetzt war die Reihe an Pavarotti, sein Gegenüber mit großen Augen anzuschauen. »Sie haben gewartet? Auf wen denn?«

»Na, auf Karl Felderer. Haben Sie das nicht gewusst?«

Der Kommissar schüttelte den Kopf und fluchte innerlich. Er merkte, dass er den Vorgängen am Mordabend bisher viel zu wenig Aufmerksamkeit geschenkt hatte. Jetzt war zumindest klar, was das Mordopfer an diesem Abend am Hintereingang der Weinstube Renzinger zu suchen gehabt hatte.

»Wann haben Sie denn diese Verabredung mit Karl Felderer getroffen?«

»Am frühen Abend«, sagte Topolini. »Ich habe ihn auf seinem Mobiltelefon angerufen. Mein Vater wollte, dass ich mit ihm noch ein paar Vertragsdetails durchging. Der Vertrag sollte ja am nächsten Tag ausgefertigt und unterschrieben werden.«

Das war wohl der Anruf, den Lissie mitbekommen hatte. Schade, dachte Pavarotti. Es hätte so gut gepasst, wenn sich Niedermeyer statt Topolini mit Felderer verabredet hätte, natürlich um ihm aufzulauern.

»Könnte jemand die Verabredung mitgehört haben?«

»Sicher«, antwortete Topolini und verzog das Gesicht zu einem bedauernden Grinsen, »halb Meran.«

»Wieso denn das?«

»Ich habe bei dem Telefonat auf der Terrasse des Café Hilti gesessen. Die Tische waren fast bis zum letzten Platz besetzt.«

»Na großartig«, stöhnte der Commissario, hielt dann aber inne. »Warum sollte eigentlich jemand mitbekommen haben, mit wem genau Sie sich unterhalten haben? Man spricht doch einen Gesprächspartner am Telefon entweder mit seinem Vornamen oder dem Nachnamen an. Wer auch immer Ihnen zugehört hat, er hätte zumindest nicht wissen können, mit welchem der Felderers Sie gesprochen haben.«

»Leider doch«, bekannte Topolini junior. »Ich weiß noch, dass Karl sich nur mit ›Ja‹ gemeldet hat. Ich hab seine Stimme nicht gleich erkannt und nachgefragt: ›Spreche ich mit Karl Felderer?‹«

Pavarotti nickte nachdenklich. So war das also gewesen. »Wissen Sie noch, wer an den Nebentischen saß?«

Topolini schüttelte den Kopf. »Keine Ahnung. Ich habe nicht darauf geachtet.«

»Haben Sie auch Signore Niedermeyer gegenüber erwähnt, dass Sie auf Karl Felderer warten?«

»Ja, ich glaube, ich habe es erwähnt. Er wurde ganz aufgeregt. Er ist auf die Toilette hinaus, und kurz darauf ist er dann auch heimgegangen.«

Ahaaa. Alles in allem eine vielversprechende Aussage, fand Pavarotti.

Mittlerweile hatten sie die vorletzte Spielbahn, die Acht, erreicht. Der Commissario war froh, dass die Runde bald um war. Es hatte ihn ziemlich angestrengt, den schlechten bis höchstens mittelmäßigen Spieler zu geben, der hin und wieder unverschämtes Glück hatte. Letzteres musste sein, sonst hätte Pavarotti nicht durchgehalten.

Nachdenklich lief er neben Topolini junior her. »Signore, worum geht es eigentlich bei dem Geschäft, das Ihr Unternehmen mit Felderer abschließen wollte? Bis jetzt weiß ich nur, dass dabei eine Immobilie in den Lauben im Spiel ist.«

Claudio Topolini war die Frage sichtlich unangenehm. »Irgendwas stimmt daran nicht«, bekannte er freimütig.

Pavarotti blieb stehen. »Und was stimmt nicht?«

Topolini zuckte mit den Achseln. »Ich weiß es nicht. Der Verkauf des Hauses sollte unter totaler Geheimhaltung stattfinden. Mein Vater war richtig paranoid deswegen.«

»Vielleicht hängt diese Immobiliensache doch irgendwie mit dem Mord zusammen?«, mutmaßte Pavarotti.

Topolini schaute ihn bloß an. »Aber warum denn? Wenn der Verkauf wirklich gestoppt werden sollte, dann wurde Karl umsonst umgebracht. Vater hat ja gleich mit dem alten Felderer weiterverhandelt.«

»Also doch«, entfuhr es Pavarotti.

Topolinis Blick wurde ein wenig unstet. Er merkte, dass er sich verplappert hatte, und mit seinen unvorsichtigen Äußerungen nur knapp daran vorbeigeschrammt war, seinen Vater in Misskredit zu bringen. Aber dann schaute er Pavarotti doch wieder fest in die Augen.

»Ich habe Vater bestürmt, aus der Sache auszusteigen. Zuerst wollte er nicht. Eine einmalige Gelegenheit, sagte er. Doch jetzt hat er nachgegeben. Zumal Felderer senior offenbar andere Preisvorstellungen hat als sein Sohn. Wir reisen morgen früh ab.«

»Dann hat der Mord ja vielleicht doch seinen Zweck erfüllt«, setzte Pavarotti nach.

»Ja schon, doch das konnte der Mörder nicht wissen«, antwortete Topolini und fabrizierte einen geradezu anbetungswürdigen Abschlag.

Pavarotti hatte bereits mit Erstaunen festgestellt, dass das Spiel seines Golfpartners auf den letzten Spielbahnen rapide besser geworden war.

»Signore, Ihr Spiel ist überhaupt nicht wiederzuerkennen«, brach es aus ihm heraus, als sie sich auf den Weg zum letzten Grün machten.

»Nun, das kann man wohl mit Fug und Recht auch von Ihrem behaupten«, erwiderte Topolini mit feiner Ironie.

Der Commissario sagte nichts. Schlagartig war ihm klar geworden, dass er den Jüngeren total falsch eingeschätzt hatte. Er merkte, wie ihm die Röte den Hals hochkroch. Dieser Bursche war ganz und gar kein dummer Schnösel. Dieser falsche Fünfziger hatte Pavarottis Komödie nicht nur von Anfang an durchschaut, sondern brillant mitgespielt. So meisterhaft, dass er, Pavarotti, sich dagegen wie ein Laiendarsteller ausnahm. Mit glühend rotem Kopf schaute der Commissario an sich herunter und auf seine karierten Hosenbeine, die er sich am liebsten sofort vom Leib gerissen hätte.

Neben sich hörte er es kichern. »Haben Sie im Ernst geglaubt, dass ich auf diesen Mumpitz hereinfalle?«

Dem Commissario blieb nur noch übrig, gute Miene zum bösen Spiel zu machen. Er strengte sich mächtig an, doch mit Anstand zu verlieren gehörte nun einmal nicht zu seinen starken Seiten.

»Ich hoffe, Sie haben sich wenigstens gut amüsiert«, entfuhr es ihm.

»So prima wie schon lange nicht mehr, Commissario! Schade,

dass wir morgen abreisen. Ich hätte zu gern noch eine Runde mit Ihnen gespielt!«

Pavarotti hörte Claudio Topolini immer noch schallend lachen, als der in seinen Wagen – natürlich einen Maserati – stieg. Dann schoss der Knabe mit laut aufheulendem Motor durch die schmale Einfahrt auf die Straße hinaus, als wolle er auch noch akustisch unterstreichen, dass er heute als Sieger in allen Disziplinen vom Hof ritt.

Angewidert schüttelte Pavarotti den Kopf. Er riss die Tür zu seinem Dienstwagen auf und versetzte dem am Steuer einge-schlummerten Brunthaler einen kräftigen Schubs.

»Brunthaler, wieso pennen Sie eigentlich immer im Dienst? Gehen Sie nachts mit Weibern auf Sauf- und Bumstouren? Ich sollte mal mit Ihrem Herrn Vater drüber reden, damit das aufhört!«

Mit Genugtuung sah er, dass Brunthalers Gesicht plötzlich eine käsig grünliche Färbung annahm.

»Nur das nicht, Commissario. Lassen Sie meinen Vater aus dem Spiel. Ich bin doch nur ein klein wenig eingenickt!«, stotterte der Sergente.

»Dann passen Sie auf, dass das nicht mehr passiert«, bellte Pava-rotti und schnallte sich auf dem Beifahrersitz an. »Nehmen Sie sich das nächste Mal die Fallakte Felderer zum Studium mit, am besten mit den Fotos obenauf, denn schlafen Sie wenigstens nicht ein. Vielleicht schaffen Sie es ja so, sich an den Anblick zu gewöhnen. Und jetzt fahren Sie endlich los!«

Schicksalsergeben drehte Brunthaler den Zündschlüssel und ließ vorsichtig die Kupplung kommen.

Pavarotti hätte am liebsten das Gaspedal des Alfa ganz durchge-treten, wenn er das von der Beifahrerseite aus gekonnt hätte. Aber mit Brunthaler am Steuer hatte er keine Chance, wenigstens in motorsportlicher Hinsicht das letzte Wort zu behalten. Er war mit Versagern und Hasenfüßen gestraft. Pavarotti seufzte, schloss die Augen und ließ sich in den Sitz zurücksinken. Seine Augenlider wurden auf einmal schwer. Dass Brunthaler einen Seitenblick nach rechts riskierte und erleichtert aufseufzte, bekam er nicht mehr mit.

★★★

Kirchrather klappte die Speisekarte zu und richtete den Blick auf Lissie. Seine Toni-Sailer-Augen glitzerten.

»Frau von Spiegel, ich will ganz offen sein. Ich glaube Ihnen nicht.« Dabei strahlte er übers ganze Gesicht, als habe er ihr gerade die Weihnachtsbotschaft verkündet.

Lissie hatte schon nach ihrem letzten Treffen ganz genau gewusst, dass der Alte die Story über die familiäre Spurensuche, die sie ihm aufgetischt hatte, nicht geschluckt hatte. Der Grund für ihre Schnüffeleien würde ihm bestimmt keine Ruhe lassen. Außerdem war Lissie sicher, dass Kirchrather etwas wusste. Aber was?

War es dieser Chinese Sun Tsu – oder einer der anderen beiden Chefstrategen, Clausewitz oder vielleicht doch Machiavelli? –, der empfohlen hatte, man solle den Zeitpunkt der Schlacht selbst bestimmen? Wahrscheinlich alle drei. Mit der Absicht, diese Taktik in die Tat umzusetzen, war Lissie am Vormittag in die Buchhandlung marschiert. Sie hatte Glück, Kirchrather war da und stand hinter der Kasse.

Lissie gab zunächst vor, sie würde den Alten gar nicht sehen. Kirchrather ging genau da in die Offensive, wo sie es erwartet hatte, in einer Ecke, wo er ihr prima den Weg verstellen konnte. Um ihm zu entkommen, hätte sie ihn schon unsanft beiseiteschubsen oder einen Krimiständer umschmeißen müssen. Als er sich vor ihr aufbaute, tat sie erschrocken. So, als sei es ihr unangenehm, ihn wiederzutreffen. Nach gespieltem Sträuben, aber innerlich frohlockend, hatte sie sich dann von dem Buchhändler zum Mittagessen in die Verdinser Klause einladen lassen.

Gerade war Kirchrather dabei, ihr großzügig Wein nachzuschenken. Vermutlich beabsichtigte er, damit ihre Zunge zu lockern. Lissie streckte ihre Hand aus, um ihr Glas aus seiner Reichweite zu entfernen. Natürlich hätte sie sich zu gern ein paar ordentliche Schlucke genehmigt, aber sie riss sich am Riemen.

»Frau von Spiegel, Sie machen auf mich einen hochprofessionellen Eindruck. Wenn Ihre Geschichte stimmen würde, hätten Sie vor Ihrem Aufenthalt in Meran die geschichtlichen Hintergründe genau studiert«, führte Kirchrather ins Feld – nicht zu Unrecht. »Es hat mehrere Terrorwellen, zahlreiche politische Verästelungen und eine Reihe entscheidender Akteure gegeben, die man kennen muss. Von all dem haben Sie offenkundig keine Ahnung. Bei unserem letzten Gespräch hatten Sie bloß ein paar Brocken parat, mit denen Sie mich ködern wollten. Was sagen Sie dazu?«

Treffer, versenkt, dachte Lissie. Sie lächelte ein wenig hilflos und nippte an ihrem Wein. Den Blick jetzt schräg nach unten driften lassen, dann die Augen suchend und ein wenig entschuldigend hoch zu dem Alten.

»Nun ja«, setzte Lissie absichtlich unbeholfen an. »Fakt ist, ich habe Sie nicht angelogen, Herr Kirchrather, ich habe Ihnen bloß nicht alles erzählt.«

»Da bin ich jetzt aber mal gespannt, Frau von Spiegel, wie Sie mir die Löcher in Ihrer Geschichte wegerklären wollen«, erwiderte der Alte spöttisch und fixierte sie mit diesem unangenehmen halben Lächeln.

»Ich interessiere mich nur für einen bestimmten Aspekt der Bombenjahre, Herr Kirchrather. Deswegen war es aus meiner Sicht Zeitverschwendung, sich komplett in die historischen Details einzulesen.«

»Welchen Aspekt meinen Sie?«

»Dass ich vor einigen Jahren im Nachlass meines Vaters auf einen Briefwechsel meines Großvaters gestoßen bin, das stimmt. Aber nicht alle Briefe seines Meraner Brieffreundes sind so unverfänglich wie der, den ich Ihnen neulich gezeigt habe. Ich bin hier wegen eines ganz bestimmten Schreibens, dessen Inhalt ausgesprochen brisant ist. In dem Brief steht, dass es damals, in den Sechzigern, im Befreiungsausschuss einen Verräter gegeben hat. Der Freund meines Opas hatte das offenbar entdeckt, kurz bevor er den Brief verfasste.« Lissie holte kurz Luft. »Dieser Andi schreibt meinem Opa, dass es einen Maulwurf gab, der mit den Italienern gemeinsame Sache machte und einige seiner Landsleute ans Messer lieferte. Wer es war, schreibt er aber nicht. Am Schluss bittet er meinen Großvater um Rat, wie er sich verhalten soll. Doch meinem Opa blieb wohl keine Zeit mehr, ihm zu antworten. Nach dem Datum des Briefes zu urteilen, ist er ungefähr eine Woche nach Erhalt des Schreibens gestorben.«

Bis auf einen brennend roten Fleck unter dem linken Auge, der hektisch pulsierte, war Kirchrather blass geworden. Lissie hatte den Alten am Haken, das war offensichtlich. Jetzt kam es darauf an, den Fisch an Land zu ziehen.

»Wenn Sie recherchiert haben, werden Sie wissen, dass ich nicht mehr bei der Bank bin«, fuhr Lissie fort. »Ich hatte plötzlich Zeit, und da hab ich vor ein paar Wochen den ganzen alten Kram von meinem Vater noch mal durchgesehen. Auf einmal fielen mir die Briefe an meinen Opa wieder in die Hände. Und jetzt, da ich auf Jobsuche bin, kommt mir dieses pikante Gemisch aus Terror, Verrat und Schuld in dieser Rentner-Idylle hier wie gerufen.«

Lissie gab ihrer Stimme einen entschlossenen und siegessicheren Unterton. »Ich habe nämlich beschlossen, eine neue Karriere als freie Journalistin zu starten. Das Thema eignet sich hervorragend als Einstieg. Übermäßiges historisches Hintergrundwissen brauche ich für die Geschichte nicht, das belastet nur, und ich kann es sowieso nicht verwenden. Die persönlichen Schicksale und die Atmosphäre vor Ort, das ist das Wichtigste. Sie wissen doch, wir Deutschen interessieren uns brennend für Meran. Schließlich fahren wir jedes Jahr in Massen hierher!« Triumphierend setzte sie hinzu: »Und kaum bin ich angekommen, geschieht schon wieder ein Mord! Eine Spur der Gewalt im beschaulichen Südtirol – und das seit sechzig Jahren! Na, was sagen Sie jetzt?«

Kirchrather sagte erst einmal nichts, sondern hatte die Augen geschlossen. Lissie war nun doch verunsichert, ob sie nicht zu stark übertrieben hatte. Der Alte war gerissen. Vermutlich arbeiteten die grauen Zellen in seinem Kopf gerade auf Hochtouren und tasteten ihre Story auf Fehler oder Widersprüche ab. Ob sich dieser Buchhändler in der deutschen Medienszene doch besser auskannte, als sie gehofft hatte? Lissie bezweifelte sehr, dass ein deutsches Magazin ihre Geschichte überhaupt abdrucken würde. Dass es in Südtirol eine Terrorszene im Kleinformat gegeben hatte, wussten nördlich des Brenners heute nur noch wenige. In Deutschland wahrscheinlich kaum jemand. Wen interessierte da noch, wer damals vor fünfzig Jahren wen verpfiffen hatte?

Plötzlich öffnete der Buchhändler wieder die Augen und blaffte sie an. »Warum haben Sie mir das nicht schon beim letzten Mal erzählt?«

»Ja, warum wohl nicht? Terroristen in Meran sind ja wohl kaum förderlich für den Tourismus hier. Ich hatte die Befürchtung, dass die Einheimischen nicht mit mir reden würden, wenn sie mitbekommen, worüber ich schreiben will. Das gilt natürlich auch für Sie. Ich wollte niemanden vorzeitig aufscheuchen, sondern in aller Ruhe recherchieren!«

Kirchrather schwieg wieder. Dann kam ein Überraschungsangriff, auf den Lissie nicht gefasst war. »Was haben Sie eigentlich mit dem schmierigen welschen Ermittler zu schaffen, mit dem man Sie in Meran herumziehen sieht?«

In Lissie schoss die Wut hoch. Schon wieder hatte es dieser fiese Alte geschafft, dass sie sich wie eine Schlampe fühlte. Eine, die mit jedem rummachte, um an Informationen zu kommen. Woher wusste der Alte überhaupt, dass sie Pavarotti kannte? Hatte Kirchrather etwa einen heißen Draht zu einer der beiden Figuren unter Pavarotti, die sich Polizisten nannten? Mit Mühe gelang es ihr, die Beleidigung herunterzuschlucken. Kirchrather war ja bloß darauf aus, dass sie die Beherrschung verlor. Aber nicht mit ihr.

»Das liegt doch wohl auf der Hand. Ich will den Felderer-Fall mit in die Geschichte einbauen. Er zeigt ja ganz deutlich, wie groß das Gewaltpotenzial in Ihrem idyllischen Kurort auch heute noch ist. Meine Story wird vielen Südtirol-Kurgästen die Augen darüber öffnen, was hier eigentlich los ist: Tagsüber regieren die Rollstühle, aber wenn es Nacht wird in Meran, dann veranstalten die Einheimischen ihren blutigen Mummenschanz. Die Touristen können dabei ja noch froh sein, dass sie nicht ihren Betten ermordet werden.«

Entsetzt starrte Kirchrather sie an. Sein Essen stand unberührt vor ihm. Lissie dagegen spießte ein Stück Kaiserschmarren auf und verleibte es sich genüsslich ein. »Wer weiß, vielleicht hat dieser schöne, saftige Felderer-Mord ja sogar mit der damaligen Terrorszene zu tun! Nach dem Motto: Alte Sünden werfen lange Schatten!« Damit hatte sie zwischen zwei Bissen schnell noch eine weitere explosive These platziert.

Lissie fand immer mehr Gefallen daran, die Fakten mit an den Haaren herbeigezogenen Schlussfolgerungen zu spicken und das Ganze zu einem möglichst giftigen Skandalcocktail zu verpanschen. Sie hatte vor, dem Alten, für den das Geld der Touristen ganz bestimmt das Wichtigste im Leben war, gehörig Feuer unter dem Hintern zu machen. Sie war davon überzeugt, dass sie ihn damit irgendwie aus seinem Bau herauslocken würde.

★★★

Kirchrather saß da wie gelähmt. Er war derart schockiert, dass er eine Denkblockade bekam. Diese fürchterliche Frau würde für eine möglichst fette Schlagzeile alles tun. Zweifellos würde sich so ein verlogener Sensationsbericht bei den Deutschen gut verkaufen und viele Fremde verschrecken. Vor allem die älteren und eher ängstlichen Kurgäste, so viel war sicher. Das waren aber die treuesten Meran-Urlauber. Noch.

Er sah den Magazinbericht mit der Überschrift »Ewiger Gewaltherd Südtirol« förmlich vor sich. Die Umsatzeinbußen würden horrend sein. Er selbst wäre auch betroffen, natürlich, und zwar nicht zu knapp. Wenn die Fremden wegblieben, wie sollte er dann den hohen Bankkredit für die Erweiterung seiner Buchhandlung abbezahlen?

Durch Kirchrathers Hirn schossen bizarre Bildfetzen. Er sah sich selbst als Greis, wie er durch die Gänge seiner menschenleeren Buchhandlung schlurfte, den Staub von den Buchrücken wischte und durch die halb blinden Fensterscheiben nach draußen spähte. Die Lauben waren verlassen, auf den Gehsteigen spielte der Wind mit alten Handzetteln über Kurkonzerte, die längst verstummt waren. Abblätternder Fassadenputz sammelte sich in den Rinnsteinen. Bestimmt würde es so kommen wie in Nevada vor über hundert Jahren. Der Goldrausch war vorbei, alle waren weg. Nicht mehr lange, dann würde die Stadt im Wüstenstaub des Death Valley aufgehen.

Kirchrather schüttelte sich entsetzt und zwang sein fiebriges Hirn zurück in die Realität. Wüstenstaub, wie kam er bloß darauf? Er linste zu der Deutschen hinüber, die gerade damit beschäftigt war, eine weitere Schicht Puderzucker auf die Reste ihres Kaiserschmarrens zu streuen.

Kirchrather hoffte inständig, dass der auf einer Wolke weilende Andreas Hofer etwas zur Rettung Merans unternehmen würde.

Der Hofer konnte doch von da oben bestimmt etwas deichseln! Oder irgendeiner der neueren Volkshelden, meinetwegen einer der Führer vom Befreiungsausschuss. Irgendeiner musste doch verfügbar sein.

Er wartete. Nichts geschah. Hofer und Konsorten lagen offenbar da oben auf der faulen Haut. Es half nichts, er musste die Sache selbst in die Hand nehmen. Plötzlich hatte er eine zündende Idee. Ohne Bauernopfer war die zwar leider nicht zu verwirklichen, aber auf Einzelschicksale konnte er jetzt keine Rücksicht mehr nehmen. Mit ruhiger Hand zerteilte er seine Ochsenbrust.

»Frau von Spiegel, wer war eigentlich der Freund Ihres Großvaters? Es stand doch bestimmt ein Absender auf dem Schreiben?«

Die Deutsche schüttelte den Kopf. »Leider nicht der Familienname. Der Umschlag war nicht unter den Papieren. Der Brief selbst war mit ›Dein Andi‹ unterzeichnet. So wie bei dem, den ich Ihnen gezeigt habe.«

Kirchrather schaute die Frau prüfend an. Sie hatte ohne zu zögern geantwortet. Er war erleichtert. Andi, da war die Auswahl groß.

Laut sagte er: »Das ist alles so lange her. Es gab damals immer wieder Gerüchte über Maulwürfe innerhalb des BAS, aber es gab keine konkreten Beweise gegen irgendjemanden. Angeblich soll ein Verräter von den Italienern erschossen worden sein, als sie ihn nicht mehr brauchten, da oben auf dem Eisjöchl. Aber viel wahrscheinlicher ist, dass die angeblichen Maulwürfe eine Erfindung der Italiener waren, um die Unsrigen zu demoralisieren.« Mit fester Stimme setzte er hinzu: »Auf jeden Fall sind das alte Geschichten, die mit dem Meran von heute nichts mehr zu tun haben. Und schon gar nicht mit dem bedauerlichen Tod von Karl Felderer. Ich habe Sie als seriöse Person kennengelernt. Sie werden doch sicher nicht die Unwahrheit schreiben, nur um eine gepfefferte Schlagzeile zu bekommen?«

Sein Gegenüber gab keine Antwort.

»Ich sehe schon, Sie sind nicht überzeugt. Sie werden sehen, dass sich der Felderer-Mord recht einfach aufklären lässt, wenn die Zusammenhänge erst einmal offen auf dem Tisch liegen. Es geht um eine lokale Angelegenheit. Ich wollte heute sowieso zum

Kommissar, um meine Aussage zu ergänzen. Es hat ja keinen Sinn, die Sache unter den Tisch zu kehren.« Die Frau machte große enttäuschte Kulleraugen, die Kirchrather tief befriedigt zur Kenntnis nahm.

»Frau von Spiegel«, fuhr er fort, »kommen Sie doch mit auf die Wache. Ihre Nase steckt doch ohnehin schon tief in unseren Angelegenheiten, da kommt es jetzt auch nicht mehr darauf an. Außerdem scheint der Commissario ja sowieso keine Geheimnisse vor Ihnen zu haben, oder?«, setzte er süffisant hinzu. Nur so zum Spaß, um der Frau noch einen mitzugeben.

★★★

Mit sich und der Welt im Unreinen, verbarrikadierte sich Pavarotti am Nachmittag in seinem Büro. Dieser junge Italiener würde die Story, wie er einem angeblich so ausgefuchsten Kriminalkommissar einen Bären aufgebunden hatte, in seinem gesamten Bekanntenkreis herumerzählen. Unter Garantie hatte er dabei die Lacher auf seiner Seite. Der Commissario stöhnte auf, ihm war nicht gut. Der Magen drehte sich ihm um, wenn er bloß daran dachte, wie er sich von dem Kerl hatte vorführen lassen.

Brunthaler hatte sich nach der Rückkehr aus Lana schleunigst unsichtbar gemacht. Er war wohl zu der korrekten Schlussfolgerung gelangt, dass es für ihn besser war, Pavarotti eine Weile nicht unter die Augen zu kommen. Sein Kollege Emmenegger dagegen blieb, unbeeindruckt von der herrschenden Gewitterstimmung, an seinem Schreibtisch sitzen und kaute geräuschvoll auf einem Stück Käsekuchen herum. Offenbar hielt der Sergente die im Kuchen eingebackenen Weinbeeren für verzichtbar. Wenn Emmeneggers Zunge eine erwischte, spuckte er sie in einen Plastikbecher, zielte aber nicht immer gut. Ab und zu landete eine auf der Schreibtischplatte.

Pavarotti schauderte innerlich und bedachte den Sergente mit einem angeekelten Blick, bevor er in seinem Büro verschwand. Kurz darauf erschien Emmenegger mit einem Teller, auf dem zwei Stück von dem Kuchen lagen, in der Bürotür. »Von meiner Frau. Selbst gebacken.«

Hoheitsvoll nahm Pavarotti den Kuchen in Empfang und versuchte, Emmeneggers unappetitliche Tischsitten auszublenden. Er wusste, dass Emmeneggers Frau hervorragend kochen und backen konnte.

Der Kuchen zerging auf der Zunge. Etwas versöhnt, nahm der Commissario den Bericht aus Bozen zur Hand, der die Untersuchungsergebnisse zu den Goldpigmenten in der Wunde aufführte. Diese gaben allerdings nur wenige Sätze her. Offenbar handelte es sich bei den Pigmenten um eine ganz gewöhnliche Substanz, die bei Vergoldungen aller Art verwendet wurde. Gipsfiguren, Bilderrahmen, Stuckrosetten, so etwas in der Art.

Auf einmal schmeckte der Kuchen fettig und schwer. In dieser Ermittlung warf jede Antwort neue Fragen auf. Der Fall war wie eine neunköpfige Hydra, der für jeden abgeschlagenen Kopf zwei neue nachwuchsen. Leider war er, Pavarotti, ganz und gar kein Herkules, der es praktisch mit links schaffte, dem Untier den Garaus zu machen.

Was in aller Welt war hier als Mordwaffe benutzt worden? Wie kam jemand dazu, Karl Felderer auf dem Hinterhof der Weinstube Renzinger mit einem goldbemalten Dingsbums den Kopf einzuschlagen? Pavarotti stützte sich mit dem Ellenbogen auf der Tischplatte auf und ließ seinen Kopf schwer in die Handfläche sinken. Ihm war zum Heulen. Mit welchen Skurrilitäten würde er im Laufe der Ermittlung noch konfrontiert werden? Dieser Fall war auf dem besten Wege, sich zu einer ganz persönlichen Herausforderung zu entwickeln.

Etwas bollerte gegen seine Bürotür. Gleich darauf wurde sie mit Getöse aufgerissen. Emmenegger, der sich offenbar bemüßigt gefühlt hatte, die Privatsphäre seines Chefs zu schützen, verlor das Gleichgewicht und stolperte rückwärts ins Büro, gefolgt von diesem Verbandsheini Kirchrather und Lissie von Spiegel. Er sah, wie Lissie hinter dem Rücken von Kirchrather wild mit ihren Armen wedelte. Was sollte das denn jetzt? Wieder einmal verstand er nicht, was die Frau meinte. Pavarotti seufzte. Dieser Überraschungsbesuch von Lissie & Co. war das i-Tüpfelchen auf einem hinten und vorne verkorksten Tag.

Und überhaupt – dass sich dieser Kirchrather hierhertraute!

Bei ihrem letzten Gespräch war Pavarotti auf Kirchrathers Ablenkungsmanöver – nun ja – hereingefallen, wenn man es bei Licht betrachtete. Dem Commissario schwoll der Kamm, als er sich an das substanzlose Palaver des Verbandsfunktionärs erinnerte, von dem er sich hatte einlullen lassen.

Er schoss von seinem Stuhl hoch und streckte den Kopf vor. Den Kerl würde er sich jetzt ordentlich zur Brust nehmen. Pavarotti wollte schon den Mund zu einer verbalen Attacke öffnen, da fiel ihm plötzlich ein, dass der Mann aus freien Stücken gekommen und anscheinend gewillt war, eine Aussage zu machen. Sein Blick fiel auf Lissie, die sich inzwischen auf einem Besucherstuhl niedergelassen hatte und Kirchrather huldvoll bedeutete, neben ihr Platz zu nehmen. Emmenegger hatte sich nach einem Schulterzucken wieder nach draußen verkrümelt.

Pavarotti überlegte kurz. Hatte Lissie ihm mit ihrem Gefuchtel mitteilen wollen, dass sie Kirchrathers Erscheinen eingefädelt hatte? Er beschloss, sich vorerst bedeckt zu halten. Sicherheitshalber. Wahrscheinlich hatte Lissie dem Alten irgendeine haarsträubende Story erzählt. Und Kirchrather hatte den Köder geschluckt, sonst hätte er sich garantiert nicht von ihr hierherschleppen lassen.

»Herr Kirchrather, welche Überraschung! Bitte nehmen Sie doch Platz«, säuselte Pavarotti honigsüß. Na warte. Als Erstes wollte er jetzt diesem geplatzten Immobiliendeal auf den Grund gehen, über den Kirchrather bestimmt ganz genau informiert war.

»Gut, dass Sie kommen, dann brauche ich Sie nicht vorladen zu lassen. Sie haben bei unserem letzten Gespräch mit wichtigen Informationen hinter dem Berg gehalten.« Beim letzten Satz hob Pavarotti die Stimme und wackelte strafend mit dem Zeigefinger. »Worum handelt es sich bei dieser ominösen Immobilientransaktion zwischen Karl Felderer und diesem italienischen Konzern, von der in Meran in letzter Zeit gemunkelt wird? Und jetzt kommen Sie mir nicht damit, dass Sie davon keine Ahnung hätten!«

Der Alte lächelte schelmisch. »Tue ich ja gar nicht. Deswegen bin ich ja hier. Es hat keinen Sinn, die Sache zu vertuschen. Es kommt am Ende eh heraus. Denn die Immobiliensache hängt wohl mit dem Mord zusammen.« Kirchrather schlug die Augen nieder. »Ich möchte mir nicht vorwerfen lassen müssen, die Ermittlungen behindert zu haben. Auch dann nicht, wenn ich durch meine Aussage einen Verbandskollegen – und Freund – schwer belaste.« Der Alte legte sein Gesicht in Falten und sah jetzt ganz melancholisch aus. Lissie, die Kirchrather von der Seite beobachtete, verdrehte die Augen.

Pavarotti, der diesmal ihr Mienenspiel richtig zu deuten wusste, hob die Augenbrauen. »Also?«

Kirchrather seufzte auf, als müsse er sich erst überwinden. »Hintergrund der ganzen Heimlichtuerei ist, dass die im VEMEL zusammengeschlossenen Einzelhändler ein Vorkaufsrecht haben, wenn eine Immobilie in den Lauben veräußert werden soll.« Kirchrather lehnte sich zurück. Er entspannte sich sichtlich, nachdem er beschlossen hatte, die Katze aus dem Sack zu lassen. Pavarotti fand, dass der Alte einen beinahe selbstzufriedenen Eindruck machte.

»Die Bestimmung über das Vorkaufsrecht – sie ist ein elementarer Teil unserer Verbandssatzung – geht auf die Gründung des VEMEL in den sechziger Jahren zurück. Der Grund für den Passus war natürlich, dass wir keine italienischen Grundbesitzer in den Lauben haben wollten. Zumindest soweit sich das mit Hilfe einer Satzungsbestimmung vermeiden ließ.«

Pavarotti pfiff leise durch die Zähne. Jetzt kam endlich ein wenig Bewegung in die Ermittlungen. Er hatte das Gefühl, dass die Hydra gerade einen Kopf verloren hatte, der nicht wieder nachwuchs. Er selbst hatte zwar wenig dazu beigetragen. Aber Herkules hatte auch seine Helfer, dachte Pavarotti. Er streifte Lissie mit einem flüchtigen Blick.

»Sieh einer an! Und trotzdem wollte Karl Felderer eine seiner Immobilien an die Topolinis verkaufen? Glaubte er denn im Ernst, seine Verbandsmitglieder täuschen zu können?«

Kirchrather winkte ab. »Das war gar nicht so abwegig, wie Sie glauben. Nach außen wurde der Verkauf als Verpachtung deklariert. Wäre der Mord nicht passiert, hätte doch keiner Fragen gestellt. Die Topolinis hätten zwar sicher in großem Stil umgebaut, aber jeder hätte angenommen, dass der Umbau halt mit Felderer abgesprochen war.«

»Moment«, grätschte Lissie hinein. »So ein Verkauf muss doch notariell beurkundet und im Grundbuch eingetragen werden. Spätestens dann kommt doch die Mauschelei ans Licht, oder?«

»Theoretisch schon, ja. Aber auch bei uns gibt es Notare, die gegen eine entsprechende Honorierung großzügig über so manches hinwegsehen.« Kirchrather zögerte kurz. »Vielleicht ist auch im Grundbuchamt jemand bestochen worden, um den Eintrag zu fälschen. Ich gehe aber eher davon aus, dass die Eigentumsübertragung erst später eingetragen werden sollte. Karl hat in letzter Zeit vermehrt Reden gegen das Vorkaufsrecht geschwungen. Es sei nicht mehr zeitgemäß, hat er gesagt. Vermutlich ging Karl davon aus, dass er es schaffen würde, die Satzung zu ändern. Hinterher hätte kein Hahn mehr danach gekräht, ob die eine oder andere Transaktion vielleicht ein wenig zu früh stattgefunden hat.«

Lissie gab sich aber noch nicht zufrieden. »Was ist mit dem Kredit? Die Banken legen doch in aller Regel großen Wert darauf, ihre Ansprüche durch einen Eintrag im Grundbuch zu dokumentieren, und das erstrangig!«

Kirchrather nickte. »Natürlich. Deshalb vermute ich, dass die Topolinis die Immobilie zu hundert Prozent mit Eigenkapital bezahlen wollten. Ohne Fremdfinanzierung muss keine Grundschuld im Grundbuch eingetragen werden, und keine Bank stellt unangenehme Fragen.« Kirchrather lachte höhnisch. »Auch wenn die italienischen das sowieso meistens nicht tun. Was ihren maroden Zustand erklärt.«

Der Alte hielt kurz inne, dann zuckte er die Schultern. »Strafrechtlich ist Karls Vorgehen nicht relevant. So eine Verbandssatzung ist ja kein Gesetz. Da geht es um eine rein zivilrechtliche Angelegenheit. Sicher, der Verband hätte eine Zivilklage mit einem entsprechend hohen Streitwert angestrengt, wenn die Sache ans Licht gekommen wäre. Aber das ist nebensächlich. Der entscheidende Punkt ist, dass Karl in Meran zur Persona non grata geworden wäre. Er wäre mit Schimpf und Schande aus dem Verband gejagt worden. Keiner von uns hätte mit ihm mehr Geschäfte gemacht.«

»Woher wissen Sie eigentlich von der ganzen Sache?«, schaltete sich Pavarotti wieder ein.

Kirchrather verzog das Gesicht. »Durch Niedermeyer natürlich.«

Der Commissario beugte sich abrupt nach vorne, elektrisiert durch diese neue Information.

»Niedermeyer hatte auf einmal eine Kopie des Vorvertrags über den geplanten Verkauf. Woher, weiß ich nicht. Er kam damit zu mir und wedelte mit dem Dokument vor meiner Nase herum. Das war am letzten Samstag, vor unserem Stammtisch.«

Kirchrather räusperte sich kurz und fuhr sich mit der Hand durch die Haare. »Wegen der angeblichen Verpachtung an die Italiener waren wir alle sowieso schon entsetzt, schon wieder so ein Filialist in den Lauben. Bei dem Stammtisch wollten wir ein letztes Mal überlegen, ob wir das Geschäft irgendwie torpedieren können. Aber natürlich dachte niemand von uns an einen Immobilienverkauf. Auf die Idee, dass Karl eine solche Ungeheuerlichkeit vorhaben könnte, ist keiner gekommen.«

Der Alte stockte und strich sich erneut durch seinen grauen Haarschopf. »Und dann stand plötzlich Niedermeyer mit dem Computerausdruck vor mir. Ich war wie vor den Kopf geschlagen, aber ich habe die Echtheit des Dokuments keinen Moment in Zweifel gezogen. So war Karl eben, geschäftlich völlig skrupellos. Er hatte so eine Verwegenheit, eine Art Mantel-und-Degen-Mentalität, die ihm trotz allem bei vielen Sympathien einbrachte. Dieser freche, tollkühne Immobiliendeal passte zu ihm.«

»Und dann haben Sie gemeinsam mit Niedermeyer den Plan ausgeheckt, Karl Felderer mit dem Vertrag zu erpressen? Ja, haben Sie beide denn total den Verstand verloren? Erpressung ist doch kein Kavaliersdelikt! Und um was ging es doch noch gleich? Um das Erscheinungsbild der Lauben, wenn ich mich nicht irre, also um eine Marketing-Angelegenheit!« Pavarotti kniff die Lippen zusammen. Das war wieder einmal ein Paradebeispiel dafür, wie schnell sich manche Leute zu kriminellen Aktionen hinreißen ließen, weil sie dem, was ihnen wichtig erschien, eine übersteigerte Bedeutung beimaßen, die mit der Wirklichkeit nichts zu tun hatte.

Doch der Alte schüttelte vehement den Kopf. »Nein, so war es nicht, Commissario. Ich hatte nichts damit zu tun. Es war zu spät, ich konnte auch nichts mehr machen, um Klaus zur Vernunft zu bringen. Er hatte die Unterlagen schon ein paar Stunden vorher an Karl gemailt und ihm gedroht, er werde den Vorvertrag den

›Dolomiten‹ zuspielen, wenn Karl die Verhandlungen mit den Topolinis nicht schleunigst abbräche.«

»Warum hat Niedermeyer das getan, was meinen Sie?«, fragte Pavarotti. »Es musste ihm doch klar sein, dass er sich damit strafbar macht!«

Kirchrather lehnte sich zurück und verzog seinen Mund zu einem sarkastischen Lächeln. »Um die Lauben ist es Klaus jedenfalls nicht gegangen. Ich kann mir bei ihm gleich mehrere Beweggründe vorstellen. Zum einen wollte er bestimmt nicht noch mehr Konkurrenz, die ihm die Preise kaputt macht. Außerdem war er schon fast krankhaft eifersüchtig auf Karls Machtposition im Verband. Er wollte ihn verdrängen und sah in seinem Fund die Möglichkeit, Karl vom Thron zu schubsen.« Kirchrather zögerte, fügte dann aber noch hinzu: »Deswegen hatte er wohl auch gar kein Interesse daran, abzuwarten, ob sich Karl am Ende doch noch gütlich mit uns einigt.«

Kirchrather unterbrach seinen Bericht kurz, um seine Zuhörer zu mustern. »Niedermeyers Plan hat aber nicht funktioniert«, nahm er dann den Faden wieder auf.

»Wieso nicht?«, schallte es unisono aus zwei Richtungen.

»Weil Felderer den Spieß einfach umgedreht hat. Anscheinend hat er schon vor ein paar Monaten ein Verhältnis mit Niedermeyers Frau angefangen. Vielleicht hat er gedacht, dass er das irgendwann gegen Niedermeyer verwenden kann. Die Greta ist wie ein reifer Apfel in seinen Schoß gefallen und hat sich zu allen möglichen Sexspielchen überreden lassen. Und jetzt kommt's: Bei den Schäferstündchen hat Karl Fotos gemacht!«

»Weiß ich schon«, unterbrach ihn Pavarotti und freute sich, dass der Alte enttäuscht aussah.

Lissie öffnete bereits den Mund, doch der Commissario stoppte sie mit einer Handbewegung. Jetzt war Schluss mit dem Dazwischengequatsche. Es war schließlich seine Vernehmung. Editha hatte mit ihrer Vermutung recht gehabt, dass hinter den Fotos mehr steckte als Felderers verdrehte sexuelle Vorlieben.

Pavarotti hatte inzwischen eine ziemlich genaue Vorstellung davon, worauf die ganze Sache hinauslief, doch er ließ Kirchrather weiterreden.

»Commissario, wissen Sie auch, wozu Karl die Fotos am Ende benutzt hat? Er wollte damit auf Niedermeyer und auf den ganzen Verband Druck ausüben! Karl dürfte sich zu seiner Weitsicht gratuliert haben, sich ein so perfektes Druckmittel beschafft zu haben. Aber er hat sich zu früh gefreut.« Kirchrather hob die Augen zur Decke und spitzte die Lippen. »Jemand hat ihn aus dem Weg geräumt.«

»Und Sie vermuten, dieser Jemand war Klaus Niedermeyer?«

Kirchrather zuckte nur die Achseln. »Das liegt doch wohl auf der Hand, oder?« Er verzog die Lippen. »In seiner Eitelkeit hat Niedermeyer dann den Fehler gemacht, Karl Felderer zu unterschätzen. Der war drauf und dran, die Nacktfotos von Greta bei Facebook und auf unsere Verbandsseite hochzuladen. Das hätte Klaus zerstört, und ganz bestimmt nicht nur geschäftlich.«

»Und wann hat Ihnen Niedermeyer erzählt, dass da was lief zwischen Niedermeyers Frau und Karl Felderer?«

»Gar nicht, Herr Kommissar. Ich weiß es von Karl Felderer.«

Pavarotti war bass erstaunt. »Von Karl Felderer? Wie das denn?«

Kirchrather lehnte sich zurück. »Es war am selben Abend nach dem VEMEL-Stammtisch. Ich kam gerade nach Hause, immer noch ziemlich geschockt von dem Gespräch mit Klaus, da tauchte Felderer auf. Er stürmte grußlos durch die Eingangstür und schmiss ein paar Computerausdrucke auf meinen Wohnzimmertisch. Es waren Nacktfotos von Greta. Ich schaute mir nur das oberste an und legte es sofort wieder zurück. Ich war entsetzt. Mir war natürlich sofort klar, dass sich da ein furchtbarer Skandal zusammenbraute.«

Kirchrathers Stimme war plötzlich heiser geworden. Er hustete und fuhr dann fort: »Ganz leise und freundlich, sodass es mich eiskalt überlief, hat Karl dann gesagt, der VEMEL solle die Machtspielchen lassen, sonst ginge es allen so wie diesem Hornochsen Niedermeyer. Ein einziges Wort von irgendeinem von uns über den Verkauf, und die Nacktfotos von Niedermeyers Frau stünden im Internet.« Kirchrather stockte wieder. »Höhnisch gegrinst hat er, wie der Teufel höchstpersönlich. Und dann ist er hinaus.«

Kirchrather fuhr sich mit der Hand über die Augen. Auf seiner Stirn hatten sich kleine Schweißtröpfchen gebildet. Pavarotti erkannte, dass dem Mann der schwierigste Teil noch bevorstand.

247

Der Alte blickte auf. »In dem Moment habe ich beschlossen, dass der Verband sich von diesem gewissenlosen Menschen nicht einschüchtern lassen wird. Welche Bedeutung hätten wir denn noch, wenn wir bei einer solchen Drohung einknickten? Ich sage es Ihnen: Nur noch Marionetten wären wir gewesen.« Fast flehend schaute Kirchrather seine Zuhörer an, doch es kam keine Reaktion. Ihm blieb nichts anderes übrig, als weiterzusprechen.

»Kaum war Karl aus der Tür, habe ich mich hingesetzt und ihm eine SMS geschrieben. In der stand, er solle doch tun, was er nicht lassen könne, Niedermeyer habe nichts mehr für Greta übrig und wolle sich scheiden lassen. Wahrscheinlich käme ihm die Sache sogar ganz gelegen. Außerdem habe ich geschrieben, Karl solle mal ernsthaft überlegen, ob er sich nach so einer Aktion in Meran noch blicken lassen könne. Wenn er sich als solches Schwein offenbare, würde keiner mehr mit ihm reden, geschweige denn Geschäfte machen.« Kirchrather stöhnte. »Ich war dermaßen aufgebracht, dass Felderer so mit uns umsprang, dass ich nicht richtig drüber nachgedacht habe, welche Folgen die SMS haben könnte.«

»Und Bedenken, einen Verbandskollegen und dessen Frau zu opfern, damit Sie Ihre Machtspielchen gewinnen, sind Ihnen gar nicht gekommen?«, versetzte Pavarotti kalt.

Kirchrather biss sich auf die Lippen. »Ich sagte ja: Ich habe in diesem Moment spontan gehandelt, ohne groß nachzudenken. Hinterher, in der Nacht, hat mich das Ganze stundenlang umgetrieben. Mir wurde klar, dass es Karl sowieso egal war, was andere von ihm hielten. Niemals hätte er sich von uns einbremsen lassen.«

Nach einer kurzen Pause fügte er hinzu: »Am Morgen stand mein Entschluss fest. Ich wollte zu Felderer gehen und ihm sagen, Niedermeyer und ich würden Stillschweigen über den Immobiliendeal bewahren. Außerdem wollte ich Karl bitten, Klaus zu schonen. Er sollte das mit seiner Frau nicht erfahren und auch nichts von den Fotos.«

Pavarotti atmete tief auf. »Was ist eigentlich aus den Abzügen geworden?«

»Die hat er bei mir gelassen«, erwiderte Kirchrather. »Ich habe sie in meinen Tresor gelegt. Da sind sie immer noch.«

»Und wie hätten Sie Niedermeyer dazu bringen wollen, seinen Plan aufzugeben, ohne ihm von diesen Fotos zu erzählen?«, preschte Lissie vor. Pavarotti ärgerte sich. Er hatte sich das auch gerade gefragt, war aber zu langsam gewesen.

»Ja«, nickte der Alte, »das wäre wirklich verflixt schwierig geworden.« Er grinste freudlos. »Aber irgendwas wäre mir schon eingefallen.«

»Was denn?«

Kirchrather schüttelte den Kopf. »Das hatte sich doch erledigt, das wissen Sie doch. Bis Mittag hatte sich der Mord in ganz Meran herumgesprochen. Klaus habe ich seit dem Gespräch nach dem Stammtisch sowieso nicht mehr gesehen.«

Pavarotti schoss seinen letzten Pfeil ab: »Warum rücken Sie eigentlich jetzt mit der Sprache heraus?«

Kirchrather stand auf, trat zum Fenster und sah auf den Kornplatz hinaus. Dann drehte er sich abrupt um. »Anfangs habe ich versucht, diese unerfreuliche Geschichte zu vertuschen. Ich wollte Klaus davor schützen, ins Gefängnis zu wandern. Es war mir ja sonnenklar, dass er ein erstklassiges Motiv für den Mord hatte, ein viel stärkeres noch als diese Eifersuchtssache. Ich hab gleich vermutet, dass er es war. Felderer hatte es in der Hand, ihn zu vernichten. Diese Schmach hätte Klaus nicht überlebt.«

»Und warum haben Sie jetzt doch beschlossen, Ihrem Verbandskollegen den Strick um den Hals zu legen?«

Kirchrather zuckte zusammen, fing sich dann aber wieder. »Die Angelegenheit zieht immer weitere Kreise. Deshalb hab ich nicht länger schweigen können«, erwiderte der Alte kryptisch, mit einem Seitenblick auf Lissie.

Pavarotti entschied, dass es besser war, an der Stelle nicht nachzubohren. Stattdessen fragte er, wie Niedermeyer am Ende von den Fotos erfahren habe.

Der Alte setzte sich wieder hin. »Von mir nicht, Commissario. Aber wahrscheinlich von Karl Felderer. Die Fotos waren bestimmt noch abgespeichert.« Kirchrather massierte sich mit zwei Fingern die Stirn. »Meine SMS dürfte Karl so gereizt haben, dass er direkt zu Niedermeyer hin ist, ihm den Blackberry unter die Nase gehalten hat und Drohungen ins Gesicht gebrüllt hat. Ich vermute, da ist Klaus schlicht durchgedreht.«

Pavarotti hob die Hand: »Stopp! Wie war das? Karl Felderer hatte die Fotos mit seinem Handy aufgenommen?«

Kirchrather nickte. »Ja, er hat die ganze Zeit damit herumgefuchtelt, als er bei mir war.«

Pavarotti atmete tief aus. Deshalb war bei der Leiche kein Handy gewesen. Niedermeyer hatte es mitgehen lassen, aus sehr gutem Grund. Wahrscheinlich lag das Telefon mittlerweile auf dem Grund der Passer. Niedermeyer war ja inzwischen auf freiem Fuß und hatte genug Zeit gehabt. Aber egal, er hatte den Kerl trotzdem am Schlafittchen. Der fehlende Blackberry bewies, dass es bei dem Mord um die Fotos gegangen war. Und er hatte Kirchrathers Aussage. Jetzt würde der Staatsanwalt ohne zu zögern den Haftbefehl ausstellen, und Niedermeyer würde wieder in die Zelle einpassieren, und zwar für eine ziemlich lange Zeit.

Jetzt kam es darauf an, den Alten möglichst schnell loszuwerden. Pavarotti beobachtete ungeduldig, wie sich Kirchrather umständlich erhob und niedergeschlagen sagte: »Ich bin mit schuld, dass es dazu gekommen ist. Ich hätt nicht bis zum nächsten Morgen warten dürfen.« Es klang sogar halbwegs echt.

»Das müssen Sie mit sich selbst abmachen. Auch dieser Sachverhalt ist nicht strafrechtlich relevant, aber das wissen Sie ohnehin.«

Kirchrather nickte langsam. An Lissie gewandt, setzte der Alte hinzu: »Frau von Spiegel, wie Sie sehen, läuft alles auf eine lokale Immobiliengeschichte hinaus. So was gibt es in Deutschland alle Tage, und in weit größeren Dimensionen. Für ein deutsches Magazin ist das nichts.«

Jetzt wurde es Pavarotti zu bunt. Empört wollte er fragen, wer zum Teufel die Pressemeute auf seinen Mordfall angesetzt habe. Bloß keine Medien. Hatte Lissie etwa …? Doch als sie ihm einen beschwörenden Blick zuwarf, klappte er den Mund erst einmal wieder zu. Na warte, dachte er.

Als er es nach weiteren fünf Minuten geschafft hatte, den lamentierenden Alten und seine widerstrebende Begleitung zur Tür hinauszukomplimentieren, konnte er endlich zum Telefon greifen, um die Staatsanwaltschaft in Bozen anzurufen.

ACHT

Sonntag, 8. Mai

Mühsam zwängte sich Pavarotti aus dem Fond des Taxis. Lissie war endlich dabei, den Fahrer zu bezahlen, nachdem sie wegen des hohen Fahrpreises minutenlang, aber ohne Erfolg lamentiert hatte. Pavarotti verdrehte die Augen. Wenn sie ausnahmsweise mal Geld sparen wollte, hätte sie ihren Jaguar nehmen sollen. Von den Bauern hier oben hätte den bestimmt keiner geklaut. Ein Einsatzwagen war schon gar nicht in Frage gekommen. Pavarotti hatte keine Lust, sich auch noch wegen Spritkosten für diesen sinnlosen Ausflug vor Briboni rechtfertigen zu müssen. Steifbeinig bewegte er sich der Ausfahrt des großen Parkplatzes zu, der am Ortsrand von Hafling lag.

Säuerlich rief er sich den vergangenen Abend in Erinnerung. Dabei hatte sich alles so gut angelassen. Die Staatsanwaltschaft in Bozen hatte – selten unbürokratisch – den Haftbefehl sofort herübergefaxt. Aber als Brunthaler und Pavarotti Niedermeyer in seiner Villa zum zweiten Mal verhaften wollten, hatte der in seinem Eiskristallzimmer einen Nervenzusammenbruch gekriegt, der sich gewaschen hatte. Jetzt lag er in der Psychiatrie des Landeskrankenhauses, und Pavarotti kam vorerst nicht an ihn heran. Ein Geständnis gab es bislang natürlich nicht.

Als er Lissie heute Morgen unvorsichtigerweise berichtet hatte, dass seine Ermittlungen auf Eis lagen, hatte sie ihn zu einer Bergtour überredet. Sie hatte geheimnisvoll getan und gesagt, es handle sich um eine neue Perspektive für den Fall, und er werde es nicht bereuen.

Dass er es nicht bereuen würde, davon war Pavarotti überhaupt nicht überzeugt. Trübe und voll böser Vorahnungen blinzelte er zu den Bergen hoch, die während der Taxifahrt mit Riesenschritten näher gerückt waren und sich gegen den strahlend blauen Himmel unheilverkündend abhoben. Bei schlechtem Wetter kamen ihm die Berge vor wie melancholische Riesen, denen unablässig Feuchtigkeit auf die unbeweglichen Schultern fällt. An solchen Tagen fühlte er eine seltsame Verwandtschaft zu ihnen. Heute, bei Sonnenschein, waren sie ihm unheimlich.

Er seufzte. Lissie hatte ja recht. Sie würden die eigentliche Hochgebirgsregion gar nicht erreichen. Bis zum Schluss der Wanderung würde praktisch an jeder Ecke eine bewirtschaftete Alm stehen, wo es etwas zu essen oder zu trinken gab.

Er hörte, wie eine Autotür zugeschlagen wurde. Als Schritte auf dem gekiesten Parkplatz auf ihn zukamen, drehte er sich um.

Lissies Oberarmmuskeln traten hervor, als sie im Gehen mit Schwung ihren Rucksack schulterte, und seine Niedergeschlagenheit wuchs. Als sie bei ihm war, überrumpelte sie ihn mit einem freundschaftlichen Knuff in seine gut gepolsterte Seite. Trotz seiner sonst ausgezeichneten Reflexe schaffte er es irgendwie nicht, ihre Faust rechtzeitig abzufangen.

In gespieltem Schmerz heulte Lissie auf: »Aua, das ist ja bretthart, jetzt hab ich mir die Hand verstaucht!«

Pavarotti fand ihren Versuch, ihn aufzuheitern, überhaupt nicht komisch. »Also los, worauf warten wir noch«, knurrte er und setzte sich in Gang. Es war besser, das Unvermeidliche möglichst schnell hinter sich zu bringen.

Nach ein paar hundert Metern passierten sie die erste Einkehrmöglichkeit. Pavarotti konnte der bereits gut besuchten Terrasse vom Haus Gruber gerade noch einen sehnsüchtigen Blick zuwerfen, da bog Lissie von der Fahrstraße in einen schmalen, ziemlich stark ansteigenden Schotterweg ab. Sie warf ihm einen Seitenblick zu und räusperte sich.

»Wir sollten es gemütlich angehen lassen. Ich bin heute Morgen überhaupt nicht gut in Form und muss meinen Rhythmus erst noch finden. Mir hilft es beim Steigen immer, wenn ich ganz gleichmäßig atme.«

Pavarotti haute es fast um, dass Lissie so zartfühlend sein konnte. Zartfühlend – ha! Das wäre das allerletzte Adjektiv gewesen, das er bis eben mit ihr in Verbindung gebracht hätte. Vor lauter Überraschung blieb er stehen. Sofort fing sie an zu schimpfen.

»Weitermarschieren, sonst kriegst du bloß Seitenstechen! Keine Chance, dass du es dann noch packst!«

Pavarotti schloss verzweifelt die Augen. Aber Lissie kannte keine Gnade.

»Komm jetzt, einen Schritt nach dem anderen, du fauler Sack!«, trieb sie ihn weiter an.

Trotz seiner Niedergeschlagenheit musste er schmunzeln. Da war sie wieder, seine alte Lissie, Gott sei Dank.

Er begann, konzentriert ein Bein vor das andere zu setzen, und versuchte, den Rhythmus seines Atems und die Abfolge seiner Schritte einander anzupassen. Seine Oberschenkelmuskeln, mit einem derart ungewöhnlichen Leistungsabruf konfrontiert, wehrten sich heftig. Sein rechter Arm schmerzte − wovon eigentlich? Da fiel ihm auf, dass er sich permanent an die Stirn fasste, damit ihm die Schweißtropfen nicht in die Augen liefen. So frustrierend, richtig demütigend, dass er die trivialsten Bewegungen nicht mehr schmerzfrei hinbekam, wenn er sie ein paarmal wiederholte!

Mittlerweile waren sie in dichten Nadelwald eingetaucht. Nur ganz wenig Sonnenlicht schaffte es, sich durch das Gewirr der Wipfel und Äste nach unten auf den mit dürren Tannennadeln übersäten Waldweg durchzumogeln. Es war kühler geworden, und Pavarotti schwitzte nicht mehr so stark. Irgendwo in der Nähe musste es sumpfig sein, denn an Stechmücken und dicken Bremsen war kein Mangel. Hinter sich hörte er klatschende Geräusche und einen nicht gerade damenhaften Fluch. Pavarotti grinste. Ihn störten diese Viecher nicht; er wurde nur selten gestochen. Vermutlich war sein Blut geschmacklich zweite Wahl.

Außer dem üblichen Vogelgezwitscher als Grundrauschen, dem leisen Knacken der Tannennadeln unter den Füßen und dem entfernten Geräusch einer Kreissäge war nichts zu hören. Bisher waren sie keiner Menschenseele begegnet. Pavarotti merkte plötzlich, dass auch in seinem Kopf Ruhe eingekehrt war. Nicht dass er sich dadurch auf einmal glücklich oder beschwingt fühlte, das nicht, aber doch auf merkwürdige Weise entschlackt.

Längst hatte er jedes Zeitgefühl verloren. Irgendwann sickerten die Details des Falles, der sich eine Weile aus seinem Hirn zurückgezogen hatte, wieder in seinen Denkapparat ein. Aber das machte nichts. Er war jetzt bereit dazu. Es gab eine ganze Menge von Neuigkeiten durchzusprechen, die er Lissie mangels Gelegenheit noch gar nicht erzählt hatte. Das wollte er schleunigst nachholen.

Und zwar in der nächsten Almhütte, in der er definitiv eine Pause einlegen würde, ob es Lissie nun passte oder nicht.

Er musste an den späten Besuch denken, der gestern im Gastraum des Nikolausstifts auf ihn gewartet hatte. Sofort kam er aus seinem gleichmäßigen Tritt. Fast wäre er über eine Wurzel gestolpert. Verdammt, er musste besser aufpassen. Aber das, was ihm sein Exschwager Albrecht da gestern Abend gebeichtet hatte, konnte er nicht so einfach wegstecken. Pavarotti stieß einen lautlosen Fluch aus und kam erneut aus dem Rhythmus. Was zum Teufel hatte sich Albrecht bei der ganzen Sache gedacht?

Mit gequältem Gesicht hatte sein Exschwager in einer Nische gesessen.

»Nanu«, staunte Pavarotti. »Albrecht, was machst du denn hier?« Plötzlich war er alarmiert. »Ist etwas mit Editha?«

Albrecht schüttelte bloß den Kopf. »Bitte setz dich hin. Ich muss dir was sagen.«

Nach vielen Stockungen und Ausflüchten kam schließlich heraus, dass Albrecht Klausner eines Abends den Rechtsanwalt und Notar Ettore Tscholl, der sich nach einer Weinprobe in der Enoteca nicht mehr ohne Hilfe auf den Beinen halten konnte, in seine nahe gelegene Wohnung am Bozner Tor und zu Bett gebracht hatte.

Als Tscholl schließlich schnarchend auf seiner Schlafstatt lag, hatte sich Albrecht aus purer Neugier noch ein wenig umgesehen. Auf dem Schreibtisch, ganz oben auf einem Stapel anderer Dokumente, fand er einen Vertragsentwurf, in dem es um den Verkauf eines Gebäudes in den Lauben an die Topolini-Gruppe ging.

»Luciano, der lag ganz offen herum, noch nicht einmal in einer Unterschriftenmappe!«, versuchte Albrecht seine Schnüffelei zu beschönigen. Er hoffte auf einen wohlwollenden Kommentar seines Exschwagers, doch der saß nur schweigend da und wartete.

Albrecht seufzte und tastete sich weiter vor. »Da hab ich dann halt die drei Vertragsseiten mit meinem Mobiltelefon abfotografiert.«

Der Commissario schaute ihn verständnislos an. »Aber warum? Was wolltest du mit dem Vertrag?«

Wortlos ließ Albrecht den Kopf hängen, ein Bild des Jammers.

»Jetzt spuck's schon aus«, fuhr Pavarotti seinen Exschwager an, dessen duckmäuserisches Verhalten ihn zunehmend irritierte.

»Das Haus war's«, flüsterte Albrecht.

»Was soll das heißen, das Haus war's?«

»Lauben 22. Das ist das Haus, in dem unten meine Enoteca drin ist.«

Pavarotti schloss die Augen. Natürlich. Die Hausnummer in dem Letter of Intent, der in Niedermeyers Safe gelegen hatte. Deshalb war ihm die Nummer gleich so bekannt vorgekommen.

»Als ich plötzlich nachts um halb zwei diesen Wisch in die Finger kriegte, in dem schwarz auf weiß stand, dass das Haus an die Italiener verscherbelt werden soll, habe ich Panik gekriegt.« Albrecht vergrub seinen Kopf in den Händen und fing zu Pavarottis Entsetzen an loszuschluchzen. »Der Tscholl, dieser windige Hallodri! An dem Abend, als der und seine feinen Freunde sich bei mir einen Rausch angesoffen haben, hat der ganz genau gewusst, dass ich bald rausfliegen werd! Bestimmt hat er sich innerlich kaputtgelacht deswegen! Und ich hab der ganzen Bagage am Schluss sogar noch einen ausgegeben!«

Pavarotti war baff. Mühsam versuchte er, seine Gedanken wieder auf die Reihe zu bringen. Jetzt war auch noch sein Exschwager mit einem handfesten Motiv in diesen vermaledeiten Fall verwickelt. Es durchfuhr ihn heiß. Du großer Gott, war Albrecht etwa drauf und dran, ein Geständnis ablegen?

»Mensch, Albrecht, du willst mir doch jetzt nicht beichten, dass du den Felderer erschlagen hast?«

Albrecht brachte ein klägliches Lächeln zustande. »Nee, das nicht. Aber schuld daran bin ich trotzdem.«

»Wieso denn das?«

Klausner schwieg und fing an, den Rand seines Weinglases mit dem Finger nachzuzeichnen.

»Jetzt komm endlich auf den Punkt«, forderte Pavarotti sein Gegenüber auf.

Schließlich hob Albrecht den Kopf. »Ich wusste nicht, was ich machen sollte. Ich war mir sicher, dass ich nicht in dem Haus würde bleiben können. Wir kennen das ja in Meran. Wer in innerstädtischen Lagen teuren Grund und Boden kauft, baut meistens alles um.«

Albrecht wedelte mit einer schlaffen Hand Richtung Fenster. »Schau dich doch mal draußen um, was in den letzten Jahren passiert ist. Viele kleine Ladengeschäfte sind entkernt und für Discounter zu großen Einzelhandelsflächen zusammengelegt worden. Oder man will hochwertige Markenware ansiedeln und gestaltet alles zu modernen Passagen um. Mit schicken Bars, Wasserläufen, Skulpturen und dem ganzen teuren Trara. Und falls nach einem Umbau doch noch Platz für mich da gewesen wäre – die hohe Miete hätte ich bestimmt nicht zahlen können. Wie auch immer, ich wäre weg vom Fenster gewesen.« Albrecht wischte sich kurz über die Augen, bevor er fortfuhr. »Ich hab so was schon lange befürchtet. Das Haus ist absolute Toplage in Meran, direkt an der Schnittstelle der wichtigsten Laufwege für die Fremden. Von der Altstadt herauf, von den Lauben her und durch das Bozner Tor Richtung Freiheitsstraße. Jeder Tourist kommt permanent an dem Haus vorbei.«

Pavarotti wurde immer ungehaltener. »Albrecht, ich will von dir keinen Vortrag über den Immobilienmarkt in Meran. Ich möchte jetzt endlich wissen, was du gemacht hast, nachdem du deine Nase in vertrauliche Angelegenheiten anderer Leute gesteckt hast.«

Sein Exschwager atmete tief. »Ich bin zum Klaus hin, um mir Rat zu holen, was ich machen soll.« Er schüttelte den Kopf. »Ein großer Fehler von mir, das ist mir jetzt natürlich klar. Klaus hat den Vertrag angeschaut und ist sofort furchtbar aufgeregt geworden. Du kannst dir nicht vorstellen, wie der mich unter Druck gesetzt hat, ihm die Aufnahme weiterzuleiten!«

Pavarotti schüttelte ungläubig den Kopf. »Und das hast du gemacht?«

Albrecht stöhnte schuldbewusst. »Klaus sagte mir, wir könnten damit Karl endlich stoppen, der gerade dabei sei, ganz Meran kaputt zu machen und uns allen die Existenzgrundlage zu nehmen.« Albrecht jammerte: »Ich hab Klaus doch bloß einen Gefallen tun wollen. Und jetzt schau, was ich angerichtet hab: Karl tot und Klaus im Gefängnis.«

»Hör auf, mir einen Bären aufzubinden, Albrecht«, erwiderte Pavarotti eisig. »Eines sind deine Motive ja ganz bestimmt nicht gewesen, nämlich uneigennützig!«

Pavarotti war plötzlich sehr müde. Er hatte seinen Exschwager trotz dessen weichlicher Art akzeptiert und gemocht. Jetzt aber spürte er Verachtung in sich aufsteigen. So ein Heuchler.

»Als mir klar wurde, was für eine Chance das war, die Enoteca zu retten, da musste ich einfach handeln! Das verstehst du doch?«

»Nein, das verstehe ich nicht, Albrecht«, gab Pavarotti leise zurück. »Ich verstehe bloß eins: Es hat dir verdammt gut in den Kram gepasst, dass Klaus Niedermeyer gar nicht anders konnte, als sich sofort auf deinen Fund zu stürzen. Damit konntest du den Verkauf torpedieren und selbst schön bequem im Hintergrund bleiben.« In seinem Kopf begann es zu pochen. Was für ein fürchterlicher Tag. Erst der Nervenzusammenbruch von Niedermeyer und dann noch das. Seine freundschaftlichen Gefühle zu Albrecht hatten sich weitgehend verflüchtigt.

Pavarotti stand auf. »Geh heim, Albrecht, bevor du noch ganz in deinem Selbstmitleid aufgehst. Vorher hätte mich aber eins noch interessiert: Warum ist das Haus für dich überhaupt so wichtig? Ich kann mir nicht vorstellen, dass du jemals einen Cent in dieses Loch investiert hast. Warum also nicht einfach woanders einziehen? Du verdienst dein Geld doch eh nicht mit Laufkundschaft!«

Albrecht war sitzen geblieben und schaute zu ihm hoch. Die Tränenspuren zeichneten sich rot auf seinen fülligen Wangen ab. Sein verheulter Zustand schien ihm nichts auszumachen.

»Es ist wegen früher«, sagte er leise.

Pavarotti wartete.

»Unter dem Haus liegt ein großer Keller. Von dem führt ein verzweigtes unterirdisches Gängenetz hinüber zur Nikolauskirche und ganz hoch bis zu einer Einmündung auf den Tappeiner Weg. Ich hab's zufällig entdeckt, kurz nachdem ich die Räume gemietet hab.«

»Na und?«

»Aus purer Neugier hab ich im Pfarrarchiv nachgeschlagen. Die Gänge sind dokumentiert, sie sind sehr alt, stammen wahrscheinlich schon aus dem vierzehnten Jahrhundert, als man mit dem Bau der Pfarrkirche begonnen hat. Wofür sie ursprünglich angelegt worden sind, konnte ich nicht rauskriegen. Aber ihren

Verwendungszweck im letzten Jahrhundert schon. Nach dem Ersten Weltkrieg wurden die Tunnels nämlich wieder benutzt. Ob du's glaubst oder nicht: Die Geistlichen haben die Meraner Schulkinder nach der Sonntagsschule im Pfarrhaus durch diese Gänge zu meinem heutigen Wein- und Spirituosenkeller geführt. Dort bekamen sie dann noch einmal Unterricht, der überhaupt nicht konform ging mit dem offiziellen, von den Italienern abgesegneten Lehrplan. Da unten in meinem Keller wurde den Kindern die deutsche Sprache beigebracht. Und Südtiroler Volkskunde, Geschichte und solche Sachen. Ich hab unten sogar noch ein paar vergilbte Hefte in einer Truhe gefunden.«

Pavarotti machte große Augen.

Sein Schwager merkte, dass ihm die Überraschung gelungen war. Er lächelte freudlos. »Gell, da schaust! Unter meiner Enoteca war eine der berühmten Katakombenschulen.«

Albrecht erhob sich und wandte sich zum Gehen. Die Klinke bereits in der Hand, drehte er sich noch einmal um. »Mir ist schon klar, dass du von mir jetzt furchtbar enttäuscht bist.« Er zögerte kurz, dann sprach er weiter, diesmal mit festerer Stimme. »Ich hab dir ja mal erzählt, dass mein Vater aktiv den Befreiungsausschuss unterstützt hat. Und das als deutscher Beamter. Der Vater war ganz bestimmt kein Held, doch für diese Sache hat er seinen ganzen Mut zusammengenommen. Seine Pension hätt er verlieren können. Er würde es mir nie verzeihen, wenn ich die Katakombenschule einfach so …«, Albrecht blinzelte, »… einfach so den Baggern überlassen würde. Und Welschen noch dazu. Deswegen ging's nicht anders, tut mir leid, echt.«

Grußlos schlüpfte Albrecht aus der Tür und zog sie sanft hinter sich zu.

★★★

Gute vier Stunden nach dem Beginn der Tour saßen sich Lissie und Pavarotti in der total überheizten Hütte der Völaner Alm gegenüber und hatten jeder ein großes Glas Buttermilch mit dicken Molkeklumpen darin vor sich stehen. Mmm, machte Lissie und leckte sich genüsslich die Milchreste von den Lippen. Über den

Rand ihres Glases hinweg streifte sie ihr Gegenüber mit einem schnellen, prüfenden Blick.

Der Commissario merkte, dass Lissie ihn musterte, und legte die Arme eng an den Körper, aber das kaschierte wenig. Er hatte wegen der höllenfeuerähnlichen Hitze, die der Kachelofen absonderte, wieder zu schwitzen begonnen, noch mehr als während des Aufstiegs. Auf seinem hellblauen Hemd bildeten sich riesige dunkle Flecke. Es blieb ihm nichts anderes übrig, als sich damit abzufinden, weil er nichts zum Wechseln dabeihatte. Pavarotti hatte am Morgen den Kopf voll mit anderen Sachen gehabt, und nicht an solche Kinkerlitzchen wie frische Wäsche oder wenigstens ein Handtuch gedacht.

Lissie hatte darauf bestanden, dass sie nach drinnen gingen. Obwohl das Wetter herrlich war. Ein kornblumenblauer Himmel mit ein paar niedlichen Schäfchenwolken breitete sich über dem Etschtal aus. Aber die Luft, das musste Pavarotti zugeben, war schon merklich kühler geworden, nachdem sie den schützenden Hochwald hinter sich gelassen hatten. Als Pavarotti und Lissie das kahle Hochplateau erreicht hatten, begann ein ungemütlicher, ziemlich kräftiger Wind an ihren Haaren zu zerren.

Der Fleck unter seiner linken Achsel hatte inzwischen die Form des afrikanischen Kontinents angenommen. Luciano merkte, dass ihn zwei Frauen am Nebentisch fixierten, und hätte sich gern unsichtbar gemacht. Weil das nicht ging, starrte er aggressiv zurück. Die Frauen schauten sofort verlegen weg. Blöde Ziegen. Auch Lissie versuchte, woandershin zu schauen, schaffte es aber nicht und kicherte.

Pavarotti zischte »Auch du, mein Brutus!« und schickte ihr einen waidwunden Blick über den Tisch hinüber.

Mühsam fand er zurück zu ihrem Gesprächsthema. »Albrecht kommt als Täter wohl doch nicht in Frage«, sagte er.

Lissie, die gerade ihr Glas steil zum Mund geführt hatte, um an die letzten klitzekleinen Reste der Buttermilch zu kommen, hielt inne und setzte das Glas hart auf dem Tisch ab.

»Das ist doch wohl nicht dein Ernst, oder? Der Mann hat ein erstklassiges Motiv für den Mord! Nur weil er mal dein Schwager war, kannst du ihn doch nicht einfach von der Liste der Verdächtigen streichen! Du bist anscheinend auch nicht anders als diese Südtiroler, die sich gegenseitig decken, auch dann noch, wenn's um Mord geht«, empörte sie sich.

Doch Pavarotti winkte ab. »Nein, der Albrecht war es bestimmt nicht. Ich habe nicht die Absicht, den Kerl zu decken. Ganz im Gegenteil. Mit Vergnügen würde ich ihn einbuchten, das kannst du mir glauben. Mein feiner Schwager hat den Niedermeyer für seine eigenen Zwecke eingespannt und ihn ganz geschickt auf den Felderer gehetzt. Seine Rührgeschichte mit der Katakombenschule in seinem Keller, die er angeblich vor dem Abriss bewahren wollte, kaufe ich ihm nicht ab. Die hat er sich vermutlich zurechtgelegt, damit er vor sich selbst und vor mir besser dasteht.« Pavarotti nieste und schnäuzte sich ausgiebig. »Aber den Mord hat er nicht begangen. Dazu fehlt ihm der Mut.«

»Hm«, machte Lissie. »Wenn du meinst. Du kennst den Typen ja schließlich. Aber ganz aus den Augen sollten wir ihn nicht verlieren. Auch Feiglinge können im Affekt jemanden umbringen, wenn ihnen die Sicherung durchbrennt.«

Pavarotti nickte. »Schon. Niedermeyer ist das beste Beispiel dafür. Den halte ich nämlich nach wie vor für den Täter. Er hat ein starkes Motiv, und er hatte die Gelegenheit. Er war zur fraglichen Zeit in der Weinstube und ist in den Hinterhof zur Toilette hinaus. Da trifft er auf Felderer, der gerade an die Wand pinkelt, weil er schon einiges intus hat.« Pavarotti hielt kurz inne. »Jedenfalls hat die Obduktion einen ganz schönen Alkoholpegel festgestellt. Die beiden feinen Herren geraten in Streit, Niedermeyer sieht rot und schlägt zu.« Pavarotti breitete die Arme aus. »Siehst du, es ist ganz einfach. Und Topolini kann auch noch bezeugen, dass Niedermeyer ziemlich durch den Wind war, als er wieder reinkam. Kein Wunder, wenn er gerade einen totgeschlagen hat.«

Lissie nickte langsam. »Wenn es wirklich so war, konnte sich Niedermeyer danach ja schlecht einfach verdrücken. Er muss wieder in die Weinstube rein, damit Topolini nicht rauskommt, um zu schauen, ob ihm vielleicht schlecht ist, und dabei über den toten Felderer stolpert. In dem Fall wäre Niedermeyer sofort der Hauptverdächtige gewesen.«

»Du hast es erfasst.«

»Ich glaube aber trotzdem nicht, dass es so war. In deinem Tathergang stecken einfach zu viele Ungereimtheiten.«

»Nämlich?«, knurrte Pavarotti gereizt. Auch bei ihm meldete sich sein logisches Denkvermögen mit kritischen Einwänden und kombinierte ohne sein Zutun munter vor sich hin. Pavarotti hatte aber diesmal nicht die geringste Lust, auf seine innere Stimme zu hören. Das hätte bedeutet, sich mit anderen Verdächtigen, also zum Beispiel mit der Familie des Toten, zu beschäftigen, unter anderem mit diesem grässlichen Vater. Er krümmte sich innerlich, wenn er bloß daran dachte. Und jetzt kam auch noch Lissie mit ihren Zweifeln.

Lissie atmete tief ein und fing an, mit den Fingern abzuzählen. »Erstens: Womit hat er ihn denn erschlagen? Er ging ja bloß aufs Klo. Wenn er irgendwas dabeigehabt hätte, das als Mordwaffe in Frage kommt, wäre das Topolini ja wohl aufgefallen, oder nicht? Und zweitens: Um irgendwas Geeignetes vorher draußen zu deponieren, hatte er doch gar keinen Grund! Deiner Theorie nach wusste er noch nichts von den Fotos und auch nicht, dass er Felderer treffen würde!«

Pavarotti unterbrach sie mit einer unwirschen Handbewegung. »Stopp! Das sind alles nur Annahmen. Vielleicht wusste er doch schon von den Fotos. Und die Verabredung Topolinis mit Felderer kann Niedermeyer mitbekommen haben. Es ist gut möglich, dass er zur fraglichen Zeit ebenfalls im Café Hilti gesessen hat. Dann war es halt kein zufälliges Aufeinandertreffen, sondern Niedermeyer ging absichtlich zum Klo raus, um Felderer abzupassen.«

Lissie winkte ab. »Nein, das ergibt keinen Sinn. Niedermeyer konnte schließlich überhaupt nicht wissen, wann Felderer in der Weinstube auftauchen würde. Nicht mal Topolini wusste das. Ich glaube ganz was anderes: Niedermeyer ist schlicht und einfach auf den Abort hinaus und hat den Toten gefunden. Er wollte wegen seiner Streitereien mit Felderer keinesfalls in die Geschichte verwickelt werden, hat Panik gekriegt und beschlossen, den Mund zu halten. Er hat sich Felderers Blackberry geschnappt, ist wieder in die Weinstube rein und hat sich dann, so schnell es ging, dünn gemacht.«

»Und warum hat er sich das Handy geschnappt?«, wollte Pavarotti süffisant wissen.

Lissie zuckte mit den Schultern. »Keine Ahnung. Vielleicht damit nicht rauskommt, dass er Felderer mit dem Vertrag erpresst hat. Der war ja schließlich im Handy gespeichert. Oder du hast in dem Punkt recht, und der Niedermeyer hat doch schon von den Fotos gewusst.« Lissie überlegte. »Was ist eigentlich mit dem Kerzenwachs in einem der Klohäuschen? Damit kann Niedermeyer unmöglich etwas zu tun haben. Dafür muss es eine andere Erklärung geben, und bevor wir die nicht haben, fehlt uns ein wichtiger Mosaikstein für die Lösung!«

Pavarotti zuckte die Schultern. »Ist doch gar nicht gesagt, dass diese Kerzensache irgendetwas mit dem Mord zu tun hat. Der Zeitfaktor kann reiner Zufall sein. Vielleicht handelt es sich um eine Wette, eine Verrücktheit irgendeines blöden Esoterik-Clubs, eine schwarze Messe oder sonst irgendwas. Das beweist gar nichts.«

Während er sprach, hatte Lissie die ganze Zeit den Kopf geschüttelt. »Nein, das glaube ich nicht. Dieses Wachs ist kein Zufall. Ich glaube nicht, dass unser Mörder aus der Kneipe kam und Karl Felderer draußen getroffen hat. Ich bin überzeugt, dass der Täter in diesem Klohäuschen gesessen und auf sein Opfer gewartet hat.« Und nach einer Kunstpause fügte sie triumphierend hinzu: »Ich war neulich dort. Die Tür hat ein kleines Astloch. Dadurch hatte unser Mörder eine prima Aussicht auf den Hintereingang der Weinstube. Du siehst, es passt alles zusammen!« Lissie war sichtlich begeistert von ihrem Tatszenario.

Der Commissario wischte sich mit einer übrig gebliebenen Serviette über die schweißnasse Stirn. Das mit dem Astloch stimmte, er hatte es selbst gesehen. Trotzdem.

»Lissie, deine ganze Theorie hat einen Fehler. Wenn eine der beiden Toiletten dauerbesetzt gewesen wäre, hätte doch bestimmt ein Gast, der aufs Klo musste, mal Alarm geschlagen, oder?«

Lissie wehrte ab. »Unsinn, wieso denn? Solange eins der Klos frei ist, gibt es doch keinen Grund, sich groß zu wundern. Man benutzt eben das freie Klo und fertig.« Und nach kurzem Überlegen fügte sie an: »Der Mörder hat gewusst, dass Felderer irgendwann an diesem Abend in der Renzinger Weinstube aufkreuzen würde.

Und deshalb hat er sich in der Toilette verbarrikadiert und auf sein Opfer gewartet.«

Pavarotti seufzte. »Meinetwegen, damit du Ruhe gibst. Dann lass uns mal überlegen, wer dafür in Frage kommt. Nur mal rein theoretisch.«

Lissie dachte nach. »Was hältst du von der Greta? Sie hat selbst erzählt, dass sie an dem fraglichen Nachmittag zum Shoppen in der Innenstadt war. Wollen mal sehen. Die Niedermeyerin sitzt im Café Hilti, völlig am Boden zerstört, weil Felderer Nacktfotos von ihr hat und sie nicht weiß, was sie machen soll. Dann hört sie zufällig, wie sich ein Typ am Nachbartisch am Telefon mit ihrem Lover bei der Renzingerin verabredet. Sie irrt in der Stadt herum, schämt sich immer mehr und kriegt immer mehr Angst. Plötzlich steht sie vor der Weinstube. Weil sie nicht will, dass jemand sie sieht, schlüpft sie in das Klohäuschen und wartet. Die Greta hat natürlich überhaupt nicht geplant, Karl umzubringen, sondern will ihn einfach nur anflehen, die Fotos zu löschen. Doch als er sich dann über sie lustig macht und ihr erzählt, was er mit den Aufnahmen anstellen will, schlägt sie zu!«

»Und womit, wenn ich fragen darf?«

Lissie grinste. »Mit einem goldlackierten Siebener Fairwayholz, das sie sich zufällig vorher beim Shopping in den Lauben zugelegt hat!«

Pavarotti verdrehte die Augen. »Das kommentiere ich gar nicht. Und überhaupt – diese verhuschte Maus! Die hätte doch nie den Mumm dazu gehabt. Außerdem, wie hätte sie das wohl anstellen sollen? So besoffen war Felderer nicht, dass er nicht spielend mit dieser halben Portion fertig geworden wäre!«

Lissie legte zweifelnd den Kopf schief. »Na, ich weiß nicht. Es ist doch bekannt, dass man ungeahnte Körperkräfte entwickeln kann, wenn man verzweifelt genug ist. Ich kann mir richtig vorstellen, wie unglaublich wütend die Greta Niedermeyer geworden ist, als ihr bewusst wurde, wie sie von Karl benutzt worden ist!«

»Lissie, das mag ja alles sein. Trotzdem klingt es konstruiert. Irgendwie glaube ich nicht an Greta Niedermeyer als Täterin. Ich kann sie mir einfach nicht als rasende Hetäre, die ihrem Exlover den Kopf einschlägt, vorstellen. Beim besten Willen nicht.«

263

Nachdenklich strich sich Pavarotti eine feuchte Haarsträhne aus der Stirn. »Emmenegger hat mal mit den Gästen der Weinstube geredet. Die Namen hat er der Renzingerin einzeln aus der Nase ziehen müssen. Angeblich wissen die alten Saufköpfe nicht so genau, wann sie an dem Abend aufs Klo hinaus sind. Na ja, wer schaut schon vor dem Pinkeln auf die Uhr? Die meisten behaupten sowieso, gar nicht auf dem Abort gewesen zu sein. Eine Leiche am Boden vor dem Klo will jedenfalls niemand bemerkt haben.«

Pavarotti seufzte. »Bestimmt waren auch ein paar wahrheitsliebendere Touristen unter den Gästen, die uns hätten helfen können, den Tatzeitpunkt weiter einzugrenzen. Die haben sich der Renzingerin aber leider nicht mit Namen vorgestellt. Was den genauen Mordzeitpunkt anbelangt, können wir also nur spekulieren. Aber ich denke, es dürfte kurz vor elf passiert sein, ob nun Niedermeyer Felderer gefunden oder ihn selbst abgemurkst hat. Jedenfalls sprechen die Beobachtungen von Topolini junior dafür.«

Pavarotti kaute auf seiner Unterlippe. »Eines begreife ich aber überhaupt nicht. Der Mörder musste doch damit rechnen, auf frischer Tat ertappt zu werden.« Er lehnte sich nach hinten und zuckte zurück, als sein Rücken in Kontakt mit dem heißen Kachelofen kam. »Ein Mord auf dem Hinterhof einer gut besuchten Weinstube, wo gibt es denn das? Wer kommt denn bloß auf eine derart hirnrissige Idee?«

Als er sich seine prickelnde Rückfront rieb und sich umschaute, sah Pavarotti, dass sie mittlerweile die einzigen Gäste waren. In der Hütte war es bis auf das Knistern und Knacken brennender Holzscheite im Kachelofen still, der Raum lag im Halbdunkel. Er war einfach nicht in Form. Was war eigentlich los mit ihm, was stand ihm bloß so im Weg? Warum konnte er seiner Kombinationsgabe nicht endlich freien Lauf lassen?

Lissie dagegen spekulierte ungehemmt drauflos. »Wahrscheinlich war die Tat überhaupt nicht geplant«, mutmaßte sie. »Vielleicht lagen wir mit Greta gar nicht so falsch, ich meine nicht mit ihr direkt, sondern mit dem allgemeinen Hergang. Der Täter hat Felderer einfach nur zur Rede stellen wollen. Und als der Mörder dann im Affekt zuschlug, hatte er einfach unglaubliches Glück, dass niemand aus der Hintertür rauskam!«

Substanzloses Geschwafel. Von oben herab sagte er: »Das sind alles haltlose Annahmen. Wir haben doch die paar Figuren, die ein Motiv haben, schon durchgehechelt, bis auf die Louisa vielleicht. Die hat die ewige Fremdgeherei sattgehabt und kurzerhand beschlossen, ihren Alten kaltzumachen. Na, wie gefällt dir das?«

Lissie verzog das Gesicht. »Eine Hochschwangere als Mörderin? Luciano, ich bitte dich!«

Pavarotti grinste. »Die Louisa Felderer hat ohnehin ein Alibi«, bekannte er. »Sie hat sich bis um halb eins mit einer Freundin eine Wellness-Nacht in der Meraner Therme gegönnt.«

Lissie schnalzte anerkennend mit der Zunge. »So was könnte ich auch mal wieder gebrauchen!«

Pavarotti schüttelte sich innerlich bei dem Gedanken an neunzig Grad Celsius. Die Temperatur in dieser Almhütte reichte ihm schon. Laut sagte er: »Ausgezeichnete Idee. Dann kannst du gleich mal an Ort und Stelle überprüfen, ob sich die Louisa irgendwie an der Zugangskontrolle vorbei nach draußen geschmuggelt und den Mord doch begangen haben könnte.«

Lissie war begeistert. »Wellness auf Kosten des italienischen Steuerzahlers? Da bin ich dabei!« Dann schaute sie auf die Uhr. »Du, wir müssen los, sonst schaffen wir es nicht mehr bis zur Leadner Alm und dann noch runter nach Hafling, bevor es dunkel wird. Hopp, hopp!«

Sie lachte, als sie Pavarottis Mienenspiel sah.

★★★

Auf einmal blieb Lissie mitten auf dem Weg stehen. »Ist dir klar, dass wir in unseren Tatszenarios eine Schlüsselperson in diesem Fall völlig außer Acht gelassen haben?«

Pavarotti schaffte es gerade noch, seinen Schritt zu bremsen, fast hätte er Lissie umgerannt. Vorsichtig ließ er sich auf einem Stein am Wegrand nieder und gab ein pfeifendes Japsen von sich. Seine Knie fühlten sich an, als seien sie innerlich wund gescheuert. Gerade hatten sie das steilste und schwierigste Stück beim Abstieg zur Leadner Alm hinter sich gebracht. Er war froh, dass Lissie ihm einen ihrer Wanderstöcke angeboten hatte. Mit seiner Hilfe konnte er einen Teil seines Körpergewichts abfedern. Ansonsten wäre er den steinigen und äußerst abschüssigen Bergpfad nie und nimmer heruntergekommen. Höchstens auf seinem gut gepolsterten Allerwertesten.

Pavarotti schielte zu Lissie hoch, die breitbeinig vor ihm stand. Dann sah er, dass der Weg in Sichtweite breiter wurde und in gekiesten Serpentinen abwärtsführte, und rappelte sich wieder auf.

»Kirchrather«, sagte Lissie. »Meiner Ansicht nach ist er eine ganz zentrale Figur in diesem Spiel. Außerdem hat er gelogen wie gedruckt.«

»Was soll das jetzt wieder heißen?«, knurrte Pavarotti. Wenn Kirchrather bei den Intrigen von Felderer und Niedermeyer gelogen oder das Ganze stark übertrieben hatte, dann standen die Beweise gegen Niedermeyer erneut auf tönernen Füßen. Lissie hatte ein Talent, vermeintlich gesicherte Erkenntnisse mit Lichtgeschwindigkeit zu pulverisieren und damit alles noch komplizierter zu machen, als es ohnehin schon war.

Als Lissie merkte, was er dachte, wedelte sie abwehrend mit ihrer Sonnenbrille. »Nee, die Geschichte, die Kirchrather uns auf der Wache erzählt hat, nehme ich ihm schon ab. Warum sollte er da lügen? Er ist doch mit der Immobiliensache sowieso nur widerwillig herausgerückt, um Schlimmeres zu verhindern, nachdem ich ihm die Zeitungsrecherche vorgeflunkert hab.«

Pavarotti konnte sich eines breiten Grinsens nicht erwehren, als Lissie ihm von dem Mittagessen in der Verdinser Klause erzählte. »Welche Lügen meinst du dann?«

Lissie schwenkte ihren Stock und stach mit ihm in die Luft. Sicherheitshalber blieb Pavarotti etwas zurück.

»Es ist nur so eine Ahnung. Ich glaub, der Kirchrather kennt denjenigen, der damals den Maulwurf für euch Italiener gespielt hat, ganz genau.« Entschuldigend hob sie die Schultern, als sie sah, dass Pavarotti bei den Worten »euch Italiener« zusammenzuckte. »Kirchrather wollte mir weismachen, es habe gar keinen gegeben. Oder er sei oben am Eisjöchl erschossen worden. Alles Blödsinn. Da oben ist schon einer erschossen worden, aber ganz bestimmt nicht dieser Spion.«

Pavarotti schloss wieder auf. »Hör jetzt endlich auf, so geheimnisvoll zu tun, und erzähl, was wir auf dieser Alm wollen! Mir ist schon klar, dass das alles irgendwie mit Maulwürfen und Verrätern zu tun hat, aber nicht, warum das für unseren Fall relevant sein soll.« Er ächzte. Hoffentlich waren sie bald am Ziel. »Ich will jetzt wissen, warum du mich hier heraufschleppst!«

Lissie grinste. »Auf der Hütte ist jemand, der den Maulwurf im Befreiungsausschuss Südtirol auch kennt. Übrigens, weißt du überhaupt, wer das war – der Befreiungsausschuss?«

Pavarotti stieß einen Grunzlaut aus. »Du brauchst mir in dieser Hinsicht keinen Geschichtsunterricht zu erteilen. Mein Vater war damals in die Prozesse gegen die Attentäter involviert. Nicht in vorderster Reihe, aber er war einer von mehreren Dutzend ermittelnden Staatsanwälten.«

Lissie war stehen geblieben und starrte ihn an. »Und das erzählst du mir erst jetzt?«

Pavarotti reagierte nicht, sondern ging schweigend weiter.

Als sie ihn wieder eingeholt hatte, fragte Lissie nach einer Weile vorsichtig: »Hat das was damit zu tun, dass du ausgerechnet in Südtirol Polizist geworden bist?«

Pavarotti blieb einige Sekunden still, dann erwiderte er mit flacher Stimme: »Das ist eine lange Geschichte. Bleib beim Thema.«

Lissie lag schon auf der Zunge, dass sie ja genau da war, beim Thema. Aber dann beschloss sie, ihn nicht länger mit Fragen zu bombardieren. Es hätte keinen Sinn, das spürte sie.

»Es war so. Ich habe Kirchrather bei dem Mittagessen weisgemacht, dass ein Freund aus Meran meinem Opa von einem Verräter im BAS geschrieben hat. War natürlich gelogen. Das hab ich alles erfunden, um den Kirchrather aufzuscheuchen.«

»Hat ja ziemlich gut geklappt«, erwiderte der Commissario trocken. »Wie bist du denn überhaupt auf diese Verräterstory gekommen?«

»Weil ich schon wusste, dass es wirklich einen gegeben hat«, versetzte Lissie. Sie kicherte. »Kirchrather hat ausgesehen, als würde ihn gleich der Schlag treffen.«

»Na, da bin ich ja mal gespannt«, sagte Pavarotti mit gespielter Neugier. Er war davon überzeugt, dass Lissie den falschen Baum anbellte. Ganz egal, wer auch immer der Verräter gewesen sein mochte, falls er überhaupt existiert hatte – Karl Felderer konnte mit diesen ollen Kamellen nichts zu tun haben. Der war zu dieser Zeit noch gar nicht auf der Welt gewesen.

Ächzend hielt er wieder einmal inne und stützte sich auf seinen Stock. Mittlerweile zwickte ihn auch sein Rücken, der Rucksack scheuerte, und in seinen Kniegelenken pochte es immer stärker. Doch Lissie schob ihn gnadenlos weiter und wies mit ausgestrecktem Arm auf die Almhütte, die gerade in Sicht gekommen war.

Höchstens noch fünfzig Meter Abstieg. Ein gemütlicher, von Elektrozäunen eingesäumter Weg mitten durch Almwiesen trennte sie von ihrem Ziel. Noch eine große Wegschlaufe, ein letztes, wieder etwas steileres Stück. Plötzlich tauchte die Alm direkt unterhalb der letzten Biegung auf. Pavarotti hätte auf ihr schindelgedecktes Dach treten können. Er bückte sich und berührte das weiche Moos, das in einer Dachrinne wuchs. Vielleicht brauchte er wie hier nur die Hand nach der Lösung auszustrecken? Konnte es sein, dass diese Hütte doch mehr für ihn bereithielt als ein Ausflug in die jüngere Geschichte Merans? Während er um die letzte Kurve bog, vorbei an einer rostigen Landmaschine, war sich Pavarotti plötzlich nicht mehr so sicher, dass er die ihm aufgenötigte körperliche Ertüchtigung umsonst auf sich genommen hatte.

Die kleine Aussichtsterrasse vor der Hütte war menschenleer. Ein paar Hängekörbe mit vertrockneten Geranien aus dem letzten Sommer drehten sich in der frischen Brise um ihre eigene Achse. Die Aufhängungen knarzten, ansonsten war es so still, als sei die Hütte gar nicht mehr bewirtschaftet. Doch ihre Ankunft musste beobachtet worden sein, denn noch bevor Lissie den Klopfer betätigen konnte, öffnete sich die Tür einen Spaltbreit.

★★★

In der Essküche der Leadner Alm herrschte eine seltsam umtriebige Atmosphäre. Der Grund dafür war der geradezu zwanghafte Aktionismus, den die Leadner Bäuerin veranstaltete.

Die alte Frau hatte Lissie und Pavarotti an einen Küchentisch dirigiert, der mit einem bunten Wachstuch bedeckt war. Selbst ließ sich aber nicht dazu bewegen, Platz zu nehmen. Stattdessen rotierte sie permanent zwischen Anrichte und Küchentisch und fuhr eine Unmenge von Essen auf. Gleichzeitig schossen ihre Augen zwischen ihren beiden Gästen hin und her.

Lissie war von der alten Frau beinahe wie eine alte Bekannte begrüßt worden. Pavarotti gegenüber hatte sie sich zwar freundlich, aber scheu verhalten und den direkten Blickkontakt gemieden. Pavarotti hatte gespürt, dass sie ein bisschen Angst vor ihm hatte. Er war überrascht, dass die kleine, dürre Frau die Energie aufbrachte, in der Küche herzuwuseln. Sie musste weit über siebzig sein.

Gerade eben hatte ihr Hintern die Sitzfläche eines Stuhls eine Sekunde lang berührt, doch dann war sie erneut in die Höhe gehopst und in einen Nebenraum geeilt. Vermutlich war das die Speisekammer.

Der Tisch bog sich mittlerweile unter einer riesigen Kaffeekanne und mehreren Platten, die mit aufgeschnittenen Kaminwurzen und Speckbroten belegt waren. Außerdem hatte die alte Frau zwei Karaffen mit Weiß- und Rotwein aufgefahren.

Als die Bäuerin nach einer ganzen Weile – welche Ausmaße hatte diese Speisekammer eigentlich? – mit ihren Tippelschritten wieder in der Küche auftauchte, schleppte sie eine riesige Kuchenplatte, auf der Dutzende von rundlichen, mit Puderzucker bestäubten Teilchen angeordnet waren, die wie zerzauste, bräunlich weiße Wollknäuel aussahen. Das Gebäck verbreitete einen starken Geruch nach dem Fett, in dem es herausgebacken worden war. Gar nicht unangenehm, wie Pavarotti fand. Lissie war anscheinend ganz anderer Meinung. Er merkte, dass sie weiter vom Tisch abrückte.

Als Liebhaber von Süßspeisen jeder Art wusste Pavarotti, um welches Gebäck es sich handelte, und beschloss, sich seine Kenntnisse zunutze zu machen. Er ahnte, dass die Frau deshalb Angst vor ihm hatte, weil er Italiener war, noch dazu was Amtliches. Jetzt kam es auf den richtigen Kniff an, ansonsten würde die alte Dame ihre hilflose Verzögerungstaktik wohl nicht so schnell aufgeben.

Er schnupperte an den Teigteilchen und roch neben Fett und Puderzucker auch frische Preiselbeeren und eine ordentliche Portion guten, reinen Zwetschgenschnaps heraus. Dann biss er in eine der Kugeln hinein. Heißer, mit Alkohol getränkter Preiselbeerquark verteilte sich in seinem Mund und floss ihm über seine Lippen, sodass er mit der Zunge nachhelfen musste.

»Mmm, wunderbar«, machte er. »Frau Loipfertinger, darf ich fragen, ob Sie Ihre Meraner Strauben mit Selbstgebranntem machen? Ich habe den Eindruck, dass das Aroma ganz besonders mild ist, so einen bekommt man sicher nicht in jedem Laden, oder?«

Die Loipfertingerin hielt in ihrer Flucht zur Anrichte plötzlich inne, als ob Pavarotti sie mit einem Lasso eingefangen hätte, und ließ sich auf eine Fachsimpelei über Rezeptvarianten ein.

Nachdem sie große Steinguttassen mit Kaffee gefüllt und zu ihnen hinübergeschoben hatte, zögerte die Alte noch einen Sekundenbruchteil, setzte sich dann aber endlich zu ihnen an den Tisch. Sorgfältig strich sie ihre Schürze glatt und schaute ihre Besucher erwartungsvoll an. Offenbar war die Frau zu dem Schluss gekommen, dass einer, der Mehlspeisen so liebte wie Pavarotti, kein so furchtbar schlechter Mensch sein konnte.

Lissie merkte, dass es an der Zeit für ihren Einsatz war. Sie rutschte auf dem Sofa nach vorn und sagte: »Frau Loipfertinger, bitte erzählen Sie jetzt dem Commissario, was Sie mir neulich Nacht gesagt haben.«

Die alte Frau zuckte mit den Achseln. »Das ist alles so lange her. Ich glaub nicht, dass das heute noch was nützt. Außerdem ...« Sie warf Pavarotti einen zweifelnden Blick zu.

Lissie setzte schnell nach: »Sie brauchen sich wegen des Commissarios keine Sorgen zu machen. Er ist schwer in Ordnung, und er hat ja mit damals nichts zu tun.«

Doch Pavarotti legte Lissie die Hand auf den Arm, um sie zum Schweigen zu bringen. Er fand, dass die alte Frau, der sie zumuteten, dass alte Wunden wieder aufrissen, wenigstens die Wahrheit über ihn verdiente. Das war das Mindeste.

»Was meine Freundin hier sagt, stimmt nur zum Teil«, fing er stockend an.

Die Alte hob den Kopf und schaute aufmerksam zu ihm herüber, als wolle sie sich jedes Wort ganz genau einprägen.

»Ich selbst war zwar zur Zeit der Bombenjahre noch ein kleines Kind, aber mein Vater hat sich damals als einer der ermittelnden Staatsanwälte die Hände schmutzig gemacht. Viel später, als mir das klar wurde, habe ich ihn gehasst dafür. Vor allem deshalb, weil er starrköpfig und stur geblieben ist, bis zu seinem Tod. Er hat nie eingesehen, dass damals viel Unrecht geschehen ist.« Pavarotti versuchte sich auf der unbequemen Bank aufrecht hinzusetzen und schaute der Loipfertingerin direkt ins Gesicht. »Jetzt wissen Sie Bescheid. Vielleicht bin ich deshalb Polizist geworden. Nicht um irgendwas wiedergutzumachen. Das geht wohl nicht. Aber um ein paar Dinge anders zu machen. Nicht dass ich da viel erreicht hätte bisher«, er grinste schief. »Aber ich bleibe dran.«

Die Loipfertingerin nickte langsam. Sie stand auf, ging zum Küchenschrank und holte aus einer der beiden Schubladen eine Ledermappe hervor, die notdürftig mit einer Stoffschleife zusammengebunden war. Pavarotti sah, dass die beiden Bändchen nur noch aus verblichenen Faserresten bestanden.

Mit gichtigen Fingern nestelte die Loipfertingerin unbeholfen an dem Gewirr herum. Als sie es endlich geschafft hatte, nahm sie zwei Fotos heraus und legte sie vor Lissie und Pavarotti auf den Tisch. Auf einem Foto war ein junger Mann mit hellem, wirrem Haarschopf zu sehen, der kurze Hosen und ein kariertes Hemd trug. Es handelte sich um eine Schwarz-Weiß-Aufnahme. Der Junge – er war sicher nicht viel älter als Anfang zwanzig – stand vor einem Gipfelkreuz, breitbeinig, wohl um besseren Stand zu haben. Sein Gesicht war halb von seinem rechten Arm verdeckt. Der Fotograf hatte ihn gerade in dem Moment eingefangen, in dem er sich eine Haarsträhne aus dem Gesicht streichen wollte. Aber sein Grinsen war deutlich zu sehen.

Auch die zweite Aufnahme war ein Schnappschuss und stellte zwei Personen dar. Derselbe junge Mann wie auf dem ersten Foto, jetzt aber im Sonntagsstaat. Diesmal war sein Gesicht gut zu erkennen. Auch hier grinste er breit. Er zog eine in Tracht gekleidete junge Frau besitzergreifend an sich heran. Das Mädchen wehrte sich lachend. Im Hintergrund waren schemenhaft ein paar andere Leute zu sehen, die in Grüppchen herumstanden. Wahrscheinlich auf dem Kirchhof, vor oder nach der Sonntagsmesse, dachte Pavarotti. Die junge Frau war nicht klassisch schön, aber ausnehmend attraktiv gewesen. So lebendig. Ein bisschen wie Frieda Kahlo, kam es Pavarotti in den Sinn. Er schaute prüfend zu seiner Gastgeberin hinüber. Sie war eindeutig das Mädchen auf dem Foto. Ihre auch heute noch schwarzen, bis zur Nasenwurzel reichenden Augenbrauen verrieten sie. Doch das Funkeln in ihren Augen, das er auf dem alten Foto deutlich erkennen konnte, war inzwischen erloschen. Pavarotti glaubte nicht, dass das nur mit ihrem hohen Alter zu tun hatte.

Er sah, wie die Loipfertingerin eine der Aufnahmen betastete. Pavarottis Befürchtung, Lissie und er würden völlig grundlos alte Wunden wieder aufreißen, schwand. Wie es aussah, hatte die Frau die beiden Aufnahmen, und vermutlich noch andere, schon oft hervorgeholt.

»Lustig war er immer, der Luis. Das hat mir an ihm damals am meisten gefallen.« Sie schaute kurz hoch. »Luis, das war mein Mann.« Die alte Frau zeigte auf eins der Fotos. »Und das bin ich mit ihm, ein paar Wochen nach unserer Hochzeit. Ich weiß noch, dass ich nie allein neben ihm herlaufen durft. Immer hat er mich um die Schultern oder um die Taille gefasst und wollt mich nimmer loslassen.« Sie schaute auf das Foto und dann schnell weg. »Das war kurz, bevor es passiert ist. Das ist das letzte Foto, das ich von ihm hab.«

Dann atmete sie tief aus. »Der Emil Felderer hat ihn auf dem Gewissen.« Ohne Humor in der Stimme lachte sie kurz auf. »Wenn der überhaupt so was hat, ein Gewissen. Ich glaub's aber nicht.«

Pavarotti blickte die alte Frau scharf an. War ihr klar, was sie da andeutete? Vielleicht suchte sie bloß einen Schuldigen, damit der Schmerz sich leichter ertragen ließ.

»Frau Loipfertinger, das ist eine schwere Anschuldigung. Haben Sie denn Beweise dafür?«

Lissie stieß ihn kräftig in die Seite. »Luciano, hör dir die Geschichte doch erst einmal an, bevor du Fragen stellst!«

Pavarotti nickte. Lissie hatte recht. Es hatte keinen Sinn, die alte Frau in die Zange zu nehmen. »Bitte entschuldigen Sie, ich würde mich sehr freuen, wenn Sie mir vom Tod Ihres Mannes erzählen würden«, sagte er beruhigend zu der Bäuerin, deren Blick wieder wie am Anfang zwischen ihren beiden Gästen hin und her irrte.

»Der Luis ist am 31. Oktober 1967 oben am Eisjöchl erschossen worden, von der italienischen Polizei«, sagte sie dann, und blickte auf ihre runzligen Hände herunter. »Bei der Stettiner Hütte war das. Er hatte sich da oben versteckt, wissen Sie. Nach den Anschlägen auf die italienischen Strommasten hatten die ihn schon wochenlang im Visier. Er wurde steckbrieflich gesucht.« Bei dem Wort »steckbrieflich« betonte sie jede Silbe einzeln. Ihre Stimme klang beinahe stolz, als sie es sagte.

»Den Rat, sich oben auf der verlassenen Stettiner Hütte zu ducken, bis Gras über die Sache gewachsen ist, den hat ihm sein bester Freund gegeben. Emil Felderer.« Die Loipfertingerin spuckte den Namen heraus und wischte sich anschließend mit einem getüpfelten Taschentuch über den Mund. »Die Hütte liegt sehr hoch und hat keine Heizung. Um die Zeit ist da oben schon Tiefschnee, und der Aufstieg ist ziemlich gefährlich. Deswegen hat dem Luis der Plan gefallen. Er hat gemeint, dass die Carabinieri um diese Jahreszeit nicht mehr aufsteigen würden, weil sie dort oben eh niemanden vermuteten.«

Als die alte Frau weitersprach, blickte sie wieder auf die Fotos, oder vielmehr durch sie hindurch. Hinter den Vierecken voller Dellen und Knicke schienen die Ereignisse von damals wieder lebendig zu werden.

»Am letzten Oktobertag bin ich wie alle paar Tage aus dem Pfossental hinauf, um dem Luis zu essen zu bringen. Ich war wie immer vorsichtig, als ich das Radl am Talschluss in einer verfallenen Hütte versteckt hab, und hab mich umgeschaut, ob mir jemand gefolgt ist. Grad so, wie's mir der Emil eingeschärft hat. Dabei hat der falsche Hund genau gewusst, dass die mich gar nicht auszuspionieren brauchten, um den Luis zu erwischen«, setzte sie hinzu. Pavarotti wunderte sich, wie sachlich die alte Frau jetzt erzählte, ohne Trauer und Bitterkeit in der Stimme.

Frau Loipfertinger drehte den Kopf in Richtung Küchenfenster und wies mit ihrem Kinn auf den blauen Himmel draußen. »Es war grad so ein schöner Nachmittag wie heut. Ich weiß noch, wie der Schnee geglitzert hat, als ich fast oben war ...« Ihre Stimme verlor sich, und ihre Erzählung versickerte in der Fülle der aufsteigenden Erinnerungen. Weder Lissie noch Pavarotti brachten es über sich, sie zum Weiterreden aufzufordern. Das tat sie dann von sich aus, ein paar Minuten später.

»Ich hab am Anfang nicht begriffen, was los ist. Den Schuss hab ich gar nicht richtig mitgekriegt. Es hat zwar laut geknallt, und ich hör das Echo von den Bergen heut noch. Aber damals, da hab ich irgendwie nicht drauf geachtet.« Sie schüttelte den Kopf, als sei ihr ihre Reaktion von damals auch nach so langer Zeit noch ein Rätsel. »Ich hab bloß den Luis gesehen, und ich dachte, er will mir entgegenspringen. Als er gefallen ist, hab ich gemeint, er ist gestolpert. Erst als ich bei ihm war, hab ich gesehen, dass ihm Blut aus dem Mund kommt. Ich hab mich zu ihm hingekniet und ihn geschüttelt, aber da war er schon tot. Zum Abschied hat er nichts mehr sagen können. Aber er hat gelächelt, so wie immer.«

Wieder hielt die alte Frau einen kurzen Moment inne, bevor sie mit erstaunlich nüchterner Stimme den Faden aufnahm.

»Und dann kamen sie, die Carabinieri, und haben mich von ihm weggezerrt. Ich erinnere mich, dass ich wie am Spieß ›Mörder, Mörder‹ geschrien hab. Ich soll bloß ruhig sein und schauen, dass ich wegkomm, sonst werd ich noch wegen Beihilfe angezeigt, hat der Anführer von denen gesagt.«

Obgleich ihre Stimme mittlerweile so leise geworden war, dass Lissie und Pavarotti sie nur mit Mühe verstehen konnten, hörten sie den Zorn durch.

»›Auf der Flucht erschossen‹, hieß es dann offiziell«, flüsterte die Bäuerin. »Der Luis ist hinten zum Küchenfenster der Hütte hinaus und ist auf ihren Zuruf hin nicht stehen geblieben. Er hat halt geglaubt, er ist geschwind genug und kann übers Eisjöchl zum Pfossental runtersausen.« Sie seufzte. »So war er immer. Nichts hat er ernst nehmen können, alles war eine Gaudi für ihn.«

Nach einer Pause hakte Pavarotti ein. »Frau Loipfertinger, warum denken Sie, dass Emil Felderer es war, der ihn ausgeliefert hat?«

Die alte Frau zuckte die Schultern. »Muss ja so sein. Nur ich und der Emil, sein bester Freund, haben gewusst, wo er sich versteckt hat.«

Der Commissario nickte, ohne wirklich überzeugt zu sein. Er dachte, dass der Luis seiner Frau vielleicht nicht alles gesagt hatte. Oder sie hatte sich bei irgendwem verplappert und das einfach verdrängt. Emil Felderer war ein guter Sündenbock.

Die Loipfertingerin unterbrach ihn in seinen Gedanken. »Der

Luis war übrigens nicht sein einziges Opfer aus Meran. Er hat noch einen verraten, kurz danach. Der ist dann im Gefängnis an der Folter eingegangen, hab ich gehört.«

Pavarotti schaute interessiert hoch. »Wer war der andere?«

Aber die alte Frau schüttelte den Kopf. »Ich weiß es nicht mehr. Vielleicht hab ich es damals gar nicht mitbekommen, oder einfach vergessen. Wissen S', nach Luis' Tod hat mich nichts mehr interessiert. Ich hab nicht gemerkt, was um mich herum passiert ist. Alles außer diesem einen Tag war wie vom Nebel verschluckt.«

Lissie setzte sich neben die alte Frau und nahm wortlos ihre Hand. Pavarotti war ihr dankbar für diese Geste, die er nie und nimmer fertiggebracht hätte.

Die Loipfertingerin strich sorgsam ein paar graue Haarsträhnen, die sich aus ihrem Zopf befreit hatten, wieder zurück auf ihren Platz. »Wir waren erst ein paar Wochen verheiratet, als es passiert ist«, sagte sie. »Nach Luis' Tod hab ich gemerkt, dass ich schwanger bin. Leider ist es aber gleich danach abgegangen. Vielleicht war es auch besser so. Ich hätt mich vermutlich nicht richtig um das Kind gekümmert, ich konnt ja kaum für mich selbst sorgen. Na, na ...« Sie streichelte Lissie über die Backe, über die gerade eine Träne kollerte, und schaute sich in ihrer Küche um, als sähe sie die alten Möbel zum ersten Mal. »Ich bin dann einfach hiergeblieben, wo ich mit dem Luis ein paar Wochen gelebt hab. All die Jahre ...« Ihre Stimme versickerte.

Verlegen schaute sich auch Pavarotti in dem Raum um, dann räusperte er sich. »Wer führt Ihnen denn den Hof und die Wirtschaft?«

»Den Betrieb hab ich schon lang verpachtet«, sagte Frau Loipfertinger. »Wissen S', ich hab den Luis oft gehört, und hab dann nach ihm gerufen. Das fanden die Leut ein bisschen unheimlich, und besonders die Kinder haben sich gefürchtet. Es kamen immer weniger Gäst zu mir hoch ins Gasthaus. Da hab ich dann nicht mehr selbst bedient, sondern bin im Haus geblieben«, erzählte sie. »Auch heut hör ich den Luis plötzlich oft irgendwo im Haus oder draußen im Hof. Er ruft jetzt immer häufiger nach mir.« Dann lächelte sie: »Ich denk, bald werd ich den Luis auch sehen können. Dann ist's endlich vorbei.«

Mittlerweile stand die Sonne schon ziemlich tief. Die Loipfertingerin erhob sich und schaute aus dem Fenster in Richtung Berg. »Ein Wetter ist im Anzug. Außerdem ist es spät. Ihr kommt heut nimmer runter ins Tal.«

Pavarotti wollte protestieren, doch die alte Frau gab nicht nach. »San S' net damisch. Ihre Verbrecher können S' auch morgen noch fangen. Aber nicht, wenn S' vorher vom Blitz erschlagen werden, gell?«

Pavarotti musste zugeben, dass da etwas dran war. Auch Lissie war einverstanden.

Immer noch leichtfüßig, trotz ihres Alters, stieg die Loipfertingerin den beiden voran, mit zwei Zimmerschlüsseln bewaffnet, in den ersten Stock hinauf.

★★★

Es wurde immer dunkler. Tintenblaue Wolkenberge quollen bedrohlich hinter den Bergen hervor. Doch das Unwetter ließ sich Zeit, als wolle es den Genuss, sich über Meran zu entladen, noch ein wenig hinauszögern.

Nachdem Lissie und Pavarotti eine windgeschützte Bank hinter der Alm entdeckt hatten, beschlossen sie, noch ein wenig an der frischen Luft zu bleiben, so lang eben, wie der Regen noch auf sich warten ließ. In Decken eingekuschelt tranken sie Bier und Roten und kauten auf ein paar geräucherten, herrlich duftenden Kaminwurzen herum. Die alte Frau war zu Bett gegangen, nicht ohne ihre beiden Gäste ein halbes Dutzend Mal zu ermahnen, auch ganz bestimmt die Tür sorgfältig hinter sich zu verriegeln, bevor sie nach oben gingen.

Lissie und Pavarotti schauten in die zunehmende Dämmerung hinaus und schwiegen.

Pavarotti nahm einen Schluck Bier. Es schmeckte abgestanden. Ihm war nicht gut. Kriegte er vielleicht eine Darmgrippe?

Neben ihm biss Lissie mit einem knackenden Geräusch in eine besonders harte Kaminwurz, gefolgt von einem lang gezogenen Schmatzer, als sie vergeblich versuchte, die Wurst aus ihrer Hülle zu ziehen. Pavarotti konnte nicht anders, er musste prusten vor

Lachen. Plötzlich zog sich die Übelkeit zurück. Lissie schaute ihn konsterniert an und tippte sich an die Stirn.

Bevor er darauf etwas sagen konnte, kam sie ihm zuvor. »Das erklärt ja wohl das viele Geld, das die Felderers angehäuft haben, oder nicht?«, meinte sie kauend. »Mit dem Blutgeld der Italiener hat Felderer senior den Grundstein für den Wohlstand der Familie gelegt. Und sein geschäftstüchtiger Sohn hat dann halb Meran aufgekauft und ein Vermögen draus gemacht. Pfui Teufel!«

Pavarotti nickte. »Kann sein. Was ich mich aber schon die ganze Zeit frage: Warum wollten die Felderers jetzt eines der Sahnestücke in den Lauben, eine ihrer wertvollsten Immobilien, verkaufen? Warum nicht einfach verpachten? Warum trieb der alte Felderer nach der Ermordung seines Sohnes den Deal weiter voran, geradezu pietätlos, als ob überhaupt nichts passiert wäre? Mir kommt das wie eine Verzweiflungsaktion vor. Vielleicht wird dringend Geld gebraucht? Wir müssen uns unbedingt um die Finanzen der Familie kümmern. Vielleicht haben die sich mit irgendetwas verspekuliert?«

»Möglich.« Lissie zuckte mit den Schultern und fing wieder mit ihrem Lieblingsthema an. »Kirchrather hängt in der Angelegenheit irgendwie mit drin«, sagte sie mit Nachdruck. »Der wollte mir weismachen, der Verräter sei längst tot. Ich wette, er hat genau gewusst, dass es der Emil Felderer ist.«

»Mag ja sein, aber der wollte bloß nicht, dass du die ganze schmutzige Wäsche von damals wieder ans Tageslicht zerrst. Mehr nicht. Mir ist klar, dass du den Kerl nicht leiden kannst. Aber lass die Emotionen da raus.«

Pavarotti ignorierte Lissies saure Miene genauso wie seine schmerzenden Muskeln und stemmte sich mühsam von der Sitzbank hoch. Er öffnete seinen Rucksack und schob Lissie eine Kopie der Fallakte hinüber. Brunthaler hatte sie auf seinen Befehl hin angefertigt, nicht ohne dem Commissario einen scheelen Blick zuzuwerfen. Eine kritische Bemerkung hatte sich der Angsthase natürlich verkniffen. Von Fallakten hatte eigentlich nur das Original zu existieren; es war nicht erlaubt, Kopien anzufertigen. Ganz streng verboten war es, dienstliche Unterlagen an Zivilpersonen weiterzugeben. Doch davon, dass er das gerade tat,

wusste Brunthaler ja nichts. Auf Brunthaler, der seine mangelnden kriminalistischen Fähigkeiten dadurch kompensierte, dass er
jedes Memorandum aus Rom auswendig lernte, konnte er jetzt
keine Rücksicht nehmen. Der Fall verlangte unkonventionelle
Methoden. Lissie ging die Dinge einfach anders an als er, und
das wollte er sich zunutze machen. Pavarotti musste anerkennen,
dass Lissie ihr kriminalistisches Gespür in diesem Fall bereits recht
wirkungsvoll zum Einsatz gebracht hatte.

»Steck mal deine Nase in die Fallakte«, sagte er zu ihr. »Vielleicht
fällt dir ja was auf, was ich übersehen habe. Ich geh jetzt ins Bett.
Und morgen, sobald wir wieder in der Zivilisation sind, knöpfe
ich mir Felderer senior vor. Damit du endlich Ruhe gibst.«

Lissie nickte und verbiss sich die Bemerkung, dass die Vernehmung von Emil Felderer für ihren Geschmack viel zu spät
kam. Wie richtig sie mit dieser Meinung lag, sollte sich schnell
herausstellen.

★★★

Es war sehr früh am Morgen, aber noch war kein Lichtschim-
mer am Horizont zu sehen. Während Lissie und Pavarotti auf der
Leadner Alm in ihren Betten lagen, saß unten im Tal ein Mann in
seinem Arbeitszimmer.

Er war im Bett gewesen, hatte aber nicht schlafen können.
Nachdem er sich stundenlang von einer Seite auf die andere gewälzt
hatte, war er schließlich aufgestanden, hatte seinen Morgenmantel
angezogen und sich einen großen Cognac eingegossen. Dem ersten
Glas waren dann noch einige weitere gefolgt. Auf einen klaren
Kopf konnte er inzwischen verzichten, denn aus seiner Situation
gab es sowieso keinen Ausweg mehr.

Alle seine Anstrengungen, sich aus seiner verzweifelten Lage zu
befreien, waren mittlerweile gescheitert. Mit seinen Versuchen,
sich zu retten, hatte er sogar noch mehr Schaden angerichtet und
sich immer weiter verstrickt. Jetzt war es endgültig aus und vorbei.

Er verspürte nicht die geringste Lust, mitzuerleben, wie sie sich
über ihn die Mäuler zerreißen und seinen Ruf in den Schmutz
ziehen würden. Seine alte Armeepistole hatte er schon bereitgelegt.

Ihm blieb jetzt nur noch das Vergnügen, seinen Feind ebenfalls mit ins Verderben zu ziehen.

Der Mann beugte sich vor, öffnete die Schreibtischschublade und zog ein paar Papierbogen zu sich heran. Er schraubte die Verschlusskappe von seinem geliebten Montblanc ab und begann zu schreiben. Eine ganze Weile war nur noch das Kratzen der Feder auf dem Papier zu hören.

Dann war es wieder geraume Zeit still, als der Mann das Geschriebene noch einmal sorgfältig durchlas. Er durfte keinen Fehler machen. Alle Glieder der Beweiskette mussten lückenlos ineinandergreifen. Denn er würde keine Chance mehr haben, nachzubessern, wenn Zweifel an seiner Darstellung aufkamen. Er würde tot sein.

Plötzlich glaubte er, ein Geräusch zu hören, und hob den Kopf. In der Tür stand eine Gestalt. Als er sah, wer es war, schoss dem Mann die Zornesröte ins Gesicht.

»Was fällt dir ein, hier aufzutauchen? Wie bist du überhaupt hereingekommen? Hau ab, geh mir aus den Augen!«, brüllte er.

Die Gestalt hob die rechte Hand, um die irgendetwas gewickelt war. Ein merkwürdiges, dumpfes »Plopp« ertönte. Dann trat sie an den Schreibtisch heran und machte sich eine Weile dort zu schaffen. Nach etwa einer Viertelstunde tat die Gestalt dann endlich das, wozu sie der Mann aufgefordert hatte. Sie verschwand.

NEUN

Montag, 9. Mai

Es schellte. Pavarotti fuhr aus einem tiefen, traumlosen Schlaf hoch und knallte mit dem Kopf gegen die tief angesetzte Dachschräge. Stöhnend rieb sich der Commissario den Schädel und war zutiefst dankbar, dass es sich bei diesem Teil der Wand nur um Rigips und nicht um solides Mauerwerk handelte. Als Pavarotti sich einigermaßen berappelt hatte, erinnerte er sich wieder, wo er sich befand. Mühsam versuchte er, die Ereignisse des Vortags in einen einigermaßen klaren Zusammenhang zu bringen. Zu diesem Zweck ließ er sich wieder ins Kissen zurücksinken, doch das fortgesetzte Schrillen störte beträchtlich. Pavarotti streckte die Hand zum Nachttisch aus, um den Wecker abzustellen. Plötzlich merkte er, dass es sich bei dem Geräusch überhaupt nicht um die Weckfunktion seines Handys handelte. Ungläubig betrachtete er das Gerät, auf dem ihm die aktuelle Zeit entgegenblinkte. Wer in aller Welt besaß die Unverfrorenheit, ihn morgens um Viertel vor sechs anzurufen? Wieso hatte er hier oben eigentlich Empfang?

Grollend nahm er das Gespräch entgegen. Es war Emmenegger.

»Gut, dass ich Sie erreich, Herr Kommissar. Wir haben wieder eine. Eine ganz frische.«

Obwohl Pavarotti bereits ahnte, worauf diese Meldung hinauslief, sah er ganz und gar keine Veranlassung, Emmenegger seine sprachliche Ungenauigkeit durchgehen zu lassen. »Drücken Sie sich wenigstens klar aus, wenn Sie mich schon in aller Frühe aus dem Bett holen, Mann! Also: Eine was haben wir?«

Aber an Emmenegger prallte die Rüge ab, wie immer. »Eine frische Leiche, Commissario. Noch keine Stunde alt.« Kurze Stille im Hörer. »Jetzt hat's auch noch den Alten erwischt. Aber es war Selbstmord, Commissario. Erschossen hat er sich, in seinem Arbeitszimmer.«

Pavarottis Laune sackte in Sekundenschnelle auf den Tiefpunkt. »Wollen Sie damit andeuten, dass Emil Felderer tot ist?« Noch hoffte er, dass es sich um ein Missverständnis handelte.

»Ja genau, Herr Kommissar! Das haben S' aber gut geraten!«

Pavarotti fluchte unterdrückt. Er hatte Felderer senior zwar nie ernsthaft verdächtigt, seinen Sohn umgebracht zu haben. Aber die Rolle, die der Alte während der Bombenjahre gespielt hatte, war zumindest dubios. Vielleicht hatte das irgendwie doch die aktuellen Ereignisse in Gang gesetzt. Pavarotti hätte sich ohrfeigen können. Er musste sich eingestehen, dass er das unangenehme Gespräch mit dem Alten, der ihn ungut an seinen eigenen Vater erinnerte, immer wieder hinausgeschoben hatte. Zu lange, wie sich jetzt herausstellte.

Entschlossen schwang der Commissario die Beine aus dem Bett. Es half alles nichts. Aus dem Mobiltelefon war ein aufforderndes Schnaufen zu hören. Dem Ernst der Lage zum Trotz grinste er. Emmenegger und Brunthaler wünschten sich bestimmt nichts so sehnlich herbei wie Pavarottis umgehendes persönliches Erscheinen vor Ort, damit sie das Denken wieder einstellen und Däumchen drehen konnten. Aber die beiden unfähigen Figuren wagten es offenbar nicht, ihren Vorgesetzten zu nachtschlafender Zeit zu einem Tatort zu bitten. »Hören Sie jetzt genau zu, Sergente. Benachrichtigen Sie schon mal die Gerichtsmedizinerin und die Spurensicherung. Fassen Sie mir bloß nichts an, und lassen Sie niemanden an den Tatort. Verhindern Sie um Gottes willen, dass jemand die Spuren versaut, verstanden! Wer hat den Toten übrigens gefunden?«

»Seine Schwiegertochter, Commissario.«

»Die wird einen Schock haben. Rufen Sie ihren Hausarzt, und sorgen Sie dafür, dass sie in ihrem Zimmer bleibt, bis ich sie verhören kann. Ich komme. Es kann aber eine Weile dauern.« Dass er sich jetzt auch noch abhetzte, kam gar nicht in Frage.

Nachdem Pavarotti lange und ausgiebig geduscht hatte, machte er sich auf die Suche nach seiner Wirtin. Nach den Geräuschen zu urteilen, war die Frau trotz der frühen Stunde schon dabei, irgendwo im Haus herumzuwerkeln. Wahrscheinlich kramte sie wieder in ihren Essensvorräten herum.

Pavarotti betrat die Küche, da kam die Loipfertingerin tatsächlich gerade aus der Speisekammer. Als sie ihn sah, zog sie die Tür auf der Stelle hinter sich zu, als handle es sich um den Zugang zu einem Geheimversteck. Was hortete die da drin?

Pavarotti räusperte sich. »Frau Loipfertinger, wäre es wohl möglich, schon einen Kaffee zu kriegen? Frühstück brauch ich nicht, da ich eh gleich weg muss. Und wenn Sie mir bitte schön noch ein Taxi rufen könnten.«

Pavarotti erwartete eine Nachfrage, aber es kam nichts. Die Frau nickte bloß und machte sich an einer riesenhaften Espressomaschine zu schaffen. Als sie dann mit einer dampfenden Tasse an seinen Tisch kam, fragte sie dann doch zaghaft: »Was ist denn passiert?« Ihrem Ton zufolge rechnete sie mit schlechten Nachrichten.

»Setzen Sie sich doch einen Moment zu mir, Frau Loipfertinger«, erwiderte der Commissario und erzählte ihr, dass derjenige, den sie für den Mörder ihres Mannes hielt, sich vor ein paar Stunden dem ersten Anschein nach selbst das Leben genommen hatte. Die Loipfertingerin blieb still, als er fertig war. Pavarotti war darauf gefasst gewesen, dass sie die Neuigkeit mit Genugtuung aufnehmen würde. Wenigstens irgendeine emotionale Reaktion hatte er erwartet. Doch in dem Gesicht der Frau zuckte kein Muskel. Ihr Gesicht kam ihm vor wie die Oberfläche eines Sees bei völliger Windstille, blank und bewegungslos. Er versuchte, ihren Blick aufzufangen, aber es gelang ihm nicht. Die Frau schaute unverwandt auf eine Stelle hinter seiner rechten Schulter.

»Sind Sie denn nicht froh, dass er jetzt tot ist?« Die Frage rutschte ihm heraus, bevor ihm einfiel, dass ihn das eigentlich gar nichts anging.

Als er es nach ein paar Sekunden wagte, die alte Frau wieder anzusehen, sah er, dass sie langsam den Kopf schüttelte. »Nein. Jetzt kann ich ihm nicht mehr den Teufel an den Hals wünschen. Denn der hat ihn ja nun. Aber das können Sie bestimmt nicht versteh'n. Außerdem glaub ich's nicht.«

»Was meinen Sie denn damit?«, wollte Pavarotti verdutzt wissen.

»Dass der sich um'bracht hat. So einer war er nicht. Der hat kein G'wissen gehabt, das ihn hätt drücken können.«

Pavarotti nickte langsam. Er hatte auch so seine Zweifel, allerdings weniger wegen der recht rudimentären Charakterstudie, die er gerade gehört hatte. Er hatte zwei andere Beweggründe, und die hießen Brunthaler und Emmenegger. Wenn die beiden

Profis von einem bestimmten Sachverhalt ausgingen, dann konnte man Pavarottis Erfahrung nach getrost damit rechnen, dass der Fall genau andersherum gelagert war. Also war es vermutlich Mord.

»Soll ich Sie runter nach Meran fahr'n? Bis hier herauf ein Taxi kommt …«

Pavarotti war erstaunt. Er hatte nicht angenommen, dass die Frau überhaupt einen Führerschein hatte. Aber andererseits: Wie sollte sie es wohl sonst hierherschaffen? Zu Fuß in dem Alter ja wohl nicht mehr. Nachdem der Commissario das Angebot dankend akzeptiert hatte, fragte ihn die Loipfertingerin, ob sie Lissie wecken solle.

»Nein, auf gar keinen Fall«, winkte der Commissario erschrocken ab. »Sie wuselt mir sonst bloß noch am Tatort rum und bringt alles durcheinander.« Unwillkürlich hatte Pavarotti die Stimme gesenkt. Wenn Lissie jetzt wach wurde, würde er sie nie und nimmer abhalten können, mit in den Wagen zu hopsen und ungehemmt um die Leiche herumzuscharwenzeln. Ihm wurde ganz schwummrig bei der bloßen Vorstellung.

Die Loipfertingerin nickte. »Dann will ich ihr bloß noch schnell ein paar Semmeln zum Frühstück machen und einen Zettel schreiben, dass ich kurz mit Ihnen aus dem Haus bin und bald wiederkomm.« Sie grinste breit, und ihr Gesicht hatte plötzlich wieder große Ähnlichkeit mit dem Foto, das vor fünfzig Jahren auf einem Kirchplatz in Meran aufgenommen worden war. »Es wird vor Neugier sterb'n, das Madl.«

Eine Viertelstunde später fuhren sie in einem klapprigen VW-Kombi, den die alte Frau geschickt aus einem alten Heuschober zwischen rostigen Mistgabeln und anderen gefährlich aussehenden, mit Haken und Zinken gespickten Gerätschaften herausmanövriert hatte, langsam den Berg hinunter, den Lichtern Merans entgegen. Pavarotti fror. Die Heizung in dem alten VW funktionierte wahrscheinlich schon lange nicht mehr. Noch war es dunkel. Ein rötliches Leuchten hinter den Bergspitzen auf der anderen Talseite verhieß das Einsetzen der Morgendämmerung. Plötzlich hoffte der Commissario, dass seine Sergenten diesmal recht behielten. Noch hatte er keinen Schimmer, wer für den ersten Mord verantwortlich war. Einen zweiten konnte er wirklich nicht gebrauchen. Dass der Mörder vielleicht jetzt einen Fehler gemacht hatte, darauf wagte Pavarotti nicht zu hoffen. Glücksfälle kamen bei seinen Ermittlungen normalerweise nicht vor.

★★★

Kaum dass ihn die Loipfertingerin an der Einmündung der Lauben in den Rennweg abgesetzt hatte, hörte er den Lärm schon. Das Gebrüll drang aus einem offenen Fenster im Erdgeschoss des Hotels Felderer, nur ein paar Schritte von der Stelle entfernt, an der er gerade ausgestiegen war. Laute Männerstimmen, die sich stritten und zu einer Kakofonie anschwollen, dazwischen immer wieder eine schrille Tonlage. Seine Schwester, unverkennbar. Was hatte ein derartiger Aufruhr am Schauplatz eines gewaltsamen Todes zu suchen? Pavarotti eilte mit Sturmschritt in die Hotelhalle und fand den Sergenten Brunthaler vor, der auf seine Frage, was da los sei, nur gleichgültig mit den Schultern zuckte.

Die Tür zum Arbeitszimmer von Emil Felderer war zu. Davor stand der Sergente Emmenegger, breitbeinig, die Arme vor der Brust gekreuzt, und federte auf eine ziemlich aggressive Art in den Knien. Dabei verlagerte er permanent seine Position. Wipp-wipp, Seitwärtsschritt rechts, Seitwärtsschritt links. Wipp-wipp. Es sah so aus, als bewege sich Emmenegger deswegen ununterbrochen, um die hinter ihm befindliche Tür möglichst gut decken zu können. Wie ein Torwart beim Fußball, wenn's brenzlig wurde.

Vor Emmenegger hatten sich vier Leute aufgebaut: Pavarottis Schwester Editha, Arnold Kohlgruber, der Teamleiter der Spurensicherung im Bozner Kriminalamt, mitsamt zweier Mitarbeiter. Sowohl Editha als auch Kohlgrubers Leute waren schon im Tatort-Dress. Über ihrer Kleidung trugen sie hellgrüne Plastiküberzüge mit weißen Klettverschlüssen.

Pavarotti marschierte auf die Gruppe zu. »Was ist hier los? Kohlgruber, warum seid ihr noch nicht bei der Arbeit? Wo ist der Tote?«

Wie auf Kommando wirbelten die Grüngekleideten zu Pavarotti herum. »Warum wir noch nicht bei der Arbeit sind, willst du wissen?«, giftete der sonst so verträgliche Kohlgruber, der mit seiner untersetzten Körpergröße und seinem Kugelbauch, über dem sich die grüne Folie spannte, einem Ball verdammt ähnlich sah. »Weil du Blödmann deinem Untergebenen, der nicht für fünf Cent Hirn im Schädel hat, offenbar die Anweisung gegeben hast, keinen an den Tatort zu lassen!«

Der Commissario stöhnte leise und ließ sein Kinn auf die Brust fallen. Er konnte sich nicht einmal groß beschweren, denn seine Anweisung an Emmenegger hatte ja wirklich so gelautet. Er wäre nicht im Traum auf den Gedanken gekommen, dass seine Sergenten sie wortwörtlich auffassen würden, was ihm aber eigentlich hätte klar sein müssen.

»Emmenegger, Sie Hornochse«, sagte er müde. »Ich habe natürlich Privatpersonen damit gemeint, nicht den Erkennungsdienst und die Gerichtsmedizin. Wenn Sie mal Ihre kleinen grauen Zellen benutzt hätten, dann hätten wir jetzt nicht mehrere Stunden wertvoller Zeit vergeudet. Und jetzt geben Sie endlich die Tür frei!«

Weit davon entfernt, sich von diesem Anpfiff beeindruckt zu zeigen, zuckte Emmenegger bloß mit den Schultern und trat zur Seite. »Es is eh Selbstmord«, murmelte er.

Pavarotti schickte ihm einen stechenden Blick und streifte sich ebenfalls Schutzkleidung und Überschuhe über, die ihm Kohlgruber wortlos gereicht hatte. Dann öffnete er die Tür, und die anderen folgten ihm ins Zimmer.

★★★

Um es noch ein wenig hinauszuzögern, bis er den Toten in Augenschein nehmen musste, an dem sich seine Schwester bereits zu schaffen machte, stellte sich Pavarotti in die Mitte des geräumigen Zimmers und ließ seinen Blick herumwandern. Was er sah, kam ihm seltsam vertraut vor. Wie im Arbeitszimmer seines Vaters waren auch hier vier Wände bis zur Decke mit Bücherschränken aus dunklem Mahagoni und Glas bedeckt. In der Zimmerecke unmittelbar neben der Tür standen ein unförmiger, abgewetzter Ledersessel und eine hässliche Stehlampe aus Messing. Das Ensemble stammte, so wie es aussah, ziemlich sicher aus den fünfziger

Jahren. Der Parkettboden wurde von einem chinesischen Teppich verdeckt, der wahrscheinlich sehr teuer gewesen war. Inzwischen war er verblichen und an einigen Stellen ausgedünnt.

Pavarotti wunderte sich, dass Emil Felderer den Teppich nicht ersetzt hatte. Vielleicht war der Alte einfach ein Geizkragen gewesen, wie Pavarottis Vater. Auch dem wäre es im Traum nicht eingefallen, Geld für solche Sachen auszugeben. Jedenfalls hatte Pavarotti das immer gedacht. Anschaffungen, die der Vater als »Luxus« abtat, waren in der Familie Pavarotti verpönt. Die ganze Familie litt unter seinem zunehmenden Geiz. Erst nach seinem Tod merkten die Geschwister allmählich, dass sich ihr Vater einen Spaß draus gemacht hatte, sie kurzzuhalten. Er selbst hatte nebenher einen Lebensstil geführt, der alles andere als spartanisch war, in einem Leben, von dem die Geschwister nichts ahnten.

Mit einem schnellen Blick streifte Pavarotti die Leiche im Schreibtischsessel. Sie hatte ein Einschussloch in der Stirn. Auch wenn der Tote ansonsten unversehrt aussah, machte er mit den an die Decke starrenden, rot geränderten Augen und dem weit geöffneten Mund einen schaurigen Eindruck.

Der Commissario drehte sich zu Emmenegger um, der wieder in der Tür stand. »Sergente, wer befindet sich zurzeit im Haus?«

Ohne seinen Wachposten an der Tür zu verlassen, antwortete Emmenegger: »Die Schwiegertochter. Die hat ja den Alten gefunden. Wie ich Ihnen schon am Telefon gesagt hab. Ihr Zimmer ist im obersten Stock. Hat sich hingelegt. Und ihr Arzt war vor einer halben Stunde da.«

Pavarotti nickte. »Und sonst?«

Emmenegger wiegte den Kopf. »Nur eine Servicekraft, die in der Küche eine kleine gemischte Platte fürs Frühstück belegt hat. Buffet gab es keins. Hotelgäste sind außer«, der Sergente räusperte sich verlegen, »Ihrer Bekannten momentan keine da. Ihr Schlüssel hängt nicht hinter dem Tresen. Ich hab geklopft. Im Zimmer rührt sich aber nichts.« Wieder hüstelte Emmenegger. »Die Servicekraft hat nichts gesehen oder g'hört. Stimmt wahrscheinlich. Als die Frau heut um halb sieben gekommen ist, war der Alte ja schon hinüber.«

Bevor Pavarotti aus dem Staunen herauskam, in das ihn Emmeneggers sporadische Anfälle von Gründlichkeit immer wieder versetzten, fuhr der Sergente schon fort: »Und die Empfangsdame kommt jetzt, wo noch Nebensaison ist, sowieso erst um acht.«

Pavarotti wartete gespannt auf weitere Informationsbröckchen. Aber Emmenegger klappte seinen Mund zu und konzentrierte sich wieder auf seine Funktion als Wachposten. Pavarotti fiel ein, dass er Emmenegger schon bei früheren Gelegenheiten in Verdacht gehabt hatte, den dummen August bloß zu spielen. Vielleicht war der Mann wirklich nicht so blöd und uninteressiert, wie er vorgab. Pavarotti konnte seine Überlegungen über die verborgenen Geistesgaben seines Sergenten allerdings nicht zu Ende führen.

»Liebstes Bruderherz, darf ich mal um deine Aufmerksamkeit bitten?«

Pavarotti wandte sich Editha zu, die gerade ihr Handy wieder verstaute, nachdem sie den Abtransport der Leiche in die Gerichtsmedizin veranlasst hatte. Seine Schwester schaute auf die Uhr.

»Wir haben es jetzt Viertel vor sieben. Nach der Verfassung der Leiche zu urteilen, ist der Tod heute Morgen nicht früher als vier Uhr, aber keinesfalls später als sechs Uhr eingetreten. Da der Anruf in der Notrufzentrale«, Editha konsultierte ihre Notizen, »um fünf Uhr zwölf einging, engt dies den Zeitraum weiter ein. Hätte ich den Toten schneller untersuchen können«, fügte sie säuerlich hinzu, »hätte ich dir sicher noch genauere Angaben machen können.«

Als Pavarotti darauf nicht antwortete, warf ihm seine Schwester einen verächtlichen Blick zu und rauschte aus dem Zimmer. Emmenegger schaffte es gerade noch, die Türöffnung freizugeben, sonst hätte sie ihm wahrscheinlich ihre Fäuste in seine Weichteile gerammt.

Bevor Emmenegger seinen Platz wieder einnehmen konnte, war der von jemand anderem besetzt. In der Türöffnung stand ein großer Hund. Alle Anwesenden hielten in ihrer jeweiligen Beschäftigung inne und starrten auf das respekteinflößende Tier. Es war ein wunderschönes, langbeiniges Exemplar mit schokoladenbraunem kurzhaarigen Fell, spitzen Ohren und einer eleganten Schnauze. Seine Nüstern zuckten leicht, ansonsten verharrte der Hund regungslos. Auch seine schlanke Rute hielt er still.

Pavarotti hatte keine Ahnung, um welche Rasse es sich handelte. Das Tier war fast so groß wie eine Dogge, aber schlanker gebaut, und es besaß auch nicht die typischen hängenden Lefzen.

Gewaltsam schüttelte der Commissario die Erstarrung ab, die das Erscheinen des Hundes ausgelöst hatte, und besann sich auf die Realität. »Was ist das denn wieder für eine Sauerei? Wer zum Teufel hat diesen Hund hier reingelassen?«

Niemand antwortete. Ein Hund am Tatort – das war ja fast so schlimm wie Lissie von Spiegel. Gleich würde das Tier hereinkommen und überall seine Pfotenabdrücke und Haare hinterlassen. Blieb ihm denn nichts erspart?

Bevor Pavarotti die Anweisung geben konnte, den Hund zu entfernen, hatte sich das Tier bereits in Richtung Schreibtisch in Bewegung gesetzt. Es schnüffelte an der Hand des Toten, die schlaff neben dem Schreibtischstuhl herunterhing. Dann schüttelte es sich zum Entsetzen Pavarottis heftig. Nachdem der Hund den Tatort ausreichend kontaminiert hatte, ging er gemessenen Schrittes wieder hinaus.

Kohlgruber legte dem Commissario tröstend eine Hand auf die Schulter. »Nimm's nicht tragisch, Pavarotti. Jetzt is er halt versaut, der Tatort. Da kannst nichts machen.«

Pavarottis Niedergeschlagenheit wuchs. Ihm war elend, richtiggehend hundeelend. Widerwillig grinste er.

»Hast du irgendwas?«, fragte er Kohlgruber, aber ohne viel Hoffnung.

Der Spusi-Chef zuckte mit den Schultern. »Ein paar interessante Kleinigkeiten. Es war kein Selbstmord, so viel steht fest.«

»Hab ich mir eh schon gedacht«, nickte Pavarotti. »Keine Schmauchspuren an der Stirn, dort, wo die Kugel eingedrungen ist.«

»Richtig«, bestätigte Kohlgruber. »Selbstmörder setzen die Waffe für gewöhnlich auf. So wie es aussieht, wurde der Schuss aber aus einer Entfernung von mindestens drei Metern abgefeuert. Keine Schießpulverreste um die Wunde. Noch nicht mal ein Schlangenmensch schafft es, sich aus dieser Entfernung umzubringen.« Kohlgruber pausierte kurz, um mit einem Bleistift die rechte Hand des Toten anzuheben, die vor Kurzem der Hund beschnüffelt hatte. »Hier haben wir noch was.«

Pavarotti beugte sich vor und bemerkte blaue Stellen an Daumen und Zeigefinger des Toten.

»Das sieht nach ganz gewöhnlichen Tintenflecken aus.« Der Commissario zuckte die Achseln. »Wieso die gegen einen Selbstmord sprechen sollen, verstehe ich nicht.«

Kohlgruber tat so, als habe er ihn nicht gehört. »Die Tintenflecken sind zwar angetrocknet, aber trotzdem noch recht frisch. Schau her.« Mit einer Pinzette drückte er ein Stück Zellstoff vorsichtig auf den rechten Zeigefinger des Toten und hielt Pavarotti das Ergebnis unter die Nase. Auf dem Zellstoff war ein bläulicher Fleck zu sehen.

Tathergangsanalysen direkt am Tatort waren Kohlgrubers Spezialität. Meinte der jedenfalls.

Kohlgruber atmete tief ein. Pavarotti schickte einen Blick zur Zimmerdecke. Jetzt kam es.

»Er muss in seinem letzten Stündchen etwas geschrieben haben.«

Aha. »Aber wo ist der Brief oder was es sonst war?«

Kohlgruber schaute sich suchend um, als wolle er sich noch einmal vergewissern, dass wirklich nichts da war. »Zusammen mit dem Alkoholgeruch im Zimmer«, Kohlgruber schnüffelte vernehmlich, »lässt sich nur der Schluss ziehen, dass Felderer Selbstmord begehen wollte!«

Pavarotti war völlig baff. »Ich dachte, du gehst von Mord aus?«

»Selbstverständlich«, strahlte Kohlgruber. »Lass mich nur ausreden! Also: Felderer senior will Schluss machen, trinkt sich Mut an und schreibt einen Abschiedsbrief. Und dann kommt der Mörder herein, nimmt den Brief an sich und inszeniert den Selbstmord!«

Pavarotti blieb der Mund offen stehen. Er war ja einiges gewohnt von Kohlgruber, doch das schlug dem Fass den Boden aus. »Das kann nicht dein Ernst sein! Er will sich umbringen, dann kommt ihm jemand zuvor – das glaubst du doch selbst nicht! Kohlgruber, welchen Krimi liest du gerade?«

Kohlgruber winkte ab. »Keine Ablenkungsmanöver jetzt, bitte. Also los, Pavarotti. Widerleg meinen Tathergang in einem einzigen Punkt!«

Widerwillig ließ sich der Commissario auf das Spielchen ein. Es war wirklich mühsam. Bei jeder Mordermittlung, bei der er mit

Kohlgruber zusammenarbeitete, hatte er die undankbare Aufgabe, den Kollegen auf den Boden der Tatsachen zurückzuholen. Er überlegte kurz.

»Warum hätte der Täter den Brief mitnehmen sollen, Kohlgruber? Ihn dazulassen, hätte doch genial zur Inszenierung eines Selbstmordes gepasst!«

»Aber nicht, wenn was drinstand, was den Mörder belastet hätte«, grinste der Spusi-Mann siegesgewiss.

»Hm. Da ist was dran«, gab Pavarotti zu und massierte seine Schläfen, um die beginnenden Kopfschmerzen zu vertreiben. »Was ist das eigentlich für eine Waffe auf dem Schreibtisch? Ich nehme an, daraus ist der Schuss abgefeuert worden? Oder ist das am Ende gar nicht die Tatwaffe? Dann wär der Selbstmord ja schnell vom Tisch.«

Kohlgruber verzog das Gesicht. »So einfach ist es leider nicht. Das ist vermutlich schon die richtige Waffe. Erstens ist sie vor Kurzem abgefeuert worden. Und zweitens kommt das Kaliber hin. Endgültige Klarheit haben wir erst, wenn wir aus der Gerichtsmedizin das Projektil bekommen.«

Kohlgruber ging um die Leiche herum, bis er direkt neben dem Schreibtischstuhl stand. Dann hockte er sich ächzend neben dem Toten nieder, sodass er sich etwa auf Augenhöhe mit der Leiche befand. »Wenn sich Felderer mit dem Ellenbogen beim Abdrücken auf dem Schreibtisch aufgestützt hätte, dann hätte die Waffe ungefähr so auf dem Schreibtisch landen können«, sagte er.

Pavarotti beugte sich nach vorn und nahm die Lage der Leiche in Augenschein. »Wenn sich Felderer auf dem Schreibtisch aufgestützt hat, um bei dem Schuss in die Stirn eine sichere Position zu haben, dann schleudert ihn der Rückstoß in den Sitz zurück. Die Waffe fällt ihm aus der Hand und auf den Tisch. Bis auf deine Meinung, dass der Schuss aus ein paar Metern Entfernung abgefeuert wurde, haben wir nichts, was gegen einen Selbstmord spricht.«

Kohlgruber ging darauf nicht ein. Vorsichtig verfrachtete er die Waffe in einen Beweismittelsack und hielt ihn ins Licht. »Wahrscheinlich sind die Fingerabdrücke des Toten drauf. Den groben Schnitzer, die Waffe bloß abzuwischen, macht heute keiner mehr, der einen Selbstmord vortäuschen will. Ob wir anhand der Stellung der Abdrücke nachweisen können, dass dem Toten die Waffe nachträglich in die Hand gedrückt wurde, werden wir bei der kriminaltechnischen Untersuchung sehen. Die richtige Fingerstellung ist bei einer Leiche gar nicht so einfach zu bewerkstelligen, glaub mir. Der Mörder könnte an dieser Stelle der Selbstmordinszenierung Murks gebaut haben. Dann haben wir den entscheidenden Beweis.« Er deutete mit seinem Kinn zur Waffe. »Was es mit dieser netten handlichen Pistole auf sich hat und ob sie Felderer gehörte, kann ich dir natürlich nicht sagen. Das wirst schon selbst feststellen müssen.«

Kohlgruber hielt kurz inne und wiegte den Kopf. »Ich bin kein Waffenexperte. Aber das Ding kenn sogar ich, eine Walther PPK, eine beliebte Wehrmachtwaffe aus dem Zweiten Weltkrieg. Und gut gepflegt.« Er schnüffelte an dem Plastiksack. »Trotz des Zündpulvergestanks rieche ich noch ganz leicht das Waffenöl durch.«

Pavarotti beäugte ungläubig den mittlerweile fest verschlossenen Beweismittelsack. Manchmal fragte er sich, wo Kohlgrubers Erkenntnisse aufhörten und die Ausschmückung anfing.

Jetzt kam es darauf an, den Kollegen mit seinen eigenen Waffen zu schlagen. Man musste Kohlgrubers Thesen ad absurdum führen, erst dann merkte der normalerweise, dass er zu weit gegangen war, und gab auf.

»Vielleicht hat es ja überhaupt keine zwei Waffen gegeben. Emil Felderer will sich erschießen, setzt sich an den Schreibtisch und schreibt seinen Brief. Bevor er aber zur Tat schreiten kann, schläft er ein, weil er zu besoffen ist. Der Mörder kommt herein und sieht, dass sein potenzielles Opfer am Schreibtisch weggedämmert ist. Er kann sein Glück kaum fassen, überlegt blitzschnell, nimmt Emil Felderers eigene Waffe, die auf dem Schreibtisch liegt – und peng!«

»Glaub ich nicht«, widersprach Kohlgruber, der wie gewöhnlich angesäuert reagierte, wenn Pavarotti in sein spezielles Revier eindrang. »Die Entfernung. Wenn Felderer besoffen und wehrlos gewesen wäre, dann hätte ihm der Mörder seelenruhig die Waffe direkt an den Kopf halten können. Dann hätte er einen noch sichereren Schuss abgeben können, der perfekt zur Selbstmordinszenierung gepasst hätte.«

Mist. Kohlgruber war heute wirklich auf Zack.

»Der Mörder kam mit der Walther«, triumphierend deutete Kohlgruber auf die Pistole. »Und dann verschwand er mit der Waffe vom Felderer. So und nicht anders hat es sich abgespielt.«

Pavarotti drehte sich nach Kohlgruber um. »Wo ist eigentlich die Patronenhülse? Habt ihr die gefunden?«

»Ja, haben wir. Sie lag rechts neben dem Schreibtisch, als ob er sich wirklich erschossen hätte. Aber das bedeutet gar nichts.«

»Das ist doch wohl nicht dein Ernst, oder? Der Mörder soll das unwahrscheinliche Glück gehabt haben, das Teil zu finden und hier zu deponieren?«

Sein Kollege zuckte mit den Schultern. »So viel Glück brauchte der gar nicht. Das Zimmer ist ja wohl ziemlich übersichtlich einge-richtet, da muss man nicht lange suchen. Glaub mir jetzt endlich, das war kein Selbstmord. Aber sobald wir die Ergebnisse aus der Gerichtsmedizin haben, machen wir uns an die Auswertung aller Befunde, dann kann ich's dir auch noch schriftlich geben.«

Pavarotti nickte erschöpft. Er hörte Stimmen im Hotelfoyer. Offenbar waren die Fahrer der Gerichtsmedizin eingetroffen, um ihren neuen Kunden abzuholen. Denen war egal, ob der ein Mordopfer oder ein Selbstmörder war. Hauptsache, tot.

★★★

Kein Laut drang durch die geschlossene Tür im ersten Stock, auf die Brunthaler deutete und sich dann auf Zehenspitzen wieder entfernte. Übertrieben rücksichtsvoll, wie Pavarotti fand, und außerdem total blödsinnig, denn der dicke Läufer verschluckte sowieso alle Schrittgeräusche. Glaubte der Sergente vielleicht, dass dieser Todesfall aus der Schwiegertochter eine gebrochene Frau gemacht hatte, die gerade hemmungslos schluchzend auf dem Bett lag? Vermutlich war sie ganz froh, den Alten los zu sein. Wenn sie nicht sogar selbst ihre Hände im Spiel hatte und sich gerade ins Fäustchen lachte.

Dieses Bild im Kopf, musste sich der Commissario zwingen, nicht erst recht heftig an die Tür zu wummern. Als er auf sein Klopfen keine Antwort bekam, drückte er versuchsweise die

Klinke herunter. Die Tür war nicht abgeschlossen, und er trat ein. Vor ihm lag ein großes Zimmer, in dem verschiedene Pastelltöne dominierten. Am Fenster stand ein großer Toilettentisch aus hellem Holz. Eindeutig das Boudoir einer Dame. Das Zimmer war leer. Doch bevor er sich wieder zurückziehen konnte, um sich auf die Suche nach Louisa Felderer zu machen, öffnete sich eine Tür im hinteren Teil des Raumes, und die junge Frau, die er das letzte Mal am Morgen nach der Ermordung ihres Mannes gesehen hatte, trat ein.

Sie war komplett angezogen. Ihr Babybauch wölbte sich beträchtlich in den Umstandsjeans, die sie trug. Die Frau musste unmittelbar vor der Niederkunft stehen. Louisas Gesicht war stark gerötet, die Augen allerdings nicht, wie der Commissario bemerkte. Mit einem Handtuch wischte sie über ihre Stirn und ihren nassen Haaransatz.

»Entschuldigung, dass ich hier einfach so eindringe«, sagte Pavarotti. »Aber ich habe geklopft. Als niemand geantwortet hat, dachte ich, Sie brauchen vielleicht Hilfe.«

»Ist schon in Ordnung«, gab Louisa ruhig zurück. »Mir ist klar, dass Sie meine Aussage haben müssen. Ich hab Sie schon früher erwartet.« Sie wies mit der Hand auf zwei chintzbezogene Sesselchen am Fenster. »Der Arzt wollte mir ein Schlafmittel geben, aber ich brauche es nicht. Ich habe zwar einen ziemlichen Schrecken bekommen, aber jetzt geht's wieder.«

Pavarotti nickte und beäugte die rosa-beige gestreifte Sitzgelegenheit, die definitiv nicht in der Lage war, sein gesamtes Hinterteil aufzunehmen. Es blieb ihm nichts anderes übrig, als sich mittels einer krummen, äußerst unbequemen Sitzhaltung mit dem Fauteuil zu arrangieren.

»Frau Felderer —«, setzte Pavarotti an, wurde aber unterbrochen.

»Bitte nennen Sie mich Louisa, oder, wenn Ihnen das zu persönlich ist, Frau von Gartenstedt. Ich werde wieder meinen Mädchennamen annehmen. Von den Felderers ist ja jetzt eh keiner mehr da. In die Familie hab ich sowieso nie reingepasst.«

»Louisa von Gartenstedt«, wiederholte Pavarotti. »Klingt nicht unbedingt nach Südtiroler Abstammung. Ihr Dialekt im Übrigen auch nicht. Sind Sie Deutsche?«

Louisa nickte. »Ja, aus Frankfurt am Main. Sobald das Kind auf der Welt ist, geh ich dorthin zurück.« Sie stutzte plötzlich. »Warum wissen Sie das eigentlich nicht? Aus Frankfurt stammt ja auch Ihre Bekannte, Frau von Spiegel. Lissie und ich haben neulich festgestellt, dass sich unsere Familien sogar flüchtig kennen. Hat sie Ihnen das nicht erzählt?«

»Nein, das hat sie nicht.« Pavarotti unterdrückte ein Zähneknirschen. Er hätte gerne gewusst, welche Informationen ihm Lissie in den vergangenen Tagen sonst noch vorenthalten hatte. Bestimmt eine ganze Menge. Er würde sie beim nächsten Treffen ordentlich in die Zange nehmen, so viel war klar. Er war sich sicher, dass sie ihn, sooft es ging, außen vor ließ, um ungestört Privatermittlungen anzustellen.

Laut sagte er zu Louisa: »Nun gut, Frau von Gartenstedt. Bitte schildern Sie mir, wie Sie Ihren Schwiegervater heute Morgen gefunden haben.«

Louisa von Gartenstedt faltete die Hände über ihrem voluminösen Bauch und dachte ein paar Sekunden nach, bevor sie antwortete. »Ich bin so gegen fünf wach geworden, wovon, weiß ich nicht. Aber es muss nicht sein, dass da ein Geräusch war. Ich schlafe schon seit ein paar Wochen schlecht und wache in der Nacht häufig auf.« Sie schaute anklagend auf ihren Bauch herunter. »Das Kind lässt mir keine Ruh. Es wird Zeit, dass es endlich kommt.«

»Warum sind Sie dann überhaupt aufgestanden?«

Die junge Frau zuckte mit den Achseln. »Na ja, ich hatte Durst. Ich wollte mir aus dem Kühlschrank eine Flasche Wasser holen. Ich bin also aufgestanden, hab mir meinen Morgenmantel übergeworfen und bin ins Erdgeschoss gegangen. Unten habe ich gesehen, dass die Tür zum Hoteltrakt einen Spalt offen stand. Das hat mich beunruhigt, und ich hab gedacht, es schadet nichts, wenn ich nach dem Rechten sehe. Ich hab durch die Tür ins Hotel geguckt, da war aber alles dunkel. Ich dachte mir, vielleicht hat mein Schwiegervater die Tür offen stehen lassen, und bin zu seinem Schlafzimmer, weil ich wissen wollte, was los ist. Als er dort nicht war, hab ich in seinem Arbeitszimmer nach ihm geschaut. Und da hab ich ihn dann gefunden.«

»Haben Sie etwas angefasst?«

»Nur die Türklinke«, erwiderte die junge Frau ohne zu zögern. »Sonst nichts, auch den Lichtschalter nicht. Das Licht war ja an, und ich bin dann zu ihm hin. Aus der Nähe konnte man deutlich sehen, dass Emil tot war.«

»Dass die Tür zum Hotel offen stand, war ungewöhnlich?«, hakte Pavarotti nach.

»Ja, mein Schwiegervater achtete immer darauf, dass sie zu war. Sie haben vermutlich gesehen, dass an der Tür ein Kartenleser installiert ist, damit nicht plötzlich Hotelgäste in unseren Privaträumen herumspazieren.«

»Wer von Ihnen hatte einen solchen Zugangsausweis?«

»Mein Mann, mein Schwiegervater und ich, außerdem noch die Empfangsdame, Frau Matern, und unsere private Putzfrau. Die hat mit dem Hotel sonst nichts zu tun.«

»Und die übrigen Hotelangestellten?«

Louisa schüttelte den Kopf. »Es gibt nur fünf Karten. Und wenn es mal vorkam, dass eine Karte verlegt oder verloren wurde, haben wir den Code geändert.«

»Hmm«, machte Pavarotti und zog sein Mobiltelefon hervor. »Entschuldigen Sie mich bitte einen kurzen Moment?«

Louisa nickte langsam, und der Commissario stand auf. Als er auf den Flur trat, meldete sich sein Gesprächspartner.

»Kohlgruber.«

»Grüß dich. Kurze Rückfrage: Habt ihr eigentlich vorhin auch die Schwiegertochter des Toten erkennungsdienstlich behandelt?«

Empörtes Schnaufen drang aus dem Hörer. »Ja denkst du denn, du hast es hier mit einer Kollektion von Gartenzwergen zu tun, nur weil wir keine Italiener sind?«

Pavarotti beschloss, hierauf nicht einzugehen. Aus Erfahrung wusste er, dass das alles nur noch schlimmer gemacht hätte. Er schwieg und wartete.

»Klar, wir haben die Kleine gleich als Erstes untersucht, noch bevor ihr Arzt sie aus dem Verkehr ziehen wollte. Sie hat sofort ihre Einwilligung dazu gegeben«, dröhnte es schließlich ungnädig aus dem Hörer. »Sie hat keine Schmauchspuren an den Händen, so viel steht fest. Kriminaltechnisch deutet nichts darauf hin, dass sie in den letzten vierundzwanzig Stunden eine Waffe abgefeuert hat.«

»Vielen Dank, Kohlgruber. Noch eine Kleinigkeit …«

Aus dem Hörer grunzte es. »Wenn ich aus deinem Mund das Wort ›Kleinigkeit‹ höre, dann bekomme ich automatisch Sodbrennen. Also was ist?«

Pavarotti grinste in sich hinein. »Es müsste noch jemand kriminaltechnisch untersucht werden«, bekannte er mit einschmeichelnder Stimme. »Eine Frau namens …«, er konsultierte seine Mitschrift, »Matern. Die Rezeptionistin. Es hat sich nämlich rausgestellt, dass man vom Hotel aus nur mit Zugangskarte in die Privaträume kommt. Und nur ein ganz enger Kreis hat so eine. Ich schick euch gleich den Brunthaler hinüber, damit er einen deiner Mitarbeiter zu der Frau begleitet.«

Nachdem er sich besonders wortreich bedankt hatte, legte Pavarotti auf.

Louisa von Gartenstedt saß noch in der gleichen Position auf dem Sofa, in der er sie verlassen hatte. Ihre Rehaugen, mit denen sie ihn unverwandt anblickte, strahlten kein bisschen Mitgefühl für den Toten aus. Abneigung gegen die Frau stieg in Pavarotti auf. Emil Felderer war doch nicht irgendein beliebiger Fremder, sondern immerhin ihr Schwiegervater gewesen, mit dem sie jahrelang unter einem Dach gelebt hatte.

Plötzlich erkannte Pavarotti, dass er wahrscheinlich genauso unbeteiligt wie diese Frau wirkte, wenn er mit Zeugen oder Angehörigen sprach. Jetzt hätte er doch sehr gern Lissie bei der Befragung dabeigehabt. Doch dann fiel ihm ein, dass sie im Fall ihrer neuen Freundin wohl kaum unvoreingenommen gewesen wäre.

Auf einmal spürte er den Drang, ein unwichtiges Detail zu klären, wenigstens das: »Was ist das für ein Hund im Haus?«

Überrascht blickte die Gartenstedt zu ihm auf. »Dann ist Spock unten bei …« Ihre Stimme tröpfelte weg. »Hier oben hab ich ihn schon gesucht.«

Pavarotti wartete.

»Eigentlich ist Spock Karls Hund. Doch die beiden sind nie miteinander warm geworden. Meinen Schwiegervater hat das Tier regelrecht gehasst. Spock hat immer wie verrückt gebellt, solange er sich mit ihm in einem Raum aufhalten musste. Wogegen der Hund und ich …« Auch diesen Satz brachte sie nicht zu Ende.

Zu Pavarottis Überraschung glänzten ihre Augen jetzt feucht. Er verstand nicht, warum, sagte aber nichts. Schließlich war der Hund im Gegensatz zum Herrn doch höchst lebendig.

»Ich werde ihn wohl nicht mit nach Deutschland nehmen können, wenn das alles hier vorbei ist«, setzte Louisa schließlich nach kurzem Zögern hinzu. »Wegen des Babys, wissen Sie. Dobermänner sind kein geeigneter Umgang für Kleinkinder.«

Pavarotti dachte, dass der Hund froh sein konnte, aus dem Dunstkreis dieser unerfreulichen Familie zu verschwinden. Das Tier war das einzige Familienmitglied, für das er Sympathie empfand.

Er rief sich zur Ordnung und richtete sich kerzengerade auf, soweit ihm das in dem Fauteuil möglich war. »Frau von Gartenstedt, wann haben Sie Ihren Schwiegervater das letzte Mal lebend gesehen?«

»Gestern Abend, beim Abendessen«, antwortete Louisa prompt.

»Und wie wirkte er da?«

Louisa zuckte mit den Schultern. »Unverändert, soweit ich das beurteilen kann. Wir haben seit dem Tod meines Mannes kaum miteinander gesprochen.«

Pavarotti seufzte. »Geht das noch etwas genauer?«

»Wir haben uns einen guten Abend gewünscht und dann gegessen. Es gab Wiener Würstchen mit Kartoffelsalat, das Essen haben wir uns aus der Hotelküche herüberschicken lassen, wenn Sie's genau wissen wollen. Geredet haben wir nicht. Als wir aufgegessen hatten, hat er mir eine gute Nacht gewünscht und erklärt, er gehe jetzt zu Bett. Das war's. Mehr gibt's wirklich nicht zu berichten und wenn Sie mich noch dreimal fragen.«

Pavarotti überlegte kurz. »Wissen Sie, ob Ihr Schwiegervater eine Waffe besaß?«

Louisa schüttelte den Kopf. »Keine Ahnung, ich habe nie eine im Haus gesehen. Aber so was herumliegen zu lassen, wäre wohl auch sträflicher Leichtsinn gewesen, oder?« Jetzt lächelte die Frau auch noch.

Pavarotti verabschiedete sich knapp und ging nach unten, um Brunthaler zu instruieren. Bevor er aus dem Hotel eilen konnte, fiel ihm etwas ein, und er drehte sich noch einmal um.

»Brunthaler, prüfen Sie bitte nach, ob die Waffe, die wir gefunden haben, auf Emil Felderer zugelassen ist. Und bitte nicht erst übermorgen, es ist wichtig!«

Mit verkniffener Miene schob der Sergente ab.

★★★

Lissie saß am Küchentisch der Leadner Alm und schnitt aus Wut die dritte Kaminwurz in immer kleinere Stücke. Mittlerweile war zwar die alte Bäuerin wieder da, aber die wollte ihr partout nicht sagen, wo Pavarotti sich aufhielt. Sie dürfe nicht, behauptete die Loipfertingerin. Der Commissario habe sie zur Verschwiegenheit verdonnert. Pah, was für ein Unsinn. Als ob Pavarotti in der Position wäre, einer Zivilistin solche Befehle zu erteilen. Lissie war es schließlich gewesen, die bisher das meiste herausgefunden hatte! Und jetzt wurde sie herausgedrängt, einfach so.

Lissie fröstelte und schlang die Arme um sich. In dieser verdammten Küche war es ekelhaft kalt. Die Loipfertingerin war zwar vor einigen Minuten hereingekommen und hatte, nachdem sie Lissie einen abbittenden Blick zugeworfen hatte, ein Feuer im Kachelofen angezündet. Aber das würde noch eine Viertelstunde brauchen, um genug Wärme zu entfalten. Lissie beschloss, nach oben zu gehen, um sich ihren Norwegerpullover zu holen.

Als sie den Pulli übergestreift hatte und gerade dabei war, ihr Zimmer wieder zu verlassen, fiel ihr Blick auf die Fallakte, die ihr Pavarotti am Vorabend in die Hand gedrückt hatte. Lissie blieb stehen. Sie hatte jetzt die Wahl: Sie konnte entweder schmollen und Däumchen drehen. Oder sich mit dem Material befassen, das ihr zur Verfügung stand. Vielleicht war der Schlüssel zur Lösung doch irgendwo hierdrin versteckt!

Schlagartig war sie wieder in euphorischer Stimmung. Sie machte es sich neben dem Kachelofen gemütlich und schlug die Akte auf. Als sie bei Emmeneggers Vernehmungsprotokoll angelangt war, konnte sie sich ein Lächeln nicht verbeißen. Der

Sergente hatte das Gespräch mit Justus Hochleitner in einem Deutsch protokolliert, das nur mit viel Mühe und Geduld zu verstehen war. Die Satzkonstruktionen waren hölzern und verrieten das Bemühen des Schreibers, einen offiziellen Ton zu treffen. Was aber durch die vielen Dialektausdrücke konterkariert wurde. Als Lissie daran dachte, wie ein Italiener, auch mit guten Deutschkenntnissen, wohl mit diesem Protokoll zurande käme, musste sie schallend lachen. Auf einmal stutzte sie, hörte auf zu lesen und fuhr mit dem Finger wieder einen Absatz nach oben. Was hatte Karl Felderer da während einer Gipfelrast angeblich zu Justus gesagt: »Väter machen nur Ärger. Kannst froh sein, dass deiner schon tot ist.« Ob Emmeneggers Niederschrift die Stelle wirklich wörtlich wiedergab?

Lissie öffnete den Mund, um die Textpassage laut auszusprechen, doch dann schloss sie ihre Lippen wieder. Ihr Mund war trocken. Ihr Hals fühlte sich an, als habe sie gerade eine Fuhre Sand verschluckt. Sie merkte, dass sie eine Gänsehaut bekam. Irgendetwas stimmte nicht. Alarmiert hob sie den Kopf. Wegen der winzigen Fenster und des schlechten Wetters draußen war es im Raum immer dunkler geworden. Die Schatten der alten Möbel auf dem Holzfußboden schienen sich auszudehnen. Plötzlich waren die Ängste ihrer Kindheit vor dem Zwielicht und seinen schattenhaften, wabernden Gestalten wieder da. Lissie knipste das Deckenlicht an und lehnte sich mit dem Rücken wieder an den heißen Kachelofen. Sie schloss die Augen und versuchte, an nichts zu denken, ihren Kopf leer zu kriegen. Sie durfte nicht zulassen, dass die Erinnerung an ihren Vater ihr den Blick auf den Fall verstellte. Oder war vielleicht das Gegenteil der Fall? Halfen ihre Gefühle ihr, den Fall im richtigen Licht zu sehen?

Zwei Generationen, dachte sie. Ständig stolperte man in diesem Fall über Generationsprobleme. Bei Karl Felderer, der seinen Vater offenbar hatte tot sehen wollen. Bei Justus, dessen Vater schon vor Jahren gestorben war und bei dem Karl Felderer den guten Onkel, wenn nicht sogar den Vater gespielt hatte. Und zu guter Letzt bei ihrem Detektivkollegen Luciano Pavarotti, der mit seinem Vater ganz offenkundig auch noch nicht fertig war.

Lissie hielt die Augen geschlossen und ließ die Wärme aus dem

Kachelofen auf sich wirken. Ein Kaleidoskop von Bildern zog in ihrem Kopf vorbei. Irgendwo war eine Verbindung zwischen dem, was in der letzten Woche passiert war, und den längst vergangenen Ereignissen, die noch nach fünfzig Jahren ihre Schatten auf Meran warfen. Lissie hatte den Eindruck, dass sie einige Teilchen des Puzzles zu fassen bekam, aber sie entglitten ihr wieder, bevor sie das Muster erkennen konnte. Da war beispielsweise dieser Immobiliendeal mit den Italienern. Warum hatten die Felderers angefangen, ihr Tafelsilber zu verkaufen? Warum hatte die Familie so dringend Geld gebraucht, dass Vater und Sohn ihren Ruf und ihre Stellung in Meran aufs Spiel gesetzt hatten?

Wie ein zentrales Ganglion im Geflecht der Ereignisse kam Emil Felderer Lissie vor. Sie überlegte, wie er wohl damit klargekommen war, seine Freunde an den italienischen Staat auszuliefern. Ob er sich eingeredet hatte, gar kein Mörder zu sein, weil er es nicht selbst gewesen war, der geschossen oder gefoltert hatte?

Ihr wurde heiß, und sie zog sich den Norwegerpullover über den Kopf. Gab es jemanden in der Familie der Loipfertingerin, der sich am alten Felderer rächen wollte, indem er seinen Sohn umbrachte? Das Kind der Loipfertingerin war gestorben. Vielleicht ein Bruder? Wenn es einen gab, war der wahrscheinlich heute auch viel zu alt für Mord und Totschlag.

Plötzlich kam Lissie das Zeitungsfoto mit den drei Freunden in den Sinn. Auf der Aufnahme waren neben Felderer zwei andere Jungs gewesen. Sie erinnerte sich nicht mehr genau an die Gesichter, aber einer der beiden konnte gut und gern Luis Loipfertinger gewesen sein. Jedenfalls hatte er breit gegrinst, das wusste sie noch. Es passte. Und die Bäuerin hatte gesagt, dass es noch einen gegeben hatte, den Emil Felderer ans Messer geliefert hatte. Auch dieser Junge war offenbar gestorben. Lissie beschloss, das Thema gegenüber der Loipfertingerin noch einmal anzuschneiden. Aber wenn Rache wirklich der Beweggrund für den Mord war, warum hatte der Mörder dann so viele Jahre gewartet? Lissie schüttelt den Kopf. Das gab alles keinen rechten Sinn.

Gleichzeitig rumorte die Bemerkung erneut in ihrem Kopf, die Karl Felderer Justus gegenüber hatte fallen lassen. Ihre Gedanken verselbstständigten sich. Hatte der junge Felderer seinen Vater, den

Spitzel, so verachtet, dass er ihn lieber tot gesehen hätte? Lissie dachte kurz darüber nach, verwarf die Überlegung aber wieder. Karl Felderer hatte ihrer Meinung nach nicht in moralischen Kategorien gedacht. Wahrscheinlich hätte Karl das Gleiche wie sein Vater getan, wenn er damit ein Vermögen hätte begründen können. Vielleicht hatte Karl Felderer einfach nur ein schwieriges Verhältnis zu seinem Vater gehabt und sich vergeblich gegen dessen Einfluss auf seine Geschäfte und sein Leben gewehrt. Lissie kannte sich da aus. Man konnte sich vom eigenen Erzeuger nur schwer lösen, so verzweifelt man es auch versuchte.

Auch ohne Pulli wurde Lissie die Hitze zu viel. Sie gähnte und stand auf. Im Moment kam sie nicht weiter. Es fehlten einfach entscheidende Informationen, und da brachte auch die Fallakte nichts. Vielleicht hatte ja Pavarotti inzwischen den Schlüssel zu dieser verworrenen Angelegenheit, wo auch immer er stecken mochte.

Sie trat auf die Terrasse und atmete tief ein. Die kühle Luft tat ihr gut. Es nieselte. Von der Alm aus war Meran nicht zu sehen, doch Lissie stellte sich vor, wie sie in einem Sessellift durch den feuchten Nebel abwärtsschwebte, auf das Häusermeer der Stadt zu. Irgendwo dort unten, zwischen den wolkenverhangenen Bergrücken, die im stärker werdenden Regen nur schemenhaft erkennbar waren, verbarg sich die Wahrheit über den Tod von Karl Felderer.

★★★

Inzwischen schüttete es. Trotz der Proteste der Loipfertingerin gegen Lissies Vorhaben, bei dem Wetter loszumarschieren, stapfte Lissie nach dem Mittagessen talwärts. Sie hatte einfach nicht mehr untätig herumsitzen wollen. Es waren nur gute zwei Stunden bis zum Parkplatz am Rand von Hafling. Dort wollte sie den Bus zurück nach Meran nehmen. Lissie liebäugelte einen Moment mit dem Gedanken, die gesamte Strecke zu Fuß zurückzulegen, verwarf ihn aber gleich wieder nach einem Blick in den wolkenverhangenen Himmel, aus dem unablässig Regen fiel. Es würde wohl nicht so schnell auflockern. Lissie schwitzte unter dem undurchlässigen Regenzeug. Der tropfnasse Kunststoff schlenkerte ihr um die Beine, und von der Kapuze fielen Tropfen auf ihre Wangen und Nase. Auf einen Schirm hatte sie verzichtet, der hätte nur beim Gehen gestört. Außerdem brauchte sie beide Hände für die Wanderstöcke.

Der Weg war unschwierig, erforderte bei dem Wetter aber Konzentration. Durch den Regen hatte sich der erdige Untergrund in eine schlammige Piste verwandelt. Vorsichtig überquerte Lissie einen steilen Wiesenhang und wich einer Ansammlung von Gesteinsbrocken aus, die der Regen vom Berg heruntergespült hatte. Sie musste höllisch aufpassen, dass sie auf dem schmalen, glitschigen Pfad nicht ausglitt. Einen verstauchten Knöchel holte man sich in null Komma nichts.

Viel Zeit blieb Lissie deshalb nicht, das letzte Gespräch mit der alten Bäuerin noch einmal zu rekapitulieren. Auf die Frage, ob sie sich nicht doch an den dritten jungen Mann erinnern könne, hatte die Frau nur den Kopf geschüttelt.

»Frau Loipfertinger, es war bestimmt ein Freund Ihres Mannes!«, bedrängte Lissie die Frau. Doch es half nichts. Die alte Bäuerin stand vom Tisch auf und verschwand in der Speisekammer, anscheinend ihr bevorzugter Rückzugsort, wenn sie unangenehmen Themen ausweichen wollte.

Lissie blieb nichts übrig, als weiter brav ihre Suppe zu löffeln. Schließlich kam die Frau mit einem Speck in der Hand wieder zum Vorschein.

»Ich mach Ihnen grad noch ein paar Brote auf den Weg!«, sagte sie, da war Lissie schon aufgesprungen und neben sie getreten.

»Frau Loipfertinger!«

Doch die Frau schaute sie nur mit stumpfen Augen an.

»Frau Loipfertinger, wenn ich Ihnen ein Foto der drei bringe ...«

Sinnlos. Lissie hatte einsehen müssen, dass die alte Bäuerin nicht mehr bereit war, sich auf die Ereignisse von damals einzulassen.

Plötzlich stolperte Lissie und lag einen Moment später auf dem Bauch im Dreck. Fluchend richtete sie sich auf. Dass sie einen Augenblick nicht aufgepasst hatte, hatte sich sofort gerächt. An der Vorderseite ihres Capes floss braune Schlammbrühe herab. Als Lissie in ihrem Rucksack nach einem Handtuch kramte, fiel ihr Blick auf etwas, das schräg hinter ihr aus dem Matsch ragte.

Vermutlich war es das gewesen, worüber sie gestolpert war. Nach einem Stein sah das schlammbeschmierte Ding nicht aus. Neugierig geworden, ging Lissie hin.

Überrascht stellte sie fest, dass es sich um eine Trinkflasche aus Leichtmetall handelte, die da im Schlamm steckte. Als Lissie sie hochnehmen wollte, um sie sich genauer anzusehen, merkte sie, dass die Flasche an irgendetwas hing. Lissie zog und förderte einen Hüftgürtel zutage, wie ihn Läufer tragen. Ohne die Flasche wäre er ihr auf dem schlammigen Untergrund nicht aufgefallen. An ein paar Schlaufen waren noch ein kleiner Schlüsselbund und ein Täschchen aus Plastik befestigt, mit Tablettenstreifen und einem Zehn-Euro-Schein drin.

Lissie schüttelte den Kopf. Das gab's doch gar nicht. Solche Sachen gingen nicht so einfach unterwegs verloren. Hier war etwas faul. Lissie schaute sich um. Sie vermutete, dass sie sich etwa auf halbem Weg zwischen der Alm und Hafling befand. Ein paar Meter vor ihr führte der Weg am Rand eines steilen Einschnitts zwischen zwei Bergrücken entlang. An der Engstelle musste ein Tobel überquert werden, der wegen der Regenfälle stark angeschwollen war und donnernd hinunter in die Senke rauschte. Das Gewässer zu überqueren, war normalerweise kein Problem, weil man flache Steine im Wasser als Tritte benutzen konnte. Lissie schätzte allerdings, dass die Querung, so wie die Wassermengen im Moment aussahen, ein ziemlicher Balanceakt werden dürfte.

Plötzlich glaubte Lissie, einen Laut gehört zu haben, und spitzte die Ohren. Aber der Tobel machte zu viel Lärm. Sie trat an den Rand des Abhangs und spähte in die Tiefe. Ungefähr zwanzig Meter unter ihr sah sie etwas Rotes liegen. Einen Anorak? Eine Hitzewelle überflutete sie. Lissie war sicher, dass da unten derjenige lag, dem die Trinkflasche gehörte.

Wie wild nestelte sie an dem Verschluss ihres Rucksacks und fand nach endlos scheinenden dreißig Sekunden ihren kleinen Feldstecher. Mit zitternden Händen setzte sie ihn an die Augen. Oh Gott, tatsächlich. Da unten lag ein Mensch. Sie konnte eine Hand erkennen, die aus einem der Anorakärmel herausschaute. Und auch einen dunklen Haarschopf. War da nicht eben eine kleine Kopfbewegung gewesen? Der Mensch lebte offenbar noch, brauchte auf jeden Fall Hilfe. Ihr brach der kalte Schweiß aus. Was sollte sie bloß machen?

Lissie zog ihr Handy hervor. Nur ein Strich Empfangsstärke. Verfluchter Mist. Sie wühlte in ihrem Anorak und zog einen Zettel mit Pavarottis Mobil- und Dienstnummer heraus. Zuerst die Mobilnummer. Oh nein, Mailbox. Fehlanzeige. Mit zitternden Fingern tippte sie die Dienstnummer ein. Es dauerte eine Ewigkeit, bis sich die Verbindung aufbaute. Vor lauter Nervosität lief Lissie neben dem Wasserfall auf und ab. Dann endlich »Hier ... Emm... Poliz...«

»Hier ist Lissie von Spiegel, ich möchte einen Notfall melden«, keuchte sie. »Ich befinde mich auf dem Bergweg von der Leadner Alm Richtung Hafling. Hier hat es einen Unfall gegeben. Offenbar ist jemand gestürzt. Bitte kommen Sie schnell!«

»... Sie nicht verstehen ... bitte wiederholen!«

Ihr Mobiltelefon sonderte krachende Töne ab. Bevor sie der Aufforderung nachkommen konnte, brach die Verbindung ab.

Lissie gab einen Jammerlaut von sich und stierte nach unten. Der Anorak rührte sich nicht. Was hatte sie denn erwartet? Dass der Verunglückte plötzlich aufstehen, sich den Dreck von den Hosen schütteln und mit einem entschuldigenden Lächeln, ihr so viele Umstände gemacht zu haben, den Berg hochklettern und ihr die Hand schütteln würde?

Es half alles nichts. Sie musste da hinunter. Zumindest konnte sie schauen, wie schwer die Verletzungen waren. Eine stabile Seitenlage würde sie auch noch irgendwie hinbekommen, sodass erst mal das Nötigste getan war, bis sie Hilfe herbeischaffen konnte.

Lissie riss ihr Plastiktäschchen mit ein paar Pflastern und Binden und ihre Wasserflasche aus ihrem Rucksack, dann packte sie beides nach kurzem Überlegen wieder ein. Sie musste den Rucksack mitnehmen, auch wenn er sie beim Abstieg behinderte. Der Verletzte würde alles an Kleidungsstücken brauchen, um warm gehalten zu werden. Auch ihr Regencape und die Isomatte konnten sich als nützlich erweisen.

Erneut trat sie an den Rand der Schlucht. Der Abhang war glücklicherweise nicht sehr steil, aber extrem geröllig. Ein falscher Tritt, und sie würde ausgleiten und sich das Bein verletzen – vom verstauchten Knöchel bis zum Beinbruch war alles drin. Außerdem konnte sie leicht eine Steinlawine in Gang setzen, die dem Verletzten da unten dann mit Sicherheit den Garaus machen würde.

Behutsam tastete sich Lissie ihren Weg nach unten, ein wenig seitlich von ihrem Ziel. Das erwies sich als überaus klug, denn mehrere größere Gesteinsbrocken lockerten sich durch ihre Tritte und kollerten zu Tal; einer passierte den Verletzten in höchstens einem Meter Entfernung. Die Steine waren nass und schlammig. An einem dieser Exemplare glitt Lissie ab. Sie stieß einen Schmerzenslaut aus und drehte ihren Knöchel vorsichtig in alle Richtungen. Glück gehabt, alles okay, dachte sie. Ihr Herz klopfte wie wild, und sie war schweißüberströmt, als sie das Gefälle endlich hinter sich gebracht hatte. Vorsichtig querte sie den Hang und kauerte schließlich, am ganzen Körper zitternd, neben der am Boden liegenden Gestalt.

Der Verletzte lag quer zum Hang, das Gesicht talwärts. Lissie strich ihm behutsam die schlammverschmierten Haare aus dem Gesicht. Erschrocken registrierte Lissie, dass sie einen Jungen vor sich hatte, zwölf oder dreizehn Jahre alt. Sie hatte ihn schon einmal gesehen, aber es fiel ihr nicht ein, wo.

Der Kleine atmete flach. Lissie griff nach seinem Handgelenk. Der Puls war da, aber schwach. Da lief ein Zucken durch den ganzen Körper des Jungen, wie eine Welle vom Kopf bis zu den Füßen, dann lag er wieder still.

Lissie sah, dass der rechte Arm im Ellenbogen verdreht war. Offenbar beim Sturz ausgekugelt, vermutlich auch Sehnen gerissen. Vielleicht hatte der Junge auch Kopfverletzungen, den blutigen Schrammen auf seiner Stirn nach zu urteilen. Besonders stark blutete er aus einem tiefen Riss an einer Augenbraue; das Blut fing aber glücklicherweise bereits an zu gerinnen.

Mit ein paar vorsichtigen Handgriffen stellte Lissie sicher, dass der Junge stabil auf der Seite lag und frei atmen konnte. Dann hob sie ganz langsam seinen Oberkörper um ein paar Zentimeter hoch und schob mit dem Fuß die Isomatte drunter. Dabei versuchte sie, den verletzten Arm möglichst wenig zu bewegen. Auf einmal ruckten Brust und Arme des Jungen nach vorn. Er stöhnte, kam aber nicht zu Bewusstsein. Lissie verzog das Gesicht. Diese Be-

305

wegung eben musste verdammt wehgetan haben. Woher kamen diese Zuckungen?

Prüfend schaute sie den Abhang hinunter und betrachtete dann noch einmal den Verletzten. Sie musste dafür sorgen, dass er sich durch seine unkontrollierten Bewegungen nicht noch mehr in Gefahr brachte. In Lissies Reichweite lagen eine Menge Zweige und auch dickere Äste, die der Tobel mitgerissen hatte. Sie griff sich ein paar halbwegs stabil aussehende Exemplare und rammte sie unter dem Verletzten in den Boden, sodass sein Körper nicht wegrutschen konnte. Dann deckte sie den Jungen mit ihren Kleidungsstücken zu und breitete zu guter Letzt das Regencape über ihn.

Mühsam richtete sich Lissie auf. Mehr konnte sie im Moment nicht tun. Jetzt musste sie sich beeilen. Der Junge brauchte dringend ärztliche Hilfe.

Als sich Lissie wieder den Abhang bis zum Weg heraufgearbeitet hatte, hielt sie schnaufend inne und blickte zu der reißenden Strömung, die ihr den Weg versperrte, und dann nach oben in die Richtung, aus der sie gekommen war. Die Loipfertingerin hatte Telefon, was die Entscheidung deutlich vereinfachte. Sie schnallte ihren Rucksack fest und begann, bergaufwärts zu rennen.

Nach ein paar Minuten lief ihr der Schweiß über Rücken und Stirn. Mehr als ein T-Shirt trug sie nicht mehr, und es war klitschnass und klebte eisig kalt an ihrem Oberkörper. Lissie dachte an ihr weiches Bett im Hotel Felderer, in dem sie sich jetzt wohlig rekeln könnte, wenn sie nicht die leidige Angewohnheit hätte, ihre Nase in die Angelegenheiten fremder Leute zu stecken.

Da fiel ihr wieder ein, wo sie den Jungen schon mal gesehen hatte. Er hatte ihr an ihrem ersten Morgen in Meran das Frühstück gebracht.

★★★

Ein paar Stunden später saß Lissie in der Badewanne und bis zum Hals im Wasser, das inzwischen eine erträgliche Temperatur hatte. Eine Stunde zuvor hatte es mindestens hundert Grad gehabt, jedenfalls gefühlt. Lissie hatte beim Eintauchen laut aufgeschrien und sich vorgenommen, künftig auf den Genuss von Hummer zu verzichten.

Ihr Körper war nach dem Rettungseinsatz stark unterkühlt gewesen. Ohne viel Federlesens zu machen, hatte die Loipfertingerin sie mitsamt ihrer Klamotten in die Wanne gesteckt. Danach hatte die Frau ihr eine dampfende Tasse Tee an die Lippen gesetzt.

Inzwischen hatte das Bibbern im Oberkörper aufgehört. Sie drehte den Warmwasserhahn noch einmal voll auf und lehnte sich zurück. Dann hob sie beide Beine nacheinander aus dem Wasser und bewegte probeweise die Zehen. Eine Amputation schien nicht notwendig zu sein. Alle zehn prickelten höllisch und fühlten sich höchst lebendig an. Lissie musste husten. Ob sie vielleicht eine Lungenentzündung bekam? Zumindest war ihre Aktion nicht umsonst gewesen.

Der Rettungshubschrauber hatte auf einer nahe gelegenen Almwiese landen können. Lissie war mit den beiden Männern von der Meraner Bergwacht noch einmal abgestiegen, um ihnen die Stelle zu zeigen, wo der Verunglückte lag.

Sie staunte nicht schlecht, als die beiden auf den ersten Blick nicht besonders durchtrainierten Männer mittleren Alters sie, Lissie, die Bergziege, ohne Mühe abhängten. Die zwei sprangen auf dem rutschigen Steig richtiggehend den Berg hinunter. Lissie, die versuchte, sich ihrer Geschwindigkeit anzupassen, wäre ohne den pausenlosen Einsatz ihrer Stöcke, die ihre Unsicherheiten abfederten, bestimmt mehr als einmal auf der Nase gelegen.

Als Lissie sah, dass sie die Stelle fast erreicht hatten, brüllte sie nach unten: »Wir sind gleich da!«

Einer der beiden Helfer fiel etwas zurück und wartete auf sie. Er fragte, ob sie bereits Erste Hilfe geleistet hatte, und hörte sich ihren keuchend vorgetragenen Bericht an.

Als sie beim Verletzten ankamen, sah Lissie, dass er sich nicht bewegt hatte. Sie vermutete schon das Schlimmste, doch einer der beiden Männer, zwei Finger am Handgelenk des Verletzten, nickte. Lissie atmete auf. Der Kleine war nur weggetreten. Hoffentlich war es nicht zu spät. Noch am Unfallort erhielt der Junge eine Infusion und wurde auf die Trage geschnallt.

Dann ging es etwas langsamer wieder nach oben, in Richtung

Hubschrauber. Trotzdem fühlte Lissies Lunge sich an, als ob sie gleich bersten würde.

»Wo bringen Sie ihn hin?«, brachte Lissie hervor, als der Rettungshubschrauber bereits startklar war.

»Ins Unfallkrankenhaus nach Bozen«, schrie ihr der Pilot zu und gab ihr durch eine ungeduldige Bewegung zu verstehen, sie solle sich schleunigst aus dem Bereich der Rotorblätter entfernen. Dann nickte er ihr zu, und der Hubschrauber hob ab.

Eine Minute später war der Spuk vorbei, und Lissie stand allein und vor Kälte zitternd auf der nebligen Hochfläche. Wenn ihre körperliche Verfassung nicht gewesen wäre, hätte die ganze Rettungsaktion genauso gut ein Tagtraum gewesen sein können.

Als Lissie zum zweiten Mal an diesem Tag die Leadner Alm erreichte, hatte sie starken Schüttelfrost. Kaum dass sie sich bis zur Eingangstür geschleppt hatte, wurde die auch schon aufgerissen, und die Loipfertingerin legte ihr eine nach Viehstall stinkende Decke um die Schultern.

»Ich hab den Hubschrauber gehört und aus dem Fenster geschaut«, hatte die alte Frau erklärt.

Bevor Lissies Beine ihr vor lauter Kälte und Erschöpfung den Dienst versagten, hatte die Loipfertingerin sie ins Badezimmer gezerrt und ins heiße Wasser geschubst. In voller Montur. Erst als Lissie keuchend drinlag, zog ihr die Loipfertingerin mit einem unerwartet kräftigen Ruck das T-Shirt über den Kopf.

★★★

Als die Loipfertingerin merkte, dass ihr Gezeter gegen Lissics Entschluss nicht fruchtete, den Rückweg nach Meran am Abend erneut anzutreten, gab sie schließlich nach. Allerdings nur unter der Bedingung, dass sich Lissie von ihr zurück ins Tal kutschieren ließ. Dagegen war aus Lissies Sicht nichts einzuwenden. Sie hatte definitiv keine Lust, sich hier oben auf der Alm weiter bemuttern und verhätscheln zu lassen.

Schnell packte sie ihre Sachen. Während sie ihre Toilettenartikel im Bad einsammelte, hörte sie, wie die Loipfertingerin in ihr Zimmer hinein- und wieder herausrumpelte. Sie wollte schon ihren

Kopf aus der Tür strecken, zuckte dann aber mit den Schultern und machte sich reisefertig.

Danach wollte sie ihren Rucksack mit Schwung auf den Rücken setzen, ließ ihn aber mit einem entsetzten Ausruf wieder auf den Boden sinken. Der Rucksack fühlte sich bleischwer an. Lissie fasste hinein und förderte drei riesige Räucherschinken zutage. Sie seufzte. Dann packte sie ohne viel Begeisterung einen davon wieder ein. Am liebsten hätte sie alle drei dagelassen, doch sie wollte die alte Frau nicht brüskieren. Die Loipfertingerin meinte es natürlich nur gut, aber was zur Hölle sollte Lissie mit drei monströsen Schinken? Sie schnüffelte und verzog das Gesicht. In ihrem Rucksack stank es jetzt wie in einer Räucherkammer. Das hieß mindestens eine Woche Auslüften auf dem Balkon, wenn sie wieder zu Hause im Taunus war.

★★★

Als die beiden Frauen in dem klapprigen VW der Loipfertingerin den schmalen Fahrweg nach Meran hinunterruckelten, schielte Lissie zu der alten Dame hinüber. Sie fuhr schweigend und konzentriert, das Lenkrad mit beiden Händen fest im Griff. Die Mundwinkel der Loipfertingerin krümmten sich ganz leicht nach oben. Lissie vermutete, dass die alte Frau den ganzen Trubel ziemlich genoss. Endlich war mal etwas los, und dann hatte sie noch die Heldin des Tages als Logiergast gehabt! Für alte Leute war Langeweile schlimm, das wusste Lissie von ihrer Mutter, die mittlerweile im Heim war und permanent jammerte, dass sich nichts tat.

Als sie die Ausläufer Merans erreichten, beschloss Lissie spontan, sich jetzt gleich nach dem Zustand des Jungen zu erkundigen. Justus, so hieß der Kleine. Lissie war es immer noch ein Rätsel, wie es überhaupt zu dem Unfall gekommen war. Plötzlich durchfuhr es sie heiß. Konnte es sein, dass der junge Hochleitner etwas wusste? Hatte er da oben am Berg etwa Karl Felderers Mörder zur Rede stellen wollen?

Den Gedanken, zu dem Jungen ins Krankenhaus nach Bozen zu fahren, verwarf sie nach kurzer Überlegung. Sie hatte keine

Lust, sich mit dem Krankenhauspersonal herumzuärgern. Die Schwestern würden sie garantiert nicht so ohne Weiteres zu dem Jungen vorlassen.

Lissie beschloss, zuerst die Hochleitnerin über ihren Enkel auszuhorchen. Ob die aber jetzt schon zu Hause war? Vielleicht saß sie ja noch am Bett von Justus im Krankenhaus. Lissie zuckte mit den Achseln. Das würde sich ja herausstellen.

Lissie bat die Loipfertingerin, sie vor dem Nikolausstift abzusetzen. Da fiel ihr etwas ein. »Frau Loipfertinger, kennen Sie eigentlich den kleinen Hochleitner? Und seine Oma?«

Die Loipfertingerin wackelte mit dem Kopf, ohne den Blick von der Straße zu nehmen. »Den Kleinen nicht. Aber die Elsbeth schon. Und den Sohn von der Elsbeth, den hab ich auch ganz gut gekannt. Der war Steuerberater in Meran unten, und der hat immer meine Buchhaltung gemacht. Ein Lustiger war das, ganz wie mein Luis. Ich hab mich immer g'freut, wenn er zu mir hochkommen ist.« Die Loipfertingerin machte eine kurze Pause, dann fuhr sie mit leiserer Stimme fort. »Vor gut zehn Jahren is er dann verunglückt. Abgestürzt, wissen S'. Das war schlimm damals. Alle haben gedacht, dass das Absicht war, wo doch seine Frau auf und davon is.« Die Loipfertingerin schüttelte den Kopf. »Ein Schmarren ist das. Das hätt der Axel Hochleitner seinem Kleinen doch nie angetan.«

»Ahaah«, machte Lissie interessiert und öffnete den Mund, um die Loipfertingerin weiter auszufragen. Doch die alte Frau kannte die näheren Umstände des Unglücks nicht. Sie wusste nur noch, dass der Unfall beim Aufstieg auf die Hohe Weiße passiert war. Ihr Kontakt zur Familie sei nach dem Tod von Axel Hochleitner immer schwächer geworden.

Schon komisch, überlegte Lissie. Zuerst erwischt es den Vater in der Wand, und dann überlebt der Sohn mit knapper Not einen Unfall, auch in den Bergen. Allerdings lagen zwischen den beiden Vorfällen satte zehn Jahre. Einen Zusammenhang konnte sie auf den ersten Blick nicht erkennen.

Lissie kam nicht dazu, weitere Spekulationen über die Duplizität von Ereignissen anzustellen, weil sie im Sitz ruckartig nach vorne geworfen wurde. Die Loipfertingerin hatte ihre Klapperkiste vor der Pension mit einer Vollbremsung zum Stehen gebracht. Bevor Lissie sich von dem Schrecken erholen konnte, machte der Wagen einen Satz nach vorne. Die alte Dame hatte den Fuß von der Kupplung genommen und damit den Motor abgewürgt. Auch eine Art einzuparken, dachte Lissie belustigt, nachdem sich ihr Pulsschlag etwas beruhigt hatte. Mit den Feinheiten im Stadtverkehr hatte es die alte Almbäuerin offenbar nicht so. Glücklicherweise parkte das nächste Auto in sicherer Entfernung.

Als Lissie aussteigen wollte, hielt die alte Frau sie am Ärmel fest. »Madl, du bist richtig. Pass bloß auf di auf, und komm einmal wieder zu mir herauf! Und ich bin jetzt die Oma Loipfertinger!«

Lissie war gerührt und drückte die alte Dame kurz und fest. Sie versprach, bald einmal wiederzukommen, und nahm sich vor, dieses Versprechen auch einzuhalten. Dann griff sie nach ihrem Rucksack, schwang sich aus dem Wagen und brachte sich schnell vor den Fahrkünsten ihrer neuen Oma in Sicherheit.

★★★

Die Gartenpforte knirschte leise in den Angeln, als Lissie sie öffnete, um die Treppen zum Haupteingang des Nikolausstifts hochzusteigen.

Die Lampe über dem Eingang brannte nicht. Das ganze Haus lag im Dunkeln. Trotzdem war Lissie überrascht, als sie feststellte, dass die Eingangstür abgeschlossen war. Um diese Zeit schon? Na ja, die Hochleitnerin war vermutlich noch im Krankenhaus, und ihre Gäste waren wohl noch damit beschäftigt, sich in den gastronomischen Betrieben Merans die nötige Bettschwere zu verschaffen.

Sie klingelte. Erwartungsgemäß rührte sich nichts. Lissie wollte schon wieder gehen, da fiel ihr etwas ein. Vielleicht gab es in Justus' Zimmer einen Hinweis auf die Gefahr, in der er schwebte. Es konnte nicht schaden, sich mal an der Rückfront des Hauses, die an den kleinen Parkplatz grenzte, umzusehen. Lissie erinnerte sich, bei ihrer Ankunft aus den Augenwinkeln eine Stahltür gesehen zu haben, die ins Haus führte. Vermutlich die Tür zum Fahrradkeller.

Mittlerweile war es kurz vor sieben und ziemlich dämmrig.

Lissie war ein wenig mulmig zumute, als sie auf dem unbeleuchteten und ungesicherten Parkplatz stand. Ein einziges Auto war da. Lissie konnte das Kennzeichen nicht erkennen. Wahrscheinlich ein Pensionsgast. Lissie war froh, dass ihr Jaguar mittlerweile sicher in der Garage des Hotels Felderer untergebracht war. Dieser Parkplatz war ja geradezu eine Einladung, teure Autos zu knacken und auf den Balkan zu verschieben.

Die einzige schwache Lichtquelle war eine mindestens zehn Meter entfernte Straßenlaterne. Schemenhaft konnte Lissie die Umrisse einer Tür ausmachen. Mit vorsichtigen Schritten, um nicht in der Dunkelheit über irgendein Hindernis zu stolpern, bewegte sie sich vorwärts. Das Haus war zwar riesig, aber sie würde das Zimmer des Kleinen schon finden. Langsam drehte sie den Türknauf und konnte einen Ausruf des Triumphs gerade noch unterdrücken. Die Tür ließ sich mühelos öffnen.

Plötzlich fiel ihr ein, dass ihr etwas Wichtiges fehlte. Wie hatte sie sich eigentlich ihre Schnüffelei in einem dunklen Haus ohne Taschenlampe vorgestellt? Drinnen das Licht anzuschalten, kam überhaupt nicht in Frage. Aber jetzt mit hängenden Ohren den Rückzug anzutreten, das zog Lissie als Alternative auch nicht in Betracht.

Sie kramte wild in ihrem Rucksack herum. Dort musste irgendwo das Probeexemplar eines Pressegeschenks sein, das ihr ehemaliger Arbeitgeber an Journalisten verteilt hatte. Es handelte sich um einen Kuli mit Leuchtdiode, die sich an- und ausschalten ließ, indem man auf das Kopfteil drückte. Viel ließ sich mit dem kleinen Lichtpunkt natürlich nicht anfangen, aber er war immerhin besser als völlige Dunkelheit. Sie kramte, erwischte den Stift und zwängte sich durch einen Spalt der schweren Tür nach drinnen.

Ein Fahrradkeller, tatsächlich. Der Mini-Lichtkegel geisterte über ein neu aussehendes Mountainbike und einen rostigen Drahtesel, wahrscheinlich das Fahrrad der Hochleitnerin. Hier gab es nichts Interessantes zu erkunden. Lissie näherte sich einer weiteren Tür und stand kurz darauf in einem riesigen Kellerraum, in dem eine Menge Bettwäsche von der Leine hing. Vermutlich die Hotelwäsche der Hochleitnerin. Hier hätte Lissie in Ruhe das Deckenlicht anschalten können, denn der kleine Lichtpunkt erfasste nur Mauerwerk, keine Fenster. Aber Lissie ließ es trotzdem sein. Ohne größere Schwierigkeiten ertastete sie sich den Weg durch den Raum, indem sie sich an einem halben Dutzend Waschmaschinen und Trocknern vorbeihangelte. Wie schafften es die paar Gäste der Hochleitnerin bloß, so viel Dreckwäsche zu produzieren?

Eine Minute später hatte Lissie die Hand auf der Klinke einer weiteren Stahltür. Die Tür war ebenfalls irrsinnig schwer und ließ sich nur mit Mühe aufdrücken. Als Lissie sich durch die Öffnung geschoben hatte, fiel die Tür mit einem lauten Rums hinter ihr zu. Lissie stand wie erstarrt, ihr Herz klopfte wild. In dem stillen Haus kam ihr das dumpfe Geräusch wie ein infernalischer Lärm vor.

Gerade als sich ihr Herzschlag wieder beruhigt hatte und sie sich sagte, dass ja keiner im Haus war, da ging mit einem Mal das Licht an. Lissie erschrak furchtbar. Sie war durch die plötzliche Helligkeit geblendet und blinzelte krampfhaft, dann riss sie die Augen auf. Am anderen Ende des schlauchförmigen Flurs sah sie Elsbeth Hochleitner mit einer Flinte im Anschlag stehen. Sie zielte auf Lissie.

»Was wollen Sie hier? Wer sind Sie?«, keifte die Frau und schwenkte die Waffe hin und her.

»Um Gottes willen, Frau Hochleitner, nehmen Sie das Gewehr runter!«, schrie Lissie in Panik. »Kennen Sie mich nicht mehr? Ich bin Lissie von Spiegel, ich hab doch kürzlich bei Ihnen übernachtet!«

»Nehmen Sie die Hände hoch und kommen Sie langsam näher. Dann bleiben Sie wieder stehen! Ich will Sie anschauen. Keine hastigen Bewegungen, sonst drück ich ab!«, kreischte die Hochleitnerin.

Lissie schickte ein Stoßgebet zum Himmel, dass die Frau nicht an akuter Demenz, sondern bloß an Kurzsichtigkeit litt. Als sie näher kam, stieß Elsbeth Hochleitner einen erstickten Schrei aus und senkte die Waffe.

»Oh mei, Frau von Spiegel, Sie sind's wirklich! Jetzt hab ich grad Sie so erschreckt, wo Sie es doch waren, die meinen Justus gefunden hat! Bitte entschuldigen Sie, dass ich Sie angeschrien hab!«

Mit weit aufgerissenen Augen beäugte die Hochleitnerin die Waffe, die sie fest umklammert hielt. Dann schmiss sie das Gewehr mit Wucht auf den Boden, als merke sie jetzt erst, wie widerwärtig das Ding war. Entsetzt sprang Lissie zur Seite und erwartete, dass ihr gleich Kugeln um die Ohren fliegen würden. Doch es passierte nichts, außer dass die Hochleitnerin zu heulen begann.

»Ich hab unten Geräusche gehört und ganz schreckliche Angst gekriegt, nach allem, was in letzter Zeit in Meran passiert ist«, schluchzte sie. »Dann hab ich das Gewehr gepackt. Es war überhaupt nicht geladen!«

Lissie sah, dass die Hochleitnerin am ganzen Körper zitterte. Eine Welle des Mitleids überkam sie. In ein paar Schritten war sie bei der Frau und nahm sie in den Arm. Omas zu drücken war offenbar ihre neue Kernkompetenz. Lissie, die Verständnisvolle. Himmel.

Sie führte die Frau zur Treppe und hoch ins Erdgeschoss. Hier oben brannte nirgendwo Licht. Anscheinend hatte die Frau im Dunkeln gesessen. Merkwürdig. Lissie ertastete einen Schalter, und das Deckenlicht im Erdgeschoss flammte auf. Hier kannte sich Lissie noch halbwegs aus. Da rechts mussten Frühstückszimmer und Küche sein.

Lissie platzierte Elsbeth Hochleitner an ihren Küchentisch und machte sich daran, Tee zu kochen. Während sie das Wasser aufsetzte, legte sie sich blitzschnell eine halbwegs tragfähige Legende für ihr Eindringen durch die Hintertür zurecht. Am besten schnell damit rausrücken, dachte sie, bevor die Hochleitnerin selbst nach einer Erklärung fragt. Vermutlich würde sie sich bald beruhigen. Dann dürfte die Frau wieder in der Lage sein, klar zu denken. Es war bestimmt ratsam, sie nicht zu unterschätzen.

»Es tut mir auch furchtbar leid, dass ich Ihnen Angst gemacht habe, Frau Hochleitner«, begann Lissie. »Ich wollte mich nämlich bloß bei Ihnen nach Justus erkundigen. Als niemand aufgemacht hat, bin ich gegangen, aber dann habe ich Ihren Wagen auf dem Parkplatz entdeckt. Da hab ich gedacht, Sie sind vielleicht doch drin, und es könnte was passiert sein. Als ich dann zufällig gesehen habe, dass die Tür hinten am Haus nur angelehnt war«, log Lissie frech, »da kam mir das Ganze dann richtig komisch vor. Da bin ich rein. Na ja, und alles Übrige kennen Sie.« Zum Abschluss grinste sie leicht schief.

Die Hochleitnerin hob den Kopf. »Aber ich hab doch gar kein Auto.«

»Ach soo?«, machte Lissie und zog ihre Stirn kraus. »Da hinten steht aber eins, das Kennzeichen hab ich nicht sehen können, dafür war's zu dunkel. Dann habe ich wohl komplett die falschen Schlüsse gezogen. Aber Sie haben's ja gesagt. Wir sind im Moment alle ein bisschen überdreht. Und jetzt auch noch der Unfall von Justus.«

Elsbeth Hochleitner nippte an ihrem Tee und nickte, doch in ihren Augen stand Misstrauen. Lissie wusste, dass ihre Geschichte mehr als dünn war, aber auf die Schnelle war ihr nichts Besseres eingefallen. Jetzt bestand vermutlich die beste Strategie in einem Gegenangriff.

»Apropos Justus. Wie geht es Ihrem Enkel denn?«

»Er ist jetzt stabil«, antwortete Elsbeth Hochleitner recht kurz angebunden.

»Und was fehlt ihm genau?«, hakte Lissie nach.

»Er hat ein gebrochenes Bein, ein paar Sehnen am rechten Knie sind gerissen. Eine Gehirnerschütterung hat er auch. Und die rechte Schulter ist ausgerenkt. Aber er wird wieder, Gott sei Dank«, sagte die Hochleitnerin tonlos. Dann hob die Frau den Kopf, offenbar war sie entschlossen, sich zusammenzunehmen. »Vielen Dank, Frau von Spiegel. Im Krankenhaus haben sie gesagt, dass Sie zu ihm runter sind, um Erste Hilfe zu leisten, und dann die Bergwacht geholt haben. Das werden Justus und ich Ihnen nicht vergessen.«

Der Dank klang höflich, aber nicht herzlich. Lissie merkte, dass die Frau große Mühe hatte, freundlich zu bleiben. Dass sie ihren Gast loswerden wollte, war offensichtlich. Aber so leicht gab Lissie nicht auf. Sie lächelte, dann sagte sie: »Das war doch selbstverständlich. Aber so ganz begreif ich die Sache immer noch nicht. Wie konnte Ihr Enkel überhaupt da abstürzen? Es war rutschig, das schon. Aber so steil war der Hang nicht, dass Justus seinen Fall nicht selbst nach ein paar Metern hätte stoppen können. Und außerdem hab ich seinen Hüftgürtel gefunden. Den muss er sich vor dem Unfall selbst vom Körper gerissen haben. Wie erklären Sie sich denn das Ganze?«

Mit einem unschuldigen Lächeln schaute sie die Frau an, die ihren Blick mittlerweile nicht mehr höflich, sondern unverhohlen feindselig erwiderte.

»Gar nicht. Ich hab keine Ahnung, wie das passiert sein kann. Das wird uns Justus vermutlich bald selbst erzählen. Jetzt ist für mich das Wichtigste, dass er wieder ganz gesund wird.«

»Kann ich ihn denn besuchen?«, wollte Lissie wissen.

»Nein, im Moment besser nicht. Er braucht seine Ruhe«, sagte die Hochleitnerin mit mühsam unterdrücktem Zorn in der Stimme.

Warum ist die bloß so wütend?, fragte sich Lissie. Die Frau verheimlichte etwas. Vielleicht kannte sie das Geheimnis – etwas, das auch der Junge nicht hätte sehen sollen. Hatte ihm der Mörder deshalb aufgelauert und ihn den Hang hinuntergestoßen? Vielleicht war sogar sie selbst, Lissie, dazwischengekommen, bevor er dem Kleinen den Rest geben konnte? Und jetzt hatte die Hochleitnerin bestimmt Angst, der Junge könnte noch in Gefahr sein!

Lissie merkte, dass sie Elsbeth Hochleitner unverwandt anstarrte. Lissie riss ihren Blick von der Frau los und sah sich in der großen Küche um. Auf dem Abtropfbrett der Küche stand ein seltsames Gestell. Es enthielt eine Ansammlung von Pinseln, Spateln und anderen merkwürdig geformten Gerätschaften, die vor sich hin trockneten. Lissie wandte sich wieder der Hochleitnerin zu und machte eine Kopfbewegung zur Spüle hin. »Malen Sie?«

Die Frau schaute auf ihre Hände. »Ich übernehme gelegentlich ein paar Restaurationsarbeiten. Kleine Heiligenbilder und Figuren aus den Pfarreien in Meran und so.« Elsbeth Hochleitner wies auf die Delfter Kacheln, die Lissie auch schon bewundert hatte. »Von denen habe ich viele selbst instand gesetzt. Als mein Vater sie kaufte, waren sie in ganz schlechtem Zustand, aber immer noch teuer genug.«

Elsbeth Hochleitner lehnte sich zurück und lächelte. Aber ihre Augen funkelten kalt dabei. Die Richtung, die das Gespräch nimmt, gefällt ihr sichtlich besser, dachte Lissie.

»Durch die Aufträge kann ich die Pension über Wasser halten.«

»Verstehe.« Langsam nickte Lissie. Elsbeth Hochleitner wollte anscheinend über alles andere lieber sprechen als über ihren Enkel.

»Möchten Sie vielleicht ein Glas Roten?«, bot die Frau ihr nun an.

Zu ihrer eigenen Verblüffung schüttelte Lissie den Kopf. »Nein, vielen Dank. Ich bin gleich noch verabredet. Und bei der Unterhaltung muss ich definitiv einen klaren Kopf behalten!«

»Aha, der italienische Commissario!«, lächelte die Hochleitnerin erneut, diesmal fast schon schelmisch.

»Die Kandidatin hat hundert Punkte«, grinste Lissie breit und erhob sich.

Während Lissie zur Haustür voranging, ließ sie wie beiläufig fallen: »Fast hätte ich's vergessen, Frau Hochleitner. Warum haben Sie eigentlich vorhin im Dunkeln gesessen und auf mein Läuten nicht aufgemacht?«

Als sie sich zu der Frau umdrehte, um ihr die Hand zu geben, merkte sie, dass Elsbeth Hochleitner dicht hinter ihr stand, die Augen weit aufgerissen, der Mund wie ein Strich.

»Gute Nacht, Frau von Spiegel. Und vielen Dank nochmals«, stieß die Frau hervor und schlug die Tür hinter ihr zu. Lissie konnte gerade noch ihren rechten Arm in Sicherheit bringen.

Gedankenverloren ging Lissie die kleine Treppe hinunter und durchquerte die Pforte. Sie schaute zurück zum Haus. Das Licht in der Küche erlosch. Irgendjemand bedrohte die Hochleitnerin. Lissie hatte deutlich gespürt, dass die Frau furchtbare Angst hatte. Warum sollte sie sich sonst mit einem Gewehr auf dem Schoß in ihrer Küche verbarrikadieren?

★★★

Die Schlange bewegte sich auf Pavarotti zu. Ihr schuppiger Leib glänzte giftgrün. Im Licht der Deckenstrahler sah es aus, als balanciere das Reptil eine rot phosphoreszierende Karaffe auf ihrem Kopf. Pavarotti zwinkerte, um die Vorstellung abzuschütteln. Wenn er nicht aufpasste, würden seine Mitmenschen in Kürze anfangen, hinter seinem Rücken zu tuscheln.

Er schielte zu dem tätowierten Muskelprotz im Unterhemd

hoch, der die Weinkaraffe und zwei Gläser mit einem Rums auf den Tisch knallte, sodass der Wein beinahe überschwappte. Einen kurzen Moment ragte der Typ noch drohend über ihm auf, dann drehte er sich um und walzte zurück zur Theke. Vermutlich war es der Inhaber selbst. Jemand anders hätte sich garantiert nicht getraut, in dem Outfit zu bedienen und mit seinem Gehabe die Gäste einzuschüchtern. Aber wenn man mal von diesem Gorilla absah, war der Schuppen hier nichts Weltbewegendes. Pavarotti verstand wirklich nicht, was Lissie am Malzcafé so faszinierend fand. Er merkte, dass sie ihn aufmerksam betrachtete.

»Du hast wieder mal diesen Gesichtsausdruck drauf, den ich nicht leiden kann. Irgendwie versteinert. Lächle doch einfach mal!«, forderte sie ihn auf und knuffte ihn.

Es tat weh. Vielleicht hatte er schon wieder etwas abgenommen. Pavarotti versuchte zu lächeln, damit sie endlich aufhörte, rumzumeckern. Lissies langer, dürrer Zeigefinger schoss auf ihn zu und stoppte nur einen Zentimeter vor seiner Brust.

»Jetzt hab ich's«, rief sie triumphierend. »Du siehst ganz genauso aus wie Robert De Niro als Pate. Wenn der den Mund verzieht wie du jetzt, dann weiß der Zuschauer ganz genau, dass irgendein armes Schwein in Kürze ins Gras beißen muss.« Lissie spitzte die Lippen. »Schwer zu beschreiben, dieses Lächeln. So eine eigenartige Mischung aus verkniffen, eiskalt und leicht irre.«

Pavarotti seufzte. »Vielen Dank für den schmeichelhaften Vergleich.«

Lissie knuffte ihn erneut. »Jetzt sei nicht so ein Trauerkloß. Lass uns doch mal unsere Ermittlungsergebnisse zusammentragen, damit wir wissen, wo wir stehen.«

Diese Bemerkung brachte Pavarottis Blut in Wallung. Das war wieder typisch. »Lissie, du hast überhaupt keine Ermittlungsergebnisse. In diesem Fall ermittle bloß ich!«

Lissie kicherte. »Na, da ist also doch noch Leben in diesen Ruinen. Dann nenn es halt Rechercheergebnisse oder so was. Ist doch egal. Außerdem sind es Fälle – Mehrzahl. Ich war eben im Hotel, die sind total durch den Wind wegen des alten Felderers«, erzählte Lissie. »Die Louisa war ganz schön fertig, weil du sie so feindselig ausgefragt hast. Ich war dann auch auf der Internetseite der ›Dolomiten‹, die berichten ausführlich über den Tod der beiden Felderers. Ich muss dir leider sagen, dass du nicht gut wegkommst. Die schreiben: War es Mord oder Selbstmord? Die Polizei tritt auf der Stelle. Du hättest dir den Alten eben früher vorknöpfen müssen, wie ich gesagt hab.«

Pavarotti hatte gewusst, dass sie sich die Spitze nicht würde verkneifen können. Er zuckte mit den Achseln. »Lass sie halt schreiben. Wir sind schon ein gutes Stück weiter, denn wir wissen mittlerweile definitiv, dass der alte Felderer auch ermordet worden ist.« Ihm kam zu Bewusstsein, dass sich Lissie neulich als Journalistin ausgegeben hatte. Wollte die jetzt wirklich so ein Schreiberling werden? »Das ist eine vertrauliche Information, verstanden?«

Lissie wedelte mit der Hand, als ob das sowieso klar wäre. Pavarotti nahm einen Schluck Bier und nickte bestätigend.

»Der Mann wurde aus mehreren Metern Entfernung erschossen. Bis auf dieses Detail war der Selbstmord ziemlich überzeugend inszeniert. Der Täter hat sogar die Hülse aufgeklaubt und an die richtige Stelle gelegt.« Er massierte sein Genick. »Die Tatwaffe war nicht registriert. Wir wissen nicht, ob sie Felderer gehört hat.«

»Bisherige Theorie tschüs«, sagte Lissie bloß.

»Ja, das trifft es ziemlich gut«, erwiderte Pavarotti. Die Deutsche war wirklich eine Schnelldenkerin. »Theoretisch kann Niedermeyer zwar nach wie vor für Karls Tod verantwortlich sein. Aber für den Mord am alten Felderer kommt er definitiv nicht in Frage, weil er immer noch in der geschlossenen Abteilung im LKH ist. Ich hab das nachgeprüft. Und ich kann einfach nicht glauben, dass in dem friedlichen Meran plötzlich zwei Mörder ihr Unwesen treiben sollen.«

Lissie schüttelte den Kopf. »Mir geht's genauso.« Sie überlegte kurz. »Wie kam der Mörder denn überhaupt in die Privaträume des Hotels?«

Pavarotti zuckte die Schultern. »Das ist es ja. Es gibt Codekarten, über die nur ein kleiner Kreis von Leuten verfügt.«

»Und?«

»Da sind ein paar Angestellte, zum Beispiel die Rezeptionistin. Aber warum sollte die den Seniorchef ermorden? Wir haben sie zur Sicherheit heute Morgen kriminaltechnisch überprüft. Keine Hinweise, dass sie vor Kurzem eine Waffe abgefeuert hatte.«

»Moment«, sagte Lissie. »Du hast mir doch erzählt, dass die neulich hinter diesen Italienern herspioniert hat, wahrscheinlich im Auftrag des Alten. Vielleicht lief da was zwischen den beiden, und die Süße hatte doch ein Motiv, das wir bloß noch nicht kennen.«

»Du meinst, dass die beiden ein Verhältnis hatten?«, fragte Pavarotti ungläubig.

»Blödsinn. Der alte Felderer war in der Hinsicht bestimmt schon scheintot. Außerdem war er ein ekliger Tattergreis. Aber vielleicht hatte er die Kleine mit irgendwas in der Hand. Mir kam sie immer ziemlich schüchtern vor. Die ist bestimmt keine zweite Lara Croft. Freiwillig hat das Mädel solche kleinen Spezialaufträge wie im Hotel Aurora sicher nicht übernommen!«

»Möglich.« Pavarotti strich sich mit der Hand über die Augen. »Theorien, Spekulationen, Ideen, wie es gewesen sein könnte. Darin sind wir ganz groß. Aber was Konkretes, das haben wir nicht. Heiße Luft, sonst nichts.« Dann blickte er auf. »Und es gibt ja noch die Verbindung zwischen diesem Mädel und deiner neuen Busenfreundin, der Louisa.«

»Verdächtigst du jetzt die Louisa?«, fragte Lissie.

Pavarotti zuckte bloß mit den Schultern. »An Tatmotiven fehlt es der bestimmt nicht. Wir haben Felderers Testamentverfügung überprüft. Louisa erbt das gesamte Vermögen ihres Mannes. Damit das Kind versorgt ist, steht im Testament. Der Vater sollte komplett leer ausgehen.« Pavarotti spitzte die Lippen. »Komisch, oder? Nicht einmal ein Legat, nichts. Aber wahrscheinlich hatte der Alte selbst genug. Und die Louisa auf der anderen Seite … Eine Stange Geld einnehmen und unerfreuliche Leute wie den eigenen Ehemann und Schwiegervater loswerden, das sind zwei ziemlich gute Mordmotive.«

Dann fiel ihm noch etwas ein. »Übrigens, die Louisa war der Grund, warum die Renzingerin gelogen hat. Gestern hat die Dicke bei mir angerufen. ›Ihr habt ja jetzt anscheinend den Richtigen‹, hat sie gesagt, mit einem zufriedenen Unterton. Offenbar denkt die, wir haben den Niedermeyer festgenagelt. Und dann kam raus, dass sie Karls Leiche nicht erst in der Früh, sondern schon um zwölf Uhr nachts beim Absperren gefunden hat.«

Lissie massierte ihre Schläfen, hinter denen es leicht pochte. »Und was hat das mit der Louisa zu tun?«

Pavarotti zuckte erneut die Schultern. »Was fragst du mich, warum die Hiesigen irgendwas machen? Die Renzingerin hat bloß noch gesagt: ›Ich hab geglaubt, der Louisa hilft's.‹ Dann hat sie aufgelegt.«

Lissie dachte einen Moment nach. »Ich weiß schon, warum. Die Renzingerin, die hat den Drang, sich vor alle Frauen zu stellen, so eine Art Urmutterinstinkt, weißt du.« Lissie grinste. »Ich hab gehört, die erteilt Lokalverbot für Männer, die Frauen ansprechen, und so.«

»Aha, und weiter?«

»Wahrscheinlich hat sie gewusst, dass die Louisa immer am Samstag bis kurz vor Mitternacht in der Sauna ist. Und da hat sie womöglich gedacht, sie hat für die kritische Zeit kein Alibi mehr. Aber wenn keiner weiß, dass er um Mitternacht ermordet worden ist, dann ist die Louisa vielleicht aus der Sache raus.« Lissie schüttelte den Kopf. »Von gerichtsmedizinischen Erkenntnissen versteht die Renzingerin bestimmt nichts.«

Pavarotti seufzte. »Und ich versteh nur, dass die Louisa noch nicht ganz aus dem Schneider ist, Alibi hin oder her. Kannst du mir morgen den Gefallen tun, über den wir gesprochen haben? Und in der Therme die Computeraufzeichnungen über die Zeiterfassung überprüfen? Das ist nichts für mich, die Saunabänke halten mein Gewicht nicht aus.«

Lissies Kopf ruckte hoch. »Na klar, super, ein Tag in der Sauna macht den Kopf frei.«

Pavarotti sah, dass Lissie ganz angetan war. Er schüttelte sich innerlich.

Einen Moment war es still am Tisch. Plötzlich krachte etwas aus ungefähr zwei Metern Höhe auf die Platte. Der Wirt hatte eine Schale mit schwarzen Oliven auf ihren Tisch geknallt und schlurfte von dannen, ohne ihre Reaktion abzuwarten. Lissie steckte sich eine in den Mund. »Hmmm, die sind gut.«

Dann nahm sie ihr drei Viertel volles Glas und kippte es in

einem Zug. Trank sie sich jetzt etwa Mut an? Bevor Pavarotti diese Aktion kommentieren konnte, erzählte Lissie weitschweifig von Justus' Unfall und schob dann schnell noch das anschließende Techtelmechtel mit der Hochleitnerin nach.

Entsetzt fragte Pavarotti: »Wie bitte? Du bist da eingestiegen?«
»Nein, nein, Quatsch, natürlich nicht. Die Tür war ja offen!«, versuchte Lissie abzuwiegeln.

»Hör auf mit deinen Haarspaltereien. Du kannst von Glück sagen, dass du überhaupt noch lebst! Niemand hätte es der Hochleitnerin verdenken können, wenn sie auf dich geschossen hätte! Du hast dich wie ein ganz gewöhnlicher Einbrecher verhalten!«

Lissie fixierte angelegentlich ein scheußliches Gemälde, das direkt über Pavarottis Kopf hing. Er folgte ihrem Blick. Es zeigte einen Kopf im Profil, dessen obere Schädelhälfte nach hinten aufgeklappt war. Das Gehirn leuchtete in einem kränklichen Grüngelb und sah wie schimmeliger Haferbrei aus.

Schließlich sagte sie in aggressivem Tonfall: »Willst du jetzt hören, was ich zu berichten habe, oder kommt's dir bloß darauf an, mich runterzumachen? Ist dir das wichtiger als der Fall selbst, ja?«

Pavarotti verdrehte nur die Augen und sagte ironisch: »Na, das wird ja was Weltbewegendes sein. Diese hirnverbrannte Aktion hättest du dir sparen können. Ich logiere in der Pension, schon vergessen? Wenn es da etwas zu erfahren gäbe, dann wüsste ich's:«

»Nichts wüsstest du, gar nichts! Du hast überhaupt keine Antennen dafür, was in anderen vor sich geht! Wo andere ein Gefühlsleben haben, steckt bei dir ein Stück Holz!« Lissies Augen sprühten. »Ich hab die Nase voll, du nervst, und Meran sowieso, mach deinen Mist doch allein weiter. Ich fahr heim, dass du's nur weißt!« Und sie nahm gleich noch einen kräftigen Schluck, offenbar um ihre Wut runterzuspülen.

Betroffen schwieg Pavarotti. Dann sagte er: »Übetreib doch nicht immer so. Gefühle werden häufig überschätzt, finde ich. Es ist schon oft etwas Ungutes dabei herausgekommen, wenn zu viel davon im Spiel ist. Und deswegen halte ich mich an die Fakten und versuche, die Emotionen aus den Fällen rauszuhalten. So ist das.«

Lissie schaute ihn groß an, dann konterte sie mit bebender Stimme: »Was für ein Blödsinn! Was willst du überhaupt bei der Polizei, wenn's dich gar nicht interessiert, warum Menschen bestimmte Dinge tun und was sie dabei fühlen? Worum geht's in deinem Job noch gleich? Doch nicht nur um irgendwelche Fakten!«

Pavarotti fühlte einen schmerzhaften Stich. Trotzdem griff er nach Lissies Hand. Er hielt kurz inne, dann sagte er: »Du musst wissen, mein Vater war auch so einer, der es mit den Gefühlen hatte. Was der nicht alles im Leib hatte. Ehrgefühle, Gerechtigkeitsgefühle, Ekelgefühle und Schamgefühle. Wenn eine seiner zahlreichen Gefühlsknospen verletzt oder angeregt wurde, dann waren meistens wir Kinder die Ursache. Und dann setzte es in der Regel eine Tracht Prügel. Das hat dann auch seinem Überlegenheitsgefühl wieder enorm gut getan. Deswegen hab ich's wahrscheinlich nicht so mit den Gefühlen.« Pavarotti zog seinen Stuhl zurück und stand auf. »Und jetzt brauch ich meinen Schönheitsschlaf. Wir reden morgen weiter. Gute Nacht.«

ZEHN

Dienstag, 10. Mai

Lissie schaffte es nur mit Mühe, aus dem Bett zu kriechen. Teilnahmslos registrierte sie, dass sie, Lissie die Maschine, die sonst permanent im hohen Drehzahlbereich lief, in den vergangenen Tagen mehr und mehr zum Stillstand gekommen war. So, als ob jemand einige kleine, aber wichtige Teile in ihrem Räderwerk vertauscht hätte, sodass jetzt partout nichts mehr ineinandergriff. Lissie, eine Powerfrau? Lachhaft. Sie kam sich vor wie eine jämmerliche Kopie ihrer selbst.

An diesem Morgen waren auch noch ihre Beine wie Blei. Dieser Gesamtzustand nervte langsam. Lissie ließ die Hose auf den Boden rutschen und schleppte sich ins Bad. Ihr Anblick in dem überdimensionalen Spiegel, der in dem Badezimmer der Suite eine ganze Wand einnahm, war nicht dazu angetan, ihre Stimmung zu heben. Um die Taille herum sah sie irgendwie aufgeschwemmt aus. Konnte es sein, dass ihr linker Busen über Nacht um einen halben Zentimeter nach unten gesackt war?

Die Atmosphäre in diesem Provinzkaff war offenbar für Körper und Geist hochgiftig, und sie hatte das weder kommen sehen noch rechtzeitig gemerkt. Permanent lauerte ihr Vater hinter irgendeiner Ecke, ihre komischen Anfälle waren wieder da, und Pavarotti entwickelte sich zu einer echten Nervensäge. Gestern Abend, als Lissie erschöpft in der Badewanne lag, war sie fest entschlossen gewesen, heimzufahren. Und sei es nur, um dem Typen eins auszuwischen, der den Fall garantiert nicht ohne sie lösen würde. Aber jetzt war sie nicht mehr so sicher, dass es das war, was sie wollte. Auf der anderen Seite würde es ihr zu Hause bestimmt schnell besser gehen, und sie hätte endlich wieder ihre Ruhe.

Schluss mit dem Hin und Her. Lissie zwang sich, die morgendliche Routine in Gang zu bringen und merkte, dass es half, sich auf den vor ihr liegenden Tag zu konzentrieren. Egal, ob sie abreiste oder nicht – sie hatte Pavarotti versprochen, noch die Zeiterfassung in der Therme Meran zu checken. Pavarotti hatte irgendwas von einem ausgeklügelten Plan gesagt, mit dessen Hilfe Louisa ihr Alibi gefälscht haben könnte. Louisa und was Kompliziertes? So ein Quatsch. Aber die Idee mit der Therme war trotzdem ganz und gar nicht schlecht. Vielleicht hatte sich in den Zellen an ihrer Taille ja bloß ein bisschen Wasser angesammelt. Ein paar Saunagänge konnten als Urlaubsabschluss auf keinen Fall schaden.

Lissie wühlte im Schrank. Verflixt. Sie hatte keinen Föhn dabei. An den Besuch einer Therme hatte sie zu Hause beim Packen nicht gedacht. Aber sie hatte ja sowieso vorgehabt, in dem Elektrogeschäft in der Galileistraße ein wenig Geld zu lassen, sozusagen als Hommage an die paar altmodischen Läden, die es in Meran noch gab.

Ohne viel Appetit verzehrte sie ihre Frühstückssemmel, dann ging sie noch einmal nach oben. Ihren proppenvollen und nach Geräuchertem stinkenden Rucksack, den sie auf dem Balkon ausgelagert hatte, bedachte sie mit einem scheelen Blick. Kurzentschlossen packte sie den Hotelbademantel und die Frotteeschlappen in eine Plastiktüte und griff nach ihrer Aigner-Handtasche. Damit fühlte sie sich schon fast wie in Frankfurt. Willkommen in der Zivilisation. Als sie die Lobby durchquerte, schaute sie auf die Uhr. Erst kurz nach neun. Lissie zögerte und machte an der Rezeption halt.

»Eine Frage«, sagte sie zu der jungen Frau, die vor ihrem Computer saß und etwas abwesend wirkte. »Sie kennen sich doch bestimmt in den Geschäften hier gut aus. Meinen Sie, ob das kleine Elektrogeschäft in der Galileistraße um diese Zeit schon offen hat?«

Die Angesprochene fuhr hoch und fixierte Lissie. »Wieso wollen Sie das wissen?«

Lissie runzelte die Stirn. Was hatte das diese Frau anzugehen? »Weil ich einen museumsreifen Fernseher kaufen will, was denn sonst!«, gab sie schnippisch zurück und marschierte in Richtung Ausgangstür. Bevor sie die Tür aufstieß, drehte sie sich noch einmal um, weil ihr ihre schroffe Bemerkung schon wieder leidtat. »Na, bloß einen Föhn halt, ist ja nicht so ungewöhnlich im Urlaub.« Aus dem Augenwinkel sah sie noch, wie die Frau ihr hinterherstarrte.

★★★

Die Ladentür des kleinen Elektrogeschäfts Aschenbrenner war nur angelehnt. Lissie öffnete die Tür und spähte hinein. Vom Inhaber oder einem Verkäufer war nichts zu sehen oder zu hören. Plötzlich überkam Lissie wieder dieses komische Gefühl, wie am Vorabend bei der Hochleitnerin, als sie sich unerlaubt Zutritt zu deren Haus verschafft hatte. Aufregend. Der Laden erschien ihr unheimlich still. Sie bekam eine Gänsehaut.

Bewusst kräftig schloss Lissie die Tür hinter sich, dass es nur so schepperte. Danach lauschte sie wieder. Immer noch kein Mucks.

Sie verscheuchte ihr mulmiges Gefühl. Jetzt war sie schon mal hier. Ein paar Minuten Wartezeit schadeten ja nichts. Lissie begann, zwischen den vorsintflutlichen TV-Modellen umherzuspazieren. Nur ein einziger moderner Flachbildschirm war da, und nicht einmal den hatte man als Blickfang für die Kunden richtig in Position gebracht.

Ihr Blick wanderte von einer alten Registrierkasse auf dem Resopaltresen zu einem Ensemble aus Stempelhalter und Stempelkissen, das wohl schon lange niemand mehr benutzt hatte. Der Rechnungsblock daneben bot ebenfalls keinen professionellen Anblick, sondern wellte sich ungeniert. Das oberste Blatt zierten Kaffeeflecken. Lissie drehte sich zur Tür um. Sie hatten keinen Bedarf an einem vorsintflutlichen Föhn. Sie wollte gerade gehen, da fiel ihr Blick auf ein kleines gerahmtes Foto an der Wand hinter dem Verkaufstisch. Es war das einzige im ganzen Laden, und es war klar, dass die Aufnahme für den Ladeninhaber etwas Besonderes darstellte.

Lissies Aufmerksamkeit war geweckt. Verstohlen sah sie sich um, bevor sie hinter den Verkaufstisch trat. Sie nahm die Aufnahme von der Wand – und erstarrte. Es handelte sich um das Foto mit den drei Jungs aus dem Zeitungsarchiv der »Dolomiten«.

Zwei davon posierten für die Kamera, als ob nur dieser Moment zählte. Jeder hatte den Arm um die Schultern seines Nachbarn gelegt. Zwei der Jungen kannte Lissie bereits. In der Mitte stand breitbeinig und arrogant Emil Felderer. Der Linke, das war tatsächlich Luis Loipfertinger. Sie hatte recht gehabt. Auch auf dieser Aufnahme fiel ihm eine Haarsträhne in die Stirn. Und dann dieses Lachen. Unbeschwerte Lebensfreude, die Unbesiegbarkeit der Jugend. In Cowboy-Manier hatte er einen Daumen in seinen Gürtel eingehakt, vielleicht um den machohaften Emil Felderer ein bisschen auf die Schippe zu nehmen. Der dritte Junge auf dem Foto war kleiner, aber nicht einfach bloß gut aussehend wie die anderen beiden. Nur die Andeutung eines Lächelns lag auf den fein gemeißelten, geradezu klassischen Gesichtszügen. Dunkle Augen unter Wimpern, die für einen Mann ungewöhnlich lang und seidig waren, schauten in die Kamera, melancholisch, als ahnten sie, dass Schlimmes bevorstand.

»Was machen Sie da?« Eine scharfe Stimme ließ Lissie herumfahren. Als sie sah, wer da plötzlich in der Eingangstür stand, wollte sie schon freudig lächeln, denn sie erkannte in dem Mann den geschichtlich sattelfesten Peter wieder, ihre Bekanntschaft aus der Stadtbücherei.

Doch dann gefror ihr das Lächeln auf den Lippen. Ihr Blick flackerte zwischen dem Foto und dem Mann hin und her, und einen Moment lang glaubte sie, eine gealterte, verbitterte Ausgabe des dritten Jungen auf dem Foto vor sich zu sehen. Aber das konnte nicht sein, dafür war Peter – es musste sich um den Ladenbesitzer handeln – viel zu jung. Lissie erkannte plötzlich, dass auch er früher sehr gut ausgesehen haben musste. Doch jetzt spannte sich die Haut gerötet und ausgelaugt über den Backenknochen. Tief eingekerbte Linien säumten seine Mundwinkel.

In Lissie stieg eine Ahnung hoch, wen Emil Felderer an die italienischen Behörden verraten hatte, nachdem er mit Luis Loipfertinger fertig gewesen war.

»Das ist Ihr Vater dort auf dem Foto, richtig? Wurde der auch von Emil Felderer verraten, genauso wie der Luis Loipfertinger?«, entfuhr es ihr.

»Ja, das war mein Vater! Er ist tot«, stieß Peter Aschenbrenner hervor. »Bestialisch gequält und ermordet von diesen italienischen Henkersknechten. Ich habe ihn geliebt. Ich war erst elf Jahre alt, als sie ihn umgebracht haben!«

Die Augen von Peter Aschenbrenner glühten. »Sein bester Freund hat's getan, Emil, dieses Schwein. Für Geld hat er ihn verkauft, und unsere Sach gleich mit.«

In Lissies Magen bildete sich ein Kloß, der schnell wuchs. So, wie der Mann aussah und redete, war der bestimmt nicht mehr normal.

»Viele wollen heute vergessen, was damals passiert ist. Ich hab nie vergessen und denk jeden Tag daran. Die Schuld muss bezahlt werden!«, geiferte Peter Aschenbrenner.

»Sie waren es, Sie haben den Alten erschossen!«, rief Lissie und bereute es sofort. Was machte sie da? Der Mann war nicht nur irre, der war gefährlich. Lissie wich einen Schritt zurück. Konnte man mit dem überhaupt noch vernünftig reden? Sie musste es versuchen.

»Am besten stellen Sie sich, dann wird es bestimmt besser für Sie ausgehen. Commissario Pavarotti findet es ja sowieso heraus«, sagte sie, merkte aber sofort, wie wenig überzeugend sie klang.

»Commissario Pavarotti, der Ahnungslose«, höhnte Aschenbrenner. »Der findet gar nichts raus. Ich red sowieso nicht mit der italienischen Polizei. Ich red nicht mit Henkersknechten und Söhnen von Henkersknechten. Glauben Sie, ich weiß nicht, welche Rolle der alte Pavarotti damals gespielt hat?«

Lissie ging auf, dass Aschenbrenner in dieser Angelegenheit keinen Unterschied zwischen den Generationen machte. Wahrscheinlich hatte er in seinem überbordenden Hass angefangen, alle auszumerzen, die von der Familie Felderer noch übrig waren. Den Sohn und dann den Vater.

Bevor Lissie reagieren konnte, hatte Aschenbrenner die Ladentür abgesperrt. »Sehr unklug von Ihnen, allein herzukommen. Vielleicht sind Sie doch nicht so schlau, wie Sie glauben.« Er griff in die Jackentasche und hielt plötzlich eine Pistole in seinen zarten Händen. »Kirchrather hat mir erzählt, dass Sie Ihre dürre deutsche Nase in unsere Sachen stecken«, sagte Aschenbrenner mit einem unangenehmen Lächeln. »Ich hab mir schon gedacht, dass Sie sich von seinem Manöver nicht davon abbringen lassen, weiter herumzuschnüffeln. Na, das haben Sie jetzt davon.«

Währenddessen war Aschenbrenner hinter den Tresen getreten und hatte das Bild wieder an seinen Platz zurückgehängt. Die Pistole hielt er weiter auf Lissie gerichtet. »Umdrehen!«

Lissie blieb nichts anderes übrig, als der Aufforderung Folge zu leisten. Die Waffe schmerzhaft im Kreuz, stolperte sie in eine kleine, fensterlose Kammer.

»Das Licht lasse ich Ihnen an, dann können Sie Ihre Bildung

vervollständigen. Sie werden allerdings nicht mehr lange etwas davon haben«, kicherte Aschenbrenner und drehte den Schlüssel im Schloss um.

Als Lissie den Raum in Augenschein nahm, musste sie würgen. Sie gratulierte sich, dass sie auf ein ausgedehntes Frühstück verzichtet hatte. Eine Wand der Rumpelkammer wurde fast vollständig von einer Großaufnahme in einem schwarzen Holzrahmen eingenommen. Auf dem Linoleumboden darunter waren die Wachsreste von mehreren Dutzend Kerzenstummeln ineinander verschmolzen. Die stark vergrößerte Fotografie wirkte umso grauenerregender, weil Lissie vor ein paar Minuten in das lebende, makellose Gesicht geblickt hatte. Von der einstigen Schönheit war nichts mehr geblieben. Die Folter hatte das Gesicht zerstört.

Vielleicht hatten sich die italienischen Carabinieri ja gerade wegen der fast überirdischen Schönheit des Jungen derart an ihm ausgetobt. Ein Mann mit einem Engelsgesicht galt damals wohl auch in Italien als verkappter Homosexueller und dürfte bei den italienischen Capos ein willkommenes Ziel für die Entladung ihrer Aggressionen gewesen sein.

Stirn und Wangen des Jungen waren voller tiefer Brandwunden; vermutlich hatten die Peiniger genüsslich ihre Zigaretten darauf ausgedrückt. Die Lippen waren geschwollen und schorfig, teilweise noch blutig, vermutlich durch die letzten Schläge vor dem Tod.

Lissie erinnerte sich, dass es Widerstandskämpfer gegeben hatte, die bei den Folterungen an Herzversagen gestorben waren. Martin Turmoser war so einer gewesen, der Vater des Mädchens, das sich bei seiner Verhaftung an sein Bein geklammert hatte. Vielleicht hatte auch Aschenbrenners Vater dieses Schicksal erlitten. Lissie musste daran denken, dass es Luis Loipfertinger mit seinem schnellen Tod am Eisjöchl besser getroffen hatte. Sie schloss die Augen, um ihre Tränen zurückzuhalten. Dafür war jetzt wirklich keine Zeit.

Eine Wand hatte Aschenbrenner dem Verräter seines Vaters reserviert. Hier hatte ihm ein Foto nicht gereicht. Aufgenommen bei Vereinssitzungen des VEMEL, bei Festlichkeiten, Hochzeiten, beim Kirchgang, war hier der lebende Emil Felderer allgegenwärtig. Soweit man das »lebend« nennen konnte. Denn mit einem dicken roten Filzstift hatte Aschenbrenner seinen Todfeind auf jedem Foto vom Leben zum Tode befördert. Die Fotos waren brutal verunstaltet, teils mit Schnitten durch den Hals, teils durch eine Schlinge um Felderers Kopf, die von einem imaginären Balken hing. Und schließlich hatte der rote Filzer wütende Löcher ins Papier gestanzt. Löcher in die Stirn des Alten, die fast den ganzen Kopf einnahmen und aus denen überdimensionale Blutstropfen quollen. Die Todesart, die Emil Felderer schließlich ereilt hatte.

Lissie grauste es. Was für ein Kaleidoskop der Seele eines Wahnsinnigen. Denn dass Aschenbrenner irgendwann in den vergangenen Jahren die Grenze von einem normalen, verständlichen Hass auf seinen Feind zum Wahn überschritten hatte, daran war angesichts dieser Schreckenskammer nicht zu zweifeln. Anscheinend hatte Aschenbrenner seinen Hass über Jahrzehnte genährt. Dann hatte er ihn offenbar nicht einmal mehr durch solche Malereien kanalisieren und kontrollieren können.

Sie zwang sich, ruhig zu atmen. Jetzt kam es drauf an, die Eindrücke dieser abstoßenden Galerie abzuschütteln. Sie musste schnellstens hier raus. Wer wusste schon, was dieser Verrückte vorhatte.

Lissie rüttelte an der Türklinke. Nichts zu machen. Da roch sie den Rauch. Lieber Himmel, dieser Wahnsinnige hatte sein Geschäft angezündet! In Panik trommelte sie gegen die Wände. Natürlich völlig zwecklos. Kein Geräusch gab irgendwelche Hinweise auf einen Hohlraum oder Geheimgang, was hatte sie denn erwartet. Lissie schrie minutenlang, aber ohne wirkliche Hoffnung. Die Wände in diesen alten Häusern waren dick, sie konnte nur hoffen, dass der Rauch rechtzeitig bemerkt wurde.

Verzweifelt ließ sie sich auf den Boden sinken. Mittlerweile war sie sich sicher, dass das hier ihr Ende war. Niemand würde rechtzeitig kommen, um sie zu retten. Im richtigen Leben passierte so etwas einfach nicht.

Immer mehr Rauch drang unter der Tür durch in den Raum, sie musste husten und rang verzweifelt nach Luft. Da fiel ihr ein, dass sie ihr Mobiltelefon dabeihatte. So schnell sie es in ihrem schon benommenen Zustand schaffte, kroch Lissie in die Mitte der Kammer, wo ihre Handtasche auf dem Boden lag, und leerte sie aus. Mit tränenden Augen versuchte sie die Icons auf dem Display zu entziffern. Das Gerät war – halleluja! – ausnahmsweise einmal aufgeladen und hatte sogar einigermaßen Empfang.

Mit zitternden Fingern wollte sie Pavarottis Mobilnummer wählen, doch ihr Gedächtnis streikte. Wie wild scrollte sich Lissie durch das Handymenü, ziellos, sie konnte inzwischen keinen klaren Gedanken mehr fassen. Nur noch mit Mühe bekam sie Luft. Ihre Todesangst wuchs. Plötzlich war von draußen ein infernalisches Krachen zu hören. Vermutlich ein morscher Deckenbalken, der nach unten gekracht war und dabei die Fernseherkollektion zur Strecke gebracht hatte. Das Feuer würde bald auch ins Hinterzimmer vordringen. Lissie hoffte inständig, dass sie zu diesem Zeitpunkt nicht mehr bei Bewusstsein sein würde.

Denk nach, Lissie. Mit fast übermenschlicher Kraft zwang sie sich, ihre Panik auszublenden, damit ihr Verstand wieder funktionierte. Gewählte Nummern. Sie hatte doch erst gestern Pavarotti und die Polizei mit dem Handy angewählt, die Nummern müssten noch abrufbar sein. Schon fast nicht mehr bei Bewusstsein, scrollte sie zur letzten gewählten Nummer im Telefonspeicher, drückte auf OK und betete, jemand möge abnehmen.

Ihre Atmung ging stoßweise. Der Rauch hatte sich mittlerweile in dem gesamten Raum ausgebreitet. Ihr blieben nur noch ein paar Minuten. Eigentlich war es schon nicht mehr wichtig. Sie merkte, wie ihre Widerstandskraft schwächer wurde.

Sie hustete und keuchte, kurz davor, das Bewusstsein zu verlieren, da quakte eine Männerstimme in ihr Ohr. »Emmenegger, Polizei Meran.«

»Beim Aschenbrenner brennt's«, brachte Lissie noch heraus. Dann fiel sie in Ohnmacht. Sie hörte nicht, dass sich die Tür öffnete und jemand in den Raum stolperte. Sie spürte auch nicht mehr, wie sie an ihrem linken Fuß durch den von herabgestürzten Holzbohlen verwüsteten Laden gezerrt wurde, mitten durch die Flammen, die auf dem Linoleum züngelten, bis sie schließlich im Freien lag. Wie ein angesengtes und löchriges Altkleiderbündel, das man auf die Straße geworfen hatte.

★★★

»Was stinkt denn da so verbrannt?« Statt in sein Büro zu gehen, bog Pavarotti vom Flur in den Einsatzraum ab, aus dem der Brandgeruch zu kommen schien. Er marschierte auf das große Fenster an der Schmalseite des Raums zu, das weit offen stand. Vor einer Stunde hatte er es aufgerissen, damit Emmeneggers Knoblauchatem nach draußen abziehen konnte.

Pavarotti lehnte sich hinaus. Linker Hand, auf der Galileistraße in Richtung Bahnhof, sah er aus einem der Häuser dunklen Rauch aufsteigen. Unten auf dem Kornplatz waren Leute stehen geblieben und blickten in Richtung Galileistraße. Ein junger Mann im Anzug, offensichtlich ein Bürohengst, schaute nach oben, entdeckte Pavarotti und fing an, wild zu gestikulieren.

Wahrscheinlich war die Feuerwehr bereits alarmiert. Trotzdem, man konnte nie wissen. Pavarotti war gerade im Begriff, Emmenegger Order zu geben, den Brand zu melden, da merkte er, dass der bereits mit dem Telefonhörer in der Hand am Schreibtisch stand.

»Commissario, das war komisch eben. Eine Frau hat angerufen. Sie hat nur gesagt: ›Beim Aschenbrenner brennt's.‹ Das war's. Sie hat aber gar nicht aufgelegt. Hören Sie sich das mal an!«

Emmenegger hielt Pavarotti den Hörer ans Ohr. Er vernahm ein Krachen, dann ein Knistern. Und dann polterte es noch einmal.

Plötzlich wurde Pavarotti klar, was das war.

»Scheiße, verfluchte!«, schrie er. »Die Frau, die da angerufen hat, die ist in dem brennenden Haus drin! Kommen Sie!«

Pavarotti packte den widerstrebenden Emmenegger am Ärmel und zog ihn zur Treppe. Irgendwie schaffte er es trotz seiner Fettleibigkeit, zwei Stufen gleichzeitig zu nehmen. Als sie draußen auf der Straße ankamen, hörte Pavarotti das Martinshorn. Die Sirene wurde immer lauter. Die Feuerwehr musste jede Sekunde um die Ecke biegen. Trotzdem setzte sich Pavarotti in Bewegung. Zuerst lief er, immer schneller. Dann rannte er.

★★★

Blaues Licht. Überall war blaues Licht. Es huschte über ihr Gesicht, drang zwischen ihren Wimpern in ihre Augen vor und kitzelte sie in der Nase. Es war fast so intensiv wie Sonnenstrahlen, aber kalt.

Sie hörte laute Geräusche. Eigentlich war es sogar ein infernalischer Lärm, der in ihrem Kopf widerhallte. Schrille Stimmen, viele hastige Schritte, Metall auf Metall, immer wieder lautes Rauschen. Sie war aber zu benommen, um darüber nachzudenken. Schrecklich müde. Lissie versuchte sich zu bewegen, aber es gelang ihr nicht. Sie war doch nicht etwa tot, oder doch? Aber dann passierte etwas mit ihr. Sie merkte, dass sie sich ruckelnd von der Stelle bewegte. Wieder kitzelte sie das Licht in der Nase. Widerstrebend schlug sie die Augen auf und blickte in Pavarottis Gesicht.

Lissie versuchte zu lächeln, gab es aber auf, weil ihre Lippen zu sehr brannten, wenn sie sie auseinanderzog. Sie schloss die Augen wieder und fühlte, wie Pavarotti ihre Hand drückte. Auch das tat höllisch weh, und sie stieß einen hohen Schmerzlaut aus. Sofort ließ er ihre Hand los. Sie spürte, dass sie hochgehoben wurde, und dass Pavarotti ihr eine Haarsträhne aus dem Gesicht strich.

»Alles ist gut. Schlaf jetzt. Du kommst wieder ganz in Ordnung, glaub mir.«

Was wahrscheinlich gelogen war. Durch den Nebel in Lissies Kopf irrlichterten Wort- und Satzfetzen. Sie wusste nicht, warum sie sich plötzlich an einen Satz erinnerte, den mal ein Kreter gesagt hatte: Alle Kreter sind Lügner. Ob das auch für Italiener galt? Aber da war doch irgendwas mit einem Paradoxon gewesen. Bevor ihr einfiel, was es damit auf sich hatte, wurde sie wieder bewusstlos.

★★★

Pavarotti trat widerstrebend zurück, als die Sanitäter die Trage in den Wagen schoben und die Hecktüren zuschlugen. Während er dem sich entfernenden Krankenwagen hinterherschaute, stieg eine Welle von Wut und Schuldgefühlen in ihm hoch und schlug über ihm zusammen. Unwillkürlich ballte er die Fäuste. Dass Lissie fast gestorben wäre und nun mit Rauchvergiftung und Verbrennungen an den Armen auf dem Weg in die Notaufnahme des Unfallkrankenhauses Bozen war, daran trug er eine beträchtliche Mitschuld.

Pavarotti schloss die Augen. Ihm wurde schwindlig, und er hatte einen sauren Geschmack im Mund, als ob er sich gerade übergeben hätte. Was hatte er sich nur dabei gedacht, eine Privatperson zu seiner Gehilfin zu machen und sie einer solchen Gefahr auszusetzen? Es war doch unvermeidlich gewesen, dass es sich in einem Kaff wie Meran in Windeseile herumsprach, wenn irgendjemand neugierige Fragen stellte. Er musste sich eingestehen, dass er Lissie spätestens dann aus dem Spiel hätte nehmen müssen, als er merkte, dass sie keine Antenne für gefährliche Situationen hatte und das Wort »Vorsicht« in ihrem Wortschatz überhaupt nicht vorkam.

Die Hände tief in den Manteltaschen vergraben, drehte Pavarotti sich um und ging auf eines der beiden Löschfahrzeuge zu. Es blieb ihm nichts anderes übrig, als das beklemmende Gefühl in seiner Brust zu ignorieren, damit er seine Arbeit machen konnte.

Die Feuerwehrleute hatten den Brand mittlerweile unter Kontrolle. Das Wichtigste war gewesen, zu verhindern, dass sich das Feuer auf die angrenzenden Häuser ausbreitete. Vorsichtshalber waren die beiden Nachbarhäuser evakuiert worden. Die Bewohner standen geschockt auf der Straße und starrten auf das rauchende Gerippe des ehemaligen Elektrogeschäfts.

Ein Feuerwehrmann, der die Wasserzufuhr am Löschwagen regulierte, fing den Blick Pavarottis auf und zuckte die Achseln. Das Haus war nicht mehr zu retten gewesen. Die alten, morschen Holzbalken hatten offenbar gebrannt wie Zunder. Die Erleichterung, dass oberhalb des Brandherds bloß ein Speicher war und keine Wohnung, in der noch Menschen sein konnten, war den Gesichtern der Helfer deutlich anzusehen.

Pavarotti seufzte. Er fragte sich, ob der Brand tatsächlich mit seinem Fall in Verbindung stand oder ob Lissie durch Zufall in etwas ganz anderes hineingeraten war. Es gab kaum Zweifel, dass es sich um Brandstiftung handelte. Die Feuerwehr war im ehemaligen Verkaufsraum auf drei verkohlte Plastik-Benzinkanister gestoßen. Natürlich würde sich der Brandexperte der Spurensicherung die Brandstelle vornehmen, aber das war in Pavarottis Augen reine Formsache. Versicherungsbetrug? Das Geschäft hatte sicher kaum noch etwas eingebracht, mutmaßte Pavarotti. Vom Ladenbesitzer war weit und breit nichts zu sehen.

Er zog ein Taschentuch aus der Hosentasche und hielt es sich vor sein Gesicht, aber der Gestank drang durch den Zellstoff. Über der ganzen Straße hing ein widerlicher Geruch aus verkohltem Elektroschrott und verbrannten Plastikteilen. Den Nachbarhäusern war zwar nichts passiert, aber der Geruch würde sich noch ziemlich lange in den Wohnungen halten. Und würde die Bewohner noch eine ganze Weile an den Schrecken erinnern, den sie an diesem Tag bekommen hatten.

Pavarotti öffnete die Tür zum ersten Löschfahrzeug und schaffte es mit einiger Mühe, sich auf den Fahrersitz zu schwingen. Auf dem Beifahrersitz kauerte eine junge Frau. Sie hatte die Beine an den Körper gezogen, zitterte trotz der Decke, in die sie gewickelt war, und verbreitete einen penetranten Geruch nach Rauch. Trotz der Ruß- und Tränenspuren auf ihrem blassen Gesicht erkannte Pavarotti sie sofort.

»Geht es Ihnen so weit gut, dass ich Sie etwas fragen kann?«, sagte er sanft. Als sie nur nickte und ihn wortlos anschaute, wurde ihm auf einmal klar, dass sie Angst hatte. Diese Erkenntnis wunderte Pavarotti, denn die Gefahr war ja vorüber, und dank der Tapferkeit dieser jungen Frau, die Lissie in letzter Minute aus dem brennenden Haus gezogen hatte, war das Schlimmste abgewendet worden. Wahrscheinlich der Schock.

»Sie arbeiten als Empfangsdame im Hotel Felderer in den Lauben, nicht? Helfen Sie meinem Gedächtnis doch bitte auf die Sprünge«, begann Pavarotti. »Wie heißen Sie?«

»Matern. Viola Matern«, flüsterte die junge Frau.

Pavarotti nickte. Er zog seine Jacke aus und legte sie ihr um, über die nassen Haare und auf die Decke, die offenkundig nicht ausreichend wärmte.

»Das eben haben Sie toll gemacht«, sagte er vorsichtig. Er wollte die Frau möglichst nicht daran erinnern, dass sie durch ihre Rettungsaktion fast zu Tode gekommen war. Bei beiden Frauen hatten die Kleider Feuer gefangen, und es war nur der geistesgegenwärtigen Aktion eines Nachbarn, der die Schreie von Viola Matern gehört und aus seinem Fenster im ersten Stock ein paar Kübel Wasser auf die Frauen geschüttet hatte, zu verdanken gewesen, dass die beiden nicht verbrannten.

»Haben Sie eine Idee, wer das Feuer gelegt hat?«

Viola Matern schaute ihn groß an, sagte aber nichts. Pavarotti merkte, dass ihr Gesicht nicht vom Löschwasser nass war, sondern vom Weinen.

»Woher haben Sie denn gewusst, dass noch jemand in dem brennenden Haus war?«, fasste er nach.

Die Matern schluchzte einmal kurz auf, hob dann eine rußverschmierte Faust und rieb sich damit die Tränen aus den Augen. Nun sah ihr Gesicht aus wie das eines Pandabären, beide Augen zierten schwarze Ränder. Pavarotti konnte nicht anders, er musste grinsen, ließ es aber gleich wieder bleiben, als er den verzweifelten Gesichtsausdruck der Frau sah. Hier stimmte etwas nicht. Es war kein Zufall gewesen, dass die Frau gerade noch rechtzeitig in diesem Laden aufgetaucht war, das spürte er. Obwohl ihn sein Bauchgefühl häufig im Stich ließ, glaubte er, sich dieses Mal auf seinen Instinkt verlassen zu können.

Pavarotti holte Luft, um erneut nachzubohren, tat es dann aber doch nicht. Wenn Lissie jetzt an seiner Stelle wäre, würde sie der Frau zeigen, dass sie mit ihr fühlte, und sich gleichzeitig ganz behutsam weiter vortasten, so viel wusste er inzwischen. Die Frau wollte ihre Geschichte wahrscheinlich sowieso loswerden, er musste nur ein wenig Geduld haben. Wenn er sie bedrängte, würde sie sich bloß abkapseln.

»Lassen Sie sich Zeit«, sagte er deshalb so ruhig wie möglich.

»Ich hätt besser auf ihn aufpassen sollen«, kam es schließlich leise. »Ich bin schuld, ich ganz allein, der Vater ist ja krank im Kopf.«

Plötzlich verstand Pavarotti. »Elektro Aschenbrenner. Ihrem Vater gehört das Geschäft, nicht?«

Viola Matern nickte und wischte sich erneut über die Augen, die mittlerweile vom Weinen und dem verschmierten Ruß rot und entzündet aussahen.

Pavarotti bemerkte, dass ihre Wimpern fast völlig versengt waren, was ihrem Gesicht ein verletzliches Aussehen verlieh und es gleichzeitig auf eigenartige Weise geschlechtslos machte. Die Frau stieß einen jammernden Seufzer aus, und dann brach die Geschichte aus ihr heraus, wie ein Sturzbach, alles auf einmal, als ob es ihr jetzt nicht schnell genug gehen könnte. Der Commissario hatte Mühe, ihrem durch Schluchzer unterbrochenen Wortschwall zu folgen. Was er sich schließlich zusammenreimen konnte, lief auf einen zunehmenden, am Ende krankhaften Hass von Violas Vaters auf Emil Felderer hinaus.

Viola Matern berichtete, ihr Vater habe im letzten Jahr von nichts anderem gesprochen als davon, dass Felderer in der Hölle schmoren und für seine Sünden büßen werde. »Für was für welche, weiß ich nicht genau«, bekannte die junge Frau stockend. »Irgendwas mit meinem Großvater, an dessen Tod der alte Felderer angeblich schuld gewesen sein soll. Vor ein paar Jahren, als mit ihm noch vernünftig zu reden war, hab ich nicht zugehört. Wenn er mit seinen alten Geschichten kam, hab ich auf Durchzug geschaltet.« Resigniert zuckte sie die Schultern. »Mit Anfang zwanzig hatt ich was anderes im Kopf und war eh bloß zum Schlafen daheim.« Sie senkte den Kopf und schaute auf ihre mit Mullbinden umwickelten Unterarme. »Und irgendwann war nichts Gescheites mehr aus ihm herauszubringen. Er hat nur noch unverständliches Zeug gebrummelt und Drohungen gegen Felderer ausgestoßen.«

Obwohl er wusste, dass er sie damit wahrscheinlich brüskierte, konnte Pavarotti sich jetzt nicht mehr zurückhalten. »Frau Matern, spätestens dann muss Ihnen doch klar gewesen sein, dass Ihr Vater krank war, dass er möglicherweise sogar eine Gefahr darstellte. Warum haben Sie denn nichts unternommen?«

Viola Matern schwieg einen kurzen Moment. Dann schaute sie ihn trotzig an. Ihre Augen glänzten jetzt wie dunkelgraue Kiesel am Strand, die das Meerwasser nass gemacht hatte, bevor es sich wieder zurückzog.

»Was hätt ich denn schon tun können? Zu einem Psychiater hätte ich ihn nicht gekriegt. Nie und nimmer. Und sonst?« Sie zuckte wieder die Schultern und zupfte an der feuchten Decke, aus der ein Geruch von nassem Hund aufstieg und unangenehm in Pavarottis Nase kitzelte. »Hätt ich ihn melden sollen? Den eigenen Vater? Oder ihn vielleicht sogar einweisen lassen?«

»Weiß ich nicht«, antwortete Pavarotti. »Aber auf jeden Fall hätten Sie was tun müssen.«

Er verlor langsam die Geduld mit ihr. Anfangs hatte er sie wegen ihrer Courage bewundert, aber mittlerweile stieß ihn ihre Selbstgerechtigkeit ab. Die Frau hatte neben einer tickenden

Zeitbombe hergelebt und nichts unternommen. Und zwar nicht, weil sie ihren Vater beschützen wollte, das kaufte er ihr nicht ab, sondern weil es für sie am bequemsten gewesen war, einfach wegzuschauen.

»Was ist heute passiert? Warum sind Sie zu ihm ins Geschäft?«, fragte er mit zunehmender Schärfe in der Stimme.

Viola Matern warf ihm einen harten Blick aus ihren Kieselaugen zu, der ihm zeigte, dass er sie richtig einschätzte. »Die blöde Kuh, die bei uns im Hotel wohnt, wollte zu Vater in den Laden, angeblich um einen Föhn zu kaufen«, bequemte sie sich schließlich zu einer Auskunft. »Ich hab aber genau gewusst, dass die bloß schnüffeln wollte.«

»Aha, und woher wussten Sie das?«

»Ich hab gehört, dass einer der VEMEL-Oberen das dem Vater gesteckt hat. Der saß bei ihm zu Haus auf der Couch, und ich war in der Küche. Die Durchreiche war aber offen.« Die Matern verzog das Gesicht zu einem unangenehmen Lächeln. »Der hat gesagt, dass eine Deutsche wegen der alten Geschichten rumfragt und dass der Vater den Mund halten soll, weil sonst alles in die Zeitung kommt.«

Ohne Übergang schlüpfte sie wieder in die Rolle des zerrupften Mädels. »Und weil die doch eine Journalistin ist, dachte ich, jetzt will sie den Vater ausfragen. Ich wollte nicht, dass er sich aufregt und ihr irgendwas Irres erzählt, was nachher in der Zeitung steht. Und alle wissen dann, dass er nicht mehr ganz richtig ist.« Sie strich mit den Fingerspitzen vorsichtig über den Mullverband. »Da bin ich ihr nach, sobald ich aus dem Hotel wegkonnte.«

Pavarotti war sicher, dass das gelogen war. Es hörte sich einfach nicht richtig an. Er holte sein Handy heraus, um die Fahndung nach Peter Aschenbrenner einzuleiten, und stemmte sich vom Sitz hoch. »Haben Sie eine Vermutung, wo Ihr Vater jetzt sein könnte?« Dabei fixierte er die Frau scharf.

Viola Matern wich seinem Blick aus und schaute vom Armaturenbrett zum Lenkrad und wieder zurück, als sei von dort eine Antwort zu erwarten. Dann hob sie die Schultern. »Sein Auto steht nicht da, wo es sonst steht, wenn er im Laden ist. Und vor unserm Haus ist es auch nicht. Ich hab eine Nachbarin angerufen, bevor ich los bin, weil ich gehofft hab, dass er daheim geblieben ist. Ihm war nicht gut heut Morgen.« Sie schwieg. Pavarotti hätte sie schütteln können.

»Wahrscheinlich fährt er wieder stundenlang in der Gegend rum und verbraucht sinnlos Benzin, das macht er ganz oft«, sagte sie dann noch in das Klingeln von Pavarottis Telefon hinein.

Er drückte auf »Empfang«, meldete sich und hörte eine Minute schweigend zu. Dann klappte er das Gerät zusammen und sagte, bereits im Aussteigen: »Die Suche hat sich erledigt. Ihr Vater ist gefunden worden. Ich muss Ihnen leider sagen, dass er tot ist.«

Er schaute ihr prüfend ins Gesicht, ob sie erleichtert wirkte, aber ihre Augen gaben keine Empfindung preis.

»Er hat sich anscheinend mit dem Wagen in den großen Steinbruch bei Terlan gestürzt.«

Sie starrte ihn weiter an, ohne etwas zu sagen.

Als Pavarotti schon auf der Straße stand, fiel ihm noch etwas ein. »Warum heißen Sie eigentlich Matern mit Nachnamen und nicht Aschenbrenner?«

»Weil mein Vater meine Mutter nie geheiratet hat«, kam die wütende Antwort aus der Fahrzeugkabine. »Wir haben ihm nicht gereicht. Andauernd hat er was mit anderen Frauen angefangen, mit denen, die Geld hatten. Hat wohl gehofft, dass ihn eine von denen nimmt. Er sah ja ganz gut aus früher, wenn man den Fotos glaubt.« Dann lachte sie gehässig. »Aber ihn hat nie eine von denen genommen. Er kam immer wieder zu uns zurück, wie ein falscher Fünfziger. Mutter und ich waren die Lückenbüßer. Bis er die Nächste gefunden hat.«

Sie hielt kurz inne und setzte leiser nach: »Die Scheinheiligkeit der Leut war das Schlimmste. Für Mutter war's ein Spießrutenlaufen, solange sie gelebt hat. Hat aber nicht lang gedauert.«

Pavarotti nickte und schloss behutsam die Fahrzeugtür. Er machte sich auf eine lange Nacht im Steinbruch gefasst, aber das war ihm egal. Es sah aus, als ob in diesen vertrackten Fall endlich Bewegung gekommen war.

★★★

Pavarotti stand am Rand der Ausschachtung und spähte in die Tiefe. Was sich unter ihm ausbreitete, war kein richtiger Steinbruch, sondern eigentlich nur eine Kiesgrube. Die Grube war nicht besonders tief, höchstens fünf, sechs Meter. Aber das reichte offenbar, um sich mit dem Auto den Hals zu brechen, wenn man es darauf anlegte. Man brauchte bloß den Wagen auf dem Waldweg, der auf die Grube zuführte, ordentlich auf Touren zu bringen, mit hoher Geschwindigkeit über den Rand zu schießen und eine harte Landung und einen Überschlag hinzulegen, der darin kulminierte, dass man mit dem Dach auf den Boden knallte. Jedenfalls war es nach Ansicht von Arnold Kohlgruber so passiert.

Pavarotti neigte dazu, Kohlgruber diesmal recht zu geben. Hier handelte es sich nicht um Fremdverschulden. Die Reifenspuren und die Geschichte, die Pavarotti aus Aschenbrenners Tochter herausgeholt hatte, warfen ein ziemlich klares Licht auf den Hergang.

Der schlammbespritzte Volvo lag auf dem Dach in einer großen Wasserpfütze, die sich nach den Regengüssen auf dem Boden der Senke gebildet hatte. Das Kennzeichen des Wagens stimmte mit dem von Aschenbrenners Volvo überein. Emmenegger hatte bereits bei der Kfz-Stelle angerufen.

Das einzig Positive an diesem Abend war, dass es ausnahmsweise mal nicht regnete. Trotzdem hatte Pavarotti keine Lust, in die Grube hinunterzuklettern. Er hielt es außerdem für zu gefährlich bei seinem Körpergewicht. Zwar führte ein halbwegs befestigter Schotterweg nach unten, aber auch der war mittlerweile aufgeweicht und schlammig. Ein falscher Schritt würde genügen, um die ganze Chose ins Rutschen zu bringen.

Die Spusi hatte ein halbes Dutzend Strahler an den Rändern der Senke in Stellung gebracht. Pavarotti hoffte, dass Kohlgrubers Team wenigstens so viel Vorsicht hatte walten lassen, die Geräte sicher im Untergrund zu verankern. Er sah förmlich vor sich, wie einer der schweren Strahler umkippte, in die Grube fiel und dem Unglückswagen mitsamt Aschenbrenners Leiche den Rest gab. Was wäre das für eine fette Schlagzeile in den »Dolomiten«! Pavarotti entfuhr ein Stöhnen, als er an den Medienzirkus dachte. Bisher hatte die örtliche Presse kritisch, aber in gemäßigtem Ton über die Todesfälle berichtet. Wahrscheinlich hatte der Verleger der

»Dolomiten«, von dem alle wussten, dass er ein guter Bekannter der Felderer-Familie war, einer blutrünstigen Berichterstattung den Riegel vorgeschoben. Aber jetzt, nach der dritten Leiche, würde die Pressemeute nicht mehr zu bremsen sein. Außerdem würden die »Dolomiten« wesentlich massiver als bisher Aufklärung durch die Polizei fordern. Schließlich hatte die Frühjahrssaison gerade angefangen.

Aufklärung, das können sie haben, dachte Pavarotti. Die Presse wird sich wundern. Und dann vielleicht sogar eine Beförderung, oder wenigstens eine Versetzung nach Mailand? Nie mehr Meran ... Einen Moment lang gab sich Pavarotti seinem Tagtraum hin, dann verscheuchte er ihn.

Kohlgruber tauchte auf dem Weg auf und bewältigte den letzten Höhenmeter mit einem Ächzer. Er stellte sich neben ihn und zündete sich eine Zigarette an. Pavarotti rümpfte die Nase und wollte schon eine bissige Bemerkung loslassen. Doch als er den leeren, nach innen gerichteten Gesichtsausdruck Kohlgrubers sah, mit dem der nach unten starrte, schloss er den Mund wieder. Kohlgrubers Augen verfolgten die Bewegungen seiner Mitarbeiter. Trotzdem machte er auf Pavarotti nicht den Eindruck, als würde er wirklich wahrnehmen, was sein Team da unten tat.

Die drei Spusi-Leute bewegten Käscher im Regenwasser hin und her, auf der Suche nach Gegenständen, die aus dem Wagen gefallen waren und jetzt irgendwo im Schlamm steckten. Am Tag darauf würde das Grubenwasser zwar sowieso abgepumpt werden, aber Pavarotti hatte keine Lust gehabt, so lange zu warten. In ihm verstärkte sich das Gefühl, dass sich die Ereignisse beschleunigten. Sicher, wenn der Tote da unten ein Doppelmörder war, dann war keine Eile mehr notwendig. Noch war allerdings nichts bewiesen.

Lichtreflexe blitzten auf, als sich die Wasseroberfläche kräuselte. Die Fahrertür des Volvos stand weit offen. Der Oberkörper des Toten hing aus der Türöffnung. Er lag mit dem Gesicht nach unten im Wasser. Pavarotti hatte den Eindruck, dass sich der Körper durch den auffrischenden Wind leicht hin- und herbewegte, doch das konnte auch eine optische Täuschung sein.

Das einzig Markante, das Pavarotti aus seiner derzeitigen Position ausmachen konnte, waren kurze silberne Haarsträhnen, in denen sich das Licht der Strahler verfing. Aber auch aus der Nähe hätte Pavarotti den Toten nicht identifizieren können. Er hatte den Mann nicht gekannt. Er wandte sich wieder zu Kohlgruber, der ganz gegen seine sonstige Natur immer noch schweigend neben ihm stand. »Ist er das überhaupt?«

Kohlgruber nickte langsam. »Ja, das ist er schon, der Peter.« Dann verfiel er wieder in Schweigen.

»Ist was mit dir?«, entfuhr es Pavarotti, ohne nachzudenken. Danach hätte er den Ausruf am liebsten dahin zurückgeschoben, wo er hergekommen war. Natürlich war was mit ihm. Pavarotti hatte einen Moment lang vergessen, dass Kohlgruber gebürtiger Meraner war, dessen Familie seit Generationen hier ansässig war. Kohlgruber gehörte zur gleichen Generation wie Aschenbrenner. Vermutlich hatte er den Toten gut gekannt. Meran war ja schließlich keine Großstadt.

Außerdem, bei den Älteren war es in ihrer Kindheit oft nicht gerade lustig hergegangen. Die Väter im Knast, auf der Flucht, Aufenthaltsort unbekannt, oder sogar tot, und die Mütter schwankten zwischen tagelangem Heulen, Trotz und einer bitterbösen Tapferkeit. Die damals gemeinsam erlebten harten Zeiten schweißten zusammen. War Kohlgrubers Vater nicht auch im Widerstand gewesen?

Er wollte Kohlgruber gerade beschwichtigend eine Hand auf den Arm legen, da funkelte der ihn an. »Keine Zärtlichkeiten bitt'schön, es is nix.«

Pavarottis Hand zuckte zurück, und er krümmte sich innerlich. Er hätte es wissen müssen. Da war es wieder, das große »Betreten verboten«-Schild für ihn als Italiener. Pavarotti konnte nicht anders, er fühlte sich verletzt. Jetzt hatte ihn also sogar Kohlgruber abblitzen lassen, den er insgeheim für mehr als einen Arbeitskollegen gehalten hatte.

Pavarotti räusperte sich, um wieder zur Sachebene zurückzukommen, was ihm nicht leichtfiel. Doch bevor er zum Sprechen ansetzen konnte, erschien einer von Kohlgrubers Leuten am Rand der Senke und hielt eine schmale Alubox in der Hand. Er keuchte, anscheinend hatte er den Anstieg im Laufschritt bewältigt.

»Haben wir im Wasser direkt neben dem Wagen gefunden«,

erklärte er schwer atmend. »Wahrscheinlich beim Aufprall rausgefallen.« Auf Kohlgrubers fragenden Blick schüttelte er den Kopf. »Nein, keine Fingerabdrücke. Also, es sind schon welche drauf gewesen, aber die sind durch das Wasser jetzt für uns unbrauchbar.« Kohlgruber nickte und reichte den Behälter wortlos an Pavarotti weiter. Bevor der ihn nahm, streifte er sich ganz automatisch Latexhandschuhe über, obwohl es nach dem, was der Spusi-Mann eben gesagt hatte, eigentlich überflüssig war. Als Pavarotti die Box untersuchte, merkte er, dass sie aufgebrochen worden war. Der Schnappverschluss war zerkratzt und verbogen. Anscheinend hatte sich die Spurensicherung nicht lange mit handwerklichen Feinheiten aufgehalten.

»Die Sach ist ja so was von klar. Er wollte wohl, dass wir den Inhalt finden. Hatte wahrscheinlich Angst, dass der Wagen Feuer fängt, Alu ist ja einigermaßen feuerfest«, kam es grummelnd von links. Pavarotti wurde leichter ums Herz. Kohlgruber schien wieder halbwegs der Alte zu sein.

Er klappte die beiden Hälften der Box auseinander. Drin war ein Plastikbeutel mit Zippverschluss, wie man ihn beim Fliegen für Flüssigkeiten im Handgepäck benutzt. Pavarotti fasste in den Beutel und zog ein Bündel Seiten aus kariertem Papier heraus, die mit einer gestochen scharfen Handschrift mit vielen Ober- und Unterlängen beschrieben waren.

»Ich setz mich ins Auto zum Lesen. Hier ist's mir zu dunkel«, verkündete er. Das stimmte, aber vor allem wollte er den Inhalt erst einmal allein verarbeiten.

Kohlgruber nickte und wies mit dem Kinn auf den Plastikbeutel. »Sein Geständnis, wirst schon sehen«, sagte er leise. »Ein feiger Hund war er nicht, der Peter. Auch wenn er ein aufgeblasener Angeber war, schon als Knirps. Dabei waren die Aschenbrenners überhaupt nix. Mit seinem Vater hat er's immer ganz besonders gehabt, was aus dem Besonderes geworden wär, wenn ihn nicht die Italiener abgemurkst hätten.« Er streifte Pavarotti mit einem scheelen Blick. »Mal war's ein berühmter Schauspieler, der ganz bestimmt nach Hollywood gegangen wäre, so eine Art James Dean aus Südtirol.« Kohlgruber lachte humorlos auf. »Ein ander's Mal war's dann wieder ein berühmter Rock-'n'-Roll-Star. Ob der überhaupt hat singen können …« Kohlgruber zuckte die Schultern und begann, wieder auf die Szenerie in der Senke hinunterzustarren.

★★★

Im Licht der funzeligen Deckenleuchte seines 75er Alfa, den er als Dienstwagen von seinem Vorgänger übernommen hatte, faltete Pavarotti die Blätter auseinander und begann zu lesen.

Eingangs schwafelte der Schreiber über den angeblich ungesunden Nationalstolz der BAS-Leute, die ihn in ihrer Runde nie akzeptiert hätten. Der Text schwankte zwischen Selbstmitleid und Zynismus. Von Peter Aschenbrenner konnte der Brief schon rein zeitlich nicht stammen. Der war in den Sechzigern höchstens ein kleiner Bub gewesen, falls er zu der Zeit überhaupt schon geboren war. Pavarotti zog das letzte Blatt hervor, das eine steile und mit vielen Schlaufen überladene Unterschrift zierte – Emil Felderer.

Pavarotti schüttelte ungläubig den Kopf. Kohlgruber hatte in Felderers Arbeitszimmer doch tatsächlich richtiggelegen. Felderer hatte wirklich einen Abschiedsbrief geschrieben. Den Aschenbrenner an sich genommen und aufgehoben hatte.

Plötzlich begann Pavarotti vor Aufregung zu schwitzen, trotz der Kühle im Wagen, dessen Heizung noch nie richtig funktioniert hatte. Er fuhr sich über die Stirn, um die Schweißtropfen aufzufangen. Als er wieder nach dem Papier griff und merkte, dass die Tinte an der Stelle verlief, an der er es angefasst hatte, wischte er seine Hand an der Hose ab.

Felderer senior war ein Stück Dreck gewesen. Er hatte den Verrat an seinen Landsleuten zum Geschäftsprinzip gemacht. Die ganze Geschichte von dem angestammten, über die Jahre aufgebauten Familienvermögen der alten Meraner Sippe war erstunken und erlogen. Seine Eltern, so schrieb der Alte in weinerlichem Ton, waren Pachtbauern bei Terlan gewesen, nicht bettelarm, aber weit davon entfernt, vermögend zu sein. Wahrscheinlich hatten sich die beiden Jahr für Jahr die Lire vom Mund abgespart, um ihren Sohn nach Bozen zum Studieren zu schicken. In der besseren

Gesellschaft hatten sie natürlich überhaupt keine Rolle gespielt, zum Missvergnügen ihres geltungssüchtigen Sprösslings.

Passagen in verständnisheischendem, jämmerlichen Ton wechselten sich mit großspurigen Bemerkungen ab, in denen sich Felderer über die Leichtgläubigkeit seiner Mitmenschen mokierte. Das Ganze war krank, und Pavarotti musste sich zwingen, das Geschreibsel nicht einfach zu einer Papierkugel zusammenzuknüllen und aus dem Autofenster zu werfen.

Selbstzufrieden ließ sich Felderer über ein Stipendium einer staatlichen Literaturakademie aus, nachdem er anscheinend schon vor der Reifeprüfung den Akademiepreis für die beste Kurzgeschichte in italienischer Sprache gewonnen hatte. Irgendwann vollführte Felderer dann eine Drehung um hundertachtzig Grad und begann neben seinem Studium als freier Journalist für den Lokalteil der »Dolomiten« zu arbeiten. Felderer schrieb, dass er den Vater des derzeitigen Verlegers dazu gebracht hatte, ihn zu fördern. Pavarotti las unangenehm berührt, wie Felderer sich brüstete, den Mann um den Finger gewickelt zu haben, um in dessen Windschatten zu mehr Geltung zu kommen und die richtigen Leute kennenzulernen. Dem Verleger, der ein glühender Anhänger der Südtiroler Autonomiebestrebungen war, hatte Felderer vorgemacht, ebenfalls damit zu sympathisieren – mit dem Effekt, dass ihn sein begeisterter Gönner in die BAS-Szene einführte. Und damit hatte alles angefangen.

Pavarotti schüttelte den Kopf. Der Zeitungsmann hatte sich nach allen Regeln der Kunst aufs Glatteis führen lassen. Wie kam es, dass er diesem jungen Eisklotz seine angebliche Begeisterung für Südtirol abgenommen hatte? Der Junge war ein gefühlskalter Blender gewesen. Wahrscheinlich hatte er rotzfrech probiert, aus ein paar angelesenen geschichtlichen Brocken das Optimum herauszuholen, und war damit durchgekommen. Hatte Felderer überhaupt eine Zeile für die Politikseiten geschrieben? Bestimmt nicht, denn da wären seine mangelnden Kenntnisse schnell aufgeflogen. Vermutlich hatte er sich tunlichst von den Politikredakteuren ferngehalten.

Pavarotti fiel ein, dass Lissie vor ein paar Tagen im Archiv der »Dolomiten« nach Hinweisen auf Emil Felderers Vergangenheit gesucht hatte. Anscheinend nicht gründlich genug. Den Autorenkatalog der Zeitung hatte sie offenbar nicht durchwühlt, sonst wäre sie auf den Autor Felderer gestoßen. Einen Moment lang musste Pavarotti grinsen. Schade, dass Lissie nicht hier war. Er hätte gerne ihr Gesicht gesehen, als sie erkannte, welchen kapitalen Bock sie geschossen hatte. Dann wurde er wieder ernst. Vermutlich waren diese alten Zeitungsjahrgänge überhaupt nicht digitalisiert. Und wenn schon. Dass Felderer damals für die Zeitung geschrieben hatte, bedeutete ja zunächst einmal nichts. Viel aufschlussreicher war der Preisträger Emil Felderer, dessen finanzielle Unterstützung durch den italienischen Staat damals ihren Anfang genommen hatte. Als der Widerstand sich formierte und reihenweise Bomben hochgingen, war der italienische Geheimdienst auf den ehemaligen Stipendiaten aufmerksam geworden, der gerne italienisches Geld nahm und in der BAS-Szene ein und aus ging. Besonderer Überredungskünste hatte es wohl nicht bedurft, um Felderer für Spitzeldienste anzuwerben.

Pavarotti wandte die Seiten um. Die Lektüre deprimierte ihn, aber er zwang sich, Felderers Bericht zu Ende zu lesen. Er erfuhr, dass Felderer für seinen Reporterjob oft in Südtirol unterwegs war und sich dadurch als Verbindungsmann zwischen verschiedenen Einheiten anbot. Denn der BAS war alles andere als straff organisiert gewesen, und viele Zellen hatten nur in loser Verbindung zueinander gestanden. Felderer mokierte sich, dass die »saudummen Burschen«, wie er sie nannte, gar nicht merkten, dass er sie einen nach dem anderen den italienischen Behörden auf dem Silbertablett servierte. Mehr als ein Dutzend Männer wurden auf der Flucht verhaftet, nachdem Felderer seinem Kontaktmann in Mailand ihren Aufenthaltsort durchgegeben hatte. Zwei davon waren ihm eine besondere Erwähnung wert. Bei Luis Loipfertinger, der auf der Flucht erschossen wurde, langte es zu einem achselzuckenden Kommentar, dass er halt hätte stehen bleiben sollen. Er habe es ihm noch am Tag vorher eingeschärft, für den Fall, dass er auffliegen solle. Aber der Depp habe nur gelacht.

Der andere Tote, sein bester Freund Hans Aschenbrenner, hatte ihn anfangs wohl wirklich bekümmert. Es sei nicht geplant gewesen, dass er sterben solle, schrieb Felderer in weinerlichem Ton. Hans habe viele Verbindungsleute im BAS persönlich gekannt, deren Namen für die italienische Polizei extrem wichtig gewesen seien. Er habe nicht anders können. Man habe ihm aber versprochen, dass Hans freikomme, wenn er die BAS-Leute nenne. Doch der dumme Mensch habe partout nichts verraten wollen. Pavarotti hielt einen Moment inne und rieb sich mit zwei Fingern über die Nasenwurzel. Er war unfähig, die Gefühle einzuordnen, die auf ihn einstürmten. Spürte er schlicht Wut, weil da einer eiskalt seine Freunde verkaufte und am Ende ihnen die Schuld an ihrem Tod zuschob, weil sie außerhalb seiner eigenen niederen Maßstäbe gehandelt hatten? Oder war es Fassungslosigkeit angesichts dieser Tragikomödie, in der einer, der selbst von der Obrigkeit benutzt wurde, allen Ernstes geglaubt hatte, in diesem absurden Theater noch Regie führen zu können? Pavarotti nahm das vorletzte Blatt in die Hand. Hans Aschenbrenner hatte seinen Freund offenbar schon monatelang verdächtigt und ihm eine Falle gestellt. Als Köder hatte sich Hans selbst angeboten. Er teilte seinem Freund Emil in einem Brief mit, dass er einen neuen Unterschlupf habe, in einem Viehstall unterhalb der Mutspitze. Aschenbrenner schrieb, dass er nur ihm, seinem besten Freund Emil, traue, und er solle ihm doch Brot und Speck bringen, damit er es für ein paar Wochen dort oben aushalten könne. Ohne zu zögern hatte Felderer daraufhin die Carabinieri in Marsch gesetzt.

An dieser Stelle des Briefs änderte sich der Ton des Schreibens vollkommen. Emil Felderer lamentierte nicht mehr, sondern spuckte Gift und Galle, weil sein Kumpel Hans anscheinend die Frechheit besessen hatte, ihn hereinlegen zu wollen.

Pavarotti ging auf, dass das Felderer erst viel später klar geworden war. Vor fünfzig Jahren hatte er noch nicht gewusst, dass er unwahrscheinliches Glück gehabt hatte. Aschenbrenner hatte den Brief offenbar in Kopie auch einem österreichischen Verbindungsmann geschickt mit der Aufforderung, ihn nach seiner Verhaftung der BAS-Führung auszuhändigen. Allerdings war das nicht passiert, weil sich der Depp bei der Einreise nach Italien an der Grenze hatte verhaften lassen, wie Felderer höhnisch vermerkte. Erst viele Jahre später hatte Aschenbrenners Sohn Peter den Brief von der Witwe des Mannes erhalten. Jetzt hatte Peter Aschenbrenner endlich eine Handhabe, um seine Hass- und Rachegelüste zu befriedigen.

Pavarotti atmete tief auf. Hans Aschenbrenner hatte für seinen Mut, einen Verräter zu entlarven, einen hohen Preis gezahlt. Am Ende war alles umsonst gewesen. Pavarotti faltete das Schreiben zusammen. Er hatte für Märtyrer nicht viel übrig. Seiner Meinung nach waren viele Fanatiker darunter, die keinen Respekt vor dem Leben hatten und sich in der Regel um die Konsequenzen ihrer Handlungen nicht scherten.

Was Hans Aschenbrenner mit seinem Leben anfing, war seine Sache, geschenkt. Ob sein Sohn Peter es schaffen würde, den Hass der vorangegangenen Generation abzuschütteln, oder ob ihn die emotionale Bürde zu einem gestörten Menschen machen würde, daran hatte Hans Aschenbrenner wohl keinen Gedanken verschwendet.

Was auf der letzten Briefseite stand, überraschte Pavarotti nicht mehr. Peter Aschenbrenner hatte das Schreiben seines Vaters dazu benutzt, Emil Felderer systematisch zu vernichten. Er hatte den Alten regelrecht ausgepresst. Aus Angst vor der Schande war dem alten Felderer am Ende, als er kein Bargeld mehr auftreiben konnte, nichts übrig geblieben, als einen Schuldschein nach dem anderen auszustellen. Der angebliche Reichtum der Felderers war schließlich nur noch Makulatur gewesen.

Pavarotti faltete die Zettel zusammen. Es war vorbei. Der Fall lag jetzt klar. Als nichts Materielles mehr zu holen war, hatte Peter Aschenbrenner Felderers Sohn erschlagen und ihm damit das einzig Wertvolle genommen, das der Alte noch hatte. Danach war nur noch Emil Felderer selbst übrig geblieben. Wahrscheinlich wollte Aschenbrenner ihm noch nicht einmal mehr die Chance lassen, selbst Schluss zu machen. Am Ende hatte die Rache alles Menschliche ausgelöscht.

Pavarotti startete den Motor. Er wollte nur noch in die Pension und ins Bett. Doch als er in die Verdistraße einbog, wurde ihm klar, dass an Schlaf nicht zu denken war. Er parkte den Wagen und schaute auf die Uhr. Halb elf. Die Renzingerin würde noch aufhaben. Er fand, das Lokal passte jetzt. Er schlug den Weg in Richtung Lauben ein.

ELF

Mittwoch, 11. Mai

Wie grässlich diese Salbe juckte, die diese betuliche Schwester gerade auf ihre Unterarme aufgetragen hatte. Lissie fand, dass ihre Verbände, obwohl sie gerade erneuert worden waren, definitiv keinen formschöneren Eindruck als vorher machten. Mühsam setzte sie sich im Bett auf. Sie hatte es satt, dass dieser Weißkittel so einschüchternd über ihr aufragte und auf sie hinunterlächelte.

»Ruhen Sie sich doch wenigstens heute noch bei uns aus, Frau von Spiegel«, sagte der Arzt begütigend. »Ich möchte Sie gerne bis morgen dabehalten. Ihre Rauchvergiftung ist zum Glück harmlos, aber wir müssen sicher sein, dass sich die Wunden nicht entzünden. Mit der Verbrennung am Fuß sollten Sie heute eh noch nicht in einen Schuh.« Er pausierte kurz. »Morgen brauchen wir dann sowieso Ihr Bett wieder. Ihre Verbrennungen sind oberflächlich, die können ambulant weiterbehandelt werden.«

Lissie nickte wortlos. Sie hatte sowieso nicht vorgehabt, noch länger in diesem nach Desinfektionsmittel stinkenden Krankenhaus zu bleiben. Ohne mich, dachte sie.

»Aber mit Schlappen kann ich doch ein bisschen rumlaufen, zum Shop und in den Hof?«, fragte sie scheinheilig.

»Aber natürlich, Frau von Spiegel«, lächelte der Arzt. »Aber erst am Nachmittag, und keine Gewaltmärsche durch den Garten. Ihr Körper braucht Ruhe. Das gilt im Übrigen auch für die nächsten Wochen!«

Erneut nickte Lissie brav. Doch als der Arzt mit der Schwester hinausging, schickte er einen skeptischen Blick zu ihr zurück. Lissie zog die Decke zum Kinn. Er hatte sie durchschaut.

★★★

Kaum hatte sich die Tür hinter den beiden geschlossen, schwang Lissie die Beine aus dem Bett. Sie spürte schon die ganze Zeit einen fauligen Geschmack im Mund. Höchste Eisenbahn, dass sie sich die Zähne putzte. Aber vorher musste sie irgendwo Zahnpasta auftreiben. Und zum Lesen hatte sie auch nichts. Wie auch, ihr Aufenthalt hier war ja nicht geplant gewesen. Lissie wurde plötzlich klar, wie knapp sie davongekommen war. Dann grinste sie. Sie war eben nicht totzukriegen, sieben Leben, wie eine Katze. Wie viele davon hatte sie eigentlich noch? Dann schob sie den unerwünschten Gedanken von sich. Mal sehen, was der Shop im Erdgeschoss zu bieten hatte. Zuvorkommenderweise hatte ihr die redselige Schwester, die das Frühstück gebracht hatte, erzählt, dass es so etwas hier im Haus gab.

Lissie hüllte sich in den dünnen Leinenmorgenmantel und schaute vorsichtig aus der Zimmertür in den Flur hinaus. Die Schwestern teilten gerade Mittagessen an die Patienten aus. Aber der Essenswagen war noch ganz hinten, am anderen Ende des Flurs. Bis Lissies Essen kam, würde sie längst wieder zurück sein. Von den Ärzten war jetzt bestimmt nichts zu befürchten. Die saßen wahrscheinlich alle in der Krankenhauskantine und stopften Wiener Schnitzel oder Speckknödel in sich hinein.

So schnell sie trotz der Schmerzen im Fuß konnte, humpelte sie in den Aufzug und fuhr ins Erdgeschoss. Sie sah, dass der Shop über Mittag geöffnet hatte, Gott sei Dank. Die Bedienung saß hinter dem Tresen und las den »Corriere della Sera«. Sie schaute noch nicht einmal hoch, als Lissie im Schlafanzug an ihr vorbeimarschierte, auf die Regalständer mit den Kosmetika zu. Auch büchermäßig waren die hier gar nicht schlecht sortiert. Lissie griff sich Zahnpasta und den neuesten Martha Grimes in Englisch. Sie war fremdsprachlich ein wenig eingerostet in den letzten Wochen, da konnte ein englischer Krimi nichts schaden. Als sie sich das Buch unter den Arm klemmte, bemerkte sie auf einem Regalbrett weiter unten eine stattliche Anzahl von Comicheftchen und Jugendbüchern. Sogar richtige Klassiker waren dabei. Wie lange war es eigentlich her, dass sie »David Copperfield« gelesen hatte?

Sie starrte auf die Bücher, und plötzlich fiel ihr ein, dass Justus Hochleitner auch hier im Krankenhaus liegen musste. Sein Unfall war ja erst gestern passiert. Das war doch die Gelegenheit, an den Kleinen ranzukommen! Lissie grinste hinterhältig. Da hatte ihr unfreiwilliger Krankenhausaufenthalt am Ende doch noch sein Gutes.

Als sie die Regale durchstöberte, um dem Jungen ein Geschenk mitzubringen, stieß sie auf John Krakauers »In eisigen Höhen«. Nicht unbedingt ein Kinderbuch, schon klar. Aber der Junge war doch angehender Bergsteiger, vermutlich interessierte ihn die Besteigung des Mount Everest mehr als David Copperfield, Moby Dick oder Old Shatterhand. Justus würde es außerdem nichts schaden, ein bisschen Respekt vor den Bergen zu bekommen, die immer wieder Menschenleben kosteten. Und das galt auch für die in Südtirol, da brauchte man gar nicht in den Himalaya.

★★★

Als Lissie mit den Büchern unter dem Arm vor dem Shop stand, fiel ihr ein, dass sie sich irgendetwas ausdenken musste, um herauszukriegen, wo der Junge lag. Der Kleine war minderjährig, ohne die Zustimmung seiner Oma würde das Krankenhauspersonal ganz bestimmt nicht so einfach mit der Information herausrücken.

Langsam bewegte sich Lissie auf den großen halbrunden Empfangstresen der Klinik zu, hinter dem drei Frauen saßen. Sie entschied sich für die ganz links, eine dickliche, gutmütige Frau um die vierzig. Bestimmt eine Mutter. Vielleicht hatte sie sogar einen Jungen in Justus' Alter.

Sie steuerte auf die Frau zu und schob im Gehen die Ärmel ihres Morgenmantels hoch, damit die Verbände besser zu sehen waren.

»Guten Tag, ich heiße von Spiegel und bin bei Ihnen Patientin auf der Unfallstation«, sagte sie freundlich. Die Frau schaute Lissie aufmerksam an und wartete. »Ich bin hier, weil es ein Unglück gegeben hat«, fuhr Lissie fort. »Ich möchte gern wissen, ob der Justus Hochleitner noch auf der Intensiv liegt und wie es ihm geht. Ich möchte ihn einfach nur sehen, um zu wissen, dass ich's geschafft hab. Der Junge ist erst dreizehn, ich hab ihn rausgezogen, wissen Sie.« Bei diesen Worten hielt sie ihre verbundenen Arme hoch.

Bingo. Die Augen der Frau wurden groß. »Dass es Leut wie Sie gibt«, sagte sie bewundernd.

Lissie fühlte sich ganz mies, schaffte es aber, huldvoll zu lächeln.

Die Frau lächelte ebenfalls und machte eine Eingabe auf ihrer Computertastatur. Sie beugte sich vor.

»Ich dürft Ihnen das eigentlich nicht sagen. Aber in Ihrem Fall ...« Die Frau holte kurz Luft. »Er ist aus der Intensiv draußen und liegt jetzt auf der Inneren, im fünften Stock, Zimmer 533. Aber melden Sie sich bloß erst bei der Stationsschwester«, beschwor sie die Frau.

Lissie, die keineswegs vorhatte, dieser Aufforderung nachzukommen, nickte und bedankte sich.

Der Junge lag auf demselben Stockwerk wie sie, nur einen Flur weiter. Es würde nicht allzu schwer werden, an ihn heranzukommen. Sie musste aber mindestens noch eine Stunde warten. Während der Mittagszeit, wenn überall Schwestern herumwuselten, hatte sie keine Chance.

Wieder zurück auf ihrem Zimmer, schlang Lissie das geschmacksneutrale Krankenhausessen mit Todesverachtung herunter. Ungeduldig wartete sie, bis die Schwester das Tablett abgeräumt hatte. Jetzt war es Zeit, einen erneuten Ausfall zu wagen. Sie lächelte zufrieden, als sie in ihre Hausschuhe schlüpfte. Was für ein Glück, dass sie ein Einzelzimmer ergattert hatte, ohne eine neugierige Mitpatientin, die womöglich dumme Fragen gestellt hätte.

Als sie an dem Stationszimmer vorbeischlich, sah sie durch die Milchglasscheibe weiße und blaue Häubchen, die sich bewegten. Schwatzende, kaffeetrinkende Schwestern. Schnell bog sie um die Ecke. Zimmer 533, da war es. Sie stieß ein lautloses Stoßgebet aus, der Kleine möge ebenfalls allein liegen, und betrat das Zimmer.

★★★

Ungläubig schaute sich Pavarotti im Haus von Peter Aschenbrenner um. Die Wohnung sah wie eine Müllhalde aus. Schubladen standen offen, und überall lagen Papiere herum. Das Haus war überhaupt völlig heruntergekommen. Die Sprungfedern schauten an einer Stelle aus dem Wohnzimmersofa heraus, und die Tapete kam schon von der Wand. Was hatte Aschenbrenner mit dem Geld der Felderers gemacht? Jedenfalls bestimmt nicht ausgegeben. Aber wahrscheinlich war ihm das Geld sowieso schmutzig vorgekommen.

»Emmenegger, fangen Sie schon mal mit der Hausdurchsuchung an«, befahl er dem Sergente. Und setzte, an die Adresse von Viola Matern gerichtet, hinzu: »Und Sie könnten zur Abwechslung mal anfangen, die Wahrheit zu sagen.«

Nachdem der Schlüsseldienst die Tür geöffnet hatte, waren Pavarotti und Emmenegger verblüfft gewesen, Viola Matern im Haus anzutreffen. Pavarotti wäre fast mit der Frau zusammengestoßen, als er ins Wohnzimmer stürmte. Viola Matern stand mit hängenden Schultern neben der Wohnzimmertür, inmitten von Büchern, die sie aus den Regalen gerissen hatte. Die Polsterung des Sofas lag auf dem zerschlissenen Perserteppich verstreut. Die Frau befand sich in einem total zerrupften und staubigen Zustand. Sie war offenkundig völlig durch den Wind. »Was machen Sie hier?«, hatte Emmenegger streng gefragt, zur Verblüffung Pavarottis. Eigenartig, diese neuen Seiten Emmeneggers. Sägte der etwa an seinem Stuhl? Pavarotti schüttelte die absurde Vorstellung ab und konzentrierte sich auf die Frau.

Er beobachtete, wie sie zum Sofa ging und sich in eine Ecke kauerte. »Ich will aus Meran wegziehen. Deswegen räum ich beim Vater aus. Viel ist nicht zu verkaufen. Das meiste muss auf den Müll.«

»Quatsch mit Soße«, sagte Pavarotti und setzte sich der Frau gegenüber. Er beobachtete Emmenegger, der systematisch begann, die Bücher durchzuflöhen und die Sitzkissen aus ihren Hüllen zu ziehen. »Von wegen Haushaltsauflösung. Sie haben das Geld gesucht!« Er merkte sofort, dass er richtiglag.

»Welches Geld?«, flüsterte die Matern. Die Lüge klang halbherzig. Anscheinend setzte sich bei ihr langsam die Erkenntnis durch, dass es keinen Sinn mehr hatte.

»Das Geld, das Ihr Vater erpresst hat!«

Die Matern starrte ihn aus ihren Kieselaugen an, dann schaute sie weg und antwortete nicht.

»Woher wussten Sie eigentlich von der Sache?«, wollte Pavarotti wissen.

»Ich hab Ihnen doch schon gestern gesagt, dass der Vater immer vor sich hin gebrabbelt hat. Er würde dafür sorgen, dass dem Felderer das Geld kein Glück bringt, das er von den Welschen damals gekriegt hat. Wegnehmen würde er dem Emil alles, schön langsam, nach und nach, hat er gesagt, sodass er am End wieder so dasteht wie am Anfang. Arm wie eine Kirchenmaus.«

»Und weiter?«

»Nix weiter. Ich hab nie Geld gesehen. Und die Felderers hatten nach wie vor alles. Ich hab gedacht, der Vater redet halt Blödsinn daher, wie immer. Aber dann hab ich im Hotel eine Unterhaltung mitgekriegt, zwischen dem Jungen und dem Alten, dass sie jetzt anfangen müssen, die guten Sachen zu verkaufen, weil er wieder Bargeld will.« Viola Matern biss sich auf die Lippe. »Richtig verzweifelt klangen die. Und da hab ich mir gedacht, dass ich scharf aufpassen muss, wenn es so weit ist, dass der Vater den Batzen Geld bekommt. Ich wollt ja nicht, dass er das schöne Geld am End verbrennt oder verschenkt oder so.«

Pavarotti wurde jetzt einiges klar. »Haben Sie sich deshalb an den Alten herangemacht, sich in sein Vertrauen geschlichen und für ihn spioniert? Damit Sie im Bilde waren, wann der Verkauf an die Italiener über die Bühne gehen würde?«

Viola Matern zupfte an ihren Fingern herum und nickte. »Da ist aber was schiefgegangen. Der Emil wollt nach Karls Tod mit dem Preis noch ein bissel hochgehen. Ich soll mal hören, was die so reden und wie viel die zahlen wollen, hat er mir gesagt. Am nächsten Tag haben die in der Aurora-Lobby die Rechnung verlangt. Ich hab mitgekriegt, dass sie abreisen wollen, weil der Preis absurd sei. Absurd, so haben die gesagt.« Sie schaute wieder auf ihre Hände. Plötzlich grinste sie wie eine magere Füchsin. »Wenn der alte Felderer gewusst hätt, dass ich die Tochter vom Aschenbrenner bin!«

Dann wurde sie wieder ernst. »Ab da war mir zumindest klar, dass der Vater nicht bloß daherredet.« Sie schaute sich um. »Aber hier ist nix. Wahrscheinlich hat er alles, was er dem Felderer schon abgenommen hat, im Kamin verbrannt, oder er hat's einfach in den Abfall geschmissen.«

Pavarotti fasste unter sich. Irgendetwas hatte sich unter seinem Allerwertesten verhakt. Er zog ein weißes Plastikkärtchen hervor, das an einem Anhänger mit Klemmverschluss befestigt war. Es war nicht zu fassen. Kopfschüttelnd hielt er die Karte Viola Matern vor die Nase.

»Geh ich recht in der Annahme, dass das Ihre Zugangskarte für das Hotel ist? Wie kommt die hierher?« Eine solche Nachlässigkeit, und das in einer Vertrauensstellung. Ihn überkam ein unbändiger Zorn. »Mit Ihrer Karte hat sich Ihr Vater Zutritt zu Emil Felderers Büro verschafft, nicht wahr?«, fragte er kalt.

»Kann schon sein. Die Karte war vorgestern plötzlich weg. Ich hab gemeint, ich find sie bestimmt wieder.« Die Frau zuckte die Schultern. »Aber als dann der Alte tot war, hab ich mir gleich gedacht, dass der Vater sie hat.«

»Warum sind Sie gestern eigentlich wirklich Frau von Spiegel hinterher? Doch wohl nicht, weil Sie verhindern wollten, dass die irgendwas in der Zeitung schreibt?«

Zum ersten Mal wirkte Viola Matern ehrlich bedrückt. »Nein. Ich hatte Angst, dass der Vater die auch umbringt, weil es ihm jetzt sowieso nicht mehr drauf ankommt. Da hab ich die Panik gekriegt. Diese Deutsche, die ist da ja bloß reingeraten. Und ich find, es reicht langsam.«

Es reichte langsam? Und vorher hatte es noch nicht gereicht? Wütend hievte sich Pavarotti hoch. Das Sofa war ja nicht zumutbar. Und die Frau auch nicht. »Frau Matern, ich muss Sie bitten, mit uns auf die Wache zu kommen. Ich nehme Sie wegen Mittäterschaft bei Erpressung in Haft. Sie sollten einen Anwalt nehmen. Emmenegger, erklären Sie der Dame ihre Rechte.«

Er trat ans Fenster. Das Kreuz tat ihm plötzlich furchtbar weh. Als er sich beim Durchstrecken seines Rückens mit dem Ellenbogen auf dem Fensterbrett aufstützte, kippte die Sandsteinplatte weg. Pavarotti konnte sie gerade noch auffangen, bevor sie ihm auf den Fuß fiel. Er stieß einen überraschten Ruf aus, als er sah, dass sich unter dem Fensterbrett ein Hohlraum befand. »Emmenegger, kommen Sie mal her!«

Der Sergente eilte herbei und griff mit seiner behandschuhten rechten Hand in die Öffnung.

Plötzlich wirbelten lauter Kugeln aus zerknülltem Papier durch die Luft. Es waren bestimmt mehrere Dutzend. Pavarotti griff nach einer Kugel und strich das Papier glatt. Es war ein Schuldschein über hunderttausend Lire, ausgestellt von Emil Felderer an Peter Aschenbrenner. Der Schuldschein trug ein Datum aus dem Dezember 1992. Er war vor fast zwanzig Jahren ausgestellt worden.

★★★

Vorsichtig zog Lissie die Tür zum Krankenzimmer 533 hinter sich zu. Sie musste machen, dass sie wieder in ihr eigenes Zimmer kam. Der kleine Hochleitner war am Schluss mitten im Satz eingeschlafen. Wie mager und viel zu klein für sein Alter der Junge ausgesehen hatte, als er da im Bett an seinem Tropf hing! Lissie hatte ein schlechtes Gewissen gehabt, dass sie ihn nicht einfach in Ruhe ließ.

In ihrem Zimmer zog sie geistesabwesend ihren Morgenmantel aus. Ihr entfuhr ein Schmerzenslaut. Das hatte verflixt wehgetan. Fluchend streckte sich Lissie auf ihrem Bett aus und versank in Grübeleien. Der kleine Hochleitner hatte ihr ganz entschieden etwas Wichtiges erzählt. Er selbst hatte aber mit Sicherheit keine Ahnung, was es bedeutete. Für den Mörder stellte der Kleine keinerlei Gefahr dar. In dem Punkt hatte sich Lissie geirrt. Plötzlich hatte ein Gedanke begonnen, in ihrem Kopf zu rumoren. Und als sie am Schluss ihr Mitbringsel übergeben und gesehen hatte, wie sein Gesicht aufleuchtete, da hatte es plötzlich Klick gemacht.

Jetzt, zurück im Zimmer, kamen ihr wieder Zweifel. Konnte es wirklich sein, dass sie mit ihrer Vermutung recht hatte? Es klang vollkommen unwahrscheinlich, und das Motiv wäre bestimmt das abseitigste, das Pavarotti in seiner Karriere untergekommen war. Aber wie sie es auch drehte und wendete, es passte alles. Ihr fiel ein, dass sich auch die Punkte, denen sie und Pavarotti bisher ratlos gegenübergestanden hatten, im Licht ihrer neuen Theorie mühelos erklären ließen. Ein Puzzleteilchen nach dem anderen fiel an seinen Platz.

Lissie wurde immer unruhiger. Was sollte sie machen? Pavarotti lag wieder einmal total daneben, und sie musste ihm schleunigst ein Licht aufstecken. In ihr wuchs das Gefühl einer drohenden Gefahr. Wenn sie nicht handelte, dann würde es vielleicht noch einen

Toten geben. Lissie griff nach ihrem Telefon. In dieser Anstalt hier waren Handytelefonate eigentlich nicht erlaubt, aber geschenkt. Sie wählte Pavarottis Nummer. Zunächst läutete es durch, aber dann sprang wieder einmal die Mailbox an.

Es half nichts. Sie konnte nicht weiter untätig in diesem Bett herumliegen. Lissie streifte die frischen Klamotten über, die ihr Louisa am Morgen gebracht hatte, und stahl sich am Empfang vorbei ins Freie. Gott sei Dank, da waren Taxen. Sie steuerte auf die erste in der Reihe zu und nannte dem Fahrer eine Adresse in Meran. Sichtlich erfreut über eine so gute Fuhre, ließ der Mann den Motor an.

***

Als Pavarottis Handy läutete und er Lissies Nummer im Display erkannte, drückte er das Gespräch weg. Im Moment hatte er keine Zeit für sie. Lissie würde sowieso bloß wieder zetern, dass sie das Krankenhaus satthatte. Er hatte aber vor, sie in einer Stunde zu besuchen, wo er doch ohnehin schon vor Ort war. Allerdings in einem ganz anderen Kliniktrakt.

Pavarotti konzentrierte sich wieder auf Klaus Niedermeyer, der in sich zusammengesunken an einem Tisch im Aufenthaltsraum der Psychiatrie saß. Niedermeyer war vollständig angezogen, rasiert und frisiert. Aber seine Haut war grau, und sein Gesicht wirkte aufgedunsen. Sein Anwalt, dieser windige Ettore Tscholl, saß neben ihm. Er machte allerdings den Eindruck, als sei ihm sein Mandant und das ganze Mandat äußerst unangenehm.

»Nur damit ich es verstehe, Niedermeyer. Wie war das an dem Abend in der Weinstube?«, begann Pavarotti.

Tscholl beugte sich vor. »Nur damit wir uns verstehen, Commissario. Mein Mandant ist überhaupt nicht verpflichtet, auszusagen. Er könnte sich natürlich dazu durchringen, wenn Sie ihm Straffreiheit zusichern in dieser Erpressungssache. Die Sie ja sowieso nicht beweisen können.«

Pavarotti hätte fast losgelacht. »Ihr Mandant will Straffreiheit haben? Zum einen bin ich gar nicht befugt, ihm die zuzusichern, und zweitens kommt es gar nicht in Frage. Wenn es etwas wirklich

Mieses gibt, dann ist das Erpressung, und die ist, so scheint es mir, in Meran ein recht beliebter Volkssport. Ich hab nicht vor, dafür auch noch den Mäzen zu spielen.«

Verkniffen lächelnd lehnte sich Tscholl zurück. »Dann halt nicht. Ich hab gedacht, Sie wollen Ihren Fall abschließen und die losen Enden zu fassen kriegen. Aber gut. Mein Mandant wandert auch ohne einen Deal mit Ihnen nicht ins Gefängnis. Er ist psychisch krank und war nicht zurechnungsfähig. Wir werden ein psychiatrisches Gutachten vorlegen. Außerdem können Sie die Erpressung nicht nachweisen. Kirchrather wird nicht aussagen, und das Handy mit der angeblichen Mail meines Mandanten können Sie wohl auch nicht vorlegen.« Tscholl grinste hinterhältig.

»Das Handy hab ich entsorgt«, sagte Niedermeyer laut in die Stille hinein. Tscholl machte ein bitterböses Gesicht und knuffte Niedermeyer kräftig in die Seite.

Pavarotti konnte nicht mehr an sich halten, er gluckste los. Tscholl war ja wirklich geschlagen mit diesem Mandanten. »Also, jetzt mal alles schön der Reihe nach«, sagte er.

Niedermeyer warf Tscholl einen feindseligen Blick zu und erwiderte: »Ich hab ihn an dem Abend auf dem Hinterhof der Renzingerin gefunden, als ich aufs Klo hinaus bin. So um elf war's. Furchtbar erschrocken bin ich. Mir war den ganzen Abend sowieso schon mulmig wegen der Sache, und dann das. Der Blackberry lag am Boden, war ihm wohl aus der Tasche gerutscht. Ich hab ihn aufgehoben, obwohl Blut drauf war, wirklich eklig war das, und bin wieder hinein in die Stube. Der Topolini hat mich so komisch angeschaut, ich war wohl ziemlich weiß im Gesicht. Ich hab dann was gefaselt, dass mir nicht ganz gut ist und so, und dann hab ich mich verdrückt.«

»Wo ist das Handy jetzt?«

»Spielt keine Rolle«, griente Niedermeyer. »Bin ich blöd? Ich werd sowieso abstreiten, dass ich den Felderer gefunden hab. Falls Sie ernsthaft glauben sollten, dass Sie von mir eine offizielle Aussage kriegen. Ich sag's Ihnen auch jetzt bloß aus Nettigkeit, und weil Sie mir den Mord eh nicht mehr anhängen können. Jetzt, wo raus ist, dass es der Aschenbrenner war.«

»Wann haben Sie sich die Fotos von Ihrer Frau angesehen?«

Niedermeyers Gesicht verschloss sich. »Überhaupt nicht. Glauben Sie im Ernst, ich hätt das klebrige Ding noch mal angerührt? Ich hab das Teil in ein Taschentuch gepackt und so schnell, wie's nur ging, entsorgt. Das war's. Und jetzt will ich heim.« Er setzte ein fieses Grinsen auf. »Bin gespannt, welches Verwöhnprogramm sich die dumme Kuh einfallen lässt, damit ich mich nicht scheiden lass.«

Dann wandte er sich an Tscholl: »Ruf mir ein Taxi, Ettore. Das wenigstens wirst ja fertigbringen, oder?«

★★★

Mit gemischten Gefühlen dachte Pavarotti an Lissie, während er sich von einer Schwester durch das Labyrinth des Landeskrankenhauses zur Inneren führen ließ. Einerseits war er erleichtert, dass sie bis auf ein paar oberflächliche Brandverletzungen mit dem Schrecken davongekommen war. Gleichzeitig wurmte ihn, dass sie gleich doppelt recht behalten hatte. Sie war überzeugt davon gewesen, dass die Geschehnisse von früher die Morde ausgelöst hatten, und hatte damit völlig richtiggelegen.

Außerdem hatte sie von Beginn der Ermittlungen an nicht daran geglaubt, dass Niedermeyer den Mord an Karl Felderer begangen hatte. Pavarotti konnte immer noch nicht verstehen, warum sie da so sicher gewesen sein konnte. Sie hatte den Mann noch nicht mal gekannt! Wieso hatte sie eigentlich die richtigen Schlüsse gezogen und er nicht? Motiv und Gelegenheit, für ihn hatte bei Niedermeyer alles so gut gepasst. Ja, gut, der Mann war ein erbärmlicher Feigling, und auch ein Mord im Affekt setzte voraus, dass man den Impuls in die Tat umsetzte. Aber das waren doch keine harten Fakten, mit denen man einen Verdächtigen entlasten konnte, sondern Küchenpsychologie!

Sicher, die Tatwaffe hatte auch gefehlt. Das zumindest war ein Faktum. Pavarotti war davon ausgegangen, dass Niedermeyer die Waffe, was auch immer es war, zufällig draußen entdeckt und sich gegriffen hatte, als er plötzlich rotsah. Und beim Nachhauseweg hatte er sie dann entsorgt. Genau wie das verfluchte Handy, das Niedermeyer ja wirklich irgendwo weggeschmissen hatte.

Pavarotti schüttelte den Kopf, als er an die geheimnisvollen Goldpigmente in der Wunde dachte. Von der obskuren Waffe fehlte nach wie vor jede Spur. Und das würde vermutlich auch so bleiben. Peter Aschenbrenner hatte das Geheimnis mit ins Grab genommen.

Er sah, wie die Schwester auf ein Zimmer unmittelbar neben dem Schwesternzimmer der »Inneren« deutete, ihm kurz mit dem Kopf zunickte und wieder zur Psychiatrie abdrehte. Er räusperte sich kurz und trat ein. Das Zimmer war leer. Merkwürdig. Er klopfte an der Badezimmertür. Kein Laut. Wo war sie jetzt schon wieder?

Pavarotti schaute ins Bad und sah, dass der Bademantel am Haken hing und die Frotteeschlappen fein säuberlich nebeneinander in der Ecke standen.

»Wo zum Teufel …«, entfuhr es ihm. Er spähte auf den stillen Flur hinaus.

Es war mittlerweile fast halb sechs, die Besuchszeit war um fünf zu Ende gegangen. Pavarotti klopfte am Schwesternzimmer, und eine Schwester mit rundem, gutmütigem Gesicht schaute heraus.

»Ja, bitte?«

Pavarotti erklärte ihr, dass eine ihrer Patientinnen nicht in ihrem Zimmer weilte. Da fiel ihm ein, dass Lissie wahrscheinlich bereits an Entzugserscheinungen litt, weil sie ja seit einem Tag kein Geld ausgegeben hatte.

»Da gibt es doch einen Shop im Erdgeschoss, nicht? Vielleicht ist sie ja dort«, sagte er hoffnungsvoll.

Die Schwester machte seiner Vermutung aber sofort den Garaus. »Der schließt um fünf.«

Besonders alarmiert blickte die Frau nicht drein, ließ sich dann aber doch bewegen, den behandelnden Arzt anzurufen. Zehn Minuten später kam er in Lissies Zimmer geeilt, mit der Stationsschwester im Schlepptau. Der Arzt brummte: »Die Dame hat sich offenkundig selbst entlassen. Ich habe schon so etwas befürchtet. Wir können bloß hoffen, dass sie sich schont.« Er zuckte die Achseln. »Na dann. Das freie Bett können wir gut gebrauchen.« Sprach's und verließ das Zimmer.

»Aber was trägt sie denn am Leib?«, wunderte sich Pavarotti. »Ihre Sachen waren doch im Eimer!«

»Eine Frau hat ihr heute Morgen ein paar frische Sachen und ihren Rucksack gebracht«, wusste die Stationsschwester.

Nachdenklich ging Pavarotti die breite Treppe zum Erdgeschoss hinunter. Ob die Angestellten am Empfang etwas wussten? An denen musste sie sich doch vorbeigedrückt haben. Fehlanzeige. Niemand hatte Lissie beim Verlassen des Krankenhauses gesehen. Aber dann hatte Pavarotti doch noch Glück. Eine der Frauen hatte schon mittags Dienst gehabt und mitbekommen, wie sich Lissie um die Mittagszeit bei einer Kollegin nach einem anderen Patienten erkundigt hatte.

»Ich weiß aber nicht, um wen es da ging«, sagte sie bedauernd, »weil ich gerade einen Anruf bekam. Aber sie hatte so ein dickes Buch dabei. Eins mit einem riesigen weißen Berg auf dem Einband drauf. Ich hab es gesehen, als sie es auf dem Tresen abgelegt hat.« Pavarotti horchte auf. »Es war bestimmt irgendein Bergsteigerbuch. Das fiel mir auf, weil die Frau überhaupt nicht danach aussah, als würde sie so was lesen. Das war so eine, die sogar im Morgenmantel und Schlappen noch auf volle Bemalung macht, wissen Sie!«

Pavarotti musste schmunzeln. Keine schlechte Charakterisierung.

»Es war bestimmt ein Mitbringsel für den, nach dem sie sich erkundigt hat«, setzte die Frau hinzu.

Pavarotti seufzte tief, nachdem er sich bei ihr bedankt hatte. Hörte das denn nie auf? Diese Neugierde und dieses permanente Herumschnüffeln, richtig zwanghaft war das bei ihr. Pavarotti glaubte keine Sekunde, dass Lissie einen harmlosen Krankenbesuch gemacht hatte. Zu wem hatte sie überhaupt gewollt? Was wusste sie schon wieder, was er nicht wusste? Und wozu dieser Zirkus? Die Fälle waren doch aufgeklärt!

Pavarotti schoss Lissies Anruf durch den Kopf, den er weggedrückt hatte. Er fluchte. Irgendetwas war passiert, und Lissie hatte ihn sprechen wollen. Und als er nicht an den Apparat ging, hatte sie in typischer Lissie-Manier die Sache in die eigenen Hände genommen. Er wählte ihre Mobilnummer. Natürlich Mailbox. Verflixt und zugenäht! Wo war sie bloß?

Pavarotti marschierte im Stechschritt auf die Klinikpforte zu und drückte sich, so schnell es seine voluminöse Figur zuließ,

361

durch die Drehtür nach draußen. Er hoffte, dass Lissie nicht einen Anfall von Sparsamkeit bekommen, sondern ein Taxi genommen hatte. Andernfalls hätte er keine Chance, herauszukriegen, wo sie war.

Plötzlich bildete er sich ein, dass sie versuchte, Kontakt mit ihm aufzunehmen und ihn um Hilfe rief. Sein Herz begann wie wild zu klopfen. Diesmal würde er rechtzeitig da sein, um sie herauszuhauen, was sie auch immer gerade anstellte. Koste es, was es wolle.

Er rannte auf den Taxistand zu, dass sein Bauch nur so hüpfte.

★★★

»Bleiben Sie stehen und rühren Sie sich nicht vom Fleck!«

Lissie, die gerade mit schlotternden Knien auf einen Stuhl niedersinken wollte, ließ das Vorhaben schleunigst bleiben. Das war jetzt das dritte Mal innerhalb einer Woche, dass eine Waffe auf sie gerichtet war. Das wird ja langsam zur Dauereinrichtung bei mir, irrlichterte es durch Lissies Kopf. Der Statistik zufolge würde das in diesem Tempo nicht mehr lange gut gehen. Irgendwann drückte jemand ab, und dann war es aus.

Lissies Bluse, die sie am Morgen frisch angezogen hatte, klebte an ihrem Rücken. Natürlich, theoretisch war es möglich, dass das Gewehr gar nicht geladen war. Genauso wie beim letzten Mal. Aber die Miene von Elsbeth Hochleitner, die in Hut und Mantel dastand und das Gewehr fest umklammert hielt, war angsteinflößend. Die Frau machte den Eindruck, als sei sie zu allem fähig. Die Augen wie schwarze Kohlen, der Mund nur ein Strich.

»Was wollen Sie schon wieder?«, zischte die Frau. »Können Sie Justus und mich nicht einfach in Ruhe lassen?«

Lissie schüttelte den Kopf. »Ich muss mit Ihnen reden wegen des Mordes an Karl«, erwiderte sie.

Die Hochleitnerin starrte sie an. »Der Fall ist doch aufgeklärt, der Aschenbrenner war's.« Während sie das sagte, begann ihr Blick zu flackern.

Lissie machte eine kleine Bewegung, mehr traute sie sich nicht. »Ersparen wir uns die Lügerei, Frau Hochleitner. Sie waren es, Sie haben Karl umgebracht. Das ist mir heute Nachmittag aufgegangen, als ich mit Ihrem Enkel geredet hab.«

»Sie waren bei Justus und haben den Kleinen aufgeregt! Der ist schwer krank! Was fällt Ihnen ein!«, schrie die Hochleitnerin und hob das Gewehr.

»Um Gottes willen, lassen Sie dieses Gefuchtel sein und hören Sie mir mal zu!« Lissie schrie jetzt auch. »Dem Justus ging's trotz seiner Brüche prima, als ich aus seinem Zimmer bin. Ich hab den Eindruck gehabt, dass er froh war, ein paar Sachen loszuwerden. Sein seltsamer Unfall, der ist nicht einfach so passiert, oder? Justus hat mir erzählt, dass er alle paar Monate einen schweren Anfall hat. So ein Anfall war auch der Grund, warum er diesen Hang runtergeschliddert ist. Justus sagt, dass er dann keine Kontrolle mehr hat und sich nirgendwo festhalten kann.«

Lissie beäugte das Gewehr, das immer noch auf sie gerichtet war. Wie konnte die dürre Frau diesen schweren Schießprügel eigentlich so lange halten?

»Ihr Enkel ist Epileptiker, Frau Hochleitner. Justus hat mir erzählt, dass Sie sich wegen seiner Krankheit seit dem letzten Jahr permanent mit seinem angebeteten Karl gestritten haben. Sie haben Karl vorgeworfen, dass er Touren aussucht, die für Justus viel zu gefährlich sind.« Lissie machte eine kurze Pause. »Es ist doch bloß eine Frage der Zeit, bis jemand, der Epilepsie hat, beim Klettern abstürzt, oder nicht?«

Elsbeth Hochleitner sank auf den nächsten Stuhl und barg ihr Gesicht in ihren Händen. Das Gewehr stand zwischen ihren Beinen und wurde von den voluminösen Rockschößen gestützt. Der Lauf zielte an die Decke. Lissie atmete auf. Der Oberkörper der Frau schwankte leicht. Schluchzte sie? Vorsichtig bewegte sich Lissie auf die Hochtleitnerin zu und legte ihr behutsam eine Hand auf den Oberarm.

»Sie haben keinen Ausweg mehr gesehen, ich weiß. Bestimmt haben Sie sich wochenlang das Hirn zermartert, wie Sie Ihren Enkel vor dem sicheren Tod retten können.«

Lissie ging vor der Frau in die Hocke und schaute ihr ins Gesicht. »Hatten Sie überhaupt noch Einfluss auf Justus? Ziemlich sicher nicht. Der Kleine hat mir heute dermaßen von Karl vorgeschwärmt, da war's nicht schwer zu erraten, dass es das Wichtigste für den Kleinen war, seinem Idol zu gefallen. Ihr Enkel hat nicht geahnt, was für ein Schwein der Typ war.« Lissie schüttelte sich vor Abscheu. »Justus hätte jede Tour mitgemacht, egal wie gefährlich. Karl hat ihm bestimmt schön eingetrichtert, dass nichts passieren kann. Und überhaupt, er darf doch nicht weniger mutig sein als sein Vater.«

Sie holte tief Luft und blickte die Hochleitnerin an. »Und da haben Sie Karl ermordet, weil Sie sich nicht mehr anders zu helfen wussten! So war es doch, oder?!«

Endlich schaute Elsbeth Hochleitner von ihren Händen auf. »Als ich Justus das letzte Mal hab einsperren wollen, ist er mir durchs Schlafzimmerfenster hinaus. Der ganze Tag war die reine Hölle. Die Angst hat mich aufgefressen. Jede Minute hab ich mir ausgemalt, wie er in der Wand plötzlich keine Luft mehr kriegt, wie er anfängt zu hecheln, wie der Schwindel kommt und dann die Arme und der Kopf anfangen zu zucken. Und dann …« Sie schwieg und schaute aus dem großen Fenster in der Küche in den Garten hinaus.

Als sie weitersprach, war ihre Stimme leise und zittrig geworden. »Als Justus am Abend wieder heimgekommen ist, hat er an den Beinen Aufschürfungen gehabt, und gezittert hat er, wie immer nach einem Anfall. Ich hab gemerkt, dass bei der Tour wirklich was passiert sein muss. Und dass es grad noch mal gut gegangen ist.« Sie rieb sich über das Gesicht. »Ich hab vor Schreck aufgeschrien und wollt ihn in den Arm nehmen. Aber er hat mich weggestoßen und mich trotzig angeschaut. So ein kleiner dummer Bub.« Jetzt rollten Tränen über ihr Gesicht. »Er wär eher gestorben, als vor Karl wie ein Feigling dazustehen.«

»Sie haben in dem Abort auf Karl gewartet, stimmt's?«, fragte Lissie. Sie musste die Frau am Reden halten. Lissie schielte zur Waffe zwischen den Beinen der Frau. Hatte sie eine Chance, sie rechtzeitig zu packen? Nein. Die Hände der Hochleitnerin lagen nun wieder auf dem Schaft. Das Risiko war zu groß, dass die Frau vorher den Abzug zu fassen bekam. Der kam es vermutlich auf eine Leiche mehr oder weniger nicht an.

Elsbeth Hochleitner nickte. »Ich hab gewusst, dass die nächste

Bergtour geplant ist. Die Sarner Scharte, ich bitt Sie!« Die Frau
lachte kurz und meckernd. »Da war mir endgültig klar, worauf Karl
aus war. Es ging nicht mehr um irgendwelche Machtspielchen oder
dass er den tollen Max vor dem Kleinen markiert. Der wollte, dass
mein Justus stirbt. Warum, weiß ich nicht. Ich versteh's nicht.«

Einen Moment lang waren die Augen der Hochleitnerin wäss-
rig und todtraurig und suchten Lissies Blick. »Wie kann jemand
den Tod von so einem Kind wollen? Warum bloß?« Doch dann
kehrte der harte, zornige Ausdruck zurück. »Ich hasse ihn, hasse
ihn immer noch, obwohl er jetzt weg ist!« Ihre Augen sprühten
Funken, als sie sich in der Küche umsah. »Immer noch spür ich
das Schwein hier im Haus, so oft wie der hier war. Ich halt's hier
nicht mehr aus! Ich möcht am liebsten alles, was der hier angefasst
hat, in Grund und Boden knallen! Viel zu schnell gegangen ist es
mit ihm, nach meinem Geschmack!«

Lissie fiel keine passende Bemerkung ein. Stille senkte sich
auf die große Küche. Das einzige Geräusch stammte von der Kü-
chenuhr an der Wand, die unbeirrt laut tickte. Draußen war es
mittlerweile ganz dunkel geworden. Lissie bekam das Gefühl, als
seien sie und die Hochleitnerin in einem durchsichtigen Kokon
eingesponnen. Die Außenwelt war zwar sichtbar, aber nicht mehr
erreichbar. Sie fragte sich, ob ihr Verschwinden mittlerweile bemerkt worden war und ob Pavarotti nach ihr suchte.

Auf einmal merkte sie, dass die Hochleitnerin wieder redete.
»Ich war im Hilti und hab mitgekriegt, dass Karl irgendwann in die
Weinstube will. Und da hab ich auf dem Abort auf ihn gewartet.«

»Und beim Warten haben Sie ein paar Kerzen angezündet?«

»Ja, schon, aber wie kommen Sie darauf?« Doch dann zuckte
die Frau die Schultern, als ob es eigentlich egal war, woher Lissie
das wusste. »Ich hab gedacht, ich versuch's noch mal mit Beten.
Vielleicht hat dann der Herr doch Erbarmen mit uns und macht,
dass der Karl von Justus ablässt. Ich hab die Kerzen angezündet, als
ob ich in einer Kapelle wär beim Bittgottesdienst, und mich hingekniet, so gut es ging.« Die Hochleitnerin schüttelte langsam den
Kopf, als könnte sie nicht verstehen, wie sie zu diesem Zeitpunkt
noch einen Moment lang an ein Wunder hatte glauben können.

»Davor war ich beim Pfarrer, die Heiligenfigur abholen, die ich herrichten sollte. Er hat mir ein paar Kerzen für die Fremdenzimmer mitgegeben. Sie wissen ja noch von früher, wie oft bei uns der Strom ausfällt.«

Zuerst glaubte Lissie, sich verhört zu haben. Ihr Kopf ruckte hoch. »Sie kennen mich noch?«

Die Hochleitnerin lächelte, das erste Mal stahl sich ein wenig Wärme in ihre Augen. »Kennen wär gelogen. Ein bissel bekannt sind Sie mir halt vorgekommen, als Sie am ersten Morgen im Frühstückszimmer gesessen haben. So, wie Sie die Nase gerümpft haben, als Sie die abgepackte Marmelade gesehen haben. Und auch der Name ›von Spiegel‹ hat mir keine Ruh gelassen. Ich kann einfach nichts wegwerfen, auch die ganz alten Fremdenbücher sind noch unten im Keller, und da hab ich Sie und Ihren Vater dann gefunden.«

Plötzlich bekam Lissie eine Gänsehaut. Gleich wird sich die Hochleitnerin nach Vater erkundigen, fuhr ihr durch den Kopf. Da fiel ihr ein, dass Elsbeth Hochleitner vielleicht ja sogar wusste, wohin ihr Vater an diesem Abend gewollt hatte, als er verschwand. Jetzt war die Gelegenheit, herauszufinden, was sich nach Lissies überstürzter Abreise nach ihrem letzten gemeinsamen Abend in Meran abgespielt hatte. Doch als sie schließlich aufblickte und den Mund öffnete, merkte sie, dass sie den richtigen Augenblick hatte verstreichen lassen. Die Frau hatte das Interesse verloren. Nur ihre eigene Hölle zählte noch.

»Aber als ich den Karl dann gesehen hab, wie er besoffen durch den Durchgang getorkelt ist und an die Wand gepinkelt hat, da hab ich gewusst, dass es keinen Zweck hat, noch mal mit ihm zu reden«, sagte Elsbeth Hochleitner dumpf. »Ich hab plötzlich ganz glasklar gesehen, der Karl ist ein Tier. Der wird erst aufhören, wenn der Justus tot ist. Und da bin ich aus dem Klo und hab ihm mit der Gipsfigur den Kopf eingeschlagen. Ein paarmal hab ich zuschlagen müssen. Dann hat er sich nimmer gerührt.«

Die Frau atmete tief auf und erhob sich. Lissies Puls beschleunigte sich. Doch dann sah sie, dass die Frau das Gewehr behutsam auf den Tisch legte.

»Ist wieder nicht geladen.« Elsbeth Hochleitner grinste fast spöttisch. »Und jetzt geh ich.« Sie drückte ihren Hut nochmals fest auf ihre graue Topffrisur und wandte sich ab.

Alarmiert sprang Lissie auf. »Wohin wollen Sie? Sie müssen sich stellen!« Das konnte doch nicht wahr sein! »Wenn die Polizei dahinterkommt, dass der Aschenbrenner es nicht war, dann hat Pavarotti gleich wieder den Niedermeyer am Wickel. Und Sie können doch nicht wollen, dass jemand Unschuldiges ins Gefängnis wandert!«

Im Gehen drehte sich die Frau um und sah Lissie mit einem Ausdruck der Verachtung ins Gesicht. »Glauben Sie wirklich, dass ich so bin? Hab alles aufgeschrieben.« Sie deutete auf einen Briefumschlag, der im Fensterrahmen des Geschirrschranks eingeklemmt war. »Keine Sorge, ich lauf nicht weg. Aber ich muss jetzt in die Berg', zu meinem Sohn«, sagte Elsbeth Hochleitner.

Zu dem Sohn, der lange tot war. Lissie erschrak. Sie hatte schon befürchtet, dass es am Ende darauf hinauslaufen würde. Deswegen war sie am Nachmittag im Krankenhaus überstürzt aufgebrochen. Die Elsbeth Hochleitner war keine kaltblütige Mörderin. Sie hatte wahrscheinlich schon an dem Abend, als Lissie im Nikolausstift eingebrochen war, mit dem Gedanken gespielt, Schluss zu machen. Mittlerweile war Elsbeth Hochleitner aber anscheinend mit sich ins Reine gekommen. Ihre Verzweiflung, die Lissie vor ein paar Tagen so deutlich gespürt hatte, war einer ruhigen Entschlossenheit gewichen.

Lissie blickte wild um sich. Was konnte sie unternehmen? Sie hatte keine Schusswaffe, außerdem würde die Hochleitnerin sowieso nicht stehen bleiben. Ihr Blick fiel auf ihren Rucksack, der auf dem Tisch lag. Ihre Handtasche war verbrannt, da hatte ihr Louisa den mitgebracht. Mit dem Schinken drin ein prima Sandsack! Lissie packte den Rucksack, machte einen Schritt auf die Hochleitnerin zu und hob ihn über den Kopf.

Die Hochleitnerin lächelte. »Madl, willst mich jetzt k. o. schlagen? Überleg's dir noch mal. Ist es besser für Justus, wenn er seine Oma zwanzig Jahre im Gefängnis besuchen muss, bis sie endlich den Löffel abgibt?«

Langsam ließ Lissie ihre Arme sinken. Der Rucksack mitsamt Schinken kollerte auf die Küchenfliesen.

»Danke«, sagte die Hochleitnerin trocken und legte einen Schlüsselbund auf den Tisch. »Sperr ab, wenn alle weg sind.«

Sie bewegte den Kopf Richtung Anrichte. »Gib den Brief dem Commissario. Und mein Justus …« Ihre Stimme verlor sich, dann deutete sie nochmals auf die Anrichte: »Da ist noch ein Brief drin, der ist für ihn. Ich hoff, er vergisst mich bald.« Ihre Stimme wurde rau. »Und du, pass auf dich auf, und ein bissl auch auf den Luciano. Eine Starke bist du.«

Lissie wollte etwas sagen, doch sie brachte nur ein Krächzen heraus. »Frau Hochleitner …«

Aber sie redete schon mit der geschlossenen Küchentür. Sie hörte die Haustür ins Schloss fallen. Was Elsbeth Hochleitner auch immer gewusst hatte über diesen letzten Abend, den ihr Vater vor dreißig Jahren im Nikolausstift verbracht hatte – Lissie würde es nicht mehr erfahren.

★★★

Elsbeth Hochleitner stellte ihr Fahrrad an der Talstation der Seilbahn ab. Der alte Arnold kam mit einem Stirnrunzeln auf sie zugehumpelt. Sie dankte Gott, dass sein junger Kollege, der Arnold in einigen Monaten ersetzen würde, wenn der seinen verdienten Ruhestand antrat, an diesem Tag nicht Dienst hatte. Der hätte bestimmt ein paar neugierige Fragen gestellt. Und die konnte sie an diesem Abend nicht gebrauchen, die Fragen.

»Grüß dich, Arnold«, sagte sie so heiter wie möglich.

»Hochleitnerin! Was machst denn noch so spät hier? Es geht heut nur noch eine Kabine hoch zur Leiter Alm, eine Lastenfuhre. Lebensmittel für den Betrieb oben. Die Kabine bleibt aber oben über Nacht!«

»Ist mir recht, Arnold«, gab Elsbeth Hochleitner gleichmütig zurück. »Wenn ich mitdarf, wär's prima. Ich will was mit dem Hochmuther Wirt bereden und übernacht bei ihm.« Zufrieden sah sie, dass der alte Arnold die Schultern zuckte und ihr die Tür zur Aufzugskabine offen hielt, die mit Getränkekisten und Kühlboxen voll beladen war.

Oben angekommen, begann Elsbeth Hochleitner langsam den Hans-Frieden-Felsenweg entlangzugehen, der, schmal und steil in die Tiefe abfallend, von der Leiter Alm zum Hochmuther hinübergeführt. Als sie ungefähr nach einer Viertelstunde in der Mitte zwischen beiden Hütten angekommen war, dort, wo der Felsenweg besonders schmal wird und hundert Meter steil ins Tal abfällt, stellte sie sich direkt an den Felsvorsprung. Dann schloss sie die Augen und machte einen Schritt vorwärts.

★★★

Pavarotti wartete nicht ab, bis Brunthaler den Alfa zum Stehen gebracht hatte. Noch im Ausrollen drückte er die Beifahrertür auf und stieß sich mit den Armen ab. Er wäre hingefallen, wenn Emmenegger, der mit einem schnellen, elastischen Satz draußen war, ihn nicht gerade noch rechtzeitig an den Achseln erwischt hätte.

Emmenegger bildete die Vorhut und stieß die Pforte zum Nikolausstift unsanft mit dem Fuß auf. Dann stürmte er auf die Treppe zu, die zur Eingangstür führte, und nahm mehrere Stufen auf einmal. Pavarotti versuchte es ihm nachzutun. Wenigstens hatten sie das Taxi, mit dem Lissie gefahren war, schnell ausfindig machen können.

Auf dem mittleren Treppenabsatz blieb Pavarotti keuchend stehen und blickte nach oben. Alle Fenster im Haus waren stockdunkel. Seine Angst nahm zu. Er hörte, wie Emmenegger an der Eingangstür rüttelte und Sturm klingelte. Zwanzig Sekunden später hatte Pavarotti den Sergente erreicht, der ihn fragend anschaute.

»Nun machen Sie schon«, brüllte Pavarotti. »Wofür haben Sie denn eine Dienstwaffe, schießen Sie endlich das verdammte Schloss zu Schrott!«

Emmenegger nickte bloß, und zielte auf das Schloss. Ein Schuss fiel, von dem sich das eisenbeschlagene Türschloss aber relativ unbeeindruckt zeigte. Die Wirkung war eine andere. Oben im ersten Stock wurde ein Fenster aufgerissen. Ein weißblonder Kopf erschien.

»He, was soll das! Spinnt denn hier jetzt jeder? Das darf doch nicht wahr sein! Stellt die Schießerei ein, und zwar sofort! Ich komme runter.«

369

Sie lebte, es war ihr nicht das Geringste passiert! Und er hatte sich wieder mal zum Narren gemacht. Pavarotti konnte direkt sehen, wie Emmenegger, der hinter ihm stand, seine gelben Pferdezähne bleckte. Sollte der Kerl doch.

Die Haustür ging auf, und Lissie stand mit hängenden Armen da. Sie war sehr blass, und auch in ihrem Outfit war sie nicht ganz auf der Höhe. Die Klamotten, die sie trug, passten hinten und vorne nicht zusammen. Das konnte sogar Pavarotti erkennen. Außerdem müffelte sie ein wenig.

Er streifte sie mit einem scheelen, missbilligenden Blick, als er hinter ihr die Treppe zum Hochparterre hinaufstieg. Emmenegger hatte er den Befehl gegeben, bei Brunthaler im Wagen zu warten. Darüber war Emmenegger sichtlich sauer gewesen. Das war Pavarotti aber egal. Viel wichtiger war, erst einmal ohne Mithörer zu erfahren, was hier eigentlich gespielt wurde.

In der Küche ließ sich Lissie auf einen Stuhl sinken. Irgendwie sah es für ihn so aus, als hätte sie dort schon ziemlich lange gesessen.

»Tut mir leid, ich bin wohl eingeschlafen, wahrscheinlich wegen der Tabletten, die sie mir im Krankenhaus gegeben haben. Da hab ich das Läuten nicht gehört. Ich bin erst hochgefahren, als es geknallt hat«, sagte sie leise und fuhr sich durch ihre Stoppelhaare.

Pavarotti ging darauf nicht ein. »Was ist hier eigentlich los? Warum bist du aus dem Krankenhaus ausgebüxt?« Dass er wieder einmal Todesängste um sie ausgestanden hatte, erwähnte er vorsichtshalber nicht. Nur zu gut erinnerte er sich, was beim letzten Mal passiert war, als er ein paar Gefühle gezeigt hatte.

Lissie musste sehr müde sein, denn sie stemmte sich nur mit Mühe vom Tisch hoch und ging zur Anrichte hinüber. Er sah, wie sie am Fensterrahmen nestelte und in den Schubladen wühlte. Dann kam sie zurück zum Tisch.

»Setz dich, ich muss dir was erzählen«, sagte sie und legte zwei Briefe vor ihn hin. »Die Elsbeth Hochleitner war's.« Und dann brachte sie ihm die ganze Geschichte bei.

Pavarottis Kopf wurde während Lissies Bericht völlig leer. Automatisch nahm er den Brief, den Elsbeth Hochleitner ihm hinterlassen hatte. Er begann zu lesen, aber die Buchstaben tanzten vor seinen Augen und ergaben keinen Sinn. Erst nach einer Weile schaffte er es mit Mühe, sich auf den Inhalt einzulassen.

Sein Gehirn beschloss, sich an etwas Naheliegendem festzuhalten. »Wie bist du draufgekommen?«

Lissie zuckte die Schultern. »Es war reine Intuition. Eine Gedankenverbindung. Zufällig hab ich dem Justus ein Buch über diese katastrophale Mount-Everest-Besteigung mitgebracht, bei der so viele gestorben sind.«

Sie machte ein schuldbewusstes Gesicht. »Ja, ja, schon recht, nicht unbedingt ein Kinderbuch. Aber ein besseres Mitbringsel fiel mir nicht ein.« Sie bemühte sich, ein Gähnen zu unterdrücken. »Und irgendwann, nachdem der Kleine mit der Sprache herausgerückt war, dass es Streit zwischen seiner Oma und Karl Felderer wegen der Bergtouren gegeben hat, hab ich zufällig noch mal auf das Buch geschaut. Das lag die ganze Zeit da auf dem Bett. Ich weiß über das Drama am Mount Everest ganz gut Bescheid. Das war eine von den geführten Touren. Viele von denen, die da hoch sind, waren gar nicht in der Verfassung für so eine Unternehmung und mussten wegen der Verantwortungslosigkeit der Bergführer sterben.« Lissie holte tief Luft und atmete langsam aus. »Da habe ich es auf einmal gewusst.«

»Sie schreibt, ich soll mich um den Kleinen kümmern«, sagte Pavarotti leise. »Kannst du mir sagen, wie ich das machen soll?«

Lissie antwortete mit einer Gegenfrage: »Du kennst die Elsbeth Hochleitner von früher, nicht?«

Er nickte. »Ja, und deswegen wäre ich nie draufgekommen.« Er sank in sich zusammen und wühlte in seinem Haarschopf. »Ich bin für meinen Beruf einfach nicht geeignet. Zu viel Ballast, zu viele Vorurteile, und von Menschen hab ich sowieso keine Ahnung. Was soll ich jetzt bloß tun?«

Lissie seufzte. »Erst mal nicht übertreiben. Ich bin auch nur aus Zufall drüber gestolpert, weil ich zur richtigen Zeit am richtigen Ort war.« Sie stand auf. »Komm, wir gehen. Das Wichtigste ist jetzt der Junge.«

Sie nahm Pavarottis Hand. Er bemerkte es und konnte sich trotz seiner Traurigkeit ein ganz kleines Lächeln nicht verkneifen.

Auch Lissie lächelte, obwohl ihre Augen in Tränen schwammen. »Ich helfe dir, mit Justus zu reden, wenn du willst. Der braucht jetzt ganz dringend jemanden. Die zwei Leute, die für ihn das Wichtigste auf der Welt waren, sind auf einmal tot. Und das Schlimmste dabei, einer davon war nicht der, den er gekannt hat.« Lissie fuhr sich mit dem Blusenärmel über ihr Gesicht und griff nach den Hausschlüsseln. »Wenigstens ist die Elsbeth in dem Wissen gestorben, dass sie ihr Ziel erreicht hat.«

Pavarotti stand ebenfalls auf. »Du hast recht. Hier gibt's für uns nichts mehr zu tun, und das Gejammer bringt eh nichts. Wir müssen jetzt die Elsbeth finden. Die ist bestimmt irgendwo abgestürzt, wie ihr Sohn. Vielleicht können wir den Selbstmord als Unfall hinstellen. Sie braucht einen anständigen Platz auf dem Friedhof, schon wegen Justus.«

ZWÖLF

Donnerstag, 12. Mai

Lissie packte ihre Dreckwäsche in einen Wäschebeutel und schichtete die sauberen kurzärmligen T-Shirts aufeinander, die sie wegen des Wetters nicht hatte tragen können. Dann hievte sie den Koffer unter dem Bett hervor.

Wieder einmal packe ich, dachte sie. Es kam ihr so vor, als hätte sie in diesem Urlaub nichts anderes getan. Im Nikolausstift auspacken und dann wieder alles in den Koffer. Und das Gleiche dann im Hotel Felderer. Brachte sie etwa Unglück? Wo auch immer Lissie den Koffer ausgepackt hatte – die Gastwirte hatten es samt und sonders nicht überlebt.

Es klopfte an der Tür. Louisa kam herein und ließ sich schwer in einen Sessel sinken. »Warum gehst du nicht an dein Handy?«

Lissie zuckte nur mit den Schultern.

»Dein Commissario hat gerade bei mir angerufen«, sagte Louisa. »Er klang genervt, weil er dich wieder mal nicht erreichen konnte. ›Wieder mal‹ in Großbuchstaben und mit Ausrufungszeichen.«

Lissie reagierte nicht auf den Vorwurf. Was Erreichbarkeit anbelangte, sollte Pavarotti lieber ganz still sein. Doch sie hielt in ihrer Pendelei zwischen Schrank und Bett inne und schaute Louisa fragend an. »Gibt's irgendetwas Neues?«

Louisa zog die Beine an und rieb sich ihren Bauch. »Die Elsbeth Hochleitner ist tot. Bei der hast du doch vorher logiert, oder? Sie ist gestern anscheinend zur Leiter Alm hoch und wollte beim Hochmuther-Bauern übernachten, aber da ist sie nicht angekommen. Da haben sie den ganzen Sonnenberg abgesucht. An der steilsten Stelle vom Felsenweg, da ist sie abgestürzt. Das überlebt keiner. Wahrscheinlich ausgerutscht. Es ist vom Regen noch alles nass da oben.«

Lissie nickte. Sie beobachtete Louisa, die anscheinend Schmerzen hatte. »Was ist mit dir?«

Louisa verzog das Gesicht. »Weiß nicht, ich fühl mich komisch. So ein Ziehen. Ich leg mich hin.«

»Was ist mit dem Kind? Wann bist du so weit?«

373

»Zwei Wochen sind's schon noch«, antwortete Louisa und stemmte sich hoch.

Aber als Louisa mühsam zum Stehen gekommen war, schrie sie hell auf und fasste zwischen ihre Beine. Mit ein paar schnellen Schritten war Lissie bei ihr. Sie sah sofort, dass Louisas Oberschenkel vollkommen durchnässt waren. Das Kind hatte offenbar keine Lust mehr, zwei Wochen zu warten. Die Fruchtblase war geplatzt. Vielleicht war die ganze Aufregung auch zu viel für die Hochschwangere gewesen.

»Louisa, setz dich auf den Boden.« Lissie stützte sie, damit sie sanft auf dem Teppich zu liegen kam.

»Ganz ruhig. Ich ruf den Krankenwagen«, sagte sie besänftigend und griff nach ihrem Telefon. Doch Louisa schüttelte vehement den Kopf, ihr Gesicht war schmerzverzerrt.

»Nein, auf keinen Fall«, stöhnte sie mit zusammengebissenen Zähnen. »Ich will meine Hausgeburt, wie geplant! Ich geh nicht in ein Krankenhaus, mit all diesen Viren und Keimen! Bitte, Lissie, ruf die Hebamme an, der Zettel mit ihrer Handynummer ist auf Karls Schreibtisch. Sein Zimmer ist direkt neben meinem!«

Als Lissie noch unschlüssig dastand, setzte Louisa hinzu: »Das Kind liegt prima, mach dir keine Sorgen!«

Lissie tat einen tiefen Atemzug. Manche Leute hatten Probleme, echt. Hausgeburt, so ein Blödsinn. Aber gut.

Sie griff sich Louisas Chipkarte zum Privattrakt und rannte über die Flure. Im Arbeitszimmer des Toten angekommen, registrierte sie mit aufflackerndem Interesse den antiken Louis-XI.-Schreibtisch mit zahlreichen verheißungsvollen Schubladen. Was war Karl Felderer eigentlich für ein Mensch gewesen? Später. Auf der grünen Ledereinlage lag ein Zettel mit einem Namen und einer Telefonnummer. Das musste die Hebamme sein.

★★★

Lissie stand auf dem Flur und schlenkerte unschlüssig mit den Armen. Sie hatte der Hebamme gerade geholfen, Schüsseln mit heißem Wasser ins Schlafzimmer zu schleppen, das die Frau mit schnellen, effizienten Bewegungen in eine provisorische Geburtsstation umgewandelt hatte. Was für eine altmodische und riskante Art, zu gebären, dachte Lissie. Falls sie je in die Lage gekommen wäre, ein Kind zur Welt zu bringen, wäre das jedenfalls auf dem neuesten Stand von Technik und Medizin vonstattengegangen. So viel war mal klar.

Sie zuckte die Schultern. Nicht ihr Problem. Die Hebamme hatte das Kommando an sich gerissen und Lissie vor die Tür gesetzt. Aus dem Schlafzimmer war ihr Befehlston und rasselndes Atmen und Stöhnen zu hören. Lissie verzog das Gesicht. Igitt. Sie brauchte jetzt dringend eine männliche Atmosphäre als Kontrapunkt zu diesen Gebärgeräuschen.

Als sie die Tür zu Karl Felderers Büro hinter sich zugezogen hatte, merkte sie, wie gut der Raum isoliert war. Von Louisa und den Kommandos der Hebamme war nichts mehr zu hören. Lissie setzte sich hinter den Schreibtisch. Sie liebte solche antiken Möbel mit vielen Schubladen, der Verheißung von Geheimfächern und dem Geruch nach altem Holz und Möbelpolitur.

Es gab kein Geheimfach. Jedenfalls fand sie keins. Der Kalender lag ganz offen in der obersten Schublade, zusammen mit Felderers anderen Terminkalendern der letzten Jahre. Als sie sah, was ihr da in die Hände gefallen war, musste Lissie an Poes Geschichte vom entwendeten Brief denken, ihrer Meinung nach die beste Detektivgeschichte, die es gab. Das effektivste Versteck überhaupt ist – gar keins. Die Kalender waren schmucklose schwarze Bücher mit der Jahreszahl in goldenen Lettern vorne auf dem Ledereinband. Das Buch war äußerlich genau so ein Kalender, mit der Jahreszahl 2001 drauf. Nur dass in diesem Band keine Geschäftstermine eingetragen waren.

Lissie hatte diesen Band aus purem Zufall aufgeschlagen. Na ja, nicht ganz. Er hatte abgegriffener ausgesehen als die anderen, und Lissie hatte sich unwillkürlich gefragt, ob 2001 ein außergewöhnliches Geschäftsjahr für die Felderers gewesen war.

Im Januar gab es aber erst mal überhaupt keine Einträge. Neugierig blätterte Lissie weiter und stoppte beim 8. Februar. Auf dieser Kalenderseite hatte Karl Felderer seinen ersten Eintrag gemacht.

Lissie brauchte ein paar Minuten, um zu begreifen, was sie da las.

»Wie fühlt es sich an, wenn du glaubst, gleich sterben zu müssen?«, stand da in gestochen scharfer Füllerschrift mit schönen Ober- und Unterlängen. »Meiner persönlichen Statistik zufolge sind es ganz schön viele, die eines Tages völlig überraschend mit diesem Gefühl konfrontiert werden. Für einige bekommt der Moment der Wahrheit eine endgültige Bedeutung. Bei anderen verblasst die Antwort auf diese Frage wie eine alte Narbe immer mehr, je länger es ihnen gestattet ist, weiterzuatmen.«

Lissies Augen zuckten über den Text. »Diese eine Frage, wie es so kurz vor dem Sterben wohl ist, rumort unablässig in meinem Kopf«, las sie. Die Buchstaben begannen zu verschwimmen, als sie versuchte, das Geschriebene zu begreifen. »Seit ein paar Monaten ist sie geradezu, nun ja, zu einer fixen Idee geworden.« Lissie schaute auf den Einband mit der Jahreszahl, um sich zu vergewissern. Der Text war über zehn Jahre alt. Ein entsetzlicher Verdacht begann in ihr zu keimen.

Lissie stand auf und fing an, im Zimmer herumzugeistern. Kein Zweifel, Karl Felderer war nicht normal gewesen. Das war offenbar durch sein gestörtes Gehirn sogar zu ihm selbst durchgedrungen.

Sie nahm das Buch wieder zur Hand. Als sie bei den Einträgen vom Mai angelangt war, schloss sie die Augen. Karl Felderer war ganz und gar von seinen Zwängen beherrscht worden. Elsbeth Hochleitners Instinkt hatte die Frau nicht getrogen. Ihr Misstrauen gegen Karl Felderer war vollkommen berechtigt gewesen.

Felderer verbreitete sich in leutseligem Tonfall, wie einfach es doch gewesen war, seinem besten Freund, Justus' Vater, vor ihrer letzten gemeinsamen Tour das Medikament, das ihn hätte retten können, aus dem Rucksack zu entwenden.

Justus' Vater hatte seinem Sohn seine Krankheit vererbt. Nicht die Epilepsie. Die auch, aber vor allem sein Gottvertrauen in den falschen Mann. Das war ein tödlicher Fehler gewesen. Elsbeth hatte wahrscheinlich schon lange gespürt, dass mit diesem netten Onkel Karl etwas nicht stimmte. Hätte sie ihn anzeigen sollen? Lissie ließ das Buch sinken. Eine Anzeige hätte nichts gefruchtet, nur ihren Enkel noch mehr gegen sie aufgebracht. Die Hochleitnerin hatte ja keinerlei Beweise gehabt.

In den Monaten nach der Tat machte sich Felderer in seinem

Mordbuch über die Dummheit der Leute lustig. Besonders witzig fand er, dass viele an einen Selbstmord glaubten. Felderer mokierte sich, wie einfach es gewesen war, den Ablauf des Unfalls, den er hinterher zu Protokoll gab, ein wenig zu türken.

Aber in den Wochen nach dem Unglück, als die Leute nicht mehr so viel darüber sprachen und die Polizei die Ermittlungen einstellte, nahmen die Einträge einen immer enttäuschteren, dann sogar wütenden Tonfall an. Felderer begann zu realisieren, dass er zwar den perfekten Mord begangen, aber sein eigentliches Ziel nicht erreicht hatte. Im Blick seines Freundes hatte bloß ein stummer Vorwurf gelegen. Die Todesangst, auf die Karl Felderer anscheinend so gehofft hatte, die hatte gefehlt.

Plötzlich erinnerte sich Lissie an ihr einziges Zusammentreffen mit Felderer. Wie erpicht er darauf gewesen war, den Gemütszustand des jungen Kellners zu erfahren, der sich am Tag von Lissies Anreise nach Meran mit dem Auto überschlagen hatte! Richtig gierig hatte er da gewirkt.

Gab es vielleicht doch ein Mörder-Gen? Hatte Emil Felderer seinem Sohn den Drang vererbt, Menschen zu töten, ohne sich selbst die Hände schmutzig zu machen? Lissie ließ den Kalender auf den Schreibtisch fallen, als ob er kontaminiert wäre. Es gab darüber zwar keine Hinweise in diesem Mordbuch, aber Lissie war davon überzeugt, dass Justus' Vater nicht Karls einziges Opfer geblieben war.

Lissie überkam ein Frösteln. Wie viele Menschen waren es gewesen, die in seiner Gegenwart einen tödlichen Unfall gehabt hatten? Bestimmt hätte er auch mit Justus nicht aufgehört. Karl Felderer wäre wohl auch weiterhin seiner letzten Wahrheit auf der Spur geblieben.

DREIZEHN

Sonntag, 15. Mai

Lissie bremste scharf und bog nach rechts auf den Kornplatz ab, dass der Kies nur so spritzte. Ein Maronenverkäufer sprang entsetzt zur Seite und suchte hinter seinem Wagen Schutz. Absolutes Halteverbot auf dem gesamten Platz, aber das juckte Lissie heute nicht. Sie hatte vor, Pavarotti einen Abschiedsbesuch abzustatten. Seine Fenster gingen direkt auf den Kornplatz hinaus, er würde schon dafür sorgen, dass sie nicht abgeschleppt wurde.

Lissie fegte raumgreifend vorbei an Brunthaler und Emmenegger, die an ihren Schreibtischen saßen und erstaunt aufsahen, als Blätter von ihren Schreibtischen hochwirbelten. Pavarotti stand neben seinem Schreibtisch und war gerade dabei, seinen Mantel auszuziehen.

»Ich komme aus dem Krankenhaus«, sagte Pavarotti niedergeschlagen. »Er redet immer noch nicht.« Pavarotti massierte seine Nackenmuskulatur und ließ sich schwer in seinen Schreibtischsessel fallen. »Mir wär lieber, er würde flennen. Aber er dreht sich bloß immer zur Seite und zieht die Decke über den Kopf.« Pavarotti stützte das Gesicht in die Hände. »Und dabei weiß er das Schlimmste ja nicht. Er denkt, seine Oma hat einen Unfall gehabt.«

Lissie nickte. »Mehr muss er vorerst auch nicht wissen. Der Justus, der braucht jetzt Zeit und jemanden, der sich um ihn kümmert. Nimmst du ihn mit zu dir nach Bozen?«

Pavarotti schüttelte den Kopf. »Nicht nach Bozen. Ich zieh nach Meran.«

Lissie, die sich in den Besucherstuhl gelümmelt hatte, richtete sich abrupt auf und starrte Pavarotti konsterniert an. »Nach Meran? Ich hab gedacht, du bist froh, hier wieder wegzukommen? Und überhaupt, was ist mit deinem Posten in Bozen?«

Der Commissario grinste. »Ich habe am Freitagabend einen Anruf gekriegt. Man war wohl ziemlich angetan, dass ich den Fall hier gelöst habe«, sagte er mit einem leicht entschuldigenden Unterton an Lissies Adresse, doch die wedelte bloß mit der Hand.

»Außerdem hat sich Brunthaler endlich aufgerafft, seinem Vater reinen Wein einzuschenken, nämlich dass er es bei der Polizei nicht packt. Er hat den Dienst quittiert.« Pavarotti machte einen tiefen Atemzug. »Und da haben sie beschlossen, den hier stationierten Kripomann, der permanent durch Abwesenheit glänzt, wenn's kracht, zu versetzen und in Meran eine richtige Mordkommission einzurichten. Die ich leite, mit Emmenegger als Mitarbeiter.« Jetzt grinste Pavarotti spitzbübisch. »Die haben ja gemerkt, dass sich das rentiert. Die Meraner haben ungeahnte kriminelle Energie, wie man sieht.«

»Und wirst du mit denen klarkommen?«, fragte Lissie vorsichtig. Pavarottis Lamento, wie schwierig die Hiesigen seien, klang noch sehr deutlich in ihren Ohren nach.

Der Commissario lächelte schief. »Einfach wird's nicht. Aber ganz so schwer werden sie es mir dann auch wieder nicht machen, schon wegen Justus. Außerdem«, seine Augen funkelten, »hab ich ja ein bisschen was von dir gelernt, wie man mit den Leuten spricht und so.«

Lissie nickte und sagte nichts. Ihr war plötzlich schwer ums Herz. Sie hatte sich einen fröhlichen Abschied vorgestellt, nach dem Motto: Halt die Ohren steif und: Man sieht sich. Jetzt merkte sie, dass das nicht funktionieren würde.

Pavarotti kratzte sich am Kopf. Plötzlich spürte er, dass irgendetwas nicht stimmte. »Was ist? Warum bist du überhaupt hier? Wir wollten uns doch erst heute Abend treffen, zum Wein im Rebland-Garten!«

»Daraus wird nichts«, sagte Lissie dumpf. »Da bin ich nicht mehr da. Ich fahr gleich. Das Auto wird voll«, setzte sie mit einem mühsamen Anflug von Humor hinzu und versuchte ein Lächeln. »Ich hol gleich den Spock ab. Den nehme ich erst mal mit zu mir. Die Louisa und ihr Baby kommen später nach Frankfurt nach.«

Pavarotti sagte ein paar Sekunden lang nichts. »Warum so schnell?«, fragte er dann rau.

Lissie schaute auf ihre Schuhspitzen. »Ich muss mich um meine Mutter kümmern. Die ist im Heim, und ich hab sie schon ganz lange nicht mehr besucht.« Lissie straffte sich. »Außerdem will ich mit ihr endlich über meinen Vater reden. Ich weiß nicht, wie lang das überhaupt noch geht.«

Pavarotti hakte beim einzigen unverfänglichen Thema ein, das Lissie angesprochen hatte. »Die Louisa, die erbt alles«, sagte er. »Die Schuldscheine sind wertlos, weil sie erpresst worden sind.« Lissie nickte. »Ich weiß. Louisa hat es mir gesagt. Die ganzen Häuser, die Hotels, das Vermögen … Es stinkt, aber die Louisa hat ein Kind und erst mal keinen Job. Einfach alles wegschenken wäre auch Blödsinn. Ich habe sie gestern zur Loipfertingerin raufgefahren.« Sie dachte an ihren Jaguar und trat ans Fenster, um zu checken, ob irgendein Uniformierter um ihn herumlungerte. Nein, keine Gefahr. »Wenn die Louisa alles verkauft hat, kriegt die Loipfertingerin die Hälfte von dem Geld. Das reicht dicke für ein nettes Häuschen und einen schönen Lebensabend unten im Tal.«

»Und du?«, traute sich Pavarotti jetzt doch. »Kommst du wieder mal her, oder war der Aufenthalt hier so furchtbar, dass du froh bist, wenn du den Brenner hinter dir hast?« Erwartungsvoll suchte er ihren Blick. »Na los, jetzt gib's schon zu, dass es dir Spaß gemacht hat! Schließlich warst du's ja, die den Fall am Schluss geknackt hat!«

Lissie stieß sich vom Fenster ab, trat hinter Pavarottis Stuhl und legte ihm ihre Arme um den Hals. »Blödmann. Natürlich komme ich wieder. Schon deshalb, weil das Klima anscheinend meinem Kopf gut tut. Ich hab hier nämlich ein paar wichtige Sachen mitgekriegt.«

Sie nahm die Arme von Pavarottis Schultern und griff nach ihrem Autoschlüssel. »Vor zwei Wochen hätte ich nie gedacht, dass ich für jemanden, der Bomben legt, ansatzweise Verständnis aufbringen kann. Vielleicht schaff ich's ja jetzt auch, irgendwie mit meinem Vater klarzukommen.«

In der Tür drehte sie sich nochmals um und grinste. »Viel Erfolg im neuen Job. Halt die Ohren steif, mein Alter. Wir sehen uns.«

Als sie den Jaguar anließ und das vertraute Geräusch des Boxermotors hörte, schaute sie nach oben. Die dicke Gestalt stand unbeweglich am Fenster. Sie sah, wie Pavarotti die Hand hob. Dann drehte er sich abrupt um und war aus ihrem Gesichtsfeld verschwunden.

Anmerkungen der Autorin

Sämtliche handelnden Personen sowie die Kriminalgeschichte, um die sich dieses Buch dreht, sind meiner Phantasie entsprungen. Dies gilt jedoch nicht für die tragischen Geschehnisse im Südtirol der sechziger und siebziger Jahre, die in die Handlung miteingeflossen sind. Den Kampf der Südtiroler für die Autonomie ihrer Heimat und die sogenannten »Bombenjahre« hat es wirklich gegeben. Auch die Unterwanderung des »Befreiungsausschusses Südtirol« durch Agenten des italienischen Geheimdienstes ist keine Erfindung, sondern Realität. Besonders hervorheben möchte ich dabei die Bücher von Hans Karl Peterlini, die mir sehr geholfen haben, die damaligen Attentäter und ihre Motive zu verstehen und den Beteiligten so weit wie möglich gerecht zu werden. Sollte mir dieses Vorhaben an der einen oder anderen Stelle doch nicht gelungen sein oder sich Fehler und Irrtümer eingeschlichen haben, möge mir der geschichtskundige Leser vergeben.

Meran-Liebhaber werden beim Lesen Orte entdecken, die sie kennen – oder kannten. Die tragenden Schauplätze der Geschichte habe ich allerdings bewusst umbenannt, damit eindeutig ist, dass alle dort agierenden Personen und Handlungen frei erfunden sind. Dies gilt zum Beispiel für die Buchhandlung Kirchrather am Pfarrplatz, die in Wirklichkeit anders hieß. Seit dem letzten Jahrhundert war sie einer der ersten Anlaufpunkte für die Fremden, die nach Lesestoff dürsteten. Vor einiger Zeit hat die Buchhandlung leider einem internationalen Filialisten Platz gemacht, wie so viele Traditionsgeschäfte in Meran. Das Restaurant Verdinser Klause, das Café Hilti, der Spirituosenladen Editha nahe der Nikolauskirche, die Pension Nikolausstift in der Verdistraße, die Renzinger Weinstube in den Lauben und das Hotel Aurora in Obermais gibt es unter anderem Namen wirklich. Vielen Meran-Kennern dürfte beim Lesen ein Verdacht kommen, um welche Örtlichkeit es sich in Wirklichkeit handelt. Wenn es die Geschichte erforderte, habe ich mir kleinere gestalterische Freiheiten herausgenommen.

Sehenswürdigkeiten und Nebenschauplätze erscheinen unter ihren richtigen Namen. Jeder, der einmal in Meran war, kennt die Nikolauskirche mit ihrer typischen Turmspitze, die Winterpromenade an der Passer, das Forstbräu auf der Freiheitsstraße, die Weinstube Hans und natürlich die Lauben – dieses Gewirr aus urigen Bogengängen, Passagen und Durchgängen. Und natürlich den Tappeiner Weg und die Berge rund um das Dorf Hafling. Eine Polizeidienststelle am Kornplatz existiert ebenfalls. Ach ja – und heiße Maronen werden auf diesem Platz auch verkauft.

Danksagung

Mein Mann vertritt die Auffassung, Danksagungen in Büchern seien überflüssig, weil sie eh keiner läse. Da liegt er hoffentlich falsch. Denn sonst wird er es nie erfahren: Ohne ihn würde es dieses Buch nicht geben. Die ganze Zeit über steckte er mit mir zusammen tief in der Geschichte. Er litt mit mir und freute sich mit mir. Seine vielfach kritischen, oft unbequemen, manchmal provokanten Kommentare haben mich vorwärtsgetrieben und in mir die Emotionen freigesetzt, das Buch fertigzustellen. Wenn er beim Lesen eines neuen Kapitels plötzlich anfing zu nicken, wusste ich: Das Urteil wird leidlich milde ausfallen. Als der Emons Verlag dann zugriff, wog sein Stolz auf die frisch gebackene Autorin die ganze Plackerei mit auf.

Großer Dank gebührt auch Birgit Preusse. Während ich die Kapitel Stück für Stück überarbeitete, las sie das Manuskript wie einen Fortsetzungsroman. Ich sehe sie im Türrahmen ihrer Frankfurter Praxis stehen und einen erwartungsvollen Blick auf mich richten, ob ich wieder ein paar Seiten zum Weiterlesen dabeihätte. Ihre Vorfreude war für mich in dieser Phase der größte Ansporn, mein Bestes zu geben. Ich hoffe auch für künftige Bücher sehr auf ihre treffsicheren, konstruktiven Anmerkungen.

Dass das Manuskript schließlich eine buchähnliche Fassung annahm, dazu hat der Buchhändler Gerd Gerlach wesentlich beigetragen. Er war der erste »Profi«, der einige Kapitel und das Exposé las. Eines schönen Tages, der Roman war etwa halb fertig, entfuhr mir an der Kasse seiner Buchhandlung in Berlin-Mitte der kühne Satz: »Ich bin auch Autorin!« Als er sofort den Autorenkatalog zu sich heranzog, musste ich natürlich etwas zurückrudern. Trotzdem erklärte er sich zu meiner Freude bereit, das Anfangskapitel in einem ersten Durchgang zu lektorieren und mich bei der Auswahl der in Frage kommenden Verlage zu unterstützen. Der Emons Verlag stand weit oben auf seiner Prioritätenliste!

Dem Emons Verlag – allen voran Dr. Christel Steinmetz, Stefanie Rahnfeld und Franziska Emons – verdanke ich, dass das Manuskript überhaupt erschienen ist und dass ein wirklich schönes Buch daraus wurde. Mein Dank dafür, dass ein besseres Buch daraus wurde, gebührt meinem Lektor Carlos Westerkamp. Geduldig beantwortete er meine Fragen, bereitete mich schonend auf die Gnadenlosigkeit professioneller Überarbeitungen und Kürzungen vor, nahm sich viel Zeit für Diskussionen und geleitete mich behutsam bis zu den fertigen Druckfahnen. Als ich bei unserem ersten Treffen merkte, wie sehr er meine Hauptfiguren mochte, wusste ich sofort, dass Lissie und Pavarotti bei ihm in guten Händen sein würden. Es wurde eine tolle Zusammenarbeit, bei der ich viel gelernt habe. Last, but definitely not least danke ich dem Fotografen Adriano Martini D'Amato. Seine wunderschönen Fotos von der Meraner Altstadt haben mich vor allem auf den letzten Metern vor der Fertigstellung immer wieder inspiriert und berührt.